U0026923

說文解字段注

四部備要

經部

上海中華書局據經韻樓
原刻本校刊

桐鄉 陸費逵 總勘
杭縣 高時顯 吳汝霖 輯校
杭縣 丁輔之 監造

說文解字第十篇上

金壇段玉裁注

馬 怒也武也 以疊韵爲訓亦門聞也戸護也之例也釋名曰大司馬馬武也大揔武事也 象馬頭髦尾四足之形 古籒文皆以彡象髦石建奏事事下建讀之曰誤書馬字與尾當五今乃四不足一上譴死矣莫下切古音在五部 凡馬之屬皆从馬 影 古文

影 籒文馬與影同有髦 說文各本籒文古文皆作影無別據玉篇古文作影籒文作影是古文从希加髦籒从豸加髦故云二者同有髦也毛髦覆於頸故象覆形

騭 牡馬也 釋嘼曰牡曰騭牝曰騇郭云今江東呼駁馬爲騭按騭古段陟爲之小正四月執陟攻駒陟騭古今字謂之騭者陟升也牡能乘牝月令所謂累牛騰馬皆乘匹之名月令三月遊牝小正四月執騭事實相因也若釋詁曰騭陞也郭注引方言魯衛之閒曰騭洪範惟天陰騭下民馬融曰騭升也升猶舉也舉猶生也漢五行志引經服虔曰騭音陟應劭曰騭升也此等騭字皆登陟字之假借爾雅以釋詩書者也故陟騭並列而統曰陞也方言躡郅跂洛躋踚登也魯衛曰郅郭注爾雅引之郅作騭葢郭當日所見不誤後人或用其音改其本字耳方言與爾雅同義 从馬陟聲 鉉本此下有讀若郅三字此必後人羼入非許原文也陟聲古音在今職韵郅聲古音在今質韵相隔甚遠諸家訓登子慎音陟騭之爲之翼切無可疑矣葢自爲孔安

國解尚書云隲定也意謂爲質之假借而陸德明乃曰之逸反師古乃音質尤而效之者且改方言之隲爲郅增竄讀若郅三字於許書世有善讀書者必能心知其意矣一部

⿰馬一 馬一歲也从馬一絆其足 絆其足三字葢衍文祇當云从馬一而已一說𢍏下云从馬一其足此當作一其足絆字賸韵書字書皆作馵疑非是不當从十也 讀若弦 小徐作絃 一曰若環 戸關切十四部按今玉篇有爲萌一切集韵類篇收入耕韵皆讀若絃之本也集韵類篇又收入咍韵未詳又按絃葢謫字弦是也釋嘼玄駒音義曰玄字林作駭音同廣韵駭胡涓切馬一歲語必本諸字林葢字林始變馬爲駭也

駒 馬二歲曰駒三歲曰駣 周禮廋人教駣攻駒鄭司農云馬三歲曰駣二歲曰駒月令曰犧牲駒犢舉書其數犢爲牛子則駒馬子也小雅老馬反爲駒言已老矣而孩童慢之也按詩駒四見而漢廣株林皇皇者華於義皆當作驕乃與毛傳說文合不當作駒依韵讀之則又當作駒乃入韵不當作驕深思其故葢角弓用字之本義南有喬木株林皇皇者華則皆讀者求其韵不得改驕爲駒也駒未可駕車故三詩斷非用駒本義駣字旣見周禮何以連類言之不錄此篆也曰疑周禮故書本作兆或借羊部𦍩爲之許解中駣字葢非許君原文後人依周禮改之耳不當如玉篇擅增也 从馬句聲 舉朱切古音在四部

⿰馬八 馬八歲也 初學記引何承天纂文同 从馬八八亦聲 合二徐本訂博拔切古音在十二部

⿰馬閒 馬一目白曰⿰馬閒 一字賸目部曰瞯戴目也爾雅釋文引倉頡篇瞯目

病也廣韵曰瞷人目多白也是則人目白曰瞷馬目白曰驓驓卽从瞷省爾雅釋嘼驓作瞷二目白魚
二當作一按釋嘼曰一目白瞷二目白魚魯頌毛傳正義本作二目白曰魚釋文本作一目白曰魚以理覈之蓋陸本是孔本
非毛傳是爾雅誤傳言一目者以別於二目也假令二目白則傳不言二許本毛則必上句言目白下句言一目白毛本爾雅
則如爾雅轉寫失其真也魚字林作驗許無驗字類言之从馬閑聲戶閑切十四部字林作𩦺
騏馬青驪文如綦也如綦各本作如博某不通今依李善七發注玄應書卷二卷四卷八正凡
馬言色者如下文深黑色淺黑色全體之色也其言某處黑某處白發白色發赤色一耑之色也言襍毛者謂其毛異色相錯
非比異色成片段者也其曰文者獨此而已謂異色成枝條相交如文之錯畫然下文青驪馬爲駽謂其全體青黑色此云青
驪文如綦謂白馬而有青黑紋路相交如綦也綦糸部作綥白蒼文也綦者青而近黑秦風傳曰騏綦文也魯頌傳曰蒼騏曰
騏蒼騏卽蒼綦謂蒼文如綦也曹風其弁伊騏傳曰騏騏文也正義作綦文顧命騏弁鄭注曰青黑曰騏本作綦弁古多段騏
爲綦从馬其聲渠之切一部驪馬深黑色魯頌傳曰純黑曰驪按引伸爲凡黑
之偁亦段黎棃爲之从馬麗聲呂支切十六部駽青驪馬謂深黑色而戴青色也魯
頌有駽曰駜彼乘駽釋嘼毛傳皆曰青驪曰駽从馬肙聲火玄切十四部按當火縣切詩曰
駜彼乘駽騩馬淺黑色漢舊儀有天地大變丞相上病使者奉策書駕騩騮馬卽

時布衣步出府免爲庶人丞相有他過使者奉策書駕騅騩馬卽時步出府乘棧車牝馬歸按乘騩者取無色之意从馬鬼聲俱位切十五部

駵 赤馬黑髦尾也髦各本作毛今依廣韵正髦者髮也髮之長者偁髦因之馬鬛曰髦魯頌傳曰赤身黑鬛曰駵 从馬丣聲丣各本作留篆體作騮大誤今依五經文字玉篇廣韵正力求切三部

騢 馬赤白雜毛雜毛者謂異色之毛襍亂相廁也或作襍色非是魯頌有騢釋嘼毛傳皆曰彤白襍毛曰騢 从馬叚聲乎加切古音在五部 謂色似鰕魚也此當作色似鰕魚四字系襍毛之下如驔下文如鼉魚一例鰕魚謂今之蝦亦魚屬也蝦略有紅色凡叚聲多有紅義是以瑕爲玉小赤色此六字葢舊注之僅存者

騅 馬蒼黑雜毛黑當作白釋嘼毛傳皆云蒼白襍毛曰騅蒼者青之近黑者也白毛與蒼毛相閒而生是爲青馬雖深於青白襍毛之驄未黑也若黑毛與蒼毛相閒而生則幾深黑矣釋言曰菼騅也王風傳曰菼薍也萑之初生者艸部曰薍者萑之初生一曰騅此以同色名之薍萑葦之初生之色則知蒼白之不可易矣○六書故云徐本作白正謂唐本不作白也 从馬隹聲職追切十五部

駱 馬白色黑鬛尾也釋嘼曰白馬黑鬛駱詩音義曰樊孫爾雅並作白馬黑髦鬛尾也然則許正同樊孫本矣魯頌手傳亦曰白馬黑鬛曰駱按今毛詩有驔有駱有駵有雒毛曰黑身白鬛曰雒正與白身黑鬛曰駱互異正義曰定本集注及徐音皆作駱釋文亦云雒本或作駱然則本一物相似而同名淺人惑之乃妄

改字

从馬各聲 盧各切五部

【駰】馬陰白襍毛黑 黑字宋本舊本皆同汲古毛氏改黑作也以合爾雅毛傳然而非是釋嘼魯頌傳皆云陰白襍毛曰駰郭云陰淺黑也今之泥驄或云目下白或云白陰皆非也陰淺黑本叔然說然則許葢襍毛之下釋云陰淺黑也如虢下虎竊毛謂之虢苗竊淺也正是一例旣說者惑於白陰之說謂馬私處白而襍黑毛因致漏奪不可讀苟求其故由不解陰之爲淺黑耳廣韵曰駰馬陰淺黑色有脫

从馬因聲 於眞切十二部

詩曰有駰有騢 魯頌駉文

【騘】馬青白襍毛也 白毛與青毛相閒則爲淺青俗所謂葱白色詩曰有瑲葱衡釋器曰青謂之葱

从馬悤聲 千公切九部

【驈】驪馬白跨也 跨者兩股之閒也釋嘼毛傳皆曰驪馬白跨曰驈

从馬矞聲 食聿切十五部

詩曰有驈有騜 魯頌駉文按毛詩作皇許無騜字字林乃有之此騜後人所改耳韵會作有皇是也爾雅作黃白騜亦是俗本

【駹】馬面顙皆白也 面者顏前也釋嘼曰面顙皆白惟駹按言惟者以別於上文的顙白顛白達素縣也面顙白其他非白也故从尨周禮駹車借爲尨襍字也

从馬尨聲 莫江切九部

【騧】黃馬黑喙 釋嘼曰白馬黑脣駩黑喙騧如爾雅之文則是白馬黑喙也秦風傳曰黃馬黑喙曰騧許本之豈今爾雅奪黃馬二字與郭云今之淺黃色者爲騧馬

从馬咼聲 古華切十七部宋明帝以騧字似禍改从瓜遂於古音不合

【騧】籒文騧

咼聲騧聲同在十七部

驃 黃馬發白色 發白色者起白點斑駁也釋嘼曰黃白曰騜毛詩祇作皇然則皇卽騜與牛部犥下曰牛黃白色與驃音正同也 一曰白髦尾也 謂黃馬而白鬣尾也 从馬㷰聲 毗召切二部

駓 黃白襍毛也 各本作黃馬白毛今正六書通引唐本作黃馬白襍毛此唐本衍馬字淺人不刪馬字而刪襍字耳釋嘼毛傳皆曰黃白襍毛曰駓字林作駓 从馬丕聲 古作丕丕字中直貫下或作丕是以論曹魏者曰丕之字不十也詩釋文此字本作駓字林乃作駓敷悲切古音一部

驖 馬赤黑色 此與青驪馬句法同謂黑色而帶赤色也驖不見爾雅秦風駟驖孔阜傳曰驖驪也驪者深黑色許說小異漢人或叚鐵爲之前書地理志叚臷爲之 从馬臷聲 他結切十二部 詩曰 四驖孔阜 秦風駟驖文今詩四作駟按詩四牡四騏皆作四惟駟驖介俴駟乃作駟駟一乘也故言馬四則但謂之四言施乎四馬者乃謂之駟

⿰馬岸 馬頭有白發色 大徐作馬頭有發赤色者非是篇韵皆二云馬白頟至脣集韵曰馬流星貫脣則爲馬頭發白色矣廣韵曰馯䮁馬行此今義也按東京賦作半漢 从馬岸聲 五旰切十四部

馰 馬白頟也 秦風有馬白顛傳曰白顛的顙也釋嘼曰的顙白顛郭云戴星馬也說卦傳曰爲的顙虞翻曰的白顙頟也按的顙之馬謂之馰易釋文云的說文作馰 从馬勺聲 舊作的省聲的聲亦勺聲也今正都歷切古音在二部 一曰駿也 駿馬之良材者 易曰爲

駁 馬色不純 純同醇崔覲曰不襍曰純釋嘼曰駵白駁邠風毛傳同謂駵馬發白色也許說不同者許意馬異色成片段者皆得曰駁引伸之爲凡色不純之偁 从馬爻聲 北角切古音在二部與駮各字

馵 馬後左足白也 左當作ナ釋嘼毛傳皆曰後左足白曰馵說卦傳曰震爲馵足 从馬二其足 謂於足以二爲記識如馽於足以一爲記識也非一二字變篆爲隸馵既作馵則馽作馵與篆大乖矣石經作馵 讀若注 之戍切古音在三部讀如祝

驔 驪馬黃脊 魯頌有驔有魚釋嘼曰驪馬黃脊曰騽爾雅音義云騽說文作驔音簟是則爾雅之騽卽驔之異體許於此篆用爾雅不用毛傳也毛傳曰豪骭曰驔此卽驔之異說詩音義引字林云驔又音覃豪骭曰驔是則字林豪骭一義不作騽也今說文乃別有騽篆訓云豪骭前與毛詩不合後與字林不合此葢必非許原文許原文或驔下有一曰豪骭之文或驔篆後有重文作騽之篆皆不可定後人乃以兩義分配兩形耳 从馬覃聲讀若簟 徒玷切七部按覃之古音如淫其入聲則如習古音又如尋其入聲則如習故驔騽必一字鳥之鷣鷚蟲之熠燿其理一也許此下當有一曰馬豪骭五字又出一騽篆解云驔或从習廣韵二十六緝騽字下云馬豪骭又驪馬黃脊玉篇騽字下曰驪馬黃脊又馬豪骭亦可證二義分二形之非矣

驠 馬白州也 山海經曰乾山有嘼其州在尾上今本譌作川廣雅曰州豚臀也郭注爾雅山海經皆云州竅也按州豚同字俗作居國語之龍漦史漢貨殖傳之馬噭皆此也蜀志周羣傳諸毛繞涿居署曰潞涿君

語相戲謔涿亦州豚同音字也釋嘼曰白州驠从馬燕聲於甸切十四部騽馬豪骭也骭者骹也骹者脛也高誘注淮南曰骭自膝以下脛以上也豪骭謂骭上有脩豪也魯頌傳曰豪骭曰驔正義本作豪骭白白行从馬習聲似入切七部按此篆宜刪正玉篇驔騽二篆相接蓋說文之舊[illegible]馬毛長者也者字依文選長楊賦注補此謂馬毛長者名[illegible]也多借翰字爲之翰行而[illegible]廢矣尚書大傳之西海之濱取白狐青翰注曰長毛也文選長楊賦翰林主人注引說文毛長者曰翰曲禮雞曰翰音注曰翰猶長也常武詩如飛如翰箋云鳥中豪俊蓋其字皆當作[illegible]引伸假借之字也从馬倝聲侯旰切十四部騛馬逸足者也者字今補逸當作兔廣韻曰騛兔馬而兔走玉篇曰騛兔古之駿馬也呂氏春秋高注曰飛兔要褭皆馬名也日行萬里馳若兔之飛因以爲名也从馬飛會意飛亦聲甫微切十五部司馬法曰飛衛斯輿司馬法今佚此僃司馬法說从飛之意也驁駿馬句絳謂駿馬之名也大射禮公入驁注曰驁夏亦樂章也以鍾鼓奏之按驁夏蓋取翺翔之意凡奇士儁豪俊者可作驁俊如尚書驁可爲酋豪字也㠯壬申日死乘馬忌之忌此日也从馬敖聲五到切二部驥千里馬也孫陽所相者孫陽字伯樂秦穆公時人其所與有九方皐卽九方歅戰國策汗明說春申君是伯樂相驥事安小徐說伯樂卽王良郎郵無卹大繆从馬冀聲几利切古

音在一部天水有驥縣地理志天水郡冀縣郡國志漢陽郡冀縣漢陽卽天水也故城在今陜西鞏昌府伏羌縣東史皆作冀不作驥左傳冀之北土馬之所生許葢援此說字形从冀馬會意許本作冀縣謂此卽左傳生馬之地淺人改之

駿馬之良材者引伸爲凡大之偁釋詁毛傳皆曰駿大也毛傳見文王崧高噫嘻从馬夋聲子峻切十三部

驍良馬也周禮良馬與駑馬爲對文良馬兼上文種馬戎馬齊馬道馬田馬言也周易曰良馬逐逐左傳二云以其良馬二亦精駿之偁按上文二云駿馬之良材者此二云良馬卽蒙上文而言也魯頌傳曰駉駉良馬腹幹肥張也引伸爲勇捷之偁从馬堯聲古堯切二部詩曰驍驍牡馬陸氏德明所見說文如此詩釋文曰駉說文作驍按堯聲回聲之類相去甚遠無由相涉大雅崧高四牡蹻蹻傳云蹻蹻壯皃魯頌泮水傳云蹻蹻言彊盛也葢古本說文堯聲下有詩曰四牡驍驍六字乃崧高之異文或轉寫譌作驍驍牡馬而陸氏乃有駉說文作驍之語矣

䮔馬小皃从馬垂聲讀若箠之壘切按當依廣韵之累切十六十七部辵部[illegible]以爲聲䮔籒文从𠂹

驕馬高六尺爲驕漢廣言秣其馬言秣其駒傳曰六尺以上爲馬五尺以上爲駒按此駒字釋文不爲音陳風乘我乘駒傳曰大夫乘駒箋云馬六尺以下曰駒此駒字釋文作驕引沈重云或作駒後人改之皇皇者華篇內同小雅我馬維駒釋文云本亦作驕據陳風小雅則知周南本亦作驕也葢六尺以下五尺以上謂之驕與駒義迥別三詩義皆當作驕

而俗人多改作駒者以駒與蔞株濡諏爲韵驕則非韵抑知驕其本字音在二部於四部合韵不必易字就韵而乖義乎陸氏於三詩無定說彼此互異由不知古義也毛云大夫乘驕以此推之當是天子乘龍諸侯乘騋卿乘馬从馬喬聲舉喬切二部詩曰我馬維驕皇皇者華二章也可以此訂周南譌字一曰野馬凡驕恣之義當是由此引伸旁義行而本義廢矣女部曰嬌驕也心部曰怚驕也皆旁義也俗製嬌憍字

騋馬七尺爲騋八尺爲龍周禮廋人曰馬八尺以上爲龍七尺以上爲騋六尺以上爲馬庸風騋牝三千毛傳馬七尺以上曰騋鄭司農以月令駕蒼龍說周禮龍俗作駥从馬來聲洛哀切一部詩曰騋牝驪牝下牝字各本作牡今正詩曰騋牝三千毛傳曰騋牝騋馬與牝馬也釋嘼曰騋牝驪牝今爾雅譌作驪牡而音義不誤可攷音義曰騋牝頻忍反下同下同者卽謂驪牝也此以驪牝釋詩之騋牝驪與騋以雙聲爲訓謂騋馬驪色亦兼牝馬也此與詩曰不騋不來也合偁詩爾雅正同若鄭注周禮則引騋句絕牡驪牝玄句絕駒句絕褭驂句絕孫叔然讀亦如是

驩馬名古段爲歡字从馬雚聲呼官切十四部

驗馬名今用爲譣字證也徵也效也不知其何自始驗行而譣廢矣从馬僉聲魚窆切七部

䮝馬名从馬此聲雌氏切十六部

⿰馬休馬名从馬休聲許尤切三部

馼媽馬媽字今補赤鬣縞身目若黃金名曰

吉皇之乘（各本名曰之下有媽字今刪正海內北經曰犬封國曰犬戎國有文馬縞身朱鬣目若黃金名曰吉量之乘量一作良郭注引周書六韜大傳說其狀略同周書作名曰吉黃之乘六韜作名曰雞斯之乘）周成王時犬戎獻之（成各本作文誤今正許引成王時周靡獻讙讙成王時蜀人獻大翰成王時揚州獻鯛皆逸周書王會篇也王會篇又言犬戎文馬是其事矣或因尚書大傳散宜生之犬戎取美馬駮身朱鬣雞目者獻紂乃改此成王爲文王而不顧其文義）从馬文文亦聲（無分切十三部大徐左馬右文作駁）春秋傳曰媽馬百駟（見宣二年左傳作文馬按許書當作文馬此言春秋傳之文馬非周書之媽馬也恐人惑故辯之）文馬（二字今補）畫馬也（杜注亦云畫馬爲文四百匹孔子世家文馬三十駟亦謂畫馬）西伯獻紂以全其身（此八字葢或取尚書大傳事箋記於此遂致誤入正文文理不貫當刪要自春秋傳以下恐皆非許語）

馶馬彊也从馬支聲（章移切十六部）

駜馬飽也（魯頌有駜曰有駜有駜傳曰駜馬肥彊皃馬肥彊則能升高進遠臣彊力則能安國按許義小別鄭箋亦云此言僖公用臣必先致其祿食祿食足而臣莫不盡其忠也）从馬必聲（毗必切十二部）詩曰有駜有駜

駫馬肥盛也（各本作盛肥今依廣韵訂）从馬光聲（古熒切古音在十部）詩曰駫駫牡馬（各本作四牡駫駫陸氏德明所見作駫駫牡馬按卽魯頌之駉駉牡

馬也駉駉牡馬古本作牧馬傳言牧之坰野自當是牧字周禮凡馬特居四之一又不當云良馬有騭無騲也詩釋文曰駉古熒反說文作驍又作駫同作驍又三字當刪云說文作駫同玉篇亦曰駫古熒切駉同則知說文作駫駫牧馬而讀古熒反十部十一部之音轉也以今攷之實則毛詩作駫駫許偁駫駫而後人譌亂作駉駉陸所見說文不誤今本說文則誤甚耳毛傳曰駫駫良馬腹幹肥張也許言肥盛卽腹幹肥張从馬光會意而光亦聲

騯 馬盛也 也當作皃 从馬旁聲 旁溥也此舉形聲包會意薄庚切古音在十部 詩曰四牡騯騯 小雅北山四牡彭彭傳曰彭彭然不得息大雅烝民四牡彭彭箋云彭彭行皃大明四騵彭彭箋云馬强疑皆非許所偁鄭風清人駟介旁旁蓋許偁此而駟介轉寫譌四牡耳許所據旁作騯毛傳本有騯騯盛皃之語後逸之二章曰麃麃武皃三章曰陶陶驅馳皃則知首章當有騯騯盛皃矣

䮾 䮾䮾馬怒皃从馬卬聲 吾郎切十部廣韵平聲

驤 馬之低仰也 低當作氐馬之或俛或仰謂之驤吳都賦四騏龍驤古多叚襄爲驤 从馬襄聲 息良切十部

驀 上馬也 吳都賦曰驀六駮上馬必捷故引伸爲猝乍之偁 从馬莫聲 莫白切古音在五部

騎 跨馬也 兩髀跨馬謂之騎因之人在馬上謂之騎今分平去二音曲禮曰前有車騎正義曰古人不騎馬故經典無言騎者今言騎當是周末時禮按左傳左師展將以昭公乘馬而歸此必謂騎也然則古人非無騎矣趙旃以其良馬二濟其兄與叔父非單騎乎 从馬奇聲 渠羈

切古音在十七部

駕馬在軛中也毛傳曰軛烏噣也烏噣卽釋名之烏啄轅有衡衡橫也橫馬頸上其扼馬頸者曰烏啄下向叉馬頸似烏開口向下啄物時也駕之言以車加於馬也从馬加聲古訝切古音五部與十七部相合如春秋傳以軶爲訶是其理也十七部

籀文駕从牛釋名曰軛所以扼牛頸也名聲者

驂驂也旁馬也各本無上也字不可通今補攷禮記正義文選注引說文或作旁馬也三字或作驂旁馬也四字正由有二也字而奪一耳騑馬經典皆謂之驂故曰驂也下文云駕三馬曰驂許意古爲駕三馬之名後乃駕四駕六其旁馬皆得驂名矣故又申之曰旁馬旁者冢上在軛中言之不當衡下者謂之驂亦謂之騑駕三駕四所同也若小雅傳曰騑騑行不止之皃別爲一義从馬非聲甫微切十五部

駢駕二馬也平帝本紀曰詔光祿大夫劉歆等襍定婚禮四輔公卿大夫士郎吏家屬皆以禮娶立軺併馬服虔曰立軺小車也併馬驪駕也按驪讀同伉儷非馬深黑色木部楷下曰讀若驪駕是也併馬謂之儷駕亦謂之駢併駢皆从幷謂並二馬也左傳渾良夫乘中佃兩牡蓋是駕二毛詩說士駕二禮王度記亦言士駕二王肅云夏后氏駕兩謂之麗駢之引伸凡二物幷曰駢从馬幷聲部田切古音在十一部

驂駕三馬也驂三疊韵爲訓詩干旄良馬四之良馬五之良馬六之傳曰四之御四馬也五之驂馬五轡也六之四馬六轡也然則毛公有駕三之說矣王肅云古者一轅之車駕三馬則五轡其大夫皆一轅車夏后氏駕兩謂之麗殷益以一騑謂之驂周人又益以一騑謂之駟本

從一驂而來亦謂之驂經言驂則三馬之名五經異義天子駕數易孟京春秋公羊說天子駕六詩毛說天子至大夫同四士駕二詩云四騵彭彭武王所乘龍旂承祀六轡耳耳魯僖所乘四牡騑騑周道倭遲大夫所乘謹按禮王度記曰天子駕六諸侯與卿同駕四大夫駕三士駕二庶人駕一說與易春秋同駁曰玄之聞也周禮校人掌王馬之政凡頒良馬而養乘之乘馬一師四圉四馬爲乘此一圉者養一馬而一師監之也尚書顧命諸侯入應門皆布乘黄朱言獻四黄馬朱鬣也旣實周天子駕六校人則何不以馬與圉以六爲數顧命諸侯何以不獻六馬易經時乘六龍者謂陰陽六爻上下耳豈故爲禮制王度記云天子駕六者自是漢法與古異大夫駕三者於經無以言之依鄭駁則古無駕三之制孔晁云馬以引重左右當均一轅車以兩馬爲服旁以一馬驂之則偏而不調非人情也株林曰乘我乘驕傳曰大夫乘驕則毛以大夫亦駕四也且殷之制亦駕四故王基云商頌約軝錯衡八鸞鎗鎗是則殷駕四不駕三也按詩箋曰驂兩騑也檀弓注曰騑馬曰驂葢古者駕四兩服馬夾輈在中左右各一騑馬左右皆可以三數之故謂之驂以其整齊如翼言之則謂之騑驂本非謂駕三也顧王度記曰大夫駕三故訓傳亦言驂馬五轡則是古有其說故許釋驂爲駕三然許不偁王度記天子駕六以下云云於騑下亦云驂也是說文晚成不堅執異義之說其說經非不與鄭合矣

从馬參聲倉含切古音在七部

駟　一乘也周禮校人鄭司農注云四匹爲乘按乘者覆也車軛駕乎馬上曰乘馬必四故四馬爲一乘不必已駕者也引伸之凡物四曰乘如乘矢乘皮乘韋乘壺皆是駟者馬一乘之名鄭清人箋云駟四馬也按詩言四牡言四騏言四驖言四騵言四

駱言四黃皆作四下一字皆馬名也言駟介言俴駟皆作駟謂有所以加乎駟者也今詩作駟驖駟騵而干旄疏引異義公羊隱元年疏說文驖字下皆不誤 从馬四聲 息利切十五部

駙 副馬也 副者貳也漢百官公卿表奉車都尉掌御乘輿車駙馬都尉掌駙馬皆武帝初置晉尚公主者並加之師古曰駙副馬也非正駕車皆爲副馬 从馬付聲 符遇切古音在四部 一曰近也 附近字今人作附或作傅依此當作駙 一曰疾也 與赴音義皆相近

⿰馬皆 馬和也 和當作龢孫卿曰六馬不和則造父不能以致遠 从馬皆聲 戶皆切十五部

駊 駊騀 逗二字疊韵 馬搖頭也 廣韵作皃駊騀於頗䫋皆近 从馬皮聲 普火切十七部

騀 駊騀也 从馬我聲 五可切十七部此二篆併解名本譌舛今依全書通例及玉篇所載訂正

⿰馬舀 馬行皃 此當曰⿰馬舀⿰馬舀馬行皃淺人刪之也牛徐行曰㸓㸓馬徐行曰⿰馬舀⿰馬舀今人俗語如是矣 从馬舀聲 土刀切古音在三部按篇韵皆左舀右馬作⿰舀馬初學記引何承天纂文作⿰舀馬

篤 馬行頓遲也 頓如頓首以頭觸地也馬行箸實而遲緩也古叚借篤爲竺字以皆竹聲也二部曰竺厚也篤行而竺廢矣釋詁曰篤固也又曰篤厚也毛詩椒聊大明公劉傳皆曰篤厚也凡經傳篤字固厚二訓足包之釋詁篤竺並列皆訓厚釋名曰篤築也築堅實稱也厚後也有終後也荅篤字之代竺久矣 从馬竹聲 冬毒切三部

騤 馬行威儀也 馬行上當有騤騤二

字詩三言四牡騤騤采薇傳曰彊也桑柔傳曰不息也烝民傳曰猶彭彭也各隨文解之許檃栝之云馬行威儀皃於疊韻取義也从馬癸聲渠追切十五部詩曰四牡騤騤

䮝 䮝䮝二字今補馬行徐而疾也从馬與聲此篆各本作䮝解云學省聲於角切今正玉篇䮝弋魚弋庶二切馬行徐而疾次騤下騢上正與說文同然則古本與玉篇同可知矣廣韻平聲九魚䮝以諸切馬行皃去聲九御䮝羊洳切馬疾行皃集韻九魚䮝下曰說文馬行徐而疾引詩四牡䮝䮝類篇䮝羊諸羊茹二切說文馬行徐而疾引詩四牡䮝䮝是可證宋初大徐本不誤玉篇廣韻皆有䮝字訓馬腹下鳴不言出說文集韻類篇皆於䮝下云乙角切引說文馬行徐而疾也一曰馬腹下聲是當丁度司馬光編書時說文已或譌舛乃誤以爲一字兩義今本說文篆用䮝解用䮝正與鼎部鼏篆鼏解衣部袗篆袀解同誤蓋本有䮝篆解馬腹下聲當與䮝篆爲伍耳論語注曰與與威儀中適之皃心部曰懙趣步懙懙也蘇林漢書注曰懙懙行步安舒也是可以證䮝䮝之解矣五部詩曰四牡䮝䮝依集韻類篇王伯厚詩攷所引說文補今詩無此句小雅車攻大雅韓奕皆云四牡奕奕古音奕之平聲讀弋魚切蓋卽其異文也

駸 馬行疾皃馬行上當本有駸駸字皃各本作也今依篇韻正小雅四牡傳曰駸駸驟皃驟者馬㨗步也从馬侵省聲子林切七部詩曰載驟駸駸

馺 馬行相及也以疊韻爲訓西京賦薛解曰馺娑駘盪枍詣承光皆臺名按馺娑駘盪皆以馬行皃皃臺之高

也从馬及及亦聲合二徐本訂穌合切七部讀若爾雅曰小山馺大徐本此下有大山峘三字蓋淺人所增耳小山馺今爾雅作小山岌許所據古本也讀若二字蓋賸

馮馬行疾也从馬仌聲皮冰切六部按馬行疾馮馮然此馮之本義也展轉他用而馮之本義廢矣馮者馬蹏箸地堅實之皃因之引伸其義爲盛也大也滿也懣也如左傳之馮怒離騷之馮心以及天問之馮翼惟象淮南書之馮馮翼翼地理志之左馮翊皆謂充盛皆畐字之合音段借畐者滿也或段爲凭字凡經傳云馮依其字皆當作凭或段爲淜字如易詩論語之馮河皆當作淜也俗作憑非是

䭾馬步疾也按今人專輒字作輒似當作䭾爲近之从馬耴聲尼輒切八部

騃馬行仡仡也人部曰仡勇壯也吉日儦儦俟俟人部作伾伾俟俟韓詩作駓駓騃騃李賢注馬融傳引韓詩駓駓騃騃或羣或友李善注西京賦引韓詩章句曰趨曰駓行曰騃按毛傳亦曰趨則伾伾行則俟俟毛用段借字韓乃正字也騃騃與俟俟音義同俟大也皆鉏里切方言曰癡騃也乃讀五駭切俗語借用之字耳从馬矣聲一部

驟馬疾步也步下曰行也走下曰趨也行下曰人之步趨也然則行兼步與趨言之此馬行馬步馬走之別也小雅曰載驟駸駸按今字驟爲暴疾之詞古則爲屢然之詞凡左傳國語言驟者皆與屢同義如宣子驟諫公子商人驟施於國是也左傳言驟詩書言屢論語言屢亦言亟其意一也亟之本義敏疾也讀去吏切爲數數然數數然卽是敏疾驟之用同此矣數之本義計也讀所角切爲數數

然乃又引伸爲凡迫促之意好學者必心知其意於此可見也馳驟字曲禮叚騶爲之从馬聚聲鉏又切古音在四部徐仙民毛詩音反爲在遘古音也

馬疾走也廣韵作走疾从馬匃聲古達切十五部

馬疾步也馬之行疾於風故曰追奔電逐遺風从馬風聲此當云从馬風風亦聲或許舉聲包意或轉寫奪屚不可知也符嚴切廣韵符咸扶汎切七部按今有帆字船上幔以使風者也自杜注左傳已用此字不必借颿

驅馬也各本作馬馳也今正此三字爲一句驅爲篆文此三字言其義許之例如此驅馬常言耳盡人所知故不必易字以注之也驅馬自人策馬言之革部曰鞭驅也是其義也从馬區聲豈俱切古音在四部俗作駈

古文驅从攴攴者小擊也今之扑字鞭箠策所以施於馬而驅之也故古文从攴引伸爲凡駕馭追逐之偁周禮以靈鼓敺之以炮土之鼓敺之孟子爲淵敺魚爲叢敺爵爲湯武敺民皆用古文其實皆可作驅與殳部之毆義別

大驅也詩每以馳驅並言許穆夫人首言載馳載驅下言驅馬悠悠馳亦驅也較大而疾耳从馬也聲直离切古音在十七部

亂馳也从馬敄聲亡遇切古音在三部

次弟馳也次弟成行列之馳也故从刿从馬刿聲力制切十五部玉篇作䮚

直馳也節南山傳曰騁極也从馬甹聲丑郢切十一部

馬行疾來皃也大雅緜曰混夷駾矣傳曰

駾突也箋云混夷惶怖驚走奔突入柞棫之中 从馬兊聲 他外切十五部 詩曰昆夷駾
矣 今詩昆作混按昆恐是譌字孟子亦作混 䮱 馬有疾足也 奔軼絕塵字當作䮱今人用駿
逸字當作䮱於此知䮱篆下馬逸足之斷爲譌字矣 从馬失聲 大結切十二部按當依廣韵夷質切
駻 馬突也 駻之言悍也淮南書作馯高曰馯馬突馬也 从馬旱聲 侯旰切十四部
駧 馳馬洞去也 洞者疾流也以疊韵爲訓 从馬同聲 徒弄切九部 驚
馬駭也 驚與警義別小雅徒御不警傳曰不警警也俗多譌驚 从馬敬聲 舉卿切十一部 駭
驚也 从馬亥聲 侯楷切古音在一部經典亦作駴戒聲亥聲同在一部也 䮘
馬奔也 奔者走也 从馬巟聲 呼光切十部按篇韵皆左巟右馬作䮘 騫 馬腹
墊也 墊各本作縶自篇韵已然小徐作熱則更誤今正十部曰墊者下也引春秋傳墊隘馬腹墊正俗所云肚腹低
陷也仲尼弟子列傳閔損字子騫是其義矣考工記小體騫腹
謂之羽屬詩無羊天保傳皆曰騫虧也亏部曰虧者气損也按
詩騫當褰字本用此見詩左傳釋文謂摳衣不使盈滿也俗借褰綺字爲之習者不知其非矣 从馬寒省
聲 去虔切十四部 䮾 馬腹下聲也 从馬學省聲 於角切三部按許書
不必有此字姑補[illegible]此聲廣韵作鳴 駐 馬立也 人立曰侸俗作住馬立曰駐 从馬主

聲中句切古音在四部 馬順也古馴訓順三字互相叚借皆川聲也古文尚書五品不遜史記殷本紀及兩漢書及周禮地官注遜皆作訓而五帝本紀作五品不馴馴之本義爲馬順引伸爲凡順之偁从馬川聲此舉形聲包會意詳遵切十三部

駗驙二字雙聲各本皆刪今依玉篇補馬載重難也俗本重難下有行字非謂馬所負何者重難也从馬㐱聲張人切十二部

驙駗驙也从馬亶聲張連切十四部易曰乘馬驙如周易屯六二屯如亶如乘馬班如亶俗作邅宋時經典釋文不誤許所據易葢上句作駗如驙如乘馬二字當爲誤文

馬重皃也晉世家惠公馬騺不行卽左傳晉戎馬還濘而止今本史記作鷙譌字也而秦本紀作馬騺不誤糸部曰䌸騺不行也今本亦譌鷙莊子馬蹄篇闉扼鷙曼崔云拒扼頓遲也今刻釋文亦譌从鳥而集韵類篇不誤車之前重曰輊馬重曰騺其音義一也廣雅騺駤止也駤卽騺从馬埶聲各本埶譌執篆體上从執則失其聲矣今皆正陟利切十五部亦勑利切

馬曲脊也勹部曰匑者曲脊也音義皆同从馬鞠聲巨六切三部玉篇作驧

犗馬也牛部曰犗者騬牛也其事一故其訓互通从馬乘聲食陵切六部

系馬尾也此當依玉篇作結馬尾廣韵作馬尾結也結卽今之髻字太玄曰車軨馬⿰馬介可以周天下范注軨轄繫⿰馬介尾結也釋文⿰馬介音介馬尾髻也按遠行必髻其馬尾⿰馬介與⿱髟介音義同詩曰駟介左傳

曰不介馬而馳疑介卽古文馻从馬介聲古拜切十五部騷摩馬也各本摩馬上有擾也一曰四字淺人所增也今刪正人曰搔馬曰騷其意一也摩馬如今人之刷馬引伸之義爲騷動大雅常武傳曰騷動也是也檀弓注曰騷騷爾大疾若屈原列傳曰離騷者猶離憂也此於騷古音與憂同部得之騷本不訓憂而擾動則生憂也故曰猶从馬蚤聲穌遭切古音在三部

驏馬轉臥土中也韓詩外傳曰其馬佚而驏吾園而食吾葵从馬展聲張扇反十四部按各本無此篆藝文類聚引說文有之今依玉篇列字次弟補於此

馽絆馬足也足字依韵會補糸部曰絆者馬縶也是爲轉注小雅白駒傳曰縶絆也周頌有客箋同莊子連之以羈馽卽此字从馬〇其足〇象絆之形隸書作馽失其意矣陟立切七部春秋傳曰韓厥執馽前前當作歬語見成公二年左傳今左作執縶馬前蓋古本正作執馽前改易譌衍耳許意絆是物馽是人用物據傳文則謂絆爲馽讀若輒縶馽或从糸執聲

駘馬銜脫也銜者馬勒口中者也脫當作挩解也馬銜不在馬口中則無以控制其馬崔寔政論曰馬駘其銜是也銜脫則行遲鈍廣雅曰駑駘也是也又引伸爲寬大之意漢有臺名駘盪及春色駘蕩是也从馬台聲徒哀切一部亦徒亥切

駔壯馬也壯各本作牡今正李善文選注引皆作壯戴仲達引唐本說文作奘馬也皆可證此猶牙下壯齒譌牡齒耳士部曰壯者大也介部奘者駔大也釋言曰奘駔

也郭云今江東呼爲大駔而猶麤也按駔本大馬之偁引伸爲凡大之偁故駔篆下云奘馬而奘篆下但云駔大許書義例之

精密如此从馬且聲魏都賦注引說文千助反蓋本音隱篇韵皆徂古切五部大徐子朗切相傳下文別

一義之音也一曰駔會也舊作馬蹲駔今依後漢郭太傳注所引正注引說文駔會也謂合兩家之

買賣如今之度市也下十三字蓋系舊注駔會如今之牙行會俗作儈史記節駔會漢書作節駔儈漢書音義云駔亦是儈也

後漢書王君公儈牛自隱徐廣曰駔音祖朗切馬儈也廣韵引晉令儈賣者皆當著巾白帖額言所儈賣及姓名一足白履一

足黑履蓋駔者本平會買賣馬之偁因以爲平會凡物之偁呂氏春秋段干木晉國之駔騶廄御也按騶

之段借作趣周禮詩周書之趣馬月令左傳謂之騶一用段借一用本字也周禮乘馬一師四圉三乘爲皁皁一趣馬三皁爲

毄毄一馭夫六毄爲廄廄一僕夫趣馬掌贊正良馬而齊其飲食掌駕說之頒鄭曰趣馬趣養馬者也按趣者疾也掌疾養馬

故曰騶其字从芻馬正謂養馬也左傳程鄭爲乘馬御六騶屬馬使訓羣騶知禮杜注云六騶六閑之騶月令季秋命僕及七

騶咸駕鄭云七騶謂趣馬主爲諸官駕說者也周禮趣馬統於馭夫馭夫統於廄之僕夫故約言之曰廄馭漢書材官騶發蘇

林讀爲騶如淳讀爲菆从馬芻聲此舉形聲包會意側鳩切四部驛置騎也言騎

以別於車也馹爲傳車驛爲置騎二字之別也周禮傳遽注曰傳遽若今時乘傳騎驛而使者也蓋乘傳謂車騎驛謂馬玉藻

注云傳遽以車馬給使者也車謂傳馬謂遽渾言則傳遽無二析言則傳遽分車馬亦可證單騎從古而有非經典所無許傳

下云遽也遽下云傳也此渾言也驛下云置騎也馹下云傳也此析言也置騎猶孟子言置郵俗用駱驛从馬睪
聲羊益切古音在五部馹傳也各本傳上有驛字淺人所增今刪正辵部曰遽者傳也人部曰傳者遽也
釋言曰馹傳遽也許用釋言文左傳文十六年襄廿一年昭五年國語晉語韋杜注皆曰馹傳也爾雅舍人注曰馹尊者之傳
也呂覽注曰馹傳車也按馹爲尊者之傳用車則遽爲卑者之傳用騎可知舍人說與許合俗字用馹爲驛故左傳文十六年
傳注馹字皆譌驛成五年以傳召伯宗注曰傳驛也驛亦馹之譌从馬日聲人質切十二部从日者謂
如日之健行騰傳也傳與上文傳同皆張戀切引伸爲馳也爲躍也从馬朕聲徒登切六
部一曰犗馬也上文犗馬謂之騬則是騰爲騬之段借字也亦有段騰爲乘者如月令桊牛騰馬讀
乘匹之乘騅苑名也苑見下文騅苑葢漢苑三十六所之一也一曰馬白頟與馰
音義皆同鳥之白曰皠白牛曰犨从馬隺聲下各切古音在二部駉牧馬苑也
苑所以養禽獸也景帝紀匈奴入上郡取苑馬武帝紀罷苑馬百官公卿表曰大僕邊郡六牧師苑令各三丞屬焉如淳曰漢
儀注大僕牧師諸苑三十六所分布北邊西邊以郎爲苑監官養馬三十萬匹地理志北地郡靈州有河奇苑號非苑歸德有
堵苑白馬苑郁郅有牧師苑師古曰苑謂馬牧也駉之義葢同閑牧馬之處謂之閑亦謂之駉从馬冋各本有聲
字今刪此重會意同亦聲古熒切五經文字工營反十一部詩曰在冋之野冋各本作駉淺人不

知許書之例者所改也今正魯頌曰駫駫牧馬在坰之野坰或同字冂古文同字邑外謂之郊郊外謂之野野外謂之林林外謂之冋詩言牧馬在冋故傳爲从馬冋會意之解與麤下曐下相下去下引易買下引孟子說字形正同馬在冋爲駉猶艸木麗於地爲麗也

駪 馬衆多皃 皇皇者華云駪駪征夫傳曰駪駪衆多之皃按毛不曰馬者以詩言人也其引伸之義也許言馬者字之本義也以其字从馬㚘部引詩莘莘征夫 从馬先聲 所臻切十三部

駮 駮獸 駮字今補 如馬倨牙食虎豹 二云如馬則非真馬也自駮以下皆非真馬故次於部末如馬倨牙食虎豹釋嘼毛傳同秦風言六駮者據所見而言也 从馬交聲 北角切古音在二部

駃 駃騠 逗 馬父贏子也 謂馬父之騾也言馬父者以別於驢父之騾也今人謂馬父驢母者爲馬騾謂驢父馬母者爲驢騾不言驢母者疑奪蓋當作馬父驢母贏也六字孟康曰駃騠生七日而超其母 从馬夬聲 古穴切十五部

騠 駃騠也从馬是聲 杜兮切十六部

驢 驢父馬母者也 者字今補崔豹曰驢爲牡馬爲牝卽生騾馬爲牡驢爲牝生駏驉抱朴子曰世不信騾乃驢馬所生云各自有種況乎仙者難知之事哉 从馬贏聲 洛戈切十七部今字作騾

贏 或从贏 贏亦贏聲也

驢 驢獸 二字今補 佀馬長耳从馬盧聲 力居切五部按驢騾駃騠騊駼驒騱大史公皆謂爲匈奴奇畜本中國所不用故字皆不見經傳蓋秦人造之

耳若鄉射禮閭中注云閭獸名如驢一角或曰如驢岐蹄引周書北堂以閭閭斷非驢也而或以爲一物何哉

䮘驢子也何承天纂文同从馬冡聲莫紅切九部

驒驒騱逗野馬屬屬各本作也今依太平御覽正依爾雅則騊駼爲野馬故許謂驒騱爲野馬屬郭注子虛賦曰野馬如馬而小驒騱駏驉類也从馬單聲古音在十四部郭璞張守節皆音顛大徐代何切乃下文別一義之音也一曰驒馬二字各本奪今補驒騱合二字爲一物此單言驒爲一物名之宜正者也青驪白鱗青黑色之馬起白片如鱗然釋嘼曰青驪驎驒魯頌毛傳同郭云色有淺深斑駁隱粼今之連錢驄也郭意與許略異文如鼉魚也謂如鼉魚青黑而白斑也鼉見黽部謂之魚者水蟲皆得名魚也似鰕魚則曰騢似鼉魚則曰驒音各相同也徒河反十四十七部之合音

騱驒騱也依韵會訂从馬奚聲胡雞切十六部

騊騊駼逗北野之良馬也釋嘼曰騊駼馬野馬如淳漢書注曰騊駼野馬也師古曰騊駼出北海中其狀如馬非野馬也楊雄傳前番禺後陶塗師古曰國名出騊駼按如淳用爾雅爲訓顏氏駮之誤矣騊駼爲北野之良馬故謂之野馬从馬匋聲徒刀切古音在三部

駼騊駼也从馬余聲同都切五部

驫衆馬也廣雅曰驫驫走皃也吳都賦驫駥飍矞善曰衆馬走皃也从三馬甫虬切三部纂文音風幽切

文一百一十五今補[illegible]驨二篆則當云一十七重八

廌解廌獸也四字一句侶牛一角各本皆作似山牛今刪正玉篇廣韵及太平御覽所引皆無山也古者決訟令觸不直者下者字依玉篇補神異經曰東北荒中有獸見人鬥則觸不直聞人論則咋不正名曰獬豸論衡曰獬豸者一角之羊性識有罪臯陶治獄有罪者令羊觸之按古有此神獸非必臯陶賴之聽獄也廣韵曰字林字樣作解廌廣雅作[illegible][illegible]陸作獬豸陸謂陸法言切韵也廌與解疊韵與豸同音通用廌能止不直故古訓爲解左傳宣十七年庶有廌乎杜注廌解也釋文本作廌正義本作豸陸云廌解之訓見方言孔云豸解也方言文今方言卷十二𢡆解也𢡆必廌之誤字旣誤後乃反以胡計耳左釋文大書廌字俗改爲鳩莫能諟正象形謂象其頭角也从豸省此下當有豸亦聲宅買切十六部凡廌之屬皆从廌

𧲜解廌屬也蓋亦神獸从廌孝聲古孝切二部按廣韵作[illegible]玉篇作[illegible]皆从孝

薦獸之所食艸艸部曰荐艸席也與此義別而古相叚借左氏傳戎狄荐居服虔云荐艸也言狄人逐水艸而居徙無常處是則子慎謂荐即薦之叚借字也莊子麋鹿食薦釋文引三蒼注曰六畜所食曰薦凡注家云薦進也者皆荐之叚借字荐者藉也故引伸之義爲進也陳也从廌艸會意作甸切十三部古者神人㠯廌遺黃帝絫評曰解廌單評曰廌帝曰何食何處曰

食薦艸當作夏處水澤冬處松柏此說从廌艸之意初造字時因廌食艸成字後乃用爲凡獸所食艸之偁不入艸部者重廌也

灋刑也刑者罰辠也易曰利用刑人以正法也引伸爲凡模笵之偁木部曰模者法也竹部曰笵者法也土部曰型者鑄器之法也平之如水从水說从水之意張釋之曰廷尉天下之平也廌所吕觸不直者去之从廌去下廌字今依韵會補此說从廌去之意法之正人如廌之去惡也方乏切八部

法今文省許書無言今文者此葢隸省之字許書本無或增之也如艸部本有𣂚無折

㕁古文

文四　重二

鹿鹿獸也鹿字今補三字句韵會作山獸象頭角四足之形盧谷切三部

麤鳥鹿足相比从比依韵會訂說从比之意也上言从象其足矣此當有一曰二字鳥鹿皆二足相距密不同他獸相距寬故鳥从匕鹿从比比密也古匕與比通用故槩之曰从比凡鹿之屬皆从鹿

麚牡鹿也釋嘼曰鹿牡麚从鹿叚聲古牙切古音在五部俗作麚吕夏至解角月令仲夏之月日長至鹿角解

麟大牡鹿也牡各本及集韵類篇皆譌牝今正玉篇曰麟大麚也是也子虛賦射麋脚麟謂此按許此篆爲大麚麐篆爲麒麐經典用仁獸字多作麟葢同

音叚借

从鹿粦聲力珍切十二部

麀 牝鹿也釋嘼曰鹿牝麀小雅吉日傳曰鹿牝曰麀按引伸爲凡牝之偁大雅靈臺傳曰麀牝也左傳思其麀牡曲禮父子聚麀皆謂卽牝字也詩一言麀牝三言麀鹿皆取生息蕃多之意 从鹿牝省會意按牝本从匕聲讀扶死反麀音蓋本同後人以鹿聲呦呦改其音並改其字作麀耳於虯切三部

𪊨 或从幽聲按上二篆鉉本在部末鍇本無知古本次此鍇本奪而未補鉉本則補而綴於後也今更正

䴨 麛也各本麛上有鹿字今依李善刪吳都賦翳薈無䴡鷚李善䴡音須引說文麛也按廣韵䴡入十一虞䴨入二十九換以許讀若偄訂之是許本从耎而从需者乃轉寫譌俗也古音需聲在五部耎聲在十四部 从鹿耎聲讀若偄弱之偄奴亂切十四部

麛 鹿子也釋嘼曰鹿子麛字亦作麑論語麑裘卽麛裘國語注曰鹿子曰麛麋子曰䴠按䴠王制祇作夭注云少長曰夭 从鹿弭聲莫兮切十六部兒聲同部也

麉 鹿之絕有力者釋獸文 从鹿幵聲古賢切十二部今爾雅作麉

麒 麒麟仁獸也各本無麒麟二字今依初學記補公羊傳曰麟者仁獸也何注狀如麕一角而戴肉設武備而不爲害所以爲仁也麟者木精毛詩傳曰麟信而應禮左傳服虔注麟中央土獸土爲信信禮之子修其母致其子視明禮修而麟至思睿信立而白虎擾言從乂成而神龜在沼聽聰知正而名川出龍貌恭性仁則鳳皇來儀此左氏毛氏說與公羊說不同也五經異義許愼謹案禮運云麟鳳龜龍謂之

四靈龍東方也虎西方也鳳南方也龜北方也麟中央也是異義謂麟爲信獸從左毛說矣而此云仁獸何也異義早成說文解字晚定此云仁獸用公羊說以其角端戴肉不履生蟲不折生艸也鄭駁異義曰五事言作從從作乂言於五事屬金孔子作春秋故應以金獸性仁之瑞鄭說與奉德侯陳欽說略同鄭云金獸性仁許云仁獸與鄭駁無異但鄭君黨錮事解箋毛詩信而應禮乃依毛說與駁異義相違是知學固與年而徙矣

麐身牛尾一角 爾雅釋獸文

从鹿其聲 渠之切一部丌部曰杜林以畁爲麒

麐 牝麒也 張揖注上林賦曰雄曰麒雌曰麟其狀麕身牛尾狼題郭樸曰麒似麟而無角

从鹿吝聲 力珍切按吝聲古音在十三部經典麒麟無作麐者惟爾雅从吝而亦云本又作麟許書別麟麐爲二又別麒麟之牡牝未知許書古本固如此不玉篇廣韵皆麟麐爲一字許書葢本無麐字淺人所增今於麒篆下補麒麟二字於仁獸之上而刪麐篆併解說則於古經傳及爾雅皆無不合評麟者大牡鹿也評麒麟者仁獸也麒麟可單評麟麐者麟之或字

麋 鹿屬从鹿米聲 武悲切十五部

麋冬至解角 月令仲冬日短至麋角解夏小正十有一月隕麋角

麎 牝麋也 釋獸曰麋牡麔牝麎吉日其祁孔有箋云祁當作麎麎麋牝也大司馬注鄭司農曰五歲爲慎後鄭云慎讀爲麎麋牝曰麎按麎在漢時必讀與祁音同故後鄭得定詩之祁爲麎字林麎讀上尸反徐音同沈市尸反皆本古說也爾雅音義引字林上尸反宋本不誤俗改爲上刃反葢古書之難讀如此

从鹿辰聲 植鄰切十三部

麔 麋

牡者[見釋獸]从鹿咎聲[其久切三部]

麔大麋也[麋各本誤麇今正釋獸曰麔大麕旄毛狗足郭云旄毛者猥長也山海經注曰麂似獐而大猥毛狗腳]狗足从鹿旨聲[居履切十五部]

麂或从几[几聲中山經如此作]

麇麞也[釋獸曰麕牡麌牝麜其子麆許書皆無其字蓋鹿旁皆後人所箸也]从鹿囷省聲[蓋小篆省囷爲禾也居筠切古音在十三部]

麕籀文不省[今詩如此作]

麞麋屬也[伏侯古今注曰麞有牙而不能噬考工記繢人山以章鄭云章讀爲獐獐山物也齊人謂麇爲獐陸璣詩疏云麞麞也青州人謂之麏按麞異於麇者無角]从鹿章聲[諸良切十部]

麠大麃也牛尾一角[麃各本作鹿誤今正釋獸云麠大麃牛尾一角許所本也史武帝紀漢郊祀志皆曰郊雍獲一角獸若麃然武帝所獲正是麠蓋麃似麞無角大麃有一角則謂之麠當時有司因一角附會爲麟也]从鹿畺聲[舉卿切古音在十部]

麖或从京[蜀都吳都二賦如此作此與鱷或从京正同]

麃麞屬[鉉本作麠屬鍇本作麋屬今依韵會本麃者麞屬也麞者麋屬也韋昭曰楚人謂麋爲麃蓋麃似麋而無角陸璣詩疏曰四足之美有麃兩足之美有鷮]从鹿票省聲[薄交切二部詩鄭風駟介麃麃傳云武皃蓋儦儦之叚借字也]

麈麋屬[說文自麋至麈皆說麋屬乾隆三十一年純皇帝目驗御園麈角於冬至皆解而麋角不解敕改時憲書麋角解之麋爲麈臣因知今所謂麈正古所

謂麞也吳都賦注云旄麈有尾故翦之 从鹿主聲 之庾切古音在四部

麑 狻麑獸也 釋獸曰狻麑如虦貓食虎豹 从鹿兒聲 五雞切十六部按此篆與犬部狻篆疑皆後人所增

麙 山羊而大者細角 此七字文理不順疑有誤當作山羊而大角者 从鹿咸聲 胡毚切七部按釋獸說麙與此絕異

麢 大羊而細角 釋獸曰麢大羊山海經作麢本艸作羚羊 从鹿霝聲 郎丁切十一部

⿸鹿圭 鹿屬从鹿圭聲 古攜切十六部

麝 如小麋臍有香 釋獸曰麝父麕足郭云腳似麞 从鹿䠶聲 神夜切古音在五部

麌 佀鹿而大 楊雄蜀都賦麢麌鹿麝 从鹿與聲 羊茹切五部

麗 旅行也 此麗之本義其字本作丽旅行之象也後乃加鹿耳周禮麗馬一圉八麗一師注曰麗耦也禮之儷皮左傳之伉儷說文之驪駕皆其義也丽相附則爲麗易曰離麗也日月麗乎天百穀艸木麗乎土是其義也麗則有耦可觀效部曰麗爾猶靡麗也是其義也丽而介其間亦曰麗離卦之一陰麗二陽是也 鹿之性見食急則必旅行 此說从鹿之意也見食急而猶必旅行者義也小雅呦呦鹿鳴食野之苹傳曰鹿得萍呦呦然鳴而相呼懇誠發乎中以與嘉樂賓客當有懇誠相招呼以成禮也北史裴安祖聞講鹿鳴而兄弟同食古文祇作丽後乃加鹿之意如是 从鹿丽 各本丽下有聲字今正从鹿五經文字作从鹿省蓋張氏所據如是故隸

書多作麗少一畫郎計切十五部 禮麗皮納聘蓋鹿皮也 聘禮曰上介奉幣儷皮士冠禮主人酬賓束帛儷皮儷卽麗之俗鄭注儷皮兩鹿皮也鄭意麗爲兩許意麗爲鹿其意實相通士冠注曰古文麗爲離

丽 古文 𠀀 篆文麗字 古本皆作篆文毛刻作籒文集韵類篇曰古作丽丽玉篇又乖異不同廣韵則麗丽各字疑丽者古文麗者籒文丽者小篆也然小篆多用麗爲形聲

文二十六 今刪䴟 重六

按此部各本麌下麠上有䴟篆云鹿迹也从鹿速聲桑谷切無論橫亙令上下二篆不相接釋獸曰麋其跡躔鹿其迹速又作䴟麇其迹解兔其迹远廣雅總之曰躔䟡解亢迹也䟡曹憲匹迹反是可以證古爾雅之作速不作速卽加鹿亦當作䴟不从速辵部曰速籒文迹速無妨專爲鹿迹之名卽作䴟亦必匹迹切在十六部不得从速桑谷切在三部也許書有䴟篆必是淺人據誤本爾雅所羼入今刪正集韵䟡或迹字資昔切

又按麒麟作麒麐而麟爲別一字求之古文往往不合麐爲牝麒何以經傳不評麒但評麟且又何不言牡曰麒也鳥部以鳳居首此亦當鹿篆之下出麒篆解云麒麟仁獸也麐身牛尾一角从鹿其聲又出麟篆解云麒麟也从鹿粦聲一曰麟大牡鹿也又出麐篆解云或从吝聲以下乃次麌篆乃合今本恐非古本耳 改麀篆爲䴟篆次於麤篆之下解云鹿迹也从鹿速速籒文迹乃合

𪋻行超遠也鹿善驚躍故从三鹿引伸之爲凶莽之偁篇韵云不精也大也疏也皆今義也俗作麁今人槩用粗粗行而麤廢矣粗音徂古切从三鹿三鹿齊跳行超遠之意字統云警防也鹿之性相背而食慮人獸之害也故从三鹿楊氏與許乖異如此倉胡切五部凡麤之屬皆从麤

⿱麤土鹿行揚土也羣行則揚土甚引伸爲凡揚土之偁土部曰埃塵也塺塵也坋塵也釋詁塵久也鄭桑柔傳之塵久也東山傳烝寘也箋云古者聲寘塡塵同也又甫田傳曰尊者食新農夫食陳按寘塡塵陳四字同音皆訓久當是塡爲正字塡者寘也寘則安定寘鎮與塡同塵陳皆叚借字也从麤土不入土部者重麤也直珍切十二部

⿱土土籀文揚土上散故从二土在上

文二　重一

㲋㲋獸也㲋字今補三字句似兔青色而大中山經綸山其獸多閭麈麢㲋郭注㲋似兔而鹿腳青色音綽按㲋乃㲋之俗體耳集韵别爲兩字非也象形頭與兔同足與鹿同合二形爲一形也丑略切按言部曰訬讀若㲋則古音在二部凡㲋之屬皆从㲋

㲋籀文㲋

毚狡兔也小雅巧言傳曰毚兔狡兔也按狡者少壯之意兔之駿者駿者良才者也从㲋兔兔之大者則爲㲋之類士咸切八部

⿱㲋吾獸名从㲋

吾聲讀若寫司夜切古音在五部㲋㲋獸也三字句佀狌狌曲禮曰狌狌能言不離禽獸諸家說狌狌如狗聲如小兒啼其字亦作猩猩玉篇廣韵皆曰㲋似狸疑似狌狌三字當作似狸二字

从㲋夬聲古穴切十五部

文四　重一

兔兔獸也各本作獸名今正三字句象兔踞兔字今補踞俗字也當作居後其尾形其字象兔之蹲後露其尾之形也湯故切五部俗作菟兔頭與㲋頭同凡兔之屬皆从兔

逸失也此以疊韵爲訓亡逸者本義也引伸之爲逸遊爲暇逸从辵兔會意夷質切十二部兔謾訑善逃也說从辵兔之意謾訑皆欺也謾音蠻訑言部作詑音大和切兔善逃故从兔辵猶隹善飛故奪从手持隹而失之皆亡逸之意

冤屈也屈不伸也古亦叚宛爲冤从冂兔會意冂音莫狄切覆也於袁切十四部兔在冂下不得走益屈折也枉曲之意取此

娩兔子也釋獸曰兔子嬎本或作嬔按女部曰嬔生子齊均也此云娩兔子也則二字義別矣郭云俗呼曰嬔娩疾也此上當有一曰二字从女兔芳萬切十四部按爾雅音義匹萬反又匹附反恐當音前一音爲是後一音非

[illegible]疾也玉篇廣韵皆曰急疾也今作趕

少儀曰毋拔來毋報往注云報讀爲赴疾之赴拔赴皆疾也按赴趕趕皆卽⿱兔⿰兔兔字今字⿱兔⿰兔兔趕皆廢矣 从三兔 與三馬三鹿三犬三羊三魚取意同兔善走三之則更疾矣芳遇切古音葢在三部 闕 此闕謂闕其讀若也然其音固傳矣

免 兔逸也从兔不見足會意 許書失此字而形聲多用爲偏旁不可闕也今補免兔之異異於其足能鹿㲋从比鳥烏兔从匕兔象其蹲居之形有足有尾其字當橫視之兔之走最迅速其足不可諟見故免省一畫兔不見獲於人則謂之免孫子云始如處女敵人開戶後如脫兔敵不及拒是也此二字之別也引伸之凡逃逸者皆謂之免假借爲袒免爲免蒐依毛詩與酒韵古音在十三部轉入十四部也今音亡辨切錢氏大昕云兔免當是一字漢人作隸誤分之似未然俛从免自是會意

文五 今補免篆則爲文六

萈 山羊細角者从兔足从苜聲 苜部下曰从丫从目萈从苜胡官切十四部苜在十五部合音冣近俗作羱 凡萈之屬皆从萈讀若丸寬字从此 寬用爲聲

文一

犬 狗之有縣蹏者也 有縣蹏謂之犬叩氣吠謂之狗皆於音得義此與後蹄廢謂之

彘三毛聚居謂之豬竭尾謂之豕同明一物異名之所由也莊子曰狗非犬司馬彪曰同實異名夫異名必由實異君子必貴
游藝也象形苦泫切十四部孔子曰視犬之字如畫狗也又曰
牛羊之字以形聲今牛羊犬小篆卽孔子時古文也觀孔子言犬卽狗矣渾言之也凡犬之屬皆从
犬
狗孔子曰狗叩也叩气吠吕守吠以當作以吠許書有扣無叩
扣訓牽馬也疑古本有叩字而許逸之叩觸也从卩口聲叩气者出其气也一說叩卽敂之俗敂者擊也凡以此擊彼皆曰敂
犬敂气吠亦是以內禦外鴻範五行傳注曰犬畜之以口吠守者也屬言按釋獸云未成豪狗與馬二歲曰駒熊虎之子曰狗
同義皆謂稚也从犬句聲古厚切四部
獀南越名犬獿獀也獿獀
疊韵字南越人名犬如是今江浙尚有此語从犬叜聲所鳩切三部
尨犬之多毛者釋嘼毛傳皆曰尨狗也此渾言之許就字分別言之也引伸為襍亂之偁小戎箋曰蒙尨是也牛白黑襍毛曰
牻襍語曰哤皆取以會意从犬彡會意彡以言其多毛也莫江切九部詩曰無使尨也
吠召南野有死麕文
狡少犬也犬各本作狗今依急就篇注事類賦注作犬淮南俶真訓狡狗
之死也割之有濡高注狡少也引伸為狂也滑也疾也健也从犬交聲古巧切二部匈奴
地有狡犬巨口而黑身周書王會解匈奴以狡犬狡犬者巨身四尺果顏注急就篇曰

狡犬匈奴中大犬也鉅口而赤身

獿 犬惡毛也 爾雅旄毛郭云獿長也 从犬農聲 奴刀切古音在九部乃容反

猲 猲獢 各本奪此二字今依全書通例補雙聲字也 短喙犬也 見釋嘼毛詩傳 从犬曷聲 許謁切十五部毛詩作歇爾雅又作獥今爾雅釋文作獥乃轉寫譌字也詩釋文曰說文音火遏反 詩曰載獫猲獢 秦風駟驖文 爾雅曰短喙犬謂之猲獢 釋嘼文此引詩又引爾雅可以證不猤不來也騋牝驪牝也二條皆有譌奪

獢 猲獢也从犬喬聲 許驕切二部毛詩又作驕

獫 長喙犬也 見釋嘼毛詩傳 一曰黑犬黃頭 別一義 从犬僉聲 虛檢切七部詩釋文引說文力劒反

㹥 黃犬黑頭 廣雅說犬屬有㹥 从犬主聲讀若注 之戍切古音在四部

猈 短脛犬 犬舊作狗今正說解中例云犬也猈之言卑也言矲猎也 从犬卑聲 薄蟹切十六部

猗 犗犬也 犬曰猗如馬曰騬牛曰犗羊曰羠言之不妨通互耳有用爲歎詞者齊風傳曰猗嗟歎辭商頌傳曰猗歎辭是也衞風傳曰猗猗美盛皃檜風傳曰猗儺柔順也節南山傳曰猗長也皆以音叚借也有叚爲兮字者魏風清且漣猗清且直猗清且淪猗是也有叚爲加字者小雅猗于畝丘是也有叚爲倚字者小雅有實其猗是也 从犬奇聲 於离切古音在十七部

狊 犬視皃从犬目 古闃切古十六

部按爾雅須屬鳥曰狊此謂鳥振其毛羽如犬張目也獸屬須狊皆謂須眉髦鬣之而毛鬣之鼓動也故槩之曰須屬

⿰犭音竇中犬聲犬鳴竇中聲⿰犭音⿰犭音然也从犬音音亦聲乙咸切七部

默犬暫逐人也叚借爲人靜穆之偁亦作嘿从犬黑聲讀若墨莫北切一部

猝犬从艸暴出逐人也叚借爲凡猝乍之偁古多叚卒字爲之从犬卒聲麤沒切十五部

猩猩猩犬吠聲遠聞犬吠聲猩猩然也从犬星聲桑經切十一部按禮記爾雅皆有猩猩記曰猩猩能言猩猩亦作狌狌許不錄狌字猩字下亦不言獸名豈以形乍如犬因之得名故與

⿰犭兼犬吠不止也从犬兼聲讀若檻胡黯切七部一曰兩犬爭也於兼犬取意

⿰犭敢小犬吠从犬敢聲荒檻切八部南陽新野有⿰犭敢鄉野各本作亭今正南陽郡新野縣見地理志郡國志今河南南陽府新野縣南有漢新野故城

猥犬吠聲此本義也廣韵曰鄙也今義也从犬畏聲烏賄切十五部

獿獿逗此複舉字之未刪者㹶也夊部夒今作優作猱獶則別一字別一義从犬夒聲女交切古音在三部

⿰犭翏犬獿獿咳吠也廣雅曰擾也从犬翏聲火包切古音在三部

⿰犭容犬容頭進也也當作皃漢書曰容頭過身从

犬參聲山檻切七部按此字集韵類篇皆云疏簪切犬容頭進皃不言出說文小徐無此篆一曰賊疾也賊疾有誤

獎嗾犬厲之也口部曰嗾使犬聲也厲之猶勉之也引伸爲凡勸勉之偁方言曰自關而西秦晉之間相勸曰聳或曰獎中心不欲而由旁人之勸語亦曰聳凡相被飾亦曰獎从犬將省聲卽兩切十部俗作奬

犭戔犬齧也大字今補从犬戔聲初版切十四部

狦惡健犬也廣雅曰狠也从犬刪省聲所晏切十四部又平聲

狠犬鬥聲犬各本作吠今依宋本及集韵正鬥各本作鬭今正今俗用狠爲很許書很狠義別从犬艮聲五還切古音在十三部

犭番犬鬥聲鬥字今正从犬番聲附袁切十四部

狋犬怒皃漢書東方朔傳曰狋吽牙者兩犬爭也从犬示聲漢書五伊反玉篇魚饑切十五部大徐語其切非也一曰犬難附附各本譌得今依集韵類篇正附猶近也代郡有狋氏縣地理志郡國志同孟康曰狋音權氏音精讀又若銀上文云狋聲則在脂微而又讀入文𧳄部或曰當作讀若銀在下文从犬斤聲之下

犭斤犬吠聲九辨猛犬狺狺而迎吠王注讒佞讙呼而在側也狺卽犭斤字从犬斤聲語斤切十三部

獡犬獡獡不附人也良犬宋獡以此得名亦作猎作猑从犬舄聲南楚謂相驚

曰猲 方言曰猲驚也宋衛南楚凡相驚曰猲或曰透透式六反 讀若愬 式略切五部古愬讀如朔

獷 犬獷獷不可附也 呂氏春秋荆文王得茹黃之狗說苑作如黃廣雅犬屬有楚黃廣韵作楚獷經典釋文作楚獷實一字也引伸爲凡麤惡皃之偁漢書曰獷獷亡秦 从犬廣聲 古猛切古音在十部 漁陽有獷平縣 地理志郡國志同服虔曰音鞏

狀 犬形也 引伸爲形狀如類之引伸爲同類也 从犬爿聲 鉏亮切十部

㹟 妄彊犬也从犬壯壯亦聲 徂朗切十部

獒 犬知人心可使者 知一作如公羊傳曰靈公有周狗謂之獒何注周狗可以比周之狗所指如意者按周狗爾雅注及博物志或譌作害狗不可爲據也釋嘼曰犬高四尺曰獒 从犬敖聲 五牢切二部 春秋傳曰公嗾夫獒 宣六年左傳文

獳 怒犬皃从犬需聲讀若槈 奴豆切又乃矦切四部或作㹨者譌字也

狧 犬食也 爾雅牛曰齝羊曰齥麋鹿曰齸鳥曰嗉寓鼠曰嗛當補之曰犬曰狧犬食主舌他物主喉也漢吳王濞傳曰狧穅及米史記作䑛䑛見舌部以舌取食也食爾反狧讀如荅異字異音而同義顏注云狧古䑛字乃大誤 从犬舌聲 小徐衍聲字 讀如比目魚鰈之鰈 魚部不收鰈字而此有之爾雅鰈本或作鰨蓋許書鰨卽鰈也他合切八部亦作猎

狎 犬可習也 引伸爲凡相習之偁古叚甲爲

之衛風傳曰甲狎也此言叚借也从犬甲聲胡甲切八部狃犬性忕也忕大
徐作驕非忕習也余制切心部作愧習也愧卽忕之譌也狃本謂犬性之忕引伸叚借爲凡忕習之偁鄭風傳曰狃習也國語
韋注左傳杜注皆曰狃忕也从犬丑聲女久切三部獪狡獪也从犬
會聲方言劋獗獪也秦晉之閒曰獪楚謂之劋或曰獗鄭曰蔿或曰姡又曰央亡嚜屎姡獪也又曰屑恈獪也郭云
獪古狡狯字从犬會聲古外切十五部按此篆葢本謂犬叚借之言人大徐本在狡猥二篆閒非是今
依小徐及玉篇次於此犯侵也本謂犬叚借之謂人从犬㔾聲防險切七部猜
很賊也本謂犬叚借之謂人从犬青聲倉才切古在十一部猛健犬也
叚借爲凡健之偁从犬孟聲莫杏切古音在十部犺健犬也本謂犬引伸謂人廣
韵曰獟犺不順从犬亢聲苦浪切十部𤞞多畏也本謂犬叚借謂人从犬
去聲去劫切古音葢在五部怯杜林說𤞞从心今字皆用伯山說也獜
健也廣韵引犬健也今本奪犬字从犬粦聲力珍切十二部詩曰盧獜獜
齊風文毛詩作令令纓環聲許葢取三家詩也獧疾跳也跳者躍也一曰急也獧狷
古今字今論語作狷孟子作獧是也論語曰狂者進取狷者有所不爲也大徐別增狷篆非从犬睘聲

古縣切十四部

倏犬走疾也依韵會本訂引伸爲凡忽然之詞或叚儵字爲之从犬攸聲讀若叔式竹切三部

狟犬行也廣韵作大犬也从犬亘聲胡官切十四部周書曰尚狟狟牧誓文今作桓桓許用孔壁中古文也釋訓曰桓桓威也魯頌傳曰桓桓威武皃然則狟狟者桓桓之叚借字此亦以玫爲好以莫爲謨以堲爲疾以圛爲繹之例

㹱過弗取也此有誤字玉篇但云犬過廣韵但云拂取疑當合之曰犬過拂取从犬巿聲讀若孛蒲沒切十五部篇韵皆步內切

[illegible]犬張耳皃从犬易聲陟革切十六部

猌犬張齗怒也齗齒本也从犬來聲此从犬來會意聲字衍當刪讀又若銀又字衍魚僅切古音在十二部

犮犬走皃依篇韵訂从犬而丿之曳其足則刺犮也丿余制切抴也抴引也刺犮行皃刺音辣犮與𨁽音義同𨁽下曰足刺𨁽也蒲撥切十五部

戾曲也了戾乖戾很戾皆其義也引伸之訓爲罪見釋詁詩毛傳又訓爲至訓爲來訓爲止訓爲待訓爲定皆見釋詁毛傳皆於曲引伸之曲必有所至故其引伸如是釋言曰疑休戾也从犬出戶下會意郎計切十五部犬出戶下爲戾者身曲戾也各本少犬出戶下爲五字今補正戶下猶戶閬戶之下必有閾閾高則犬出必曲身又或戶闔犬擠出亦必偏曲其身此說戾字會意本義叚借用廣而

本義廢矣

犬相得而鬥也鬥各本作鬭今正凡爭鬥字許作鬥鬭者遇也其義各殊今人乃謂鬭正鬥俗非也从犬蜀聲徒谷切三部羊爲羣犬爲獨犬好鬥好鬥則獨而不羣引伸叚借之爲專壹之偁小雅正月傳曰獨單也孟子曰老而無子曰獨周禮大司寇注曰無子孫曰獨中庸大學皆曰慎其獨戾獨等字皆叚借義行而本義廢矣一曰北嚻山有獨裕獸如虎白身豕鬣尾如馬山海經北山經曰北嚻之山有獸焉其狀如虎而白身犬首馬尾彘鬣名曰獨裕郭圖讚亦云虎狀馬尾號曰獨裕

獨裕獸也从犬谷聲此蒙上文言獨裕而終之依全書之例則當次於獀玃以下余蜀切三部郭音谷

秌田也釋天曰秋獵爲獮鄭君韋昭薛綜杜預皆曰獮殺也釋獮爲殺者以疊韵爲訓古音獮與璽同也若明堂位叚省爲獮取其雙聲耳从犬取載獀獮獢之意璽聲各本篆作獮云璽聲非是依左傳釋文正此从小篆文非从籒文也息淺切古音在十五部

獮或从示宗廟之田也故从豕示此篆文及解疑皆有譌不能遽定姑仍其舊

放獵逐禽也放小徐作畋畋平田也非許義韵會作效效疑校之譌校獵見吳都賦蓋即孟子之獵較也校獵二字逗以逐禽釋之蔡邕月令章句曰獵捷也白虎通曰四時之田總名爲獵毛詩不狩不獵箋云冬獵曰狩宵田曰獵此因經文重言而分別之也引伸爲淩獵爲捷獵从犬巤聲

良涉切八部

獠 獵也許渾言之釋天析言之曰宵田爲獠管子四稱篇獠獵畢弋从犬尞聲力照切二部

狩 火田也火各本作犬不可通今依韵會正釋天曰冬獵爲狩周禮左傳公羊穀梁夏小正傳毛詩傳皆同又釋天曰火田爲狩許不偁冬獵而偁火田者火田必於冬王制曰昆蟲未蟄不以火田故言火以該冬也孟子曰天子適諸侯曰巡狩巡狩者巡所守也此謂六書叚借以守爲狩有叚守爲狩者如明夷于南狩天王狩于河陽皆或作守是也从犬守聲書究切三部易曰明夷于南狩明夷九三爻辭

臭 禽走臭而知其迹者犬也走臭猶言逐氣犬能行路蹤迹前犬之所至於其气知之也故其字从犬自自者鼻也引伸叚借爲凡气息芳臭之偁从犬自尺救切三部

獲 獵所獲也故从犬引伸爲凡得之偁从犬蒦聲胡伯切古音在五部

獘 頓仆也人部曰仆者頓也謂前覆也人前仆若頓首然故曰頓仆从犬敝聲毗祭切十五部春秋傳曰與犬犬獘僖四年左傳文引此證从犬之意也獘本因犬仆製字叚借爲凡仆之偁俗又引伸爲利弊字遂改其字作弊訓困也惡也此與改獎爲獎正同

斃 獘或从死經書頓仆皆作此字如左傳斃於車中與一人俱斃是也今左傳犬獘亦作犬斃蓋許時經書斃多作獘

獻 宗廟犬名羹獻犬肥者以獻此說从犬之意也曲禮曰凡祭宗廟之禮犬曰羹獻按羹之言

良也獻本祭祀奉犬牲之偁引伸之爲凡薦進之偁按論語鄭注曰獻猶賢也獻得訓賢者周禮注獻讀爲儀是以伏生尚書民儀有十夫古文尚書作民獻咎繇謨古文萬邦黎獻漢孔宙碑費鳳碑斥彰長田君碑皆用黎儀字皆用伏生尚書也班固北征頌亦用民儀字从犬鬳聲許建切十四部

猏獟犬也从犬幵聲五甸切十四部一曰逐虎犬也廣韵曰逐獸犬葢唐人避諱改

獟猏犬也二篆爲轉注从犬堯聲五弔切二部

狾狂犬也左傳哀十二年國狗之瘈無不噬也杜云瘈狂也按今左傳作瘈非古也許所見作狾从犬斲聲斲各本作折篆體亦誤今正征例切十五部春秋傳曰狾犬入華臣氏之門襄十七年左傳曰國人逐瘈狗瘈狗入于華臣氏之門二字漢五行志作狾

狂狾犬也二篆爲轉注叚借之爲人病之偁从犬㞷聲巨王切十部

[篆]古文从心按此字當从古文作[篆]小篆變爲从犬非也

類種類相侣唯犬爲甚說从犬之意也類本謂犬相侣引伸叚借爲凡相侣之偁釋詁毛傳皆曰類善也釋類爲善猶釋不肖爲不善也左傳刑之頗類叚類爲纇从犬頪聲廣韵引無聲字按此當云頪亦聲頪難曉也力遂切十五部

狄北狄也北各本作赤誤今正赤狄乃錯居中國狄之一種耳許書蟲部曰南蠻曰東南閩越大部曰東方夷羊部曰西方羌豸部曰北方貉則此必言北狄狄與貉皆在北而貉在東北狄

在正北釋地曰九夷八狄七戎六蠻謂之四海八蠻在南方六
戎在西方五狄在北方李巡云五狄者一曰月支二曰穢貊三
曰匈奴四曰單于五曰白屋王制
明堂位皆言東夷南蠻西戎北狄本犬種此與蠻閩本虵種
貉本豸種羌本羊
種一例狄之爲言淫辟也此與孔子曰貉之言貉貉惡也
一例惡與貉辟與狄皆疊韵爲
訓風俗通云狄父子嫂叔同穴無別狄者辟
也其行邪辟其類有五按辟者今之僻字从犬亦省聲
徒歷切十六部按亦當作朿李陽冰云蔡中郎以豊同豐李丞
相持朿作亦所謂持朿作亦者指迹狄二字言迹籒文作速狄
之古文籒文亦必作狹是以詩瞻卬狄與刺韵屈原九章狄與
積擊策蹟適蹟益韵古音在十六部也若从亦聲則古音在五
部而非其韵然自李斯變古籒爲篆文其形已
誤而其聲至今不誤聖人諭書名之澤長矣
狻麑逗如虦苗食虎豹苗各本作貓今依虎部正虦苗謂淺毛也
釋獸曰虎竊毛謂之虦苗狻麑如虦苗食
虎豹許所本也於此詳之故鹿部麑下祇云狻麑也全書之
例如此凡合二字成文者其義詳於上字同部異部皆然
从犬非犬而从犬者猶或行或飛或毛
或蠃或介或鱗皆从虫也以下同夋聲素官切十四部見爾
雅
玃大母猴也各本無大今依爾雅釋文玄應書廣韵
補釋獸曰玃父善顧郭云貑玃也似獮
猴而大色蒼黑能玃持人善顧眄按
張揖注上林賦曰玃似獮猴而大善玃持人好顧眄
七字依玄應補
玃俗作貜誤从犬矍聲俱縛切五部爾雅曰玃父善顧

各本此下有擾持人也四字正由上奪而行於此今刪

猶 玃屬 釋獸曰猶如麂善登木許所說謂此也曲禮曰使民決嫌疑定猶豫正義云說文猶玃屬豫象屬此二獸皆進退多疑人多疑惑者似之故謂之猶豫按古有以聲不以義者如猶豫雙聲亦作猶與亦作冘豫皆遲疑之皃老子豫兮如冬涉川猶兮若畏四鄰離騷心猶豫而狐疑以猶豫二字皃其狐疑耳李善注洛神賦乃以猶獸多豫狐獸多疑對說王逸注離騷絕不如此禮記正義則又以猶與豫二獸對說皆郢書燕說也如九歌君不行兮夷猶王逸卽以猶豫解之要亦是雙聲字春秋經猶三望猶朝于廟猶繹今謂可已而不已者曰猶卽猶豫夷猶之意也釋詁曰猷謀也釋言曰猷圖也召南傳曰猶若也說文圖者畫也計難也謀者慮難也圖謀必酌其事而圖畫也是則皆從遲疑鄭重之意引伸之魏風毛傳猷可也可後有濟故圖也謀也若也爲一義周禮以猶鬼神示之居猶者之義與庶幾相近庶幾與今語猶者相近也釋詁又曰猷道也以與由音同秩秩大猷漢書作大繇可證釋詁又云猷已也謂已然之詞亦卽猶三望之類也 **从犬酋聲** 以周切三部今字分猷謀字犬在右語助字犬在左經典絕無此例 **一曰隴西謂犬子爲猶** 此別一義益證从犬之意

狙 玃屬 莊子狙公賦芧司馬彪云狙一名獦𤟹似猨而狗頭喜與雌猨交崔譔向秀謂之猵狙釋文狙七餘反 **从犬且聲** 親去切五部按親去切非也本七餘切自叚借爲覷字而後讀去聲周禮蜡氏注狙司卽覷伺也倉頡篇曰狙伺候也史漢狙擊秦皇帝伏虔應劭徐廣皆曰狙伺也方言自關而西曰索或曰狙郭注云狙伺也此皆千恕切 **一曰**

犬暫齧人者犬下各本有也字今依李善劇秦美新注刪李云且餘反一曰犬不齧人者此亦當且餘反

猴夒也夒上當有母猴二字夒下曰獸也一名母猴爲下曰母猴也玃下曰大母猴也禺下曰母猴屬也𧲠下曰食母猴母猴乃此獸名非謂牝者沐猴獼猴皆語之轉字之譌也陸佃據柳子厚之言曰蝯靜而猴躁其性迥殊按許書亦猴與蝯別析言之也若蝯下曰禺屬禺下曰母猴屬毛傳曰猱猿屬猱卽說文之夒字是二者可相爲屬而非一物也爾雅曰猱蝯善援謂二者一類从犬侯聲乎溝切四部

㺃犬屬疑犬屬之上當有豰玃二字淺人妄刪之詳於此故豕部但曰豰玃也腰已上黃腰已下黑食母猴上林賦郭樸注同此而腰以前黃腰以後黑奪去四字當校補南都賦注李善引說文按史漢文選之上林賦文選之南都廣韵一屋說此物皆作㲉从豕廣韵十八藥又引說文豰玃作㲉玃尋許書㲉爲小豚非一物一字也將由寫者亂之从犬㱿聲讀若構火屋切三部

狼佀犬銳頭白頰高前廣後詳其狀可識別也毛傳曰狼獸名釋獸曰狼牡貛許謂貛卽狼从犬良聲魯當切十部

狛如狼善驅羊从犬白聲讀若檗檗言柏今人黃檗字作黃柏正雙聲之轉也甯嚴讀之若淺洦甯嚴蓋博訪通人之一也洦淺水皃見水部俗作泊非也古音傍各切狛大徐匹各切玉篇白駕切廣韵作猈亦白駕切古音在五部

猵

狼屬从犬曼聲 舞販切十四部 爾雅曰貙獌佀貍 釋獸曰貙佀貍郭云今貙虎也大如狗文似貍釋獸又曰貙獌似貍郭云今山民呼貙虎之大者爲貙豻按郭語則二條一物也故許貙下獌下皆偁貙獌似貍郭注子虛賦云蟃蜒大獸似貍長百尋則以西京賦巨獸百尋者提而一之恐附會矣 狐 祅獸也鬼所乘之 爾雅音義無之字 有三德其色中和小歬大後 廣韵作豐後 死則丘首 音義廣韵皆作首丘 謂之三德 御覽有此四字 从犬瓜聲 戶吳切五部 獺 獺 水狗也 小徐作小狗大徐作如小狗今依廣韵訂 食魚 大徐上有水居二字乃上文作如小狗因妄增 从犬賴聲 他達切十五部 猵 猵 獺屬 楊雄蜀都賦作猵羽獵賦江賦作獱郭樸三倉解詁云獱似狐青色居水中食魚 从犬扁聲 布玄切十二部按易翩與鄰韵服虔獱音賓李善獱音頻古扁聲賓聲同在十二部也今韵乃猵入先獱入真矣 獱 或从賓 猋 猋 犬走皃 引伸爲凡走之偁九歌猋遠舉兮雲中王注猋去疾皃爾雅扶搖謂之猋作此字 从三犬 此與驫麤毳同意甫遙切二部

文八十三 重五

㹜 㹜 兩犬相齧也 㹜各本作兩今正 从二犬 義見於形也語斤切十三部 凡

㹜之屬皆从㹜𤞞司空也此空字衍司者今之伺字以司釋獄以疊韵爲訓也許書無伺字以司爲之玉篇獄注云察也今作伺覗按希馮直以獄爲伺覗之古字葢用許說也其字从㹜葢謂兩犬吠守伺察之意从㹜臣聲息茲切一部司事者必臣動有言形聲中有會意后司字亦从口也復說獄司空此句上有奪字某復者姓名也某復說獄司空曰獄別一義也周禮司救役諸司空注如漢法城旦舂鬼薪白粲之類儒林列傳大后怒曰安得司空城旦書乎徐廣曰司空掌刑徒之官也如淳說都司空主罪人應劭漢官儀曰綏和元年罷御史大夫官法周制初置司空議者又以縣道官有獄司空故覆加大爲大司空是則漢時有都司空有獄司空皆主罪人皆有治獄之責以其辨獄也故从㹜㹜者獄之省

獄确也召南傳曰獄埆也埆同确堅剛相持之意从㹜从言魚欲切三部二犬所㠯守也說从㹜之意韓詩曰宜犴宜獄鄉亭之繫曰犴朝廷曰獄獄字从㹜者取相爭之意許云所以守者謂陛牢拘罪之處也

文三

鼠穴蟲之總名也其類不同而皆謂之鼠引伸之爲病也見釋詁毛詩正月作癙雨無正作鼠實一字也象形上象首下象足尾書呂切五部凡鼠之屬皆从鼠

𪕱𪕱鼠也三字爲句各本皆刪一字淺人所爲也以下皆同廣雅謂之白𪕱王氏念孫曰𪕱之言皤也从

⿰鼠番聲讀若樊附袁切十四部或曰鼠婦此別一義釋蟲曰蟠鼠負蟠即⿰鼠番字鼠負即婦字今之瓮底蟲也虫部又云蛜威委黍委黍鼠婦也

⿰鼠各鼠出胡地皮可作裘从鼠各聲下各切五部

鼢地中行鼠伯勞所化也中字依爾雅釋文補化各本作作今依廣韵所引字林正釋獸有鼢鼠郭云地中行者陶隱居云鼴鼠一名隱鼠一名鼢鼠常穿耕地中討掘即得蘇頌圖經曰即化爲鴽者也按依許氏說百勞化田鼠而田鼠化鴽物類遞嬗有如斯矣方言謂之犂鼠犂即犁字自其場起若耕言之則曰犂鼠一曰偃鼠此一曰猶一名也偃之言隱也俗作鼴莊子云鼴鼠飲河止於滿腹从鼠分聲房吻切十三部莊子釋文引說文舊音扶問反

蚡或从虫分周禮艸人墳壤用麖故書墳作蚉鄭司農云多蚉鼠也

⿰鼠平⿰鼠平令鼠也四字句令平聲⿰鼠平令疊韵字从鼠平聲薄經切十一部

鼶鼶鼠也三字句見小正九月从鼠虒聲息移切十六部

⿰鼠丣竹鼠也如犬後世所謂竹⿰鼠丣也莊子作畱又作貓从鼠丣聲各本作畱省聲今正力求切三部

鼫五技鼠也能飛不能過屋能緣不能窮木能游不能渡谷三句一韵能穴不能掩身能走不能先人二句一韵此之謂五技五字依詩碩鼠

正義補釋獸鼠屬有鼫鼠孫炎云五技鼠也舍人樊光同易晉九四晉如鼫鼠九家易以五技鼠釋之荀卿云梧鼠五技而窮詩魏風碩鼠碩鼠無食我黍鄭箋云碩大也不言五技是詩碩鼠非鼫鼠崔豹古今注乃云螻蛄一名鼫鼠有五能而不成技術此語殊誤螻蛄不妨名鼫鼠要不得云有五技也儻許謂螻蛄則此篆必次於部末如黽部之蠅鼀馬部之驘驢駒駼等字矣

从鼠石聲常隻切古音在五部

鼨 豹文鼠也釋獸曰鼨鼠豹文鼮鼠郭讀以豹文下屬云鼠文采如豹者漢武帝時得此鼠孝廉郎終軍知之賜絹百匹按文選注藝文類聚皆引竇氏家傳載此事系之光武時竇攸以豹文鼮鼠則同惟唐書盧若虛傳云時有獲異鼠者豹首虎臆大如拳職方辛怡諫謂之鼮鼠而賦之若虛曰非也此許慎所謂鼨鼠豹文而形小一坐盡驚玉裁謂他人讀爾雅皆豹文鼮鼠爲句終軍竇攸辛怡諫從之許讀爾雅鼨鼠豹文爲句盧若虛從之其是非訖難定也許有鼨無鼮疑爾雅六字爲一物

从鼠冬聲職戎切九部

鼨 籒文省𠔀古文終

鼶 鼠屬从鼠益聲於革切十六部

貖 或从豸作

鼷 小鼠也何休公羊傳注云鼷鼠鼠中之微者玉篇云有螫毒食人及鳥獸皆不痛今之甘口鼠也

从鼠奚聲胡雞切十六部

鼩 精鼩鼠也四字一句爾雅謂之鼩鼠郭注小鼱鼩也亦名鼷鼩漢書東方朔傳如淳注曰鼱鼩小鼠也音精劬據爾雅釋文字林有鼱字

从鼠句聲其俱切古音在四部

鼸 䶌也爾雅鼸鼠郭云以頰裹藏食者

从鼠兼聲丘檢

切七部

䶃 鼠屬 廣韻謂之黔鼠 从鼠今聲讀若含 胡男切七部

鼬 如鼠 如鼠小徐作如鼦鼦乃俗貂字貂鼠屬也 赤黃色尾大食鼠者 見小正爾雅今之黃鼠狼也 从鼠由聲 余救切三部

䶂 胡地風鼠 郭注爾雅鼫鼠云形大如鼠頭似兔尾有毛青黃色好在田中食粟豆關西呼爲鼩鼠見廣雅音雀按廣雅云鼩鼠鼫鼠與景純皆合鼩鼫爲一物以說文正之鼫與鼩迥非一物也蓋俗語有移易其名者耳 从鼠勺聲 之若切古音在二部

䶆 鼠屬 从鼠冗聲 而隴切九部按此字或讀余救切要與鼬非一物

鼭 鼠佀雞鼠尾 从鼠此聲 即移切十五十六部

鼲 鼠出丁零胡皮可作裘 魏志注引魏略云丁零國出名鼠皮青昆子白昆子皮王氏引之云昆子即鼲子也後漢書鮮卑傳云鮮卑有貂豽鼲子鼲子皮毛柔輭天下以爲名裘按今俗語通曰灰鼠聲之轉也如揮翬皆本軍聲 从鼠軍聲 乎昆切十三部

䶊 斬䶊鼠黑身白腰若帶手有長白毛佀握版之狀類蝯蜼之屬 見上林西京賦諸家說其狀乖異不同其字或作螹胡或作蟖胡或作獑猢或作鏨䶊 从鼠胡聲 戶吳切五部

文二十 重三

能 熊屬左傳國語皆云晉侯夢黃能入於寢門韋注曰能似熊凡左傳國語能作熊者皆淺人所改也足佀鹿故皆从比也龟足㲋足亦同从肉猶龍之从肉也㠯聲奴登切古音在一部由之而入於咍部則爲奴來切由一部而入於六部則爲奴登切其義則一也能獸堅中故偁賢能賢古文作臤臤堅也而彊壯偁能傑也此四句發明叚借之恉賢能能傑之義行而本義幾廢矣子下曰十一月陽氣動萬物滋人以爲偁亦此例也韋朋來西烏五篆下說解皆此例凡能之屬皆从能

文一

熊 熊獸佀豕山凥居俗作冬蟄見夏小正从能炎省聲按炎省聲則當在古音八部今音羽弓切雒誥火始燄燄漢書作庸庸淮南書東北曰炎風一作融風皆古音之證左傳正義曰張叔反論云賓爵下革田鼠上騰牛哀虎變鯀化爲能久血爲燐積灰生蠅或疑熊當爲能王劭曰古人讀雄與熊皆于陵反張叔用舊音傅玄潛通賦與終韵用新音也玉裁謂能不妨古反于陵要之反論必是能字春秋左氏敬嬴公穀作頃熊蓋炎熊嬴瀛三字雙聲凡熊之屬皆从熊

羆 如熊黃白文見釋獸从熊罷省聲以一能當二能也彼爲切古音在十七部[illegible]古文从皮

文二　重一

火　㷄也（㷄各本作燬今正下文曰㷄火也爲轉注）南方之行炎而上（與木曰東方之行金曰西方之行水曰北方之行相儷成文）象形（大其下銳其上呼果切古音在十五部）凡火之屬皆从火

炟　上諱（漢章帝名也伏侯古今注曰炟之字曰著按許書本不書其篆但曰上諱後人補書之犮於此者尊上也玉篇曰爆也廣韵曰火起也其字从火旦聲當割切十四十五部）

㷄　火也从火尾聲（許偉切十五部）詩曰王室如㷄（周南汝墳文今詩作燬毛傳燬火也按爾雅亦作燬釋言曰燬火也詩釋文曰燬音毀齊人謂火曰燬郭樸又音貨字書作㷄說文同一音火尾反夫曰燬說文作㷄則說文之有㷄無燬可知矣曰㷄一音火尾反則㷄本音燬可知矣方言曰㶽火也楚轉語也猶齊言㷄也燬㷄實一字方言齊曰㷄卽爾雅郭注之齊曰燬也俗乃強分爲二字二音且肊造齊人曰燬吳人曰㷄之語又於說文別增燬篆陸德明所據不如此）

燬　火也从火毀聲春秋傳曰衞侯燬（許偉切按此篆許所本無當刪）

燹　火也（韵會引字林曰逆燒也）从火豩聲（穌典切十三部）

焌　然火也（以火燒物曰然）从火夋聲（子寸切又倉裔切十三部）周禮曰遂籥其焌（周禮菙氏曰凡卜以明火爇燋遂龡其焌契以授卜師注云焌讀如戈鐏之鐏謂之契柱燋火

而吹之也士喪禮楚焞置於燋在龜東楚焞卽契所用灼龜也燋謂炬其存火三字當依士喪禮注作所以然火者也

焌火在歬㠯焞焯龜此許引周禮而釋其焌之義似有舛誤依鄭注則契卽楚焞楚焞柱於炬然之用以灼龜焌者謂吹而然之也

尞柴祭天也示部祡下曰燒柴尞祭天也是祡尞二篆爲轉注也燒柴而祭謂之祡亦謂之尞亦謂之槱木部曰槱祡祭天神周禮槱燎字當作槱尞凡祡尞作柴燎者皆誤字

从火昚會意力照切二部昚古文愼字見心部祭天所㠯愼也說从昚之意

然燒也通段爲語詞訓爲如此爾之轉語也从火肰聲如延切十四部俗作燃非是

䕼或从艸難徐鉉等曰艸部有此字此重出與火部無涉也按篆當作䕼或古本作䕼轉寫奪火耳漢五行志巢䕼墮地廣韵引陸佐公石闕銘刑酷䕼炭

爇燒也从火蓺聲徐鉉等曰說文無蓺字當从火从艸埶省聲按埶卽聲不必云蓺省如劣切十五部春秋傳曰爇僖負羈僖廿八年左傳曰爇僖負羈氏

燔爇也按許𤐫與燔字別𤐫者宗廟火炙肉也此因一从火一从炙而別之毛於瓠葉傳曰加火曰燔於生民傳曰傅火曰燔古文多作燔不分別也从火番聲附袁切十四部

燒爇也二篆爲轉注从火堯聲式昭切二部

烈火猛也大雅曰載燔載烈傳曰傅火曰燔貫之加于火曰烈商頌曰如火烈烈引伸爲光也業也又方言曰餘也按烈訓餘

者盛則必盡盡則必有所餘也又鄭風火烈具舉傳曰烈列也此謂烈卽列之叚借字列者古迾字也从火列聲良薛切十五部

炪火光也類篇作火不光集韵六術曰炪㷰煙皃類篇同又九迄曰炪㷰煙出也煙盛則光微此葢與上火猛作反對語从火出聲職悅切十五部商書曰予亦炪謀般庚上文此與叚敃爲好叚狟狟爲桓桓叚莧爲竹蔑同壁中古文叚炪爲拙也今尚書作拙者葢孔安國以今字讀之也讀若巧拙之拙其同音也故相叚借

熚熚㸅火皃熚㸅疊韵字如水部之畢沸从火畢聲卑吉切十二部

㸅熚㸅也玉篇云火盛皃廣韵云鬼火从火𩰫聲敷勿切十五部𩰫籒文悖字見言部

烝火气上行也此烝之本義引申之則烝進也如詩信南山甫田傳泮水箋是也又引申之則久也衆也久之義如釋詁曰烝塵也東山傳曰烝窴也常棣傳曰烝填也皆是鄭云古聲窴塡塵同是也衆之義如東山烝在栗薪傳烝民傳是也又引申之則君也釋詁及文王有聲傳是也又厚也泮水傳曰烝烝厚也是也左傳凡下婬上謂之烝从火丞聲煑仍切六部經典多叚蒸爲之者

烰烝也詩生民烝之浮浮釋訓曰烰烰烝也毛傳曰浮浮氣也按爾雅不偁詩全句故曰烝也而已毛釋詩全句故曰浮浮氣也許於此當合二古訓爲解曰烰烰烝皃謂火氣上行之皃也或轉寫者删之耳从火孚聲縛牟切三部詩曰烝之烰烰今詩作浮浮

煦烝也方言煦煆熱也乾也吳越曰煦煆按熱廣雅作爇誤樂記注曰以氣曰煦一曰赤皃日部曰昫日出溫也按昫煦古通用煦蓋日出之赤色一曰溫潤也首一義足兼之文選注引韓詩章句煦暖也从火昫聲香句切古音在四部廣韵又況羽切方言注讀如州吁之吁

熯乾皃乾讀如干此與日部暵同音同義从火猶从日也易說卦傳王肅王弼本作熯萬物者莫熯乎火說文日部及徐邈本作莫暵字有分見而實同者此類是也从火漢省聲人善切十四部依楚茨音義人善呼旦二反詩曰我孔熯矣小雅楚茨文此偁詩說叚借也楚茨毛傳曰熯敬也熯本不訓敬而傳云爾者謂熯即戁之叚借字也心部曰戁敬也長發傳曰戁恐也是其義也

炥火皃按此篆當是㶇之或體从火弗聲普活切十五部廣韵符弗切

熮火皃从火翏聲洛蕭切古音在三部逸周書曰味辛而不熮逸字衍當刪九經字樣引無逸字可證周書蓋七十一篇之周書今本未見有此句呂覽本味篇曰辛而不烈周書作不熮字異義同方言注曰⿸疒旁瘌皆辛螫也按此等字皆雙聲同義而⿸疒旁爲尤近

焛火皃从火⿵冂門省聲⿵冂門見門部作⿵冂門者誤讀若粦良刃切十二部

㷭火色也韓子齊伐魯索讒鼎以其鴈往齊人曰鴈也魯人曰眞也鴈蓋即㷭之叚借字如今之作僞古物曰燒瘢貨是也俗作𧵍贋从火雁聲讀若鴈五晏切十四部

熲火光

也小雅不出於熲傳曰熲光也箋云不得出於光明之道按火光者字之本義傳不言火但言光者其引申之義也

从火頃聲古迥切十一部 爚 火光也光各本作飛今依文選琴賦景福殿賦注玄應書卷九正西都賦震震爚爚雷奔電激震震謂雷爚爚謂電也李善引字指曰儵爚雷光也按此字或借爲燿字或借爲鑠字或作爍者俗體也 从火龠聲以灼切二部 一曰薆也又一義 熛 火

飛也玄應引三倉云熛迸火也呂氏春秋云突泄一熛焚宮燒積班固答賓戲借猋爲之 从火㶾聲

讀若摽甫遙切二部當必遙切按同部票標二字同音同義熛卽票聲似票正熛俗故集韵類篇韵會皆合二爲一然李善玄應所引皆有熛字玉篇亦分載未容改併 熇 火爇也大雅板傳曰熇熇然熾盛也易家人嗃嗃鄭云苦爇之意是嗃卽熇字也釋文曰劉作熇熇 从火高聲火屋切古音在二部 詩曰

多將熇熇 烄 交木然也交烄疊韵玉篇曰交木然之以尞柴天也 从火

交聲古巧切二部 羙 小爇也爇或作熱誤節南山釋文正義引作熱亦誤節南山曰憂心如惔古本毛詩作如羙故毛傳曰羙燔也瓠葉傳曰加火曰燔許曰燔爇也爇加火也是毛訓作爇許則別之云小爇耳方言廣雅曰羙明也此引伸之別一義 从火羊聲羊各本誤作干篆體亦誤今正干部曰入一爲干入二爲羊

讀若餁羙从羊聲故古音在七部郭樸曹憲音淫入鹽韵則直廉切今各書皆譌作灭矣 詩曰憂心如

⿱羊火如⿱羊火各本作⿱王火⿱王火今正節南山釋文正義皆引憂心如⿱王火

燋所㠯然持火也持火者人所持之火也少儀執燭抱燋凡執之曰燭未爇曰燋燋卽燭也士喪禮注曰燎大燋大燋大燭也大燭樹於地燭則執於手人所持之火以燋然之燋者菙爲之卜之用燋其一耑也士喪禮楚焞置於燋在龜東注云楚荊也荊焞所以鑽灼龜者燋炬也所以然火者也周禮菙氏凡卜以明火爇燋遂炊其焌契以授卜師杜子春云明火以陽燧取火於日也按以菙然契契卽楚焞以楚焞灼龜而作其兆是卜之次弟也从火焦聲卽消切二部字林子約反周禮曰㠯明火爇燋也

炭燒木未灰未灰大徐作餘也从火屵聲各本作岸省聲今依小徐本屵从厂聲厂呼旱切也他旱切十四部

⿱差火束炭也从火差省聲讀若齹齹齒部作齹恐誤楚宜切古音在十七部

⿰⿱爻火攴交灼木也从火教省聲讀若狡按玉篇廣韵皆曰⿰⿱爻火攴同烄必本諸說文不知今本說文何以析爲二交灼之語亦不可通上文炭下曰燒木未灰則灰篆必上聯炭⿱差火二篆閒以⿰⿱爻火攴烄決非古本

炦火气也从火犮聲蒲撥切十五部

灰死火餘㶳也漢書曰死灰獨不復然乎从火又會意呼恢切古音在一部又手也火既滅可以執持說从又之意

炱灰炱煤也通俗文曰積煙曰炱煤玉篇曰炱煤煙塵也廣韵曰炱煤灰入屋也从

火台聲徒哀切一部按本部無煤土部有塺字玉篇塺煤二文相接 煨 盆中火玉篇作盆中火熝廣韵曰熝者埋物灰中令熟也通俗文曰熱灰謂之煻煨許無煻字今俗謂以火温出冬閒花曰唐花卽煻字也 从火畏聲烏灰切十五部 熄 畜火也畜當从艸積也熄取滋息之意 从火息聲相卽切一部 亦曰滅火小徐無此四字滅與蓄義似相反而實相成止息卽滋息也孟子曰王者之迹熄而詩亡詩亡然後春秋作 烓 行竈也从火圭聲古支清合韵 讀若冋冋汲古閣作回誤口迥切十六部 煁 烓也小雅白華曰樵彼桑薪卬烘于煁釋言曰煁烓也毛傳曰煁烓竈也郭樸云今之三隅竈按鄭箋云桑薪薪之善者不以炊爨養人反以燎於烓竈用炤事物而已然則行竈非爲飲食之竈若今火鑪僅可炤物自古名之曰烓亦名之曰煁或叚諶爲之春秋傳裨諶字竈知諶卽煁字也漢書人表又作卑湛 从火甚聲氏任切七部詩釋文市林反 燀 炊也从火單聲充善切十四部 春秋傳曰燀之以薪左傳昭公二十年文 炊 爨也爨下曰炊也齊謂炊也爨 从火吹省聲昌垂切古音在十七部 烘 尞也二云尞者燔柴之義之引伸也小雅白華卬烘于煁毛傳及釋言皆曰烘燎也 从火共聲呼東切詩釋文引說文巨凶甘凶二反 詩曰卬烘于煁 齌 炊餔疾也餔日加申時食也晚飯恐遲炊

之疾速故字从火引伸爲凡疾之用離騷曰反信讒而齌怒王注云疾怒 从火齊聲 在詣切十五部

熹 炙也 炙者抗火炙肉也此熹之本義引申爲熱也左傳或叫于宋大廟曰譆譆出出杜曰譆譆熱也此同音叚借也又與熙相叚借 从火喜聲 許其切一部

煎 熬也 方言熬聚煎㷭鞏火乾也凡有汁而乾謂之煎東齊謂之鞏 从火前聲 子仙切十四部

熬 乾煎也 方言熬火乾也凡以火而乾五穀之類自山而東齊楚以往謂之熬 从火敖聲 五牢切二部

𪍐 熬或从麥作

炮 毛炙肉也 炙肉者貫之加於火毛炙肉謂肉不去毛炙之也瓠葉傳曰毛曰炮加火曰燔閟宮傳曰毛炰豚也周禮封人毛炰之豚鄭注毛炮豚者爓去其毛而炮之內則注曰炮者以塗燒之爲名也禮運注曰炮裹燒之也按裹燒之卽內則之塗燒鄭意詩禮言毛炮者毛謂燎毛炮謂裹燒毛公則謂連毛燒之曰炮爲許所本六月韓奕皆曰炰鼈箋云炰以火孰之也鼈無毛而亦曰炰則毛與炮二事鄭說爲長矣炰與缹皆炮之或體也韓奕之炰徐仙民音甫九反大射篇注炮鼈或作缹或作炰是知炰缹爲古今字通俗文曰燥煑曰缹燥煑謂不過濡也裹燒曰炮燥煑亦曰炮漢人燥煑多用缹字缶聲包聲古音同在三部 从火包聲 薄交切古音在三部

㶿 炮炙也 炮炙異義皆得曰㶿也 㠯微火溫肉 依廣韵所引本玉篇同旣云炮炙又云以微火溫肉者嫌炮炙爲毛燒故又足之言不必毛燒也微火溫肉所謂無也今俗語或曰烏或曰煨或曰燜皆此字之雙聲疊韵耳

从火衣聲 烏痕切十三部此於合韵得之 熷 置魚筩中炙也 筩斷竹也

置魚筩中而乾炙之事與烝相類 从火曾聲 作滕切六部 𤐰 以火乾肉也 周禮籩人注曰鮑者於楅室中糗乾之出於江淮也此當作𤐰室中𤐰乾之漢書貨殖傳注引作於煏室乾之可證煏卽𤐰字小顏不解糗字故刪之耳糗者熬米麥也引申爲凡熬之偁語亦可通𤐰室漢時有此制賈公彥云楅土爲室非也陸德明云皮逼反與周禮毛詩楅音福音逼不同與師古煏音蒲北反合然則陸本當亦作煏今釋文乃轉寫作楅非是𤐰方言作㷶凡以火而乾五穀之類自山而東齊楚以往謂之熬關西隴冀以往謂之㷶秦晉之閒或謂之聚㷶省作煏又或作焙而異其音玉篇作煏無𤐰 从火稫聲 臣鉉等曰稫聲當是稫省聲之誤符逼切一部按符逼當爲蒲逼 𤐰 籒文不省 按小徐無

爆 灼也 謂火飛所炙也 从火暴聲 蒲木切三部廣韵北教切火裂也 煬 炙燥也 从火昜聲 余亮切十部諡法好內遠禮煬去禮遠衆

㸌 灼也 从火隺聲 胡沃切古音在二部 爤 火孰也 此火字依節南山生民二正義補方言自河以北趙魏之閒火孰曰爤孰者食飪也飪者大孰也孰則火候到矣引伸之凡淹久不堅皆曰爤孰則可燦然陳列故又引伸爲粲爤 从火蘭聲 郎旰切十四部隸作爛不从艸 燗 或从閒 此如詩蕑卽蘭 爢 爤也 古多叚靡爲之靡訓糝麋訓爤義各有當矣孟子麋爛其民而戰之文選答客

難至則爢耳皆用叚借字也 从火靡聲 靡爲切古音在十七部 㷉 从上按下也 按者抑也百官公卿表應劭注曰自上安下曰尉武官悉以爲偁張釋之傳曰廷尉天下之平也車千秋傳尉安黎庶師古曰尉安之字本無心後俗所加 从𡰥又持火 會意𡰥古文仁𡰥又猶親手也於胃切十五部 所㠯申繒也 合二徐本訂說手持火之意也字之本義如此引申之爲凡自上按下之偁通俗文曰火斗曰尉

𪚱 灼龜不兆也从火从龜 从韵會此會意也 春秋傳曰卜戰龜𪚱不兆 左傳哀二年卜戰龜焦無不兆二字按許所據蓋有不兆與下文以故兆詢相貫而焦作𪚱則淺人所改也焦者火所傷也龜焦曰𪚱許引傳說龜火會意如引豐其屋艸木麗于地同 讀若焦 音義皆同即消切古音在三部讀如揫故𪚱以爲聲

灸 灼也 今以艾灼體曰灸是其一耑也引伸凡柱塞曰灸考工記廬人灸諸牆注云灸猶塞也以柱兩牆之閒輓而內之本末勝負可知也古文作久許引周禮久諸牆士喪禮皆木桁久之注云久當爲灸灸謂以蓋案塞其口按久灸皆取附箸相拒之意凡附箸相拒曰久用火則曰灸鄭用方言許說造字本意 从火久聲 舉形聲包會意也舉友切三部

灼 灸也 灸各本作炙誤今正此與上灸篆爲轉注 炙謂炮肉灼謂凡物以火附箸之如以楚焞柱龜曰灼龜其一耑也七諫注曰點汚也灼灸也猶身有病人點灸之醫書以艾灸體謂之壯壯者灼之語轉也淮南注曰然也廣雅曰爇也素問注曰燒也其義皆相近凡訓灼爲明者皆由經傳叚灼爲焯

桃夭傳曰灼灼華之盛也謂灼爲焯之叚借字也周書焯見三有俊心今本作灼見 从火勺聲 之若切二部

煉 鑠治金也 治毛本作治誤今依宋本鑠治者鑠而治之愈消則愈精高注戰國策曰練灌治絲也正與此文法同金部曰鍊治金也此加鑠者正爲字从火 从火柬聲 郎電切十四部

爓 庭燎大燭也 燎當作尞大各本譌作火今正若韵會庭燎燭也尤畜小雅毛傳曰庭燎大燭也燕禮宵則庶子執燭於阼階上司宮執燭於西階上甸人執大燭於庭閽人爲大燭於門外周禮司烜氏凡邦之大事共墳燭庭燎鄭二云墳大也郊特牲曰庭燎之百由齊桓公始也鄭二云庭燎之差公蓋五十侯伯子男皆三十文出大戴禮按未爇曰燋執之曰燭在地曰燎廣設之則曰大燭曰庭燎大燭與庭燎非有二也周禮㮣言墳燭庭燎故鄭注以門外門內別之周禮故書作蕡燭先鄭二云蕡燭麻燭也賈公彥曰古者未有麻燭故鄭從墳訓大古庭燎依慕容所爲以葦爲中心以布纏之飴蜜灌之若今蠟燭玉裁謂古燭蓋以薪蒸爲之麻蒸亦其一端麻蒸其易然者必云古無麻燭蓋非許以爕次燭灺之閒蓋得之矣 从火蜀聲 之欲切三部

爕 然麻蒸也 麻蒸析麻中榦也亦曰菆菆一作䕸古者燭多用葦鄭注周禮曰燋炬也許曰苣束葦燒之也亦用麻故先鄭注周禮曰蕡燭麻燭也先鄭意蕡卽䕸字鄭注士喪禮曰燭用蒸蒸卽謂麻榦弟子職曰蒸閒容蒸 从火恖聲 作孔切九部

灺 燭㶳也 曲禮所謂燭跋弟子職所謂燭𡍨跋者謂近手所餘𡍨者謂燒過之燼 从火也聲 徐野切古音在十七部

𤇾火之餘木也各本作火餘也今依唐初玄應本火之餘木曰𤇾死火之𤇾曰灰引伸爲凡餘之偁左傳收合餘燼大雅箋災餘曰燼方言藎餘也周鄭之閒曰藎或曰孑藎者叚借字也从火聿聲臣鉉等曰聿非聲疑从𦘔省徐吝切十二部俗作燼一曰薪也方言自關而東秦晉之閒燒薪不盡曰藎

焠堅刀刃也王褒傳清水焠其鋒郭樸三倉解詁曰焠作刀鋻也焠子妹切鋻工練切師古云焠謂燒而內水中以堅之也按火而堅之曰焠與水部淬義別文選譌作淬非也天官書曰火與水合曰焠从火卒聲七內切十五部

煣屈申木也謂曲直之也今繫辭傳考工記皆作揉蓋非古也手部無揉字漢書食貨志煣木爲耒从火柔柔亦聲人久切三部

𤐫燒田也从火林各本篆作𤐫解作从火楙楙亦聲今正按玉篇廣韵有𤐫無𤐫焚符分切至集韵類篇乃合焚𤐫爲一字而集韵廿二元固單出𤐫字符袁切竊謂楙聲在十四部焚聲在十三部份古文作彬解云焚省聲是許書當有焚字況經傳焚字不可枚舉而未見有𤐫知火部𤐫卽焚之譌玄應書引說文焚燒田也字从火燒林意也凡四見然則唐初本有焚無𤐫不獨篇韵可證也

𤎼火煣車网絕也此爲考工記作注也輪人曰凡揉牙外不廉而內不挫旁不腫謂之用火之善注曰廉絕也挫折也腫瘣也按廉者𤎼之叚借絕謂火絕記文之外謂火內謂正當火處旁謂不當火處煣之不善則當火處橈減而不當火處暴起皃此二病或絕火而更煣假令火未嘗少絕而無此二病是眞善用火也車网卽

牙也牙木部作枒玉篇曰熑熑火不絕此義與火絕相輔从火兼聲力鹽切七部周禮曰煣牙外不嫌

燎放火也此與尞義別盤庚曰若火之燎于原大雅曰瑟彼柞棫民所燎矣箋云人熂燎除其旁草小雅燎之方揚箋云火田曰燎玄應引說文有火田爲燎王制曰昆蟲未蟄不以火田从火尞聲力小切二部按詩釋文引說文字林尞力召反燎力小反

㶾火飛也此與熛音義皆同玉篇廣韵亦然引申爲凡輕銳之偁周禮草人輕㶾用犬注謂地之輕脃者也漢有票姚校尉票騎將軍票姚荀悅漢紀作票鷂服虔音飄搖小顏二字皆去聲非古也平聲者古音去聲者今音耳今俗閱信券曰票亦尚存古義凡从票爲聲者多取會意从火囟㶾與䙴同意按當作从火䙴省蓋省廾爲一也䙴卽䙴之或體䙴訓升高火飛亦升高故爲同意方昭切二部

⿰火曹𤏸也今俗語謂燒壞曰⿰火曹凡物壞亦曰⿰火曹从火曹聲作曹切古音在三部

𤏸火所傷也从火雥聲卽消切二部按廣韵雥徂合切玉篇才帀走合二切今以許書焦字从雥聲訂之則知雥之古音讀如揫如椒𤏸者會意字非用雥聲後人昧其本音乃以雧字之反語爲雥之反語非也戴氏侗乃疑作𤏸乃得聲矣

焦或省按廣韵𤏸爲籒文此必有所據

烖天火曰烖春秋宣十六年夏成周宣謝火左傳曰人火之也凡火人火曰火天火曰災按經多言災惟此言火耳引申爲凡害之偁十五年傳曰天反時爲災地反物爲妖民反德爲亂亂則妖災生从火𢦏

聲祖才切一部今惟周禮作烖經傳多借菑爲之菑或譌爲葘

灾　或从宀火　火起於下焚其上也

災　籒文从巛　亦會意亦形聲

𤆎　古文从才　形聲

煙　火气也　陸機連珠曰火壯則煙微　从火垔聲　烏前切十二部

烟　或从因　因聲

𡩁　籒文从宀

𡦹　古文　汲古閣少首筆从冂誤今從廣韵集韵類篇正

焆　焆焆煙皃　从火肙聲　因悅切古音在十四部

熅　鬱煙也　鬱當作鬱鬱與熅聲義皆同煙熅猶壹壹也　从火𥁕聲　於云切十三部

⿰火𣅀　望見火皃　依篇韵補見字⿰火𣅀然猶旳然也　从火𣅀聲　𣅀見日部望遠合也从日匕各本篆體作⿰火皀皀聲按皀聲讀若逼又讀若香於馰不爲雙聲𣅀聲與勺聲則古音同在二部葉抄宋本及五音韵譜作⿰火𣅀𣅀聲獨爲不誤玉篇廣韵集韵類篇作⿰火皀皆誤　讀若馰顙之馰　馰顙見說卦傳詳馬部都歷切二部

燂　火熱也　廣雅燂煗也攷工記弓人撟角欲孰於火而無燂注云燂炙爛也故書燂或作朕　从火覃聲　大甘切又徐鹽切七部

焞　明也　鄭語史伯曰黎爲高辛氏火正以淳燿敦大天明地德光照四海故命之曰祝融崔瑗河閒相張平子碑云遷大史令實掌重黎厤紀之度亦能焞燿敦大天明地德光照有漢今本國語作淳漢碑作焞與許所據合韋云淳大也燿明也下文云敦大則焞燿自皆當訓明士喪禮楚焞所以鑽灼龜者楚荆也焞蓋亦取明火之意引申之又訓盛采

芑傳曰焞焞盛也漢時有敦煌郡應劭地理風俗記曰敦大也煌盛也唐時乃作燉煌見元和郡縣志燉乃唐人俗字非焞之異體也从火𦎫聲他昆切十三部毛詩吐雷切音之轉也春秋傳曰傳當作國語

燂燿天地隱括鄭語炳明也易曰大人虎變其文炳也从火丙聲兵永切古音在十部

焯明也从火卓聲之若切二部周書曰焯見三有俊心立政文今尚書作灼古義焯灼不同

炤明也與昭音義同从火昭聲之少切二部

煒盛明皃也各本作盛赤也今依玄應書正詩靜女彤管有煒傳曰煒赤皃此毛就彤訓之盛明之一耑也王莽傳青煒登平赤煒頌平白煒象平玄煒和平服虔曰煒音暉如淳曰青煒青氣之光輝也从火韋聲于鬼切十五部詩曰彤管有煒邶風

[火多]盛火也凡言盛之字从多从火多聲昌氏切古音在十七部

熠盛光也詩熠燿宵行傳曰熠燿粦也粦熒火也又倉庚于飛熠燿其羽箋云羽鮮明也从火習聲羊入切七部詩曰熠熠宵行豳風東山文宋本葉抄本作熠熠王伯厚詩攷異字異義條舉說文熠熠宵行而文選張華勵志詩涼風振落熠熠宵流注引毛傳熠熠粦也燐皆熠燿之誤當依詩音義爲正小徐本熠燿下無宵行二字

煜燿也此以雙聲爲訓从火昱聲余六切古音在七部昱从立聲煜从昱聲本音皆在七部廣韵廿六

緝熠爲立切古音也燿照也从火翟聲弋笑切二部煇光也小雅庭燎傳曰煇光也日部曰暉光也二字音義皆同煇與光互訓如易象傳君子之光其暉吉也是也析言之則煇光有別如管輅劉邵云不同之名朝日爲輝日中爲光玉藻揖私朝煇如也登車則有光是也史記衞戚夫人手足去眼煇耳此叚煇爲熏也从火暉者日之光煇者火之光軍聲況韋切古音在十三部庭燎與晨旂韵是也俗作輝炯光也从火冋聲古迥切十一部爗盛也十月之交曰爗爗震電傳曰爗爗震電皃按凡光之盛曰爗从火曅聲筠輒切七部詩曰爗爗震電小雅爓火爓也各本作火門也門乃爓之壞字耳今正文選蜀都賦高爓飛煽於天垂李善引說文爓火焰也音豔焰卽爓之省六書故引唐本說文火爓爓也較李善所據多一爓字今人云光燄者作此字爲正古多叚炎爲之如左傳其氣炎以取之司馬相如傳末光絕炎楊雄傳景炎炘炘皆是又郊祀歌長離前掞光耀明晉灼曰掞卽光炎字亦叚借也爓與燄篆義別从火閻聲余廉切八部按當以贍切炫爓燿也爓燿謂光爓燿明也封禪文叚玄爲之从火玄聲胡畎切十四部廣韵去聲煌煌煇也此依韵會本今大小徐本各奪一字非也皇皇者華傳曰皇皇猶煌煌也朱芾斯皇傳曰皇猶煌煌也从火皇聲胡光切十部焜煌也甘泉賦樵蒸焜上李善引字書焜焜燿火皃从火昆聲胡本切十三部炗

明也左傳周內史釋易觀國之光曰光逗遠而自他有燿者也从火在儿上光明
意也說會意目在儿上則爲見气在儿上則爲欠口在儿上則爲兄皆同意古皇切十部𤎫古文
炗古文庶字从此會意熱盈也盈各本作温今正許意温爲水名凡盈煖字皆當作盈盈
仁也从皿昷飼囚引申之則爲昷煖毛詩傳曰蘊蘊而暑爞爞而熱从火埶聲如列切十五部𤈊
盛也从火戠聲昌志切一部𦒍古文燠熱在中也洪範
庶徵曰燠曰寒古多叚奧爲之小雅曰月方奧傳曰奧煖也从火奧聲烏到切古音在三部亦於六切
奧者宛也熱在中故以奧會意此舉聲以見意也煖盈也盈各本作温今正說卦傳曰以晅之晅亦作烜
蓋卽煖字也从火爰聲況袁切十四部今人讀乃管切同煗煗盈也盈各本作温今正
从火耎聲乃管切十四部今通用煖炅見也从火日古迥切按此篆義不可知
廣韵作光也似近之从日火亦不可曉蓋後人羼入如西部有覀之比廣韵十二霽曰後漢太尉陳球碑有城陽炅橫漢末被
誅有四子一姓炅一姓昋一姓桂一姓炔四字皆九畫集韵桂氏譜曰桂貞爲秦博士始皇阬儒改姓昋其孫改爲炅弟四子
改爲炔是則有肊製炅爲姓者恥其不古羼入許書非無證也廣韵云四字皆九畫按桂字十畫其三字皆八畫蓋六朝木旁
多作才圭作五畫然則當云四字皆八畫也炕乾也謂以火乾之也五行志曰君炕陽而暴虐師古曰凡

言炕陽者枯涸之意謂無惠澤於下也釋木曰守宮槐葉晝聶宵炕郭云晝日聶合而夜炕布从火亢聲苦浪切十部

燥乾也易曰水流溼火就燥从火喿聲蘇到切二部

烕滅也小雅正月曰赫赫宗周褒姒烕之傳曰烕滅也从火戌會意詩釋文引有聲字許劣切十五部火死於戌火生於寅盛於午死於戌陽氣至戌而盡陽氣當作昜气此二句說會意之恉詩曰赫赫宗周褒姒烕之女部無姒字

焅旱气也與酷音義略同从火告聲苦沃切三部

燾溥覆照也中庸曰辟如天地之無不持載無不覆幬注云幬或作燾按左傳亦云如天之無不幬杜注幬覆也葢幬是叚借字幬訓禪帳帳主覆也燾从火故訓爲溥覆照周禮司几筵注敦讀曰燾燾覆也从火壽聲徒到切古音在三部

爟取火於日官名日當作木周禮夏官司爟掌行火之政令四時變國火以救時疾季春出火季秋內火鄭司農說以鄹子曰春取榆柳之火夏取棗杏之火季夏取桑柘之火秋取柞楢之火冬取槐檀之火是取火於木之事也若秋官司烜氏以夫遂取明火於日以鑒取明水於月與司爟所職不同淮南子氾論訓注爟火取火於日之官也引周禮司爟云云是高注亦當爲譌字从火雚聲古玩切十四部周禮曰司爟掌行火之政令舉火曰爟小徐本此四字在周禮之上今依韵會所據小徐本訂呂覽本味篇湯得伊尹爝以爟火高注

二云周禮司爟掌行火之政令爟火者所以祓除其不祥置火於桔槹燭以照之爟讀曰權衡之權又贊能篇桓公迎管仲祓以爟火高注略同亦曰爟讀如權字攷史記封禪書漢書郊祀志皆曰通權火又曰權火舉而祠張晏云權火𤇾火也狀若井挈皐其法類稱故謂之權火欲令光明遠照通於祀所也漢祀五時於雍五里𤇾火如淳曰權舉也按如云權舉也許云舉火曰爟高云爟讀曰權然則爟權一也

烜 或从亘 周禮秋官司烜氏注云讀如衞侯燬之燬故書烜爲垣鄭司農云當爲烜按依許則烜卽爟字亘聲雚聲同在十四部也許本與先鄭說同

𤇾 𤇾𤏲 各本無𤇾字今依文選注補𤏲各本作燧今正 候表也 謂伺候之表 邊有警則舉火 孟康曰𤇾如覆米𥳑縣著挈皐頭有寇則舉之燧積薪有寇則燔然之也裴駰顏師古取其說張揖曰晝舉𤇾夜燔燧李善取其說廣韵夜曰𤇾晝曰燧蓋有誤按孟張說𤇾燧爲二許𨺅部曰𤏲塞上亭守𤇾火者也則爲一蓋許以𤏲从𨺅故釋曰塞上亭 从火逢聲 敷容切九部

爝 苣火祓也 苣束葦燒之也祓除惡之祭也呂覽本味篇湯得伊尹祓之於廟爝以爟火贊能篇桓公迎管仲祓以爟火 从火爵聲 子肖切二部 呂不韋曰湯得伊尹爝以爟火釁以犧豭 高誘曰以牲血塗之曰釁

熭 暴乾也 也上大徐衍火字乾音干賈誼傳曰日中必熭顏之推云此語出大公六韜言日中時必須㬥曬不爾者失其時也㬥與暴疾字異 从火 从火猶从日也火卽日也 彗聲 于歲切十五部

[篆] 燥

也文選劉琨贈盧諶詩注引此下有謂㬥爆也四字蓋庾儼默注語釋詁又曰熙興也周語叔向釋昊天有成命之詩曰緝明熙廣也毛傳本之箋據釋詁熙光也云廣當爲光按文王傳曰緝熙光明也敬之傳曰光廣也是古光廣義通爍者熙之本義又訓興訓光者引申之義也 从火𦣞聲 𦣞見𦣞部許其切一部

文一百一十二　重十五

炎 火光上也 洪範曰火曰炎上其本義也雲漢傳曰炎炎熱氣也大田傳曰炎火盛陽也皆引申之義也 从重火 會意于廉切八部 凡炎之屬皆从炎

燄 火行微燄燄也 微當作𢼸雒誥曰無若火始燄燄廣韵曰燄火初著也左傳注引書作燄燄漢書梅福傳引書作庸庸此篆與光爓字別爓者俗爓字也 从炎臽聲 以冉切八部

⿰炎西 炎光也 大徐作火光誤 从炎西聲 各本篆體作⿰炎舌解云舌聲鉉疑當是甜省聲非也此與木部之栝皆从西之誤今正谷部曰西舌皃讀若三年導服之導一曰讀若沾古音在七八部導服即禫服也鉉曰以冉切集韵他點他店切

⿱炎㐭 侵火也 疊韵爲訓也近火者有畏意 从炎㐭聲讀若桑葚之葚 力荏切七部

⿰炎占 火行也 廣韵也作皃 从炎占聲 舒贍切七部

燅 於湯中爚肉也 爚當作鬻玉篇韵會作瀹則俗用字也鬻者內肉及菜湯中薄出之瀹漬也禮有司徹乃

㸋尸俎鄭注㸋温也古文㸋皆作尋記或作尋春秋傳若可尋也亦可寒也按㸋者正字尋者同音段借字一云記或作尋者郊特牲血腥爓祭注云爓或爲尋是也爓亦段借字也所引春秋傳哀公十二年左傳文賈注云尋温也服注云尋之言重也温也寒歇也郊特牲之注云爓或爲尋見有司徹疏今本禮記作爓或爲腤誤也有司徹注中尋字唐人譌作燖亦非也論語注温尋也又中庸温故而知新注曰温讀如尋温之温尋本皆無火旁 从炎从㸋省 小徐下有聲字誤也 此會意徐鹽切七部

[illegible] 或从炙作 廣韵曰鏉說文同上此古本說文之異也灵卽羙

燮 大孰也 此與又部燮篆義別 从又持炎辛 會意蘇侠切八部 辛者物孰味也 辛下曰秋時萬物成而孰金剛味辛此說从辛之意也廣韵曰燮孰也文字指歸从辛又炎按文字指歸葢用許說耳

粦 兵死及牛馬之血爲粦 列子天瑞曰馬血之爲轉鄰也人血之爲野火也張注此皆一形之內自變化也淮南氾論訓曰老槐生火久血爲燐許注兵死之士血爲鬼火見詩正義高注血精在地暴露百日則爲燐遙望炯炯若然火也又說林訓曰抽簪招燐有何爲驚高注燐血似野火招之應聲而至血灑汙人以簪招則不至博物志戰鬬死士之處有人馬血積年化爲粦粦著地入草木皆如霜露不可見有觸者著人體便有光拂拭便散無數又有吒聲如煼豆

粦 鬼火也 詩東山熠燿宵行傳曰熠燿燐也燐熒火也熒火謂其火熒熒閃睗猶言鬼火也詩正義引陳思王螢火論曰熠燿宵行章句以爲鬼火或謂之燐章句者謂薛君章句是則毛韓古無異說毛詩

字本作熒或乃以釋蟲之熒火即熠當之且或改熒爲螢改粦爲燐大非詩義古者鬼火與即熠皆謂之熒火絕無螢字也粦者鬼火故从炎舛 从炎舛 鍇曰舛者人足也按詩言宵行謂其能相背而行良刃切十二部

文八　重一

黑 北方色也 四字各本無依青赤白三部下云東方色南方色西方色黃下亦云地之色則當有此四字明矣今補 火所熏之色也 熏者火煙上出也此語爲从炎起本 从炎上出囧 會意囧古文囪字在屋曰囪大徐本此下增囧古窻字許本無之呼北切一部隸作黑 凡黑之屬皆从黑

黸 齊謂黑爲黸 經傳或借盧爲之或借旅爲之皆同音叚借也旅弓旅矢見尚書左傳俗字改爲玈 从黑盧聲 洛乎切五部

䵳 沃黑色也 沃引申之義爲肥美沃黑者幷潤之黑也女部曰嬒女黑色也按沃黑玉篇廣韵皆作淺黑疑沃字誤淺字長 从黑會聲 惡外切十五部

黯 深黑也 别賦黯然銷魂其引申之義 从黑音聲 乙減切七部

黶 中黑也 謂黑在中也大學注厭讀爲黶黶者閉藏皃也其引申之義也 从黑厭聲 於琰切八部

黳 小黑子 師古漢書注曰黑子今中國通呼爲黶子吳楚謂之誌誌記也按黶黳雙聲 从黑殹聲 烏雞切十五部

䵣 白而有黑也从黑旦

聲當割切十四十五部五原有莫黖縣

黬 雖晳而黑也晳者人色白也則黬專謂人面从黑箴聲古咸切七部古人名黬字晳仲尼弟子列傳曾蔵字晳奚容蔵字子晳又狄黑字晳蔵箴皆黬之省論語曾晳名點則同音叚借字也

䵘 赤黑也从黑昜聲讀若煬餘亮切十部

黲 淺青黑色也淺青之黑也通俗文曰暗色曰黲玉篇曰今謂物將敗時顏色黲也从黑參聲七感切七部

黭 青黑色也謂青色之黑也从黑奄聲於檻切八部

黝 微青黑色也謂微青之黑也微輕於淺矣黝古多叚幽爲之小雅隰桑有阿其葉有幽傳曰幽黑色也周禮牧人陰祀用幽牲先鄭云幽讀爲黝黑也守祧其祧則守祧幽堊之先鄭亦云幽讀爲黝黝黑也今本皆轉寫幽黝譌舛矣玉藻一命緼韍幽衡再命赤韍幽衡鄭云幽讀爲黝黑謂之黝从黑幼聲於糾切三部爾雅曰地謂之黝釋宮文又釋器曰黑謂之黝孫炎注云黝青黑

黗 黃濁黑也謂黃濁之黑也廣雅云黗黑也黈黃也蓋二字音義同偏旁異耳檀弓有[illegible]字廣韵曰魯公子名亦黃色也然則[illegible]字亦同从黑屯聲他衮切十三部

點 小黑也今俗所謂點涴是也或作玷从黑占聲多忝切七部

黚 淺黃黑也淺黃之黑與黃濁之黑相對成文地理志犍爲郡黚水作此字許水部作黔水音同故也从

黑甘聲巨淹切七部讀若染繒中束緅黚此句有譌字未聞黅黃黑也謂黃色之黑玉篇曰記林切黃色如金也廣韵居吟切淺黃色也从黑金聲古咸切七部黦黑有文也从黑冤聲讀若飴𩛿字豆部曰𩛿豆飴也食部曰飴米蘖煎也於月切十四十五部亦作黦按周禮染人夏纁玄注云故書纁作[illegible][illegible]卽黦也唐宋人詩詞多用黦字如韋莊淚沾紅袖黦之類王氏念孫曰淮南時則訓天子衣苑黃高注云苑讀𩛿飴之𩛿春秋緐露民病心腹宛黃皆字異而義同[illegible]黃黑而白也謂黃黑而發白色也从黑算聲一曰短黑別一義讀若以芥爲齏名曰芥荃也艸部曰荃芥脃也是其物也脃荃[illegible]二字音同初刮切十四十五部[illegible]黑皴也皮部無皴字見於此戰國策墨子百舍重繭往見公輸般淮南書申包胥累繭重胝七日七夜至於秦庭皆借繭爲[illegible]也从黑幵聲古典切十二部黠堅黑也黑之堅者也石部曰硈石堅也亦吉聲也引申爲奸巧之偁貨殖列傳云桀黠奴謂其性堅而善藏也方言曰慧自關而東趙魏之閒謂之黠或謂之鬼从黑吉聲胡八切十二部黔黎也黎履黏也與驪[illegible]字同音故借爲黑義耇下曰老人面凍黎若垢謂凍黑也俗作黧小徐本作黧乃用俗字改許也从黑今聲巨淹切七部秦謂民爲黔首謂黑色秦始皇本紀二十六年更名民曰黔

首應劭曰黔亦黎黑也祭義明命鬼神以爲黔首則正義云此孔子言非當秦世錄記之人在後變改之耳按本紀泰山刻石親巡遠黎刻碣石門黎庶無繇尚沿周語也琅邪臺刻石三言黔首之罘刻石會稽刻石各言黔首者一皆用秦制也

周謂之黎民 大雅雲漢禮記大學黎民皆訓衆民釋詁曰黎衆也詩桑柔傳曰黎齊也宋人或以黑色訓黎民殊誤許言此者證秦以前無黔首之偁耳非謂黎黔同義

易曰爲黔喙 說卦傳文謂艮也按黔鄭作黚喙晁以道呂東萊所據釋文作彖荅喙之轉寫異體或古叚彖爲喙之故與

黕 滓垢也 滓者澱也垢者濁也荀卿曰人心譬如槃水正錯而勿動則湛濁在下而清明在上楊倞曰湛濁謂沈泥滓也按湛卽黕之叚借字文選注引魏文帝愁霖賦曰玄雲黕其四塞借黕爲黑皃引申之義也

从黑冘聲 都感切八部

黨 不鮮也 新鮮字當作鱻屈賦遠遊篇時曖曃其曭莽王注曰日月晻黮而無光也然則黨曭古今字方言曰黨知也楚謂之黨郭注黨朗解寤皃此義之相反而成者也釋名曰五百家爲黨黨長也一聚所尊長也此謂黨同尚

从黑尚聲 多朗切十部

黷 握持垢也 垢非可握持之物而入於握持是辱也古凡言辱者皆卽黷故鄭注昏禮曰以白造緇曰辱字書辱亦作黷

从黑賣聲 徒谷切三部

易曰再三黷 蒙卦辭古字多叚借通用許所據易作黷今易作瀆崔憬曰瀆古黷字也玉裁按鄭注云瀆褻也瀆褻許女部作嬻媟若依鄭義則黷爲叚借字嬻爲正字也黷訓握垢故从黑吳都賦林木爲之潤黷劉注曰黷黑茂皃其引申之義

也黵大汙也从黑詹聲當敢切八部黴中久雨青黑也楚辭九歌顏黴黎以沮敗淮南說山訓曰晉文公棄荏席後黴黑从黑微省聲武悲切十五部集韵或作黣蓋古體黜貶下也玉篇云貶也下也按當作貶也下色也五字貶也者黜陟之義也下色也者爲从黑張本也古或叚詘絀爲之从黑出聲丑律切十五部䵘䵘姍逗下色也也當依玉篇作皃䵘姍疊韵字从黑般聲薄官切十四部黱畫眉墨也依小徐有墨字玉篇作黑黱者婦人畫眉之黑物也釋名曰黛代也滅眉毛去之以此畫代其處也通俗文曰點青石謂之點黛服虔劉熙字皆作黛不與許同漢人用字不同之黴也黛者黱之俗楚辭國策遂無作黱者从黑朕聲徒耐切按朕聲本在七部六部合音轉入一部又變其體爲黛如螟蟘字古亦作螟螣儵青黑繒發白色也古亦叚爲倏忽字又釋訓儵儵嘒嘒罹禍毒也釋小弁踧踧周道鳴蜩嘒嘒也从黑攸聲式竹切三部黬羔裘之縫也召南羔羊之革素絲五緎傳曰革猶皮也緎縫也許所據詩作黬从黑或聲于逼切一部⿰黑𡱂謂之垽土部曰垽澱也水部曰滓澱也澱滓垽也是澱⿰黑𡱂一一篆異部而實一字也故爾雅釋器作澱謂之垽垽逗滓也黕滓垢也異字而同義从黑殿省聲當作𡱂聲堂練切十三部黮桑葚之黑也桑葚見艸部葚

黑曰黕故泮水卽以其色名之毛傳曰黕桑實也謂黕卽甚之叚借字也許與毛小別矣廣雅黕黑也則引申爲凡黑之偁方言云私也亦引申之義也

从黑甚聲他感切七部

黭 果實黭黯黑也荀卿子黭然而雷擊之注黭然卒至之皃此叚借字也

从黑弇聲烏感切七部

黥 墨刑在面也此刑亦謂之墨周禮司刑注曰墨黥也先刻其面以墨窒之

从黑京聲渠京切古音在十部

剠 或从刀作刀之而墨之也會意

⿰黑敢 ⿰黑敢者忘而息也方言廣雅皆曰⿰黑敢忘也忘而息宋人所謂黑甜也故从黑今人所用憨字卽此字之變也

从黑敢聲於檻切八部

黟 黑木也周書王會篇夷用闟木古今注烏文木出波斯國南方艸木狀文木樹高七八丈色正黑如水牛角

从黑多聲烏雞切古音在十七部

丹楊有黟縣地理志本作黟師古所據作黝乃誤本耳今安徽徽州府黟縣是其地

文三十七　重一

說文解字第十篇上

珍倣宋版印

補炮注 詩言炮者四瓠葉閟宮是也言炰者二六月韓奕是也多以爲偏旁小異而不知本有二字瓠葉有兔斯首炮之燔之傳曰毛曰炮說文曰炮毛炙肉也鄭注禮記曰裹燒曰炮禮運以炮以燔以亨以炙內則炮者取豚若牂封之刳之實棗於其腹中編萑以苴之涂之以墐涂炮之涂皆乾擘之蓋炮必連毛故閟宮曰毛炮傳曰毛炮豚也今詩閟宮作炰乃誤字也炰乃蒸煮之名其異體作缹服虔通俗文曰燥煮曰缹六月韓奕皆言炰鼈鼈無毛非可炮者於蒸煮宜鄭注禮經大射儀言⿰火缶鼈膾鯉宋嚴州本不誤宋本單行儀禮疏不誤內則言濡鼈濡同胹胹爛也鼈斷不可言炮毛詩作炰與炮異體蓋古本相傳如此乃缹之古字也缹之語如今言煨俗語如烏炮字火在旁故炰火在下以別之說文有炮無炰蓋本兼有二字如裒袌⿱我虫蛾棗棘東杲杳之例而刪其一炰或變爲缹又變爲⿰火缶包聲缶聲古音同在尤幽部集韻四十四有缹炰二形同俯九切蓋於韓奕正義得之廣韵集韵五爻炮炰二形同蒲交切誤也經典釋文炰字不作音亦誤說文炙下云炮炙也以微火溫肉此炮必炰之誤炰炙者以包缹法爲炙非炮也炮下云毛炙者連毛燒之以爲炙非燒肉之炙也炙下云炮肉者炮肉非炮毛也自說文失去炰篆誤認炮炰一字而其義晦久矣肉加於火上曰燔貫肉加於火曰炙生民作烈煮之鑊曰亨凡炮燔炙鐇鐐不用鑊炰煮亨烝用鑊○陳奐曰大射儀羞庶羞注有炮鼈膾鯉雉兔鶉鴽釋文炮薄交反或作⿰火缶缹同音缶此陸本作炮而附⿰火缶缹字也賈正義曰知有⿰火缶鼈膾鯉者按六月詩云吉甫燕喜既多受祉又云飲御諸友炰鼈膾鯉故知有此也此賈本作⿰火缶而釋以六月之炰也賈疏單行宋本今現存黃氏丕烈所今注疏則⿰火缶譌炮炰亦譌炮矣六月字作炰正義不言炰同

缹而韓奕炰鼈鮮魚正義曰按字書炰毛燒肉也（炰非炮也此句誤）缹烝也服虔通俗文曰燥煑曰缹然則炰與缹別（此句誤）而此及六月云炰鼈者音皆作缶（舊作魚誤）然則炰與缹以火孰之謂烝煑之也據此疏則炰別於炮而音缶與缹同字賈云音皆作缶者必據漢魏六朝相傳舊音而言陸氏於二詩不云炰音缶於禮別炰缹爲二字疏矣孔正義引字書炮毛燒肉也缹烝也所謂字書即說文葢說文本有缹字而今佚之

金壇段玉裁注

囪 在牆曰牖 片部曰牖穿壁以木爲交窗也 在屋曰囪 屋在上者也 象形 此皆以交木爲之故象其交木之形外域之也楚江切古音在九部今竈突尚讀倉紅切 凡囪之屬皆从囪 囱 古文 黑字會字从此黑从炎上出囪故受之以囪部

悤 多遽悤悤也 从囪从心 各本作从心囪今正从囪从心者謂孔隙既多而心亂也故其字入囪部會意不入心部形聲叚令入心部則當爲心了悟之解矣 囪亦聲 倉紅切九部

文二 重一 各本囪篆上有窗篆解云或从穴按廣韵四江曰窻說文作窗通孔也今於穴部正窻作窗於此刪窗故舊云重二今云重一

焱 火華也 古書炎與焱二字多互譌如曹植七啓風厲焱舉當作焱舉班固東都賦焱焱炎炎當作炎炎焱焱王逸曰焱去疾皃也李善注幾不別二字 从三火 凡物盛則三之以冉切八部廣韵以贍切 凡焱之屬皆从焱

熒 屋下鐙燭之光也 鐙者錠也鐙以膏助然之燭以麻蒸然之其光熒熒然在屋之下故其字从冖冖者覆也熒者光不定之皃今江東人俗語如役高注淮南每云熒惑是也泲

水出沒不常故尚書洪範爲熒作此字周禮其川熒雒左傳閔二年宣十二年杜預後序熒澤庸風箋熒澤左傳杜注熒陽玉篇熒字下曰亦熒陽縣漢韓勑後碑劉寬碑陰鄭烈碑皆云熒陽唐盧藏用紀信碑亦作熒陽隋書王劭傳上表言符命曰龍鬭於熒陽者熒字三火明火德之盛也然則熒澤熒陽古無作滎者尚書禹貢釋文經宋開寶中妄改熒爲滎而經典史記漢書水經注皆爲淺人任意竄易以爲水名當作滎不从熒不知沛水名熒自有本義於絕小水之義無涉也

从焱冂以火華照屋會意戶扃切

燊盛皃木部𣡌字下曰衆盛也此與同意从焱在木上會意讀若詩曰莘莘征夫讀如此莘字也今毛詩皇皇者華駪駪征夫馬部駪下不引詩而此引作莘莘招魂引作侁侁亦作莘莘音相近也所臻切十二十三部古文伷一曰嶷此六字譌誤不可通一曰役也役上當有讀若二字

文三

炙炙肉也炙肉各本作炮肉今依楚茨傳正小雅楚茨傳曰炙炙肉也瓠葉傳曰炕火曰炙正義云炕舉也謂以物貫之而舉於火上以炙之按炕者俗字古當作抗手部曰抗扞也方言曰抗縣也是也瓠葉言炮言燔言炙傳云毛曰炮加火曰燔抗火曰炙燔炙不必毛也抗火不同加火之逼近也此毛意也箋云凡治兔之首宜鮮者手炮之柔者炙之乾者燔之此申毛意也然則鳧鷖楚茨行葦燔炙並言皆必異義生民傳曰傅火曰燔貫之加於火曰烈貫之加於火卽抗火也

生民之烈卬炙也禮運注曰炮裹燒之也燔加於火上也炙貫之火上也三者正與瓠葉傳相合然則炙與炮之別異又可知矣許宗毛義故炙下云炙肉也用楚茨傳爲文卬瓠葉傳之抗火曰炙也不用瓠葉而用楚茨者其字从肉故取炙肉之文也火部曰熹炙也炮毛炙肉也衮炮炙也㸑置魚筩中炙也皆是其引申之義爲逼近熏炙如桑柔傳曰赫炙也是 从肉在火上 有弗貫之加火上也此可以得抗火之意之石切古音在五部○炙讀去聲則之夜切一義一字耳或乃別其義幷異其形長孫訥言曰差之一畫詎惟千里見炙从肉莫問厥由輒意形聲固當从夕及其晤矣彼乃乖斯若靡馮焉他皆倣此據此知小徐本火部有炙字云炙也从火夕聲蓋唐以前或用靡入許書 凡炙之屬皆从炙 籀文 徐鍇曰今東京賦有此字豈謂東京賦與今文選東京賦作燔炙

䊷 宗廟火孰肉 今世經傳多作燔作膰惟許書作䊷火部燔下云爇也是詩作燔爲叚借字他經作膰乃俗耳許稱左傳作䊷左傳釋文云膰周禮又作䊷皆古文之存焉者也異義左氏說脤社祭之肉盛之以蜃宗廟之肉名曰膰說文作脤䊷用左氏說脤下曰社肉盛以蜃故曰脤天子所以親遺同姓䊷下云宗廟火孰肉也天子所以饋同姓古本當如此今本爲寫者舛誤耳必云炙孰者爲其字从火 天子所㠯饋同姓 各本作以饋同姓四字在有事䊷焉之下非也今正大宗伯鄭注云脤膰社稷宗廟之肉以賜同姓之國同福祿也兄弟有共先王者鄭與許同用左氏說也若傳所云賜齊侯胙又云宋先代之後天子有事膰焉有喪拜焉是亦有歸䊷異姓者 从炙 毛公曰傳

火曰燔又曰加火曰燔其事與炙相類也番聲附袁切十四部春秋傳曰天子有事𤎅焉僖廿四年左傳文偁此者證古經作𤎅不作燔又以見有歸𤎅異姓之禮𤎆炙也其義同炙其音同燎从炙尞聲讀若䶭燎漢時蓋有此語力照切二部

文三　重一

赤南方色也爾雅一染謂之縓再染謂之竀三染謂之纁鄭注士冠禮云朱則四入與按是四者皆赤類也鄭注易曰朱深於赤按赤色至明引申之凡洞然昭著皆曰赤如赤體謂不衣也赤地謂不毛也从大火火者南方之行故赤爲南方之色从大者言大明也昌石切古音在五部俗借爲尺凡赤之屬皆从赤烾古文从炎土火生土赨赤色也管子地員篇其種大苗細苗赨莖黑秀箭長尹注赨卽赤也从赤蟲省聲金部鉵卝部𦬊鬲部融與此皆蟲省聲知以虫爲蟲自古有之也徒冬切九部𧹛日出之赤也从赤𣪊聲按古本篆文當是上體从𣪊下體从赤火沃切三部篇韵皆呼木切赧面慙而赤也而字依韵會趙注孟子曰赧赧面赤心不正皃也司馬貞引小爾雅曰面慙曰赧从赤𠬝聲𠬝或作反非也女版切十四部隨王劭曰古音人扇反今音奴板反周失天下於赧王尚書中候赧爲然鄭注云然讀曰赧赬

赤色也。周南傳曰：赬，赤也。爾雅釋器：一染謂之縓，再染謂之赬，三染謂之纁。郭曰：縓，今之紅也；赬，染赤也；纁，絳也。按糸部云：縓，帛赤黃色也。絳，大赤也。糸部引爾雅正作䞓。周禮注引爾雅又哀十七年左傳作竀，叚借字也。士喪禮經作䞓。从赤巠聲。敕貞切。十一部。詩曰：魴魚䞓尾。周南汝墳文。今詩作赬。

赬　䞓或从貞。貞聲。

𧹈　或从丁。丁聲。

浾　棠棗之汁也。从赤水。各本轉寫舛誤，今正。浾與䞓音雖同而義異，別爲一字，非卽䞓字也。棠棗汁皆赤，故从赤水會意。敕貞切。十一部。

泟　浾或从正。正聲。

赭　赤土也。邶風赫如渥赭，卽秦風之顏如渥丹，故箋訓赭爲丹。古秦風毛亦作渥赭，是以韓詩作沰。沰沰與赭音義皆同也。管子地數篇云：上有赭者，下有鐵。是赭之本義爲赤土也。引申爲凡赤。从赤者聲。之也切。古音在五部。

䞘　赤色也。从赤倝聲。讀若浣。胡玩切。十四部。

赫　大赤皃。大各本作火，今正。此謂赤，非謂火也。赤之盛，故从二赤。邶風赫如渥赭，傳曰：赫，赤皃。此赫之本義也。若生民傳曰：赫，顯也。出車傳：赫赫，盛皃。常武傳兩云：赫赫然盛也。節南山傳：赫赫，顯盛也。淇奧傳：赫，有明德赫赫然。以及雲漢傳：赫赫，旱氣也。桑柔傳：赫，炙也。皆引申之義也。又按皕部曰：奭，盛也。是詩中凡訓盛者，皆叚奭爲赫。而采芑、瞻彼洛矣二傳曰：奭，赤皃。卽簡兮傳之赫赤皃。正謂奭卽赫之叚借也。爾雅釋訓：奭奭，本作赫赫二字，古音同矣。或作赩，如白虎通引韎韐有赩，李注文選亦引毛傳：赩，赤皃。从二赤。呼格切。古音在五部。音郝。奭古

音亦如郝

文九　重四 舊作文八重五

大　天大地大人亦大焉 依韵會訂 象人形 老子曰道大天大地大人亦大人法地地法天天法道按天之文从一大則先造大字也𠆢之文但象臂脛大文則首手足皆具而可以參天地是爲大徒蓋切十五部

古文亣也 大下云古文亣亣下云籀文大此以古文籀文互釋明祇一字而體稍異後來小篆偏旁或从古或从籀故不得不殊爲二部亦猶从儿从𠆢必分系二部也然則小篆作何字曰小篆作古文也

凡大之屬皆从大

奎　兩髀之閒 奎與胯雙聲奎宿十六星以像似得名 从大 兩髀之閒人身寬闊處故从大首此篆者蒙上人形言也 圭聲 苦圭切十六部

夾　持也 持者握也握者搤也搤者捉也捉物必以兩手故凡持曰夾左傳曰夾輔成王古多叚俠爲夾公羊注曰滕薛俠轂 从大夾二人 夾各本作俠俠者傳也非其義今正夾者盜竊褱物也从亦有所持夾褱物故从二入夾持人故从二人大者人也一人而二人居其亦猶一人二亦閃褱物也故曰从大夾二人古狎切八部

奄　覆也大有餘也 釋言曰荒奄也弇同也弇蓋也古奄弇同用覆蓋同義詩皇矣傳曰奄大也執競傳曰奄同也鄭箋詩奄皆訓覆許云覆也大有餘也二義實相因也覆乎上者往往大乎下故字从大周官經謂宦者爲奄以精氣閉

藏名之覆蓋義之引申也又欠也三字未詳方言曰奄息也李密陳情表曰氣息奄奄从大申會意

依檢切八部申展也說从申之意申下曰神也古屈伸多作詘信不作伸申今則作申俗又作伸申本義不訓

展也故必特釋之奢奢也奢者張也疊韻同義从大亏聲苦瓜切古音在五部

查奢查也當是本作查奢者也查字為逗轉寫倒之今經傳都無查字有桓字商頌長發傳曰桓大也撥治也箋云廣

大其政治此可以證桓卽查之叚借字檀弓桓楹注亦云大楹周禮桓圭同解周書謚法辟土服遠曰桓辟土兼國曰桓皆是

大義釋訓曰桓桓威也泮水傳曰桓桓威武皃詩序曰桓講武類禡也蓋此等桓字亦查之叚借字大之義可以兼武也桓之

本義爲亭郵表自經傳皆借爲查字乃致桓行查廢矣非許書尚存孰能識其本始非長發傳尚存何以覿其會通淺人乃易

長發傳云桓武撥治是謂桓必無訓大之理而不知周公之六書有叚借也又按淇奧傳曰咺威儀容止宣著也亦謂咺卽查

之叚借宣著者光大之意也許書口部咺有本義漢人作傳注不外轉注叚借二者必得其本字而後可說其叚借欲得其本

字非許書莫由也从大亘聲胡官切十四部㚌大也此謂窊下之大也从

大瓜聲烏瓜切古音在五部奯空大也此謂空中之大與豁義略同篇韵云大目也

从大歲聲讀若詩施罟濊濊濊濊各本或作濊濊或作泧泧皆誤說詳水部

呼括切十五部𡚁大也此謂秩秩然之大也地理志四驖作四𡚁从大𢦏聲讀若

詩載載大猷小雅巧言文載載當作秩秩今毛詩正作秩秩傳曰秩秩進知也呈在十一部秩在十二部古合音爲冣近是以載讀如秩直質切

奅大也此謂虛張之大廣韵曰起釀也从大丣聲各本作卯聲今正按漢書與窌通用其字當力救切古音在三部譌从卯乃匹皃切矣

夽大也此謂棞物之大从大云聲讀若䡣䡣鍇本作齫無此字蓋由䡣作齳而又誤耳魚吻切十三部

奃大也此謂根柢之大从大氐聲讀若氐都兮切十五部

⿱大介大也此謂分畫之大方言曰⿱大介大也東齊海岱之閒曰⿱大介或曰憮按經傳多叚介爲之釋詁曰介大也詩生民小明傳皆曰介大也士冠禮注易晉虞注左傳貴介弟介虞注吳語介福注孟子不以三公易其介離騷堯舜耿介注同从大介聲讀若蓋古拜切十五部

⿱大此瞋大聲也各本無聲字今依玉篇廣韵補瞋大聲者謂張目而大聲若言喑噁叱咤千人皆廢也疑瞋下奪目字又按瞋張目也瞋大史所謂目眥盡裂也聲誤衍从大此聲火戒切十五部

⿱大弗大也此謂矯拂之大周頌佛時仔肩傳曰佛大也此謂佛卽⿱大弗之叚借也小雅廢爲殘賊毛傳一本廢大也釋詁云廢大也此謂廢卽⿱大弗之叚借字也从大弗聲讀若予違汝弼皋陶謨文謂讀若此弼也房密切古音在十五部玉篇作⿱弗大作⿰弗欠

⿱大屯大也此謂敦厚之大从大屯聲讀若鶉鶉當作雗常倫切音在十三部

契大約也

約取纏束之義周禮有司約大約劑書於宗彝小宰聽取予以書契大鄭云書契符書也後鄭云書契謂出予受入之凡要凡簿書之冣目獄訟之要辭皆曰契引春秋傳王叔氏不能舉其契按今人但於買賣曰文契經傳或叚契爲栔如爰契我龜傳曰契開也是也又叚爲挈字如死生契闊傳曰契闊勤苦也又契契寤嘆傳曰契契憂苦也皆取提挈勤苦之意也

从大㓞聲苦計切十五部

易曰後世聖人易之㠯書契世各本作代避唐諱也今正易㲉辭傳文

夷東方之人也从大从弓各本作平也从大从弓東方之人也淺人所改耳今正韵會正如是羊部曰南方蠻閩从虫北方狄从犬東方貉从豸西方羌从羊西南僰人焦僥从人蓋在坤地頗有順理之性惟東夷从大大人也夷俗仁仁者壽有君子不死之國按天大地大人亦大大象人形而夷篆从大則與夏不殊夏者中國之人也从弓者肅愼氏貢楛矢石砮之類也以脂切十五部出車節南山桑柔召旻傳皆曰夷平也此與君子如夷有夷之行降福孔夷傳夷易也同意夷卽易之叚借也易亦訓平故叚夷爲易也節南山一詩中平易分釋者各依其義所近也風雨傳曰夷悅也者平之意也皇矣傳曰夷常也者謂夷卽彝之叚借也凡注家云夷傷也者謂夷卽痍之假借也周禮注夷之言尸也者謂夷卽尸之叚借也尸陳也其他訓釋皆可以類求之

文十八

亦人之臂亦也玉篇今作掖按手部掖者以手持人臂投地也一曰臂下也一曰臂下之語蓋

淺人據俗字增之耳徐鉉等曰亦今別作腋按廣韵肘腋作此字俗用亦爲語䛐乃別造此肉部曰胳亦下也胠亦下也今禮記深衣袼之高下注云袼衣袂當腋之縫袼腋乃皆俗字人臂兩垂臂與身之間則謂之臂亦臂與身有重疊之意故引申爲重累之䛐公羊傳大火爲大辰伐爲大辰北辰亦爲大辰何注云亦者兩相須之意按經傳之亦有上有所蒙者有上無所蒙者論語不亦說乎亦可宗也亦可以弗畔亦可以爲成人矣皆上無所蒙皇侃曰亦猶重也此等皆申重贊美之䛐亦之言猶大也甚也若周頌亦有高廩亦服爾耕鄭箋云亦大也是謂亦卽奕奕之叚借也亣部曰奕大也又或叚爲射或叚爲易从大象兩亦之形謂左右兩直所以象無形之形羊益切古音在五部凡亦之屬皆从亦

㚒盜竊褱物也从亦有所持兩亦下有物盜竊而褱之意失冉切七部俗謂蔽人俾㚒是也蔽人俾㚒葢漢時有此語蔽人者人所不見人部俾下曰門持人也手部挾下曰俾持也曹大家用陝輸趙壹傳作陝揄疑陝卽㚒字弘農陝字从此漢弘農陝縣在今河南陝州从㚒之字絕少故著之陝隘字从㚒

文二

夨傾頭也人部曰傾者夨也夨象頭傾因以爲凡傾之偁从大象形象頭不直也阻力切十一部凡夨之屬皆从夨

⿱吉夨頭傾也玉篇引倉頡云仡仡也

从矢吉聲讀若孑 古屑切十二部

奊 頭衺骫奊態也 頭衺者頭不正骫奊者頭不正之皃也左傳齊有慶奊卽慶繩蓋以頭邪爲名以繩直爲字名字相應也賈誼傳奊詬無節段奊爲謑 从矢圭聲 胡結切古音在十六部

吳 大言也 大言之上各本有姓也亦郡也一曰吳八字乃妄人所增今刪正檢韵會本正如是周頌絲衣魯頌泮水皆曰不吳不敖傳箋皆云吳譁也言部曰譁者讙也然則大言卽謂譁也孔沖遠詩正義作不娛史記孝武本紀作不虞皆叚借字大言者吳字之本義也引伸之爲凡大之偁方言曰吳大也九章齊吳榜以擊汰王注齊舉大櫂 从夨口 大言非正理也故从夨口五乎切五部何承天改吳作吴音胡化反其繆甚矣

㕦 古文如此 从口大

文四 小徐本有昗字作文五非是昗已見日部昃者隸體也然廣韵亦昗昃並見 重一

夭 屈也从大象形 象首夭屈之形也隰有萇楚傳曰夭少也桃夭傳曰夭夭桃之少壯也凱風傳曰夭夭盛皃也月令注曰少長曰夭此皆謂物初長可觀也物初長者尚屈而未申叚令不成遂則終於夭而已矣故左傳國語注曰短折曰夭國語注又曰不終曰夭又曰夭折也孟康注五行志曰用人不以次第爲夭皆其引申之義也論語子之燕居申申如也夭夭如也上句謂其申下句謂其屈不屈不申之閒其斯爲聖人之容乎於兆切二部按亦於喬切古平上無異義後人乃別之 凡夭之屬皆从夭

喬 高而曲也 爾雅釋詁詩伐

木時邁傳皆曰喬高也釋木曰上句曰喬句如羽喬㵄廣傳曰喬上竦也按喬不專謂木淺人以說木則作橋如鄭風山有橋松是也以說山則作嶠釋山銳而高嶠是也皆俗字耳許云高而曲卽爾雅之上句如羽木有如是者他物亦有如是者

从夭从高省 會意以其曲故从夭巨嬌切二部依小徐本無詩曰南有喬木六字

幸吉而免凶也 吉者善也凶者惡也得免於惡是爲幸 从屰从夭 屰者不順也不順從夭死之事會意胡耿切十一部 夭逗死之事 左傳所謂夭札不終其天年者也 死謂之不幸 依韵會本死爲不幸則免死爲幸

奔走也 走者趨也釋宮曰室中謂之時堂上謂之行堂下謂之步門外謂之趨中庭謂之走大路謂之奔此析言之耳渾言之則奔走趨不別也引申之凡赴急曰奔凡出亡曰奔其字古或叚賁或叚本毛詩予曰有本走陸德明本如是 从夭卉聲 大徐作賁省聲非此十三部十五部合音博昆切十三部 與走同意俱从夭 此說从夭之意走者屈其足故从夭止奔之从夭意同也凡行疾則屈腳疾

文四

交交脛也 交脛謂之交引申之爲凡交之偁故爻下曰交也校下曰交木然也𣪊下曰交灼木也㡒下曰木參交以枝炊𥳑者也衿下曰交衽也凡兩者相合曰交皆此義之引申叚借耳楚茨傳東西曰交邪行曰逪迹逪字之叚借

也小雅交交桑扈箋云交交猶佼佼飛往來皃而黄鳥小宛傳皆曰交交小皃則與本義不同葢方語有謂小交交者

从大象交形謂从大而象其交脛之形也古爻切二部凡交之屬皆从交

𡘜 衺也衣部衺下曰㝮也二篆爲轉注經典叚回字爲之小旻謀猶回遹傳曰回邪也大明厥德不回傳曰回違也回皆㝮之叚借字小旻言其轉注大明言其叚借故傳語不同大明傳違卽㝮字㝮久不行俗乃作違經典多作回口部曰回轉也乃回之本義必有許書而後知回衺之本字作㝮桓大之本字作查僾吧之本字作尢儻不能觀其會通則許書徒存而已矣从交韋聲羽非切十五部

絞 縊也糸部縊下曰縊絞也二篆爲轉注古曰絞曰縊者謂兩繩相交非獨謂經死禮喪服絞帶者繩帶也兩繩相交而緊謂之絞論語直而無禮則絞好直不好學其蔽也絞馬融曰絞刺也鄭云急也刺盧達切乖刺也與鄭義無異急則無不乖刺者也皇侃陸德明乃讀爲譏刺七賜反其繆甚矣从交糸會意交糸者兩絲相切也此篆不入糸部者重交也交亦聲古巧切二部

文三

尢 𡯁也各本少也字遂不可讀今補𡯁者蹇也尢本曲脛之偁引申之爲曲脊之偁故人部僂下曰𡰥也曲脛人也人字依九經字樣補跛者多由曲脛故言此爲下象偏曲張本从大象偏曲之形謂从大而象一脛偏曲之形也烏光切十部凡尢之屬皆从尢 𡯂

篆文从尣篆文各本作古文今正尣者古文象形字尪者小篆形聲字此亦古文二篆文上之例必取古文爲部首者以其屬皆从古文也尪見左傳檀弓鄭注釋爲面鄉天或云短小曰尪本从尣聲省作尪

尳厀病也从尢骨骨亦聲戶骨切十五部按此篆當是本在部末與尲爲類而尢𡯌也𡯌蹇也乃正相屬

𡯌蹇也足部曰蹇者𡯌也二篆爲轉注𡯌俗作跛或以沾入足部致正俗複出非也今之經傳有跛無𡯌王制公羊穀梁傳皆作跛从尢皮聲布火切十七部

𡯎𡯎行不正也从尢左聲則箇切十七部類篇遭哥子我切𡯎各本作𡯎今依宋本說文宋刻集韵三十八箇正

尦行不正也从尢艮聲讀若燿弋笑切二部

尲尲尬行不正也各本奪尲尬二字今依全書通例補又補行字集韵二十五沾廣韵二十六咸皆云尲尬行不正也可證今蘇州俗語謂事乖剌者曰尲尬从尢兼聲古咸切七部

尬尲尬也雙聲字从尢介聲公八切又古拜切十五部按今俗語去聲

尥行脛相交也行而脛相交則行不便利高注淮南郭注方言王注素問皆曰了戾謂纏繞不適集韵五爻曰尥牛行足外出也是其意也今俗語有此从尢勺聲力弔切二部此下舊有牛行腳相交爲尥小徐本無乃讀者箋記語耳

𡰈𡰈不能行爲人所引曰𡰈𡰓疊韵字也與提攜義相近从

尢从爪覆手曰爪是聲都兮切十六部玉篇作㨓

⿸尢巂 ⿸尢是⿸尢巂也从尢从爪巂聲戶圭切十六部

𡯷 股尪也尪之言紆也紆者詘也从尢亏聲乙于切五部

⿸尢羸 ⿸尢羸中病也从尢羸聲郎果切十七部廣韵去聲

文十二　重一

壺 昆吾圜器也缶部曰古者昆吾作匋壺者昆吾始爲之聘禮注曰壺酒尊也公羊傳注曰壺禮器腹方口圓曰壺反之曰方壺有爵飾又喪大記狄人出壺大小戴記投壺皆壺之屬也象形謂壺从大象其蓋也奄下曰蓋也大有餘也戶姑切五部凡壺之屬皆从壺

壹 壹壹也从凶从壺壺不得渫也虞翻以否之閉塞釋絪縕趙岐亦以閉塞釋志壹氣壹於云切十三部易曰天地壹壹繫辭傳文今周易作絪縕他書作烟煴氤氳蔡邕注典引曰烟烟煴煴陰陽和一相扶皃也張載注魯靈光殿賦曰烟煴天地之蒸氣也思玄賦舊注曰烟煴和皃許據易孟氏作壹壹乃其本字他皆俗字也許釋之曰不得渫也者謂元氣渾然吉凶未分故其字从吉凶在壺中會意合二字爲雙聲疊韵實合二字爲一字文言傳曰與鬼神合其吉凶然則吉凶卽鬼神也繫辭曰三人行則損一人一人行則得其友言致一也壹壹構精皆釋致一之義其轉語爲抑鬱

文二

壹 婢壹也婢各本作專今正婢下云壹也與此爲轉注 从壺吉 吉亦聲於悉切十二部俗作壹 凡壹之屬皆从壹

懿 婢久而美也婢者壹也釋詁詩烝民傳皆曰懿美也周書謚法曰柔克爲懿溫柔聖善曰懿許益之以專久者爲其字从壹也專壹而後可久可久而後美小爾雅及楚辭注懿深也詩七月傳曰懿深筐也深卽專壹之意也 从壹从恣省聲从恣省聲四字蓋或淺人所改竄當作从心从欠壹亦聲从心从欠所謂持其志無暴其氣美在其中而暢於四支也壹亦聲者國語衞武公作懿戒以自儆韋注懿讀曰抑大雅之抑詩也大雅懿厥哲婦箋云有所痛傷之聲也金縢對曰信懿馬云猶噫也小雅抑此皇父箋云抑之言噫古懿抑同用懿抑壹三字同音可證古音讀如一十二部今乙冀切

文二

㚔 所㠯驚人也 从大从𢆉各本作从羊五經文字曰說文从大从𢆉𢆉音干今依漢石經作幸又曰執者說文埶者經典相承凡報之類同是則張氏所據說文與今本迥異如是今隸用石經體且改說文此部皆作幸非也今皆正干者犯也其人有大干犯而觸罪故其義曰所以驚人其形从大干會意 一曰大聲也此別一義 凡㚔之屬皆从㚔 一曰讀若瓠五字未詳疑當

作一曰讀若執在讀若籋之下一曰俗語曰盜不止爲㚔又一義按玉篇此義不系說文廣韵引說文亦無此語十字恐後人所沾大徐本疊㚔字讀若籋尼輒切七部

睪司視也司者今之伺字廣韵作伺从目各本作从横目今依廣韵昔韵衆蜀𦉱篆下皆但言从目从㚔會意字㚔者罪也羊益切古音在五部今隸作睪凡从睪之字同令吏將目捕辠人也今各本譌令今正此以漢制明之故曰今漢之吏人攜帶眼目捕罪人如虞詡令能縫者傭作賊衣以采線縫賊裾有出市里者吏輒禽之是也辠各本作罪今依廣韵

執捕辠人也辠各本作罪今依廣韵手部曰捕者取也引申之爲凡持守之偁从丮㚔會意㚔亦聲之入切七部今隸作執

圉囹圄逗所吕拘辠人㚔爲罪人□爲拘之故其字作圉他書作囹圄者同音相叚也圉者守之也其義別說文宋本作囹圄者非是月令仲春命有司省囹圄孟秋命有司繕囹圄注曰囹圄所以禁守繫者若今別獄矣蔡邕云囹牢也圉止也所以止出入皆罪人所舍也崇精問曰獄周曰圜土殷曰羑里夏曰均臺囹圄何代之獄焦氏荅曰月令秦書則秦獄名也漢曰若盧魏曰司空是也按蔡說囹圄皆罪人所舍云皆則不必一地是以囗部曰囹獄也不連圉言此言囹圉錯見以明之从囗㚔會意魚舉切五部今隸作圉一曰圉垂也義見左傳爾雅毛傳一曰圉人掌馬者義見左傳周禮注禮記注按小徐本無此十二字當是古本如此邊垂者可守之地

養馬者守視之事疑皆圉字引申之義名書段圉爲之耳 盩 引擊也 引而擊之也 从夲攴
見血也 會意張流切三部今隸作盩 扶風有盩厔縣 說者曰山曲曰盩水曲曰厔按
卽周旋折旋字之段借也在今陝西西安府盩厔縣東三十里地名終南鎮元和郡縣志終南縣城卽漢盩厔故城也厔俗作
庢非 報 當辠人也 司馬彪百官志曰廷尉掌平獄奏當所應凡郡國讞疑罪皆處當以報史記張
釋之列傳曰廷尉奏當一人犯蹕當罰金又曰廷尉當是也又路溫舒上書曰奏當之成司馬貞引崔浩云當謂處其罪也按
當者漢人語報亦漢人語漢書張湯傳曰訊鞫論報蘇林注蘇建傳曰報論也斷獄爲報是則處分其罪以上聞曰奏當亦曰
報也引申爲報白爲報復又段爲赴疾之赴見少儀喪服小記今俗云急報是也 从夲从𠬝 會意博号
切古音在三部今隸作報 𠬝 逗 服辠也 𠬝見又部音服治也小徐作𠬝音展誤甚此說从𠬝之意以今
字今言通之也 𥷚 窮治辠人也 治各本作理唐人所改也今依篇韵正辠各本作罪今依廣韵
正文王世子注曰讀書論法曰鞫正義云讀書讀囚人之所犯罪狀之書用法謂以法律平斷其罪周禮小司寇讀書用法先
鄭云如今讀鞫已乃論之漢書功臣侯表坐鞫獄不實如淳云鞫者以其辭決罪也張湯傳訊鞫論報張晏云鞫一吏爲讀狀
論其報行也刑法志遣廷史與郡鞫獄如淳云以囚辭決獄爲鞫謂疑獄也按鞫者俗𥷚字譌作鞫古言鞫今言供語之轉也
今法具犯人口供於前具勘語擬罪於後卽周之讀書用法漢之以辭決罪也鞫與窮一語之轉故以窮治罪人釋鞫引申爲

凡窮之偁。谷風、南山、小弁傳曰窮也。公劉傳曰究也。節南山傳曰盈也。究盈亦窮之意。蓼莪傳曰養也。養與窮相反而成，如亂可訓治，徂可訓存，苦可訓快。若采芑傳曰鞫告也，此則謂鞫卽告之叚借字。文王世子告於甸人，亦是叚告爲鞫也。从卒人言。會意。卒人言者，犯罪人之言也。竹聲。居六切。三部。按此字隸作鞫，經典從之，俗多改爲鞠，大誤。

𥫔或省言

文七　重一　此部八篆俗寫皆改卒爲卒

奢張也。張者施弓弦也，引申爲凡充廓之偁。侈下曰一曰奢也。从大者聲。式車切。古音在五部。凡奢之屬皆从奢。奓籒文。按籒會意，篆形聲。西京賦有馮虛公子者，心奓體泰。薛注言公子生於貴戚，心志奓溢，體安驕泰也。未嘗云奓卽侈字。李善引聲類云奓侈字也，疑李登始爲此說，初非許意。平子文章用籒文奢也。廣韵讀陟加切。

奲富奲奲皃。當作奲奲富皃。按此字單聲而入十七部，丁可切，正如鼉驒亦單聲也。篇韵昌者一切，殆非是。與朶同音，故小徐云謂重而垂也。毛詩桑扈那一傳皆曰那多也，釋詁同。國語富都那豎，韋注那美也。那不知其本字，以許書折衷之，則奲爲本字，那爲叚借字耳。俗用嚲字訓垂下皃，亦疑奲之變也。从奢單聲。丁可切。十四十七部合音也。

文二　重一

亢人頸也史漢張耳列傳乃仰絕亢而死韋昭曰亢咽也蘇林云肮頸大脈也俗所謂胡脈婁敬傳搤其亢張晏曰亢喉嚨也按釋鳥曰亢鳥嚨此以人頸之偁爲鳥頸之偁也亢之引申爲高也舉也當也从大省上人象頸脈形下冂蘇林說與此合古郎切十部按亦胡郎切亦下浪切俗作肮作吭凡亢之屬皆从亢

頏亢或从頁此字見於經者邶風曰燕燕于飛頡之頏之毛傳曰飛而上曰頡飛而下曰頏解者不得其說玉裁謂當作飛而下曰頡飛而上曰頏轉寫互譌久矣頡與頁同音頁古文䭫飛而下如䭫首然故曰頡頡之古本當作頁之頏卽亢字亢之引申爲高也故曰頏之古本當作亢之於音尋義斷無飛而下曰頏者若揚雄甘泉賦柴虒參差魚頡而鳥肮李善曰頡肮猶頡頏也師古曰頡肮上下也皆以毛詩頡頏爲訓魚潛淵鳥戾天亦可證頡下頏上矣俗本漢書肮譌从目作䀏集韵入諸唐韵謂卽燕燕之頏字俗字之不可問有如此者揚雄解嘲鄒衍以頡亢而取世資漢書作亢文選作頏正亢頏同字之證頁部曰頡者直項也亢者人頸然則頡亢正謂直項淮南修務訓王公大人有嚴志頡頏之行者無不憛悇癢心而悅其色矣此正用直項之訓解嘲之頡亢亦正謂鄒衍强項傲物而世猶師資之也亢用字之本義東方朔畫贊云苟出不可以直道也故頡頏以傲世亦取直項之義

䞣直項莽䞣皃當作莽䞣直項皃或曰淮南書有嚴志頡頏之行頏卽䞣字也頁部曰頡直項从亢从夋會意夋倨也說从夋之意語見夂部亢亦聲岡朗切又胡朗切十部按大徐篆左亢右夋今依小徐玉篇廣韵左

𡗗右亢

文二　重一

夲 進趣也 趣者疾也 从大十 會意 大十者 者字依廣韵補 猶兼十人也 說从大十之意言其進之疾如兼十人之能也 凡夲之屬皆从夲 讀若滔 土刀切二部

𠦍 疾也 上林賦藰莅卉歙又卉然與道而遷義郭璞曰卉猶勃也西京賦奮隼歸鳧沸卉軿訇磕綜曰奮迅聲也卉皆𠦍之叚借 从夲卉聲 呼骨切十五部 拜从此

暴 疾有所趣也 趣當作𧼯引申爲凡疾之偁 从日出夲廾之 會意廾者竦手也薄報切二部按此與㬥二篆形義皆殊而今隸不別此篆主謂疾故爲夲之屬㬥主謂日晞故爲日之屬

𡘋 進也 㫃部旞下曰導車所載全羽以爲允允進也許意謂允卽𡘋之省也 从夲从屮 屮者進之意也 允聲 余準切十三部 易曰𡘋升大吉 升初六爻辭鄭曰升上也荀爽云謂一體相隨允然俱升九家易曰謂初失正乃與二陽允然合志俱升允然者升之皃不訓信葢古本作𡘋升也

奏 奏 此複舉字之未删者 進也 六月傳曰奏爲也其引申之義也 从夲从𠬞 竦手也進之意 从屮 則候切四部 中上進之義 說𡘋奏皆从屮之意

𡗞 古文 𢍜 亦古文

皋 气皋白之進也 當作皋气白之進也皋者複舉字之未删者也皋謂气白之進故其字从白本气白之進者謂進之見於白气滃然者也皋與臭同音臭訓大白曰部暤訓晧旰晧旰者白皃也暤晧字俗寫多从白頁部顥訓白皃皋有訓澤者小雅鶴鳴傳曰皋澤也澤與皋析言則二統言則一如左傳鳩藪澤牧隰皋並舉析言也鶴鳴傳則皋卽澤澤藪之地極望數百沆瀣皛溔皆白气也故曰皋又引申爲凡進之偁則如禮祝曰皋是也或叚皋爲櫜如伏注左傳皋比卽樂記之建櫜或叚爲高如明堂位皋門注云皋之言高也 从白本 會意古勞切古音在三部 禮 句謂禮經也 祝曰皋 士喪禮復者一人升自前東榮中屋北面招以衣曰皋某復三注曰皋長聲也禮運亦云皋某復按聲長必緩故左傳魯人之皋注云緩也召旻皋皋釋訓曰刺素食也毛曰頑不知道也皆緩之意也 登謌曰奏 謌或歌字也登歌堂上歌也禮經或言歌或言樂或言奏實皆奏也 故皋奏皆从本 祝也登歌也皆有進意說皋奏二篆从本之意 周禮曰詔來鼓皋舞 樂師職文今周禮作來瞽先鄭云鼓或作瞽皋當爲告後鄭云皋之言號大祝職云來瞽令皋舞後鄭曰皋讀爲卒嘷呼之嘷來嘷者皆謂呼之入漢書高祖告歸之田服虔曰告音如嘷東觀漢記田邑傳作號歸蓋古告皋嘷號四字音義皆同

文六　重二

夰 放也 放者逐也 从大八 句 八 逗 分也 各本从大而八分也今正夰者大分

之意也古老切二部 凡夰之屬皆从夰 𡘋舉目驚𡘋然也 廣韻引舉倉目驚𡘋然襍記下曰免喪之外行於道路見似目瞿聞名心瞿二瞿當作𡘋詩齊風狂夫瞿瞿傳曰無守之皃唐風良士瞿瞿傳曰瞿瞿然顧禮義也亦當作𡘋 从夰从䀠 會意䀠左右視也 䀠亦聲 九遇切五部

奡嫚也 嫚者侮傷也傲者倨也奡與傲音義皆同引伸爲排奡多力皃 从百从夰 傲者昂頭故从首 夰亦聲 古到切二部 虞書曰若丹朱奡 皋陶謨文朱當作絑 讀若傲論語奡湯舟 憲問篇文依宋本及集韻類篇作湯今作盪非湯卽盪陣字盪陣音湯

昦春爲昦天元气昦昦也 春爲昦天釋天文元气昦昦者釋昦字之義䆉離毛傳曰蒼天以體言之元氣廣大則偁昊天仁覆閔下則偁旻天自上降鑒則偁上天據遠視之蒼蒼然則偁蒼天李巡孫炎郭璞本爾雅及劉熙釋名皆作春蒼夏昊許君五經異義鄭君駮異義所據爾雅及歐陽尚書皆作春昊夏蒼鄭君二云春氣博施故以廣大言之許君二云尚書堯典羲和以昊天總勅四時故知昊天不獨春也許君作異義時是毛傳非爾雅歐陽尚書鄭君駮之而許造說文於昊下昦下皆用爾雅參合毛傳略同鄭說說文解字爲定說也 从日夰 會意 夰亦聲 胡老切古音蓋在三部

臩驚走也一曰往來皃 皃大徐作也非 从夰臦聲 各本無聲字今補俱往切十部 周書曰伯臩 孔壁多得十六篇古文尚

書有囧命書序曰穆王命伯囧爲太僕正作囧命周本紀曰穆王閔文武之道缺乃命伯䍌申誡太僕之政作䍌命葢䍌囧古通用也許此引周書或系書序或系逸書十六篇文皆未可知

古文𦣝古文囧字 七字當作古文以爲囧字六字轉寫譌舛也

文五

亣 籒文大改古文 謂古文作大籒文乃改作亣也本是一字而凡字偏旁或从古或从籒不一許爲字書乃不得不析爲二部猶人儿本一字必析爲二部也顧野王玉篇乃用隸法合二部爲一部遂使古籒之分不可攷矣

亦象人形 亦者亦古文也大象人形此亦象人形其字同則其音同也而大徐云大徒葢切亣他達切分別殊誤古去入不分凡今去聲之字古皆入聲大讀入聲者今惟有會稽大末縣獨存古語耳實則凡大皆可入非古文去籒文入之謂

凡亣之屬皆从亣

奕 大也 大雅奕奕梁山傳曰奕奕大也詩周頌箋云亦大也叚亦爲奕

从大亦聲 羊益切古音在五部

詩曰奕奕梁山

奘 駔大也 馬部駔下曰壯馬也士部壯下曰大也奘與壯音同與駔義同釋言曰奘駔也此許所本也孫樊本作將且也

从亣壯壯亦聲 徂朗切十部

臭 大白也 各本白下有澤字其誤不知始於何時獸名白澤故非經典即有此物孰別其大小乎全書之例於形得義之字不可勝計臭以白大會意則訓之

曰大白也猶下文大在一上則爲立耳淺人妄增玉篇廣韵仍之說石鼓文者又引爲證古來郢書燕說類多如此 从大白 不入白部者重大也古老切二部凡皢皎皦皛皋縞皓杲訓白之字皆同音部但臭字廣韵又昌石切集韵又昌石施隻二切皆訓白澤未詳其由 古文吕爲澤字 此說古文叚借也叚借多取諸同音亦有不必同音者如用臭爲澤用丂爲亏用屮爲艸之類又按澤當作皐古澤睪皐三字相亂皐者气臭白之進也皋臭義相近音同

奚大腹也 豕部豯下曰豚生三月腹豯豯皃古奚豯通用周禮職方氏豯養杜子春讀豯爲奚許艸部作蒵養 从大𦃃省聲 胡雞切十六部 𦃃籒文系 見十二篇系下

耎稍前大也 稍者出物有漸也稍前大者前較大於後也 从大而聲讀若畏偄 謂若偄也而沇切十四部古凡耎聲字皆在十四部需聲字皆在四部後人多亂之

𡙡大皃从大𥃩聲 𥃩讀若書卷之卷見四篇 或曰拳勇字 拳當作捲手部捲气勢也引國語有捲勇或說𡙡卽捲勇字許偁之也隼下云一曰鷻字是其例 讀若傿 鉉本上有一曰二字衍乙獻切十四部

奰壯大也从三大三目 會意 二目爲𡘺 𡘺各本作𡙡誤今正 三目爲奰益大也 說會意之恉張衡左思賦皆用奰眉字而譌作贔屓俗書之不正如此屓見尸部臥息也許器反 一曰迫也 別一義 讀若易虙羲氏 今易繫辭作包犧氏孟氏京氏作伏

戲許作虙羲鄭大卜注應氏風俗通同虙古音讀如密奰古音同今音平祕切 詩曰不醉而怒謂之奰 大雅蕩曰內奰于中國毛傳曰不醉而怒謂之奰於壯義迫義皆近不言詩傳曰者猶書曰仁覆閔下則偁旻天不言書傳易曰地可觀者莫可觀於木易曰井者法也不言易說也

文八

夫 丈夫也从大一 一从一大則爲天从大一則爲夫於此見人與天同也天之一冒大上爲會意夫之一冊大首 一目象先 先首笄也俗作簪依御覽宜補冠而後簪人二十而冠成人也十二字此說以一象簪之意甫無切五部 周制八寸爲尺 尺部曰中婦人手長八寸謂之咫周尺 十尺爲丈 十部曰丈十尺也从又持十 人長八尺故曰丈 見考工記 夫 此說人偁丈夫之恉 凡夫之屬皆从夫

規 規巨有灋度也 各本無規巨二字今補於此說規矩二字之義故工部巨下但云規巨也此許全書之通例也囟部𣬉下曰𣬉齎人齎也故囟部齎下曰𣬉齎也正同此圓出於方方出於矩古規矩二字不分用猶威儀二字不分用也凡規巨威儀有分用者皆互文見意非圓不必矩方不必規也灋者荆也度者灋制也規矩者有灋度之謂也萑部曰規蒦商也一曰蒦度也凡有所圖度匡正皆曰規左傳規求無度陶淵明文欣然規往左傳曰大夫規誨詩序曰沔水規宣王也 从夫見 會意

丈夫所見也公父文伯之母曰女智莫如婦男智莫如夫字統曰丈夫識用必合規矩故規从夫居隨切十六部

㚘 竝行也从二夫 會意 輦字从此讀若伴侶之伴 伴侶許無此義侶字許無當作旅薄旱切十四部

文三

立 侸也 侸各本作住今正人部曰侸者立也與此爲互訓淺人易爲住字亦許書之所無 从大在一之上 在各本作立今正鉉曰大人也一地也會意力入切七部 凡立之屬皆从立

𥩟 臨也 臨者監也經典莅字或作涖注家皆曰臨也道德經釋文云古無莅字說文作𥩟按莅行而𥩟廢矣凡有正字而爲叚借字所敓者類此 从立隶聲 力至切十五部

𥪖 磊𥪖重聚也 磊𥪖疊韵字今俗語猶有之 从立𦎫聲 丁罪切十五部

端 直也 用爲發耑耑緒字者叚借也 从立耑聲 多官切十四部

竱 等也 等者齊簡也故凡齊皆曰等齊語竱本肇末韋注竱等也肇正也謂先等其本以正其末按孟子曰不揣其本而齊其末揣蓋竱之叚借字耑聲專聲同部趙注云揣量似失之木部檔下曰一曰度也孟子正當从木作檔韵書謂偁量曰敁敠丁兼丁括切即竱語之轉也 从立專聲 旨沇切十四部按字苑音剸李舟切韵音端 春秋傳曰 宋本如是今本傳作國語 竱本

肇末

竦 敬也敬者肅也商頌傳曰竦懼也此謂叚竦爲愯也愯者懼也𠬞下曰竦手謂手容之恭上其手也周南毛傳曰喬上竦也 从立从束會意息拱切九部 束自申束也古書多言申束韓非引周書曰申之束之申俗作伸申之使舒束之使促常相因互用也

竫 亭安也亭者民所安定也故安定曰亭安其字俗作停作渟亭與竫疊韵凡安靜字宜作竫靜其叚借字也靜者審也 从立爭聲疾郢切十一部

靖 立竫也謂立容安竫也安而後能慮故釋詁毛傳皆曰靖謀也 从立青聲疾郢切十一部 一曰細皃古文尚書戩戩善諞言伏生今文作諓諓善竫言見公羊傳王逸注楚辭引作諓諓靖言蓋竫靖戔諓古通用靖言謂小人巧言戔部引周書戔戔巧言亦謂秦誓也山海經大荒東經曰東海之外大荒之中有小人國名靖

竢 待也彳部曰待竢也是爲轉注經傳多叚俟爲之俟行而竢廢矣俟大也 从立矣聲牀史切一部

𥩓 或从巳巳聲矣聲同在一部

竘 健也淮南人閒訓室始成竘然善也高注竘高壯皃此與健之訓合 一曰匠也方言曰竘治也吳越飾皃爲竘或謂之巧廣雅竘治也又曰竘巧也此與匠之訓合 从立句聲讀若齲丘羽切按高誘音口郭璞同許意讀若糗廣韵麌厚韵兼收古音在四部 周書有竘匠蓋謂周書七十一篇也竘匠之文佚攷

竵 不正也从立𠜽聲火鼃切古音在十六部俗字作歪

竭 負舉

也凡手不能舉者負而舉之禮運五行之動迭相竭也注竭猶負戴也豕部曰竭其尾李尤翰林論云木氏海賦壯則壯矣然首尾負竭狀若文章亦將由未成而然也从立曷聲渠列切十五部

䇓立而待也依韵會補立而二字今字多作需作須而䇓廢矣雨部曰需䇓也遇雨不進止䇓也引易雲上於天需需與䇓音義皆同樊遲名須須者䇓之叚借䇓字僅見漢書翟方進傳从立須聲相俞切古音在四部⿰立芻或从芻須聲芻聲同在四部

⿰立嬴痿也痿者痹也从立嬴聲力臥切十七部

竣居也各本作僔竣也說者謂即僔俊今正尸部曰居蹲也足部曰居蹲也郭注山海經徐廣史記音義皆曰踆古蹲字許書之竣蓋與蹲音義皆同也居譌倨倨譌僔竣乃複舉字倒於下遂爲僔竣矣古書之譌舛可正者類如此固在好學深思心知其意也廣韵曰倨也此居譌倨之證从立夋聲七倫切十三部國語曰有司已事而竣今齊語作已於事韋注竣退伏也按毛詩云不皇啓尻故已於事而後即安

䇐見鬼魅皃从立从彔會意彔籒文魅見鬼部讀若虙羲氏之虙彪聲在十五部必聲在十二部音相近也當讀如密今音房六切非也

⿰立昔驚皃與獡音義同獡見方言从立昔聲七雀切五部

竨短人立竨竨皃竨竨短皃竨之字或作罷周禮典同注陂讀爲人短罷之罷司弓矢庳矢注鄭司農讀爲人罷短之罷或作矲方言

曰䂌矲短也桂林之中謂短矲郭注言矲雉也按矲皮買反雉苦買反今本方言雉譌作矮依集韵類篇朱余仁仲周禮所載釋文明葉林宗所寫釋文正之雉从矢佳聲非雉字也　从立卑聲　傍下切按當薄蠏切十六部

竲　北地高樓無屋者　北地郡也高樓上不爲覆曰增禮運曰夏則居曾巢鄭曰暑則聚薪柴居其上也此增之始也禮運本又作增　从立曾聲　士耕切按當依廣韵作睖疾陵二切六部

文十九　重二

竝　併也　人部併下曰竝也二篆爲轉注鄭注禮經古文竝今文多作併是二字音義皆同之故也古書亦多用爲傍字者傍附也　从二立　蒲迥切十一部　凡竝之屬皆从竝

暜　廢也　各本奪也字不可讀今補廢者卻屋也卻屋言空屋人所不居故暜廢同義　一偏下也　此又爲一義相竝而一邊庳下則其勢必至同下所謂陵夷也凡陵夷必有漸而然故曰履霜堅仌至　从竝白聲　他計切古音鐵十二部

⿱竝曰　或从曰

⿱兟曰　或从兟从曰　从兟猶从竝也兟見

文二　重二

八篇

囟頭會匘蓋也首之會合處頭髗之覆蓋玄應引蓋下有額空二字額空謂額腔也內則注曰夾囟曰角象形內則正義引此云囟其字象小兒腦不合也按人部兒下亦云从儿上象小兒頭腦未合也九經字樣曰說文作囟隸變作囟巤腦等字从之細思等字亦从之玫夢英書偏傍石刻作㐫宋刻書本皆作囟今人楷字譌囟又改篆體作囟所謂象小兒腦不合者不可見矣息進切十二部凡囟之屬皆从囟

[篆] 或从肉宰蓋俗字

[篆] 古文囟字內則正義所引說文疑在此字之下

[篆] 毛巤也象髮在囟上謂巤也首下曰巛象髮髮謂之鬈鬈即巛也及毛髮巤巤之形也謂巤巤象毛髮巤巤之形也良涉切八部玉裁按巤與鬣蓋正俗字巛即髮不當復从髟矣髟部鬣之為增竄無疑此與籒文子字同意意字舊奪今補子部曰籒文子从巛象髮也來者倒古文子然則此籒字當作古

[篆] 毗臍逗各本奪此二字今訂補玄應引許毗臍人臍也按肉部臍下曰毗臍也正以毗臍之解已見囟部全書之大例如此人臍也急就篇作膍毗字段借之用如詩節南山采菽毛傳皆曰膍厚也箋云毗輔也方言毗濊也毗廢也毗明也皆是从囟囟取通气也人臍可以通气如囟門之通气然从比聲房脂切十五部

文三　重二

恖 㝯也 㝯也各本作容也或以伏生尚書思心曰容說之今正皃曰恭言曰從視曰明聽曰聰思心曰容謂五者之德非可以恭釋皃以從釋言以明聰釋視聽也谷部曰㝯者深通川也引容畎澮歫川引申之凡深通皆曰㝯思與㝯雙聲此亦門捫也戶護也髮拔也之例謂之思者以其能深通也至若尚書大傳次五事曰思心思心之不容是謂不聖劉向董仲舒班固皆以寬釋容與古文尚書作五曰思思曰睿爲異本詳予所述尚書撰異 从心从囟 各本作囟聲今依韵會訂韵會曰自囟至心如絲相貫不絕也然則會意非形聲細以囟爲聲囟非之咍部字也息茲切一部

凡思之屬皆从思 慮 謀思也 心部曰念常思也惟凡思也懷念思也想覬思也懃同思之和也同一思而分別如此言部曰慮難曰謀與此爲轉注囗部曰圖者畫也計難也然則謀慮圖三篆義同左傳曰慮無他書曰無慮皆謂計畫之纖悉必周有不周者非慮也 从思虍聲 良據切五部

文二

心 人心土藏也 也字補 在身之中象形 息林切七部 博士說以爲火藏 土藏者古文尚書說火藏者今文家說詳肉部肺下 凡心之屬皆从心

息 喘也 口部曰喘疾息也喘爲息之疾者析言之此云息者喘也渾言之人之氣急曰喘舒曰息引伸爲休息之偁又引伸爲生長之偁引伸之義行而鼻息之義廢矣詩曰使我不能息兮傳曰憂不能息也桼離

傳曰噎憂不能息也此息之本義也其他詩息字皆引伸之義也許書鼾臥息也呬息也眉臥息也欭咽中息不利也旡飲食

并气不得息也覞部[illegible]見雨而比息也皆本義也 从心自 自者鼻也心气必從鼻出故从心自如心思上凝於

囟故从心囟皆會意也相卽切一部各本此下有自亦聲三字自聲在十五部非其聲類此與思下云囟聲皆不知韵理者所爲也

情人之侌气有欲者 董仲舒曰情者人之欲也人欲之謂情情非制度不節禮記曰何謂人情喜怒哀懼愛惡欲七者不學而能左傳曰民有好惡喜怒哀樂生於六氣孝經援神契曰性生於陽以理執情生於陰以繫念 从心青聲 疾盈切十一部

性人之昜气性善者也 論語曰性相近也孟子曰人性之善也猶水之就下也董仲舒曰性者生之質也質樸之謂性 从心生聲 息正切十一部

志意也从心㞢㞢亦聲 按此篆小徐本無大徐以意下曰志也補此爲十九文之一原作从心之聲今又增一字依大徐次於此志所以不錄者周禮保章氏注云志古文識蓋古文有志無識小篆乃有識字保章注曰志古文識識記也哀公問注曰志讀爲識識知也今之識字志韵與職韵分二解而古不分二音則二解義亦相通古文作志則志者記也知也惠定宇曰論語賢者識其大者蔡邕石經作志多見而識之白虎通作志左傳曰以志吾過又曰且曰志之又曰歲聘以志業又曰吾志其目也尚書曰若射之有志士喪禮志矢注云志猶擬也今人分志向一字識記一字知識一字古祇有一字一音又旗幟亦卽用識字則亦可用志字詩序曰詩者志之所之也在心爲志發

言爲詩志之所之不能無言故識从言哀公問注云志讀爲識者漢時志識已殊字也許心部無志者葢以其卽古文識而識下失載也職吏切一部

意 志也 志卽識心所識也意之訓爲測度爲記訓測者如論語毋意毋必不逆詐不億不信億則屢中其字俗作億訓記者如今人云記憶是也其字俗作憶大學曰欲正其心者先誠其意誠謂實其心之所識也如惡惡臭如好好色此之謂自謙鄭云謙讀爲慊慊之言猒也按猒當爲猒猒者足也 从心音 會意於記切一部古音入聲於力切 察言而知意也 說从音之意

恉 意也 今字或作旨或作指皆非本字也許序曰曉學者達神恉 从心旨聲 職雉切十五部

悳 外得於人內得於己也 此當依小徐通論作內得於己外得於人內得於己謂身心所自得也外得於人謂惠澤使人得之也俗字叚德爲之德者升也古字或叚得爲之 从直心 洪範三德一曰正直直亦聲多則切一部

𢛳 古文

應 當也 當田相值也引伸爲凡相對之偁凡言語應對之字卽用此大徐言部增譍字非也諾下雝下唉下對下譍字皆當改正 从心雁聲 於陵切六部

慎 謹也 言部曰謹者慎也二篆爲轉注未有不誠而能謹者故其字从真小雅慎爾優游予慎無罪傳皆曰誠也詳八篇真下 从心真聲 時刃切十二部

昚 古文 昚字从此釋文序錄偁昚徽五典是陸氏所據堯典作昚自衞包改作慎開寶中乃於尚書音義中刪之

忠 敬也 敬者肅也未有盡心而不敬者此與慎訓謹同義

盡

心曰忠各本無此四字今依孝經疏補孝經疏唐元行沖所爲唐本有此 从心中聲陟弓切九部

愨 謹也廣韵曰謹也善也愿也誠也據韵會大司寇注愿愨愼也用叚借字愨者㲉之俗字也 从心㱿聲苦角切三部

𢡟 美也 从心貌聲莫角切二部

快 喜也引申之義爲疾速俗字作駃 从心夬聲苦夬切十五部

愷 樂也蓼蕭傳曰豈樂也豈同愷 从心豈聲苦亥切古音在十五部按豈部有此篆解曰康也疑此重出乃後人增竄

㥦 快也漢文帝紀曰未有㥦志 从心匧聲苦叶切八部今作愜

念 常思也方言曰念思也又曰念常思也許云懷念思也左傳引夏書曰念茲在茲釋茲在茲名言茲在茲允出茲在茲惟帝念功 从心今聲奴店切七部

㤔 思也 从心付聲甫無切五部

憲 敏也敏者疾也謚法博聞多能爲憲引申之義爲法也又中庸引詩憲憲令德以憲憲爲顯顯又大雅天之方難無然憲憲傳曰憲憲猶欣欣也皆叚借也 从心目心目竝用敏之意也 害省聲許建切十四部按害在十五部此合音也

憕 平也 从心登聲直陵切六部

戁 敬也敬者肅也商頌不戁不竦傳曰戁恐竦懼也敬則必恐懼故傳說其引申之義若小雅我恐熯矣傳曰熯敬也此謂詩叚熯爲戁 从心難聲女版切十四部

忻 闓也闓者開也言闓不言開者闓與忻音近如昕讀若希

之類也忻謂心之開發與欠部欣謂笑喜也異義廣韵合爲一字今義非古義也从心斤聲許斤切十三部司馬灋曰善者忻民之善閉民之惡今司馬法佚此語謂開其善心閉其惡心是爲冣善也

⿰忄重遲也遲重之字當作此今皆叚重字爲之今字也从心重聲直隴切九部

惲重厚也厚當作𣆪惲厚字當如此今皆作渾厚非是渾者混流聲也今俗云水渾从心軍聲於粉切十三部

惇厚也厚當作𣆪凡惇厚字當作此今多作敦厚叚借非本字敦者怒也詆也一曰誰何也雒誥惇大成裕从心𦎫聲都昆切十三部

忼忼慨也各本奪忼字今補忼慨壯士不得志於心也各本移入慨篆下又奪於心二字今依玉篇及文選注補正从心亢聲苦浪切又口朗切十部俗作慷戰國策羽聲慷慨一本作忼慷蓋因忼有異體而一複一奪也一曰易忼龍有悔按一曰易三字乃易曰二字之誤淺人所改也忼之本義爲忼慨而周易乾上九忼龍則叚忼爲亢亢之引申之義爲高子夏傳曰亢極也廣雅曰亢高也是今易作亢爲正字許所據孟氏易作忼叚借字也凡許引經說叚借如無有作政堲讒說曰圛皆是淺人以忼龍與忼慨義殊乃妄改爲一曰矣

慨忼慨也依全書通例正忼慨雙聲也他書亦叚愾爲之作忼愾从心既聲苦溉切十五部

悃悃愊逗至誠也依玉篇廣韵後書章帝紀訂悃愊亦雙聲字也

从心困聲困一本作困篆作非也古困聲在真文韵音變遂入寬韵非困聲在真文困聲在寬各有畛域也苦本切十三部

悃愊也各本作誠志也今依全書通例訂从心畐聲芳逼切一部玉篇普力切

謹也咎繇謨曰愿而恭从心原聲魚怨切十四部

儇也人部曰儇慧也二篆為轉注慧古多叚惠為之从心彗聲胡桂切十五部

慧也方言愈或謂之慧或謂之憭郭云慧憭皆意精明按廣韵曰了者慧也葢今字叚了為憭故郭注方言已云慧了佗書皆云了了若論字之本義則了為尥也尥者行脛相交也从心尞聲力小切二部

憭也疊韵互訓按方言恔快也東齊海岱之閒曰恔孟子於人心獨無恔乎趙注恔快也快即憭義之引申凡明憭者必快於心也从心交聲古了切又下交切二部按此字廣韵去聲二云恔出孟子集韵類篇則平聲引說文作恔上聲引作恔疑古本分二字

靜也靜當作竫亭安也此篆或作嫕見後漢書傳寫誤為㜲洞簫賦曰清靜厭瘱神女賦曰澹清靜其愔瘱李善引韓詩曰瘱悅也引倉頡篇曰瘱密也引曹大家列女傳注曰瘱深邃也从心㾂聲疒部㾂夾聲苦叶切而瘱於計切者合音也或曰古音讀如邑

敬也口部哲下曰知也悊與哲義殊口部云哲或从心作悊葢淺人妄增之因古書聖哲字或从心而合之也从心折聲陟列切十五部

樂也此哀樂字也選詩慼慼苦無悰从心宗聲藏宗切九部

安也莊子曰以恬養知以知養恬 从心㐁聲各本篆作𢡮解作甛省聲今正谷部㐁下曰舌皃从谷省象形他念切按許書木部栖及此恬字本从㐁聲轉寫从舌乃改爲甛省聲矣徒兼切七部 恢大也 从心灰聲苦回切十五部 恭肅也肅者持事振敬也尚書曰恭作肅此以肅釋恭者析言則分別渾言則互明也論語每恭敬析言如居處恭執事敬貌思恭事思敬皆是 从心共聲俱容切九部 憼敬也敬之在心者也 从心敬敬亦聲居影切十一部 恕仁也孔子曰能近取譬可謂仁之方也矣孟子曰彊恕而行求仁莫近焉是則爲仁不外於恕析言之則有別渾言之則不別也仁者親也 从心如聲商署切五部 𢖻古文省 从女 怡龢也各本作和今正龢者調也玉篇曰怡者悅也樂也古多叚台字禹貢祗台德先鄭注云敬和 从心台聲與之切一部 慈㤛也㤛各本作愛今正下文曰㤛惠也叀部曰惠仁也人部曰仁親也 从心茲聲茲从艸兹疾之切一部 忯㤛也㤛各本作㤅今正釋訓曰忯忯㤅也按忯忯字不見於詩書 从心氏聲巨支切十六部 㥲忯㥲㥲逗疊韵字 不𢝊事也𢝊各本作憂今正 从心虒聲讀若移移爾切十六部玉篇余氏余支二切廣韵亦兼此二切 恮謹也廣韵也作皃 从心全聲此緣切十四部 恩惠也从心因因亦

聲依韻會訂烏痕切十三部 懘高也集韻曰岹嵽山形音義同 一曰極也別一義 一曰困劣也又一義樂記則無怗懘之音注云怗懘敝敗不和之皃懘卽懘之譌俗用⿸疒帶字廣韻曰極困也亦卽懘之俗 从心帶聲特計切十五部 憖肎也各本作問也玉篇作閔也左傳音義引字林閔也閔者肎之誤問者閔之誤十月正義引憖肎從心也當是引憖肎也从心猌聲誤以也字倒於從心之下不成文理耳今依肎字小爾雅曰憖願也晉語伯宗妻曰憖庇州犂焉韋注曰憖願也願與肯義略同用部曰甯所願也丂部曰寧願詞也皆與憖雙聲 謹敬也李善注思玄賦引字林此訓玉篇引說文無此韻會謹作慎 从心猌聲魚覲切十二部 一曰說也說悅古今字 一曰且也且各本作甘今依玉篇訂十月之交鄭箋云憖者心不欲自強之詞左傳不憖遺一老杜注云憖且也五行志應劭注曰憖且辭也小爾雅曰憖強也且也 春秋傳曰昊天不憖左氏傳哀十六年文魯哀誄孔子曰昊天不弔不憖遺一老許檃栝其辭亦東方昌矣之類 又曰兩軍之士皆未憖文十二年傳杜注憖缺也釋文憖魚覲反又魚轄反是則憖與⿱猌齒雙聲叚借卽方言所謂傷也而郭注方言云詩曰不憖遺一老亦恨傷之言也似於文理不協

懬闊也廣大也各本作廣也大也今依詩泮水釋文訂魯頌泮水曰憬彼淮夷釋文云憬說文作懬按許闊也一曰廣大也此懬之本義毛云遠行也卽其引伸之義也由其廣大故必遠行然則毛詩自作懬今作憬者或

以三家詩改之也元帝紀眾僚久懬未得其人假懬爲曠字从心廣廣亦聲苦謗切十部一曰寬也依鍇本四字在此詩曰懬彼淮夷各本無此六字今依詩釋文補葢許所據毛詩如此懬下所偁葢三家詩

悈飭也飭各本作飾古書飾飭多互譌不可勝正力部曰飭致堅也悈與戒義同警也釋言曰悈褊急也許言部諽字下曰飭也讀若悈葢悈音紀力反與苟戒棘亟音義皆同而方言曰悈革老也此又因擊斂之義而引伸之也从心戒聲居薤切古音在一部司馬灋曰有虞氏悈於中國中國國中也今司馬法天子之義篇作有虞氏戒於國中

㥯謹也从心㐭聲於靳切十三部

慶行賀人也賀下曰以禮相奉慶也是二篆爲轉注也賀从貝故云以禮相奉慶从夂故云行賀人从心夊謂心所喜从鹿省此三字今補丘竟切古音在十部讀如羌音轉讀如卿吉禮以鹿皮爲摯士冠禮聘禮儷皮鄭注兩鹿皮也鹿部曰禮麗皮納聘蓋鹿皮也故从鹿省此說从鹿省之意

愃寬閑心腹皃閑各本作嫺今正嫺者習也非其義郭注方言曰今江東呼快爲愃相緣反从心宣聲況晚切十四部詩曰赫兮愃兮衞風淇奧文毛詩作咺傳云威儀容止宣著也韓詩作宣顯也許作愃而義亦異

愻順也訓順之字作愻古書用字如此凡愻順字从心凡遜遁字从辵今人遜專行而愻廢矣學記不

陵節而施之謂遜劉向書作愻此未經改竄之字也論語孫以出之惡不孫以爲勇者皆愻之叚借 从心孫聲蘇困切十三部 唐書曰謂堯典也說詳禾部 五品不愻許所據古文如此愻者順也故尚書大傳作五品不訓五帝本紀作五品不馴訓與馴皆順也

𡫳 實也邶風其心塞淵毛傳塞瘞也崔集注本作實也今以許書繩之作實爲是矣詩秉心塞淵王猷允塞皆同鄭箋云塞充實也今文尚書文塞晏晏鄭注考靈耀云道德純備謂之塞道德純備充實之意也咎繇謨剛而塞夏本紀作剛而實按𡨄部曰𡨄窒也穴部曰窒𡨄也窴𡨄也𡨄廢而俗多用塞塞隔也非其義也至若燕燕定之方中堯典咎繇謨諸塞字又皆當作𡫳卽曰叚借亦當叚𡨄而不當叚塞也 从心𡨄聲各本作塞省聲今正𡨄窒也𡫳聲中有會意先則切一部 虞書曰剛而𡫳

恂 信心也毛詩叚洵字爲之如洵美且都洵訏且樂鄭箋皆云洵信也釋詁曰詢信也注引方言宋衞曰詢皆叚詢爲恂也至若論語恂恂如也王肅注溫恭皃漢書李將軍恂恂如鄙人史記作悛悛如鄙人此皆逡巡字之叚借而非正字也 从心旬聲相論切十二部

忱 誠也誠者信也詩大明曰天難忱斯毛曰忱信也言部諶下曰誠諦也引詩天難諶斯古忱與諶義近通用 从心冘聲氏任切七部 詩曰天命匪忱大雅蕩曰天生烝民其命匪諶毛曰諶誠也許作忱是亦可證二字互用也

惟 凡思也方言曰惟思也又曰惟凡思也慮謀思也願欲思也念常思也許本之曰惟凡思也念常思也懷念思也想冀

思也思部慮謀思也凡許書分部遠隔而文理參互可以合觀者視此凡思謂浮泛之思生民載謀載惟箋云諏謀其日思念其禮按經傳多用爲發語之詞毛詩皆作維論語皆作唯古文尚書皆作惟今文尚書皆作維古文尚書作惟者唐石經之類可證也今文尚書作維者漢石經殘字可證也俗本匡謬正俗乃互易之大誤又魯詩作惟與毛詩作維不同亦見漢石經殘字

从心隹聲 以追切十五部

懷 念思也 念思者不忘之思也釋詁方言皆曰懷思也詩卷耳野有死麕常棣傳同若終風傳曰懷傷也釋詁曰至也匪風皇矣傳曰歸也皇皇者華板傳皆曰和也皆引申之義可以意會者也古文又多叚懷爲褱者

从心褱聲 戶乖切古音在十五部

惀 欲知之皃 廣韵混韵注曰心思求曉事

从心侖聲 盧昆切十三部

想 覬思也 覬各本作冀今正欠部曰𣢟㚔也見部曰覬𣢟㚔也覬思者覬望之思也周禮眡祲十曰想

从心相聲 息兩切十部

㥶 深也 深當作突許書深爲水名突爲突淺字穴部突下曰深也言突深古今字以今字釋古字也㥶與邃音義皆同从穴者爲室之深从心者爲意思之深

从心𥦗聲 徐醉切十五部

慉 起也 邶風谷風傳曰慉興也起與興義同今本傳作養者非也小雅蓼莪箋云畜起也此謂拊我畜我之畜乃慉之叚借

从心畜聲 許六切三部

詩曰能不我慉 許所據如此與能不我知能不我甲句法同也能讀爲而

𢡃 滿也 方言曰臆滿也廣雅曰臆滿也漢蔣君碑餘悲馮億皆𢡃之叚借字也

从

心音聲於力切一部一曰十萬曰意詩楚茨傳萬萬曰億豐年傳數萬至萬曰億鄭箋云十萬曰億注王制云億今十萬韋昭注鄭語楚語曰賈唐說皆以萬萬爲億今數也後鄭十萬爲億古數也其詳在說文解字讀經傳皆作億無作意者段借字也

𢡆籒文省上从言省

悹𢝊也𢝊各本作憂今正廣韵廿四緩引詩傳悹悹無所依今大雅板傳作管管又篇韵皆云悹悹憂無告也今詩板釋訓皆作灌灌按憂無告之訓正字作懽見下文不當作悹从心官聲古玩切十四部

憀憀然也三字句憀然猶了然也類篇曰力求切賴也且也按聊者憀之段借字方言俚聊也漢書其畫無俚之至耳戰國策民無所聊凡聊賴可作憀賴从心翏聲洛蕭切古音在三部力求切

愙敬也釋詁商頌手傳皆曰恪敬也从心客聲當作从心客客亦聲苦各切五部今字作恪春秋傳曰㠯陳備三愙左傳襄廿五年文按不引商頌而引此者以證从心客會意也五經異義公羊說存二王之後所以通夫三統之義禮戴說天子存二代之後猶尊賢也古春秋左氏說周家封夏殷二王之後以爲上公封黃帝堯舜之後謂之三恪許慎謹案云治魯詩丞相韋玄成治易施犨等說引外傳曰三王之樂可得觀乎知王者所封三代而已不與左氏說同鄭駮之云所存二王之後者命使郊天以天子之禮祭其始祖受命之王自行其正朔服色恪者敬也敬其先聖而封其後與諸侯無別殊異何得比夏殷之後按許不偁公羊說戴說而偁古左氏亦不與異義同葢異義先成說文晚定用左氏說與鄭同也

愯懼也。與竦音義略相近。从心雙省聲。息拱切。九部。春秋傳曰：
駟氏愯。昭公十九年左傳文。今本作聳。後人所易也。又昭六年左傳聳之以行，漢書刑法志引作愯。晉灼曰：古悚
字。按漢書雙不省。又魏都賦：吳蜀二客，愯焉相顧。張載注：愯，懼也。引左傳駟氏愯。張用說文也。俗本譌爲𧡴。懼
恐也。恐下曰懼也，是爲轉注。从心瞿聲。其遇切。五部。𢥞古文。䀠者，左右視也。
形聲兼會意。怙恃也。韓詩云：怙，賴也。从心古聲。侯古切。五部。恃賴也。
韓詩云：恃，負也。从心寺聲。時止切。一部。慒慮也。見釋言。从心曹聲。
藏宗切。今音也。廣韵又似由切。古音也。宜三部。爾雅音義曰：字書作悰。然說文悰、慒並出。悟覺也。見部覺下
曰：悟也。是爲轉注。按古書多用寤爲之。从心吾聲。五故切。五部。𢘑古文悟。
憮㤅也。㤅各本作愛，今正。韓鄭曰憮。方言：亟、憐、憮、㤺，愛也。宋衛邠陶之閒曰憮，或曰㤺。又
曰：韓鄭曰憮。釋詁曰：憮，撫也。一曰不動。別一義。論語：夫子憮然。孟子：夷子憮然。二倉曰：憮然，失意皃也。
趙岐曰：憮然猶悵然也。皆於此義近。从心無聲。文甫切。五部。郭璞：荒甫反。㤅惠也。叀部曰：惠，
仁也。仁者，親也。从心旡聲。八篇：㱃食屰气不得息曰旡。古文作旡，此用古文爲聲也。許君惠㤅字作此，愛
爲行皃。乃自愛行而㤅廢，轉寫許書者遂盡改㤅爲愛。全非許憮、㤅二篆相聯之意。烏代切。十五部。𢜩古文

旣者旡聲卽先聲也㤅者古文㤅唐人乃用爲伊余來塈民之攸塈之塈其朏繆有如此者詩之塈乃呬之段借息也

⿰忄胥 知也 此與言部諝音義皆同 从心胥聲 私呂切 五部

慰 安也 方言慰尻也江淮青徐之閒曰慰 从心㷉聲 於胃切 十五部 一曰恚怒也 別一義 恚恨也 小雅以慰我心毛曰慰怨也韓詩作以慍我心慍恚也

⿱⿰祟殳心 謹也 从心⿰祟殳聲 讀若毳 此芮切 十五部

⿱篤心 ⿱篤心著也 按著必是諝字不可解疑當作足部之躇⿱篤心躇猶今人所用躊躇也皆褒回不決之皃故从心 从心篤聲 按篤當依竹部作篤二云省聲 直由切 三部

㤱 朖也 未聞 疑是恨也之誤檜傳云悼動也鼓鍾傳云妯動也菀柳傳云蹈動也三字音義略同 从心由聲 直又切 三部 詩曰憂心且㤱 小雅鼓鍾文今毛詩作妯毛云動也鄭云悼也

⿰忄某 ⿰忄某憮也 ⿰忄某乃複字未刪者憮各本作撫今正方言⿰忄某憐也上文憮㤿也㤿與憐同義 从心某聲 讀若侮 亡甫切 古音在一部

忞 自勉彊也 各本少自勉二字韵會有之與篇韵合大雅亹亹文王毛傳曰亹亹勉也亹卽釁之俗釁从分聲釁卽忞文忞之段借也 从心文聲 武巾切 十三部 周書曰在受德忞 立政文今尚書作暋釋詁敃強也許所據古文不同 讀若旻

慔 勉也 勉者彊也釋訓曰懋懋慔慔勉也 从心莫聲 莫故切 五部 按爾雅音義云亦作慕今說文慔慕分

列或悉出後人改竄

愐勉也釋詁曰䵻沒勔勉也方言曰釗薄勉也南楚之外曰薄努自關而東周鄭之閒曰勔釗按毛詩黽勉亦作僶俛韓詩作密勿爾雅作䵻沒䵻本或作蠠蠠䵻卽蜜然則韓詩正作蜜勿轉寫誤作密耳爾雅釋文云勔本作僶又作黽是則說文之愐為正字而作勔作䵻作蠠作蜜作密作黽作僶皆其別字也今則不知有愐字而愐字廢矣从心面聲彌殄切古音在十四部

忕習也从心大聲此篆各本作愧解云曳聲今正詩四月正義蕩釋文皆引說文忕習也是唐初本有忕篆而玄應書卷十三云忕又作愧引字林愧習也倉頡篇愧明也然則說文作忕字林變作愧實一字淺人用字林改說文耳犬部狃下曰犬性忕也可證許書故有忕篆狃忕之見於經傳不可枚舉陸德明時世反又市制反又時設反字林作愧則翼世反十五部○又按愧葢本作怈唐人避諱於偏旁世字多改為曳集韵類篇皆愧怈為重文

懋勉也古多叚茂字為之从心楙聲莫候切三部虞書曰虞當作唐見禾部時惟懋哉堯典文今作惟時未知孰是

慕或省慕習也習其事者必中心好之从心莫聲莫故切五部

悛止也方言悛改也自山而東或曰悛或曰懌从心夋聲此緣切十三部

㥛肆也廣雅曰𣪘也忘也从心隶聲他骨切十五部廣韵又他內切

惥趣步惥惥也趣疾走也趣步惥惥謂疾而舒也馬部𩦺下曰馬行徐而疾義正相類漢書長倩惥惥蘇林曰惥惥行步安舒也論語與與如也馬

注曰與與威儀中適之皃與與卽懙懙之叚借欠部曰歟安气也从心與聲余呂切五部廣韵又平聲

慆說也說今之悅字尚書大傳師乃慆注曰慆喜也可證許說蟋蟀傳曰慆過也東山傳曰慆慆言久也皆引申之義也古與滔互叚借从心舀聲土刀切古音在三部

懕安也小戎傳曰懕懕安靜也湛露傳曰厭厭安也釋文及魏都賦注引韓詩愔愔和悅之皃按愔見左傳祈招之詩葢愔卽懕之或體厭乃懕之叚借載芟有厭其傑厭厭其苗亦懕之叚借廣韵稽稽苗美也用載芟傳也从心厭聲於鹽切按古音讀如音在七部詩曰懕懕夜飲湛露文按此則許所據从心

憺安也子虛賦曰憺乎自持按人部曰倓安也音義皆同从心詹聲徒敢切八部

怕無僞也僞各本作爲今按許以爲訓毋猴僞訓作也是許書作爲字皆當作作僞也今本人部僞下曰詐也淺人所改耳子虛賦曰怕乎無爲憺怕俗用澹泊爲之叚借也澹作淡尤俗从心白聲李善蒲各切五部徐鍇曰匹白切又葩亞切按匹白者今音之轉葩亞者用雅字爲俗字之俗音也今人所云怕懼者乃迫之語轉

恤㥑也㥑各本作憂今正釋詁及小雅杕杜祈父傳皆曰恤憂也按卩部曰卹㥑也比部引周書無毖于卹今尚書作恤恤與卹音義皆同又疑古祇有卹恤其或體从心血聲辛聿切十二部

忓極也極者屋之高處當依玉篇作救也从心干聲古寒切十四部干者犯也扞者以下犯上之意

懽喜款也懽款疊韵款者

意有所欲也欠部曰歡者喜樂也懽與歡音義皆略同　从心雚聲　古玩切十四部廣韵曰懽同歡呼官切

爾雅曰懽懽愮愮憂無告也　釋訓文懽懽卽大雅之老夫灌灌傳曰灌灌猶款款也懽本訓喜款而𢝊者款款然之誠亦與喜樂之款款同其誠切許說其本義爾雅說其引申之義也

㥥　懽也　懽讀如歡彖上懽篆而云也　从心禺聲　噳俱切古音在四部此與愚各字猶慕與慔各字也

琅邪朱虛　見地理志故城在今山東青州府臨朐縣東六十里　有㥥亭　按漢時縣道國邑千五百八十七鄉六千六百二十二亭二萬九千六百三十五其名皆著於籍故許氏得傳鄉亭之名班氏但舉縣道國邑之名也

惄　飢餓也　餓當作意釋言曰惄飢也李巡云惄宿不食之飢也周南傳曰惄飢意也爲許所本　从心叔聲　奴歷切古音在三部　一曰𢝊也　𢝊各本作憂今正釋詁及小弁傳曰惄思也舍人云惄志而不得之思也方言曰惄溼憂也自關而西秦晉之閒凡志而不得欲而不獲高而有墜得而中亡謂之溼或謂之惄按思與𢝊義略同也　詩曰惄如輖飢　輖各本作朝誤今依李仁甫本訂毛傳曰輖朝也謂輖卽朝之叚借字也周南汝墳文

㤿　勞也　此與人部御音義皆同本一字耳詳彼注　从心卻聲　其虐切古音在五部

憸　憸詖也　憸蓋險之字誤詖同頗古文以詖爲頗也　憸利於上佞人也　立政曰國則罔有立政用憸人馬融曰憸利佞人也　从心僉聲　息廉切七部

愒息也此休息之息上文息篆訓喘息其本義凡訓休息者引申之義也釋詁及甘棠傳皆曰憩息也憩者愒之俗體民勞傳又曰愒息也非有二字也又釋言曰愒貪也此愒字乃㵣之叚借如左傳玩歲而愒日許引作忨歲而㵣日公羊傳不及時而葬曰愒愒急也亦卽㵣字也从心曷聲去例切十五部

㦖精戇也未聞玉篇廣韵云寢熟也从心毳聲千短切篇韵呼骨切十五部

⿱冊心疾利口也疾惡也謂疾惡利口之人也般庚相時⿱冊心民猶胥顧于箴言謂惟憎惡利口之人尚能相與稍顧清義女部姍訓誹也漢書姍笑與⿱冊心義略同从心从冊小徐作冊聲誤按當讀如刪大徐息廉切非也篇韵皆同其誤久矣詩曰相時⿱冊心民詩無此語尚書般庚上曰相時憸民集韵引說文作商書相時⿱冊心民豈丁度等所見不誤與玉篇廣韵集韵類篇皆不言憸⿱冊心爲一字立政罔言憸人釋文曰憸本又作⿱冊心是則當爲一字矣而⿱冊心从冊葢从刪省聲如珊姍字之比漢石經尚書殘碑此字作散散卽散疑古文般庚作⿱冊心今文般庚作散異字同音⿱冊心訓疾利口與憸訓詖邪異字異音異義不知者乃提而一之般庚或作憸民立政或作⿱冊心人皆淺者所爲耳無容同字而許異訓也凡釋文云本又作之下往往出古字序內所云兼采說文字詁以示同異者此云本又作⿱冊心正用說文仍襲舊說未宷定般庚有⿱冊心而立政無⿱冊心也

急褊也褊者衣小也故凡窄陿謂之褊釋言曰褊急也从心及聲居立切七部

⿱辡心𢝊也𢝊各本作憂今正从心辡聲方沔切十二部一曰急也此義少見左傳

曰鄭莊公弁急而好絜弁葢辡之叚借字杜云弁躁疾也玉藻弁行剡剡起屨釋文正義皆曰弁急也

㥛 㤂性也 各本作疾也今依韵會正釋言曰悈褊急也釋文悈本或作極又作亟同紀力反按極正㥛之誤㥛與急雙聲同義㥛字不見於經有叚亟爲之者如詩經始勿亟箋云亟急也是也有叚戒爲之者如鹽鐵論引六月我是用戒謝靈運撰征賦作用棘是也有叚悈爲之者如釋言悈急也是也有叚棘爲之者如素冠傳六月出車文王有聲箋皆曰棘急也是也有叚革爲之者如禮器非革其猶檀弓夫子之病革矣注皆曰急也是也傳箋注以叚借法釋經 从心亟聲 舉形聲關會意也己力切一部 一曰謹重皃 此義之相反而相成者也急則易遲列子謇㥛夌許注㥛吃也

懁 㤂也 獧下曰一曰急也此與義音同論語狷孟子作獧其實當作懁齊風子之還兮傳曰還便捷之皃走部曰趨疾也其義皆近 从心瞏聲讀若絹 古縣切十四部

⿰忄巠 恨也 ⿰忄巠即孟子悻字也孟子則怒悻悻然見於其面趙以恚怒釋之又引論語悻悻然小人哉今論語作硜硜 从心巠聲 胡頂切十一部

⿰忄弦 㤂也 按人性急也 从心弦 性緩者佩弦以自急 弦亦聲 胡田切十二部 河南密縣 見地理志故城在今河南開封府密縣東七十里 有⿰忄弦亭

慓 疾也 廣雅急也弓人曰於挺臂中有柎焉故剽注云剽疾也此謂剽即慓之叚借也 从心票聲 敷沼切二部亦平聲

愞 駑弱也 也上本有者今删駑當作奴許書無駑字葢祇云奴馬也 从

心耎聲乃亂切十四部此篆各本作懦从心需聲人朱切乃淺人所改今正愞與人部偄音義皆同弱也本乃亂切音轉爲乃過切廣韵獮韵愞而兖切換韵愞奴亂切過韵愞乃臥切玉篇心部愞乃亂乃過二切皆訓弱也此自古相傳不誤之字也因形近或譌爲懦再譌爲儒其始尚分愞懦爲二字二音故玉藻注云舒愞者所畏在前也釋文云愞乃亂反又奴臥反怯愞也又作懦人于反弱也皇云學士是其分別井然而轉寫愞譌爲懦故五經文字曰懦人于反又乃亂反見禮記注於是有懦無愞而以愞之反語入於懦下廣韵虞韵懦字下人朱切又乃亂切其誤正同又考僖二年左傳愞字穀梁傳愞字釋文轉寫皆譌作懦凡經傳愞字皆譌作懦不可勝正愞通作耎亦或借蝡漢書西南夷傳選耎後書章帝八王傳西羌傳選愞史記律書選蝡方言注愞撰今無不作懦者葢需耎二聲古分別畫然需聲在古音四部人于切耎聲在古音十四部乃亂切而自張參以來改耎爲需不能諟正說文心部之愞手部之㨎皆經淺人任意竄改以合里俗世有好學深思心知其意者必以愚言爲然也

恁下齎也未聞按後漢書班固典引曰亦宜勤恁旅力李賢注引說文恁念也當用以訂正廣雅曰恁思也廣韵玉篇亦曰念也恁念爲曡韵廣雅又云恁弱也則與詩荏染同音通用耳从心任聲如甚切七部李善如深切

〔心代〕失常也从心代聲他得切一部此字不古說見下

怚驕也此與女部嫭驕也音義同嫭下今本作嬌乃驕之俗字耳从心且聲子去切五部

悒不安也大戴禮曰君子終身守此悒悒盧注憂念也倉頡篇曰悒悒不暢之皃也其字古通作邑俗作

悒爾雅云僾悒也謂憂而不得息也 从心邑聲 邑者人所聚也故凡鬱積之義从之於汲切七部
悆忘也 此義未聞恐有譌字 嘾也 嘾者含深也含深者欲之甚也淮南修務訓高注云嘾悇貪欲
也賈誼新書勸學篇孰能無悇憛養心而顛一視之匈奴篇一國聞之者見之者垂羨而相告人悇憛其所自按嘾憛悆悇皆
古今字悇憛猶憛悇也若廣雅云悇憛懷憂也此則其引申之義凡求得未有不患失者 从心余聲 羊茹
切五部 周書曰有疾不悆 金縢文今本作弗豫許所據者壁中古文今本則孔安國以今
文字易之也 悆喜也 喜者樂也此引書而釋之必釋之者以書義與字本義別也凡引曰圛而釋之曰圛升雲
半有半無引布重莧席而釋之曰織蒻席引如虎如貔而釋之曰貔猛獸引朕堲讒說殄行而釋之曰堲疾惡也皆此例
忒更也从心弋聲 他得切一部按人部代更也弋聲忒與代音義同尸鳩傳曰忒疑也瞻卬傳
曰忒差也皆一義之區別也左部曰差者忒也參差不相值也
不相值卽更改之意凡人有過失改常謂之忒本無忒字各本
有忒篆注云失常也从心代聲代亦弋聲則音義皆同此葢淺
人妄增如貝部貣外沾貸虫部蟘改爲蟘皆其類忒篆宜刪廣
韵無忒忒爲是也忒之引申爲已甚俗語用之或曰大他
佐切或曰太或曰忒俗語曰忒殺忒之叚借或作貣
憪愉也 廣韵曰憪心靜然則今人所用閑靜字當作此字許云愉者卽下文愉愉如也之愉謂憺怕之樂也 从
心閒聲 戶閒切十四部
愉薄也 薄本訓林薄蠶薄而叚爲淺泊字泊水部作洦凡言厚薄皆帛

泊之叚借也此薄也當作薄樂也轉寫奪樂字謂淺薄之樂也引申之凡薄皆云愉唐風他人是愉傳曰愉樂也禮記曰有和氣者必有愉色此愉之本義也毛不言薄者重樂不重薄也鹿鳴視民不恌傳曰恌愉也許書人部作佻愉也周禮以俗教安則民不愉鄭注愉謂朝不謀夕此引申之義也淺人分別之別製偷字从人訓爲偷薄訓爲苟且訓爲偷盜絕非古字許書所無然自山有樞鄭箋云愉讀曰偷偷取也則不可謂其字不古矣从心俞聲羊朱切古音在四部論語曰私覿愉愉如也鄉黨篇文覿者儥之俗字愉愉聘禮作俞俞論語鄭注云愉愉容色和也正薄樂之義

懱輕易也易當作傷人部曰傷輕也懱者輕易人蔑視之也剝之初六曰蔑貞凶馬云蔑無也鄭云輕慢鄭謂蔑卽懱之叚借字也从心蔑聲莫結切十五部商書曰㠯相陵懱今商書無此文陵讀如在上位不陵下之陵

愚戇也愚者智之反也从心禺會意禺亦聲麌俱切古音在四部禺母猴屬母字舊奪今補許書夒下爲下玃下皆曰母猴卽沐猴獼猴一語之轉而由部禺下曰母猴屬此卽用彼語淺人刪母非也獸之愚者已上八字說从禺之意

戇愚也與上篆互訓从心贛聲陟絳切古音在八部按師古張陳王周傳注曰舊音下絀反今音讀竹巷反此音有古今之證也

㤺姦也篇韵皆云恨也从心采聲倉宰切一部

惷愚也見哀公問表記从心舂聲丑江切古音在九部徐仙民昌容反

懝騃

也駭本訓馬行仡仡引申爲凝立之狀又引申之則方言曰癡駭也凝駭卽方言之癡駭疒部曰癡不慧也从心疑會意疑亦聲五溉切一部　一曰惶也惶者恐也　忮很也很者不聽从也雄雉瞻卬傳皆曰忮害也害卽很義之引申也或叚伎爲之伎之本義爲與許人部伎下引詩籲人伎忒言叚借也从心支聲之義切十六部　悍勇也从心旱聲侯旰切十四部　態意態也各本作意也少一字今補意態者有是意因有是狀故曰意態猶詞者意內而言外有是意因有是言也意者識也从心能會意心所能必見於外也能亦聲一部　㑷或从人　怪異也从心圣聲古壞切一部　像放也从心象聲徒朗切十部　慢惰也从心曼聲謀晏切十四部　一曰慢不畏也　怠慢也从心台聲徒亥切一部　懈怠也古多叚解爲之从心解聲古隘切十六部　憜不敬也今書皆作惰韋玄成傳供事靡憜師古曰憜古惰字　从心㔞省聲憜者篆文隓字見𨸏部按肉部有隋字則此當云隋聲也徒果切十七部　春秋傳曰執玉憜僖公十一年左傳曰天王使召武公內史過賜晉侯命受玉惰許受作執按國語作晉侯執玉卑蓋或二書相涉之故　惰憜或省𨸏今俗皆如此作　媠古文漢書韋玄成傳無媠爾儀張敞傳被

輕婧之名若方言婧美也南楚之外曰婧則方俗殊語耳 慫 驚也从心從聲讀若悚 悚當作竦許書有愯無悚息拱切九部

怫 鬱也 鬱各本作𩰪誤鬱者芳艸築以煮之引申爲凡抑鬱之偁瓠子歌曰魚弗鬱兮柏冬日弗者怫之叚借字 从心弗聲 符弗切十五部

忦 忽也 从心介聲 呼介切十五部 孟子曰孝子之心不若是忦 萬章篇文今本夫公明高以孝子之心爲不若是恝注云恝無愁之皃張古黠切下音畍按忦恝古今字

忽 忘也 古多叚曶爲之曶俗作昒 从心勿聲 呼骨切十五部

忘 不識也 識者意也今所謂知識所謂記憶也 从心亡聲 武方切十部依韵會本

慲 忘也慲兜也 疑當作慲兜忘也慲兜蓋古語忘之皃也猶今人曰糊塗不省事 从心㒼聲 母官切十四部

恣 縱也 縱者緩也一曰捨也 从心次聲 資四切古音在十二部

愓 放也 與惕音義同方言婬愓遊也江沅之間謂戲爲婬或謂之愓按廣韵作婸 从心昜聲 徒朗切十部方言音羊 一曰平也 玉藻行容惕惕注直而疾皃也

憧 意不定也 咸九四曰憧憧往來劉表章句曰憧憧意未定也說與許同 从心童聲 尺容切九部

悝 啁也 口部曰啁嘐也啁卽今之嘲字悝卽今之詼字謂詼諧啁調也今則詼嘲行而悝啁廢矣東京賦曰悝繆公於公室李注悝猶嘲也 从心里聲 苦回

切古音在一部 春秋傳有孔悝 衛孔圉之子也見左傳哀公十五年許偁此者蓋悝字漢人少用也 一曰病也 釋詁曰悝憂也又曰瘇病也蓋憂與病相因悝瘇同字耳詩悠悠我里傳曰里病也是則叚借里爲悝

憰 權詐也 此與言部譎音義皆同蓋彼以言此以心 从心矞聲 古穴切十五部

𢗷 誤也 廣韵曰狂惑也又曰誤人也 从心狂聲 居況切十部

怳 狂之皃 廣韵曰徼況 从心兄聲 各本作況省聲乃不知古音者所改今正許往切十部

恑 變也 今此義多用詭非也詭訓責 从心危聲 過委切十六部

懏 有二心也 古多叚借攜爲之 从心巂聲 戶圭切十六部

悸 心動也 衛風垂帶悸兮傳曰垂其紳帶悸悸然有節度也此未知以悸爲何字之叚借凡若此類思而未得者可姑置之但心知其必是叚借斯可矣 从心季聲 其季切十五部

憿 幸也 㚔者吉而免凶也引申之曰欲幸亦曰憿幸俗作僥倖徼倖儌倖皆非也凡傳言徼福者皆當作憿福爲正 从心敫聲 古堯切二部

懖 歫善自用之意也 歫字各本無依尚書音義所引補許書無拒歫卽今拒字 从心銛聲 古活切十五部 商書曰今女懖懖 般庚上篇文馬云拒善自用之意許同之鄭云難告之意其義略同其字皆作懖懖未嘗作聒也衛包因鄭云懖讀如聒耳之聒竟改經文作聒聒開成石經從之學者取以改孔氏正義陸氏

釋文至宋人乃有訓聒聒爲譊譊多言者 [illegible] 古文从耳 蓋壁中文如是孔安國易从耳爲从心蓋由伏生尚書如是

忨 貪也 貪者欲物也忨與玩翫義皆略同 从心元聲 五換切十四部 春秋傳曰忨歲而㵣日 按左傳昭元年曰翫歲而愒日習部引之國語作忨日而㵣歲韋曰忨偷也㵣遲也此所偁疑用外傳文然杜注翫愒皆貪也釋文曰翫字又作忨則許所據左傳如是

惏 河內之北謂貪曰惏 內字衍小徐作河之北卽河內也惏與女部婪音義同賈注左傳曰惏嗜也方言曰惏殘也陳楚曰惏 从心林聲 盧含切古音在七部

懜 不明也从心夢聲 夕部夢不明也此舉形聲包會意武亙切六部

愆 過也 過者度也凡人有所失則如或梗之有不可徑過處故謂之過 从心衍聲 去虔切十四部

𡫥 或从寒省 寒聲

諐 籒文 从言侃聲過在多言故从言

慊 疑也 疑者惑也故下文受之以惑今字多作嫌按女部嫌者不平於心也一曰疑也不平於心爲嫌之正義則嫌疑字作慊爲正今則嫌行而慊廢且用慊爲歉非是又或用慊爲㤫尤非是大學此之謂自謙注曰謙讀爲慊慊之言猒也凡云之言者皆就字之本音本義而轉之猒足非慊之本義也至若鄭本周易爲其慊於陽故偁龍焉鄭注云慊讀爲羣公謙之謙古書篆作立心與水相近讀者失之故作慊謙溓也陰謂此上六也陽謂今消息用事乾也上六爲蛇得乾氣襍似龍此鄭注則易慊爲溓皆不用字之本義也 从心兼聲

戶兼切七部 惑 亂也 亂者治也疑則當治之古多叚或爲惑 从心或聲 胡國切一部

怋 怓也从心民聲 呼昆切按古音當在十二部讀若民如今音則與惛無別矣 怓 亂也 大雅民勞毛傳曰惛怓大亂也惛當作怋 从心奴聲 女交切古音在五部 詩曰以謹怋怓 怋各本作惛今正民勞釋文曰惛說文作怋舊本如是今本作說文作惛誤也怋怓爲連緜字說文古本當是怋篆下云怋怓亂也怓篆下云怋怓也而引詩在怋篆下

惷 亂也从心春聲 尺允切十三部 春秋傳曰王室日惷惷焉 昭二十四年左傳文今本作王室實蠢蠢焉杜注動擾皃 一曰厚也 別一義

惛 不憭也 憭慧也 从心昏聲 呼昆切十三部

忥 癡皃 癡不慧也故忥與惛爲伍 从心气聲 許既切十五部

⿱衞心 寱言不慧也 哀二十四年左傳曰是⿱衞心言也釋文曰字林作⿱衞心云夢言意不慧也按左傳作衞是叚借字 从心衞聲 于歲切十五部

憒 亂也 大雅召旻潰潰回遹傳曰潰潰亂也按潰潰者憒憒之叚借也後人皆用憒憒 从心貴聲 胡對切十五部

忌 憎惡也从心己聲 渠記切一部

忿 悁也 忿與憤義不同憤以气盈爲義忿以狷急爲義 从心分聲 敷粉切十三部

悁 忿也 悁之言獧也獧急也澤陂曰中心悁悁傳曰悁悁猶悒悒也 从心肙聲 於緣

切十四部一曰惪也惪各本作夏憂今正惪愁也𢙎籒文⿰肙刂聲㦒恨也从心黎聲郎尸切十五部一曰怠也恚怒也怒各本作怨今依大雅緜正義正下文曰怒者恚也二篆互訓从心圭聲於避切十六部怨恚也从心夗聲於願切十四部㤪古文按此篆體葢有誤集韵類篇二云古作㤪又班馬字類韵會皆引史記封禪書百姓怨其法字作怨今史記無有如此者葢古字日即於亾矣怒恚也从心奴聲乃故切五部按古無努字祇用怒憝怨也从心敦聲徒對切古音在十三部周書曰凡民罔不憝康誥文今作凡民自得罪寇攘姦宄殺越人于貨暋不畏死罔弗憝孟子引作凡民罔不譈慍怨也怨各本作怒大雅緜傳曰慍恚也正義云說文慍怨也恚怒也有怨者必怒之故以慍爲恚然則唐初本作怨甚明車舝以慰我心韓詩作以慍我心慍恚也與毛緜傳合毛閼傳曰慰怨也葢毛詩亦作慍後人譌爲慰耳从心𥁕聲於問切十三部惡過也人有過曰惡有過而人憎之亦曰惡本無去入之別後人強分之从心亞聲烏各切五部憎惡也从心曾聲作滕切六部𢙈很怒也小雅白華念子懆懆視我邁邁毛傳曰邁邁不悅也釋文云韓詩及說文皆作怖怖韓詩云意不悅好也許云很怒也今說文作恨似宜依很邁者怖之叚借非有韓許則毛詩不可通矣許宗毛而不廢三家詩

从心米聲蒲昧切十五部詩曰視我怖怖 忍 怒也从心刀各本作刀聲今刪正从心刀謂心中含怒如懷刃也李陽冰云當从刈省聲非是本部固有忍篆矣讀若顡魚既切十五部 㤤 怨恨也廣雅㤤恨也本此从心彖聲讀若膎戶佳切十六部按彖各本誤作豕篆體誤作㣞今改正彖聲在十四部彖讀若弛在十六部蠡㤤皆彖聲故同在十六部也今俗作蠡㤤此豕部下所謂今世字誤以彖爲彖彖也口部喙篆疑亦本從彖聲 恨 怨也从心艮聲胡艮切十三部 懟 怨也今與憝音義皆同謂爲一字許不介者敦聲古在十三部从心對聲大淚切十五部 悔 悔恨也按悔乃複舉字之未刪者韵會無當从之悔者自恨之意从心每聲荒內切古音在一部 㥏 小怒也从心壴聲充世切按廣韵㥏在十三祭引說文小怒也尺制切㥏在四十四有四十九宥小怒也芳否敷救二切集韵則祭韵有恄有韵恄㤓二同匹九切類篇從之而無㥏字蓋㥏恄㤓三字同以說文音或作歐及說文㥏字廣韵作恄求之定爲一字異體古音壴尌樹豎皆讀近受恄斷不讀充世切也音者相與語唾而不受也天口切與小怒義亦相近 怏 不服懟也按當作不服也懟也奪一也字遂不可解矣集韵作不服對也尤非快蓋倔強之意方言曰鞅倖懟也集韵於陽韵曰快然自大之意玫王逸少蘭亭序曰快然自足自來石刻如是本非快字而學者尟知之或叚鞅爲之方言是也周亞夫傳曰此鞅鞅非少主臣从

心央聲於亮切十部 懣煩也煩者熱頭痛也引申之凡心悶皆爲煩問喪曰悲哀志懣氣盛
古亦叚滿爲之从心滿滿亦聲廣韵莫旱切十四部大徐莫困切 憤懣也从心賁
聲房吻切十三部 悶懣也从心門聲莫困切十三部 惆失意也
荀卿子惆然不嗛陸機歎逝賦心惆焉而自傷廣雅曰惆痛也 从心周聲敕鳩切三部 悵望
恨也望其還而不至爲恨也 从心長聲丑亮切十部 愾大息皃大各本作
太皃各本作也皆誤今正古無太息連文者淺人爲之也口部嘆下曰大息也大息者呼吸之大者也呼外息也吸內息也曹
風下泉愾我寤嘆嘆或作歎者誤箋云愾嘆息之意許云大息
者謂嘆云皃者謂愾也祭義曰入戶而聽愾然必有聞乎其嘆
息之聲是也若哀公問則愾乎天下矣注云愾至也此叚愾爲訖 从心氣聲許既切陸引說文火既反
十五部 詩曰愾我寤嘆 懆愁不安也當依韵會本作懆懆愁也懆訓
愁慘訓毒音義皆殊而寫者多亂之白華作懆見於許書月出
正月抑皆作慘入韵且毛傳曰懆懆憂不樂也慘慘猶戚戚也
正爲許說所本而陸氏三者皆云七感反其憒亂有如此者 从心喿聲七早切二部 詩曰
念子懆懆小雅白華文 愴傷也愴訓傷猶創訓傷也祭義曰必有悽愴之心 从
心倉聲初亮切十部 怛憯也匪風中心怛兮傳曰怛傷也甫田勞心怛怛傳曰怛怛猶忉忉

也按上章傳曰忉忉憂勞也此因其義相同故曰猶从心旦聲得案切又當割切在十四十五部

㥁怛或从心在旦下詩曰信誓㥁㥁衞風氓傳文按詩曰信誓旦旦傳曰信誓㥁㥁然謂旦即㥁之叚借字箋云言其懇惻款誠是也許偁詩傳而云詩曰者此詩曰不辭而怒謂之𢘀之例也虞書曰仁覆閔下則偁旻天㥁㥁下當有然字

憯痛也从心朁聲七感切古音在七部

慘毒也毒害也从心參聲七感切古音在七部

悽痛也从心妻聲七稽切十五部

恫痛也大雅思齊傳曰恫痛也康誥恫瘝乃身从心同聲他紅切九部一曰呻吟也呻吟見口部匡謬正俗曰太原俗呼痛而呻吟為通喚周書恫瘝是其義江南謂呻喚關中謂呻恫按前說可包後說此等恐皆後人入也

悲痛也按憯者痛之深者也恫者痛之專者也悲者痛之上騰者也各從其聲而得之从心非聲府眉切十五部

惻痛也从心則聲初力切一部

惜痛也从心昔聲思積切古音在五部

慇痛也與閔義殊从心殷聲眉殞切十三部

愍痛也柏舟耿耿不寐如有隱憂傳曰隱痛也此謂隱即慇之叚借痛憂猶重憂也桑柔憂心慇慇釋訓慇慇憂也謂憂之切者也凡經傳隱訓痛者皆柏舟詩之例从心殷聲於巾切古音在十三部樊光於謹反

㥯痛聲也閒傳斬衰之哭

若往而不反齊衰之哭若往而反大功之哭三曲而偯注曰一舉聲而三折也偯聲餘從容孝經哭不偯鄭注云氣竭而息聲不委曲按音義皆云說文作㤅然則許云痛聲者委曲自見其痛於聲非痛之至者也

从心依聲於豈切十五部

孝經曰哭不㤅此許所學孔氏古文也作偯者俗字

𢡆 𢡆𢡆在也各本作𢡆存也三字今正釋訓曰存存𢡆𢡆在也許本之也今爾雅作存存萌萌在也郭云未見所出音武庚反可謂疏於考覈矣釋文曰施亡朋反字或作𦺇廣韵引爾雅存存𦺇𦺇在也音莫耕切又曰𦺇同𦺇或作萌玉裁按𦺇與𢡆相似而竹艸不同又後人音切與讀𢡆大異蓋𦺇者𢡆之譌竹誤而爲艸也𦺇者𦺇之譌門誤而爲明也又誤而去心作萌而郭反以武庚玉篇從之又誤而以萌爲蕑而陳博士施乾反以莫登廣韵本之此展轉貤繆之故叚令景純解讀許書何難正其形說其音義也論語簡在帝心卽𢡆字之叚借

从心簡省聲

讀若簡古限切十四部

慅 動也月出勞心慅兮常武徐方繹騷傳曰騷動也此謂騷卽慅之叚借字也二字義相近騷行而慅廢矣

从心蚤聲穌遭切古音在三部

一曰起也別一義

感 動人心也許書有感無憾左傳漢書憾多作感蓋憾淺於怨怒才有動於心而已

从心咸聲古禫切古音在七部

㤴 心動也各本作不動也今正玉篇曰心動也廣韵曰動也與頁部之頄義近

从心尤聲讀若祐于救切古音在一部

怨 怨恚也各本作怨

仇也今正廣韵亦作怨慦謂怨惡之也慦與咎音同義別古書多叚咎字爲之咎行而慦廢矣从心咎聲此與人部咎皆謂歸咎於彼舉形聲包會意也其久切三部

愪㥑皃以下㥑字廿二見并上文四見各本皆作憂淺人用俗行字改之也許造此書依形立解斷非此形彼義牛頭馬脯以自爲矛盾者㥑者愁也憂者和行也如今本則此廿餘篆將訓爲和行乎他書可用叚借許自爲書不可用叚借从心員聲王分切十三部

怮㥑皃从心幼聲於虯切三部

㤉㥑也从心介聲此與上介下心之字義別五介切十五部

恙㥑也古相問曰不恙曰無恙皆謂無憂也从心羊聲余亮切十部

惴㥑懼也釋訓毛傳皆曰惴惴懼也許意懼不足以盡之故增㥑字从心耑聲之瑞切古音在十四部詩曰惴惴其慄詩者秦風黃鳥文慄當作栗轉寫之誤也古戰栗堅栗皆作栗戰栗及禮經栗階皆取栗駭之意

憌㥑也从心鈞聲常倫切十二部廣韵作⿰忄勻

怲㥑也釋訓曰怲怲憂也毛傳曰怲怲憂盛滿也怲怲與彭彭音義同故云憂盛滿从心丙聲兵永切古音在十部讀如旁詩曰憂心怲怲

惔㥑也从心炎聲此以形聲眩會意徒甘切八部詩曰憂心如炎節南山憂心如惔許所據作憂心如炎引之以明會意也此豐麗引易之例今更正炎者火光上也憂心如之故其字作惔雲漢如惔如焚亦如炎之誤毛傳曰惔燎之

也

惙 憂也 釋詁毛傳同 从心叕聲 陟劣切十五部 詩曰憂心惙惙 召南草蟲文 一曰意不定也

慯 憂也 周南卷耳傳曰傷思也此傷卽慯之叚借思與憂義相近也方言傷廣雅作慯 从心傷省聲 各本作殤省聲今正式亮切十部按舊音式羊切

愁 憂也 或借爲揫字鄉飲酒義曰秋之爲言揫也是 从心秋聲 士尤切三部

愵 憂皃 毛詩惄如輖飢韓詩作愵如方言愵憂也自關而西秦晉之閒或曰惄蓋古惄愵通用 从心弱聲讀與惄同 奴歷切古音在二部

惂 憂困也 从心臽聲 苦感切八部

悠 憂也 釋訓曰悠悠洋洋思也小雅悠悠我里傳曰悠悠憂也按此傳乃悠之本義渭陽悠悠我思無傳蒼同釋訓若黍離悠悠蒼天傳曰悠悠遠意此謂悠同攸攸同儵古多叚攸爲儵儵長也遠也 从心攸聲 以周切三部

悴 憂也 方言悴傷也傷卽慯字 从心卒聲 讀與易萃卦同 秦醉切十五部

慁 憂也 昭六年左傳曰主不慁賓杜云慁患也 从心圂聲 胡困切十三部 一曰擾也 禮記儒行不慁君王陸賈傳無久慁公爲也

𢝊 楚潁之閒謂憂曰𢝊 从心𢆶聲 力至切按古音在一部玉篇廣韵皆力之切至韵本無此字至集韵乃並見之至二韵大徐力至二字乃力之之誤也

[illegible] 憂也 卷耳云何

吁矣傳曰吁惪也此謂吁卽忬之叚借也亏部曰吁驚詞也本義不訓憂何人斯曰云何其盱都人士曰云何盱矣盱亦忬之叚借毛無傳疑卷耳本亦作盱也盱張目也釋詁盱憂也盱本或作忬 从心亏聲讀若吁況于切五部

忡 惪也按也當作皃釋訓曰忡忡憂也毛傳曰忡忡猶衝衝也 从心中聲敕中切九部 詩曰憂心忡忡召南草蟲文

悄 惪也按也當作皃釋訓曰悄悄憂也毛傳曰悄悄憂皃 从心肖聲親小切二部 詩曰憂心悄悄邶柏舟文

慼 惪也小明曰政事愈慼傳曰慼迫也又曰自詒伊慼傳曰慼憂也按下傳謂慼卽慽之叚借字也慼者戚也 从心戚聲倉歷切古音在三部或書作慼

惪 愁也上文云愁惪也此云惪愁也二篆互訓不知何時淺人盡易許書惪字許於夊部曰憂和行也从夊惪聲非和行則不得从夊矣又引詩布政憂憂於此知許所據詩惟此作憂其他訓愁者皆作惪自叚憂代惪則不得不叚優代憂而商頌乃作布政優優優優者饒也一曰倡也 从心頁鍇本下行聲字非 惪心形於顏面故从頁此九字鉉本無之鍇本有韵會引同今汪啓淑所刻鍇本惪篆奪去憚篆已下又奪一葉少憚至惢三十三篆惟姑蘇顧氏黃氏所臧舊抄不少此會意如息从心自由心達於鼻思从囟从心囟由心徹於囟也於求切三部

患 惪也从心上貫吅吅亦聲此八字乃淺人所改竄古本當作从心毌聲四字毌貫古今字古形橫直無一定如目字偏旁

皆作田患字上从毌或横之作申而又析爲二中之形蓋恐類於申也春秋繁露曰心止於一中者謂之忠持二中者謂之患患人之中不一者也董氏所說固非字之本形矣古毌多作串廣韵曰串穿也親串卽親毌貫習也大雅串夷載路傳曰串習也蓋其字本作毌爲慣摜字之叚借也廣韵又謂炙肉之器爲弗初限切亦毌字之變體也患胡丱切十四部舊多讀平聲

𢝊 古文从關省 以關省爲聲也關从丱聲丱者从說文卵字

𢜶 亦古文患

恇 狧也 犬部曰狧多畏也杜林作怯素問尺虛者行步恇然王注恇然不足樂記衆不匡懼此叚匡爲恇也 从心匡匡亦聲 去王切十部按匡亦二字衍

㥦 思皃 从心夾聲 苦叶切八部

懾 失气也 失气言則曰讋 从心聶聲 之涉切八部 一曰心服也 心字依玄應書補

憚 忌難也 憎惡而難之也詩亦叚爲癉字大東哀我憚人是也 从心單聲 徒案切十四部 一曰難也 當作難之也難讀去聲今本奪之字凡畏難曰憚以難相恐嚇亦曰憚昭十三年左傳曰憚之以威周禮暴內陵外則壇之壇書或爲憚大鄭讀從憚之以威之憚西京賦曰驚蜩蛹憚蛟蛇

悼 懼也陳楚謂懼曰悼 方言悽憮矜悼憐哀也齊魯之閒曰矜陳楚之閒曰悼趙魏燕代之閒曰悽自楚之北郊曰憮秦晉之閒或曰矜或曰悼按方言甚明了許易哀爲懼未詳方言又曰悼傷也秦謂之悼皆不訓懼檜風中心是悼傳曰悼動也於懼義相合小雅上帝甚蹈傳曰蹈動也謂蹈卽悼之

段借也故鄭申之云蹈讀曰悼从心卓聲徒到切二部𢘐懼也从心巩聲丘隴切九部㤨古文慴懼也从心習聲讀若疊之涉切七部怵恐也孟子云怵惕从心朮聲丑律切十五部惕敬也从心易聲他歷切十六部悐或从狄狄聲也漢書王商傳如此作㤨戰栗也栗舊作慄今正大學曰恂栗也戰國策曰戰戰栗栗日慎一日方言蛩烘戰慄也荊吳曰蛩烘蛩烘又恐也注蛩恭音从心共聲此與上共下心之恭字義別戶工切又工恐切九部㤥苦也通俗文思愁曰㤥廣雅㤥痛也从心亥聲胡槩切一部惶恐也从心皇聲胡光切十部悑惶也从心甫聲普故切五部怖悑或从布聲慹悑也莊子齊物論哀樂慮歎變慹司馬彪云慹不動皃桂馥曰不當作心从心執聲之入切七部𢡱𢟍也此與𢟍篆轉注从心㱿聲苦計切十六部𢟍𢡱也通俗文疲極曰憊从心葡聲蒲拜切十五部今周易公羊傳皆作憊𤺊𢟍或从疒惎毒也左傳用此字有用其本義者如定四年惎閼王室哀元年惎澆能戒之注云惎毒也此用其本義也宣十二年晉人惎之脫扃注云惎教也此段惎爲諆諆誠也从心其聲渠記切一部周書

曰來就惎惎今尚書無此文葢卽秦誓未就予忌也惎忌音同義相近其餘乖異不敢肊說葢必有誤奪

辱也辰部曰辱恥也二篆爲轉注从心耳聲敕里切一部

青徐謂慙曰㥏方言㥏恧慙也荊揚青徐之閒曰㥏若梁益秦晉之閒言心內慙矣山之東西自愧曰恧

从心典聲他典切十二部

辱也小雅小宛曰無忝爾所生傳云忝辱也从心天聲他典切按从天爲聲則古音必在十二部葢或㥏之或體耳自字林讀他念切而失其本音矣

媿也女部曰媿慙也二篆爲轉注从心斬聲昨甘切八部

慙也从心而聲女六切古音在一部音轉入三部屋韵

慙也从心作聲依小徐本在各切五部

哀也从心粦聲落賢切十二部

泣下也無聲出涕曰泣从心連聲从心者哀出於心也从連者不可止也連亦聲力延切十四部易曰泣涕㦁如屯上六爻辭泣涕易作泣血雨無正傳曰無聲曰泣血檀弓注曰泣無聲如血出而九家虞翻注易乃云血流出目未知孰是㦁如易作漣如漣者瀾之或字葢許所據爲長

能也能者熊屬能獸堅中故賢者偁能而彊壯偁能傑凡敢於行曰能今俗所謂能幹也敢於止亦曰能今俗所謂能耐也能耐本一字俗殊其音忍之義亦兼行止敢於殺人謂之忍俗所謂忍害也敢於不殺人亦謂之忍俗所謂忍耐也其爲能一也仁義本無二事先王不忍人之心不忍人之政

中皆必兼斯二者从心刃聲而軫切十三部𢤱厲也蓋淬厲之意一曰止也左傳弭兵之弭周禮彌災兵之彌郊特牲有由辟焉之辟皆當作此字从心弭聲讀若沔彌兖切按弭在弓部亦作䚏古音在十六部𢤱亦當在十六部讀若沔者音之轉耳㣻懲也古多用乂艾爲之而㣻廢矣从心乂聲魚肺切十五部懲㣻也二篆爲轉注古亦叚徵爲懲从心徵聲直陵切六部憬覺悟也从心景聲俱永切詩曰憬彼淮夷魯頌文按上文云悟覺也憬當與悟爲鄰且毛詩作懬故訓遠行皃憬蓋出三家詩淺人取以改毛許書蓋本無此篆或益之於此

文二百六十三　重二十三

惢心疑也魏都賦曰神惢形茹从三心今俗謂疑爲多心會意今花蘂字當作此蘂蕊皆俗字也凡惢之屬皆从惢讀若易旅瑣瑣旅初六爻辭惢讀如此瑣也按古音在十六部今才規才累二切是也繠垂也各本作垒誤今正左傳曰佩玉繠兮余無所繫之旨酒一盛兮余與褐之父睨之注云繠然服飾備也按繠然垂意左氏繠繫睨爲韵古音十六部也从惢系各本下有聲字今刪此會意字系者所以系而垂之也不入系部者重惢也惢亦聲如壘切古音在十六部

文二

四十部　文八百一十　重八十八宋本作八十七

凡萬四字此第十篇分部及篆體及說解各都數

說文解字第十篇下

金壇段玉裁注

水 準也 準古音追上聲此以疊韵爲訓如尸護尾微之例釋名曰水準也準平也天下莫平於水故匠人建國必水地 北方之行 月令曰大史謁之天子曰某日立冬盛德在水 象衆水竝流中有微陽之氣也 火外陽內陰水外陰內陽中畫象其陽云微陽者陽在內也微猶隱也水之文與三卦略同 式軌切十五部 凡水之屬皆从水

汃 西極之水也从水八聲 府巾切十二部 爾雅曰西至於汃國謂之四極 釋地曰東至於大遠西至於邠國南至於濮鈆北至於祝栗謂之四極釋文邠本或作豳說文作汃同彼貧反案汃之作豳聲之誤也作邠則更俗矣而可證唐以前早有以邠代豳者許意西極汃國必以汃水得名言水必先汃與邑部言地先鄯善皆自西而東如禹貢之先弱水黑水也許不以溺水先於河者水莫尊於河與江也南都賦砏汃輣軋李善汃音八引埤倉汃大聲也此假借別爲一義其音亦可讀如邠砏汃疊韵也

河 河水 各本水上無河字由盡刪篆下複舉隸字因幷不可刪者而刪之也許君原本當作河水也三字河者篆文也河水也者其義也此以義釋形之例毛傳云洽水也渭水也此釋經之例 出敦煌塞外昆侖山句 發原注海 敦錯

作燉鈙作焞皆誤今正唐朝乃作燉煌見元和郡縣志前此皆作敦酈氏書引應劭地理風俗記曰敦大也煌盛也地理志郡國志皆有敦煌郡縣六首敦煌許但云敦煌謂郡也明之沙州衛今甘肅之安西州敦煌縣玉門縣皆漢郡地也史記大宛傳曰于寘之西水皆西流注西海其東水東流注鹽澤鹽澤潛行地下其南則河源出焉多玉石河（此四字當作爲積石河）注中國鹽澤去長安可五千里又曰張騫死後漢使窮河源河源出于寘其山多玉石采來天子案古圖書名河所出山曰崑崙云漢書西域傳曰西域以孝武時始通本三十六國東則接漢阸以玉門陽關西則限以蔥嶺其南山東出金城與漢南山屬焉其河有兩源一出蔥嶺一出于闐于闐在南山下其河北流與蔥嶺河合東注蒲昌海蒲昌海一名鹽澤者也去玉門陽關千三百餘里（千字依水經注）廣袤三四（此字依小司馬增）百里其水亭居冬夏不增減皆以爲潛行地下南出於積石爲中國河云地理志曰金城郡河關縣積石山在西南羌中河水行塞外東北入塞內至勃海郡章武入海過郡十六行九千四百里按于闐今之和闐也班云積石山者即禹貢之道河積石今甘肅西寧府西南境之大積石也許云出敦煌塞外者即班志云河水行塞外也云昆侖山者即馬班所云出蔥嶺于寘天子案古圖書名其山曰崑崙也云發源注海者釋水文即志所云東北入塞內至章武入海也史漢所云古圖書者謂禹本紀山海經皆云河出昆侖也馬班皆不信禹本紀山海經之言而許云出昆侖山者許從漢武帝所詺也塞外之山至高大者皆可謂之昆侖故武帝取以詺蔥嶺于闐山而不取荒誕之說爾雅釋水曰江河淮濟爲四瀆四瀆者發源注海者也河出崑崙虛色白所渠幷千七百一川色黃爾雅但言出崑崙虛而絕無禹本紀山海經荒誕之言

故許取爲說 从水可聲乎哥切十七部

[篆]泑 泑澤澤上補一字 在昆侖虛下宋本河泑下皆作昆侖趙鈔本侖作崙非虛字各本無今依太平御覽所引補昆侖虛見爾雅山海經水經丠部曰虛大丘也昆侖丘謂之昆侖虛山海經西山經曰不周之山東望泑澤河水所潛也其源渾渾泡泡西山經之泑澤郭景純酈善長皆云卽史漢之鹽澤一名蒲昌海者也云河水所潛卽史漢書所謂潛行地下南出於積石也泑澤距于闐山漢武詻之昆侖者不甚遠故曰在昆侖虛下 从水幼聲讀與歛同歛同呦於糾切三部

[篆]涑 涑水水上補涑字以下皆同 出發鳩山入河北山經曰又北二百里曰發鳩之山漳水出焉東流注于河水經注濁漳篇曰漳水又東涑水注之涑水西出發鳩山東逕余吾縣故城南又東逕屯留縣故城北又東流注于漳故許愼曰水出發鳩山入關從水東聲也案酈注作入關不可通說文二云入於河亦與水道不合又但云出發鳩山不言發鳩所在郡縣葢許所據山海經作涑水出焉東流注于河故許仍舊立文如下文洽出北囂山入邙澤亦全用北山經語涑作漳正如今北山經作涔許作洽及木部引樵出發鳩山今作柘之比泑涑字皆出山海經故類舉之耳若依水經注則涑入濁漳濁漳逕入海不入河發鳩山淮南子注水經山海經注皆云在上黨長子縣西今山西潞安府長子縣縣西五十里有發鳩山 从水東聲德紅切九部按方言瀧涿謂之霑漬瀧涿亦曰瀧涑又爾雅楚辭有涑雨王云暴雨也

[篆]涪 涪水句以下同 出廣漢剛邑道徼外南入

漢地理志曰廣漢郡剛氏道郡國志曰廣漢屬國都尉領陰平道甸氏道剛氏道剛氏此作剛邑葢誤百官公卿表曰列侯所食縣曰國皇太后皇后公主所食曰邑有蠻夷曰道然則志偁甸氏道剛氏道湔氏道皆以其有氏而道之志於剛氏道下曰涪水出徼外南至墊江入漢過郡二行千六十九里過郡二者廣漢巴郡也墊江屬巴郡按剛氏道徼外葢在今四川龍安府松潘廳境內地舊松潘衞也衞東有小分水嶺涪水出焉東南流經龍安府之平武縣江油縣彰明縣又綿州又經潼川府之三臺縣射洪縣遂寧縣至重慶府之合州城南嘉陵江合渠江自東北來會合流至重慶府府城北入大江合州漢之墊江縣也嘉陵江卽西漢水也許云南入漢謂入嘉陵江也水經云涪水出廣魏涪縣西北南至小廣魏與梓潼水合梓潼水出其縣北界西南入於涪又西南至小廣魏南入於墊江云出涪縣與志異者水經舉稍近言也墊江縣名而云入於墊江者以地名名水也益州之水見於史者涪水謂之內水今之涪江也雒水合綿水謂之中水今在瀘州州城北入大江水道提綱謂之沱江者是也外水今之大江也

从水否聲縛牟切三部

[篆]潼水出廣漢梓潼北界南入褺江褺各本作墊今正廣漢郡梓潼前後二志同前志曰梓潼五婦山馳水所出南入涪行五百五十里應劭注云潼水所出南入墊江水經曰梓潼水出其縣北界西南入於涪又西南至小廣魏南入於墊江按馳水潼水梓潼水異名同實五婦山卽今四川保寧府劍州州西北五十里之五子山今劍州及綿州之梓潼縣葢漢梓潼地潼水出五子山之西大山東南流經今梓潼縣又經潼川府之鹽亭縣又至射洪縣東南之獨坐山入涪江

今謂之潼江射江灖江許云南入褺江卽謂今射洪東南入涪江涪江下流至重慶府之合州合嘉陵江也漢志墊江應劭音徒浹反孟康音重疊之疊許書衣部云褺重衣也巴郡有褺江縣此縣爲嘉陵江渠江涪江會合之地水如衣之重複故曰褺固從衣也云入褺江者其縣其水通名也今四川忠州之墊江江其字音疊淺人乃譌作昏墊之墊觀應孟之音則知漢書字縣則漢巴郡臨江縣地與漢褺江相距甚遠○又按涪下曰南入漢者言至褺江而入西漢水也潼下曰南入褺江者言入西漢水在褺江境也錯見互相足○又按地理志水經之羌水下合白水又合西漢水卽今四川保寧府昭化縣城北合嘉陵江之白水也羌水亦謂之墊江者葢昔人以其委名其源魏書吐谷渾阿豺登其國西彊山觀墊江源今洮州衞西南三百四十里西彊山羌水所出从水童聲徒紅切九部

江 江水出蜀湔氐徼外崏山入海蜀郡湔氐道二志同前志曰湔氐道禹貢崏山在西徼外江水所出東南至江都入海過郡九行七千二百六十里今本九作七行七千作行二千今依徐鍇所引正過郡九者蜀郡犍爲巴郡南郡長沙江夏廬江丹陽廣陵國也湔氐徼外崏山卽禹貢崏山封禪書謂之瀆山李膺益州記謂之羊膊嶺今四川龍安府松潘廳卽松潘衞衞北二百三十里大分水嶺是也流經茂州成都府眉州嘉定府敘州府瀘州重慶府忠州夔州府湖廣之宜昌府荆州府岳州府武昌府漢陽府黃州府江西之九江府江南之安慶府池州府太平府江寧府鎭江府常州府諸境至北岸通州南岸蘇州府昭文縣境入海此禹貢漢志所謂北江入海也从水工聲古雙切九部

沱 江別流

也召南曰江有沱釋水曰水自江出爲沱毛傳曰沱江之別者按今說文衍流字宜刪沱爲江之別如勃澥爲海之別立文正同禹貢某氏注云沱江別名江別名謂江之別出者之名也別皆彼列切出㟭山東句別爲沱禹貢曰岷山道江東別爲沱按荊州梁州皆有沱地理志蜀郡郫下曰禹貢江沱在西東入江汶江下曰江沱在西南東入江皆謂梁州沱也於南郡枝江曰江沱在西東入江謂荊州沱也道江之東別爲沱自當謂梁州者鄭注尚書不信地理志所說以今水道言之水道提綱曰江至灌縣曰都江分爲二派其南流者正派也其東流經郫縣新繁成都新都金堂南經簡州資陽資縣富順至瀘州復入江者沱江也沱江會北來綿雒諸水而南入江曰中水是首受江尾入江與漢志合然此郫之沱耳汶江之沱尚當在其上流未審今何水从水它聲徒何切十七部浙江水東至會稽山陰爲浙江會稽郡山陰二志同今浙江省紹興府山陰縣是其地今俗皆謂錢唐江爲浙江不知錢唐江地理志水經皆謂之漸江江至會稽山陰古曰浙江說文浙漸二篆分舉劃然後人乃以浙名冒漸葢由二水相合如吳越春秋越王至浙江之上史記楚威王盡取故吳地至浙江始皇至錢唐臨浙江皆謂是也今則江故道不可攷矣歙金氏榜禮箋曰班志南江在會稽吳縣南東入海揚州川北江在毗陵北東入海揚州川中江出丹陽蕪湖西南東至陽羨入海揚州川毗陵之北江卽今大江其蕪湖之中江吳縣之南江逕流湮廢據班志丹陽石城下云分江水首受江東至餘姚入海過郡二行千二百里說文江水至會稽山陰爲浙江闞駰十三州志曰江水至會稽與浙江合晉灼亦云

水經江水又東至石城縣分爲二其一東北流過毗陵縣北爲北江其一又東至會稽餘姚縣東入於海酈注沔水篇曰江水自石城東出爲南江又東逕宣城之臨城縣南又東逕安吳縣又東逕寧國縣南又東逕故鄣縣南安吉縣北又東北爲長瀆歷湖口又東歷烏程縣南通餘杭縣則與浙江合又東逕餘姚縣故城南又東注於海所謂地理志江水自石城東出逕吳國南爲南江者也榜謂分江水合三江言之爲南江猶岷江合言之爲北江班氏備列南江中江北江以應職方揚州其川三江其於石城著南江源委猶於湔氏道著北江源委故志於中江言出蕪湖西南東至陽羨入海至南江北江但云東入海以入海之地已互見於石城湔氏道也是分江水爲南江卽志文考之證明酈注能說南江而不能說中江耳

渽 渽水出蜀汶江徼外東南入江蜀郡 从水𢦏聲二日爇切十五部

汶江見前志後志二云蜀郡汶江道前志蜀郡青衣下云大渡水東南至南安入渽汶江下云渽水出徼外南至南安東入江過郡三行三千四十里水經曰大江又東南過犍爲武陽縣青衣水沫水從西南來合而注之又曰青衣水出青衣縣西蒙山東與沬水合至犍爲南安縣入江沬水出廣柔徼外東南過旄牛縣北又東至越嶲靈道縣出蒙山南東北與青衣水合東入於江注曰江水又東南逕南安縣西縣治青衣水會衿帶二水矣縣南有峨眉山有濛水卽大渡水也水發蒙谿東南與渽水合渽水出徼外逕汶江道南至南安入大渡水大渡水又東入江按經曰武陽注曰南安二縣壤接犍爲南安者今四川嘉定府治附郭縣曰樂山是也蜀郡汶江縣者今四川茂州治是其地凡言徼外者皆謂去其郡縣境不甚遠如廣漢剛氏道徼外蜀

湔氐徼外皆是徼者張揖曰塞也以木柵水爲蠻夷畍也漢志青衣縣下有大渡水而無青衣水葢今之青衣水班所謂大渡水也今之大渡河班所謂渽水也凡水以互受而名亂舉如是矣且地理志不言沫水但言大渡水入渽渽水至南安入江水經華陽國志張揖注漢書皆曰沫水與青衣水合入江然則諸家云沫水與青衣水合者即班志之大渡水與渽水合也以今水道言今之青衣江出雅州府盧山縣東伏牛山西麓東南流經滎經縣東雅州府城北名山縣南洪雅縣南夾江縣西至嘉定府西境與陽江合者諸家之青衣水班志之大渡水也今之大渡河出小金川司大金川司至上下魚通合打箭鑪瀘河經矖經關合越巂河經峩眉縣西南大峩山前又經三峨山麓至嘉定府西南境青衣江自西北來會者諸家所云沫水班固所云渽水也大渡河自北而西而西南而東而東北曲行千五百里班云過郡三者蜀郡越巂犍爲也云行三千四十里三千或是二千之誤凡唐宋史云大渡河者皆謂地理志之渽水即司馬相如傳之沫水

从水𢦔聲各本篆作涐解作我聲音五何切字之誤也今更正按作涐則與漢志不合遂有欲改志作涐者攷漢志師古注曰渽音哉葢沿音義舊文玉篇涪潼渽江沱湔浙沫温灊滇淹沮涂沅共十五字聯屬皆㟭江之類與說文正合而涐字則廁於部末孫強陳彭年襍收字中此與木部梔字可正桅字之誤正同水經注云呂忱曰渽水出蜀許愼以爲涐水也从水我聲分別許呂古今異體俗改渽爲涐非是廣韵十六咍曰渽水名出蜀此用字林集韵十六咍類篇水部皆云渽或作𣲏此許字之佚見於古籍者祖才切一部

渽 渽水出蜀郡緜虒玉壘山東南入江郡字

行前志曰蜀郡緜虒後志曰蜀郡緜虒道有蠻夷曰道前志省文耳前志曰緜虒玉壘山湔水所出東南至江陽入江過郡三行千八百九十里又曰廣漢郡緜竹縣紫巖山緜水所出東至新都北入雒廣漢郡雒縣章山雒水所出南至新都谷字誤入湔過郡三者蜀郡廣漢犍爲也湔水緜水雒水三水互受通偁水經云又東過江陽縣南雒水從三危山東過廣魏雒縣南東南注之是卽漢志之湔水兼緜雒至江陽入江者也三危山葢卽漢志之玉壘山水經以雒爲湔也江陽今四川瀘州緜虒玉壘山當在松潘衞境內蜀都賦曰廓靈關以爲門包玉壘而爲宇劉逵注玉壘山名湔水出焉在成都西北岷山在後故曰宇靈關在前故曰門也今水道緜水出緜竹縣至漢州合雒水雒水由什邡縣至漢州合緜水其下流經簡州資陽縣資縣內江縣富順縣至瀘州城與大江會於漢志水經皆無不合特其名或異耳此史所謂中水也其上游據酈氏云湔水入江有湔堋湔堰湔湨諸偁故今謂中水爲沱江但秦李冰所造非禹故道漢志亦不謂湔爲沱

从水前聲　子仙切十二部

一曰湔半澣也　各本作手澣之今依水經注引字林手作半依集韵玉篇之作也此別一義半澣者澣衣不全濯之僅濯其垢處曰湔今俗語猶如此此相沿古語如云湔裙是也廣韵湔洗也一曰水名此用說文而互易其先後耳字林葢全襲說文語而酈書於湔水出緜虒玉壘山下引呂忱云一曰半浣水也下注江此妄增水字謂半浣爲湔水別名亦其涉獵者博不無抵牾濯者澣也湔者半澣也說文屬辭之法

沫　沫水出蜀西南徼外東南入江　蜀謂蜀郡也不言何縣者未審也沫水卽涐水兩列之葢許有未審

从

水末聲莫割切十五部按瀑下云一曰沫也沫謂水泡江賦說水鳥云拊拂瀑沫 温水出楗爲符句南入黔水楗依王氏宋本從木隸釋曰漢碑犍爲皆作楗爲是也符各本作涪誤今正地理志楗爲郡符下云温水南至鱉入黚水黚水亦南至鱉入江按黚黔音同黔水即黚水水經於江水曰又東過枳縣西延江水從牂柯郡北流西屈注之枳縣今重慶府涪州治地枳與涪陵縣壤接今涪州城東北有黔江南自貴州合諸水入焉亦曰烏江亦曰涪江亦曰涪陵江此水自西而東而北源流二千三百里詳見水道提綱會貴州大定貴陽遵義平越石阡思南六府及湖廣施南半府四川酉陽黔江彭水南川涪州諸水實巨川也水經注延江篇曰温水一曰煖水出楗爲符縣而南入黚水黚水亦出符縣南與温水會俱南入鱉水江水篇曰華陽記曰枳縣在江州巴郡東四百里治涪陵水會皆烏江之源委也漢志今本疑有奪字以水經注正之疑當云温水至鱉入黚水黚水亦出符至鱉北入江鱉非入江之地今云至鱉入江非例也水經之延江水於江水條曰枳縣西注江於延江條曰至沅陵縣入於沅酈氏有一水枝分之說但許不言黔水所入班但言黚水入江不言何處入江古人略之蓋其慎也水道提綱綜緝最詳而覈之古籍符離互證楗爲符縣今四川瀘州合江縣其地也从水昷聲烏䰟切十三部今以爲温煖字許意當用昷爲温煖 灢水出巴郡宕渠西南入江巴郡宕渠二志同今順慶府渠縣縣東北七十里有宕渠城是也前志宕渠下曰灊水西南入江不曹水出東北南入灊水經於江水曰又東北至巴郡江州縣東強水涪水漢水白水宕渠

水五水合南流注之酈云宕渠水卽潛水渝水矣水經又曰潛水出巴郡宕渠縣又南入於江按許云西南入江則此水必合嘉陵江至合州入江未詳今之何水鄭注禹貢梁州曰漢別爲潛其穴本小水積成澤流與漢合蜀都賦演以潛沫劉逵云禹貢梁州沱潛既道有水從漢中沔陽縣南流至梓潼漢壽縣入穴中通岡山下西南潛出今名伏水舊說云禹貢潛水也劉澄之酈道元說與逵略同或以今保寧府廣元縣之由七盤關經神宣驛又經龍洞口至朝天驛北穿穴而出入嘉陵之水證之此水甚小殆非是況所由非宕渠也班許皆不釋禹貢以灊水系諸宕渠縣云西南入江許云出宕渠班則不云出宕渠然則灊是入西漢以入江之水今不能定爲何水耳 从水鬵聲 昨鹽切七部

沮 沮水出漢中房陵東入江 漢中郡房陵二志同左傳之麋國成大心敗麋師於防渚闞駰曰防卽房陵也今湖北鄖陽府房縣是其地左傳定四年吳人敗楚及郢楚子出涉睢哀六年昭王曰江漢睢漳楚之望也前志房陵下曰東山沮水所出東至郢入江應劭南郡臨沮注曰沮水出漢中房陵東入江水經曰沮水出漢中房陵縣東山東南過臨沮縣界又東南過枝江縣東南入於江今此水出房縣西南二百里之景山經當陽縣合南漳水至荊州府城西南周寅店入江顧景范曰其字正作沮左傳作睢皆七餘反後譌爲租讀曰租字與音俱變矣今襄陽沮水左右地皆曰沮中亦謂之柤中襄陽記柤中在上黃界吳志赤烏四年諸葛瑾取柤中魏志正始四年諸葛瑾攻沮中正是一事 从水且聲 子余切五部按經典釋文漢書注皆曰七餘反

滇 益州池也 二志皆云益州郡滇池縣前志滇池

縣下滇池澤在西北南中志曰有澤水周廻二百里所出深廣下流淺狹如倒流故曰滇池今雲南雲南府附郭昆明縣府城南之滇池是也城西南八十里爲海口大河卽滇池導流之處也下流至武定府注於金沙江金沙江在四川敘州府入江

从水眞聲都年切十二部

涂 涂水出益州牧靡南山西北入繩繩各本譌作澠今正牧前志作收後志作牧華陽國志竟作升李奇曰靡音麻收靡卽升麻常璩曰升麻縣山出好升麻收升牧三字皆同紐隸釋益州太守碑牧靡字三見晉書亦作牧矣益州郡牧靡二志同前志曰南山臘涂水所出西北至越巂入繩過郡二行千二十里水經注若水篇曰若水又東涂水注之水出建寧郡之收靡縣南山縣山並卽草以立名山在縣東烏句山南五百里山生收靡可以解毒涂水導源臘谷西北流至越巂入若水按涂水出臘谷故漢志謂之臘涂水漢志說文皆云入繩而水經注云入若水者善長云若水又逕越巂大莋縣入繩繩水出徼外南逕旄牛道至大莋與若水合自下亦通謂之繩水矣諸書錄記羣水或言入若又言注繩正是異水沿注通爲一津隨納通稱也水道提綱曰金沙江卽古繩水鴉龍江一名打沖河卽古若水金沙江出番地至雲南姚安府大姚縣境合鴉龍江至四川敘州府治宜賓縣西南境入於江金沙自犛石山發源至雲南麗江府境已四千二百餘里自麗江至四川敘州府又二千五百餘里源遠流長所受大水數十小水無數其爲大江上源無疑也玉裁謂多以金沙爲大江正源然非禹貢嶓山道江之旨禹貢於河源江源皆舉其近者聖人不尚遠略之意牧靡今何縣涂水今何水未審

从水余聲同都切五部按古道塗塗塈字

皆作涂

[篆文] 沅水出牂柯故且蘭東北入江 牂柯郡故且蘭二志同且音苴子閭反前志故且蘭下曰沅水東南至益陽入江過郡二行二千五百三十里按益陽屬長沙國漢志東南以地望準之當從說文作東北過郡二當作三謂牂柯武陵長沙國也水經曰沅水出牂柯故且蘭縣爲旁溝水又東至鐔成縣爲沅水東過無陽縣又東北過臨沅縣南又東至長沙下雋縣西北入于江水道提綱曰沅水數源一曰鎮陽江出貴州平越府東北之黃平州南金鳳山一曰清水江其源有二北曰平越府西北之豬梁江南曰都勻府西南之馬尾河古稱沅水出故且蘭必指豬梁江及豬梁所納之卡龍河也清水江與鎮陽江合於黔陽縣西經常德府治武陵縣西南而入洞庭湖源流實二千三百餘里古稱辰西敘无漸五溪皆入焉 从水元聲 愚袁切十四部

[篆文] 淹水出越巂徼外東入若水 越巂郡屬益州二志同巂音先蘂反今四川語言讀如西上聲佩鑴謂字作巂與巂不同者謬說也同字異音耳不言何縣徼外者未審也水經曰淹水出越巂遂久縣徼外東南至青蛉縣又東過姑復縣南東入於若水然則淹水亦合金沙江以入江者也越巂郡今四川寧遠府是其地 从水奄聲 英廉切八部廣韵淹下曰漬也滯也久畱也敗也

[篆文] 溺水自張掖刪丹西至酒泉合黎餘波入于流沙 禹貢曰弱水既西又曰道弱水至于合黎餘波入于流沙張掖郡刪丹二志同前志刪丹下曰桑欽以爲道弱水自此西至酒泉合黎又張掖郡居延下曰居延澤在東北古文以

爲流沙水經曰合離山在酒泉會水縣東北流沙地在張掖居延縣東北今甘肅舊山丹衞卽刪丹廢縣舊甘州衞西北千二百里有故居延城故居延城東北有居延海衞西北四十里有合黎山衞西有弱水胡氏渭禹貢錐指曰溺水正流入居延海其餘波則入流沙流沙非居延也 从水弱聲 而灼切二部按今人用爲休沒字溺行而休廢矣又用爲入小便之尿字而水名則皆作弱

桑欽所說 漢書儒林傳孔氏古文尚書安國授都尉朝朝授膠東庸生庸生授清河胡常少子常授虢徐敖敖授王璜及平陵塗惲子真子真授河南桑欽君長地理志偁桑欽說五水部引桑欽說三桑經典繹文作乘

洮 洮水出隴西臨洮東北入河 隴西郡臨洮二志同前志臨洮下曰洮水出西羌中北至枹罕東入西枹罕屬金城郡東入西西字誤當依水經注作東入河水經曰河水又東入塞過敦煌酒泉張掖郡南又東過隴西河關縣北洮水從東南來流注之酈注引段國沙州記曰洮水與墊江水俱出嵹臺山山南卽墊江源山東卽洮水源按嵹臺山卽西頃山也墊江卽入西漢水之白水也今甘肅蘭州府狄道州西南二百二十里有臨洮城漢縣也今洮河出洮州衞西南邊外之西傾山東麓東北流經狄道州南至蘭州府西境入河曰洮口行八百餘里 从水兆聲 土刀切二部按洮爲地名水名極多又爲洮頮又爲洮汰洮洮米皆用此字

涇 涇水出安定涇陽幵頭山東南入渭 禹貢雍州曰涇屬渭汭周禮職方氏曰雍州其川涇前志曰安定郡涇陽幵頭山在西禹貢涇水所出東南至陽陵入渭過郡三行千六十里

雍州川陽陵屬左馮翊過郡三者安定扶風馮翊也今甘肅平涼府附郭平涼縣府西南有故涇陽城漢縣也幵頭山亦作笄頭山始皇紀作雞頭山在今平涼府西南四十里今涇水出山之涇谷經涇州又經陝西邠州長武縣至西安府高陵縣西南二十里入渭曰涇口大致東南流也涇濁渭清故詩曰涇以渭濁涇水溉田之利自秦漢鄭國白公而後迄於唐宋元明皆修復白渠

雝州之川也 周禮職方氏文班氏述地理志曰采獲舊聞考迹詩書推表山川以綴禹貢周官春秋故每言禹貢某山禹貢某水某州川某州浸許意略同

从水巠聲 古靈切十一部按爾雅直波爲徑釋名作直波曰涇二云涇徑也言如道徑也莊子涇流之大司馬彪二云涇通也大雅鳧鷖在涇鄭箋曰涇水中也與下章沙訓水旁爲反對謂水中流徑直孤往之波也今蘇州嘉興溝瀆曰某涇某涇亦謂其可徑通

渭 渭水出隴西首陽渭首亭南谷東南入河 隴西郡首陽二志同首陽縣今甘肅蘭州府渭源縣當是其地禹貢曰道渭自鳥鼠同穴入于河前志首陽下曰禹貢鳥鼠同穴山在西南渭水所出東至船司空入河過郡四行千八百七十里雍州寖過郡四者天水扶風京兆馮翊也水經曰渭水出隴西首陽縣渭谷亭南鳥鼠山注曰渭水出隴西首陽縣首陽山渭首亭南谷山在鳥鼠山西北縣有高城嶺嶺上有城號渭源城渭水出焉東北流逕首陽縣西與別源合別源出鳥鼠山渭水谷禹貢所謂渭出鳥鼠者也按酈注蓋本說文較說文多首陽山三字疑今說文奪去酈依說文故以首陽山南谷與鳥鼠山爲二以今地志言之皆在渭源縣西相距甚近今渭水出此經鞏昌府及寧遠縣伏羌縣

秦安縣秦州清水縣寶雞縣岐山縣扶風縣武功縣盩厔縣鄠縣咸陽縣西安府臨潼縣高陵縣渭南縣朝邑縣至華陰縣北入於河古所謂渭汭左傳閔二年虢公敗犬戎於渭隊服虔曰隊謂汭也杜預本作渭汭 从水胃聲 云貴切十五部洞簫賦注引埤倉沸渭不安皃 杜林說夏書 五字句 吕爲出鳥鼠山 後漢書杜林傳曰林於西州得漆書古文尚書一卷雖遭艱困握持不離出以示衛宏徐巡等宏巡益重之於是古文遂行此云杜林說夏書謂林說古文尚書禹貢也云吕爲出鳥鼠山者冡上省文謂杜云渭水出隴西首陽縣之鳥鼠山鳥鼠山與首陽山南谷同縣而異地故別爲異說也 雝州濅 職方氏文鄭曰浸可以爲陂灌溉者

漾

漾水出隴西豲道東至武都爲漢 豲各本作柏字之誤也今依水經注所引說文正前志豲道屬天水後志屬漢陽漢陽卽天水也豲道不屬隴西當作氐道乃與漢志合水經注漾水篇曰許慎呂忱闞駰竝言漾水出隴西豲道東至武都爲漢水不言氐道然豲道在冀之西北又隔諸川無水南入疑出豲道之爲謬矣按禹貢曰嶓冢道漾東流爲漢又東爲滄浪之水前志隴西郡氐道下曰禹貢養水所出至武都爲漢武都郡武都下曰東漢水受氐道水一名沔過江夏謂之夏水二條相屬爲辭隴西郡西下又曰禹貢嶓冢山西漢所出南入廣漢白水東南至江州入江鄭注尚書道漾引地理志漾水出隴西氐道至武都爲漢至江夏謂之夏水注梁州沱潛云潛蓋西漢出嶓冢東南至巴郡江州入江行二千七百六十里又云漢別爲潛其穴本小水積成澤流與漢合大禹自導漢疏通卽爲西漢水也班鄭皆

謂東漢西漢同出嶓冢西漢者別起漢而曰西漢東流者本無東偁班志武都下云東漢者淺人增字鄭注云潛蓋西漢今尚書正義倒爲漢西皆非也班鄭所云今水道不合故異說紛然金氏榜禮箋曰後儒言漢水源者咸求之于嶓冢榜以漢志攷之嶓冢導漾惟据禹貢漢水言耳周職方荆州漢水則不導源於嶓冢故志於武都沮下曰沮水出武都沮縣東狼谷南至沙羨南入江過郡五行四千里荆州川說文水經後漢郡國志皆云然蓋漾水轂流不與漢相屬由來久矣志言禹貢漾水出隴西氐道縣至武都爲東漢水一名沔過江夏謂之夏水入江此明禹貢漢水故道若魏郡鄴東故大河館陶屯氏河之類班氏自謂采獲舊聞考跡詩書推表山川以綴禹貢周官春秋下及戰國秦漢者如是非謂漢代遷流之道東漢水仍上受氐道水也水經說西漢水曰漾水出隴西氐道縣嶓冢山東至武都沮縣爲漢水東南至江州縣東南入于江漾水既轂東流勢必西入徒以氐道無可考見後世莫能定其孰爲漾水而與東漢水不相屬得水經校之益明後儒考漢志不詳于漢源求嶓冢不得因旁漢水之山強名之爲嶓冢亦近誣矣漢志禹貢嶓冢山在隴西西縣西漢水所出南入廣漢白水東南至江州入江不見于氐道然於氐道言禹貢漾水所出東至武都爲漢正釋經嶓冢導漾東流爲漢明氐道亦得有嶓冢山是山峯岫延長西氐道皆其盤迴之地準之地望氐道當在西縣東志已于西縣著嶓冢山氐道例不重出水經言漾水出隴西氐道嶓冢山郭景純山海經注亦言嶓冢在武都氐道縣南可與漢志互明西漢水鄭書注以爲禹貢梁州之潛以上受漢別故得西漢水之稱後乃併其上流出嶓冢者名之爲西漢水矣玉裁謂金氏之言可爲異說折衷許云出隴西氐道至武都爲漢水許非用班

志而與志同皆釋尚書禹時漾源也不言嶓冢山者言氐道而嶓冢在其中與志同也武都者漢武都郡之武都縣今甘肅鞏昌府成縣西北百里有仇池城城東南有漢武都故城 **從水羕聲** 余亮切十部按韓詩江之漾矣以爲羕之假借

瀁 古文從養 漾者小篆瀁者壁中古文如是今尚書作漾者漢人以篆文改古文也漢書作養者今文尚書用假借字也史記作瀁蓋亦本作養而或加之水旁因合乎古文淮南書作洋高誘曰洋或作養

漢 漾也 尚書某氏傳曰泉始出山爲漾按漾言其微漢言其盛也蕭何曰語曰天漢其名甚美 **東爲滄浪水** 禹貢文水經曰沔水又東過鄖縣南又東北流又屈東南過武當縣東北注曰縣西北四十里水中有洲名滄浪洲庾仲雍漢水記謂之千齡洲非也是世俗語譌音與字變矣地記曰水出荊山東南流爲滄浪之水余按禹貢言又東爲滄浪之水不言過而言爲者明非他水決入也蓋漢沔水自下有滄浪通稱耳纏絡鄢郢地連紀鄀咸楚都矣漁父歌之不違水地玉裁按鄭注尚書滄浪之水言今謂夏水來同故世變名焉本未嘗謂他水決入若地記云出荊山是他水決入矣 **從水難省聲** 按鷬難暵字從堇聲則漢下亦云堇聲是矣難省聲蓋淺人所改不知文殷元寒合韵之理也呼旰切十四部

漢 古文漢如此 按古文從或從大或者今之國字也

浪 滄浪水也 按據此解可證前後某篆下皆當云某水也淺人刪之存一水字非是 **南入江** 禹貢曰又東爲滄浪之水過三澨至于大別南入于江許以漾漢浪沔三篆全偁道漾經文記禹時漢水故道也其下流爲滄浪

水入江與今水道同其源出隴西氐道嶓冢山至武都者今不可攷 从水良聲 來宕切十部按當平聲今但爲波浪字

沔 沔水出武都沮縣東狼谷東南入江 武都沮縣二志同今陝西漢中府略陽縣是其地有沮水出焉前志沮縣下曰沮水出東狼谷後志沮縣下曰沔水出東狼谷水經曰沔水出武都沮縣東狼谷中酈注曰沔水一名沮水引闞駰云以其初出沮洳然故曰沮水是則前志之沮水水經說文之沔水皆云出沮縣東狼谷實一水也前志曰南至沙羨南入江過郡五行四千里過郡五者武都漢中南陽南郡江夏也水經亦歷敘沔水所過之縣而曰又南至江夏沙羨縣南入於江許說沔與漢志水經同此漢時漢水之道與禹貢時其源不同其委則一常璩云始源曰沔玉裁謂漢言其盛沮與沔皆言其微沔者發源緬然之謂尚書周官春秋傳曰漢漢時曰沮水曰沔水是爲古今異名水經且謂西漢水曰漢水謂禹貢漢水曰沔水許亦云涪水入漢不云入西漢云沔水入江云湑水入沔則許漢沔分偁同水經班云沮水荊州川職方荊州之川江漢然則班謂沮即東漢亦明矣且志雖有西漢東漢之目而曰東漢水一名沔凡漢中下云旬水入沔淮水入沔筑水入沔弘農下云清水入沔湒水入沔甲水入沔右扶風下云褒水入沔廣漢下云白水入漢涪水入漢分別畫然亦謂東漢爲沔西漢爲漢今漢水出陝西寧羌州經沔縣襃城縣漢中府城固縣洋縣西鄉縣石泉縣漢陰縣紫陽縣興安州洵陽縣白河縣湖廣舊上津縣竹山縣鄖西縣鄖陽府均州光化縣穀城縣襄陽府宜城縣安陸府荊門州潛江縣天門縣沔陽州漢川縣至漢陽府城東北合於大江今曰漢口古曰夏口曰沔口左傳謂之夏

汭寧羌州距今略陽縣二百二十里析言之沮沔各爲一水渾言之則或統呼沮或統呼沔也 从水丏聲 彌兖切十二部小雅沔彼流水毛傳沔水流滿也按許云瀰水滿也詩之沔爲瀰之假借 或曰入夏水 水經注夏水篇云江津豫章口東有中夏口是夏水之首江之汜也屈原賦所謂夏首按今湖北荊州府附郭江陵縣府東南二十五里有夏水口是也水經夏水東至江夏雲杜縣入于沔注云當其決入之所謂之堵口按堵口當在今湖北漢陽府沔陽州境內沔水與夏水合至漢陽府入江或曰沔口或曰夏口然則入夏水卽入江也劉澄之永初山川記云夏水是江流沔非沔入夏今按二水相合互受通偁謂沔入夏亦無不可

湟 湟水出金城臨羌塞外東入河 金城郡臨羌二志同舊西寧衛西二百八十里有故臨羌城前志臨羌下曰西北至塞外有西王母石室僊海鹽池北則湟水所出東至允吾入河允吾下曰逆水出參街谷東至枝陽入湟浩亹下曰浩亹水出西塞外東至允吾入湟按水經河水又東過金城允吾縣北注言湟水浩亹水逆水源流皆甚詳水道提綱曰青海在今西寧府邊西五百餘里古名西海卽鮮水也今爲厄魯特等二十三旗地青海東卽湟水古所謂湟中地北卽大通河古所謂浩亹水東南會湟水入黃河也湟水卽洛都水源出今西寧府西北邊外至今蘭州西境入黃河按允吾音鈆牙今甘肅蘭州府府西北二百里有故鈆吾城是也浩亹音閤門僊海卽西海古音西讀如仙 从水皇聲 乎光切十部

汧 汧水出右扶風汧縣西北 句 入渭 右扶風汧二志同前志汧下曰吳山在西

古文以爲汧山雍州山又曰汧水出西北入渭後志汧下曰有吳嶽山本名汧汧水出按前志不云汧水出汧山後志乃云爾汧故城當卽今陝西鳳翔府隴州州治東南汧源廢縣括地志曰故汧城在隴州南三里汧山在今隴州西北禹貢之岍周禮之嶽山也汧陽河卽古汧水出焉東南流經汧陽縣至寶雞縣縣東三十里合於渭班許皆於西北句絕此水自西北而東南也

从水幵聲 苦堅切十二部

澇水出右扶風鄠北入渭 右扶風鄠見邑部上林賦曰終始灞滻出入涇渭酆鎬潦潏紆餘委蛇經營乎其內蕩蕩乎八川分流相背而異態潘岳關中記曰涇渭灞滻酆鎬潦潏所謂八川李善曰潦卽澇水也水經曰渭水又東過槐里縣南又東澇水從南來注之今陝西西安府鄠縣縣西三里澇水出南山澇谷北流經故萯陽宮西入長安縣畍入渭故曰北入渭水道提綱曰渭水東經鄠縣北境咸陽縣城東南又東北有豐水自西來合諸水北流注之諸水者澇水滈水潏水

从水勞聲 魯刀切二部史漢文選皆作潦惟封禪書正作澇按今用爲旱澇字

漆水出右扶風杜陵岐山東入渭 二志皆杜陵屬京兆尹杜陽屬右扶風此杜陵當作杜陽杜陽今陝西鳳翔府麟遊縣是其地周公劉居豳今陝西邠州是其地漢之栒邑二縣也太王遷郊今鳳翔府岐山扶風二縣是其地漢之杜陽南美陽北也大雅曰民之初生自土漆沮傳曰漆漆水沮沮水也又曰周原漆沮之閒也周頌潛傳又曰漆沮岐州之二水也據毛說則漆沮二水實在岐周之地小雅吉日傳但云漆沮之水麀鹿所生其解必同大雅周頌許云漆水出杜陽正岐周之地也此

漆沮在涇西禹貢道渭又東過漆沮則在涇東與岐周無涉玉裁謂水經曰漆水出扶風杜陽縣俞山東北入於渭正與說文合惟岐作俞耳酈氏引開山圖曰岐山在杜陽北長安西有渠謂之漆渠酈又云漆水出杜陽縣之漆溪謂之漆渠漆渠合岐水與橫水合東注雍水又合杜水南注於渭郭樸山海經注云今漆水出岐山皆與水經合而前志右扶風漆縣下云漆水在縣西以地望準之葢此漆水出豳地漢漆縣以水爲名西南流至周郊地南漢杜陽美陽境而入渭實出今之邠州西南流至豳遊扶風閒入渭也大雅云率西水滸箋云循漆沮水側傳又云周原漆沮之閒也是此水源委自豳至郊漢人皆審知形勢今則茫昧難詳矣闞駰十三州志云漆水出漆縣西北至岐山東北入渭正與毛詩傳箋合許及水經云出杜陽岐山者容舉其近源言之邑部云郊在右扶風美陽中水鄉此以岐山系杜陽者岐山在杜陽之南美陽之北周原在岐山之陽故詩譜曰周原者岐山陽地屬杜陽郡國志注所引如是

从水桼聲 四字依水經注所引在此小徐本从某某聲往往閒在兩義之中不同大徐皆小徐爲古本也親吉切十二部

一曰漆城池也 小徐本如是與水經注所引合大徐本作一曰入洛葢淺人讀酈注沮水篇者改之洛水雍州之浸下文出歸德北夷畍中者卽涇東之漆沮水也涇西之漆不得入洛中隔涇水矣一曰者別一義城隍有水曰池城池謂之漆葢古有是名酈兼引此句猶其兼引一曰淯乎辨之謬

滻 **滻水出京兆藍田谷入霸** 霸宋本汲古閣初印皆同霸灞古今正俗字許書無灞史漢皆作霸水京兆尹藍田二志同故城在今陝西西安府藍田縣縣治西十一里前志京兆尹南陵

下曰文帝七年置沂水出藍田谷北至霸陵入霸水霸水亦出
藍田谷北入渭師古曰沂音先歷反按此乃大謬沂者滻字之
誤水經注引志可證張揖注上林賦亦曰霸出藍田西北而入
渭滻亦出藍田谷北至霸陵入霸水經曰渭水又東過長安縣
北又東過霸陵縣北霸水從縣西北流注之注云霸者水上地
名也古曰滋水秦穆公霸世更名滋水爲霸水以顯霸功水出
藍田縣藍田谷逕藍田縣東又左合滻水又北長水注之又北
會兩川又北左納漕渠又東逕新豐縣右會故渠故渠卽經所
謂東過霸陵縣霸水從縣西北流注之者也今無水又北逕秦
虎圈東又北入於渭水張守節曰雍州藍田縣滻水卽荆谿狗
枷之下流也按酈注說長水出杜縣白鹿原西北流謂之荆谿
又西北左合狗枷川注於霸俗謂之滻水非也史記霸滻長水
盡得比大川之禮此可證張氏之誤矣水道提綱曰灞水上源
卽藍水也出藍田縣藍關之西南山秦嶺經西安府境東而北
有滻水西南自太乙山東南之西毛谷嶺及秦嶺三源合而北
流又東北流來會旣合滻水東北至高陵縣南境入渭曰灞口

从水産聲 所簡切十四部 按史漢作産

洛水出左馮翊歸德北夷畍中東南入渭 左馮翊三字當作北地二字前志北地郡歸德下洛水出北蠻夷中
入河入河者入渭以入河也此揔舉其源委也左馮翊褱德下
曰洛水東南入渭此言其入渭之處也許之例舉源地不舉委
地然則當云出北地歸德無疑矣今甘肅慶陽府安化合水二
縣漢歸德地也今陝西同州府朝邑縣有懷德城漢縣也括地
志云洛水源出慶州洛源縣白於山方輿紀要曰洛水出慶陽
府合水縣北二十里白於山東北流經慶洛源縣又經保安縣

安塞縣甘泉縣鄜州又南經洛川縣南中部縣東而沮水入焉沮水自中部縣子午嶺東南流而入於洛水即說文瀘水出北地直路西東入洛也自是洛水亦兼沮水之稱又南流經宜君縣過耀州合漆水歷三原縣富平縣白水縣又東南流經澄城縣同州府至朝邑縣南入渭水水道提綱云舊合渭入河自明時改流逕入河不南入渭今洛口南去渭口三十里按水經注本有雍州洛水篇今亡之矣禹貢道渭節謂之漆沮職方雍州其浸渭洛小雅瞻彼洛矣傳曰洛宗周之浸也左傳國語皆云三川震韋杜以涇渭洛爲三川

从水各聲

盧各切五部按雍州洛水豫州雒水其字分別自古不紊周禮職方豫州其川熒雒雍州其浸渭洛正義本不誤逸周書職方解地理志引職方正同雒不見於詩瞻彼洛矣傳曰洛宗周浸水也此職方氏文也洛不見於左傳傳凡雒字皆作雒如僖七年伊雒之戎宣三年楚子伐陸渾之戎遂至於雒是也淮南墬形訓曰洛出獵山據高注謂雍州水也雒出熊耳據高注謂豫州水也漢地理志弘農上雒下云禹貢雒水出冢領山東北至鞏入河豫州川盧氏下云伊水出熊耳山東北入雒黽池下云穀水出穀陽谷東北至穀城入雒新安下云禹貢澗水在東南入雒河南穀成下云禹貢瀍水出朁亭北東南入雒此謂豫州水也左馮翊褱德下云洛水東南入渭北地歸德下云洛水出北蠻夷中入河直路下云沮水出東西入洛此謂雍州水也已上皆經數千年尚未誤者而許書水部下不舉豫州水尤爲二字分別之證後人書豫水作洛其誤起於魏裴松之引魏略曰黃初元年詔以漢火行也火忌水故洛去水而加隹魏於行次爲土土水之牡也水得土而乃流土得水而柔故除隹加水變雒爲洛此丕改雒爲洛而又妄言漢變洛爲雒以揜己紛更之咎

且自詭於復古自魏至今皆受其欺周禮春秋在漢以前誰改之乎尚書有豫水無雍水而蔡邕石經殘碑多士作雒鄭注周禮引召誥作雒是今文古文尚書皆不作洛鄭蔡斷不擅改經文也自魏人書雒爲洛而人輒改魏以前書籍故或致數行之內雒洛錯出卽如地理志引禹貢既改爲洛矣則上雒下曰禹貢雒水不且前無所承乎若郊祀志卅洛從水後文宣帝以四時祀江海雒水成王郊於雒邑字皆從隹又當時二字確然分別之證也

淯水出弘農盧氏山東南入沔

弘農郡盧氏二志同今河南河南府盧氏縣是其地前志盧氏下曰有育水南至順陽入沔順陽者南陽之博山也中山經曰攻離之山淯水出焉南流注于漢依文選注水經曰淯水出弘農盧氏縣攻離山東南過南陽西鄂縣西北又東過宛縣南又屈南過淯陽縣東又南過新野縣西又南過鄧縣東南入於沔今河南南陽府府城東三里俗名白河者是由南陽達於新野府境諸水悉會焉又南至湖廣光化縣又東經故鄧城東南而入漢水水道提綱云漢水經襄陽府城北樊城南有白河唐河東北自河南新野合南陽府諸縣及鄧州水南流又合西來之清河東來棗陽之滾河來會齊氏所謂白河卽淯水也南陽之水淯最大水經注云合魯陽關水洱水梅谿水朝水棘水濁水湍水比水白水入漢南都賦曰淯水盪其胷推淮引湍三方是通知淯最大齊氏召南以趙河當之非也許謂西漢漢謂東漢爲沔故涪下曰入漢淯下曰入沔漢志水經之例亦同

从水育聲

余六切三部按漢志作育

或曰出酈山西

前志南陽酈下曰育水出西北南入漢漢當作沔蓋出酈山者與出盧氏山者異源而同流故班許皆兼述之也酈

故城在今河南南陽府內鄉縣縣東北 [汝] 汝水出弘農盧氏還歸山東入淮 弘農盧氏見上前志汝南郡定陵下曰高陵山汝水出東南至新蔡入淮過郡四行千三百四十里水經曰汝水出河南梁縣勉鄉天息山酈云地理志曰出高陵山卽猛山也亦言出南陽魯陽縣之大盂山又言出弘農盧氏縣還歸山博物志曰汝出燕泉山竝異名也余以永平中除魯陽太守旣在遘見不容不述今汝水出魯陽縣之大盂山蒙柏谷西卽盧氏畍也其水東北流逕太和城西城北又東屈堯山西嶺下水流兩分一東逕堯山南爲滍水一東北出爲汝水東流至原鹿縣入於淮所謂汝口據酈說得諸親見大盂山之西卽盧氏畍此許云出盧氏還歸山所由也凡言水源者或數源竝合而偏舉其一或遠源罕見而劣舉其近是以每多乖異前志云出定陵入淮於新蔡皆在汝南郡而亦云過郡四班固知不始於高陵山矣過郡四者葢南陽河南潁川汝南也方輿紀要曰今汝水出汝州魯山縣西南七十里大盂山東北流出縣北經伊陽縣汝州南又東南經寶豐縣郟縣南入南陽府裕州畍經葉縣北又東入許州之襄城郾城縣南而入汝寧府西平縣境東南流經上蔡縣西汝陽縣北又東經新蔡縣西息縣北至江南潁州南而注於淮葢非復漢以前故道矣水道提綱曰汝水舊從舞陽縣北而南入西平畍自元末於濄河堨斷其流使東歸潁於是西平雲莊諸石二山之水明時亦塞今水道與古全異卽名稱亦隨時不同所謂灈瀙濦汝溱湞亦難確鑿指證但據時俗所見敘次源流耳 从水女聲 人諸切五部

[瀷] 瀷水出河南密縣大隗山南入潁 河南郡密

二志同今河南開封府密縣縣東南三十里有故密城大騩山卽具茨山在今河南開封府新鄭縣縣西南四十里葢山與密接畍前志密下曰有大騩山潩水所出南至臨潁入潁水經曰潩水出河南密縣大騩山東南入於潁今潩水自新鄭大騩山南流經許州長葛縣流入許州北二里又南經許州臨潁縣而合於潁一名魯固河又名清流河是也 从水異聲 與職切一部酈曰時人謂之勑水非也勑潩音相類故字從聲變爾按鄦古曰潩又音昌力反李吉甫曰潩水俗名勑水

汾 汾水出大原晉陽山西南入河 太原郡晉陽二志同今山西太原府太原縣縣治東北有太原舊城城中舊有三城一曰大明城古晉陽城也左傳有六名曰大夏曰大原曰大鹵曰夏墟曰晉陽曰鄂其實一也周禮河內曰冀州其浸汾潞左傳曰新田有汾澮以流其惡又曰宣汾洮前志曰大原郡晉陽晉水所出東入汾汾陽汾水所出西南至汾陰入河水經曰汾水出大原汾陽縣北管涔山至汾陰縣北西注於河按許云出晉陽山與志水經不合者志水經舉其遠源許舉其近源也汾出管涔山東南過晉陽縣東晉水從縣南東流注之許意謂晉水卽汾水之源所謂晉陽山者葢卽縣甕山在今太原縣西南十里晉水所出也杜注左傳曰汾水出太原與許合今汾水出靜樂縣管涔山經陽曲縣至太原縣城東晉水入焉又經清源縣東南徐溝縣北又經交城縣文水縣平遙縣汾陽縣孝義縣介休縣靈石縣霍州趙城縣洪洞縣臨汾縣襄陵縣太平縣曲沃縣至絳州城南澮水入焉又經稷山縣河津縣至榮河縣北境入河在龍門之南五十里曰汾口於古水道無大異 从水分聲 符分切十三部按大雅汾王之甥毛曰汾

大也此謂汾卽墳之假借也或曰出汾陽北山漢志水經說見上鄭注周禮亦曰汾出汾陽冀州浸周禮職方氏文

澮

澮水出河東彘霍山西南入汾河東彘三字鉉本誤作河西二字今正前志河東郡彘後志曰永安故彘前志彘下曰霍大山在東冀州山今山西霍州州東南霍山禹貢之大岳也水經曰澮水出河東絳縣東澮交東高山西至王澤注於汾水不言出霍山者水經舉其近源許舉其遠源也水道提綱曰澮河源出翼城縣東南山西流經中衞鎮又西稍北至城南又西經曲沃縣南又西至絳州城南入汾方輿紀要翼城縣有澮高山有澮水入曲沃縣畍至絳州南入汾从水會聲古外切十五部按今文尚書以畎澮爲巜巛見谷部巜下又曰水流澮澮也澮澮卽活活

沁

沁水出上黨穀遠羊頭山東南入河上黨郡穀遠二志同今山西沁州沁源縣縣城南故穀遠城漢縣也前志穀遠下曰羊頭山世靡谷沁水所出東南至滎陽入河過郡三行九百七十里三郡上黨河內河南也水經曰沁水出上黨涅縣謁戾山南過穀遠縣東至滎陽縣北東入於河按水經及注皆云至滎陽入河師古據唐時在懷州武陟入河疑轉寫錯誤非也古水道與唐時不同耳山海經水經舉涅謁戾山班許舉穀遠羊頭山者羊頭卽謁戾也戴先生曰山在今武鄉縣西百二十里西北接祁縣平遙縣西南接沁源縣一名麓臺山迤邐而西爲綿山其北爲介休縣西爲靈石縣皆謁戾山也今沁水出沁州沁源縣西北百里之綿山東谷西南流經平陽府岳陽縣東又折而東南經澤州府沁水縣東又南經陽城

縣東而入河南懷慶府盼歷濟源縣東北又南經府城北又東南經武陟縣東修武縣西而入於河與唐時入河處同

从水心聲 七鴆切七部經典釋文引郭樸三倉解詁曰音狗吣之吣吣今譌作沁

沾 沾水出上黨壺關東入淇 上黨壺關二志同今山西潞安府附郭長治縣府治卽漢壺關地前志壺關下曰有羊腸坂沾水東至朝歌入淇水經注淇水篇曰淇水出沮洳山衡漳橫山又東北沾水注之水出壺關縣東沾臺下東流注淇淇水今山西潞安府壺關縣東南有沾水是 一曰沾逗益也 沾添古今字俗製添爲沾益字而沾之本義廢矣添從忝聲忝從天聲古音當在真先部也楚辭大招不沾薄只王曰沾多汁也薄無味也其味不濃不薄適甘美也漢曹全碑惠沾渥白石神君碑澍雨沾洽魏受禪表玄澤雲行罔不沾渥皆卽今之添字穪疑小雅既霑既足古本當作沾既瀀既渥言厚也既沾既足言多也 从水占聲 他兼切二義同七部檀弓假爲覘字史記陳丞相世家滑稽列傳假爲霑字

潞 冀州浸也 周禮職方氏曰冀州其浸汾潞鄭云潞出歸德此謂潞卽洛耳按班許皆云洛出歸德北夷畍中漢歸德在今甘肅慶陽府境洛水在今陝西同州府境入河非冀州地也且雍州既曰其浸洛矣安得又爲冀浸鄭注於雍州云洛出懷德冀州云潞出歸德葢由株守地理志而未思志歸德下言其源懷德下言其委一水兩言不當改洛爲潞以屬冀州自雍入冀古無此水以當之許但云冀州浸不言何出何入不欲強爲之說葢此浸自周初迄漢湮沒不彰古今變遷大類如斯如大河故瀆洓水枯絕沔水不出嶓冢皆無可疑者班許皆不言潞之源流

此可以正鄭注矣闞駰曰潞縣有潞水爲冀州浸卽漳水也善長亦謂無他大川可以爲浸惟漳水耳此非許意也周禮川漳浸潞並言則非一物 上黨有潞縣 上黨郡潞縣二志同今山西潞安府潞城縣縣東北四十里有故潞城漢縣葢治此春秋宣十五年晉師滅赤狄潞氏以潞子嬰兒歸前志曰潞縣故潞子國也按潞國以水得名 从水路聲 洛故切五部

漳 水名从水章聲 韵會所據鍇本如此諸良切十部水名二字古本當作漳水也三字 濁漳出上黨長子鹿谷山東入清漳 上黨郡長子二志同本晉邑見左傳國語今山西潞安府長子縣縣西南有故長子城是也前志長子下曰鹿谷山濁漳水所出東至鄴入清漳水經曰濁漳水出上黨長子縣西發鳩山酈曰漳水出鹿谷山與發鳩連麓而在南淮南子謂之發苞山故異名互見也按今濁漳水出山西長子縣西五十里之發鳩山經潞安府潞城縣襄垣縣黎城縣入河南林縣畍合於清漳禹貢所謂衡漳也 清漳出沾山大要谷北入河 上黨郡沾二志同師古曰沾音他兼反今山西平定州樂平縣縣西南三十里有沾縣故城前志沾下曰大黽谷清漳水所出東北至阜成入大河 大衍 過郡五行千六百八十里冀州川過郡五者上黨魏郡清河信都勃海也水經曰清漳水出上黨沾縣西北少山大要谷至武安縣黍窖邑入於濁漳按志言濁漳入清漳清漳入河經言清漳入濁漳濁漳會虖沱入海乖異者當緣作水經時與作志時異也許云入河與志合王氏應麟曰漳水舊入河周定王五年河徙而南故漳水不入河而自達於海王氏特臆度之詞依班許則

漢時未嘗不入河也今清漳出樂平縣西南二十里之少山經和順縣遼州河南涉縣至林縣交漳口合濁漳既合之後入直隸昫移徙分合自昔不常今則一派至山東臨清州入運河一派在直隸新河縣入北泊會滹沱至天津入海詳見水道提綱

南漳出南郡臨沮　南郡臨沮二志同今湖北襄陽府南漳縣縣西南六十里有臨沮故城是也左傳曰江漢睢漳楚之望也睢即出漢中房陵之沮水見上文前志臨沮下曰禹貢南條荊山在東北漳水所出東至江陵入陽水陽水入沔行六百里按志不言沮者以漳該沮也其云陽水葢謂沮水也水經曰漳水出臨沮縣東荊山東南至枝江縣北烏扶邑入於江酈氏曰今漳水於當陽縣之東南百里餘而右會沮水也按今漳水源自鄖陽府房縣景山至保康縣境會沮水

淇　淇水出河內共北山東入河　韵會引作東至黎陽入河此用漢書增三字也說文之例舉所出之郡縣不舉入河入江之郡縣所出之地不變者多下流古今多變故略之也河內郡共二志同共音恭今河南衛輝府輝縣治古共城也前志共下曰北山淇水所出東至黎陽入河北山今輝縣西北蘇門山其別阜曰共山是也詩曰毖彼泉水亦流於淇又曰泉源在左淇水在右泉謂淇之源也今淇水自彰德府林縣流入衛輝府淇縣境入衛河而入海與古入河者迥異

或曰出隆慮西山　隆慮漢諱殤帝改曰林慮此不改者書成於和帝永元十二年已前也前志河內郡隆慮後志作林慮慮音閭今河南彰德府林縣是其地西山者今林縣西北二十五里隆慮山是也水經曰淇水出河內隆慮縣西大號山東北入於海山海經注亦曰今淇水出汲郡隆慮縣大號山

東過河內縣南爲白溝 从水其聲 渠之切一部山海經作潹

蕩 蕩水出河內蕩陰東入黃澤 河內郡蕩陰二志同蕩音湯古音也後人省艸古有羑里城西伯所拘也今河南彰德府湯陰縣西南有故蕩陰城前志蕩陰下曰蕩水東至內黃入黃澤今本奪入黃二字水經曰蕩水出河內蕩陰縣西山東東北至內黃縣入於黃澤注云蕩水合羑水長沙溝逕內黃城南東注白溝按內黃黃澤在今直隸內黃縣水道提綱曰衞河經湯陰縣東畍湯河出湯陰縣西山中東流經縣城北東入衞河則與古水道大異 从水葛聲 徒朗切十部按古音吐郎切假借爲浩蕩字古音亦同

沇 沇水出河東垣東王屋山 謂垣縣東之王屋山水經云垣縣東王屋山是也 東爲泲 各本作河東東垣誤倒一字今依水經正周禮職方氏注山海經注皆云東垣衍字耳漢志眞定縣故東垣非此地若晉史宋志後魏志隋志之東垣則今河南府之新安縣也河東郡垣二志同今山西絳州垣曲縣河南懷慶府濟源縣是其地垣曲縣西北二十里有垣縣城是也前志垣下曰禹貢王屋山在東北沇水所出東南至武德入河軼出滎陽北地中又東至琅槐入海過郡九行千八百四十里過郡九者河東河內陳留梁國濟陰泰山濟南齊郡千乘也水經曰濟水出河東垣縣東王屋山爲沇水東至溫縣西北爲濟水南當鞏縣北南入於河王屋山今在濟源縣西八十里沇水所出北山經曰王屋之山𤅊水出焉郭云𤅊沇聲相近卽沇水也尚書某氏傳曰泉源爲沇流去爲濟按泉出沮洳曰沇引伸爲沇州口部曰九州之渥地也故以沇名焉 从水允

聲以轉切十四部㕣古文沇如此各本篆作沿誤今正臣鉉等曰口部已有此重出按口部小篆有㕣然則鉉時不從水旁也口部㕣下曰山閒陷泥地從口從水敗皃蓋㕣字在古文則爲沇水沇州在小篆則訓山閒陷泥地如變字在籀文則訓順在小篆則訓慕皆同形而古今異義也古文作㕣小篆作沇隸變作兗此同義而古今異形也

泲 沇也東入于海按沇泲二篆之解文體與漾漢浪三篆同皆用禹貢文也禹貢曰道沇水東流爲濟入于河泆爲熒東出於陶丘北又東至于菏又東北會于汶又北東入于海今泲水不特入河以後經文所謂不可致詳考郡國志曰河東垣有王屋山兗水出河內溫濟水所出王莽時大旱遂枯絶水經注曰濟水故瀆在溫當王莽之世川瀆枯竭其後水流逕通津渠勢改尋梁脈水不與昔同是在西漢已後所謂東流爲濟入于河者已非禹蹟之舊矣許云東入于海此謂禹時故道獨行達海故謂之瀆今之大清河小清河非無泲水在其閒而混淆莫辨漢水之源今與經絶殊泲水之流軼出地中而爲巨川今又與經絶殊也 从水𠂔聲子禮切十五部按四瀆之泲字如此作而尚書周禮春秋三傳爾雅史記風俗通釋名皆作濟毛詩邶風有泲字而傳云地名則非水也惟地理志引禹貢職方作泲而泰山郡下云甾水入泲禹貢汶水入泲齊郡下云如水入泲河南郡下云狼湯渠首受泲東郡臨邑下云有泲廟然以濟南濟陰名郡志及漢碑皆作濟則知漢人皆用濟班志許書僅存古字耳風俗通說四瀆曰濟出常山房子贊皇山東入泜酈氏譏其誤亦可證泲字之久不行矣

洈 洈水出南郡高城洈山東入繇城前志作

成水經注作城南郡高成下曰洈山洈水所出東入繇繇水南至華容入江過郡二行五百里水經江水篇曰又東南當華容縣南涌水入焉又東南油水從西南來注之油水篇曰油水出武陵孱陵縣西畍東過其縣北又東北入於江油水即說文下文之油水非漢志之繇水也漢志洈入繇繇入江此在江北而南入南郡高城華容在江北也油水入江在江南而北入孱陵在江南也然則繇油同音而絕不相涉酈注油水篇乃云孱陵縣白石山油水所出東逕其縣西與洈水合洈出高城縣洈山東逕其縣下東至孱陵縣入油水殊爲龔志語而謬誤葢江北之洈水繇水不可攷乃以江南之油水當之也山海經曰宜諸之山洈水出焉南流注於漳 从水危聲 過委切十五部師古音危

溠 溠水在漢南 職方氏曰豫州其浸波溠注云春秋傳曰楚子除道梁溠營軍臨隨則溠宜屬荊州在此非也按傳文見莊四年職方荊州浸潁湛豫州浸波溠許書於湛曰豫浸於溠曰荊浸葢正經文之誤與鄭說溠正同也杜預曰溠水在義陽厥縣西東南入鄖水釋例曰厥縣西有溠水源出縣北從縣西東南至隨縣入鄖水水經注曰溠水出隨縣西北黃山南逕㵐西縣西又東南㵐水入焉又東南逕隨縣故城西又南流注於溳溳入夏水方輿紀要曰今溠水出德安府隨州西北一百里之栲栳山東南流至州北百十里有魯城河流合焉至安貢鎮入溳水道提綱曰漢水至漢川縣溳口塘北有溠溳諸水北自隨州南流會德安府雲夢應城數縣水來注之源流長五百餘里玉裁謂職方謂爲一州之浸正指溳溠合流長五百餘里而言也 从水差聲 側駕切古音在五部 荊州浸也春秋傳曰脩涂梁溠

溠見上

滙 洭水出桂陽縣盧聚南出洭浦關爲桂水 縣字依韵會補此水出桂陽郡桂陽縣郡縣同名故曰桂陽縣如邑部鄒下云河南縣之例南出二字各本作山字今依水經正桂陽郡桂陽二志同今廣東廣州府連州州治卽漢縣地也前志桂陽下曰洭水南至四會入鬱過郡二行九百里二郡桂陽南海也水經曰洭水出桂陽縣盧聚東南過含洭縣南出洭浦關爲桂水按前志南海中宿縣有洭浦關酈注亦云尒今志文關作官桂陽下洭作匯皆譌字也今洭水出連山縣東南流經連州英德縣清遠縣合湞水經三水縣至廣州府城西入西江以入海班所謂入鬱今廣東之北江也其出洭浦關在今清遠縣酈氏曰桂水者洭之別名也 从水匡聲 去王切十部按洭水亦曰湟水史記出桂陽下匯水匯者洭之誤漢書作下湟水是也酈氏引山海經湟水今山海經云湞水出桂陽西北山東南注肄水入敦浦西湞者湟之聲誤敦者郭之字誤水經注引作郭浦郭浦卽洭浦也音相近

溙 溙水出桂陽臨武入洭 洭各本作匯今正桂陽郡臨武二志同今湖南桂陽州臨武縣縣東五十里臨武故城是也前志臨武下曰秦水東南至湞陽入洭行七百里水經曰溙水出桂陽臨武縣南繞城西北屈東流東至曲江縣安聶邑東屈西南流過湞陽縣出洭浦關與桂水合東入於海志之秦水卽溙水也經之出洭浦關與桂水合桂水卽洭水許云洭水出洭浦關爲桂水是也班許皆云溙入洭酈注則云洭入溙酈蓋本山海經經曰肄水出臨武 武作晉誤 西南而東南注海入番禺西湟水出桂陽西北山東南注肄水入郭浦西酈曰肄水蓋溙水之別名也今

人謂湞水出南雄保昌縣西南經始興縣曲江縣英德縣而翁江涯水入之此正漢志水經說文之溱水乃誤謂之湞耳溱水從東北來涯水自西右注之湞水自東左注之湞水者今之翁江也班許皆涯爲綱溱入涯涯入鬱注海許云湞入溱班及水經不言湞者水差小也方輿紀要曰舊志云溱水出湖廣臨武縣西南經曲江縣西北流合武水經英德縣昕正古之溱水水經注及元和郡縣志又謂之始興大江

从水秦聲 側詵切十一部按經典鄭國溱洧字皆如此作鄭風溱與人韵則不當作潧也地理志鄭水作溱粵水作秦又方輿紀要載舊志云溱與尋同音故水經注觀峽亦名秦峽也據此可證溱水讀如秦國前志秦爲古字

湞 湞水出南海龍川西入溱 南海郡龍川二志同今廣東惠州府龍川縣是其地應劭注漢書曰湞水出南海龍川西入秦水經溱水注曰溱水出峽左則湞水注之水出南海龍川縣西逕湞陽縣南右注溱水故應劭曰湞水西入秦按此正今之翁江也出韶州府翁源縣西南流至英德縣城東南合溱水今俗謂之合湞水齊氏召南曰此水源流三百餘里受巨溪甚多漢書所謂下湞水

从水貞聲 陟盈切十一部

深 深水出桂陽南平西入營道 桂陽郡南平零陵郡營道二志同今湖南桂陽州藍山縣縣東五里有南平城水經曰深水出桂陽盧聚西北過零陵營道縣營浦縣泉陵縣至燕室邪入於湘酈云桂陽縣本隸桂陽郡後割屬始興縣有盧溪盧聚山在南平縣之南九疑山之東玉裁謂盧聚山在南平之南經舉其遠源許舉其近源涯出盧聚南流入海深出盧聚西北流入湘以入江是分馳不同也湘水篇經注皆不言深

水蓋呂忱言深水導源盧溪西入營水亂流營波同注湘津故湘水篇言營不言深耳今深營二水源委未聞漢營道營浦縣皆氏於水以字林訂說文則當作入營不必有道字泉陵縣卽今湖南永州府零陵縣今瀟水合諸水於此入湘深水營水在其中也

从水突聲　式針切七部按此無深淺一訓者許意深淺字當作突詳突下

汨　長沙汨羅淵也　長沙下蓋奪羅字許例郡縣兼書前志長沙國羅後志長沙郡羅應劭曰楚文王徙羅子自枝江居此今湖南長沙府湘陰縣縣東北六十里有羅縣城是也岳州府平江縣縣南三十里亦有羅城云古羅子國也水經注湘水篇曰湘水又北汨水注之汨水出豫章艾縣桓山西南逕吳昌縣北又西逕羅縣北謂之羅水又西逕玉笥山又西爲屈潭卽汨羅淵也屈原懷沙自沈於此又西逕汨羅戍南西南注於湘春秋之羅汭世謂之汨羅口按今湘陰縣北七十里汨羅江是也

从水冥省聲　莫狄切古音十一部與十六部合韵

屈平所沈水　小徐本如此

⿰氵買　⿰氵買水出豫章艾縣　凡縣字皆後人所增古本必無也

西入湘　豫章郡艾二志同左傳吳公子慶忌所居今江西寧都州州西百里有艾城是也水經湘水篇曰又北過羅縣西⿰氵買水從東來流注之⿰氵買水又別爲篇曰⿰氵買水出豫章艾縣西過長沙羅縣西又西至磊石山入於湘水按水經言⿰氵買不言汨諸書多言汨不言⿰氵買依廣韵卅三錫汨⿰氵買⿰氵覓三形同春秋莒君密州左傳密作買亦是買聲近密之證考之於今則由江西寧都州逕湖南平江縣至湘陰縣入湘者但有汨水別無⿰氵買水則⿰氵買汨之爲古今字憭然酈氏云汨出艾縣逕羅縣皆與經言⿰氵買同惟

云潤水入湘曰東町口汨水入湘曰汨羅口汨羅口在潤口之北磊石山又在羅口之北經言潤水至磊石山入湘非是潤尚在羅口南注湘耳此言其辨依水道提綱汨水出平江縣西北至歸義驛又西分爲二支一支西流稍北於山麓西入湘一支北流數十里西北入湘曰屈潭亦曰汨羅口正酈之東町汨羅二口非有二水也酈蓋未溯上游不辨異文同物許書葢本同水經有潤無汨而後人妄增汨字故其文不類許書屈原所沈例所不載且許既有溟字云冥聲豈得冥省聲又爲一字乎

从水買聲莫蟹切今莫狄切作汨十六部

湘水出零陵縣陽海山北入江縣字今補凡郡縣同名則言縣以該之也零陵郡零陵二志同前志零陵下曰陽海山湘水所出北至酃入江過郡二行二千五百三十里過郡二者零陵長沙也又有離水東南至廣信入鬱下衍林字非行九百八十里水經曰湘水出零陵始安縣陽海山東北流過下雋縣西又北至巴丘山入於江酈曰陽海山卽陽朔山山在始安縣北縣故零陵之南部也湘灕同源南爲灕水北則湘川今廣西桂林府興安縣南九十里俗謂之海陽山卽陽海山也湘水出焉北流經全州入湖南畍經東安縣零陵縣祁陽縣常寧縣衡陽縣衡山縣湘潭縣善化縣至喬口資水來會又經湘陰縣至磊石山分爲二派又合入洞庭湖曰湘口漢志云至酃入江未詳按離水字本不從水旁後人益之耳許書所無

从水相聲息良切十部按詩召南于以湘之假借爲鬺字

油水出武陵孱陵西東南入江武陵郡孱陵二志同今湖北荊州府公安縣縣西二十五里有孱陵故城是也水經曰油

水出武陵孱陵縣西畍東過其縣北又東北入於江注云逕公安縣西北流注於大江然則許云東南入江南當作北明矣江水篇經云江水又東南當華容縣涌水入焉又東南油水從西南來注之注云右合油口油水東有景口景口東有淪口淪水南與景水合又東通澧水及諸陂湖按今荊州府虎渡口北江之南岸有支津南通公安諸湖水古油水必在其閒江表傳曰劉備爲荊州牧立營油口五代梁開平四年馬殷遣將侵荊南軍於油口今公安縣北舊有油口巡司是其水今雖湮沒非無可考也 从水由聲 以周切三部按經史曰油然作雲曰雲之油油曰禾黍油油曰油油以退玉藻注曰油油悅敬皃俗用爲油膏字

潭 潭水出武陵鐔成王山東入鬱林 林字賸當刪俗人不知鬱爲水名漢志淮水入鬱離水入鬱亦皆沾林矣王集韵引作玉韵會引作五漢志作玉未審當何從武陵郡鐔成二志同前志鐔成下曰玉山潭水所出東至阿林入鬱過郡二行七百二十里過郡二者武陵鬱林也今廣西潯州府阿林廢縣漢縣也鬱林郡廣鬱下曰鬱水首受夜郎豚水東至番禺郡四會入海過郡四行四千三十里過郡四者牂柯蒼梧鬱林南海也潭水卽今福祿江源出苗地東南至今貴州黎平府西爲古州江東至永從縣南合彩江爲福祿江入廣西畍至柳城縣爲柳江又東南經象州至潯州府城北曰潯江此爲廣西之右江亦曰北江合廣西左江亦曰南江卽所謂入鬱也唐始置潯州以北潯江爲名潯江卽古潭水古二字同音因改其字耳今人上流爲柳江下流爲潯江漢人統曰潭下流亦曰溜潭與溜實一水也按鬱水今嶺外之盤江由雲南貴州廣西至廣東爲西江入海者也淮南書曰始皇使尉屠

睢發卒五十萬爲五軍一軍守鐔成之嶺一軍守九疑之塞一軍處番禺之都一軍守南埜之畍一軍結餘干之水皆謂今之嶺也漢鐔成縣故城在唐之朗溪縣今之湖南沅州府黔陽縣王山葢在嶺故潭水流嶺外東入鬱也嶺北之水多入沅

从水覃聲 徒含切應劭音淫七部按今義訓爲深取從覃之意也或訓水側與潯同也

澑 水出鬱林郡 不言縣者有未審也鬱林郡在今廣西前志有中畱縣師古曰畱力救反水名葢中畱潭中皆以水得名也後志及宋書州郡志作中澑字從水疑前志亦當從水元和郡縣志曰貞觀八年改南昆州爲柳州因柳江爲名柳州卽今柳州府柳江出苗地至今貴州古州永從縣生苗畍中東南入廣西至柳城縣曰柳江至象州會於盤江柳江卽古澑水後世譌其字耳

从水畱聲 力救切三部按今俗訓爲水急流

潓 潓水出廬江入淮 出疑當作在漢廬江郡今安徽廬州府南至安慶府之境是其地潓水未詳

从水惠聲 胡計切十五部

灌 灌水出廬江雩婁北入淮 廬江郡雩婁二志同前志雩婁下曰決水北至蓼入淮灌水亦北至蓼入決過郡二行五百一十里過郡二者廬江六安國也水經注決水自安豐縣故城西北逕蓼縣故城東又西北灌水注之水導源廬江金蘭縣西北東陵鄉大蘇山東北逕蓼縣故城西而注決水決水又北入於淮按前志廬江郡下云金蘭西北有東陵鄉淮水出依酈注則金蘭者縣名而志無此縣志云淮水出乃灌水出之誤葢出金蘭東陵鄉逕雩婁至蓼入決也酈云灌水俗謂之澮水又云決水北入於淮俗謂之澮口葢灌澮聲相倫習俗

害眞尒酈時已與古名全違今則更難詳矣方輿紀要曰雩婁今安徽潁州府霍丘縣西南八十里有雩婁故城左傳襄廿六年楚人侵吳及雩婁昭五年薳啓疆待命於雩婁是其地也蓼縣城在霍丘縣西北決水卽今史河灌水今自河南固始縣東流經霍丘縣西合史水入淮是也

从水雚聲 古玩切十四部按今字以爲灌注灌溉之字

漸水出丹陽黟南蠻中東入海 丹陽郡黟二志同今安徽徽州府黟縣是其地二云漸水出黟南之蠻夷中則今錢塘江之北源南源皆見矣前志黟下曰漸江水出南蠻夷中東入海水經曰漸江水出三天子都北過餘杭東入于海按班許水經皆曰漸江水酈氏注則曰浙江葢水經以後無稱漸江者其前則山海經吳越春秋史記皆曰浙江山海經有出於漢人者漢人之書地理志說文爲謹嚴據許立文曰江至會稽山陰爲浙江謂皆江也曰漸江水出丹陽黟南蠻中謂今錢唐江也分別畫然葢浙江者皆江之委漸江者錢唐江源流之總稱二水古於山陰相合故可統名之曰浙江後世水道絕不相通而錢唐江猶冒浙江之名失其本號耳水道提綱曰浙水有南北二源北曰徽港卽新安江出歙縣黟縣績溪休寧諸山南源有二一曰衢港卽信安江出開化江山二縣山一曰婺港卽東陽江出東陽縣山南北二港在嚴州府治建德縣合流而北經桐廬縣富陽縣至蕭山縣西南合浦陽江經杭州府城東南至龕赭二山之閒入海班許云黟南蠻中今之北源南源皆包舉矣

从水斬聲 慈冉切八部按走部有𧼛字訓進也今則皆用漸字而𧼛廢矣

泠水出丹陽宛陵西北入江 丹陽郡宛陵二志同今安

徽寧國府附郭宣城縣漢故縣也前志宛陵下曰清水西北至蕪湖入江按許之泠水卽班之清水應劭零陵泠道下注引說文此條則應氏未知清泠異名同實也泠水卽今宣城縣西六十里之青弋江元和郡縣志青弋水在宣州西九十九里水道提綱曰江水又東北爲蕪湖縣西北之魯港口魯明江南匯旌德太平石埭涇縣諸水東北流經宣城西北境曰青弋江折而西北流經蕪湖城南而西北注之是爲魯港口此水三源東南源出旌德南源出太平南西南源出石埭西北从水令聲郎丁切十一部按凡清泠用此字凡樂工泠人左傳用此字

潷水在丹陽未聞从水畢聲匹卦切十六部

溧水出丹陽溧陽縣縣字俗所沾丹陽郡溧陽二志同據舊志漢縣葢在今江蘇江寧府高淳縣南十五里之固城前志溧陽下應劭曰溧水所出南湖也方輿紀要曰今溧水在今溧陽縣北四十里卽永陽江也祥符圖經溧水承丹陽湖東入長蕩湖丹陽湖卽應劭之南湖也張鐵曰溧水卽永陽江之上源大江之水南會於此江上有渚曰瀨渚又謂之陵水范雎說秦昭王子胥出昭關至陵水是也自瀨渚東流爲瀨溪鄉民誤曰爛溪入長蕩湖又分流東行爲吳王漕葢五代時楊行密漕運所經也自東壩築而丹陽湖之水不復入於溧水永陽江之源流亦滋晦矣水利攷永陽江一名瀨陽江古名中江按中江者前志丹陽郡蕪湖下云中江出西南東至陽羨入海揚州川謂禹貢職方三江之一也今蕪湖河東接太平府南之黃池河又東接溧水縣之固城丹陽石臼諸湖未築東壩以前諸湖匯長蕩湖而入太湖而入於海此正古中江之道今則壩西諸水俱西流入江與古絕異又按

禹貢三江既入惟北江經入海中江則合太湖以入海南江則合漸江爲浙江以入海既合之後則謂太湖爲江謂漸江爲江故班志直云入海不云入太湖可勿疑也 从水臮聲 力質切十二部

瀷 瀷水出河南密縣東入潁 从水翼聲 與職切一部 按此瀷字之異體後人收入如濆汨之實一字也淮南書曰澤受瀷而無源許愼云瀷湊漏之流也見文選注但造說文不收瀷字

潕 潕水出南陽舞陰東入潁 南陽郡舞陰二志同今河南南陽府泌陽縣縣北十里有舞陰故城水經曰潕水出潕陰縣西北扶予山東過其縣南又東過西平縣北又東過郾縣南又東過定潁縣北東入於汝酈云潕水過潕陰縣北不出其南又去郾縣遠不得過今水道提綱敘汝水不言潕水源流惟方輿紀要引舊志云潕水出泌陽縣北自平地湧出如飛舞然東北流逹舞陽縣東南爲三里河又東入於汝未知今水道然不也水經入汝許云入潁乖異俟攷 从水𣞤聲 文甫切五部按水名作潕縣以水得名而舞陰舞陽字作舞當依漢志

滶 滶水出南陽魯陽入父城 南陽郡魯陽二志同今河南汝州魯山縣有魯陽故城是父城大徐作城父誤潁川郡父城二志同今河南汝州郟縣西四十里有父城故城是也城父縣前志屬沛郡後志屬汝南郡今安徽潁州府亳州東南七十里有城父故城是也左傳昭十九年楚大城城父大子建居之哀十六年大子建自城父奔宋服注及呂覽愼行篇高注闞駰十三州志史記楚世家正義皆說此事作城父杜注及酈氏汝水篇注裴駰注五子胥傳李吉甫元和郡縣志說此事皆

作父城未審當何從而此條滶入父城與水經注所引合則斷非城父也汝水篇注曰汝水又逕郟縣故城南滶水注之水出魯陽縣之將孤山至父城與出魯陽北山之桓水會亂流東北至郟入汝按今汝水由嵩縣天息山東經伊陽縣汝州寶豐縣郟縣襄城縣而沙河來會尚與古水道不殊滶水入汝亦必同古水道也 从水敖聲 五勞切二部

瀙水出南陽舞陰中陽山入潁 舞陰二徐皆作舞陽今正前志舞陰下曰中陰山瀙水所出東至蔡入汝水經曰瀙水出潕陰縣東上畍山東過吳房縣南又東過灈陽縣南又東過上蔡縣南東入於汝酈云山海經謂之視水郭注視當爲瀙出葴山許愼云出中陽山皆山之殊目也按志云中陰許云中陽乖異雖酈注引作陽然中陰二字正葴之反語與中山經云出葴山者合疑作陰是也方輿紀要曰瀙水自唐縣東北流達舞陽縣南又東南經泌陽縣東北又東經泌陽之象河關入汝寧府遂平縣境未知今水道然否也齊氏召南曰汝水舊從舞陽縣北而南入西平畍自元末於漯河堨斷其流使東歸潁於是西平雲莊諸石二山之水明時亦塞今水道與古全異卽名稱亦隨時不同所謂灈瀙濦汝溱湞亦難確鑿指證但據時俗所見敘次源流耳玉裁案顧氏祖禹所臚舉尚或據舊志爲說不如齊氏據現在者言也 从水親聲 七吝切十二部

淮水出南陽平氏桐柏大復山東南入海 南陽郡平氏二志同今河南南陽府桐柏縣縣西北四十里有故平氏城前志平氏下曰禹貢桐柏大復山在東南淮水所出至淮陵入海過郡四行三千二百四十里水經曰淮水出南陽平氏

縣胎簪山東北過桐柏山東過江夏廬江九江下邳諸郡至廣陵淮浦縣入於海按桐柏大復以四字爲山名漢志說文風俗通酈注皆云桐柏大復山應劭注地理志云復陽縣在桐柏大復山之陽是也後世地志析爲二山乃非是禹貢祇云桐柏省言之也古經史所舉之山皆舉其全勢後人乃以一支一節當之若水經所謂胎簪亦卽桐柏耳作水經者別爲二亦非也今淮水出河南桐柏縣桐柏山東流經羅山縣真陽縣息縣固始縣光州又入江南畍經潁州府霍邱縣潁上縣壽州懷遠縣鳳陽府臨淮縣五河縣盱眙縣泗州至清河縣合於河經山陽縣阜寧縣安東縣至雲梯關入於海古水道河於冀州入海不與淮同入海淮之古水道今未有異淮自平氏至入海大致東北行東多北少許云東南南字誤 从水隹聲 戶乖切十五部按禹貢潍水漢書作維水其作淮者誤

滍 滍水出南陽魯陽堯山東北入汝 南陽魯陽見上前志魯陽下曰魯山滍水所出東北至定陵入女水經曰滍水出南陽魯陽縣西之堯山東北過潁川定陵縣西北東入於汝今沙河源出魯山縣西境之堯山東經寶豐縣葉縣舞陽縣汝水西北自襄城來會俗曰沙河卽古滍水也左傳僖三十三年楚人與晉師夾泜水而軍杜云泜水出魯陽縣東經襄城定陵入汝杜謂泜卽滍也又襄十八年楚伐鄭涉於魚齒之下杜酈皆謂所涉卽滍水也 从水蚩聲 直几反按直几當作直里古音在一部

灃 灃水出南陽雉衡山東入汝 南陽郡雉二志同雉音弋爾反今河南南陽府治南陽縣府北八十里有故雉城漢縣也前志雉下曰衡山灃水所出東至郾入汝郾顏本譌

作鄖云音屋非也水經注曰汝水又東得醴水口醴水出南陽雉縣衡山卽山海經中山經之衡山馬融廣成頌曰面據衡陰在雉縣畍故世謂之雉衡山東南流逕葉縣故城北又東注葉陂又東逕郾縣故城南左入汝按馬融傳注引中山經又東三十里曰雉山澧水出焉又東五十里曰宣山又東四十五里曰衡山然則分之爲雉衡二山合之則單評衡山李賢曰衡山在今鄧州向城縣北杜佑曰北重山在向城縣北卽是三鵶之第一又北分嶺山嶺北卽三鵶之第二鵶也其第三鵶入臨汝郡魯山縣畍杜之三鵶蓋卽古衡山也今澧水未詳

从水豊聲 盧啓切十五部此條衡山非南岳澧水非入洞庭之澧水入洞庭之水水經別爲篇其字本作醴禹貢江又東至於醴衞包始改爲澧鄭注醴爲陵云今長沙有醴陵縣馬融王肅醴爲水名夏本紀地理志皆作醴尚書正義史記索隱引楚詞濯余佩兮醴浦正作醴水經注出雉衡山者從西出武陵者從水正是互譌也

湏 **湏水出南陽蔡陽東入夏水** 南陽郡蔡陽二志同故城當在今湖北德安府隨州境內夏水見上文沔字下水經曰湏水出蔡陽縣東南過隨縣西又南過江夏安陸縣西又東南入於夏酈云湏水出縣東南大洪山山在隨郡之西南竟陵之東北槃基所跨廣員百餘里今湏水出大洪山之陰東南經隨州應山縣安陸縣雲夢縣應城縣至漢川縣湏口塘入漢源流長五百里入漢卽古之入夏水也今漢夏不分

从水員聲 王分切十三部按水經德安府治卽古鄖國也鄖蓋以水得名水經注曰隨水至安陸縣故城西入於湏故鄖城也左傳定四年吳敗楚於柏舉及於清發蓋湏水兼清水之目矣

淠

淠水出汝南弋陽垂山東入淮汝南郡弋陽二志同今河南光州州東北有故弋陽城水經淮水篇曰淮水東過期思縣北又東北淠水注之水出弋陽南垂山西北流歷陰山關西北出山又東北流逕新城戍東又東北得詔虞水口又東北注淮俗曰白鷺水按今之白露河也出光州南三十里之南岳山北流又東入固始縣界合春河注於淮春河即水經注之詔虞水也水經注曰沘水字或作淠但說文有淠無沘前志有沘無淠不得混爲一水从水畀聲匹備切又匹制切十五部按大雅傳曰淠舟行貌箋云淠淠然涇水中之舟又小雅傳曰淠淠衆也

湆水出汝南上蔡黑閭澗入汝汝南上蔡縣二志同今河南汝寧府上蔡縣縣西南十里故蔡城是水經注汝水篇曰汝水又東南逕新蔡縣故城南又東南左會澺水水上承汝水別流於奇雒城北爲黃陂東流於上蔡岡東爲蔡塘又東逕平輿縣故城南爲澺水又東南左迆爲葛陂又東出爲鮦水俗謂之三丈陂東注爲富水澺水正流自葛陂東南逕新蔡縣故城東而東南流注於汝方輿紀要曰澺水在汝寧府東四十里俗名洪河源出西平縣水道提綱曰南汝水至新蔡縣之東南有洪河自西北來會洪河出舞陽縣東南之筆尖山經西平縣上蔡縣汝陽縣至新蔡縣南入汝大致東南流也按於古水道不改从水音聲篆文各本作澺此云意聲集韻類篇皆云說文作湆隸作澺是宋時古本如此今據正於力切一部

⿰氵囟水出汝南新郪入潁汝南郡新郪見前志後志曰汝南郡宋公國周名郪丘漢改爲新郪章帝建初四年徙宋公於此今安徽

潁州府治阜陽縣縣東八里有新鄓城水經注潁水篇曰細水上承陽都陂陂水枝分東南出爲細水東逕新陽縣故城北又東南逕宋縣故城北縣卽所謂鄓丘者也又南逕細陽縣又東南逕細陽縣故城南引地理志細水出細陽縣東南入潁按今洶水不得其詳

从水囟聲 穌計切古音當在十二部前志及酈作細洶細古今字皆从囟聲也

灈

灈水出汝南吳房入瀙 汝南郡吳房二志同孟康曰本房子國楚靈王遷房於楚吳王闔閭弟夫槩奔楚封於此爲棠谿氏以封吳故曰吳房今吳房城棠谿亭是按昭十三年杜注房滅於楚後平王遷之於荆山今河南汝寧府遂平縣治故吳房城也水經曰灈水出汝南吳房縣西北奧山東過其縣北入於汝酈云灈水東逕灈陽故城西東流入瀙水逕其縣南又東入於汝今遂平縣縣西七十里奧來山葢水經之奧山也方輿紀要曰灈水在遂平縣南東北流入汝水道提綱曰灈水今難確鑿指證

从水瞿聲 其俱切五部

潁

潁水出潁川陽城乾山東入淮 各本作乾山韵會引作耿山晉書音義引作陽城少室陽乾山則兼用水經漢志改說文也爾雅音義引字林作陽城乾山與今說文合潁川以水名郡字當從水而漢碑郡名多從禾葢漢時相書如此寫如女陽女陰舞陽舞陰以水名縣而不作汝潕字也恐漢志說文古本郡名亦當從禾耳潁川郡陽城二志同今河南河南府登封縣縣東南四十里有陽城廢縣前志陽城下曰陽乾山潁水所出東至下蔡入淮過郡三行千五百里荆州浸過郡三者潁川淮陽沛郡也水經曰潁水出潁川陽城縣西北少室山東南至愼縣東南入於淮水道提綱曰今潁水源出登

封縣北嵩山西南之少室山東南經密縣禹州分爲二派一經新鄭縣至臨潁縣一經襄城縣至臨潁縣二支復合經商水縣合汝水又合滎陽水至陳州府南分爲二派一爲過河一爲沙河過河至江南太和縣與沙河合又經潁上縣與淮水合曰潁口皆東南流也水經曰至慎縣入淮慎縣故城在今潁上縣　从水頃聲　余頃切十一部　豫州浸　職方氏曰荊州其浸潁湛豫州其浸波溠許潁下湛下皆曰豫州浸而溠下曰荊州浸此非筆誤蓋案地形互易之也

洧水出潁川陽城山東南入潁　前志陽城下曰陽城山洧水所出東南至長平入潁過郡三行五百里過郡三者潁川南陽汝南也按據志則陽城縣有陽城山許不復言陽城如河南縣弘農縣之例水經曰洧水出河南密縣西南馬領山東南至耆城西折入於潁酈曰亦言出陽城山葢馬領之統目焉耆城西折入潁即地理志至長平縣入潁者也方輿紀要曰今洧水出登封縣陽城山經密縣至禹州新鄭縣合溱水爲雙洎河又經長葛縣洧川縣鄢陵縣扶溝縣至西華縣入潁大致東南流也一統志曰洧水本至西華入潁宋時導之自扶溝入蔡左傳襄十一年濟隧九年陰坂廿六年涉於樂氏說者云皆謂洧津也　从水有聲　榮美切古音在一部

濦水出潁川陽城少室山東入潁　水經曰濦水出濦強縣南澤中東入潁酈云濦水出潁川陽城縣少室山東流注於潁而亂流東南逕臨潁縣西北又東逕濦陽城北又東逕濦強縣故城南汝水於奇雒城西別東派時人謂之大濦水左合小濦水東逕西華縣故城南至女陽縣故城北東注於潁按前志

汝南郡穩強以濦水得名今大㶏水在郾城縣南至商水縣東二十里合潁水小㶏水在臨潁縣西南東流合於潁水

从水㥯聲於謹切十三部亦音殷其字一變爲濦再變爲㶏

渦 過水受淮陽扶溝浪湯渠東入淮 湯韵會作蕩前志作狼湯師古上音浪下音徒浪反水經注作蒗蕩渠集韵作蒗蕩渠皆音同字異耳淮陽國扶溝見前志淮陽國孝明帝更名陳國而扶溝改屬陳留晉置扶樂縣屬陳國今河南開封府扶溝縣漢縣地也前志扶溝下曰渦水首受狼湯渠東至沛郡向入淮過郡三行千里水經曰淮水又東過當塗縣北過水從西北來注之又曰陰溝水出河南陽武縣蒗蕩渠東南至沛爲過水又東南至下邳淮陵縣入於淮酈云淮水於荊山北過水東南注之注言下邳淮陵入淮誤矣按淮水篇酈注曰淮水逕當塗縣故城北又東北又北沙水注之經所謂蒗蕩渠也於荊山北過水東南注之據酈所云是渠水過水以次入淮也今渦水在安徽鳳陽府懷遠縣入淮其上流詳見水道提綱等書非漢志說文水經舊迹矣

从水過聲 古禾切十七部

泄 泄水受九江博安洵波北入氐 前志九江郡博鄉此云博安與水經合洵波當作芍陂氐當作比水經曰泄水出博安縣北過芍陂西與泚水合西北入於淮注云博安縣地理志之博鄉縣也泄水自縣上承泚水於麻步川西北出歷濡谿謂之濡水自濡谿逕安豐縣北流注於淠亦謂之濡須口按淠卽泚字見泚水篇注洵波無考疑作芍陂水經云過芍陂則非受也疑當作水受九江博安洵爲句洵卽過水出者下四字當作過芍陂北入比六字然無左證又與酈云上承泚者

不合亦所謂聞疑載疑而已 从水世聲 余制切五部毛詩大雅傳曰泄泄猶沓沓也此謂假泄爲詍也

汳 汳水受陳畱浚儀陰溝至蒙爲雝水東入於泗 雝當作獲字之誤也陳畱郡浚儀二志同晉地道記云衛之儀邑蘇林曰故大梁城梁惠王始都此今河南開封府祥符縣縣城西北浚儀廢縣是也蒙二志皆屬梁國春秋左傳宋有蒙門蒙澤今河南歸德府治商邱縣府東北四十里有蒙城是也前志河南郡滎陽下曰卞水在西南梁國蒙下曰獲水首受甾獲渠東北至彭城入泗水經曰汳水出陰溝於浚儀縣北又東至梁郡蒙縣爲獲水餘波南入睢陽城中獲水出汳水於梁郡蒙縣北又東過蕭縣南睢水北流注之又東至彭城縣北東入於泗按水經至蒙爲獲水許書當同不當云爲雝水也下文灉篆下云河灉水也用爾雅河出爲灉語然則自河出即爲灉非自河出爲汳既而爲灉也且許言汳受陰溝則非受河矣曰陰溝曰浪湯渠曰汳水獲水許能言其分合今當河流奚從之後不可得而言方輿紀要曰汳水或謂卽禹貢之雝水春秋之邲水秦漢之鴻溝上與河泲通下與泗淮通隋以前自歸德府至蕭縣碭山縣閒入泗隋以後則自歸德至泗州兩城閒入淮宋時東南之漕大都由汴以達畿邑故汴河之經理爲詳自後則湮廢矣禹貢錐指曰元至元中河徙出陽武縣南奪過入淮而新鄉之流遂絕及泰定元年改從汴渠至徐州城東北合泗以入淮卽今河所行是也然則今之大河開封而下徐州而上皆故汴也 从水反聲 皮變切十四部漢志作卞後漢書作汴按卞者弁之隸變也變汳爲汴未知起於何代恐是魏晉都雒陽惡其從反而改之舊音切芳萬

今則併其音改之也

潧水出鄭國　鄭國謂周之鄭國卽漢之新鄭也鄭語曰前華後河右洛左濟主芣騩而食溱洧水經曰潧水出鄭縣西北平地酈云出鄶城西北雞絡塢下東南流左合滎水又東南逕鄶城西謂之柳泉水又南注於洧世亦謂之爲鄶水也今溱水在河南開封府密縣東北流經新鄭縣西北南流合洧水爲雙泊河而洧盛溱涸矣　从水曾聲　側詵切十二部按曾聲則在六部而經傳皆作溱秦聲鄭風褰裳涉溱溱與豈無他人爲韵學者疑之玉裁謂說文水經皆云潧水在鄭溱水出桂陽蓋二字古分別如是後來因鄭風異部合韵遂形聲俱變之耳　詩曰潧與洧方汍汍兮　汍音丸藥之丸各本作渙渙今正此鄭風文也今毛詩作渙渙春水盛也釋文曰韓詩作洹洹音丸說文作汍音父弓反按作汍父弓反音義俱非蓋汍汍之誤汍汍與洹洹同漢志又作灌灌亦當讀汍汍皆水盛沄旋之貌引此詩者爲潧字之證知今經傳皆非古本廣韵曰詩作溱洧誤

淩水在臨淮　前志臨淮郡後志爲下邳國前志泗水國淩應劭曰淩水所出入淮南後志淩屬廣陵郡水經注淮水篇淮水左逕泗水國南淩水出淩縣東流逕其縣故城東而東南流注於淮是曰淩口今江蘇徐州府宿遷縣東南五十里有淩城淩水未詳　从水夌聲　力膺切六部廣韵曰淩歷也今字今義也

濮水出東郡濮陽南入鉅野　東郡濮陽二志同前志濮陽下曰衛成公自楚丘徙此故帝丘顓頊虛杜預曰帝丘昆吾氏因之故曰昆吾之虛今直隸大名府開州西南濮陽故城是也鉅野二志屬山陽

郡前志鉅壄下曰大壄澤在北兖州藪卽西狩獲麟之所爾雅十藪之一今山東曹州府鉅野縣漢舊縣也自隋以後濟流枯竭大野漸微元末爲河所決河徙後遂涸爲平陸濮水者殷紂時師延作靡靡之樂已而自沈之水也前志陳畱郡封丘下曰濮渠水首受泲東北至都關入羊里水水經注濟水篇言濮渠故瀆自濟東北流爲高粱陂又東逕匡城北又東北逕酸棗縣故城南又東逕蒲城北又東逕韋城南又東逕長垣縣故城北又東分爲二瀆北濮出焉濮渠又東逕須城北又東逕濮陽故城南又東逕離狐縣故城南又東逕葭密縣故城北又東北逕鹿城南又東與句瀆合與濟同入鉅野按酈所云卽許所說故道也今濮河自河南封邱縣流經長垣縣北東明縣南又東經開州東南合洪河入山東濮州界俗譌爲普河方輿紀要曰今濟絕河遷濮水源流不可復考矣

从水僕聲 博木切三部牧誓左傳之濮人百濮則在江漢之南

濼 齊魯閒水也 春秋桓十八年公會齊侯于濼三經三傳皆同杜曰濼水在濟南歷城縣西北入濟水經注濟水篇曰濟水又逕盧縣故城北又逕什城北又東北右會玉水又東北濼水入焉水出歷城縣故城西南春秋桓公十八年公會齊侯於濼是也俗謂之娥英水合大明湖歷水北流注於濟齊乘曰小清河之在歷城者卽古濼水按今山東濟南府歷城縣小清河源出縣西東經章邱鄒平長山新城入青州府高苑縣至博興縣合時水入海而章邱以下淤塞濼水東北入大清河

从水樂聲 盧谷切古音在二部經典釋文引說文匹沃反此蓋音隱文也玄應曰凡陂池山東名爲濼匹博切鄴東有鸕鷀濼是也幽州呼爲淀音殿按濼泊古今字如梁山泊是也

春秋傳

曰公會齊侯于濼

漷水在魯 春秋經襄十九年取邾田自漷水公羊傳曰其言自漷水何以漷爲竟也何言乎以漷爲竟漷移也何云魯本與邾婁以漷爲竟漷移入邾婁亦魯隨而有之諸侯土地本有度數不得隨水隨水有之當坐取邑水經注泗水篇曰漷水出東海合鄉縣西南流入邾又逕魯國鄒山東南而西南流左傳所謂嶧山詩所謂保有鳧嶧者也又西南逕蕃縣故城南又西逕薛縣故城北夏車正奚仲之國也又西至湖陸縣入於泗按合鄉蕃薛故城皆在今山東滕縣不云在魯邾婁之閒徑云水在魯者邾婁魯附庸非敵故立文如是一統志曰漷水源出滕縣東北百里述山西流會諸泉水逕縣南又西會南梁河入運河舊名南沙河西南流入泗不與南梁會自漕河東徙過其南流乃北出趙溝會南梁以入運河也 从水𩏂聲 苦郭切五部

魯北城門池也 公羊傳閔二年桓公使高子將南陽之甲立僖公而城魯或曰自鹿門至于爭門者是也或曰自爭門至于吏門者是也魯人至今以爲美談曰猶望高子也鹿門者魯南城之東門爭門者魯北城之門天子十二門通十二子諸侯大國當是九門侯攷淨者北城門之池其門曰爭門則其池曰淨从爭旁水也廣韵曰埩七耕切魯城北門池也說文作淨蓋古書有作埩門者矣城北誤倒 从水爭聲 士耕切十一部又才性切按今俗用爲瀞字釋爲無垢薉切以才性今字非古字也

㶟水出東郡東武陽入海 東郡東武陽二志同今山東曹州府朝城縣縣東南有東武陽城是也前志東武陽下曰禹治㶟水東北至千乘入海過郡三行千二十里過郡三

者東郡平原千乘也水經曰河水又東北過高唐縣東注云河水於縣漯水注之漯水上承河水於東武陽縣東南而北逕武陽新城東又逕東武陽故城南又北逕陽平縣故城東又北絕莘道城之西北又東北逕樂平縣故城東又北逕聊城縣故城西又東北逕清河縣故城北又東北逕文鄉城東南又東北逕博平縣故城南又東北逕瑗縣故城西又東北逕高唐縣故城東又東北逕濕陰縣故城北又東北逕著縣故城南又東北逕崔氏城北又東逕鄒平縣故城北又東北逕建信縣故城北又東北逕千乘縣二城閒又東北爲馬常坑亂河枝流而入於海按此班許所說故道也河渠書禹以爲河所從來者高水湍悍難以行平地數爲敗乃廝二渠以引其河漢書音義曰二渠其一出貝丘西南南折者也其一則漯川出貝丘者王莽時遂空唯用漯耳玉裁謂濕水故瀆今不可詳

从水㬎聲

它合切七部按㬎部㬎讀若唅此濕所以在七部也漢隸以濕爲燥溼字乃以漯爲沛濕字累者俗絫字在十六部於音殊遠隔也

桑欽云出平原高唐

平原郡高唐二志同今山東濟南府禹城縣西南有高唐故城左傳襄十九年廿五年昭十年哀十年之高唐也前志高唐下曰桑欽言漯水所出酈注河水篇云按竹書穆天子傳兩言濕水尋其沿歷逕趣不得近出高唐也桑氏所言葢津流所出次於是閒也玉裁按桑舉其源之近者耳今禹城縣濕水已不可詳

㴐 泡水出山陽平樂東北入泗

山陽郡平樂見前志志云侯國泡水東北至沛入泗水經注泗水篇曰黃溝又東逕平樂縣又東右合洵水卽豐水之上源也水上承大薺陂東逕貰城北又東逕己氏縣故城南又東逕邛城縣故城

南又東逕單父縣故城南又東逕平樂縣右合泡水自下豐泡
竝得通稱故地理志曰平樂泡水所出又東逕豐縣故城南又
東逕沛縣故城南於城南東注泗地理志曰泡水自平樂東北
至沛入泗者也按今泡河自今山東單縣流逕江蘇豐縣北又
東逕沛縣盻循城東南至泗亭驛而合於泗 **从水包聲** 匹交切按今俗曰包河古音在三部又流皃也
或曰浮漚也

菏 **菏水在山陽湖陵南** 各本水上衍澤字陵下奪南字今依尚書
音義正前志山陽湖陵下曰禹貢荷水在南濟陰郡下曰禹貢
荷澤在定陶東水經曰荷水在山陽湖陸縣南荷澤在濟陰定
陶縣東是豫州菏澤徐州菏水畫然二事依水經及注菏水雖
源於菏澤而與菏澤迥別釋文於徐州引說文水出山陽湖陵
南非菏澤也今本說文淺人增澤大誤矣山陽郡湖陵見前志
王莽改曰湖陸光武仍曰湖陸至章帝復湖陸之號今山東兗
州府魚臺縣縣東南六十里有湖陵故城與江南沛縣接盻前
志湖陵下曰禹貢浮於淮泗通於荷荷水在南不但言荷水在
南而必舉此禹貢文者明此荷水非豫州及道沇水之荷澤也
水經曰濟水又東至乘氏縣西分爲二其一東南流者過乘氏
縣南又東過昌邑縣北又東過金鄉縣南又東過東緡縣北又
東過方與縣北爲荷水又東過湖陸縣南東入於泗水酈氏云
尚書曰浮于淮泗達于荷是也按此經注所說故道今多湮塞不可詳 **禹貢浮于淮泗達于菏** 不稱道菏澤沇水又東至於菏者彼爲菏澤此爲菏水
與班意同也不言夏書言禹貢者正襲班語也尚書古
文疏證曰自淮而泗自泗而菏然後由菏入泲以達於河徐之
貢道也上文沇州浮于濟漯達于河次青州便浮于汶達于濟

不復言達于河又徐州浮于淮泗達于菏不復言達于濟至揚州則浮于江海達于淮泗且不復言達于菏不復言者蒙上文也聖經之書法也

从水苛聲 古俄切十七部按當左形右聲篆體取結構乃似上艸下河耳五經文字云菏見夏書古本亦作荷玉裁謂古尚書史記漢書水經注皆作荷或是假借或是字誤不可定而應劭曰尚書菏水一名湖韋注漢曰荷胡阿反是則湖陵以荷水得名荷與湖語之轉至若今史記漢書俗本尚書作浮于淮泗達于河皆誤字也郡國志注譌作苛

㴲 四

泗水受泲水東入淮 地理志濟陰乘氏下曰泗水東南至睢陵入淮過郡六行千一百一十里又魯國卞縣下曰泗水出縣北三字依水經注補西南至方與入沛過郡三行五百里青州川出乘氏者其遠源出卞者其近源過郡三當作過郡二過郡二者魯山陽也水經曰泗水出魯卞縣北山西南過魯縣北又西過瑕丘縣東屈從縣東南流漷水從東來注之又南過平陽縣西又南過高平縣西洸水從西北來流注之又南過方與縣東菏水從西來注之又屈東南過湖陸縣南涓涓水從東北來流注之又東過沛縣東又東南過彭城縣東北又東南過呂縣南又東南過下邳縣西又東南入於淮此舉卞縣以下所經二郡也卞縣今山東兗州府泗水縣縣東五十里卞故城是也許不言水所出但云受泲水則又舉其源之至近者也水經言濟水又東過湖陸縣南東入於泗水前志泗水至方與入泲一謂濟入泗一謂泗入泲酈氏泗水篇注云泗濟合流故地記或言濟入泗泗亦言入濟互受通稱故地理志有南梁水入濟之文玉裁謂許言泗受濟水則與班殊與水經合也今泗水出縣東陪尾山西流逕曲阜北八里又西南流逕滋陽縣東五里轉南流與曲

阜縣之沂水合入金口閘又南流逕鄒縣西南五十里又南至濟寧州天井閘入運河禹貢錐指曰泗水自泗水縣歷曲阜滋陽濟寧鄒縣魚臺滕縣沛縣徐州邳州宿遷桃源至清河縣入淮此禹跡也今其故道自徐州以南悉爲黃河所占一統志引志云金口之堰修而泗水盡入於漕 从水四聲 息利切十五部按毛詩傳曰自目曰涕自鼻曰泗

洹 洹水在齊魯閒 齊當依水經注所引說文字林作晉左傳成七年聲伯夢涉洹杜曰洹水出汲郡林慮縣東北至魏郡長樂縣入清水水經曰洹水出上黨泫氏縣東過隆慮縣北又東北出山過鄴縣南又東過內黃縣北東入於白溝林慮縣卽隆慮縣今河南彰德府林縣是其地也今洹水自山西長子縣流入經林縣東北流經安陽縣北又東流經內黃縣西北入衞河水道提綱曰衞河又東北經彰德府治安陽縣東南旴有洹河自西北來會其南岸卽內黃縣西境也水經之白溝今衞河在內黃者皆卽淇水許當云在晉衞之閒云在晉魯閒者魯衞相近以魯聲伯夢涉而云也 从水亘聲 羽元切十四部玉篇曰汍同

灉 河灉水也 也字依水經注補水經曰瓠子河出東郡濮陽縣北河酈云尚書雝沮會同爾雅曰水自河出爲灉許愼曰雝者河雝水也是酈意以瓠子河爲尚書之雝也按自河出爲灉濟爲濋汶爲瀾洛爲波漢爲潛淮爲滸江爲沱過爲洵潁爲沙汝爲濆見於釋水其見於說文者則沱也潛也灉也洵也河之別爲灉如江之別爲沱沱非一沱則灉亦非一灉凡首受河之水皆可名之矣 在宋 說者以汳水當之 从水雝聲 於容切九部

澶 澶淵水也 也字今補 在宋 春秋

經襄二十年盟于澶淵三十年會于澶淵宋災故杜曰澶淵在頓丘縣南今名繁汙此衞地又近戚田按頓丘今直隸大名府清豐縣西南二十五里頓丘故城是也澶淵卽繁水在河南彰德府內黄縣東二十六里史記廉頗拔魏繁陽漢置縣屬魏郡應劭曰在繁水之陽也張晏曰其界爲繁淵按繁與澶疊韵汙與淵雙聲繁陽故城在今內黄縣東北二十七里實衞地而云在宋者蓋以春秋書宋災故而云然未爲宷也〇又按澶淵高氏士奇春秋地名攷爲詳

从水亶聲 市連切十四部吳都賦注曰澶恬安流皃

洙 洙水出泰山蓋臨樂山北入泗 泰山郡蓋二志同今山東沂州府沂水縣西北七十里有蓋城是也前志蓋下曰臨樂于山洙水所出西北至蓋入池水水經曰洙水出泰山蓋縣臨樂山西南至卞縣入於泗按此條水經與志迥殊志云臨樂于山者謂勃海郡臨樂縣之于山也泝其源而言故下文云至蓋非謂洙出蓋也而經注皆刪于字謂臨樂爲蓋縣山名其亦誤矣池注引作泗云或作池蓋字誤夫經注皆云泗水出卞縣不云出蓋縣又皆云洙水至卞入泗不云至蓋入泗然則卽改池爲泗亦於水道不合安知班時無池水抑或不知何字之誤而竟作泗字也杜預釋例云出魯國東北西南入沇水下合泗乃作沇字俟攷蓋洙水在班時已非古道故其書法不同他水至桑酈時更昧於臨樂之源乃誣班爲出蓋觀春秋莊九年浚洙知其易湮也許亦云出泰山蓋臨樂山北入泗恐非許氏原文淺人用水經改竄之今洙水在曲阜縣北四里上不得其源下流不入泗而入沂又迥非酈氏之舊蓋以湮沒而以是冒之耳

从水朱聲 市朱切四部

沭 沭水出青

州浸出下有奪文集韻類篇徑刪浸字非是當補琅邪東莞南入泗七字周禮青州其浸沂沭注云沭出東莞前志琅邪郡東莞術水南至下邳入泗過郡三行七百一十里青州浸東莞今山東沂州府沂水縣治西北東莞故城是也水經曰沭水出琅邪東莞縣西北大弁山東南過其縣東又東南過莒縣東又南過陽都縣東入於沂酈曰舊瀆入泗非入沂也今沭水出沂水縣北臨朐縣南之沂山東南流徑莒州東又西南流徑蘭山縣東又南徑郯城縣東又西南流入江南沭陽縣盼分爲二派下流入海迥非舊道矣 从水术聲食聿切十五部前志作術云青州浸其所據職方當如是作

沂 沂水出東海費東西入泗東海郡費見前志春秋魯季氏邑今山東沂州府費縣縣西北二十里費故城是也職方氏曰青州其山鎭曰沂山其浸沂沭鄭曰沂山沂水所出也在蓋前志泰山郡蓋下曰沂水出水經曰沂水出泰山蓋縣艾山許云出東海費東說乖異者蓋沂山卽東泰山是山盤回數縣今沂水出沂水縣之雕厓山卽沂山西峯也又西北接大弁山卽沭水所出也前志曰沂水南至下邳入泗水經曰沂水出泰山蓋縣艾山南過琅邪臨沂縣東又南過開陽縣東又東過襄賁縣東屈從縣南西流又屈南過郯縣西又南過良成縣西又南過下邳縣西南入於泗許云西入泗疑當作南入然酈善長所據已作西矣今沂水出雕厓山東南流逕沂水縣西又南流逕蘭山縣東又南流逕郯城縣西又南流入江南邳州盼 从水斤聲魚衣切古音在十三部按漢人多以爲圻堮之圻

一曰沂水出泰山蓋此卽班鄭水經之說也許分爲二說則不謂雕厓山卽沂山矣如渭

下之謂渭首亭與鳥鼠山爲二說

青州浸

洋 洋水出齊臨朐高山東北入鉅定

齊郡臨朐後志作齊國臨朐今山東青州府臨朐縣其地也前志臨朐下曰石膏山洋水所出東北至廣饒入鉅定水經注巨洋水篇曰巨洋水又逕臨朐縣故城東又東北逕委粟山又東北洋水注之水西出石膏山西北石澗口東南逕逢山祠西又東南歷逢山下卽石膏山也巨洋水又東北逕劇縣故城西又東北逕益縣故城東又東北積而爲潭枝津出焉謂之百尺溝西北流注於巨淀又東北逕壽光縣故城西又東北注於海按班許曰洋水卽水經及注之巨洋水也班許以出臨朐石膏山者爲正源耳許云高山卽石膏山也前志齊郡有廣饒鉅定二縣馬車瀆水首受鉅定然則鉅定本水名因以爲縣名定淀古今字魏都賦張注曰淀者如淵而淺是也廣饒鉅定故城皆在今山東青州府樂安縣境今樂安縣東北四十里清水泊卽古鉅定湖巨洋水今曰瀰河源出今臨朐縣南沂山西麓北流逕臨朐縣東又北歷益都縣又東北流逕壽光東又東北會黑塚泊入於海今南陽水亦名長沙水源出益都縣西南石膏山東北至城西折而東繞城北又東流入瀰河

从水羊聲

似羊切十部按毛詩衞風傳曰洋洋盛大也魯頌傳曰洋洋衆多也讀與章切

濁 濁水出齊郡

上文不言郡此字葢淺人增之

厲嬀山東北入鉅定

厲當作廣嬀當作爲皆字之誤齊郡廣見前志後志作齊國廣今山東青州府益都縣西南四里有廣縣故城是也前志廣下曰爲山濁水所出東北至廣饒入鉅定水經注曰濁水又東北逕廣饒縣故城南又東北馬車瀆水注之水

首受巨淀淀卽濁水所注也呂忱曰濁水一名溷水出廣縣爲山一名冶嶺山東北流逕廣固城西城在廣縣西北四里又東北流逕堯山東又東北流逕東陽城北合陽水卽長沙水也又北逕臧氏臺西又北逕益城西又北流注巨淀今北陽水源出益都縣西南九迴山卽古爲山東北流逕城北又東北逕壽光縣四十里又北入清水泊卽古濁水也 从水蜀聲 直角切三部按濁者清之反也 詩曰涇以渭濁又曰載清載濁

溉水出東海桑瀆覆甑山東北入海 東當作北瀆當作犢皆字之誤也北海郡桑犢見前志今山東萊州府濰縣有桑犢故城水經注之桑犢亭也前志桑犢下云覆甑山溉水所出東北至都昌入海今濰縣東南四十里溉源山卽覆甑山也水經注亦謂之塔山寰宇記曰天寶六載敕改爲溉源山今溉水自溉源山北流至昌邑縣境入海卽東虞河也亦曰東丹河 从水旣聲 古代切古音在十五部按多借爲漑摡字 一曰灌注也 此依韵會本注下曰灌也洪下曰溉灌也洞簫賦迴江流川而溉其山李注引說文溉猶灌也與今本異

濰水出琅邪箕屋山東入海 琅邪郡箕見前志故城當在今山東沂州府莒州境前志箕下云禹貢維水北至都昌入海過郡三行五百二十里兖州寖也水經曰濰水出琅邪箕縣濰山東北過東武縣西又北過平昌縣東又北過高密縣西又北過淳于縣東又東北過都昌縣東又東北入於海按屋山在今莒州西北九十里水經注曰濰山屋山及淮南子云出覆舟山實一山也今濰水出莒州西東北箕屋山東南流入青州府諸城縣畍逕萊州府高密縣畍又北

逕安邱縣東又北流入萊州府昌邑縣盼又東北入海曰淮河口與古水道合漢都昌城在今昌邑縣西徐州浸徐當作兖職方氏河東曰兖州其浸盧維鄭云盧維當爲雷雍班志則云維兖兖州浸不改字也許云兖州浸亦同夏書曰濰淄其道許水部無淄字此淄蓋俗加水旁耳周禮作甾漢志作甾古字也濰甾其道禹貢青州文从水維聲以追切十五部按地理志述禹貢作維今版本作惟誤琅邪箕下云禹貢維水蒙上文言也其靈門下橫下折泉下皆作淮則轉寫之誤蓋班从今文尚書作維許从古文尚書作濰左傳襄十八年作維音義曰本又作濰今山東土語與淮同音故竟作淮字

浯 浯水出琅邪靈門壺山東北入濰琅邪郡靈門見前志今山東沂州府莒州州北百二十里有靈門城前志靈門下曰壺山浯水所出東北入淮淮當作維字之誤也水經注曰濰水又北逕平昌縣故城東又北浯水注之水出浯山世謂之巨平山許慎言水出靈門山世謂之浯汶矣其水東北逕姑幕縣故城東又東北逕平昌縣故城北又東北流注於濰水今浯水自莒州流入諸城縣盼東北流逕安丘縣東南入濰水从水吾聲五乎切五部

汶 汶水出琅邪朱虛東泰山東入濰琅邪郡朱虛見前志後志屬北海國今山東青州府臨朐縣東六十里有朱虛故城前志朱虛下云東泰山汶水所出東至安丘入維水經曰汶水出朱虛縣泰山北過其縣東又北過淳于縣西又東北入於濰謂之東汶水以別於禹貢汶水也按東泰山即封禪書黃帝封東泰山今沂山是也今東汶河源出臨朐縣南

沂山東北谷東流近穆陵關折東北流數十里折東流百五十里至安邱縣西南境折東北流經縣城西北又東流數十里與濰水會

从水文聲 亡運切十三部按二汶水在齊漢人嵒山嵒江字作汶山汶江以古音同讀如文之故謂之假借可也考工記貉踰汶則死淮南子同鄭云汶水在魯北酈注以入汶水篇考工記多齊語則謂入泲之汶無疑也殷敬順撫為異說殊非是

桑欽說汶水出泰山萊蕪西南入泲 此謂禹貢汶水也上文渭水瀑水沂水皆舉別說皆謂一水而說源有不同也此則畫然二水源流皆異泰山郡萊蕪二志同前志萊蕪下曰原山禹貢汶水出西南入泲桑欽所言水經於濟水曰又東北過壽張縣西畍安民亭南汶水從東北來注之於汶水曰又西南過壽張縣北又西南至安民亭入於濟按舊泲水合汶於安民亭今東平州西南十里安山鎮即古亭也今汶水出今山東泰安府萊蕪縣東北七十里之原山亦名馬耳山西南流經縣城西北又經泰安府南境又經寧陽縣北境至汶上縣北之戴村壩又經汶上西南境之南旺分流南北南流者四分以接徐沛北流者六分以接臨清自明永樂中宋禮開會通河以及 國朝運河皆全資汶水而入泲之故道湮矣前志朱虛下但云汶水萊蕪下則云禹貢汶水然則出朱虛入濰者非禹貢汶水也

治

治水出東萊曲城陽丘山南入海 城當作成字之誤也東萊郡曲成二志同今山東萊州府掖縣東北六十里有曲成故城前志曲成下曰陽丘山治水所出南至沂入海按沂字疑誤一本作至臨沂尤誤當作計斤二字今掖縣東南三十里有陽邱山亦名馬鞍山今治水名小沽河自

掖縣馬鞍山南流至平度州東南與出登州府黃縣之大沽河合流逕卽墨至膠州之麻灣口入海一統志曰左傳昭二十年姑尤以西杜注姑水尤水皆在城陽郡東南入海齊乘姑卽大沽河尤卽小沽河玉裁謂尤古音讀如貽與治同在第一部齊乘之言可信也 从水台聲 直之切一部按今字訓理蓋由借治爲理

𣸣 𣸣水出魏郡武安東北入呼沱水 魏郡武安二志同今河南彰德府武安縣縣西南五十里有武安城前志武安下曰𣸣水東北至信都國東昌入虖池河過郡五行六百一十里 从水𡨄聲 子鴆切七部按沈浸浸淫之字多用此隸作浸 𡨄籀文寑 見宀部

湡 湡水出趙國襄國之西山東北入𣸣 趙國襄國二志同今直隸順德府邢臺縣西南有襄國故城商祖乙遷於邢周時邢國皆在此前志襄國下曰西山渠水所出東北至廣平國任縣入寖按渠水當是湡水之譌一統志曰澧河源出邢臺縣東南東流逕南和縣西南又東北逕任縣東至隆平縣入胡盧河卽百泉水也方輿紀要曰百泉水葢卽澧河之上源引志云百泉水一名湡水又名鴛鴦水隋志以爲㴲水也鴛鴦水在南和縣西見魏都賦注 从水禺聲 噳俱切古音在四部顏師古音藕又音牛吼反

㴲 㴲水出趙國襄國東入湡 前志襄國下云又有蓼水馮水皆東至廣平國朝平入湡按馮水當是㴲水之譌字之誤也廣平國南和下云列葭水東入㴲葢湡㴲二水今不可別矣㴲入湡湡入浸浸入虖沱虖沱移徙不常故道今不可攷水經注虖沱篇佚

从水虒聲息移切十六部

渚 渚水在常山中丘逢山東入湡常山郡中丘見前志中丘下云逢山長谷諸水所出東至張邑入濁按諸當作渚濁當作湡皆字之誤也張邑卽廣平國之張也中丘渚水俟攷从水者聲章與切五部爾雅曰小洲曰渚釋水文州洲古今字召南傳曰渚小洲也水岐成渚

洨 洨水出常山石邑井陘東南入于泜于衍字也常山郡石邑見前志井陘謂石邑之井陘山也今直隸正定府獲鹿縣縣西南有石邑城戰國時趙邑也前志石邑下曰井陘山在西洨水所出東南至廮陶入泜井陘縣下應劭注曰井陘山在南然則井陘縣在石邑之西井陘山在石邑西南井陘縣南也井陘山之東南則石邑地也今洨河出獲鹿縣南東流逕欒城縣西又南入趙州畍舊志云下流至寧晉縣注於胡盧河上源四泉交合故謂之洨也从水交聲下交切二部師古曰音效又音爻沛國有洨縣沛國洨見後志前志作沛郡洨凡言有者皆別於上文之義應劭云洨縣洨水所出南入淮是別一洨水也師古曰音肴

濟 濟水出常山房子贊皇山東入泜常山郡房子見前志後志云常山國房子今直隸正定府贊皇縣是其地前志房子下曰贊皇山石濟水所出東至廮陶入泜後志曰贊皇山在縣西南六十里濟水所出按此水名與四瀆之泲字各不同而經傳皆作濟風俗通遂誤以常山房子之水列入四瀆而云廟在東郡臨邑縣豈知班志臨邑下云有泲廟字固作泲乎今本前志石

濟水石字疑衍以說文風俗通後志正之皆不當有石字一統志曰舊志云槐水出黃沙嶺流經贊皇縣西北十里入元氏縣盼合泜水又東南歷高邑柏鄉達寧晉縣入胡盧河卽古大陸澤玉裁謂槐水卽古濟水也贊皇山在今贊皇縣西南

从水齊聲 子禮切十五部今字以爲濟渡字

泜 泜水在常山 前志常山郡元氏下曰沮水首受中丘西山窮泉谷至堂陽入黃河按沮當作泜北山經注云今泜水出中丘縣西窮泉谷東注於堂陽縣入於漳水以郭正班知沮爲字之誤風俗通云濟水出常山房子贊皇山東入沮此亦泜譌作沮也由書氏作互遂譌且耳班志入黃河亦當依郭作濁漳攷水經注濁漳過堂陽縣而河水不徑堂陽元和志曰泜水在贊皇縣西南二十五里卽韓信斬陳餘處今泜水在元氏縣源出封龍山東南流經縣西南六十里紙屯村入槐河泜與濟互受通稱

从水氐聲 直尼切十五部按蘇林音祗晉灼音邸師古音脂又丁計反兼用二音也司馬貞曰今俗呼此水音如邸

濡 濡水出涿郡故安東入涞 涞各本作漆涑二字今正戴先生曰易水篇注云許愼曰濡水入淶淶卽巨馬之異名與巨馬河注巨馬河卽淶水也正合今水經注淶譌深說文淶譌漆涑二字皆字之誤耳涿郡故安二志同今直隸易州州東南有故安故城是戰國時燕與趙易土燕以武陽與趙卽此也前志故安下曰閻鄉易水所出東至范陽入濡幷州寖濡水亦至范陽入淶今本漢志脫濡字師古謬爲之注非也水經注易水篇曰易水逕范陽縣故城南又東與濡水合水出故安縣西北窮獨山南谷東流與源泉水合又東南流逕樊於期館西荊軻館北又東逕武陽城西北

又東逕紫池堡又東得白楊水口又東合檀水又東南流於容城縣西北大利亭東南合易水而注巨馬水也故地理志曰易水至范陽入濡又曰濡水合渠許愼曰濡水合淶淶渠二號即巨馬之異名按酈引濡水入渠即濡水亦至范陽入淶之句也今本作淶酈本作渠今勝酈本酈有濡字則又酈本勝今凡書之當參伍以求其是者如此濡水今在易州北即北易水也東南入保定府定興縣界爲沙河一曰東南流入容城縣境

从水需聲

人朱切五部按左傳昭七年盟於濡上釋文云說文女于反是音隱舊說此水斷不作乃官反也師古注漢書於故安下云濡乃官反殊誤漁陽郡白檀下濡水出北蠻夷中遼西郡肥如下玄水東入濡水濡水南入海陽此則酈注濡水篇所謂濡難聲相近今謂之灤河者音乃官反是矣其字蓋本作渜譌而爲濡○今字以濡爲霑濡經典皆然

灅

灅水出右北平俊靡東南入庚

俊各本作浚今依二志作俊右北平俊靡二志同今直隸順天府遵化州州西北有俊靡故城是前志右北平無終下曰浭水西至雍奴入海俊靡下曰灅水南至無終東入庚浭與庚一字也水經注鮑丘水篇曰鮑丘水北逕雍奴縣東又東庚水注之水出右北平徐無縣北塞中而南流得黑牛谷水又西南流灅水注之水出右北平俊靡縣東南流與温泉水合又東南逕石門峽又東南流謂之北黃水又屈而南爲南黃水又西南逕無終山藍水注之又西南入於庚水庚水又南逕北平城西而南入鮑丘水鮑丘水又東巨梁水注之鮑丘水至雍奴縣北屈東入海歙程氏瑤田通藝錄曰今灅水自遵化州西北四十五里鮎魚石關外入口東經温泉酈所謂與温泉水合也又東迆南十五里曰水門口酈所謂石門

峽也又西南入梨河梨河卽庚水也庚水旣得灅水又稍西而淋河南入之淋河酈所謂藍水也鮑丘水今之潮河也潮河合泃水庚水東流有還鄉河西南入之酈所謂巨梁水也流俗多誤以古正之如此灅梨一聲之轉灅水俗呼梨河因使所入之庚水冒稱梨河而巨梁河冒稱庚水 从水壘聲 力軌切十五部

沽 沽水出漁陽塞外東入海 漁陽下當有縣字說見邑部漁陽郡漁陽二志同今直隸順天府密雲縣縣西南三十里漁陽故城是也前志漁陽下曰沽水出塞外東南至泉州入海行七百五十里水經曰沽河從塞外來南過漁陽狐奴縣北西南與濕餘水合爲潞河又東南至雍奴縣西爲笥溝又東南至泉州縣與清河合東入於海清河者泒河尾也按凡曰出某縣塞外某縣徼外某縣某方蠻夷中者皆言其來之遠不可得其地名故系之某縣也此云漁陽塞外則非出漁陽矣今直隸之白河卽沽河也白河遠出宣化府獨石口之獨石水合赤城水龍門水東南流逕密雲縣西與潮河合潮河古鮑丘水也旣得潮河西南逕懷柔縣東南南經順義縣東至通州城北東南三面俗稱古潞水又南逕舊漷縣西又逕香河縣西南又東南逕武清縣東又東南入天津縣盼合諸大川由直沽入海與酈注所述不甚異程氏瑤田曰俗謂沽水及酈注之獨固門漁水嬴山皆在今之薊州者繆甚玉裁謂方輿紀要謂漢漁陽在今薊州亦大繆 从水古聲 古胡切五部今字以爲沽買字代木酤鄭箋曰酤買也字从西

沛 沛水出遼東番汗塞外西南入海 番音盤汗音寒遼東郡番汗二志同今奉天府遼陽州漢遼東郡治也番汗未聞前志番汗下曰沛水出

塞外西南入海沛水亦未聞从水𣲖聲普蓋切十五部今字爲顛沛跋之假借也大雅蕩傳曰沛拔也是也拔當作跋又本部淶下云沛之也卽孟子沛然莫之能禦意葢勃然之假借也

浿　浿水出樂浪鏤方東入海樂浪音洛郎樂浪郡鏤方二志同鏤方未聞前志樂浪郡浿水縣下曰浿水西至增地入海水經曰浿水出樂浪鏤方東南過臨浿縣東入於海酈按漢志是說文及水經非也酈云其水西流逕故樂浪朝鮮縣卽樂浪郡治而西北流故地理志曰浿水西至增地縣入海浿水今朝鮮國之大通江在平壤城北平壤城卽古王險城漢之朝鮮縣也隋書曰平壤城南臨浿水从水貝聲普拜切十五部一曰出浿水縣此卽前志說也浿水縣未聞

瀤　北方水也北山經曰獄法之山瀤津之水出焉从水褱聲戶乖切十五部

㶟　㶟水出鴈門陰館絫頭山東入海沈約宋書曰陰館前漢作觀後漢晉作館按今前書不作觀葢淺人改也鴈門郡陰館二志同今山西代州州北四十里陰館城是在句注陘北絫頭山在今朔州代州之閒前志陰館下曰絫頭山治水所出東至泉州入海過郡六行千一百里水經曰㶟水出鴈門陰館縣東北過代郡桑乾縣南又東過涿鹿縣北又東過出山過廣陽薊縣北又東至漁陽雍奴縣西入笥溝按治水㶟水異名同實武五子傳作台水台卽治也前志代郡且如下于延水出塞外東至廣寧入治今本無廣平舒下祁夷水北至桑乾入治小顏本治皆譌沽姑故二音其繆甚矣酈云地理志于延水東至廣寧入治非是謂于延逕廣寧故城

南又逕茹縣故城北又逕鳴雞山西又逕且居縣故城南乃後注於㶟水不當云在廣寧入治也新校水經注改治作沽不免誤會今直隸永定河卽桑乾河卽古㶟水也源出山西朔州馬邑縣洪濤山會灰河經馬邑縣山陰縣應州大同府渾源州陽高縣天鎮縣廣靈縣蔚州入直隸盱經西寧縣懷安縣保安州懷來縣昌平州宛平縣良鄉縣固安縣永清縣霸州天津府至大沽北入於海

从水纍聲　力追切十五部按此篆疑當是从水絫聲其山曰絫頭山故其水曰㶟水今字絫作累又與纍相亂水經注作㶟水者㶟作漯乃又譌濕也㶟餘水亦譌作濕餘又或譌作溫餘

一曰治水也　各本作或曰今依集韵類篇作一曰謂㶟水一名治水見漢志酈氏亦云一曰治水師古曰治弋之反

⿰氵虘　⿰氵虘水出北地直路西東入洛　北地郡直路見前志今未聞前志直路下曰沮水出東西入洛水經曰沮水出北地直路縣東過馮翊祋祤縣北東入於洛按前志當云出西東入今本誤倒洛者上文出北地歸德北夷界中東南入渭之水也酈注謂沮水下流合銅官注鄭渠而東入洛自鄭渠湮廢沮水故道難考矣今沮水出陝西鄜州中部縣西北子午山東流經駱駝岡翟道山南俗曰沮水有子午河自西來會又東有慈烏河西南來會東南流經縣城南又東稍北三十餘里入洛河蓋非班許水經所謂也禹貢道渭自鳥鼠同穴東會于灃又東會于涇又東過漆沮入于河尚書某氏傳云漆沮一水名亦曰洛水水經渭水又東過華陰縣北注云洛水入焉闞駰以爲漆沮之水也是則洛水之下流古稱漆沮炳焉可信尚書傳云漆沮一水名亦曰洛水正義申之曰孔以爲洛水一名漆沮文理甚明言一水名者

正恐人疑爲二水也今版本皆作一水名然則亦曰洛水者謂漆乎謂沮乎不可通矣若周頌傳云漆沮岐周之二水也此言涇西之漆沮爲二水以別於涇東之漆沮爲一水雅頌皆舉涇西之二水禹貢舉涇東之一水各不同也酈曰濁水入沮至自渠俗謂之漆水又謂之爲漆沮水此洛水所以得名漆沮與

从水虘聲 側加切古音在五部子余切與出漢中房陵之沮各字漢書水經不別

泒 泒水起鴈門葰人戍夫山東北入海 葰人縣後志無前志屬太原郡此屬鴈門者二郡境相接容有改屬也葰如淳音瑣師古音山寡反史記周勃樊噲二傳作霍人左傳襄十年之霍人也今山西代州繁峙縣縣南有葰人故城戍夫山卽泰戲之山也北山經曰泰戲之山虖沱之水出焉而東流注於漊水郭云今虖沱水出鴈門鹵城縣南武夫山李吉甫曰泰戲山一名武夫山在繁峙縣東南虖沱水出焉通典虖沱水出繁峙縣東南泒皁山明統志謂之小泒山大泒山然則戍夫卽武夫卽泰戲也泒水卽虖沱之源也

从水瓜聲 古胡切五部

滱 滱水起北地靈丘東入河 北地當作代前志曰代郡靈丘今山西大同府靈邱縣東有靈丘故城靈丘下曰滱水東至文安入大河過郡五行九百四十里水經曰滱水出代郡靈丘縣高氏山東南過廣昌縣南又東南過中山上曲陽縣北恆水從西來注之又東過唐縣南又東過安憙縣南又東過安國縣北又東過博陵縣南又東北注於易今直隸唐河卽古滱水也出大同府渾源州南今翠屏山卽古高氏山東南流入靈邱縣又東南流入直隸易州廣昌縣界由倒馬關流入逕完縣西北唐縣西南界又

東南過定州入慶都縣南界又逕祁州南會沙滋二水又東北逕博野蠡二縣南又東北逕高陽縣東又北逕安州東入白洋淀一統志曰據水經注益滱水故道本由今清苑縣東南與濡博諸水合流注易後徙而東不入縣境按前志云入大河有誤大河之名亦非志所有 从水寇聲 苦侯切四部 滱水即漚夷水 漚當作嘔幷州川也 職方氏幷州其川虖池嘔夷鄭曰嘔夷祁夷與出平舒按前志平舒下云祁夷水北至桑乾入治 治鄭本今本作沽誤 今出大同府廣靈縣之壺流河也與靈丘之滱河劃然二事班云滱河幷州川是亦謂滱即嘔夷爲許所本古寇聲區聲同部

涞 涞水起北地廣昌東入河 北地當作代郡代郡廣昌見前志後志屬中山國今直隸易州廣昌縣縣北有廣昌故城職方氏曰幷州其浸涞易鄭云涞出廣昌前志廣昌下曰涞水東南至容城入河過郡三行五百里幷州浸水經曰巨馬河出代郡廣昌縣涞山巨馬河即涞水也東過迺縣北又東南過容城縣北又東過勃海東平舒縣東入於海酈云巨馬水於東平舒北南入於滹沱而同歸於海也今涞水一名巨馬河源出廣昌縣南東流轉南逕易州涞水縣東又南入保定府定興縣盱至縣南爲白溝河又東南逕容城縣東北又東逕新城縣南又東南逕雄縣西又東入保定縣界非酈注舊迹也 从水來聲 洛哀切一部 幷州浸

泥 泥水出北地郁郅北蠻中 北地郡郁郅見前志今甘肅慶陽府安化縣治即郁郅故城也前志郁郅下曰泥水出北蠻夷中泥陽下應注曰泥水出郁郅北蠻中一統志曰東河在安化縣東即白

馬水也元和志延慶縣西臨白馬州寰宇記白馬水出北塞夷中引水經注云洛川南逕尉李城東北合馬嶺水號白馬水明統志東河來自沙漠至安化城北合懷安及靈溝水南流至合水縣爲馬蓮河東河及下流馬蓮河皆卽古泥水也按馬蓮卽馬嶺之轉語 从水尼聲 奴低切十五部按今字皆用爲塗泥字

湳 西河美稷保東北水 宋本及集韵類篇皆同一本無北字西河郡美稷見前志今蒙古鄂爾多斯左翼中旗東南有漢美稷故城在故勝州之西南也檀弓注曰保縣邑小城保堡古今字水經注河水篇曰河水又南樹頹水注之河水又左得湳水口水出西河郡美稷縣東南流又東南流入長城東鹹水入之又東南渾波水注之又東逕西河富昌縣故城南又東流入於河按漢富昌城在鄂爾多斯左翼前旗界湳水未審今鄂爾多斯何水也 从水南聲 乃感切古音在七部酈曰羌人因湳水爲姓

溤 溤水出西河中陽北沙南入河 北沙水經注引作之西西河郡中陽二志同戴先生曰水經河水南過西河圁陽縣東又南過離石縣西又南過中陽縣西又南過土軍縣西據地望考之中陽西濱河當在今汾州府寧鄉縣境趙世家秦取我西都及中陽是也道元乃云中陽故城在東東翼汾水不濱於河也元和志於孝義縣下云魏移西河郡中陽於今理此條可證明水經之中陽其所本之書道元偶失檢道元汾水篇注所言鄔澤北起大陵南接鄔正今平遙之西孝義之東介休之北最爲洿下汾川轉徙不常之地說文之溤水乃入河非入汾漢中陽西濱黄河說文亦一證道元就溤字與鄔字牵合謂溤水卽鄔澤謬矣玉裁按溤水今未得其證

从水焉聲乙乾切十四部涶河津也在西河西河津名涶猶浢津孟津也在西河西河謂在西河郡之西今未詳其地从水垂聲土禾切十七部按口部以爲唾重文⿰氵旟⿰氵旟水也未詳从水旟聲以諸切五部洵過水出也各本譌作過水中也今正釋水曰水自過出爲洵大水溢出別爲小水之名也水經注引字林曰洵過水也經有假借洵爲均者如洵直且侯是也有假爲恂者如洵美且都洵訏且樂是也有假爲敻者如于嗟洵兮卽韓詩之于嗟敻兮是也有假爲泫者國語無洵涕是也从水旬聲相倫切十二部涻涻水水名出北嚻山入卬澤卬俗本作邛誤今依舊抄繫傳本北山經曰鉤吾之山又北三百里曰北嚻之山涔水出焉而東流注於卬澤許所據涔作涻如柘作樜颮作猋皆與今本不同也其地未詳从水舍聲始夜切古音在五部汈汈水也集韻類篇引說文有出上黨三字又沴汈與淟涊同沴汈涅相箸也亦垢濁也从水刃聲乃見切古音在十二部淔淔水也集韻類篇曰出頴川从水直聲恥力切一部淁淁水也从水妾聲七接切八部涺涺水也从水居聲九魚切五部湶湶水也从水臮聲其冀切十五部沋沋水也廣韻曰在高密按蓋卽左傳尤水上文之治水也从水尤聲羽求切古音在一部洇

洇水也从水因聲此字玉篇及小徐皆作湮囦聲廣韵洇湮竝收集韵類篇引說文互異而今存宋本皆作洇因聲於真切毛斧季改爲囦聲苦顚切非是十一部

淉 淉水也从水果聲古火切十七部

⿰氵𧴪 ⿰氵𧴪水也从水𧴪聲讀若瑣穌果切十七部

浝 浝水也从水尨聲莫江切九部

⿰氵乳 ⿰氵乳水也从水乳聲乃后切四部或以爲酒醴維醹之醹

浂 浂水也廣韵集韵皆曰在襄陽从水宎聲宎古文終職戎切九部古文終見仌部

洦 淺水也顏氏家訓曰游趙州見柏人城北有一小水土人亦不知名後讀城西門徐整碑云洦流東指案說文此字古泊字也泊淺水貌此水無名直以淺貌目之或當即以洦爲名乎玉裁按顏書今本譌誤爲正之可讀如此說文作洦隸作泊亦古今字也犬部狛字下云讀若淺泊淺水易停故泊又爲停泊淺作薄故泊亦爲厚薄字又以爲憺怕字今韵以泊入鐸以洦入陌由不知古音耳但上下文皆水名此字次第不應在此蓋轉寫者以從百從千類之从水百聲匹白切按當作旁各切五部

汘 汘水也从水千聲倉先切十二部

洍 洍水也从水𦣞聲詳里切一部詩曰江有洍此蓋三家詩下文引江有汜則毛詩也云汜水別復入水也而證以江有汜此言轉注也云洍水名而證以江有洍此言假借也引書作敄莫席皆此例

澥 勃澥海

之別也 宋本作郭今本及集韻類篇皆作勃別下宋本葉本趙本五音韻譜類篇集韻皆無名字毛斧季妄增之然文選注已誤多矣毛詩傳曰沱江之別者也海之別猶江之別勃澥屬於海而非大海猶沱屬於江而非大江也說文或言屬或言別言屬而別在其中言別而屬在其中此與秝下云禾別正同周禮注州黨族閭比者鄉之屬別則屬別竝言也漢書子虛賦音義曰勃澥海別枝也齊都賦注曰海旁曰勃斷水曰澥潛丘劄記曰今海自山東登州成山折而西逕寧海州福山蓬萊招遠縣又西逕萊州掖縣昌邑濰縣又西逕青州壽光樂安諸城縣北界折而西北逕濟南利津霑化海豐縣又北逕直隸河閒鹽山滄州靜海縣東界又北至天津衞折而東逕順天寶坻豐潤縣又東逕永平灤州樂亭盧龍昌黎縣又東出山海關逕遼東寧遠廣寧衞南界折而南逕海蓋復金四衞西界又折而東逕金州南界有旅順口南與登州海口相對皆謂之勃海太史公多言勃海河渠書謂永平府之勃海也封禪書謂登萊兩府之勃海也蘇秦列傳指天津衞之海言朝鮮列傳指海之在遼東者言勃海之水大矣非專謂近勃海郡者也玉裁按此於大海爲別枝 从水解聲 胡買切十六部

一說澥卽澥谷也 集韻類篇皆作一曰澥谷也五字此別一義也律曆志曰黃帝使泠綸自大夏之西昆侖之陰取竹之解谷孟康曰解脫也谷竹溝也取竹之脫無溝節者也一說昆侖之北谷名也按漢書解谷說文作澥廣韻作嶰

海 天池也 見莊子消搖游 以納百川者 爾雅九夷八狄七戎六蠻謂之四海此引伸之義也凡地大物博者皆得謂之海 从水每聲 呼改切一部按海篆當與

澥相屬各本誤廁漠篆後今正漠北方流沙也漢書亦假幕爲漠一曰清也

毛詩傳曰莫莫言清靜从水莫聲慕各切五部

說文解字第十一篇上一

補注 漆 漆水出右扶風杜陽（作陵者誤）岐山東入渭 休寧汪氏龍曰山海經輸次之山漆水出焉地理志右扶風漆縣漆水在縣西水經漆水出右扶風杜陽俞山東北入於渭十三州地理志漆水出漆縣西北至岐山東入渭戴先生言漆水北流注於涇此涇西之漆水注涇以入渭者也此與緜詩之漆無涉十三州地理志有水出杜陽縣岐山北漆溪謂之漆渠西南流注岐水水經注杜水出杜陽山東南流合漆水水出杜陽之漆溪謂之漆渠南流合岐水至美陽縣注於雍水隋書地理志扶風普潤縣有漆水此涇西之漆合杜岐雍以入渭者也是卽緜詩之漆詩首章謂太王始居杜漆沮之地幷謂公劉此漆幷說文出右扶風杜陽岐山東入渭之漆也 一曰入洛 汪氏龍曰四字一一徐皆有不當刪此涇東之漆與上文涇西二漆水截然爲三水經注鄭渠在太上皇陵東南濁水入焉（書正義作濯水）俗謂之漆水又謂之漆沮其水東流注於洛水此說文所謂入洛也 一曰漆城池

金壇段玉裁注

溥 大也見釋詁从水尃聲滂古切五部

瀶 水大至也水大廣韵作大水从水闇聲乙感切七部

洪 洚水也堯典咎繇謨皆言洪水釋詁曰洪大也引伸之義也孟子以洪釋洚許以洚釋洪是曰轉注大壑曰谼字亦作洪从水共聲戶工切九部

洚 水不遵道孟子滕文公篇書曰洚水警予洚水者洪水也告子篇水逆行謂之洚水洚水者洪水也水不遵道正謂逆行惟其逆行是以絕大洚洪二字義實相因一曰下也此別一義洚與夅降音義同从水夅聲戶工切又下江切九部

衍 水朝宗于海皃也鉉無皃字非海淖之來旁推曲暢兩厓渚涘之閒不辨牛馬故曰衍引伸爲凡有餘之義假羨字爲之从水行洐字水在旁衍字水在中在中者盛也會意以淺切十四部

潮 水朝宗于海也禹貢荊州江漢朝宗于海鄭以周禮春見曰朝夏見曰宗釋之古說則謂潮也論衡書虛篇辨子胥驅水爲濤事曰天地之性上古有之經江漢朝宗于海唐虞之前也又曰濤之起也隨月盛衰小大滿損不齊同虞翻注易習坎有孚曰水行往來朝宗于海不失其時如月行天注行險而不失其信曰水性有常消息與月相應皆與許說合朝宗于海者謂彼此相迎受洚水之時江漢不

順軌不與海通海淖不上至禹治之江漢始與海通於楊州曰三江既入謂江漢之入海也於荊州曰江漢朝宗于海謂海淖上達直至荊州也江漢之水下赴海淖上迎呼吸相通恩禮相受二州之文相為表裏古說如是朝宗于海謂海水來朝見尊禮也

从水朝省 會意隸不省直遙切二部按說文無濤篆蓋濤卽淖之異體濤古當音稠淖者翰聲卽舟聲文選注引倉頡篇濤大波也蓋淖者古文濤者秦字枚乘七發觀濤卽為觀淖

濥 水脈行地中濥濥也 濥濥動皃寅下曰正月陽气動泉欲上出髕寅於下也淮南天文訓曰指寅則萬物螾注螾動生皃皆其義也江賦曰潛演之所汩淴蜀都賦曰濥以潛沫劉注水潛行曰濥此二水伏流故曰濥按今文選作演誤

从水寅聲 弋刃切十二部

滔 水漫漫大皃 堯典浩浩滔天按漫漫當作曼曼許書無漫字

从水舀聲 土刀切古音在三部

涓 小流也 凡言涓涓者皆謂細小之流

从水肙聲 古懸切十四部

爾雅曰汝為涓 見釋水大水溢出別為小水之名也郭本作濆蓋非濆水厓也

混 豐流也 盛滿之流也孟子曰源泉混混古音讀如衮俗字作滾山海經曰其源渾渾泡泡郭云水濆涌也衮咆二音渾渾者假借渾為混也今俗讀戶衮胡困二切訓為水濁訓為雜亂此用混為溷也說文混溷義別

从水昆聲 胡本切十三部

潒 水潒瀁也 瀁者古文為漾水字隸為潒瀁字是亦古今字也潒瀁疊韵字搖動之流也今字作蕩漾

从水象聲讀若蕩 徒朗

切十部漦順流也順下之流也釋言曰漦盝也盝同漉酒之漉國語史記龍漦韋昭曰漦龍所吐沫按龍沫必徐徐灖下故亦謂之漦一曰水名未詳从水𠩺聲俟甾切一部

汭水相入皃皃各本作也今依玉篇廣韵正上下文皆水皃則皃字是也水相入皃者汭之本義也周禮職方之汭鄭漢志右扶風汧縣之芮水名也大雅之汭亦作芮毛云水厓也鄭云汭之言內也尚書嬀汭渭汭某氏釋爲水北維汭某氏釋爲維入河處左傳漢汭滑汭雒汭滑汭杜氏或云水內也或云水之隈曲曰汭大意與大雅鄭箋相近鄭箋之言云者謂汭即內也凡云某之言某皆在轉注假借閒从水內與枘同意內亦聲而銳切十五部

潚深清也謂深而清也中山經曰澧沅之風交潚湘之浦水經注湘水篇曰二妃出入潚湘之浦潚者水清深也湘中記云湘川清照五六丈下見底石如樗蒲矢五色鮮明是紙潚湘之名矣據善長說則潚湘者猶云清湘其字讀如肅亦讀如蕭自景純注中山經云潚水今所在未詳始別潚湘爲二水俗又改潚爲瀟其謬日甚矣詩鄭風風雨潚潚毛云暴疾也羽獵賦風廉雲師吸嚊潚率二京賦飛罕潚箾思玄賦迅猋潚其膢我義皆與毛傳同水之清者多駛方言云清急也是則說文毛傳二義相因从水肅聲子叔切按子字疑誤廣韵息逐切三部

演長流也演之言引也故爲長遠之流周語注曰水土氣通爲演引伸之義也一曰水名未詳从水寅聲以淺切古音在十二部

渙散流也各本作流散今正分散之流也毛詩曰渙渙春水盛也周易曰風行

水上渙又曰說而後散之故受之以渙渙者離也 从水奐聲 呼貫切十四部

泌 俠流也 俠者甹也三輔謂輕財者為甹俠流者輕快之流如俠士然魏都賦李注引作駃流非善本陳風泌之洋洋毛曰泌泉水也上林賦曰偪側泌瀄司馬彪曰泌瀄相楔也邶風毖彼泉水毛曰泉水始出毖然流也毖即泌之假借字 从水必聲 兵媚切古音必在十二部郭樸音筆

𣳚 流聲也 衛風北流活活毛傳曰活活流也按傳當作流貌其音戶括切引伸為凡不死之稱邶風不我活兮孟子民非水火不生活是也許書當亦本作流貌淺人妄改竄之耳 从水𠯑聲 古活切按古當作戶活當作括 衛風音義曰如字是也十五部

活 或从聒 此字當是既改貌為聲讀古活切乃製此字非許書本有也

湝 水流湝湝也 小雅淮水湝湝毛曰湝湝猶湯湯也廣雅曰湝湝流也 从水皆聲 古諧切十五部 一曰 湝水寒也 此依宋本 詩曰風雨湝湝 今鄭風祇有風雨淒淒鄭風傳曰淒寒風也許引詩證寒義所據與今本異或是兼采三家

泫 湝流也 湝當作潸字之誤也檀弓曰孔子泫然流涕魯語無洵涕韋曰無聲涕出為洵涕按洵者泫之假借字也文選詩曰花上露猶泫 从水玄聲 胡畎切古音在十二部 上黨有泫氏縣 上黨郡泫氏二志同音工懸反今山西澤州府高平縣治即漢泫氏故縣

淲 水流貌 小雅淲池北流毛曰淲流貌 从水彪省聲 隷不省 皮彪切

三部詩曰滮池北流滮池宋本作淲沱非是淢疾流也急疾之流也江賦測淢濜溳是其義也毛詩築城伊淢假借淢爲洫也从水或聲于逼切一部瀏流清皃鄭風曰瀏與洧瀏其清矣毛曰瀏深皃謂深而清也釋名曰綠瀏也荆泉之水於上視之瀏然綠色此似之也从水劉聲力久切三部詩曰瀏其清矣濊礙流也有礙之流也衛風施罛濊濊毛曰罛魚罟濊濊施之水中按施罟而水仍流故曰礙流礙流者言礙而不礙也韓詩云流皃與毛許一也濊又訓多水皃司馬相如傳湛恩汪濊从水歲聲各本篆作濊云薉聲今正呼括切十五部按釋文不云說文作濊證一玉篇瀏濊二字相連與說文同濊下云呼括切水聲又於衛於外二切多水皃不云有二字證二廣韵十三末濊水聲濊上同證三類篇濊又呼括切礙流也引詩施罟濊濊證四是知妄人改礙流之字爲濊而別補濊篆於部末云水多皃呼會切不知部末至灝萍等篆已竟水多非其次也今刪正詩曰施罟濊濊罟當作罛濊濊今本作濊濊大繆滂沛也小雅曰俾滂沱矣从水旁聲普郎切十部汪深廣也謂深而又廣也後漢書叔度汪汪若千頃陂江賦澄澹汪洸晉語曰汪是土也韋云汪大皃从水𡉚聲俗作汪烏光切十部一曰𣳚逗池也左傳祭仲殺雍糾尸諸周氏之汪杜云汪池也通俗文曰停水曰汪按今俗語謂小水聚曰汪漻清深也謂清而深也南都賦曰漻淚淢汩按李善引韓詩內傳漻

清貌也蓋鄭風毛作瀏韓作漻許謂二字義別今文選注內字譌外 從水翏聲 洛蕭切古音在三部

泚 清也 此本義也今詩新臺有泚毛曰泚鮮明貌此假泚爲玼也 從水此聲 千禮切十五部

況 寒水也 未得其證毛詩常棣桑柔召旻皆曰兄滋也矢部𥎦下曰兄詞也古矧兄比兄皆用兄字後乃用況字後又改作況作况 從水兄聲 許訪切十部

沖 涌繇也 繇搖古今字涌上涌也搖旁搖也小雅曰攸革沖沖毛云沖沖垂飾貌此涌搖之義豳風傳曰沖沖鑿冰之意義亦相近召南傳曰忡忡猶衝衝也忡與沖聲義皆略同也凡用沖虛字者皆盅之假借老子道盅而用之今本作沖是也尚書沖人亦空虛無所知之意 從水中聲讀若動 直弓切九部

汎 浮皃 皃當作也邶風汎彼柏舟毛曰汎流貌廣雅曰汎汎浮也 從水凡聲 孚梵切按古音在七部如風字亦凡聲也上林賦汎淫爲疊韵音轉爲扶弓反

沄 轉流也 回轉之流沄沄然也釋言曰沄沆也郭云水流漭沆 從水云聲讀若混 按沖讀若動沄讀若混者古音動混不同今音也王分切十三部

浩 澆也 按澆當作沆字之誤也澆者渶也渶非浩義沄浩沆同義而又雙聲故三篆相聯 從水告聲 胡老切古音在三部 虞書曰 虞當作唐 洪水浩浩 堯典洪水與浩浩不相屬爲句檃栝舉之耳

沆 莽沆 逗 大水也 西京賦滄池漭沆薛云漭沆猶洸瀁亦寬大也南都賦漭沆洋溢吳都賦海賦皆云沆瀁

羽獵賦云沆茫義皆同从水亢聲胡朗切十部一曰大澤皃風俗通山澤篇曰傳
曰沆者莽也言其平望莽莽無涯際也沆澤之無水斥鹵之類也今俗語亦曰沆水經注巨馬河篇曰巨馬水又東徑督亢澤
荆軻傳之督亢地圖也引風俗通沆莽也云云是則沆通作亢矣泬水從孔穴疾出
也从水穴釋水曰氿泉穴出按此會意字其韓詩之回穴楚辭之泬寥皆假借也穴亦聲
呼穴切十二部濞水暴至聲上林賦滂濞沆溉司馬彪曰滂濞水聲也洞簫賦澎濞慷慨一何壯
士高唐賦濞洶洶其無聲按滂濞雙聲澎濞與滂同从水鼻聲匹備切十五部灂水之
小聲也古書多瀺灂連文瀺士湛反灂士卓反雙聲字高唐賦巨石溺溺之瀺灂注引埤蒼瀺灂水流聲皃上林
賦瀺灂霄隊司馬貞引說文水之小聲也李善引字林瀺灂小水聲也疑說文本有一篆上云水之小聲也从水毚聲下云瀺
灂也从水爵聲全書之例如此單用灂字者江賦㴸渚㶌灂謂大波相激之聲从水爵聲士角切二部
潝水流疾聲上林賦汩㴔漂疾㴔郭音許立反然則卽潝字也小雅潝潝訿訿釋訓云莫供職也
从水翕聲許及切七部滕水超踊也踊依韵會本从足超踊皆跳也跳躍也小
雅百川沸騰毛曰沸出騰乘也騰者滕之假借玉篇引百川沸滕周易滕口說引伸之義从水朕聲徒登
切六部潏涌出也上林賦潏潏淈淈李善皆引說文證之應劭晉灼注上林賦云潏涌出聲也江賦潏

湟潨泱南都賦沒滑濊潏潛歷洞出一曰水中坻人所爲爲潏釋水曰小沚曰坻人所爲爲潏

一曰潏水名在京兆杜陵京兆尹杜陵二志同故城在今陝西西安府咸寧縣東南潘岳關中記曰涇渭霸滻豐鎬潦潏上林賦所謂八川分流也師古上林賦注曰地理志鄠縣有潏水北過上林苑入渭而今之鄠縣則無此水許慎云潏水在京兆杜陵此卽今所謂沈水從皇子陂北流經昆明池入渭者也葢爲字或从水旁穴與沈字相似俗人因名沈水乎按水經注渭水又東北逕渭城南有沈水自南注之亦謂是水謂潏水也故呂忱曰潏水出杜陵縣亦曰高都水王氏五侯壞決高都是也是則當酈時已名沈水小顏推求其故殆因潏之聲誤爲泬泬之字誤爲沈由俗人不識泬字遂名之沈水沿譌積習往往如此小顏之說善矣而戴先生校水經注乃盡改沈水爲泬水則又無以證古今之異名同實且使小顏之前固作泬水則小顏何不顯證之而作疑辭乎一統志今潏水在西安府長安縣南源出南山自咸寧縣界流入又西北入渭水○按酈注沈水沈葢沈字之誤李善注上林賦曰潏水出杜陵今名沈水自南山黃子陂西北流經至昆明池入渭司馬貞注上林語全同亦作今名沈水單行索隱如此沈從冘聲余準切潏矞聲食聿切二字相爲雙聲疊韵唐初呼沈水字異而音實同耳小顏與李善同時其注漢書葢亦本作今所謂沈水轉寫作沈字由俗書沈字似沈也惟小顏不知潏沈同聲而指爲泬字之誤是爲無稽之談集韵沈庚準切水名謂潏水也若沈水東流爲泲則讀以轉切矣

从水矞聲古穴切十五部

洸水涌光也江賦曰澄澹汪洸又曰流映揚焆謂

涌而有光也邶風曰有洸有潰毛曰洸洸武也潰潰怒也大雅武夫洸洸毛曰洸洸武貌此引伸假借之義 从水光光亦聲 古黃切十部 詩曰有洸有潰

波 水涌流也 左傳其波及晉國者莊子夫孰能不波皆引伸之義也又叚借爲陂字見漢書 从水皮聲 博禾切十七部

澐 江水大波謂之澐 專謂江水也玉裁昔署理四川南谿縣攷故碑大江在縣有揚澐灘 从水雲聲 王分切十三部

瀾 大波爲瀾 魏風河水清且漣猗釋水引作瀾云大波爲瀾毛傳云風行水成文曰漣按傳下文云淪小風水成文則瀾爲大可知與爾雅無二義也凡瀾漫當作此瀾字 从水闌聲 洛干切十四部

漣 瀾或从連 古闌連同音故瀾漣同字後人乃別爲異字異義異音

淪 小波爲淪 魏風河水清且淪猗釋水曰小波爲淪毛傳曰小風水成文轉如輪也韓詩曰從流而風曰淪淪釋名曰淪淪也水文相次有倫理也 从水侖聲 力迍切十三部 詩曰河水清且淪猗 猗各本作漪今正毛詩連猗直猗淪猗猗與兮同漢石經魯詩殘碑作兮可證後人妄加水作漪吳都賦乃有刷盪漪瀾濯明月於漣漪之句其繆甚矣 一曰沒也 微子篇今殷其淪喪某氏曰淪沒也按釋言淪率也小雅淪胥以鋪此以淪爲率之假借也古率讀如律於淪雙聲

漂 浮也 謂浮於水也鄭風風其漂女毛曰漂猶吹也按上章言吹因吹而浮故曰猶吹凡言猶之例視此漂潎水中擊絮也莊子曰洴澼

从水䙴聲 匹消切又匹妙切二部 浮 汎也 各本汎作氾今正木華海賦浮天無岸李注引說文浮汎也按上文云汎浮也是汎浮二字互訓與氾濫二字互訓義別汎浮二篆當類廁今本多非許之舊 从水孚聲 縛牟切三部 濫 氾也 謂廣延也商頌左傳皆云僭不濫魯語濫於泗淵皆其引伸之義 从水監聲 盧瞰切八部 一曰濡上及下也 此因濫與淋聲近淋訓以水沃則濫訓略同 詩曰觱沸濫泉 觱小徐作滭此詩小雅大雅皆有之今作檻泉者字之假借也毛曰觱沸泉出貌檻泉正出也濫泉由小以成大故偁以證氾義 一曰清也 此又別一義與濫蓋相反而相成也者 氾 濫也 玄應引此下有謂普博也四字楚辭卜居將氾氾若水中之鳧乎王逸云氾氾普愛眾也若水中之鳧羣戲遊也論語汎愛眾此假汎爲氾 从水㔾聲 孚梵切七部 泓 下深貌 下深謂其上似淺陿其下深廣也楊子其中宏深其外肅括月令其器閎鄭云閎謂中寬象土含物泓之義略同 从水弘聲 烏宏切古音在六部 湋 回也 以疊韵爲訓 从水韋聲 羽非切十五部 測 深所至也 深所至謂之測度其深所至亦謂之測猶不淺曰深度深亦曰深也今則引伸之義行而本義隱矣呂覽昏乎其深而不測高云測盡也此本義也考工記桼欲測鄭云測猶清也此引伸之義也 从水則聲 初側切一部 湍 疾瀨也 瀨水流沙上也疾瀨瀨之急者也趙注孟子曰

湍者圜也謂湍湍縈水也趙語爲下文決東決西張本。从水耑聲。他耑切十四部

淙 水聲也。水聲淙淙然。从水宗聲。藏宗切九部

激 水礙衺疾波也。當依衆經音義作水流礙邪急曰激也水流不礙則不衺行不衺行則不疾急孟子激而行之可使在山賈子曰水激則旱兮矢激則遠。从水敫聲。吉歷切古音在二部。一曰半遮也。此亦有礙之意與徼邀音義略同

洞 疾流也。此與辵部迵馬部駧音義同引伸爲洞達爲洞壑。从水同聲。徒弄切九部

潘 大波也。从水旛聲。孚袁切十四部

洶 洶洶涌也。各本無洶洶字今依高唐賦注補相如賦曰洶涌滂濆左思賦曰濞焉洶洶楊雄賦曰洶洶旭旭天動地岌。从水匈聲。許拱切九部

涌 滕也。滕水超踊也二篆宜相連今本蓋非古也。从水甬聲。余隴切九部。一曰涌水在楚國。左傳莊十八年閻敖游涌而逸楚子殺之杜曰涌水在南郡華容縣華容今湖北荊州府監利縣地涌水在今江陵縣東南自監利縣流入夏水支流也水經曰江水又東南當華容縣南涌水入焉酈云水自夏水南通於江謂之涌口

湁 湁湒逗瀥也。上林賦潏潏淈淈湁潗鼎沸索隱引周成雜字曰湁潗水沸之貌也潗與湒同湒又訓雨下故不類廁於此瀥沸古今字鼎沸者言水之流如爨鼎沸也按此蓋引上林成語如人部引徽御受屈今本奪鼎字。从水拾聲。丑入切七部

湆 直流

也从水空聲哭工切又苦江切九部汋激水聲也从水勺
聲市若切古音在二部釋名汋澤也有潤澤也自臍以下曰水腹水汋所聚也胞主以虛承汋也蓋皆借爲液字又楚
詞汋約卽莊子淖約井一有水一無水謂之瀱汋見釋水劉氏釋名說其義
曰瀱竭也汋有水聲汋汋也然則瀱謂一無水汋謂一有水瀱井一有水一無水
謂之瀱汋也从水罽聲居例切十五部按釋水文已見上文此但云瀱汋也已足不當
複舉攷釋名作罽不从水說文當同之瀱篆乃淺人所增耳爾雅作瀱亦非古本罽訓竭於音得之渾溷流
聲也溷作混者誤溷亂也酈善長謂二水合流爲渾濤今人謂水濁爲渾从水軍聲戶昆切十三部
一曰洿下也洿下曰一曰窊下也洌水清也案許書有洌洌二篆毛詩有洌無洌
洌彼下泉傳云洌寒也有洌沈泉傳云洌寒意二之曰溧洌傳云溧洌寒氣也皆不从水東京賦玄泉洌清薛曰洌清澄皃
从水列聲良薛切十五部易曰井洌寒泉食井九五爻辭王云絜也崔憬云
清且絜也皆與許合經云洌寒故崔云既寒且絜淑清湛也湛沒也湛沈古今字今俗云深沈是也釋
詁曰淑善也此引伸之義从水叔聲殊六切三部溶水盛也甘泉賦溶方皇於西
清善曰溶盛皃也按今人謂水盛曰溶溶从水容聲余隴切又音容九部瀓清也瀓之言持

也持之而後清方言曰澂清也澂澄古今字禮運澄酒在下字作澄鄭云澄酒與周禮沈齊字雖異蓋同物也周易君子以澂忿懲者澂之假借字蜀才作登鄭云懲猶清也必云猶者正謂澂不訓清澂之斯清故王弼訓止也 从水徵省聲 直陵切六部

瀞 服也澂水之皃 服者明也澂而後明故云澂水之皃引伸之凡潔曰清凡人潔之亦曰清同瀞 从水青聲 七情切十一部

湜 水清見底也 各本作底見依詩釋文正邶風曰涇以渭濁湜湜其止毛云涇渭相入而清濁異按毛本作止鄭乃作沚毛意涇以入渭而形己濁且以己形渭之湜湜然清澂喻君子以新昏而不絜己且以己而益見新昏之可安止者水之澂定也鄭易止為沚云小渚曰沚湜湜持正皃喻君子得新昏故謂己惡己之持正守初如沚然不動搖是其訓湜字比傳是守之解為之非水清見底之謂矣 从水是聲 常職切古音在十六部 詩曰湜湜其止 古今各本及玉篇集韵類篇皆作止毛詩舊文也傳於蒹葭云小渚曰沚於此無文可以證矣鄭箋當有止讀為沚之文淺人刪之而並改經文

潣 水流浼浼皃 浼浼當作潣潣淺人所改也一說潣浼古今字故以浼浼釋潣潣河水浼浼見邶風浼之本義訓汚邶風之浼浼卽潣潣之假借免聲古讀如門與潣音近毛傳曰浼浼平地也卽潣潣之義也 从水閔聲 眉殞切十三部

渗 下漉也 司馬相如封禪文滋液渗漉楊雄河東賦澤渗灕而下降今俗云渗漏 从水參聲 所禁切七部

溷 不流濁也 謂薉濁不流去

也左傳曰有汾澮以流其惡从水圍聲羽非切十五部此於聲見義溷亂也離騷世溷

濁而不分兮王曰溷亂也濁貪也一曰水濁皃此別一義今人不分从水圂聲胡困

切十三部淈濁也今人汩亂字當作此按洪範汩陳其五行某氏曰汩亂也書序汩作汩治也屈賦汩鴻謂

治洪水治亂正一義卽釋詁之淈治也某氏注爾雅引詩淈此羣醜其勿反从水屈聲古忽切十五部

一曰滒泥多汁成泥一曰水出皃上林賦潏潏淈淈淀回泉也

杜詩撇漩捎濆無險阻漩夔州土人讀去聲謂峽中回流大者其深不測舟遇之則旋轉而入江賦所謂盤渦谷轉也濆土人

讀如濆謂峽中回流漸平則突涌如山江賦所謂渨㶁濆瀑也斯二者必撇之捎之而行不可正犯杜用峽中語言入詩

从水旋省聲似沿切十四部按廣韵又辝戀切漼深也小雅有漼者淵毛傳曰漼

深皃从水崔聲七罪切十五部詩曰有漼者淵淵回水也

顏回字子淵从水象形下文釋象形左右謂丨丨岸也中謂[illegible]象水皃

烏懸切十二部𣶒淵或省水囦古文从口水口其外而水其中江賦濆

淏囦泫用囦字㳽水滿也依詩釋文補水字邶風曰河水瀰瀰毛云瀰瀰盛皃玉篇曰洋亦瀰字按盧氏

文弨曰漢地理志邶詩云河水洋洋字从芊姓爲聲謂新臺也俗譌爲洋洋餙古謂邶無此句从水爾聲

奴禮切古音在十六部 澹 澹澹水繇皃也 東京賦注高唐賦注引皆有澹澹字皃字亦依東京賦注補高唐賦曰水澹澹而盤紆東京賦曰淥水澹澹俗借爲淡泊字繇當作搖 从水詹聲 徒敢切八部

潯 旁深也 今人用此字取義於旁而已 从水尋聲 徐林切七部

泙 谷也 廣韵曰水名玉篇曰谷名 从水平聲 符兵切十一部

泏 水皃 廣韵曰水出皃文子曰原流泏泏沖而不盈 从水出聲讀若窋 竹律切十五部

瀳 水至也 至疑當作荒荒大也廣韵曰水荒曰瀳瀳者薦之異文周易曰水洊至習坎洊雷震釋言荐再也荐同洊 从水薦聲讀若尊 今音在甸切古音十三部

潪 土得水沮也 魏風毛傳云沮洳其漸洳者衆經音義引倉頡篇云沮者漸也許君沮字下未舉此義今俗謂水稍稍侵物入其內曰潪當作此字 从水智聲讀若麵 竹隻切十六部

滿 盈溢也 从水㒼聲 莫旱切十四部

滑 利也 古多借爲汨亂之汨 从水骨聲 戶八切十五部

濇 不滑也 止部曰歰不滑也然則二字雙聲同義七發邪氣襲逆中若結轖此假轖爲濇也 从水嗇聲 色立切按當依職韵所力切一部

澤 光潤也 又水艸交厝曰澤又借爲釋字 从水睪聲 丈伯切古音在五部

淫 浸淫隨理也 浸淫者以漸而入也司馬相如難蜀父老曰六合之

內八方之外浸淫衍溢史記作浸潯 从水至聲 余箴切七部 一曰久雨曰淫

月令曰淫雨蚤降左傳曰天作淫雨鄭曰淫霖也雨三日以上爲霖

瀸 漬也 公羊傳莊十七年齊人瀸于遂瀸者何瀸積也衆殺戍者也積本又作漬何曰積死非一之辭按傳文及說文皆當作積爲長許云漬漚也瀸篆不與漬篆聯可以知許說矣 从水韱聲 子廉切七部 爾雅曰泉一見一不爲瀸 釋水文此與上文別一義

泆 水所蕩泆也 蕩泆者動盪奔突而出禹貢道沇水入于河泆爲滎本作泆周禮疏師古漢書注所引不誤且史記水經注皆作泆惟漢地理志作軼軼車相出也正與泆義同左傳彼徒我車懼其侵軼我又曰迭我殽地迭卽泆軼之假借也凡言淫泆者皆謂太過其引伸之義也衞包改禹貢之泆爲溢淺人以滿釋之固可歎矣 从水失聲 夷質切十二部

潰 漏也 漏當作扁扁屋穿水下也左傳凡民逃其上曰潰此引伸之義小雅大雅毛傳皆曰潰遂也此皆謂假潰爲遂 从水貴聲 胡對切十五部

沴 水不利也 河東賦秦神下讋跖魂負沴服虔曰沴河岸之坻也晉灼申之曰沴渚也按坻礙水令水不行故謂之沴 从水㐱聲 郎計切按㐱聲本音當在十二部鄭訓沴爲殄殄是也今音郎計者依如淳音拂戾之戾也 五行傳曰若其沴作 其當作六字之誤也五行傳謂伏生洪範五行傳也若六沴作見洪範五行傳文鄭曰沴殄也服虔曰沴害也司馬彪引五行傳說曰氣之相傷謂之沴

淺 不深也 許於

深下但云水名不云不淺而測下淺下突下可以補足其義是亦一例按不深曰淺不廣亦曰淺故考工記曰以博爲帴帴者淺之假借又馬鄭古文尚書𧷸淺納日馬云淺滅也馬意讀爲戩滅之戩謂何日入也

从水戔聲 七衍切十四部

洔 水暫益且止未減也 此義未見葢與待偫時字義相近爾雅釋水亦借爲沚字

从水寺聲 直里切一部

渻 少減也 今減省之字當作渻古今字也女部又曰嬪者減也嬪渻音義皆同左傳有渻竈人姓名也

一曰水門 此義未見玉篇云一曰水門名廣韵集韵則云一曰水名

从水省聲 息井切十一部

又水出丘前謂之渻丘 爾雅釋丘文也釋名作阯丘阯基阯也按阯丘疑本作沚丘古楷沚字同故渻丘亦爲楷丘

淖 泥也 左傳曰有淖於前乃皆左右相違於淖杜注同倉頡篇云深泥也字林云濡甚曰淖按泥淖以土與水合和爲之故淖引伸之義訓和儀禮嘉薦普淖注曰普淖黍稷也普大淖和也德能大和乃有黍稷也劉瓛述張禹之義曰仲者中也尼者和也言孔子有中和之德故曰仲尼葢漢人尼與泥通用故漢碑仲尼字或作泥又按許泥爲水名不箸塗泥之解於此補見是與深同例也魏晉以後泥淖字作塗

从水卓聲 奴教切二部

濢 小溼也 小葢下之誤篇韵皆云下溼從古本也

从水翠聲 遵誄切十五部按篇韵皆云且遂切下溼也遵誄切汁漬也

溽 溽暑溼暑也 溽暑二字依李善注悼亡詩補月令季夏土潤溽暑鄭曰潤溽謂塗溼也潤溽

雙聲字記言土塗溼而暑上烝也塗讀如雨雪載塗之塗許以溼暑釋記溽暑後人妄刪非是大雅雲漢傳曰藴藴而暑隆隆而雷蟲蟲而熱此暑熱之別暑言下溼熱言上燥也謂之溽者濃也厚也儒行注曰恣滋味爲溽月令溽本或作辱 从水辱聲 而蜀切三部

涅 黑土在水中者也 者字依論語釋文補論語孔注涅可以染皁者按水部曰澱者滓垽也滓者澱也土部曰垽者澱也黑部曰黳謂之垽垽滓也皆與涅義近 从水土日聲 奴結切十二部

滋 益也 艸部茲下曰艸木多益也此字从水茲爲水益也凡經傳增益之義多用此字亦有用茲者如常棣召旻傳云兄茲也桑柔傳云兄茲也衹是一義 从水茲聲 各本篆文作滋解作茲聲誤也今正說詳四篇下茲篆下子之切一部 一曰滋水出牛㱃山白陘谷東入呼沱 此謂水名也地理志常山郡南行唐牛飲山白陸谷滋水所出東至新市入虖池水南行唐故城在今直隸正定府行唐縣縣治北新市故城在今正定府治西北四十里一統志曰滋河源出山西五臺縣界東南流逕正定府靈壽縣北行唐縣南又東歷正定藁城二縣北無極縣南又東北入定州深澤縣界古與滹沱合流今折而東北與滋沙二水合不入滹沱矣

[illegible] 青黑皃 皃字依廣韵訂 从水[illegible]聲 各本篆文作溜解作留聲此以隸體改篆也篇韵皆曰[illegible]今作[illegible]今據正其音當依廣韵荒內切十五部大徐呼骨切

浥 溼也 召南毛傳曰厭浥溼意也 从水邑聲 於及切七部

沙 水散石也

詩正義作水中散石非是水經注引與今本同凡古人所引古書有是有非不容偏信大雅傳云沙水旁也許云水散石與毛不異石散碎謂之沙引伸之凡生澁皆爲沙如內則鳥沙鳴是 从水少 會意 水少沙見 釋其會意之恉所加切十七部古音娑從石作砂者俗字也古丹沙祇用此 楚東有沙水 此別一義也水經注渠水篇曰渠水又東南流逕開封縣睢渙二水出焉右則新溝注之卽沙水也音蔡許慎正作沙音言楚東有沙水謂此水也

沙 譚長說沙或从尐 尐少小也二字皆見小部尐者少也

瀨 水流沙上也 九歌石瀨兮淺淺伍子胥書有下瀨船漢有下瀨將軍應劭漢書注曰瀨水流沙上也臣瓚曰瀨湍也吳越謂之瀨中國謂之磧按瀨之言濿也水在沙上滯濿而下滲也埤蒼云滯濿漉也 从水賴聲 洛帶切十五部

濆 水厓也 詩大雅鋪敦淮濆傳曰濆厓也周南遵彼汝墳傳曰墳大防也晝然分別周禮大司徒職丘陵墳衍原隰注曰水涯曰墳而常武箋亦釋濆爲大防是鄭謂古經假借通用也許則謹守毛傳 从水賁聲 符分切十三部 詩曰敦彼淮濆 敦彼當是鋪敦之誤箋釋爲陳屯

涘 水厓也 爾雅釋丘王風秦風傳皆曰涘厓也 从水矣聲 牀史切一部 周書曰王出涘 周頌思文箋曰武王渡孟津白魚躍入于舟出涘以燎正義引大誓云惟四月太子發上祭于畢下至于孟津之上太子發升舟中流白魚入于王舟王跪取出涘以燎之按今文尚書古文尚書皆有大誓非枚頤本之大誓也許引大誓者三

此與手部攴部也汻水厓也大雅率西水滸傳曰滸水厓也釋丘曰岸上滸从水午聲呼古切五部氿水厓枯土也按今爾雅水醮曰厬仄出泉曰氿許書仄出泉曰厬水厓枯土曰氿與今爾雅正互易依毛詩有洌氿泉似今爾雅不誤也从水九聲居洧切古音在三部爾雅曰水醮曰氿釋水文今本作厬音義云字又作䡄漘水厓也魏風傳漘厓也爾雅曰厓夷上洒下漘按夷上謂上平也洒下謂側水邊者斗峭从水脣聲常倫切十三部詩曰寘河之漘集韵類篇皆河上有諸韵會同浦水瀕也瀕下曰水厓人所賓附也大雅率彼淮浦傳曰浦厓也从水甫聲滂古切五部沚小渚曰沚召南傳曰沚渚也此渾言之秦風傳爾雅釋水曰小渚曰沚此析言之也从水止聲諸市切一部詩曰于沼于沚沸畢沸逗濫泉也畢一本从水作滭上林賦滭弗蘇林曰滭音畢則古非無滭字也泉下小徐有也按也當作皃詩小雅大雅皆有觱沸檻泉之語傳云觱沸泉出皃檻泉正出釋水曰濫泉正出正出涌出也司馬彪注上林賦曰滭弗盛皃也按畢沸疊韵字毛詩觱檻皆假借字今俗以沸爲鬻字从水弗聲分勿切十五部上林賦滭弗一本作浡潨小水入大水曰潨大雅傳曰潨水會也按許說申毛若鄭箋云潨水外之高者也有瘞埋之象則謂潨與崇同恐非詩意从水眾聲此形

聲包會意。徂紅切。九部。詩曰：鳧鷖在潨。

派 別水也。吳都賦：百川派別。劉逵注引字說曰：水別流爲派。从水𠂢。𠂢亦聲。匹賣切。十六部。按衆經音義兩引說文𠂢水之衺流別也，以釋派。韵會曰：派本作𠂢，从反永。引鍇云：今人又增水作派。據此則說文本有𠂢無派。今鍇鉉本水部派字當刪。

汜 水別復入水也。上水字衍文。召南傳曰：決復入水也。謂既決而復入之水也。自其水出而不復入者，釋水自河出爲灉，已下是也。決而復入者，汜是也。釋名曰：汜，已也。如出有所爲，畢已而復入也。按古以無已釋巳，如祀之解曰：祭無已是也。故汜之字从巳。从水巳聲。詳里切。一部。詩曰：江有汜。一曰汜窮瀆也。此別一義。釋丘曰：窮瀆，汜。郭云：水無所通者。漢書張良閒從容步游下邳汜上。服虔讀爲圯音頤。楚人謂橋曰圯。此漢人易字之例也。應劭曰：汜，水之上也。此不易字謂窮瀆無水之上也。下文直墮其履汜下，良下取履，其爲無水之瀆了然。史記本亦作汜。小司馬云：姚察見史記有作土旁者。云有則知史記不皆作土旁也。義本易憭，諸家說皆不察。

湀 湀辟逗流水處也。流鉉作深，非。釋水曰：湀闢，流川。从水癸聲。求癸切。十五部。字林音圭。

滎 滎濘逗絕小水也。滎篆本在濘篆下，今移正。滎濘二字各本無，今依全書通例補。李善注七命引說文：濘，絕小水也。奴泠切。可以證今本之誤。但尚奪滎字耳。甘泉賦：梁弱水之濎濙。服虔曰：崑崙之東有弱水，渡之若濎濙耳。善曰：汀濙，小水也。引字林：濙，絕小水也。按甘泉賦之濎濙，七命之汀濘，皆謂小水也。濙濘義同。

濙卽許之縈字一爲熒省一不省也若熒澤熒陽古皆作熒不作滎唐碑宋槧尚多不誤近今乃皆作滎潛丘劄記乃云說文絕小水之絕爲爾雅正絕流曰亂之絕與禹貢泲入河泆滎相發明其荒謬有如此者中斷曰絕絕者窮也引伸爲極至之用絕小水者極小水也此六書不可以本義滅其引伸之義者也許書陘者山絕坎也此中絕之絕絕小水非其倫也然則熒澤字從火之義若何曰泲之顯伏不測如火之熒熒不定也从水熒省聲戶扃切十一部

濘　滎濘也从水寧聲乃定切十一部按濙濘疊韵此當依七命注奴泠切後人謂淖爲泥濘讀乃定切義與音皆非古矣

洼　深池也史漢皆云得神馬渥洼水中莊子齊物論云似洼者从水圭聲一佳切又於瓜切按古音在十六部

漥　清水也未詳从水窐聲一穎切又屋瓜切按古音在十六部一曰窊也穴部曰窊汙衺下也

潢　積水池也左傳潢汙行潦之水服虔曰畜小水謂之潢水不流謂之汙行潦道路之水从水黃聲乎光切十部廣韵引釋名曰潢染書也乎曠切唐有妝潢匠

沼　池也召南傳曰沼池也張揖廣雅同按衆經音義兩引作小池也从水召聲之少切二部按沼之言招也招外水豬之

池　陂也从水也聲此篆及解各本無今補按徐鉉等曰池沼之池通用江沱字今別作池非是學者以爲確不可易矣攷初學記引說文池者陂也从水也聲依𨸏部陂下一曰池也衣部褫讀若池𣪠之則池與陂爲轉注徐堅所據不誤又攷左傳隱三年正義引應劭風

俗通云池者陂也从水也聲風俗通一書訓詁多襲說文然則應所見固有池篆別於沱篆顯然徐堅所見同應而孔穎達引風俗通不引說文者猶上文引廣雅沼池也不系諸說文耳逮其後說文佚此而淺人謂沱池無二夫形聲之字多含會意沱訓江別故从它沱之言有它也停水曰池故从也也本訓女陰也詩謂水所出爲泉所聚爲池故曰池之竭矣不云自瀕泉之竭矣不云自中豈與沱同字乎漢碑作池沼字皆從也廣雅曰沼池也池沼也二字互訓與許合直離切古音在十七部今本初學記也聲誤爲它聲今本左傳正義陂也誤爲陂池皆淺人所改

湖 大陂也 𨸏部曰陂一曰池也然則大陂謂大池也古言鴻隙大陂言汪汪若千頃陂皆謂大池也池以鍾水湖特鍾水之大者耳 从水胡聲 戶吳切五部 楊州濅有五湖 職方氏曰楊州其澤藪曰具區其浸五湖鄭曰具區五湖在吳南按經具區五湖分析言之五湖之非具區明矣鄭云皆在吳南則其相聯屬可知也

濅 逗 川澤所仰以溉灌者也 上文言渭雝州浸汾冀州浸潞冀州浸溠荆州浸沭沂皆青州浸五湖楊州浸下文曰湛豫州浸皆據職方爲言此總釋浸字以補濅篆下所未備也鄭曰浸可以爲陂灌溉者按可以爲陂謂可以爲池也許云川澤所仰以溉灌者謂職方其澤藪其川其浸三者析言之川流或竭澤水本希藉浸水亭蓄者多可以灌注之故必兼言浸也上文溉字下曰溉灌注也風俗通曰湖者言流瀆四面所猥也川澤所仰以溉灌也用許語

汥 水都也 水都者水所聚也民所聚曰都汥之證未詳 从水支聲 章移切十六部

洫 十里爲成

成閒廣八尺深八尺謂之洫 考工記匠人文也匠人溝洫之制惟歙程氏瑤田通藝錄能發明之洫亦作淢韓詩築城伊洫毛詩作淢傳曰淢成溝也箋云方十里曰成淢其溝也按門閾之字古文作閾是或與血異部而音通也溝洫對文則異散文則通故毛曰成溝 从水血聲 況逼切按古音在十二部入聲今入職韵者以毛詩作淢之故 論語曰盡力于溝洫 論語泰伯篇今本于作乎

溝 水瀆也 也字依玄應補 廣四尺深四尺 匠人職曰九夫爲井井閒廣四尺深四尺謂之溝 从水冓聲 古侯切四部

瀆 溝也 謂井閒廣四尺深四尺者也 从水賣聲 徒谷切三部 一曰邑中曰溝 曰字依玄應補不必井閒亦不必廣四尺深四尺者也按瀆之言竇也凡水所行之孔曰瀆小大皆得稱瀆釋水曰注澮曰瀆又曰江河淮濟爲四瀆水經注謂古時水所行今久移者曰故瀆

渠 水所居也 渠居疊韵風俗通亦云渠者水所居也 从水榘聲 小徐云榘卽柜字見木部又堯廟碑以柜爲渠彊魚切五部

瀶 谷也 泉出通川爲谷谷亦稱瀶也 从水臨聲讀若林 力尋切七部 一曰寒也 與凜音義略同

湄 水艸交爲湄 小雅居河之湄釋水毛傳皆曰水草交爲湄 从水眉聲 武悲切十五部

洐 溝行水也从水行 此以會意包形聲戶庚切古音在十部

澗 山夾

水也釋山毛傳皆云。小雅秩秩斯干毛云干澗也。此謂詩假借干爲澗也。从水閒聲古莧切十四部

一曰澗水出弘農新安東南入雒雒各本作洛。今正。地理志曰弘農郡新安禹貢澗水在東南入雒。禹貢雒水出弘農郡上雒冢領山東北至鞏入河。按地理志禹貢雒水字作雒。凡云伊水入雒穀水入雒澗水入雒瀍水入雒凡二云上雒縣雒陽縣字皆不作洛也。且志文前後相應。此云禹貢雒水則前文稱禹貢逾于雒伊雒瀍澗既入于河道雒自熊耳。古本必皆作雒斷不作洛也。且志稱職方豫州川曰熒雒。雍州浸曰渭洛。二字分別畫然可以證上稱禹貢亦必分別畫然。惟豫雒雍洛不同字。故北地歸德下云洛水出北蠻夷中。直路下云沮水出東西入洛。左馮翊褱德下云洛水東南入渭。與雒水字迥別。學者以是求之。可以知黃初一詔之欺人矣。漢新安縣故城在今河南河南府澠池縣東。澗水在今澠池縣東。合於穀水而互受通稱。同至今洛陽縣西南入洛水

澳隈厓也。其內曰澳。其外曰鞫鞫舊作隈。今正。爾雅說厓岸曰隩隈厓內爲隩。外爲鞫。郭以隈字上屬厓字下屬以許訂之。郭非是。𨸏部隈下曰水曲隩也。隩下曰水隈厓也。亦隈厓聯文。隩與澳。𨸏與水。字異而音義同。今毛詩瞻彼淇奧字作奧。古文假借也。毛詩曰奧隈也。此言水曲之裏。淵奧然也。大雅芮鞫之即。箋云水之內曰澳。水之外曰鞫。鞫謂水曲之表。圜穹然也。鞫之雙聲爲居窮切。故傴僂之狀曰鞫窮。曰躬窮。水曲之表如弓。故曰鞫。韓詩漢志作阸。字林作𡍐。俗本爾雅改鞫爲隈因或取以改說文耳从水奥聲於六切三部

澩夏有水冬無水

曰㴔釋山曰山上有水埒夏有水冬無水㴔謂山上夏有停潦冬則乾也从水學省聲讀若學胡角切三部

澩 㴔或不省

𤅩 水濡而乾也𤅩字古義如此後人用爲沙灘此之謂古今字也沙灘字亦或作潬从水鷬聲詩釋文引說文他安反大徐益以呼旰切非也十四部詩曰𤅩其乾矣王風文今毛詩作暵菸非也一章曰𤅩其乾矣二章曰𤅩其脩矣脩且乾也三章曰𤅩其溼矣知𤅩兼濡與乾言之毛傳曰菸皃菸者一物而濡之乾之則菸邑無色也

灘 俗𤅩从隹

汕 魚游水皃小雅南有嘉魚烝然汕汕傳曰汕樔也詩不从毛葢三家之說从水山聲所晏切十四部詩曰烝然汕汕

決 下流也各本作行流衆經音義二引皆作下流下讀自上下下之下胡鴂切決水之義引伸爲決斷从水夬聲古穴切衆經音義二引說文胡玦切十五部廬江有決水出大別山地理志廬江郡雩婁決水北至蓼入淮又有灌水亦北至蓼入決水經注決水自安豐縣故城西北逕蓼縣故城東又西北灌水注之又北入於淮決水卽今史河詳灌字下按漢志六安國安豐縣下曰禹貢大別在西南許云決水出大別山卽安豐之大別山也漢安豐今爲固始及霍丘

灓 屚流也宋姚宏曰戰國策王季歷葬於楚山之尾灓水齧其墓謂墓爲山尾屚流所沮敗也孔衍春秋後語改爲灓水注云宜都縣有灓水誤甚王季葬鄠南从水䜌聲洛官切十四部

滴 水注也埤倉有渧字讀去聲卽滴字也 从水啇聲都歷切十六部

注 灌也大雅曰挹彼注茲引伸爲傳注爲六書轉注注之云者引之有所適也故釋經以明其義曰注交互之而其義相輸曰轉注釋故釋言釋訓皆曰轉注也有假注爲咮者如注星卽咮星是也 从水主聲之戍切古音如晝在四部○按漢唐宋人經注之字無有作註者明人始改注爲註大非古義也古惟註記字从言如左傳敘諸所記註韓愈文市井貨錢註記之類通俗文云記物曰註廣雅註識也古起居註用此字與注釋字別

𣴎 溉灌也自上澆下曰沃故下文云澆者沃也周禮左傳皆言沃盥是也水沃則土肥故云沃土水沃則有光澤故毛傳云沃沃壯佼也又云沃柔也 从水芺聲烏酷切古音在二部隸作沃

𣸣 所目攤水也攤當作灘灘塞也廣雅曰𣸣隁也 从水昔聲所責切古音在五部曹憲倉故反 漢律曰及其門首洒𣸣𣸣謂灑水於人家門前有妨害也

澨 埤增水邊土人所止者土部曰埤增也增益也鄭善長曰左傳文十六年楚軍次於句澨定四年左司馬戌敗吳師於雍澨昭二十三年司馬薳越縊於薳澨服虔或謂之邑又謂之地京相璠杜預亦云水際及邊地名也今南陽淯陽二縣之閒淯水之濱有南澨北澨矣 从水筮聲筮小篆作𥳑時制切十五部 夏書曰過三澨禹貢文水經曰三澨地在南郡邔縣北沱鄭注云地說曰沔水東行過三澨合流觸大別山阪故馬融鄭玄王肅孔安國等咸以爲三澨水名

也惟許愼說異按水經釋爲地與許合水經者或謂桑欽所作然則許正用孔氏古文尚書說也

水渡也商書微子曰若涉大水其無津俗本妄增涯字按經傳多假借津爲𤅊盡潤字周禮其民黑而津是 从水𦘒聲將鄰切十二部隸省作津

古文津从舟淮按當是从舟从水進省聲

無舟渡河也小雅傳曰徒涉曰馮河徒搏曰暴虎爾雅釋訓論語孔注同淜正字馮假借字 从水朋聲皮冰切六部

小津也謂渡之小者也非地大人衆之所小一作水非 从水横聲戶孟切按玉篇戶䑲切爲長古音在十部 一曰以船渡也方言曰方舟謂之潢郭云揚州人呼渡津舫爲杭荊州人呼潢音横廣雅潢筏也

編木以渡也周南江之永矣不可方思傳曰方泭也卽釋言之舫泭也爾雅字多從俗耳釋水曰大夫方舟士特舟庶人乘泭方言曰泭謂之簰簰謂之筏筏秦晉之通語也廣韵曰大曰簰曰筏小曰泭按論語乘桴于海假桴爲泭也凡竹木蘆葦皆可編爲之今江蘇四川之語曰簰 从水付聲芳無切古音在四部

濟也上文濟篆下無此義此補見邶風傳曰濟渡也方言曰過度謂之涉濟凡過其處皆曰渡假借多作度天體三百六十五度謂所過者三百六十五也 从水度聲徒故切五部

緣水而下也禹貢沿于江海達于淮泗鄭本沿作松字之誤也馬本作均依今文尚書也均者沿之假借字如三年閒反巡過其故鄉荀卿巡作鉛假鉛爲巡其理一也 从

水㕣聲（與專切十四部㕣古文沇）春秋傳曰王沿夏（左傳昭十三年曰王沿夏將欲入鄢）

泝逆流而上曰泝洄（秦風傳曰逆流而上曰遡洄順流而涉曰遡游釋水同涉作下）泝向也（向當作鄉淺人所改也漢人書向背字皆作鄉不作向中庸素隱注曰素讀爲攻城攻其所傃之傃傃猶鄉也按遡者從其朔傃者從其素故字从朔从素）水欲下違之而上也（此釋洄字之義洄違疊韵）从水㡿聲（桑故切五部）

遡 泝或从辵朔（朔亦聲也）

洄 泝洄也从水回聲（以形聲包會意戶灰切十五部）

泳 潛行水中也（周南不可泳思釋水毛傳皆曰潛行爲泳下文云潛涉水也涉徒行厲水也）从水永聲（爲命切古音在十部）

潛 涉水也（上文云潛行水中對下文浮行水上言之邶風傳云由鄴以上爲涉然則言潛者自其鄴以下沒於水言之所謂泳也左傳哀十七年越子以三軍潛涉又按潛汙等字後人不甚分明若水經注江水篇云有潛客泳而視之見水下有兩石牛此則謂潛全沒水中矣）一曰藏也（此今日通行義釋言曰潛深也方言曰潛涵沈也）从水朁聲（昨鹽切七部）一曰漢爲潛（釋水文劉逵注蜀都賦云禹貢梁州沱潛既道有水從漢中沔陽縣南流至梓潼漢壽縣入大穴中通岡山下西南潛出今名伏水舊說云禹貢潛水也郭樸爾雅音義同此說）

淦 水入船中也（水入船中必由朕而入淦者浸淫隨理之意）从

水金聲 古暗切古音在七部 一曰泥也 謂塗泥 汵 淦或从今 今聲

汎 浮也 邶風曰汎彼柏舟亦汎其流上汎謂汎汎浮皃也下汎當作泛泛浮也汎泛古同音而字有區別如此左傳僖十三年汎舟之役亦當作泛 从水乏聲 孚梵切古音在七部

汓 浮行水上也 若今人能划水者是也列子曰習於水勇於泅 从水子 子猶小也浮於水上望之甚小也似由切三部 古文或曰汓爲沒字 此古文小篆之別也其義其音其形皆別矣按沒水者或沒或浮皆無不可則不妨同字同音也

泅 汓或从囚聲

砅 履石渡水也 謂若今有水汪置甎石而過水之至小至淺者也 从水石 會意力制切十五部 詩曰深則砅 此稱邶風言假借也毛詩曰深則厲釋水曰以衣涉水爲厲又曰繇帶以上爲厲此竝存一說也毛傳依之定本改云以衣涉水爲厲謂由帶以上也合爲一說繆矣履石渡水乃水之至淺尚無待於揭衣者其與深則厲絕然二事明矣厲砅二字同音故詩容有作砅者許稱以明假借如尚書以作𢻯爲作好以蕢席爲蔑席之比經典釋文引韓詩至心曰厲玉篇作水深至心曰砅至心卽由帶以上之說也葢韓詩作深則砅許稱之與戴先生乃以橋梁說砅如共說許當徑云石梁不當云履石渡水矣詩言深則厲淺則揭喻因時之宜倘深待石梁則有不能渡者矣禹貢厲砥玄應引作砅砥僞說命用汝作厲宋庠國語補音引詩作砅汗簡云砅古文礪此可見古假砅爲厲非一處矣

濿 砅或从厲 厲者石也

從水厲猶從水石也引伸之爲凡渡水之稱如大人賦云橫厲飛泉以正東是也字多作厲○厲既改作𡰥則此亦當作𤃬

水上人所會也 引伸爲凡聚集之偁 从水奏聲 倉奏切四部

沒也 古書浮沈字多作湛湛沈古今字沉又沈之俗也下文云沒湛也二字轉注 从水甚聲 按直林切七部大徐宅減切未知古義古音也凡湛字引伸之義甚多其音不一要其古音則同直林切而已 一曰湛水豫州浸 州各本作章今依地理志注集韵所引訂正職方氏荊州其浸潁湛豫州其浸波溠許系溠於荊系湛於豫蓋以正經文之互譌也鄭注云湛未聞許系諸豫蓋必實有所指矣水經汝水篇注曰汝水又東南逕繁丘城南而東南出湛水出犫縣北魚齒山西北東南流歷魚齒山爲湛浦春秋傳襄十六年楚晉戰於湛阪蓋卽湛水以名阪也又東南逕蒲城北又東入汝周禮鄭注曰未聞蓋偶有不照按許意亦正謂斯水也杜元凱云昆陽縣北有湛水東入汝今河南南陽府葉縣北二十里有昆陽城

古文

沒也 釋詁湮落也落與沒義相近 从水垔聲 於真切十二部

沒也 此沈溺之本字也今人多用溺水水名字爲之古今異字 从水人 讀與溺同 耳玉篇引孔子曰君子休於口小人休於水顧希馮所見禮記尚作休 奴歷切古音在二部

湛也 湛各本作沈淺人以今字改之也今正沒者全入於水故引伸之義訓盡小雅曷其沒矣傳云沒盡也論語沒階孔安國曰沒盡也凡貪沒乾沒皆沈溺之引伸 从水𠬛聲 莫勃切

切十五部渨沒也从水畏聲烏恢切十五部按此字疑後人所增滃雲气起也易林潼滃蔚薈扶首來會謂雲起也江賦氣滃渤以霧杳有假翁爲滃者周禮醴齊注盎猶翁也成而翁翁然葱白色从水翁聲烏孔切九部泱滃也射雉賦天泱泱以垂雲善曰毛詩英英白雲毛萇曰英英白雲皃泱與英古字通按泱滃雙聲从水央聲於良切十部徐爰曰音英音之轉也淒雨雲起也各本作雲雨誤今依初學記太平御覽正雨雲謂欲雨之雲唐人詩晴雲雨雲是也按詩曰淒其以風毛傳淒寒風皃又曰風雨淒淒葢淒有陰寒之意小雅有渰淒淒皃急雨欲來之狀未嘗不兼風言之許以字從水但謂之雨雲从水妻聲七稽切十五部詩曰有渰淒淒今詩作萋萋非也呂覽漢書玉篇廣韵皆作淒淒渰雨雲皃各本作雲雨皃今依初學記太平御覽正毛傳曰渰雲興皃顏氏家訓定本集注作陰雲恐許所據經作雨雲渰漢書作黤按有渰淒淒謂黑雲如鬊春淒風怒生此山雨欲來風滿樓之象也既而白雲彌漫風定雨甚則興雲祁祁雨我公田也詩之體物瀏亮如是从水弇聲衣檢切七部溟小雨溟溟也太玄經密雨溟溟沐玉篇曰溟濛小雨莊子南溟北溟其字當是本作冥从水冥聲莫經切十一部涑小雨零皃零各本作零今正涑涑亦雨聲从水束聲所責切十六部俗作[illegible]瀑疾雨也暴疾有所趣也故从水从暴爲疾雨从水暴

聲平到切二部詩曰終風且瀑詩邶風文按毛詩終風且暴傳曰暴疾也卽指風言許所據蓋三家詩一曰沫也沫一作沫誤馬融長笛賦曰山水猥至渹瀑噴沫渹瀑噴沫噴沫水跳沫也渹瀑噴沫皃蜀都賦亦曰龍池渹瀑濆其隈濆當作噴江賦曰拊拂瀑沫一曰瀑賈也雨部曰賈雨也齊人謂靁爲賈

澍時雨也所以樹生萬物者也依魏都賦注後漢明帝紀注補五字樹舊譌澍今正樹澍以疊韵爲訓難蜀父老曰羣生澍濡从水尌聲當句切古音在四部

湒雨下也廣雅云湒湒雨也毛詩其角湒湒宋本釋文如是假借爲角皃从水咠聲姊入切七部一曰沸涌皃上文云湁湒鬻也

澬久雨涔資也亦作涔賴一曰水名廣韵曰在常山郡从水資聲才私切又卽夷切十五部

潦雨水也各本作雨水大皃今依詩采蘋正義文選陸機贈顧彥先詩注眾經音義卷一訂曲禮釋文亦曰雨水謂之潦雨水謂雨下之水也左傳曰水潦將降召南于彼行潦傳曰行潦流潦也按傳以流釋行服注左傳乃云道路之水趙注孟子乃云道旁流潦以道釋行似非潦水流而聚焉故曰行潦不必在道旁也从水尞聲盧皓切二部俗借潦爲澇水字

濩雨流霤下皃皃宋本無非霤屋水流下也今俗語評簷水霤下曰滴濩乃古語也或假濩爲鑊如詩是刈是濩是也或假爲護如湯樂名大濩是也从水蒦聲胡郭切五部

涿流

下滴也周禮壺涿氏注壺瓦鼓也涿擊之也按擊瓦鼓之聲如滴然故曰壺涿今俗謂一滴曰一涿音如篤卽此字也又作沰音當洛反廣雅沰䃅也崔寔書上火不落下火滴沰周禮掌舍注云柜受居溜水涑橐者也橐卽沰之假借从水豖聲竹角切古音在三部上谷有涿鹿縣鹿字各本奪今補涿縣在涿郡不在上谷也地理志上谷郡涿鹿今涿鹿故城在直隸宣化府保安州南明志謂之軒轅城涿郡涿今涿縣故城在順天府涿州州治𣲒奇字涿古文奇字也从日乙从日者謂於日光中見之乙葢象滴下之形非甲乙字

瀧雨瀧瀧也也大徐作皃今依小徐及廣韻瀧瀧雨滴皃也音轉讀爲浪浪平聲方言曰瀧涿謂之霑漬郭云瀧涿猶瀨滯也瀨滯當作瀨滯埤倉云渧瀨滯也通俗文云霝滴謂之瀨渧又廣韻集韻皆云瀧涑沾漬也瀧涑卽瀧涿也荀卿書東籠而退楊倞云東籠卽瀧涑从水龍聲力公切九部

渿沛也玉篇同未聞一本作沛沛之廣韻集韻類篇同亦未聞按渿沛當係瀨渧之字誤又佚渧篆耳與上文三篆同義故㕑於此从水桼聲奴帶切十五部瀨郎計切渧都計切今俗語多如此

滈久雨也引伸爲水皃上林賦翯乎滈滈吳都賦滈汗六州之域借爲京兆鎬水字从水高聲乎老切二部

漊雨漊漊也漊漊猶縷縷也不絕之皃一曰汝南人廣韻有人字謂飲酒習之不醉曰漊曰字依韵會訂謂不善飲者每日飲少許久久習之漸能不醉其方

言曰漊从水婁聲力主切古音在四部溦小雨也今人槩作微廣韵集韵皆曰溦

溦小雨按爾雅谷者溦假借字也从水散聲各本作微省聲今正無非切十五部濛溦雨

皃溦各本作微今正皃各本作也今依玉篇正溦溟濛三字一聲之轉豳風曰零雨其濛傳云濛雨皃廣韵空濛小雨

廣雅作霿霿俗字也从水蒙聲莫紅切九部沈陵上滈水也謂陵上雨積停

潦也古多假借爲湛沒之湛如小雅載沈載浮是又或借爲瀋字檀弓爲榆沈是也从水冘聲直深切又

尸甚切八部一曰濁黕也黑部曰黕滓垢也黕沈同音通用渿靁震渿渿

也从水靁震雨中故从水再聲作代切一部淊泥水淊淊也从

水臽聲胡感切八部一曰繅絲湯繅絲必用湯名曰淊涵水澤

多也所受潤澤多也从水圅聲胡男切七部詩曰僭始既涵小雅巧言

文傳曰僭數涵容也按涵訓容者就受澤多之義而引伸之洳漸溼也魏風彼汾沮洳傳曰汾汾水也

沮洳其漸洳者洳澤同字沮子預反猶潛也从水挐聲人庶切五部瀀澤多也

與優義近瞻卬傳曰優渥也優卽瀀之假借矣从水憂聲於求切三部詩曰既瀀既

渥小雅信南山文今詩作優涔漬也淮南書牛蹏之涔謂水之漬於牛跡中者也毛詩潛有多魚韓詩作

涔爾雅曰槮謂之涔毛傳曰潛槮也說者云槮卽罧字韓詩曰涔魚池也此皆涔之別義 从水岑聲 鉏箴切七部 一曰涔陽渚在郢 屈原九歌望涔陽兮極浦王逸曰涔陽江碕名附近郢按許曰在郢王曰附近郢許云諸名王云江碕名皆不云有涔水謂近郢濵大江之洲渚耳近儒說未可信

漬 漚也 謂浸漬也古多假爲骴字公羊傳大瘠禮記注引作大漬公羊傳瀸者何漬也衆殺戍者也周禮蜡氏掌除骴故書骴作脊鄭司農云脊讀爲漬謂死人骨也漢志國士捐瘠孟康曰肉腐爲瘠按骴漬脊瘠四字古同音通用當是骴爲正字也 从水責聲 前智切十六部

漚 久漬也 言久漬者略別於漬也上統言此析言互相足也陳風可以漚麻傳曰漚柔也考工記漚其絲注曰楚人曰漚齊人曰涹或假渥字爲之如左傳鄭人漚菅者周禮注引作繒人渥菅是也 从水區聲 烏候切四部

浞 小濡皃也 濡者霑也上文濡篆下未擧此義故此及兩部補見小雅曰既霑既足蓋足卽浞之假借也 从水足聲 士角切古音在三部

渥 霑也 小雅既優既渥考工記欲其柔滑而腥脂之注腥讀如沾渥之渥按渥之言厚也濡之深厚也邶風傳曰渥厚漬也 从水屋聲 於角切古音在三部

㴔 灌也 灌與㴔義同 从水隺聲 口角切又公沃切三部

洽 霑也 大雅民之洽矣傳曰洽合也此謂毛詩假洽爲合也釋詁曰郃合也郃卽洽毛詩在洽之陽稱引者多作在郃之陽是也 从水合聲 矦夾切七部

濃 露多也 小雅

蓼蕭傳曰濃濃厚皃按西部曰醲厚酒也衣部曰襛衣厚皃凡農聲字皆訓厚 从水農聲 女容切九部

詩曰零露濃濃 瀌 瀌瀌雨雪皃 依韵會所據小徐本訂小雅角弓曰雨雪瀌瀌見晛曰消廣雅瀌瀌雪也劉向傳作麃 从水麃聲 甫嬌切二部

溓 溓溓 薄仌也 溓溓二字依文選注補潘岳寡婦賦曰水溓溓以微凝按食部鎌下云讀若風溓溓蓋當云讀若風溓之溓風溓謂風之蹙淩也 或曰中絕小水 玉篇廣韵作大水中絕小水出也當是古人所見完本後奪誤爲四字耳謂大水中絕小水之流而出也八字一句公羊傳曰周公盛魯公燾羣公溓何曰盛者新穀燾者冒也故上以新也溓者連新於陳上財令半相連耳此溓引伸之義也公羊疏本作溓今本公羊作廩誤鄭注周易引羣公溓見詩采薇正義 又曰淹也 晁以道云唐本有此四字楊上善注素問云溓水靜也於此義相近淹篆下無此義於此補見 从水兼聲 力鹽切七部按宋晁以道所據唐本力簟反楊上善素問注廉檢反李善文選注力檢反

濂 或从廉 晁以道云唐本有見樓攻媿集

泐 水之理也 各本水下有石字今刪𠂤部曰阞地理也从𠂤木部曰朸木之理也从木然則泐訓水之理从水無疑矣淺人不知水有理又見下文引周禮說石乃妄增一字水理如地理木理可尋其字皆从力力者人身之理也 从水阞聲 形聲包會意也大徐無聲字盧則切一部 周禮曰石有時而泐 考工記文石隨其理而解散石之理如水之理故借

用泐字水理猶地理故泐以阞會意形聲

滯　凝也　凝俗冰字周禮廛人凡珍異之有滯者鄭司農云貨物沈滯於廛中不決泉府貨之滯於民用者故書滯為癉杜子春云癉當為滯　从水帶聲　直例切十五部

泜　箸止也　箸直略切箸止有所箸而止也土部坻下曰箸也與此字皆从氐徐楚金引左傳物乃泜伏按左傳自作坻伏杜曰坻止也尋其義當作坻與泜義略同葢唐宋以來氐氐溷淆多矣　从水氐聲　按玉篇之是切廣韵諸氏切十六部大徐直尼切誤認為坻字耳

𣿅　水裂去也　謂水分裂而去也韓愈文用𣿅𣿅字　从水虩聲　古伯切古音在五部

澌　水索也　方言曰澌索也郭注云盡也按許說其本義楊說其引伸之義也索訓盡者索乃素之假借字入室搜索有盡意也方言曰鋌賜也賜者澌之假借亦作儩　从水斯聲　息移切十六部

汔　水涸也　大雅民勞傳曰汔危也周易汔至亦未繘井小狐汔濟虞翻曰汔幾也皆引伸之義水涸為將盡之時故引伸之義曰危曰幾也　从水气聲　許訖切詩音義引說文巨乞反十五部　或曰泣下　別一義　詩曰汔可小康　前說引伸之義

涸　渴也　渴盡也渠列切釋詁曰涸渴也俗本作竭月令仲秋之月水始涸　从水固聲讀若狐貈之貈　按貈從舟聲今人以貉為之音下各切別作貃貊字音莫白切皆非古也此涸下當云讀若貉恐音既變之後絫經改竄耳下各切五部

𣴜　涸亦从水鹵舟　未聞其意

消 盡也 未盡而將盡也 从水肖聲 相幺切二部

潐 盡也 荀卿書其誰能以己之潐潐受人之掝掝者哉楊倞曰潐盡也潐潐謂窮盡明於事猶楚辭之察察 从水焦聲 子肖切二部按焦者火所傷義近盡故訓盡則以焦會意

渴 盡也 渴竭古今字古水竭字多用渴今則用渴爲𣣣字矣 从水曷聲 佩觿曰說文字林渴音其列翻按大徐苦葛切非也十五部

漮 水虛也 爾雅音義引作水之空也葢許用釋爾雅舊說故爲分別之詞釋詁曰漮虛也虛師古引作空康者穀皮中空之謂故从康之字皆訓爲虛𣢟下曰饑虛也康下曰屋康㝗也詩酌彼康爵箋云康虛也方言曰康空也長門賦㯩梁虛梁也急就篇顏注曰𨍉謂輿中空處所用載物也水之空謂水之中心有空處 从水康聲 苦岡切十部

溼 幽溼也从一 句 覆也覆土而有水故溼也 凡溼之所从生多生於上有覆而氣不泄故从一土水會意 从㬎省聲 失入切七部今字作濕

湆 幽溼也 从水音聲 去急切七部五經文字云湇從泣下月大羹也湆從泣下日幽深也今禮經大羹相承多作下字或傳寫久譌不敢改正按湇字不見於說文則未知張說何本儀禮音義引字林云湇羹汁也玉篇廣韵同然則本無異字肉之精液如幽溼生水也廣雅羹謂之䏚皆字之或體耳

洿 濁水不流也 服虔注左傳云水不流謂之汙按汙即洿之假借字孟子梁惠王作洿滕文公作汙玄應引說文濁水不流池也引字林濁水不流曰洿宜有池爲

長一曰窊下也窊本作窳今改从水夸聲哀都切五部洿薉也艸部曰薉者蕪也地二云蕪薉水二云汙薉皆謂其不潔清也此篆上濁水不流池類言之大徐本移浼篆於汙篆前不知下文瀸瀸浼類列略同方言廁於此則非其次矣从水亏聲烏故切按當哀都切五部義與洿略同一曰小池爲汙池之小者汙池見孟子滕文公一曰涂也與杇義略同木部曰杇所以涂也

湫隘下也當作湫隘湫下也此舉左傳湫隘字而釋湫如毛傳云文茵文虎皮也之例杜預亦云湫下隘小下文塏訓高燥爲湫之反昭三年左傳服注湫箸也十二年杜注湫愁隘也皆引伸之義一曰有湫水在周地未聞春秋傳曰晏子之宅湫隘事見左傳昭三年安定朝那有湫淵淵各本作泉唐人避諱改也今正安定郡朝那二志同朝追輸切朝那故城在今甘肅平涼府附郭平涼縣西北前志云有湫淵祠蘇林云淵方四十里停不流冬夏不增減不生艸木一統志曰朝那湫今在平涼府固原州西南从水秋聲子了切又即由切三部

潤水曰潤下語見洪範从水閏聲如順切十三部

準平也謂水之平也天下莫平於水水平謂之準因之製平物之器亦謂之準漢志繩直生準準者所以揆平取正是也因之凡平均皆謂之準考工記準之然後量之易繫辭易與天地準是也从水隼聲之允切按隼即鵻字鵻从隹聲準古音在十五部讀之壘切考工記故書準作

水〇準五經文字云字林作准按古書多用准蓋魏晉時恐與準字亂而別之耳

汀 平也謂水之平也水平謂之汀因之洲渚之平謂之汀李善引文字集略云水際平沙也乃引伸之義耳从水丁聲他丁切十一部

泙 汀或从平

沑 水吏也謂水駛也駛疾也其字在說文作𩣡不解者譌爲吏耳一本作利義同錢氏大昕云吏當作文海賦踧沑注云蹴聚也廣韵云蹜沑水文聚踧蹜同按廣韵上聲人九切引說文同入聲女六切云水文聚又昷也从水丑聲人九切三部

瀵 水漫也漫各本作浸今依集韵訂說文水部無漫當作曼曼者引也瀵者水之引而愈出也曼瀵聲類相近从水糞聲讀若粉方問切廣韵匹問切十三部爾雅曰瀵大出尾下釋水文郭云今河東汾陰縣有水口如車輪濆沸涌出其深無限名之曰瀵郃陽縣復有瀵亦如之相去數里而夾河河中陼上又有一瀵瀵源皆潛相通按地理志上谷郡潘縣師古曰普半反全氏祖望據水經注河水過蒲阪下引帝王世紀曰舜都蒲阪或言都平陽及瀵正前志潘當作瀵

滜 新也謂水色新也如玉色鮮曰玼廣韵曰新水狀也从水皋聲七皐切十五部

瀞 無垢薉也此今之淨字也古瀞今淨是之謂古今字古籍少見韵會云楚辭收潦而水清注作瀞按今文選本作百川靜洪興祖本作百川清皆與黃氏所見異古書多假清爲瀞从水靜聲疾正切十一部

瀎 瀎滅二字各本奪今依全書例補飾滅皃飾各

本作拭今正又部曰㕞飾也巾部曰飾㕞也許書無拭字飾拭古今字今本說文又部作拭而五經文字所引不誤拭滅者拂拭滅去其痕也瀎泧今京師人語如此音如麻沙釋名曰摩娑猶末殺也手上下之言也巾部帴字下曰讀如末殺之殺末殺字林作抹摋卽瀎泧也異字而同音義 从水蔑聲 莫達切古在十二部入聲

泧 瀎泧也从水戉聲讀若椒㯱之㯱 按音所八切十五部大徐云火活切非也

洎 灌釜也 灌者沃也沃今江蘇俗云㷂烏到切廣韵三十七號云㷂釜以水添釜也周禮士師洎鑊水注云洎謂增其沃汁呂覽多洎之少洎之左傳去其肉而以其洎饋正義云洎者添釜之名添釜以爲肉汁遂名肉汁爲洎 从水自聲 其冀切按當依釋文其器反十五部

湯 𤍽水也从水昜聲 土郎切十部又始陽切湯湯水盛

渜 湯也 士喪禮渜濯棄于坎注沐浴餘潘水渜作湪作湪荆沔之閒語疏潘水既經温煑謂之渜渜已將沐浴謂之濯○今北方灤河漢志水經作濡水乃官切正渜之誤耳耎多譌需詳手部渜洝古皆平聲猶安𩠫 从水耎聲 乃管切十四部

洝 渜水也 日部曰安𩠫温也然則洝渜猶安𩠫皆疊韵字 从水安聲 烏旰切十四部

洏 洝也 洏與渜音近耎從而聲也 从水而聲 如之切一部 一曰煑孰也 肉部曰胹爛也然則洏與胹同也內則作濡蓋字之誤注曰凡濡謂烹之以汁和也

涗 財溫水也 考工記曰以涗水漚其絲注云故書涗作湄鄭司農云湄

水温水也玄謂涚水以灰所泲水也玉裁按湄當作渜集韵云渜或作湄是也大鄭從渜故釋之曰温水鄭從涚故依禮記涚齊貴新之涚釋爲以灰所泲水其說殊矣許則字從涚而釋從大鄭依許說則內則祭統涚字不可解 從水兌聲 輸芮切十五部 周禮曰以涚漚其絲

涫 灊也 春秋繁露燔以涫湯韓詩外傳作沸湯然則涫灊一也周禮注曰今燕俗名湯熱爲觀觀卽涫今江蘇俗語灊水曰滾水滾水卽涫語之轉也 從水官聲 古丸切十四部 酒泉有樂涫縣 二志同故城在今甘肅肅州高臺縣西北鎮夷城西南

涾 涫溢也今河朔方言謂灊溢爲涾 河朔河北也 從水沓聲 徒合切八部

汏 淅灡也 淅字賸文選注王元長舉秀才文注引無淅字可證士喪禮祝淅米于堂注淅汏也釋詁曰汏墜也汏之則沙礫去矣故曰墜也九章齊吳榜以擊汏吳大也榜楫也言齊同用大楫擊水而行如汏洒於水中也凡舟子之用櫓振力擊之乃徐拕之如汏然今蘇州人謂搖曳洒之曰汏音如俗語之大在禡韵 從水大聲 徒蓋切十五部大徐云又代何切 按凡沙汏淘汏用淅米之義引伸之或寫作汰多點者誤也若左傳汏侈汏輈字皆卽泰字之假借寫作汰者亦誤

灡 淅也 從簡者柬擇之意從析者分別之 從水簡聲 古限切十四部

淅 汏米也 毛詩傳曰釋淅米也爾雅溞溞淅也孟子注曰淅漬米也凡釋米淅米漬米汏米灡米淘米洮米漉米異稱而同事淅箕謂之籅

从水析聲 先擊切十六部 滰 浚乾漬米也 自其方溼未淘言之曰漬米不及淘抒而起之曰滰乾音干 从水竟聲 其兩切十部 孟子曰孔子去齊滰淅而行 萬章篇文今滰作接當是字之誤 溲 浸沃也 浸沃各本作浸沃今依國語補音宋刊本訂沃沃者澆沃而沃洒之若今人言溲麪是也士虞禮明齊溲酒注明齊新水也言以新水溲釀此酒也此溲即沃沃之義 从水叜聲 疏有切三部 浚 抒也 抒者挹也取諸水中也春秋經浚洙孟子使浚井左傳浚我以生義皆同浚之則深故小弁傳曰浚深也 从水夋聲 私閏切十三部 瀝 漉也 从水歷聲 郎擊切十六部 一曰水下滴瀝也 鉉本有一曰水下滴瀝六字鍇本無今按文選魯靈光殿賦李注引水下滴瀝之也則鉉本是許意瀝漉皆訓自下而上之滴瀝則爲自上而下之故殊其義 漉 浚也 月令仲春毋竭川澤毋漉陂池注順陽養物也 从水鹿聲 盧谷切三部 一曰水下皃也 鉉本無今依鍇本封禪文滋液滲漉後世言漉酒是此義 淥 漉或从彔 彔聲也考工記作盝三部 潘 淅米汁也 內則曰其閒面垢燂潘請靧鄭云潘米瀾也按瀾者灡之省力旦反 从水番聲 普官切十四部經典釋文芳袁反 一曰潘水在河南熒陽 熒各本作滎誤今正熒陽故城在今河南開封府滎澤縣西南水經注濟水篇云晉書地道志

濟自大伾入河與河水鬬南泆爲熒澤尚書熒波既豬孔安國曰熒澤波水已成遏豬闞駰曰澤名也故吕忱曰播水在熒陽謂是水也昔大禹遏其淫水而於熒陽下引河東南以通淮泗按所引吕忱語謂字林也字林多本說文且說文字林之例手部播字不應旁及水名然則字林正作潘字水在熒陽與說文合馬鄭王尚書皆作熒播謂即熒澤許吕則潘別爲一水與熒爲二僞孔傳釋熒爲澤名波爲水名正同也鄭注周禮熒雒波溠爲四云波讀爲播引禹貢熒播既都則注書一之注周禮亦二之矣僞孔本作波依周禮改尚書也許作潘謂潘其正字播其假借字也今潘水未聞

灡 潘也 此字以從蘭與大波之瀾別而古書通用周禮稾人注雖其潘蘭戔餘不可褻內則注潘米灡也 从水蘭聲 洛干切十四部按周禮禮記音義皆云去聲

泔 周謂潘曰泔 今各處語言同此荀卿子曰曾子食魚有餘曰泔之 从水甘聲 古三切古音在七部

滫 久泔也 荀卿子蘭槐之根是爲芷其漸之滫君子不近庶人不服其質非不美也所漸者然也大戴禮同謂久泔臭蘐也內則滫瀡注秦人溲曰滫此則別是湯液之類與久泔異實同名秦人方言也 从水脩聲 息流切又思酒切三部

澱 滓垽也 釋器曰澱謂之垽土部曰垽澱也黑部曰𪑾謂之垽按𪑾與澱異字而音義同實則一字也 从水殿聲 堂練切十三部

淤 澱滓濁泥也 方言水中可居爲洲三輔謂之淤其引伸之義也 从水於聲 依據切五部

滓 澱也 釋名曰緇滓也泥之黑者曰滓此色然也廣雅曰澱謂之

滓按古亦假滓爲緇 从水宰聲 阻史切一部

淰 濁也 義與澱淤滓相類禮運曰龍以爲畜故魚鮪不淰注淰之言閃也凡云之言者皆假其音以得其義蓋濁其本義閃其引伸假借之義也衆經音義引埤倉淰水無波也杜詩山霧戎戎溪雲淰淰寒戎戎言其流動淰淰言其凝滯水無波之義之引伸也 从水念聲 乃忝切七部禮記音義審閃二音

瀹 漬也 此蓋謂納於污濁也故廁於此孟子瀹濟漯言浚治其污濁也瀹與鬻同音而義近故皆假瀹爲鬻今人曰煠助甲切古人曰瀹亦作汋詳鬻部 从水龠聲 以灼切二部

𤅢 釃酒也 釃下酒也卽今之漉酒也以筐曰釃 一曰浚也 此亦同瀝灑義可兩兼 从网水 會意 焦聲 讀若夏書天用勦絕 勦當依刀部作剿今本从力尤誤 子小切二部

漀 側出泉也 側出者旁出也如酢出然故其字與㶕滑爲類爾雅釋水曰氿泉穴出穴出仄出也毛傳側出曰氿泉許厂部曰厬仄出泉也厬與氿音同字異聲者厬之一名也 从水殸聲 去挺切十一部 殸籒文磬字

湑 莤酒也 小雅伐木云釃酒有藇傳曰以筐曰釃以藪曰湑又云有酒湑我傳曰湑莤之也按毛許釃莤皆有別酉部云莤者禮祭束茅加於祼圭而灌鬯酒是爲莤與鄭大夫甸師注合是則毛傳湑訓以藪莤之藪謂艸如祭之用茅也故亦曰莤酒 一曰浚也 此亦同漉瀝義可兩兼湑浚雙聲 一曰露皃也 小雅蓼蕭云零露湑兮傳曰湑湑然蕭上露皃 从水胥聲

私呂切五部 詩曰有酒湑我又曰零露湑兮 [篆] 湛於酒也 湛各本作沈此等皆後人以習用改之耳沈休於酒周易所謂飲酒濡首亦不知節也韓詩云飲酒閉門不出客曰湎樂記流湎以忘本其引伸之義也 从水面聲 彌兖切十四部按鄭注酒誥曰飲酒齊色曰湎大雅天不湎爾以酒箋云天不同女顏色以酒有沈湎於酒者是乃過也鄭意此字从面會意故釋云齊色也謂同飲者至於同色也許則謂形聲 周書曰罔敢湎于酒 酒誥文

[篆] 酢漿也 周禮酒正四飲漿人掌共王之六飲皆有漿注云漿今之酨漿也內則注云漿酢酨也按酉部云酨酢漿也則漿酨二字互訓 从水將省聲 即良切十部 [篆] 古文漿 从爿聲也

[篆] 薄也 涼廁於此者謂六飲之涼與漿爲類也鄭司農云涼以水和酒也玄謂涼今寒粥若糗飯雜水也許云薄也蓋薄下奪一酒字以水和酒故爲薄酒此用大鄭說也引伸之爲凡薄之稱如職涼善背號多涼德毛杜皆云涼薄是也薄則生寒又引伸爲寒如北風其涼是也至字林乃云涼微寒也唐殷敬順引之廣韵玉篇皆云凉俗涼字至集韵乃特出凉字注云薄寒曰凉 从水京聲 呂張切十部

[篆] 淡 薄味也 醲之反也酉部曰醲厚酒也又澹淡亦作淊淡水滿皃楊雄賦秬鬯泔淡應劭曰泔淡滿也按泔淡訓滿謂淡爲贍之假借 从水炎聲 徒敢切八部

[篆] 涒 食已而復吐之 未聞江賦涒鄰謂水皃 从水君聲 他昆切十三部 爾雅曰大

歲在申曰涒灘釋天文高誘曰涒大也灘循也萬物皆大循其情性也澆沃也沃爲澆之大澆爲沃之細故不類廁凡醲者澆之則薄故其引伸之義爲薄漢書循吏傳澆淳散樸从水堯聲古堯切二部液盡也血部曰𧗿气液也按樂記注曰永歎淫液歌遲之也考工記春液角鄭司農液讀爲醳謂重繹治之此皆引伸之義也从水夜聲羊益切古音在五部汁液也古經傳多假汁爲叶方言曰斟協汁也北燕朝鮮洌水之閒曰斟自關而東曰協關西曰汁此兼瀋汁和叶而言如台朕賚畀卜陽予也之例汁液必出於和協故其音義通也从水十聲之入切七部漢汁邡縣用此字滒多汁也淮南原道訓曰甚淖而滒高云滒亦淖也饘粥多瀋者曰滒讀歌謳之歌按今江蘇俗語謂之稠也从水哥聲讀若哥古俄切十七部灝豆汁也豆者尗也从水顥聲乎老切二部廣韵曰灝漾水勢遠也溢器滿也禮經一溢米注二十兩曰溢按謂二十兩溢者謂滿於一斤十六兩之外也後人因製鎰字从水益聲以形聲包會意也夷質切古音在十六部洒滌也下文云沫洒面也浴洒身也澡洒手也洗洒足也今人假洗爲洒非古字按古有假洒爲峻陗之峻者如詩新臺有洒爾雅望厓洒而高岸夷上洒下滑毛詩洒高峻也从水西聲先禮切按西聲當在古音十三部古文㠯爲灑埽字各本奪㠯字今依全書通例補凡言某字古文以爲某字者皆謂古文假借字也洒灑本

殊義而雙聲故相假借凡假借多疊韵或雙聲也毛詩洒埽四見傳云洒灑也鄭注周禮隸僕韋注國語皆同皆釋假借之例若先鄭云洒當爲灑則以其義別而正之以漢時所用字正古文也

滌 洒也 皿部曰盪滌器也引伸爲凡清滌之言如七月傳曰滌場埽地雲漢傳曰滌滌旱氣也山無木川無水是周禮條狼氏樂記條蕩其聲皆假條爲滌周禮凡酒脩酌假脩爲滌也 从水條聲 徒歷切古音在二部

濈 和也 小雅爾羊來思其角濈濈傳曰聚其角而息濈濈然也按手意言角之多葢言聚而和也如輯之訓聚兼訓和 从水戢聲 阻立切七部

瀋 汁也 左傳哀三年曰無備而官辦者猶拾瀋也杜云瀋汁也陸德明云北土呼汁爲瀋按禮記檀弓爲榆沈假沈爲瀋 从水審聲 昌枕切七部 春秋傳曰猶拾瀋也 按瀋篆當廁於汁篆下乃得其次寫者亂之耳玉篇廁於液瀱之下

渳 飲歃也 周禮王崩大肆以秬鬯渳杜子春讀渳爲泯以秬鬯浴屍也按浴屍則釁屍口鼻與飲歃義相近 从水弭聲 緜婢切十六部

⿰氵簒 飲歃也 歃歠也 从水簒聲 各本篆作⿰氵算解作算聲今按玉篇廣韵皆作⿰氵簒知古說文如此作集韵類篇始誤从俗本說文耳衫洽切又先活切宋本皆如此今各本衫洽改作巽倦古音在十四部卽今之涮字也涮所患切 一曰吮也 吮欶也

漱 盪口也 漱者欶之大也盪口者吮涮其口中也曲禮諸母不漱裳假漱爲湅也 从水欶聲 以形聲包會意所右切三部

泂 滄也 此義俗从仌作

泂篇韵泂皆訓冷是也大雅泂酌彼行潦毛曰泂遠也此謂泂即迥之假借也江賦䞠涱瀸泂同从水冋聲戶褧切十一部滄寒也周書周祝解曰天地之閒有滄熱列子湯問一兒曰日初出滄滄涼涼仌部滄守音義同从水倉聲七岡切十部⿰氵靚冷寒也冷寒者冷之寒同寒而有別也世說新語曰劉真長始見王丞相時盛暑之月丞相以腹熨彈棋局曰何乃渹劉既出人問見王公云何劉曰未見他異惟聞作吳語耳注云吳人以冷爲渹大平御覽引此事渹作⿰氵靚集韵類篇皆云⿰氵靚渹二同楚慶切吳人謂冷也今吳俗謂冷物附他物其語如鄭國之鄭即⿰氵靚字也从水靚聲七定切十一部廣韵楚敬切淬滅火器也滅火器者蓋以器盛水濡火使滅其器謂之淬與火部之焠義略相近故焠通作淬从水卒聲七內切十五部沐濯髮也引伸爲芟除之義如管子云沐涂樹之枝釋名云沐禿無上皃之稱从水木聲莫卜切三部沬洒面也律曆志引顧命曰王乃洮沬水師古曰沬洗面也禮樂志霑赤汗沬流赭晉灼曰沬古靧字檀弓瓦不成味鄭云味當作沬沬靧也按此沬謂瓦器之釉如洗面之光澤也从水未聲荒內切十五部湏古文沬从𦥑水从頁各本篆作湏解作从頁今正尚書王乃洮頮水釋文曰說文作沬云古文作頮文選頮血歙泣李注曰頮古沬字李注本作古文沬字奪文耳陸語尤可證說文作頮从兩手匊水而洒其面會意也內則作靧从面貴聲蓋漢人多用靧字沬頮本皆古文小篆用沬而頮専爲古文或奪其𦥑

因作湏矣

浴 洒身也 老子浴神不死河上公曰浴養也夏小正黑鳥浴浴也者飛乍高乍下也皆引伸之義也 从水谷聲 余蜀切三部

澡 洒手也 皿部曰盥澡手也儒行篇曰澡身而浴德其引伸之義按或假繅爲澡如禮記緦冠繅纓是荀卿又作慅纓 从水喿聲 子皓切二部

洗 洒足也 洒俗本作灑誤今依宋本正內則曰面垢燂潘請靧足垢燂湯請洗此洒面曰靧洒足曰洗之證也洗讀如跣足之跣自後人以洗代洒滌字讀先禮切沿至近日以洒代灑轉同詩禮之用矣 从水先聲 穌典切十三部

汲 引水也 各本有於井二字今依玄應引及玉篇訂其器曰缾曰罋其引罋之繩曰綆曰繘井九三曰可以汲引伸之凡擢引皆曰汲廣雅曰汲取也古書多用汲汲爲彼彼同音假借 从及水 本作从水从及今訂 及亦聲 居立切七部小徐本从水及聲

淳 淥也 上文曰淥或漉字似淳淋二篆宜類廁恐轉寫者亂之也內則考工記注皆曰淳沃也按㡛氏而沃之卽上文之渥淳其帛也內則淳熬淳模之名因沃之以膏也然則許云淥也謂淥之後一義 从水𦎧聲 常倫切按當依經典釋文之純反常倫乃不澆之訓純醇二字之假借也假借行而本義廢矣十三部

淋 㠯水沃也 今俗語皆爾郭樸注三倉曰淋漉水下也 从水林聲 力尋切七部 一曰淋淋山下水也 謂山下其水也與下文決下水也義同七發曰洪淋淋焉若白鷺之下翔

渫 除去也 井九三曰井渫不食荀爽曰渫去穢濁清潔之意也

按凡言泄漏者即此義之引伸變其字爲泄耳 从水枼聲 私列切十五部按枼聲或在十五部或在八部葢二部之通融難以枚數枼从世聲

澣 濯衣垢也 周南箋云澣謂濯之半澣曰湔見上文 从水榦聲 胡玩切十四部篇韵皆上聲按作澣者今俗字也

浣 今澣从完 小徐本如此按儀禮古文假浣爲盥公羊傳亦有此字

濯 澣也 崧高傳曰濯濯光明也靈臺傳曰濯濯娛遊也皆引伸之義也有假洮爲濯者如鄭注顧命之洮爲澣衣成事是也周禮故書以濯爲祧爾雅以濯爲琟史漢以輯濯爲楫櫂皆古文假借 从水翟聲 直角切二部

涑 澣也 涑亦假漱爲之公羊傳臨民之所漱浣也何曰無垢加功曰漱去垢曰浣齊人語解云無垢加功謂但用手抖漱去垢葢用足物故內則云冠帶垢和灰請漱衣裳垢和灰請澣鄭云手曰漱足曰澣是也若然則涑與澣別而許不別者許渾言何析言也毛詩周南箋云汙煩也煩撋之用功深澣謂濯之耳是則澣對汙言又分深淺實則何之去垢即毛詩之汙何之無垢加功即毛詩之澣古人因義立文後人當因文攷義耳上文湔篆下云一曰手澣已依水經注訂手爲半依諸家用手曰涑之云則作手固未嘗非是 从水束聲 速侯切三部 河東有涑水 左傳曰伐我涑川水經曰涑水出河東聞喜縣東山黍葭谷今涑水出山西絳州絳縣陳村峪伏流復出西入聞喜縣界又西南入夏縣界經安邑縣北西流入蒲州府猗氏縣界又西南經臨晉縣南虞鄉縣北永濟縣西南入五姓湖又西南入黃河按左傳音義此水徐仙民息錄反字林音速

潎 於水中

擊絮也擊當爲擎擎手㵱同音手部曰擎敝也一曰擊也似敝義於此爲近考工記注曰湖漂絮莊子曰洴澼絖皆謂於水面漂擎之竹部曰箔㵱絮簣也糸部曰紙絮一箔也然則擎絮乃造紙之先聲亦謂之漂史記韓信釣於城下諸母漂漂與㵱雙聲爲轉注漂孚妙切玉篇及曹憲注廣雅乃合㵱漂爲一字同切孚妙誤矣从水敝聲匹蔽切十五部秋興賦游儵㵱㵱魚游水皃引伸之義也

浝涂也謂涂墍也通俗文曰泥塗謂之㙮澒从水从𠃊尨聲讀若隴按隴字葢誤尨聲不得讀如隴也塗又見土部玉篇亦在土部引說文木貢切玄應㙮澒上莫董切下胡動切大徐亡江切塗之言蒙不得讀若隴葢水部本無此字淺人增之妄增此讀若也

灑汛也凡埽者先灑弟子職曰實水於盤攘臂袂及肘堂上則播灑室中握手是也引伸爲凡散之稱从水麗聲山豉切十六部音變爲所蟹切音轉爲沙下切

汛灑也卂疾飛也水之散如飛此以形聲包會意也楊雄劇秦美新曰況盡汛埽前聖數千載功業汛埽卽灑埽也俗用爲潮汛字从水卂聲息晉切十二部按汛與灑互訓而殊音洒則經典用爲灑之假借然謂洒卽汛之假借則於古音尤合葢洒从西聲西古音如詵也小顏注東方朔傳洒埽云洒音信此謂卽汛字也云又山豉反此謂卽灑字也此等必皆漢書音義舊說

染㠯繒染爲色此據周禮染人言也染人掌染絲帛繒者帛也不言絲者舉帛以該絲也夏纁玄秋染夏从水杂聲此當云从水木从九裴光遠曰从木木者所以染梔茜之屬也从九九者染之數也按裴說近

是禮一入爲縓再入爲赬三入爲纁朱則四入五入爲緅玄則六入七入爲緇字从九者數之所究言移易本質必深入之也

而剡切八部

夳 滑也 此以疊韵爲訓字从𠬞水水在手中下溜甚利也與辵部達字義近皆他達切周易泰通也否塞也左傳汏輈及鼓跗著于丁寧汏輈以貫笠轂皆滑之意也滑則寬裕自如故引伸爲縱泰如論語泰而不驕是也又引伸爲泰侈如左傳之汏侈西京賦之心奓體泰是也汏卽泰之隸省隸變而與淅米之汏同形作汰者誤字

从𠬞水 會意 大聲 他蓋切十五部按隸作泰字形字音字義皆與古絕異

夳 古文泰如此 按當作夳从亽取滑之意也从大聲轉寫恐失其眞矣後世凡言大而以爲形容未盡則作大如大宰俗作太宰大子俗作太子周大王俗作太王是也謂太卽說文夳字夳卽泰則又用泰爲太展轉貤繆莫能諟正

潣 海岱之閒謂相汚曰潣 方言氾浼潣洼洿也自關而東或曰洼或曰氾東齊海岱之閒或曰浼或曰潣按洿汚古通用子雲義取汚薉許說及廣雅皆从之郭注以洿池釋之非也 从水閔聲 余廉切八部

浼 汚也 孟子公孫丑篇曰爾焉能浼我哉趙注惡人何能汚我也 从水免聲 武罪切古音免聲字多在十三部 詩曰河水浼浼 邶風新臺文毛傳曰浼浼平地也按浼浼與亹亹同如亹亹文王卽勉勉文王也文選吳都賦清流亹亹李注引韓詩亹亹水流進皃此必毛詩浼浼之異文今李注奪一亹字非許引此詩者言假借之義也 孟子曰汝安能浼我 此證本義

灒 汚灑

也謂用汙水揮灑也釋玄應曰江南言灒子旦反山東言湔子見反史記廉藺傳作濺楊泉物理論作㳧皆音子旦反一曰水中人也中讀去聲此與上文無二義而別之者此兼指不汙者言也上但云灑則不中人从水贊聲則旰切十四部

㵞腹中有水气也从水愁聲士尤切三部

湩乳汁也見列子穆天子傳或借重字爲之漢書匈奴傳重酪之便美是也管子湩然擊鼓士忿怒借湩爲韸鼓也周禮注湩容卽手詩傳之童容也从水重聲多貢切九部

洟鼻液也易萃上六齎咨涕洟鄭注自目曰涕自鼻曰洟檀弓垂涕洟正義目垂涕鼻垂洟詩陳風涕泗滂沱毛傳自目曰涕自鼻曰泗泗卽洟之假借字也古書弟夷二字多相亂於是謂自鼻出者曰涕而自目出者別製淚字皆許不取也素問謂目之水爲淚謂腦滲爲涕王襃童約目淚下落鼻涕長一尺曹娥碑泣淚掩涕驚動國都漢魏所用已如此从水夷聲他計切十五部周易音義他麗反又音夷

汗身液也身各本作人今依太平御覽訂易渙汗其大號劉向說曰汗出而不反者也从水干聲侯旰切十四部漢縣汗縣字如此讀如干

泣無聲出涕者曰泣依韵會所據小徐本訂者別事詈也哭下曰哀聲也其出涕不待言其無聲出涕者爲泣此哭泣之別也尚書大傳曰微子將往朝周過殷之故墟志動心悲欲哭則爲朝周俯泣則近婦人推而廣之作雅聲謂之麥秀歌从水立聲去急切七部素問以爲濇字

涕泣也按泣也二字當作目液也三字

轉寫之誤也毛傳皆云自目出曰涕篇韵皆云目汁泣非其義从水弟聲他禮切十五部

𣶒 涕流皃小雅大東曰潸焉出涕毛云潸涕下皃从水㪔省聲所姦切十四部詩曰潸焉出涕焉韵會作然

𣻔 𤄧也周禮染人凡染春暴練注云暴練練其素而暴之按此練當作湅湅其素素者質也鄭㡛氏之湅絲湅帛也已湅之帛曰練糸部練下云湅繒也是也㡛氏如法湅之暴之而後絲帛之質精而後染人可加染湅之以去其瑕如𤄧米之去康粊其用一也故許以𤄧釋湅戰國策蘇秦得太公陰符之謀伏而誦之簡練以爲揣摩簡練者𤄧湅之假借也高誘曰簡汏也練濯治也正與許云𤄧淅也淅汏米也湅𤄧也相符合許不以湅𤄧二篆爲伍者𤄧謂米湅謂絲帛也金部治金曰鍊猶治絲帛曰湅从水柬聲郎甸切十四部

𤅊 議辠也文王世子獄成有司讞於公其死罪則曰某之罪在大辟其刑罪則曰某之罪在小辟鄭曰成平也讞言白也按今本注作讞之言白也之字衍以徐邈云言也正義云言白也正之當是本作言也白也正義省一也字耳言與讞雙聲疊韵王制百官各以其成質於三官大司徒大司馬大司空以百官之成質於天子此云以成讞於公猶以成質於天子也故其字从水獻其議如水之平而獻於上也所質既下爲受質所讞不當而上更議之亦爲讞葢本下獻上之詞又轉爲上平下之詞矣漢書云諸獄疑於人心不厭者輒讞之是从水獻與灋同意灋以三體會意讞以二體會意灋下云平之如水从水讞之从水同也讞以會意包形聲灋則專會意魚列切十四十五部之合音

𣻘 變

污也釋言曰渝變也鄭風傳虞翻注易杜注左傳皆同許謂瀞而變污从水俞聲羊朱切四部

一曰渝水在遼西臨渝東出塞遼西郡臨渝二志同臨渝故城無考前志臨渝下曰渝水首受白狼東入塞外又有侯水北入渝同郡交黎縣下曰渝水首受塞外南入海按水經注遼水篇詳白狼水渝水侯水今渝水未詳一統志於永平府曰古今水道變遷所當闕疑

減損也古書多假咸爲減从水咸聲古斬切古音在七部

滅盡也从水烕聲此舉形聲包會意亡列切十五部

漕水轉轂也轂各本譌轂今依韵會平準書索隱蕪城賦注訂如淳漢書注曰水轉曰漕百官志曰大倉令主受郡國傳漕穀从水𣍘聲在到切古音在三部一曰人之所乘及船也乘下疑奪車字葢車亦得稱漕或云及葢誤字按史記索隱作一云車運曰轉水運曰漕十字當從之

泮諸侯饗射之宮諸侯上當有泮宮二字饗大徐作鄉今依小徐饗者謂鄉飲酒也詩行葦泮水皆言諸侯鄉飲酒之禮卽鄉飲酒之禮也公劉先射而後養老故曰饗射廱篆下曰天子饗飲辟廱亦謂鄉飲酒不言射者言饗以關射五經異義引韓詩說辟雍所以教天下春射秋饗尊事三老五更魯頌曰思樂泮水又曰既作泮宮毛曰泮水泮宮之水也天子辟廱諸侯泮宮王制曰大子曰辟廱諸侯曰頖宮鄭云辟明也廱和也所以明和天下頖之言班也所以班政教也許書無頖字葢禮家製頖字許不取也小戴三云頖宮西南爲

水東北爲牆从水半 魯頌箋云辟廱者築土雝水之外圓如璧四方來觀者均也泮之言半也蓋東西門以南通水北無也白虎通曰獨南面禮儀之方有水耳 半亦聲 普半切十四部詩迨冰未泮傳云泮散也此假泮爲判也隰則有泮傳云泮坡也此假泮爲畔也

漏 以銅受水刻節晝夜百節 百節各本作百刻今依韵會所據小徐本訂晝夜以百節之故爲刻者百因評百刻矣周禮挈壺氏凡喪縣壺以代哭者皆以水火守之分以日夜注云以水守壺者爲沃漏也以火守壺者夜則視刻數也分以日夜者異晝夜漏也漏之箭晝夜共百刻冬夏之閒有長短焉文選注引司馬彪曰孔壺爲漏浮箭爲刻下漏數刻以考中星昏明星焉按晝夜百刻每刻爲六小刻每小刻又十分之故晝夜六千分每大刻六十分也其散於十二辰每一辰八大刻二小刻共得五百分也此是古法樂記百度得數而有常注云百度百刻也靈樞經漏水下百刻以分晝夜 从水扇取扇下之義扇亦聲 此依韵會而更考定之如此扇屋穿水下也故云取扇下之義盧后切四部今字皆假漏爲扇

澒 丹沙所化爲水銀也 本艸經曰鎔化還復爲丹然則本丹之所化明矣後代燒煅麤者朱砂爲之淮南書高注曰白澒水銀也廣雅曰水銀謂之澒字一作汞說者分別之云汞水銀滓 从水項聲 呼孔切九部

萍 苹也 苹萍二篆見艸部篇韵皆云萍蓱同字疑許書本有萍無蓱小正毛詩爾雅皆作苹爾雅毛傳皆曰蓱也蓱即萍之別字周禮萍氏疑本作苹氏然則說文艸部苹下曰萍也與水部萍

下曰䓝也爲轉注不當有䓝篆水屮屮也从水䓝水屮屮也三字釋从水之意䓝亦聲薄經

切十一部汩治水也天問不任汩鴻師何以尚之王逸云汩治也鴻大水也引伸之凡治皆謂汩書序汩作汩治也汩本訓亂如亂之訓治故洪範汩陳其五行汩亂也上文淈訓濁而釋詁云淈治也郭景純云淈汩同从水

曰聲于筆切十五部俗音古忽切訓汩沒汩亂

文四百六十五宋本五作八今刪濊篆補池篆　重二十三今補灖篆

說文解字第十一篇上二

珍倣宋版印

金壇段玉裁注

㳄 二水也卽形而闕此謂闕其聲也其讀若不義在焉闕傳今之壘切者以意爲之 凡㳄之屬皆从㳄

𣶒古 水行也从㳄㐬會意力求切三部 㐬突忽也㐬之本義謂不順忽出也引申爲突忽故流从之 流古 篆文从水流爲小篆則㳄爲古文籒文可知此亦二上之例也或問曰何不以流涉入水部而附㳄㳄爲重文乎曰如是則㳄無所附㳄不附水部之末而爲部首者以配屾部也

𣥭 徒行濿水也濿各本作厲誤濿或砅字也砅本履石渡水之偁引申爲凡渡水之偁釋水曰繇膝以上爲涉毛傳同許云徒行者以別於以車及方之舟之也許意詩所言揭厲皆徒行也皆涉也故字从步 从㳄步會意時攝切八部 涉 篆文从水

文三　重二

瀕 水厓人所賓附也厓今之涯字附當作駙馬部曰駙近也瀕賓以疊韵爲訓瀕今字作濱召旻傳曰瀕厓也采蘋北山傳皆曰濱厓也今字用頻訓數攷桑柔傳曰頻急也廣雅曰頻頻比也此從附近之義引申之本無二字二音而今字妄爲分別積習生常矣 顰戚不歬而止从頁从涉

頻戚各本作顰戚今正此以頻戚釋从頁之意也將涉者或因水深顰眉蹙頞而止故字从涉頁符真切按當必鄰切十二部

凡頻之屬皆从頻

顰 涉水顰戚也戚古音同蹴迫也各本作蹙誤顰戚謂顰眉蹙頞也許必言涉水者爲其字之从頻也

从頻卑聲符真切按从卑聲則古音在十六部易頻復本又作嚬王弼虞翻侯果皆以頻蹙釋之鄭作卑陸云音同按諸家作頻省下卑鄭作卑省上頻古字同音叚借則鄭作卑爲是諸家作頻非顰本在支韵不在真韵也自各書省爲頻又或作嚬又莊子及通俗文叚矉爲顰而古音不可復知乃又攺易音義云鄭作顰幸晁氏以道古周易呂氏伯恭古易音訓所據音義皆作卑晁云卑古文也今文作顰攷古音者得此真一字千金矣

文二

く 水小流也水部曰涓小流也く與涓音義同釋名曰山下根之受霤處曰甽甽吮也吮得山之肥潤也按此爲禹貢羽畎岱畎之說解亦卽小流之義

周禮匠人爲溝洫枱廣五寸枱許之耜字也見木部各本作梠誤二枱爲耦一耦之伐廣尺深尺謂之く倍く謂之遂倍遂曰溝倍溝曰洫倍洫曰巜已上攷工記匠人職文說詳鄭注及程氏瑤田通藝錄今周禮く作甽巜作澮與許所據不同

者後人所改也く巜巛三篆下皆宜曰凡く之屬皆从象形而不言者省文也姑泫切十四部

く 甽 古文く从田川古文疑當作籒文葢く巜皆古文也按鄭注攷工記曰甽畎也謂甽畎古今字甽卽今之畎字也田之川也四字小徐有而田譌作甽

畎 篆文く从田犬聲畎爲小篆則く甽爲古籒可知此亦先二後上之例六畎爲一晦漢食貨志曰趙過能爲代田一晦三甽古法也后稷始甽田以二耜爲耦廣尺深尺曰甽長終晦一晦三甽一夫三百甽而播種於甽中按長終晦者長百步也六尺爲步步百爲晦播種於甽中者甽中猶甽閒播種於兩甽之閒也深者爲甽高者爲田皆廣尺三百甽積廣六百尺長百步亦長六百尺故一夫百晦其體正方許云六畎爲一晦者謂其地容六畎耳與一晦三畎之制非有二也畎與田來歲互易卽代田之制也六尺爲步步百爲晦見田部

文一　重二

巜 水流澮澮也澮澮當作活活毛傳曰活活流也水部曰活活水流聲也古昏聲會聲多通用水流涓涓然曰く活活然則曰巜大於く矣此字之本義也因以名井田之制方百里爲巜廣二尋深二仞考工記匠人文尋仞依許寸部人部說皆八尺今周禮作澮許所據作巜後人以水名易之也古外切十五部凡巜之屬皆从巜

粼 水生厓石閒粼粼

粼也 厓者山邊也 从巛粦聲 力珍切十二部

文二

巛 毌穿通流水也 毌各本作貫毌穿物持之也穿通也巛則毌穿通流又大於巜矣水有始出謂川者如爾雅水注川曰谿許云泉出通川爲谷是也有絕大乃謂川者如皐陶謨く巜距川攷工記澮達於川是也本小水之名因以爲大水之名 虞書曰 謂古文皐陶謨 濬く巜歫巛 歫各本作距今正今尚書作畎澮距川者後人所改也 言深く巜之水會爲川也 此偁尚書釋之以見尚書之川與川字有閒矣川今昌緣切古音在十三部讀如春雲漢之詩是也 凡川之屬皆从川

巠 水脈也 巠之言濥也濥者水脈行地中濥濥也故从川在地下 从川在一下 一地也 會意 壬省聲 古靈切十一部 一曰水冥巠也 冥巠水大皃今字作溟涬司馬注莊曰涬溟自然氣也

𡿦 古文巠不省

巟 水廣也 引申爲凡廣大之偁周頌天作高山大王荒之傳曰荒大也凡此等皆叚荒爲巟也荒蕪也荒行而巟廢矣 从巛亡聲 呼光切十部 易曰包巟用馮河 泰九二爻辭今易作荒陸云本亦作巟

𡿧 水流皃 皃舊作也今依篇韵正江賦溭淢濜溳李云參差相次也淢即𡿧𡿧詩黍稷彧彧彧者𡿧之變叚

淢爲洫也从巛或聲于逼切一部亦胡國切

𡿧水流也此與水部汩義異汩治水也上林賦曰汩乎混流又曰汩㴔漂疾方言汩疾行也注云汩汩急皃于筆切此用汩爲𡿧也廣韵合爲一非从巛曰聲于筆切十五部

𡿯水流𡿯𡿯也从巛列省聲大徐曰列字从𡿯此疑誤當是从歺省小徐本作歺省聲良薛切十五部

邕邑四方有水自邕成池者是也邑各本無依韵會補成各本作城誤依廣韵韵會正自邕當作自雝轉寫之誤雝者抱也池沼多由人工所爲惟邕之四旁有水來自擁抱旋繞成池者是爲邕以擁釋邕以疊韵爲訓也故其字从川邑引申之凡四面有水皆曰邕周頌曰于彼西雝傳曰雝澤也大雅曰於樂辟雝鎬京辟雝傳曰水旋丘如璧曰辟雝水經注釋漁陽郡雍奴曰四方有水爲雍不流爲奴皆邕字之叚借也从巛邑川圍邑會意讀若雝於容切九部

𡿲籀文邕如此

巛害也害者傷也巛害字本如此作玉篇云天反時爲巛今凡作灾災葘皆叚借字也災行而巛廢矣周語曰陽塞而在陰川原必塞原塞國必亡以一塞川是爲害川故字从一雝川从一雝川雝壅古今字王莽傳邕涇水不流亦叚邕爲壅此會意也祖才切一部春秋傳曰川雝爲澤凶宣十二年左傳文此偁傳說會意之恉也知莊子曰周易師之臨曰師出以律否臧凶川雝爲澤夭且不整所以凶也與偁艸木麗於土說麗从艸麗偁豐其屋說豐从宀豐同

𡿨剛直也論語

鄉黨與下大夫言侃侃如也孔曰侃侃和樂皃也葢謂卽衎衎之叚借字从㐰㐰古文信也見言部从巛取其不舍晝夜信則可恆會意空旱切十四部論語曰子路侃侃如也見先進篇今作子路行行如也冄有子貢侃侃如也葢許氏筆誤

州水中可凥者曰州凥各本作居今正者字今補周南在河之州釋水毛傳皆曰水中可居者曰州水𠣜繞其旁从重川水字今補𠣜繞各本作周遶誤今正𠣜者帀也會意職流切三部俗作洲昔堯遭洪水民凥水中高土故曰九州州本州渚字引申之乃爲九州俗乃別製洲字而小大分係矣詩曰在河之州關雎文詳州之本義也一曰州疇也以疊韵爲訓疇耕治之田也各疇其土而生也人各耕治以爲生此說州之別一義其實前義內可包

州古文州此像前後左右皆水

文十　重三

泉水原也釋水曰濫泉正出正出涌出也沃泉縣出縣出下出也氿泉穴出穴出仄出也毛傳亦云檻泉正出側出曰氿泉許作濫泉厬泉召旻曰泉之竭矣不云自中傳曰泉水從中以益者也引申之古者謂錢曰泉布許云古者貨貝而寶龜周而有泉至秦廢貝行錢象水流出成川形同出而三岐略似巛形也疾緣

切十四部凡泉之屬皆从泉

繁泉 泉水也泉水者泉出之水也淮南書云莫鑒於流瀿而鑒於澄水許注云楚人謂水暴溢爲瀿瀿即繁泉字泉水暴溢曰繁泉也从泉䋣聲讀若飯符萬切十四部古讀平聲

文二

灥 三泉也凡積三爲一者皆謂其多也不言从三泉者不待言也闕此謂讀若未詳闕其音也今音詳遵切依附泉之雙聲爲之凡灥之屬皆从灥

厵 水本也各本作水泉本也今刪正月令百源注曰衆水始所出爲百源單評曰原絫評曰原泉孟子原泉混混是也从灥出厂下厂者山石之厓巖會意愚袁切十四部

原 篆文从泉此亦先二後上之例以小篆作原知厵乃古文籀文也後人以原代高平曰邍之邍而別製源字爲本原之原積非成是久矣

文二 重一

永 水長也引申之凡長皆曰永釋詁毛傳曰永長也方言曰施於衆長謂之永象水巠理之長永也巠者水脈理者水文于憬切古音在十部詩曰江之永矣周南漢廣文凡永之屬皆从永

羕 水長也引申之爲凡長之偁釋詁曰羕

長也从永羊聲 余亮切十部 詩曰江之羕矣 漢廣文毛詩作永韓詩作羕古音同也文選登樓賦川既漾而濟深李注引韓詩江之漾矣薛君曰漾長也漾乃羕之譌字

文二

𠂢 水之衺流別也 流別者一水岐分之謂禹貢曰漾東流爲漢沇東流爲泲江東別爲沱此言流別之始釋水詳之自河出爲灉濟爲濋已下是也流別則其勢必衺行故曰衺流別𠂢與水部派音義皆同派葢後出耳衺流別則正流之長者較短而巠理同也故其字从反永 从反永 匹卦切十六部 凡𠂢之屬皆从𠂢讀若稗縣 禾部曰瑯邪有稗縣今地理志作椑縣誤也小徐本作蜀稗縣非蜀祇有郫縣音疲

衇 血理分衺行體中者 理分猶分理序曰見鳥獸蹏迒之迹知分理之可相別異衺行體中而大候在寸口人手卻十分動脈爲寸口也 从𠂢从血 會意不入血部者重𠂢也 𠂢亦聲 莫獲切十六部 脈 衇或从肉 䘑 籒文 左血右𠂢

覛 衺視也 釋詁曰覛胥相也郭云覛謂相視也按覛與目部䀴通用古詩䀴䀴不得語李善引爾雅及注作脈今文選譌作脈非也覛不入見部者重𠂢也 从𠂢从見 會意𠂢亦聲莫狄切廣韵莫獲切十六部俗有尋覓字此篆之譌體 籒文

文三　重二

谷　泉出通川爲谷　釋水曰水注川曰谿注谿曰谷許不言谿者許以谿專係之山瀆無所通也川者毋穿通流之水也兩山之閒必有川焉詩進退維谷叚谷爲鞫毛傳曰谷窮也卽邶風傳之鞫窮也　从水半見出於口　此會意古祿切三部亦音浴　凡谷之屬皆从谷

谿　山隫無所通者　隫各本作瀆今正𨸏部曰隫通溝也讀若洞古文作𧮭釋山曰山𧮭無所通谿然則許作隫明矣　从谷奚聲　苦兮切十六部

豁　通谷也　通洞之谷也文選注曰華延洛陽記云城南五十里有大谷舊名通谷引申爲凡疏達之偁　从谷害聲　呼括切十五部

豂　空谷也　虛廖之谷也大雅曰大風有隧有空大谷　从谷翏聲　洛蕭切古音在三部

豅　大長谷也　司馬相如傳曰巖巖深山之谾谾兮音灼曰谾音龍古豅字蕭該曰谾或作豅長大皃也徐廣谾音力工反與晉說同白駒傳曰空谷大谷也　从谷龍聲讀若聾　盧紅切九部

谹　谷中響也　此與宖屋響也義近攷工記其聲大而宏司農注謂聲音大也引申爲凡大之偁史記司馬相如傳必將崇論谹議　从谷厷聲　戶萌切古音在六部

谸　望山谷千千青也　各本千千作谸谸今正高唐賦仰視山顛肅何芊芊李注云說文曰谸望山谷千千青也千與芊古字通按千芊爲古今字俗用芊改千

楚詞及陸機文賦皆用千眠字南都賦作肝瞑謝朓詩遠樹曖阡阡廣雅乃有芊芊字耳从谷千聲倉絢切十二部古讀平聲

㕡　深通川也深之使通也容與叡睿音義皆相近故今文洪範曰思心曰容容作聖古文曰思曰睿睿作聖从𣦵谷會意私閏切十三部𣦵殘也殘猶穿也谷阬坎意也𣦵謂穿之谷取阬坎之意阬坎深意也已上十一字依韵會本虞書曰容畎澮距川川部既偁咎繇謨濬く巜距川矣此又偁而字異何也蓋前爲古文尚書此爲今文也以濬く皆倉頡古文知之

濬　容或从水从水从睿睿古文叡也叡深明也通也

濬　古文容

文八　重二

仌　凍也仌凍二篆爲轉注槩評之曰仌凍如月令冰凍消釋是也象水冰之形冰各本作凝今正謂象水初凝之文理也筆陵切六部凡仌之屬皆从仌

冰　水堅也易象傳初六履霜陰始凝也馴致其道至堅冰也古本當作陰始冰也至堅仌也釋器冰脂也孫本冰作凝按此可證詩膚如凝脂本作冰脂以冰代仌乃別製凝字經典凡凝字皆冰之變也从水仌會意魚陵切六部

凝　俗冰从疑以雙聲爲聲

凍　仌也初凝曰仌仌壯曰凍又於水曰冰於他物曰凍故月令曰水始冰地始凍从仌東聲多貢切九部

𣺝　仌出也仌出者謂仌之出水

文棱棱然輕讀爲力膺切重讀則里孕切今俗語猶入小豳詩三之日納于凌陰傳曰凌陰冰室也此以冰釋凌以室釋陰非謂朕爲仌室也鄭注周禮凌人徑云凌冰室也似失之从仌朕聲六部詩曰納于朕陰七月文

𠗲 朕或从夌夌聲也

凘 流仌也謂仌初結及已釋時隨流而行也从仌斯聲息移切十六部

凋 半傷也傷創也半傷未全傷也从仌仌霜者傷物之具故从仌周聲都僚切二一部三部

冬 四時盡也冬之爲言終也考工記曰水有時而凝有時而釋故冬从仌从仌从夂會意夂亦聲都宗切九部夂古文終字見糸部

𣅽 古文冬从日

冶 銷也銷者鑠金也仌之融如鑠金然故鑪鑄亦曰冶易野容誨淫陸德明本作冶容按野冶皆蠱之叚借也張衡賦言妖蠱今言妖冶从仌台聲聲蓋衍台者悅也仌台悅而化會意冶今音羊者切古音讀如與在五部或曰台雙聲也故以爲聲

滄 寒也此與水部滄音義皆同枚乘上書曰欲湯之滄絕薪止火而已按方言曰滄淨也二字當从冫滄卽滄字淨卽清字从仌仌者寒之象也故訓寒之字皆从仌倉聲初亮切十部

冷 寒也从仌令聲魯打切十一部

𠗨 寒也从仌圅聲胡男切八部

凜 凜凜依文賦注補二字寒也引申爲敬畏之偁俗字作懍懍从仌廩聲力稟切七部

凊 寒也曲禮曰凡

爲人子之禮冬溫而夏凊从仌青聲七正切十一部瀞凊二篆舊在凍篆之前非其次也今更正凡全書內多有宜正者學者依此求之

滭 滭冹二字今補風寒也豳風七月一之日觱發傳曰觱發風寒也按觱發皆叚借字滭冹乃本字猶水部畢沸今詩作觱沸或許所據毛詩不同今本或許采三家詩皆未可定也詩曰一之日滭冹七字今補从仌畢聲卑吉切十二部

冹 滭冹也三字今正从仌犮聲分勿切十五部

凓 凓冽二字今補寒皃皃各本作也今依大東正義及小徐本毛傳曰凓冽寒氣也古亦單用凓字春秋緐露謂煗寒曰熏凓詩曰二之日凓冽七字今補亦豳風七月文也今詩作栗烈考詩冽彼下泉疏引七月二之日凓冽是孔本與許同而陸釋文作栗烈與許異且云說文作䬆䬟其實風部未嘗引詩也五經文字仌部有凓知其所據詩作凓从仌㮚聲力質切十二部

冽 凓冽也三字今正古單用冽字者如詩冽彼下泉傳曰冽寒也有冽氿泉傳曰冽寒意也素問曰風寒冰冽从仌列聲各本篆作瀨解作賴聲音洛帶切今正按瀨字即廣韵玉篇皆無之而孔沖遠大東正義李善注高唐賦嘯賦皆引說文字林冽字是今本冽譌爲瀨顯然也良辥切十五部

文十七　重二

雨 水從雲下也引申之凡自上而下者偁雨一象天冂象雲水

畾其閒也丰者水字也王矩切五部凡雨之屬皆从雨古

文象形霒昜薄動生物者也各本作陰陽今正動下各本有靁雨二字不辭

今依韵會本正薄音博迫也陰陽迫動卽謂靁也迫動下文所謂回轉也所以回生萬物者也从雨畾象

回轉形許書有畕無畾凡積三則爲眾眾則盛盛則必回轉二月陽盛靁發聲故以畾象其回轉之形非三田也

韵書有畾字訓田閒誤矣凡許書字有畾聲者皆當云靁省聲也魯回切十五部〇凡古器多以回爲靁籀

文靁閒有回當作畾閒有回奪畾回靁聲也說畾閒有回之意古

文靁古文靁齊人謂靁爲霣各本齊上有雨也二字按

自靁篆至震篆皆言雷電自霝篆至䨮篆皆言雨段令霣之正義爲雨則當次於彼閒今刪韵會本亦無此二字齊人謂靁曰

霣方俗語言如此靁古讀如回回與員語之轉公羊傳星霣如雨叚爲隕字从雨員聲于敏切十三部

一曰雲轉起也別一義雲回轉而起名之霣者略與雲同音也古文云作員讀若昆

大徐無此三字古文霣如此古當作籀員下云籀文作鼎鼎下云籀文以鼎爲貝是也鼎者

籀文妘䵒者籀文則皆是以鼎爲貝靁餘聲鈴鈴句所旨挺出萬

物聲下有也字者誤衍鈴與挺皆以疊韵爲訓靁所以生物而其用在餘聲鈴鈴然者禮記曰地載神氣神氣風霆風

霆流形庶物露生 从雨廷聲 特丁切十一部古多讀上聲

霅 霅霅靁電皃 靁各本作震今依韵會本霅霅聲光襍沓之皃按馬融廣成頌霅爾雹落霅音素洽反今俗語云霎時閒霎卽霅之俗字 从雨譶省聲 省譶爲言如省蟲爲虫也丈甲切八部 一曰霅衆言也 依韵會本六字在此譶疾言也霅以爲聲或訓霅爲衆言則是从言从雨會意矣吳都賦曰毄霅驚捷

電 霒昜激燿也 孔沖遠引河圖云陰陽相薄爲靁陰激陽爲電電是靁光按易震爲靁離爲電月令靁乃發聲始電詩十月之交春秋隱九年言震電詩采芑常武雲漢言靁霆震靁一也電霆一也穀梁傳曰電霆也古義霆電不別許意則統言之謂之靁自其振物言之謂之震自其餘聲言之謂之霆自其光燿言之謂之電分析較古爲愿心靁電者一而二二者也 从雨从申 靁自其回屈言電自其引申言申亦聲也小徐本作雨申聲堂練切古音在十二部讀如陳

霅 古文電如此 申部曰昌籀文申又部曰昌古文申乖牾不合依此則當作古霅

劈歷振物者 劈歷疾雷之名釋天曰疾靁爲霆倉頡篇曰霆霹靂也然則古謂之霆許謂之震詩十月之交春秋隱九年僖十五年皆言震振與震疊韵春秋正義引作震物爲長以能震物而謂之震也引申之凡動謂之震辰下曰震也 从雨辰聲 章刃切十三部古多讀平聲 春秋傳曰震夷伯之廟 左氏僖十五年經傳皆有之必引此者以爲劈歷震物之證也史記殷武乙暴靁震死神道設教之至㬎者也

震籀文震 䨮冰雨說物者也冰各本作凝今正凝者冰之俗也釋名曰雪綏也水下遇寒氣而凝綏綏然下也故許謂之冰雨說今之悅字物無不喜雪者說與雪疊韵从雨彗聲相絕切十五部

霄雨霰爲霄雨猶零也釋天曰雨霓爲霄雪此霄字本義若淮南書上游於霄雿之野高讀如紺綃之綃此則別爲一義乃今義行而古義罕用矣霄亦叚消从雨肖聲相邀切二部齊語也亦方俗語言如此

霰稷雪也謂雪之如稷者毛詩傳曰霰暴雪也暴當是黍之字誤俗謂米雪或謂粒雪皆是也曾子曰陽之專氣爲霰詩箋云將大雨雪始必微溫雪自上下遇溫氣而團謂之霰久之寒勝則大雪矣从雨散聲穌甸切十四部

䨘霰或从見見聲

雹雨仌也仌舊作冰今正雨仌謂自上而下之仌也曾子曰陰之專氣爲雹劉向曰盛陽雨水溫暖而湯熱陰氣脅之不相入則轉而爲雹故沸湯之在閉器而湛於甘泉則爲冰此其驗也左氏傳曰聖人在上無雹雖有不爲災从雨包聲蒲角切古音在三部

𩂣古文雹如此象其磊磊之形

霝雨零也零各本作零今依廣韵正霝與零義殊許引東山霝雨今作零雨譌字也定之方中靈雨既零傳曰零落也零亦當作霝霝亦叚靈爲之鄭風零露漙兮正義本作靈箋云靈落也靈落即霝落雨曰霝艸木曰零落从雨吅象零形郎丁切十一部詩曰霝雨其濛豳風東山文

零雨零也

此下雨本字今則落行而零廢矣从雨各聲盧各切五部零徐雨也徐各本作餘今依玉篇廣韵及太平御覽所引纂要訂謂徐徐而下之雨小雅興雲祁祁傳曰祁祁徐也箋云古者陰陽和風雨時其來祁祁然而不暴疾引申之義爲零星爲凋零从雨令聲郎丁切古音在十二部讀如鄰

𩅟小雨財零也財當作才取初始之義今字作纔从雨鮮聲讀若斯息移切十六部鮮聲在十四部而讀如斯者以雙聲合音也列子鮮而食之卽析而食之也斯析音義同

霢霢霂句小雨也信南山曰益之以霢霂釋天毛傳皆曰霢霂小雨也釋名曰言裁霢歷霑漬如人沐頭惟及其上枝而根不濡也按霢霂者溟濛之轉語水部溟下曰小雨溟溟也濛下曰濛濛溦雨也从雨𠂢聲莫獲切十六部

霂霢霂也此雙聲字从雨沐聲莫卜切三部

[雨酸]小雨也从雨酸聲素官切十四部

[雨𢦔]溦雨也溦各本作微今正水部曰溦小雨也今人謂小雨曰廉纖卽[雨𢦔]也从雨𢦔聲子廉切七部又讀若芟又字衍一說謂讀若𢦔矣又讀若芟也

[雨眾]小雨也从雨眾聲職戎切九部明堂月令曰[雨眾]雨月令無此文惟季春行秋令淫雨蚤降注云今月令曰衆雨漢人衆讀平聲卽許所據之[雨眾]雨也但記文淫雨鄭注云霖雨許不當以小雨釋[雨眾]似小必是誤字

霃久陰也月令季春行秋令則天多沈陰沈卽霃之叚借也沈行而

霃廢矣从雨沈聲直深切七部⿱雨兼久雨也⿱雨兼之言連也从雨兼
聲力鹽切七部⿱雨畱久雨也从雨畱聲胡男切八部霖凡雨
三日已往爲霖毛傳隱九年春王三月癸酉大雨霖以震書始也庚辰大雨雪亦如之書時失也凡
雨自三日以往爲霖平地尺爲大雪按許直用傳文爲說也已當作以自三日以往謂雨三日又不止不定其日數也雨三日
止不得謂霖矣章注國語亦曰雨三日以上爲霖若宋人注尚書云三日雨爲霖失古義矣釋天久雨謂之淫淫謂之霖
从雨林聲力尋切七部⿱雨㐺霖雨也南陽謂霖⿱雨㐺俗本作謂霖雨
曰眾全書多類此者今不可盡正矣其字从㐺者眾立也故雨多取之是可以證⿱雨㐺雨之爲霖而非小雨矣淫雨卽⿱雨㐺雨之
叚借从雨㐺聲銀箴切七部按舉形聲關會意⿱雨眞雨聲从雨眞聲讀
若資眞聲而讀若資者合音也故廣韵作⿱雨資卽夷切十五部⿱雨禹雨皃方語也方上
蓋奪北字集韵曰⿱雨禹火五切北方謂雨曰⿱雨禹呂靜說按呂氏韵集所據說文爲完善从雨禹聲讀若
禹王矩切五部按如今音雨⿱雨禹皆切王矩何以見爲殊語依集韵當作讀若虎玉篇尤句切⿱雨僉小雨
也从雨僉聲子廉切七部霑雨⿱雨染也小雅既霑既足从雨沾聲
張廉切七部⿱雨染濡也濡此義水部失載於此見之今人多用霑染濡染染行而⿱雨染廢矣染者以繒染爲色

非霑義从雨染聲而剡切八部霤屋水流也水部曰濩霤下皃也釋名曰中
央曰中霤古者覆穴後室之霤當今之棟下直室之中古者霤下之處也从雨留聲力救切三部
屚屋穿水入也今字作漏漏行而屚廢矣漏者以銅受水刻節也从雨在尸
下尸者屋也尸部屋下云尸象屋形會意盧后切四部䨣雨濡革也雨濡革則
虛起今俗語若朴从雨革會意讀若膞匹各切五部霸字以爲聲霽雨止也
釋天雨霽謂之霽濟古多訓止者如厲風濟則衆竅爲虛是也許云雨止者以詁訓字易其本字也凡止曰濟雨止則有霽字
洪範曰雨曰濟今古文皆如是是尚書用濟爲霽也从雨齊聲子計切十五部霋霽謂
之霋从雨妻聲七稽切十五部霩雨止雲罷皃淮南天文訓道生於
虛霩虛霩生宇宙今俗字作廓廓行而霩廢矣从雨郭聲苦郭切五部露潤澤也
澤與露疊韵五經通義曰和氣津凝爲露蔡邕月令曰露者陰之液也按露之言臚也故凡陳列表見於外曰露亦段路爲之
如孟子神農章羸露字作路是也从雨路聲洛故切五部霜喪也以疊韵爲訓
成物者豳風九月肅霜傳曰肅縮也霜降而收縮萬物秦風白露爲霜傳曰白露凝戾爲霜然後歲事成按雷雨
露皆所以生物雪亦所以生物而非殺物者故其用在霜殺物之後詩言雨雪雰雰益之以霢霂生我百穀其證也惟霜爲𩆵

斂萬物之用許列字首靁爲動萬物者莫疾乎此也艾之以雪乃艾之以霝零謂冬雪而後春雨也艾之以露露春夏秋皆有之秋深乃凝霜也艾之以霜而歲功成矣歲功以雪始以霜終从雨相聲所莊切十部

霚地气發天不應曰霚曰霚二字今補霚今之霧字釋天曰地氣發天不應曰霧霧者俗字霧一本作霿非也釋名曰霧冒也氣蒙冒覆地之物也開元占經引元命包陰陽亂爲霧从雨亦雨之類也故从雨地气發而天應之則雨矣孜聲亡遇切古音在三部孜从矛聲故霚讀如矛

霚籀文霚省洪範曰蒙古文尚書作曰雺徐邈音亡鉤反宋世家作曰霧霚卽霚霚者雺之小篆

霾風而雨土爲霾依釋天補三字邶風終風且霾釋天曰風而雨土爲霾傳曰霾雨土也釋名曰霾晦也从雨貍聲莫皆切古音在一部詩曰終風且霾

霿天氣下地不應曰霿釋天曰天氣下地不應曰霿今本作曰雺或作曰霧皆非也霿釋名作蒙開元占經作濛釋名曰蒙日光不明蒙蒙然也開元占經引郗萌曰在天爲濛在人爲霧日月不見爲濛前後人不相見爲霧按霚與霿之別以郗所言爲確許以霿系天气以霚系地气亦分別井然大氐霚下霿上霚涇霿乾霚讀如務霿讀如蒙霚之或體作霧霿之或體作蒙不可亂也而爾雅自陸氏不能諟正譌舛不可讀如玉篇云霚天氣下地不應也霿地氣發天不應也葢本爾雅而與說文互易則又在陸氏前矣其他經史雺霿霧三字往往淆譌要當以許書爲正○開元占經引月令仲冬行夏令氛濛冥冥今月令作氛霧霧乃霿

之誤也○衛包尚書曰蒙恆風若漢五行志作霿霿尚書大傳作瞀劉向曰瞀眊眊亂也按此霿字引申叚借之義也本音茂轉音蒙易傳蒙者蒙也亦霿之叚借

霿晦也 晦本訓月盡引申爲日月不見之偁釋天曰霿謂之晦許言此者欲人知霿與霚異也 **从雨瞀聲** 莫弄切亦平聲瞀亦孜聲而入九部者合音也

霓屈虹青赤或白色 或字陸德明作也一曰三字非也韵會白下無色字是也屈當作詘許書云詰詘者謂詘曲屈非其義許意詘曲之虹多青赤或有白色者皆謂之霓釋天曰蝃蝀虹也霓爲挈貳郭云雙出色鮮盛者爲雄曰虹闇者爲雌曰霓據此似青赤爲虹白色爲霓然析言有分渾言不別故趙注孟子曰霓虹也虹見則雨楚辭有白霓 **陰气也从雨** 霓爲陰气將雨之兆故从雨一从虫作蜺猶虹从虫也 **兒聲** 五雞切十六部如淳五結切郭樸五擊切沈約郊居賦雌蜺連蜷深恐人讀爲平聲

䨘寒也从雨執聲 都念切七部 **或曰早霜也讀若春秋傳墊阨** 成六年襄九年廿五年皆云墊隘阨者阸之隸變阸隘古通用此謂䨘音同墊耳非謂春秋傳有䨘隘也而九經字樣云䨘音店寒也傳曰䨘隘引說文而失其眞遂致爲經作音而非其實以經典絕無䨘字也

雩夏祭樂於赤帝以祈甘雨也 公羊傳曰大雩者何旱祭也月令仲夏之月大雩帝用盛樂乃命百縣雩祀百辟卿士有益於民者以祈穀實注曰雩吁嗟求雨之祭也雩帝謂爲壇南郊之旁雩五精之帝配以先帝也自鞀鞞至柷敔皆作曰盛樂凡他雩用歌舞而已春秋

傳曰龍見而雩雩之正當以四月按鄭言五精之帝高誘注時則訓曰帝上帝也許獨云赤帝者以其爲夏祭而言也以祈甘雨故字从雨以于嗟而求故从亏服虔曰雩遠也亦於从于得義也从雨亏聲羽俱切五部

𦏧雩或从羽或字如此作雩舞羽也說从羽之意周禮樂師有羽舞有皇舞鄭司農云羽舞者析羽皇舞者以羽覆冒頭上衣飾翡翠之羽鼓師云教皇舞帥而舞旱暵之事按皇舞亦羽舞也故字或作翌而雩或作𦏧

需𥪖也𥪖者待也以疊韵爲訓易象傳曰需須也須卽𥪖之叚借也左傳曰需事之賊也又曰需事之下也皆待之義也凡相待而成曰需遇雨不進止𥪖也从雨而遇雨不進說从雨之意而者𥪖之意此字爲會意各本作而聲者非也公羊傳曰而者何難也穀梁傳曰而緩辭也而爲遲緩之辭故从而而訓須須通𥪖从而猶从𥪖也春秋經己丑葬我小君頃熊雨不克葬庚寅日中而克葬是从雨而之證也相俞切古音在四部易曰雲上于天需易需卦象傳文此偁易以證从雨之意雲上于天者雨之兆也宋衷曰雲上于天需時而降雨

𩃤水音也江氏聲曰五聲羽屬水許字作𩃤與各書不同今按此當謂流水之音耳从雨羽聲王矩切五部

文四十六六宋本作七　重十一

雲山川气也天降時雨山川出雲从雨云象回轉之形回上各本

有雲字今刪古文秖作云小篆加雨於上遂爲半體會意半體象形之字矣云象回轉形此釋下古文雲爲象形也王分切十三部

凡雲之屬皆从雲

云 古文省雨 古文上無雨非省也二葢上字象自下回轉而上也正月昏姻孔云傳曰云旋也此其引伸之義也古多叚云爲曰如詩云卽詩曰是也亦叚員爲云如景員維河箋云員古文作云昏姻孔云本又作員聊樂我員本亦作云尚書云云來衛包以前作員來小篆妘字籒文作䲣是云員古通用皆叚借風雲字耳自小篆別爲雲而二形迥判矣

𠃑 亦古文雲 此取初古文象回轉之形者其字引而上行書之所謂觸石而出膚寸而合也變之則爲云

霒 雲覆日也 今人陰陽字小篆作霒易霒者雲覆日昜者旗開見日引申爲兩儀字之用今人作陰陽乃其中之一耑而已霒字今僅見大戴禮記文王官人篇素問五帝政大論

从雲今聲 於今切七部

侌 古文霒省 古文雲本無雨耳非省也陰字从此

侌 亦古文霒 此取初古文也侌則以小篆法整齊之云亦同

文二　重四

魚 水蟲也象形魚尾與燕尾相佀 其尾皆枝故象枝形非从火也語居切五部

凡魚之屬皆从魚

鰖 魚子已生者也 謂魚卵生於水艸閒初孚有魚形者二云已生對未生言之魚子未生者曰鯤鯤卽卵字卵說文作卝古音讀如關亦可讀如昆內則

濡魚卵醬卵鄭讀鯤或作攔鯤醬者魚卵醬也內則讀卵如字未嘗不協凡未出者爲卵已出者爲子鯤卽魚卵故說文以卝包之而魚部無鯤字鰖則已出於卵者也

从魚隋聲各本作憜省聲按肉部有隋字今正徒果切十七部集韵類篇又鄭規切音之轉也

鰖 籒文鰖从𩵋據徐氏鍇筆迹相承小異條云史籒筆迹如此也陸者从籒文陸字而省一左也

鮞 魚子也魚子謂成細魚者上文曰魚子已生者謂初出卵此云魚子則成細魚矣凡細者偁子魯語曰魚禁鯤鮞韋注曰鯤魚子也鮞未成魚也韋意鯤是卵未孚者鮞是已孚而尚未成魚者許則就已孚又別爲鰖鮞二形○按爾雅曰鯤魚子也鯤小魚也爲韋所本許無鯤字者以卝包之據內則之卵醬也許有鮞無鯤者鯤从䋫省聲之與蒸合音取近鯤者鮞之俗字也爾雅鄭皆云鯤魚子爾雅意魚子卽魚卵今人俗語猶如是若西京賦摷鯤鮞薛注鯤魚子也鮞細魚族類也此與鄭內則注鯤魚子也皆謂出卵者爲魚子失爾雅本義若莊子謂絕大之魚爲鯤此則齊物之寓言所謂汪洋自恣以適己者

一曰魚之美者東海之鮞鮞之別一義見呂覽本味篇伊尹語高注曰鮞魚名也木部櫨下禾部秏下皆言伊尹曰此不言者媘文

从魚而聲如之切一部五經文字人六切

魼 魼魚也舊刪魼字今補此如河篆下云河水也之例漢書上林賦禺禺魼鰨郭樸注云比目魚也按郭說未知其審犬部狧字下有比目魚鰈同爾雅而魚部無鰈字玉篇廣韵合魼鰈爲一字非也

从魚去聲去魚切五部

魶 魶魚似鱉無甲有尾無足

口在腹下从魚納聲 按此篆玉篇作魶廣韵作魶史記上林賦有魶字云魶一作鰨奴荅切八部

鰨 虛鰨也 漢書上林賦魼鰨史記作鱋魶一作鰨注家皆以魼鰨爲二魚許亦別魼與虛鰨爲二虛非魼鱋之異文也郭注云鰨鯢魚也似鮎有四足聲如嬰兒按許下文云鯢刺魚也不類列一處則鰨之非鯢明矣 从魚𦐇聲 土盍切八部

鱒 赤目魚也 見豳風釋魚曰鮅鱒毛傳曰鱒大魚也陸璣郭樸皆云鱒似鯶赤眼 从魚尊聲 慈損切十三部

⿱秋魚 ⿱秋魚魚也 亦三字句周禮其動物宜鱗物劉本作⿱秋魚音鱗按劉本段⿱秋魚爲鱗耳非川澤祇生此魚也集韵曰鱗通作⿱秋魚本劉 从魚秋聲 力珍切十二部

鰫 鰫魚也 鄭注內則云今東海鰫魚有骨名乙在目旁狀如篆乙食之鯁人不可出 从魚容聲 余封切九部

⿰魚胥 ⿰魚胥魚也从魚胥聲 相居切五部

鮪 鮥也 毛詩衞風傳曰鮪鮥也許本之陸璣疏曰鮪魚形似鱣而青黑頭小而尖似鐵兜鍪口亦在頷下其甲可以摩薑大者不過七八尺益州人謂之魱鱣大者爲王鮪小者爲鮛鮪一名鮥肉色白味不如鱣也郭氏山海經傳曰鮪卽鱏也似鱣而長鼻體無鱗甲按卽今之鱘魚也 周禮春獻王鮪 天官𩼝人文注曰王鮪鮪之大者引月令季春薦鮪于寢廟西京賦曰王鮪岫居薛綜陸璣李奇酈道元皆言鮪自南方江中來至河南鞏穴又入河度龍門蓋古事如此不然鮪出江中何以西周能薦鮪也 从魚有聲 榮美切古音在一部讀如以

魱

鮔鯍逗鮔字淺人刪之今補鮪也鮪字各本無今依全書通例補上林賦鮔鱛螹離郭注曰鮔鱛鮪也李善注吳都賦同按劉逵注蜀都賦曰鱣鮔鱛也古人言鱣鮪多有不別者如山海經傳亦云鮪即鱣也當是以爲一類而渾言之周雒謂之鮪蜀謂之鮔鯍十字各本譌作周禮謂之鮔五字今補正李奇注上林曰周洛曰鮪蜀曰鮔鱛陸詩疏曰益州人謂之鮔鱛按蜀有之者出於江也周雒有之者出鞏穴入河也鮔鱛雙聲字从魚亙聲各書多作鮔省立心也古恆切六部

鮔鯍也从魚巟聲武登切古音當在十部讀如茫音轉入蒸登部而字形亦改爲鱛矣

叔鮪也此見釋魚許本之叔鮪者鮪之小者也對王鮪爲辭江賦亦以叔鮪王鱣儷句叔字林作鮛俗字也郭注爾雅曰鮪鱣屬也今宜都郡自京門以上江中通出鱏鱣之魚有一魚狀似鱣建平人呼鮥子即爾雅之鮥也按今川江中尚有鮥子魚昔在南溪縣巫山縣食之叔鮪名鮥則王鮪不名鮥而以鮥注鮪者何也渾言析言不同故互注而又別其大小也从魚各聲盧各切今語正如此五部

鯀魚也从魚系聲此未詳爲何魚系聲讀古本切亦未詳所以恐古音不同今讀也禹父之字古多作鮌作骸禮記及釋文作鯀廣韵曰禹父鯀尚書本作鯀按鯀乃鯀譌

鰥魚也見齊風毛傳曰大魚也謂鰥與魴皆大魚之名也鄭箋乃讀鰥爲爾雅鯤魚子之鯤殆非是鰥多叚借爲鰥寡字鰥寡字蓋古祇作矜矜即憐之叚借从魚眔聲古頑切古音在十三部齊風與雲韵可證也眔古讀同隶

十三十五部合音也

鯉 鱣也 此見釋魚毛傳於鱣云鯉於鯉不云鱣者鯉者俗通行之語不待注也舍人云鯉一名鱣毛云鱣鯉也爾雅古說如此自陸璣說鱣身形似龍銳頭口在頷下背上腹下皆有甲縱廣四五尺今於孟津東石磧上釣取之大者千餘斤而郭注乃分鯉鱣爲二云鱣大魚似鱏而短鼻口在頷下體有邪行甲無鱗肉黃大者長二三丈此即今江中及關東之黃魚也如其言則鱣絕非鯉矣周頌有鱣有鮪鰷鱨鰋鯉鱣鯉並言似非一物而箋云鱣大鯉也然則凡鯉曰鯉大鯉曰鱣猶小鮪曰鮥大鮪曰鮪謂鱣與鯉鮥與鮪不必同形而要各爲類也許意當亦如是○按他家說鱣鮪同類而有短鼻長鼻肉黃肉白之分爾雅毛鄭許則短鼻長鼻肉黃肉白者統以鮪鮥包之而惟三十六鱗之魚謂之鯉亦謂之鱣古人多云鱣鮪出鞏穴渡龍門爲龍今俗語云鯉魚跳龍門蓋牽合爲一非一日矣 从魚里聲 良止切一部

鱣 鯉也 衛風毛傳曰鱣鯉也許本之以鮪鮥例之此當同鄭曰大鯉也蓋鯉與鱣同類而別異猶鮥與鮪同類而別異 从魚亶聲 張連切十四部

鱣 籀文鱣 从妃蟺爲聲

鱄 魚也 士喪禮魚鱄鮒九鱄鮒皆常用之魚也故春秋有名鱄字子魚者呂覽曰魚之美者洞庭之鱄今本作鱄非也廣韵鱄出洞庭湖山海經曰鱄魚其狀如鮒而彘尾江賦亦有蟤蟤與鱄蓋非一物 从魚專聲 旨兗切十四部郭樸音蟤如團扇之團

鮦 鮦魚 舊作魚名今正許書之例不言某名也釋魚曰鰹大者鮦小者鯇許無鰹鯇字 一曰鱶也 此一曰猶今言一名也許書一字異義言一曰一物異名亦言一曰不嫌同辭也此

六字本相接誤解者失其義中隔以从魚同聲四字今正本艸經蠡魚一名鮦魚陸德明所據作蠡釋魚鱧郭注鮦也此由不考鱧非鱶之故若釋文云鱧又作蠡則淺人所改耳毛詩傳曰鱧鮦也正義云諸本或作鱧鯇作鯇則與舍人爾雅不異按作鯇不誤淺人認鱧為鱶因改鯇為鮦也蠡卽鱶鱶與鱧異物異字陶通明說本艸曰蠡今皆作鱧字此郭誤注爾雅之由也許以鱯鮷鱧鰊為一魚鱶鮦為一魚鱶卽今俗所謂烏魚或曰烏鯉頭有七星之魚也爾雅鯉鱣為一鰋鮎為一鱧鯇為一古說本不誤而郭氏妄疑之鱧鯇又非下文之鰹鮦鮵也而郭氏妄合之○此當直云鱶也上四字淺人所加當刪鮦卽今頭有七星之魚俗云烏鯉其字正當作鱶攷釋魚郭本作鱧鮦也舍人本作鱧鯇也毛詩魚麗或作鱧鮦也與郭合或作鱧鯇也與舍人合詳詩正義初疑郭自釋鱧為鮦非爾雅正文作鱧鮦但陸璣詩疏正引爾雅曰鱧鮦也許愼謂之鱶魚然則爾雅正文實有如此本為許所本今詩疏謂之鱶魚譌作謂之鱧魚 从魚同聲讀若絝襱 絝襱見衣部丈冢切故鮦亦直隴切九部鮦陽縣則音轉讀若紂

鱶 鮦也 正與鮦篆轉注本艸作蠡魚省作蠡陶貞白云今皆作鱧字按此名之所以不正也 从魚蠡聲 蠡作蠡少一畫者誤今盧啓切古音在十六部與豊聲在十五部不同

⿰魚婁 ⿰魚婁魚也 三字今正 一名鯉一名鰜 一名舊當作一曰此一名鯉耳非卽三十六鱗之鯉也 从魚婁聲 洛侯切四部

鰜 鰜魚也 三字今正 按當作⿰魚婁魚也玉篇曰⿰魚婁大青魚類篇曰鰜魚大而青是為一物也廣韵云比目魚因鳥有鶼皮傅耳 从魚兼

聲古甜切七部 鯈 鯈魚也周頌箋云鰷白鰷也爾雅鮂黑鰦郭云即白鯈魚江東呼爲鮂莊子鯈魚出游從容按白鯈即今白鰷條山海經北山篇彭水鯈魚其狀如雞而赤毛三尾六足四首其音如鵲此異物非常有者也音水鯈魚其狀如鯈鯈者白鯈魚也玉篇合二物爲一疏矣 从魚攸聲其字亦作鯈亦作鮋俗作鰷其音舊直由切大徐同在三部今音迢 鮔 鮔魚也从魚豆聲天口切四部亦作鮭 鯾 鯾魚也爾雅郭注曰江東呼魴魚爲鯿海內北經大鯾居海中郭曰鯾即魴也 从魚便聲房連切古音在十二部 鯿 鯿或从扁便扁聲同 魴 赤尾魚也周南曰魴魚赬尾釋魚曰魴鮃傳曰魚勞則尾赤按此傳當有魴魚也三字以魴勞赤尾與如燬非謂魴必赬尾也左傳如魚竀尾衡流而方羊亦謂其困頓許以赤尾魚釋魴殆失之魴卽鯿魚也許列字亦二篆相比近而不言爲一 从魚方聲符方切十部 鰟 籀文魴从旁此依小徐及玉篇 鱮 鱮魚也齊風其魚魴鱮傳曰魴鱮大魚箋云鱮似魴而弱鱗陸疏曰鱮似魴厚而頭大其頭尤大而肥者徐州人謂之鰱廣雅曰鱮鰱也 从魚與聲徐呂切五部 鰱 鰱魚也按許列字亦二篆相比近而不言爲一 从魚連聲力延切十四部 鮍 鮍魚也从魚皮聲敷羈切古音在十七部 ⿰魚幼 ⿰魚幼魚也廣雅⿰魚幼鱮也謂⿰魚幼亦名鱮鰌之類也 从魚幼聲讀若幽於糾

切三部按廣雅玉篇於堯切鮒鮒魚也鮒見易禮鄭注易曰鮒魚微小虞翻曰鮒小鮮也王逸注大招及廣雅皆云鰿鮒也从魚付聲符遇切古音在四部䲔䲔魚也尚書大傳曰大都䲔魚鄭注大都明都䲔魚今江南以爲鮑从魚巠聲仇成切十一部鰿鰿魚也今人所常食也从魚脊聲資昔切十六部按或作鯖責聲亦十六部也或作鯽非是鱺鱺魚也此即今人謂鰻爲鰻鱺之字也與鱧鱯鯉皆不同類篇二云小鮦也此用郭注爾雅語从魚麗聲郎兮切十六部鰻鰻魚也亦二篆相比近而不言爲一蓋許於此等在疑信之閒从魚曼聲母官切十四部鱯鱯魚也郭注釋魚曰鱯似鮎而大白色按今江中多有之俗譌爲回魚聲之誤耳水經注沔陽縣度口水有二源一曰清檢一曰濁檢清水出鱯濁水出鮒常以二月八月取華陽國志鱯譌爲鰀从魚蒦聲胡化切古音在五部魾大鱯也其小者名鮡見釋魚丕訓大此會意兼形聲也爾雅魴魾亦謂魴之大者爲魾从魚丕聲敷悲切古音在一部鱧鱯也釋魚毛傳鱧鯇爲一許鱧鱯爲一各有所受之也从魚豊聲盧啓切十五部鯉鱧也廣韵曰鯉似鮎與說文合从魚果聲胡瓦切十七部鱨揚也揚各本从木者誤魚麗傳曰鱨揚也陸疏曰今黃頰魚也似燕頭魚身形厚而長大頰骨正黃魚之大而有力解飛者徐州人謂之揚按山海經之

鱤郭云黃頰魚也从魚嘗聲市羊切十部

鱏 鱏魚也郭景純說鮪即鱏也許意不尒故二篆劃分異處劉注蜀都賦曰鱏魚出江中頭與身正半口在腹下亦與陸璣所說鮪狀正同鱏今字作鱘見陳藏器本艸从魚覃聲余箴切七部師古曰今俗語讀尋傳曰伯牙鼓琴鱏魚出聽傳曰者諸書多有之不定爲何書也諸書或作鱏魚或作淫魚或作潛魚皆由聲近傳意謂大魚耳淫者大也

鯢 刺魚也刺盧達切或作刺者誤刺魚者乖刺之魚謂其如小兒能緣木史漢謂之人魚釋魚曰鯢大者謂之鰕郭云今鯢魚似鮎四脚前似獼猴後似狗聲如小兒啼大者長八九尺則名鰕按此魚見書傳者不下數十處而人不之信少見則多怪也余在雅州親見之廣雅鰨鯢也亦謂此集韵有鱀字刺之俗从魚兒聲形與聲皆如小兒故从兒舉形聲關會意也五雞切十六部

鰼 鰌也見釋魚郭云今泥鰌按山海經之鰼魚別是一物从魚習聲似入切七部

鰌 鰼也从魚酋聲七由切三部

鯇 鯇魚也釋魚鱧鯇也毛傳同許於鱧下云鱯也不云鯇也故鯇篆劃分異處葢其所傳不同鯇鯶古今字今人曰鯶子讀如混多食之从魚完聲戶版切舊音也十四部又胡本切今音也音轉而形改爲鯶矣

魠 哆口魚也哆者張口也上林賦鰅鰫鰬魠郭注魠鱤也一名黃頰郭語恐非許意儻是黃頰則當與鱨爲伍廣雅曰魧鰭魠也以魠爲名取開拓之意从魚乇聲他各切五部

鮆 刀魚

也歙而不食各本作歙而不食刀魚也今依韵會本漢書貨殖傳顏注正如此下多者字刀魚今人語尚如此以其形像刀也俗字作魛尚書大傳有魚刀蓋即此歙而不食故其形纖削而味清雋春出江中人多食之山海經云苕水注於具區其中多鮆魚郭云鮆魚狹薄而長頭大者尺餘太湖中今饒之郭不係江係太湖者以經云具區也今太湖中尚時有之又按釋魚鮤鱴刀郭云今之鮆魚亦呼爲魛魚郭說蓋非鄭注周禮䱒物爲鱴刀含漿之屬鱴刀含漿必皆蚌蛤之類故謂之䱒物不得因一刀字附會也○周禮正義云孫注爾雅刀魚與鱴別然則孫鮤鱴爲逗刀爲句郭蓋同九江有之九江謂岷江東至於醴以下也从魚此聲徂禮切十五十六部漢書音義曰楚人言薺魚

鮀鮎也釋魚毛傳皆曰鯊鮀也許以魦系樂浪潘國釋魚鮀爲鮎於古說不同蓋有所受之也春秋傳名鮀者字子魚玉裁又按鯊見於詩爾雅毛傳皆曰鯊鮀也許當無異說不當訓鮀爲鮎而以鯊爲出樂浪潘國蓋鮎鰋也鰋鮎也許同爾雅毛傳而鮀下訓沙也亦與古同毛詩鯊本作沙故說文無鯊字鮀下云沙也淺人以爲怪遂竄改錯亂如此諸書紀載雖有魦字从沙省聲此樂浪潘國之魚非詩之沙也故不相牽混許書之精嚴如此○邠風莎雞古祇作沙○釋魚開卷鯉鱣爲一鰋鮎爲一鯊鮀爲一許說皆同惟鱧鯇爲一許說不同○舍人云鯊石鮀也郭云今吹沙小魚也體圓而有點文从魚它聲徒何切十七部

鮎鰋也釋魚及魚麗傳曰鰋鮎也孫炎云鰋一名鮎郭別鰋鮎爲二非也从魚占聲奴兼切七部

鰋鮀也謂之鰋者以其偃額也偃者仰也玉裁按鮀也

乃鮎也之誤妟人所改也从魚妟聲於幰切十四部鰋 鮼或从匽今經典皆如此作

鮷 大鮎也从魚弟聲此字詩爾雅釋文唐韵作鮧从夷文選蜀都賦及玉篇作鮷未知孰是以夷弟篆體易譌也山海經傳曰今亦呼鮎爲鮷字林曰青州人呼鮎鯷郭注爾雅曰鮎別名鯷江東通呼鮎爲鮧蓋鮷鯷鮷三形一字同大兮反而鮧則別一字別一音不當合而一之杜兮切十五部

鱱 鱱魚也从魚賴聲洛帶切十五部

⿰魚朁 ⿰魚朁魚也此是魚名類篇謂即小魚爲魿之魿非也从魚朁聲鉏箴切七部

⿰魚翁 ⿰魚翁魚也从魚翁聲烏紅切九部

⿰魚臽 ⿰魚臽魚也从魚臽聲戶賺切八部

鱖 鱖魚也篇韵皆曰大口細鱗有斑文卽今人所食之鱖魚也而釋魚鱊鮬鱖鯞郭云小魚也似鮒子而黑俗呼爲魚婢江東呼爲妾魚羅端良以今之彭皮當之玉裁謂鯞音同婦鱊鱖音近鮬鯞音近鱖婦卽今俗謂之鬼婆子是也非別有細魚鯞音章酉反非从魚厥聲居衞切十五部

鯫 白魚也白而小之魚也史記鯫千石徐廣曰鯫鯫魚也張守節曰褋小魚也按鯫是小魚之名故小人謂之鯫生師古於漢書作鮿字音輒蓋未然从魚取聲士垢切四部漢書鯫生教我服虔曰鯫音淺鯫小人皃也淺鯫漢人有此語通作鄹釋名奏者鄹也鄹狹小之言也又盾約脅而鄹者曰陷虜淺鯫卽淺鄹俗人不曉乃讀爲音淺句絕矣

鱓 鱓魚也今人所食之黃鱓也黃質黑文似蛇異苑云死人髮

化其字亦作䱇俗作鱔或叚鮮字爲之如蛢篆下云非蛇鮮之穴無所庇是也或叚鱣爲之如楊震傳烏銜三鱣是也各本此下有皮可爲鼓四字由古以鼉皮冒鼓鼉鱓皆从單聲古書如呂覽等皆叚鱓爲鼉淺人犆讀古書率介妄增不知字各有本義許書但言本義則此四字可增於黽部而不可贅於此也今刪正从魚單聲常演切十四部

鮸 鮸魚也隋煬責貢四方海錯幾盡首曰鮸魚按今江浙人所食海中黃花魚乾之爲白鯗卽此魚也一名石首魚首中有二石許云出薉邪頭國者葢許據所見載籍言之江賦鰻鯊順時而往還注云字林曰鮸魚出南海頭中有石一名石首然則此魚又名鰻南海亦有之出薉邪頭國薉邪頭國穢貊也从魚免聲亡辨切古音在十三部

魵 魵魚也釋魚曰魵鰕謂魵魚一名鰕魚也出薉邪頭國陳氏魏志范氏後漢書東夷傳皆曰濊國海出班魚皮今一統志朝鮮下亦云介班魚卽魵魚也郭注爾雅云出穢邪頭國見呂氏字林郭注但偁字林不偁說文豈所謂逐末忘本者非邪从魚分聲符分切音轉如頒十三部

⿰魚虜 ⿰魚虜魚也出樂浪潘國樂音洛浪音郎樂浪潘國真番也番音潘从魚虜聲郎古切五部

鰸 鰸魚也狀佀鰕各本作蝦誤無足鰕有足鰸則似鰕而無足集韵類篇奪無字非也長寸大如叉股叉今釵字出遼東从魚區聲豈俱切古音在四部

鯜 鯜魚也出樂浪潘國从魚

妾聲七接切八部

⿰魚朮魚也出樂浪潘國从魚朮聲博蓋切十五部

⿰魚匊魚也出樂浪潘國从魚匊聲居六切三部一曰⿰魚匊魚出九江九江鉉本作江東爾雅音義引無東皆非也有兩乳一曰溥浮上一曰別其義⿰魚匊卽今之江豬亦曰江豚樂浪潘國與九江同產此物云一曰者載異說殊其地也下一曰猶今言一名也溥浮俗字作⿰魚尃⿰魚孚普姑覆浮二反⿰魚尃一作⿰魚普吳東門謂⿰魚普⿰魚孚門卽今蘇州葑門也釋魚鱀是鱁亦江豚之類也謂之海豚

魦魚也出樂浪潘國从魚沙省聲詩小雅有鯊則爲中夏之魚非遠方外國之魚明甚蓋詩自作沙字吹沙小魚也樂浪潘國之魚必出於海自作魦字其狀不可得而言也或云卽鮫魚然魦鮫二篆不相連屬也所加切十七部

鱳魚也出樂浪潘國从魚樂聲盧各切古音在二部

鮮魚也出貉國按此乃魚名經傳乃叚爲新鱻字又叚爲尟少字而本義廢矣从魚羴省聲相然切十四部

鰅魚也皮有文上林賦郭注曰鰅魚有文彩按長卿謂八川之中有之後靡過其實也據下文樂浪乃有之然平子賦南都亦曰鱣鰅鱅是南陽有之出樂浪東暆見日部神爵四年初捕收輸考工捕當作搏搏索取也今人用捕字漢人多用搏字神爵孝宣帝年號百官公卿表少府屬

官有考工捕此魚輸考工者用其皮飾器也

周成王時揚州獻鰅見周書王會篇蓋漢時揚州地已無此物矣今王會篇作禺禺攷上林賦鰅與禺禺爲二物作禺禺非是从魚禺聲魚容切按禺聲古音在四部漢書注音顒徐廣李善音娛

鱅 鱅魚也史記上林賦鰅鱅鰬魠漢書文選鱅皆作鰫非是據許書鰫鱅劃然二物且郭注上林云鱅常容反與慵字音正同段令从容聲則不得反以常容矣郭云鱅似鰱而黑陸璣云鱮徐州人謂之鰱或謂之鱅从魚庸聲蜀容切九部

鰂 烏鰂魚也四字句烏俗本作鰞今正陶貞白云是鷃烏所化其口腹猶相似腹中有墨能吸波潠墨令水溷黑自衞劉淵林云腹中有藥謂其背骨今名海鰾鮹是也从魚則聲昨則切一部吳都賦作賊他書作鰿

鯽 鰂或从卽此乃俗鯽字以卽聲古音在十二部也今人用爲鰿魚字

鮐 海魚也各本也作名今依史記正義漢書注文選七命注正鮐亦名侯鮐卽今之河豚也吳都賦王鮪侯鮐以王侯相儷改作鯸者非貨殖傳鮐鮆千斤鮐狀如科斗背上青黑有黃文詩黃髮台背毛曰台背人老也箋云台之言鮐也大老則背有鮐文是謂台爲鮐之叚借字今爾雅作鮐背从魚台聲徒哀切一部

鮊 海魚也从魚白聲旁陌切古音在五部玉篇讀平亞切廣韵禡韵作鮲讀若書白不黑未知所出大玄昆次三曰昆白不黑不相親也疑用此語

鰒 海魚也郭注三倉曰鰒似蛤一偏著石廣志曰鰒無鱗有殼一面附石細孔襍襍或七或九本艸

曰石決明一名鰒魚李時珍云與石決明同類殊種从魚复聲蒲角切三部

鮫 海魚也皮可飾刀今所謂沙魚所謂沙魚皮也許有魦字云从沙省蓋卽此魚陳藏器曰沙魚狀皃非一皆皮上有沙堪揩木如木賊蘇頌曰其皮可飾刀靶按其皮可磨錯故通謂之䱜魚音措各切有鱕䱜有橫骨在鼻前如斤斧形者也有出入䱜子朝出求食暮還入母腹中者也淮南子鮫革犀兕爲甲冑中山經有鮫魚郭云卽此魚中庸黿鼉鮫龍本又作蛟从魚交聲古肴切二部

䲔 海大魚也此海中魚冣大者字亦作鯨羽獵賦作京京大也从魚畺聲渠京切古音在十部春秋傳曰取其䲔鯢宣公十二年左氏傳文劉淵林注吳都賦裴淵廣州記皆云雄曰鯨雌曰鯢是此鯢非剌魚也

鯨 䲔或从京古京音如姜

鯁 魚骨也故其字从魚與骨部骾字別而骨骾字亦多借鯁爲之爾雅曰魚枕謂之丁魚腸謂之乙魚尾謂之丙今益之曰魚骨謂之鯁魚甲謂之鱗魚臭謂之鮏从魚更聲古杏切古音在十部

鱗 魚甲也甲者鎧也魚鱗似鎧亦有無鱗有甲之魚鱣是也从魚粦聲力珍切十二部

鮏 魚臭也魚气也與肉部胜義別字俗作鯹从魚生聲桑經切十一部

鱢 鮏臭也从魚喿聲穌遭切二部周禮曰膳膏鱢按此六字當作讀若周禮曰膳膏臊八字蓋臊从肉見肉部云豕膏臭也與先鄭說同然則許所據周禮不作膳膏鱢鱢與鮏

同義

鮨 魚脂醬也 醬字衍脂者豕肉醬也引申爲魚肉醬則偁魚脂可矣公食大夫禮牛鮨注曰內則鮨爲膾然則膾用鮨謂此經之醢牛鮨卽內則之醢牛膾也聶而切之爲膾更細切之則成醬爲鮨矣鮨者膾之冣細者也牛得名鮨猶魚得名脂也鄭曰今文鮨作鰭按鰭是叚借字說文有者無鰭 出蜀中 謂魚醬獨蜀中有之 从魚旨聲 旨夷切十五部 一曰鮪魚名 鮪魚名當作鮨魚也三字一句謂有魚名鮨也

鮺 臧魚也 釋名曰鮓菹也以鹽米釀魚爲菹孰而食之也按古作鮺之法令魚不朽壞故陶士行遺其母卽內則之魚膾聶而切之者也 南方謂之魿北方謂之鮺 此一說也周禮注曰荊州之鮺魚然則南方亦言鮺 一曰大魚爲鮺小魚爲魿 此又一說也此十字舊在下篆鮺也之下今依廣韵移倂 从魚差省聲 側下切十七部俗作鮓

魿 鮺也 渾言不別析言則別之 从魚今聲 徂慘切古音在七部廣韵昨淫切玉篇才枕才箴二切

鮑 饐魚也 饐飯傷溼也故臨鹽魚溼者爲饐魚周禮籩人有鮑注云鮑者於煏室中糗乾之出於江淮師古注漢書曰鮑今之鯉魚也鄭以爲於煏室乾之非也秦始皇載鮑亂臭則是鯉魚耳而煏室乾者本不臭也鯉於業反按玉篇作裛魚皆當作浥耳浥溼也釋名曰鮑腐也埋藏淹使腐臭也 从魚包聲 薄巧切古音在三部

魿 蟲連行紆行者 考工記梓人注曰連行魚屬紆行蛇屬按紆者詘也縈也蛇行必縈曲 从

魚令聲郎丁切古音在十二部鰕鰕魚也三字句各本作魵也今正鰕者今之蝦字古謂之鰕魚如鼉曰鼉魚馬部騢下云色似鰕魚䮁下云文如鼉魚郭注爾雅云今青州呼鰕魚爲鰝皆其證鰕篆是此物正字不訓以鰕魚則騢之似鰕魚魱之狀似鰕爲似何物乎況鰕篆之下緊接鰝篆釋詁云大鰕鰝爲今之大蝦無可疑者若如各本則鰝不爲大魵乎由釋魚有魵鰕之文郭曰出穢邪頭國與說文魵解同淺人遂改鰕篆之解爲魵也不知許立文之例以類相從鰕果是魵則鰕篆必次魵篆後不次鰝篆前至於物有同名異實者如爾雅鰕三見鰝大鰕則今之蝦也魵鰕則穢邪頭之魚也鯢大者謂之鰕則今有四腳之魚也而皆謂之鰕豈可合而一之乎鰕篆者長須水蟲之正字古亦借瑕爲之凡叚聲如瑕鰕騢等皆有赤色古亦用鰕爲雲赮字从魚故爾雅鰕在釋魚叚聲乎加切古音在五部鰝大鰕也見釋魚郭云鰕大者出海中長二三丈鬚長數丈今青州呼鰕魚大者爲鰝鰕吳都賦曰罩鰝鰕从魚高聲胡到切二部鯦當互也見釋魚今爾雅互作魱郭云海魚也似鯿而大鱗肥美多鯁今江東呼其最大長三尺者爲當魱魱音胡按集韵類篇模韵魱字注云吳人以爲珍卽今時魚尋繹郭注誠謂時魚也時魚七之作鰣或作鯯廣韵亦曰鰣魚似魴肥美江東四月有之但依許氏立文之例求其義自鰕至鮚六字皆从魚而實非魚者故殿於魚部之末如蠅鼅鼄黽鼉必居黽尾鸁驢騠駃騠必廁馬後也然則許說爲何物不可知而必與郭說異亦猶鐵刀鄭云薙物郭乃云薺魚互俗作魱从魚咎聲其久切三葢非是當是罟之省罟者罟也見网部

部按字林作鮥鮇鮪也鮥當鮔也與爾雅說文互易乃鮥鮥字之互譌耳而五經文字乃云鮥其救反又音洛洛乃鮥音鮥豈有洛音哉凡五經文字可議處類此〇釋文二云字林作鮥音洛今洛譌格

魧 大貝也 貝海介蟲也居陸名猋在水名圅釋魚曰大者魧尚書大傳曰散宜生得大貝如車渠車渠車网也車网者輮也江賦字作蚢 从魚 故爾雅介蟲皆入釋魚 亢聲 一曰魚膏 別一義 讀若剛 古郎切十部文選胡剛切

鮩 蚌也 蚌者蜃屬亦名鮩 从魚丙聲 兵永切古音在十部

鮚 蚌也 地理志會稽鄞縣有鮚埼亭師古曰鮚蚌也長一寸廣二分有一小蟹在其腹中埼曲岸也其中多鮚故以名亭按此名瑣鮚瑣者小也鮚之小者江賦瑣蛣腹蟹注引南越志曰瑣蛣長寸餘大者長二三寸腹中有蟹子如榆莢合體共生皆為蛣取食 从魚吉聲 巨乙切十二部文選字作蛣 漢律會稽郡獻鮚醬二斗 一斗二字依廣韵補廣韵斗誤升小徐本作二斗

鮅 魚名从魚必聲 毗必切按自鮅至鮀十篆蓋皆非許書所本有以魚部鰭鰤爲魚子自魼至鱷皆魚名自鰒至鮑皆泛言魚之體魚之用自鮁至鮚皆字从魚而實非魚者至此而魚部畢矣不當又舉魚名及魚之狀皃故知必淺人所增也釋魚二云鮅鱒系一魚二名儻許錄鮅字便當與鱒相聯由許時爾雅本無鮅字但作必必則例不錄

䲨 魚名从魚瞿聲 九遇切

鯸 魚名从魚矦聲 乎鉤切按吳都賦鯸鮐當是本作矦鮐故與王鮪相儷廣雅鯸鮐即矦鮐

之俗字也段令許錄鯸字則當廁於鮐篆之上

鯛 骨耑脆也从魚周聲 都僚切如其義則當與鯛篆相屬篇韵皆曰魚名何也

鯙 烝然鯙鯙从魚卓聲 都教切按詩南有嘉魚烝然罩罩傳曰罩罩篧也音義罩張教反此偁詩作鯙鯙不言其義篇韵皆不載其字大徐云都教切者非唐韵有此字此音乃傳合毛詩音義爲此言耳集韵類篇效韵亦無此字惟覺韵有此字訓曰魚名葢其可疑如此

鮁 鱣鮪鮁鮁从魚犮聲 北末切按毛詩鱣鮪發發傳曰發發盛皃音義云補末反韓詩作鱍是作鮁者非毛非韓不可信又不言其義篇韵皆無鮁字其可疑如此

鮇 鯕魚出東萊从魚夫聲 甫無切依玉篇當作鮇鯕魚

鯕 魚名从魚其聲 渠之切按其訓當云鮇鯕也廣韵七之又單出鯕字云鯿魚

鮡 魚名从魚兆聲 治小切按字見爾雅鱯之小者也段令許錄此字當與鱯篆相屬

魤 魚名从魚匕聲 呼跨切

鱻 新魚精也 云精者卽今之鯖字廣韵云煑魚煎食曰五矦鯖煎食作煎肉者誤謂以新魚爲肴也周禮𩻒人辨魚物爲鱻薧鄭司農曰鮮生也薧乾也詩思文正義引鄭注尚書曰衆鱻食謂魚鼈也引申爲凡物新者之偁獸人六畜六獸六禽亦偁鱻薧史言數見不鮮許書玼下云新玉色鮮也鱻下云不鮮也其字葢皆本作鱻凡鮮明鮮新字皆當作鱻自漢人始以鮮代鱻如周禮經作鱻注作鮮是其證至說文全書不用叚借字而玼下鱻下亦皆爲淺人所改今則鮮行而鱻廢矣 从

三魚相然切十四部不變魚也也字今補此釋从三魚之意謂不變其生新也他部如驫麤猋等皆謂其生者鱻則謂其死者死而生新自若故曰不變

文一百三　重七

𩺰二魚也此卽形爲義故不言从二魚二魚重而不竝易所謂貫魚也魚行必相隨也晉語暇豫之吾吾不如鳥烏韋注吾讀如魚魚韓文公詩用魚魚雅雅豈卽本國語乎从二魚與从三魚不同三魚謂不變其新二魚謂連行可觀語居切五部　凡𩺰之屬皆从𩺰所以不併入魚部必立此部者以有𩽹字从𩺰也

𩽹捕魚也搏舊作捕今正搏索持也漢人用搏字多如此捕魚字古多作魚如周禮𩽹人本作魚此與取鼈者曰鼈人取獸者曰獸人同也左傳公將如棠觀魚者魚者謂捕魚者也呂氏春秋淮南鴻烈高注每云漁讀如論語之語讀如相語之語尋其文義皆由本文作魚故爲讀若以別諸水𩽹周禮音義魰本作魚又音御御音卽高氏之語音也然則古文本作魚作𩽹𩽹其籒文乎至小篆則始爲漁矣周禮當从古作魚人作魰者攴之作魰者非也　从𩺰水必从𩽹者捕魚則非一魚也𩺰水者魚之驚透於水也語居切五部

漁篆文𩽹从魚後篆文者亦先二後上之例也

文二　重一

燕　燕燕玄鳥也各本無燕燕二字今補乙下曰燕燕乙也齊魯謂之乙隹部巂下曰巂周者燕也邶風傳曰燕燕乙也商頌傳曰玄鳥乙也釋鳥曰巂周燕燕乙也古多叚燕爲宴安宴享籋口故以廿像之布翄故以北像之枝尾與魚尾同故以火像之象形於甸切十四部凡燕之屬皆从燕

文一

龍　鱗蟲之長能幽能明能細能巨能短能長四句一韵春分而登天秋分而潛淵二句一韵毛詩蓼蕭傳曰龍寵也謂龍卽寵之叚借也勻傳曰龍和也長發同謂龍爲邕和之叚借字也从肉與能从肉同㠯肉飛之形㠯肉二字依韵會補無此則文理不完六書故所見唐本作从肉从飛及童省按从飛謂㠯飛省也从及謂之反古文及也此篆从飛故下文受之以飛部童省聲謂亖也力鍾切九部凡龍之屬皆从龍

䨻　龍也雙聲轉注从龍霝聲郎丁切十一部

龕　龍皃此篆之本義也叚借爲戡亂字今人用戡堪字古人多叚龕文選注引尚書孔傳曰龕勝也从龍今聲各本作合聲篆體亦誤今依九經字樣正古音在七部侵韵今音入八部覃韵口含切

⿱幵龍　龍耆脊上⿱幵龍⿱幵龍

也士喪禮載魚左首進鬐注曰鬐脊也古文鬐爲耆按此鄭从今文而疊古文於注也許髟部無鬐此出者耆許於此字從禮古文不從禮今文也耆者老也老則脊隆故凡脊曰耆或作鬐因馬鬣爲此字也龍魚之脊上出者如馬鬣然上林賦曰揵鰭掉尾郭云鰭背上鬣也鰭亦耆之今字渾言之耆即脊析言耆在脊上䶬龍耆皃从龍幵聲古賢切十二部

龖飛龍也廣韵曰龍飛之狀从二龍凡龔䶮字从此省聲讀若沓徒合切八部

文五

飛鳥翥也羽部曰翥者飛舉也古或叚翥爲飛象形像舒頸展翄之狀甫微切十五部凡飛之屬皆从飛

𩙪翄也羽部曰翄者翼也二篆爲轉注翼必兩相輔故引申爲輔翼卷阿傳曰道可馮依以爲輔翼也行葦鄭箋云在前曰引在旁曰翼又凡敬者必如兩翼之整齊故毛傳曰翼敬也鄭箋云小心翼翼恭慎皃从飛異聲與職切一部籀文𩙪小徐有此三字

翼篆文𩙪从羽先籀後篆者亦先二後上之例也𩙪爲飛之屬

文二　重一

非韋也韋各本作違今正違者離也韋者相背也自違行韋廢盡改韋爲違此其一也非以相背爲義不以

離爲義从飛下𤕫謂从飛省而下其𤕫取其相背也𤕫垂則有相背之象故曰非韋也甫微切十五部凡非之屬皆从非

𩇯別也別者分解也从非己舊己下有聲字今刪己猶身非己猶言不爲我用會意非亦聲非尾切十五部

靡披靡也披各本作披今正披靡疊韵字旇下曰旗披靡也項羽傳漢軍皆披靡顏師古張守節皆音普彼反葢其字本作柀从木析也寫者譌从手披靡分散下垂之皃易中孚九二曰吾與爾靡之孟王皆曰散也凡物分散則微細引申之謂精細可喜曰靡麗爾下曰麗爾猶靡麗也是也又與亡字無字皆雙聲故謂無曰靡从非麻聲文彼切古音在十七部

靠相韋也韋各本作違今正相韋者相背也故从非今俗謂相依曰靠古人謂相背曰靠其義一也猶分之合之皆曰離从非告聲苦到切古音在三部

陛陛牢謂之獄五字句各本作牢也二字今依韵會本訂牛部曰牢者閑養牛馬圈也引申之凡閑罪人者曰陛牢即夏均臺殷羑里周圜土秦囹圄漢若盧也法言曰狴犴使人多禮字作狴猶鄉亭之繫曰犴朝廷曰獄字皆从犬所㠯拘非也从非說从非之意陛省聲邊兮切十五部

文五

卂疾飛也引申爲凡疾之偁故揰下曰卂擣也辵部迅从卂从飛而羽不見

飛而羽不見者疾之甚也此亦象形息晉切十二部凡卂之屬皆从卂煢回疾也回轉之疾飛也引申爲煢獨取裵回無所依之意或作惸作睘作嬛毛傳曰睘睘無所依也从卂營省聲渠營切十一部

文二

二十一部　文六百八十五　重六十

三宋本三作二　凡九千七百六十九字已上十一篇分部及篆文重文及說解字之都數也

說文解字第十一篇下

說文解字第十二篇上

金壇段玉裁注

乚　燕燕乙鳥也燕燕見前篇玄鳥二字淺人所增　齊魯謂之乚取其鳴自謼象形也舊作呼今依韵會正也字今依韵會補謼者評也號也山海經說鳥獸多云其名自號燕之鳴如云乙燕乙雙聲莊子謂之鷾鴯鷾亦雙聲也既得其聲而像其形則爲乙燕篆像其籋口布翄枝尾全體之形乚篆像其于飛之形故二篆皆曰像形也乚象翅開首竦橫看之乃得本與甲乙字異俗人恐與甲乙亂加鳥旁爲鳦則贅矣本音烏拔反十五部入於筆切者非是　凡乚之屬皆从乚　鳦　乚或从鳥按此葢非古字今爾雅毛傳皆如此作

孔　通也通者達也於易卦爲泰孔訓通故俗作空穴字多作孔其實空者竅也作孔爲叚借　嘉美之也各本無此四字由淺人謂與下複而刪之今依韵會補也當作嘼嘼者意內而言外也通爲吉實爲凶故凡言孔者皆所以嘉美之毛傳曰孔甚也是其義甚者尤安樂也或曰詩言亦孔之醜豈嘉美之乎曰此卽今甚字通於美惡之意也　从乚子會意康董切按此字未見三代用韵之文但以肉好卽邊孔求之疑孔古音在三部故吼犼芤以爲聲　乚請子之候鳥也月令仲春玄鳥至至之日以大牢祠于高禖天子親往注云高辛氏之世玄鳥遺卵娀簡吞之而生契後王以爲媒官嘉祥而立其祠焉

乞至而得子嘉美之也（說从乞子會意之恉）故古人名嘉字子孔（此又以古人名字相應說孔訓嘉美之證見於左傳者楚成嘉字子孔鄭公子嘉字子孔春秋經宋孔父左傳云孔父嘉何休云經稱字按孔父字孔故後以爲氏）

乳 人及鳥生子曰乳獸曰產（生部曰生進也產生也渾言之此復析言之孺下曰乳子也按古書之文多通偁）从孚乙（會意而主切古音在四部）乞者乞鳥明堂月令乞鳥至之日祠于高禖已請子故乳从乞（此說从孚乙會意之恉孚者卵孚也乞者請子之候鳥也）請子必以乞至之日者乞春分來秋分去開生之候鳥帝少昊司分之官也（左傳曰玄鳥氏司分者也此說月令請子必以玄鳥至之日之恉）

文三　重一

不 鳥飛上翔不下來也（凡云不然者皆於此義引申叚借其音古在一部讀如德韵之北音轉入尤有韵讀甫鳩甫九切與弗字音義皆殊音之殊則弗在十五部也義之殊則不輕弗重如嘉肴弗食不知其旨至道弗學不知其善之類可見公羊傳曰弗者不之深也俗韵書謂不同弗非是又詩鄂不韡韡箋云不當作柎柎鄂足也）

古聲不柎同从一一猶天也他處云一地也此以在上知爲天象形謂不也象鳥飛去而見其翅尾形音見上凡不之屬皆从不

否不也不者事之不然也否者說事之不然也故音義皆同孟子萬章曰然則舜僞喜者與孟子曰否注孟子言舜不詐喜也又咸丘蒙問舜南面而立瞽瞍亦北面而朝之孟子曰否注言不然也又萬章曰堯以天下與舜有諸孟子曰否注堯不與之又萬章問曰人有言伊尹以割烹要湯孟子曰否然也萬章又問孔子於衞主癰疽孟子曰否然也萬章又問百里奚自鬻於秦養牲者孟子曰否然注皆曰否不也不如是也注以不如是釋否然今本正文皆譌作否不然語贅而注不可通矣否字引申之義訓爲不通如易之泰否堯典之否德小雅之否難知也論語之予所否者皆殊其音讀符鄙切要之古音則同在弟一部从口不會意不亦聲方久切古音在一部

文二

至鳥飛從高下至地也凡云來至者皆於此義引申段借引申之爲懇至爲極至許云到至也臻至也假至也此本義之引申也又云親至也寴至也此餘義之引申也从一一猶地也一在下故云象形謂至也不象上升之鳥首鄉上至象下集之鳥首鄉下脂利切古音讀如質在十二部不上去而至下句來也瑞麥之來爲行來之來凡至之屬皆

从至㞢古文至

到 至也大雅曰靡國不到論語兩言民到于今釋詁曰到至也从至刀聲都悼切二部

臻 至也見釋詁古亦段溱爲之从至秦聲側詵切十二部

𦤶 忿戾也从至至而復孫會意也孫遁也二孫字大徐作遜非古無遜字凡春秋詩書遜遁字皆作孫傳曰孫之爲言孫也不作爲言遜爾雅作遜遁也爲後人所改之俗字許辵部有遜篆亦是後人臆增孫遁也此子孫字引申之義孫之於王父自覺其微小故逡巡遁避之言取諸此至而復逡巡者忿戾之意也周書曰有夏氏之民叨𦤶尚書多方文今本無氏字𦤶作懫按𦤶作懫者天寶閒衞包改也釋文𦤶作懫宋開寶閒改也釋文曰懫勑二反說文之二反不云說文作𦤶知其大字本不作懫矣禮記大學心有所忿懥注云懥怒皃或作懫按懥懫不見許書衞包以意改經非必懫卽𦤶也𦤶讀若摯釋文云說文之二反此音隱舊音也大徐丑利切十五部或曰古音當在十二部

臺 觀四方而高者也釋名曰觀觀也於上觀望也觀不必四方其四方獨出而高者則謂之臺大雅經始靈臺釋宮毛傳曰四方而高曰臺傳意高而不四方者則謂之觀謂之闕也釋名臺持也築土堅高能自勝持也古臺讀同持心曰靈臺謂能持物淮南子其所居神者臺簡以游大清注臺持也又臺無所鑒謂之狂生注臺持也此皆作臺自可通或作古文握古文握與臺形相似从至从高省與室屋同意按臺不必有屋李巡

注爾雅曰臺上有屋謂之謝然則無屋者謂之臺築高而已云與室屋同意者室屋篆下皆云从至者所止也是其意也

之聲徒哀切一部

臸　到也不言至言到者到者至之得地者也辵部曰達近也从至聲然則二至當重不當竝　从二至會意至亦聲人質切十二部

文六　重一

西　鳥在巢上也象形下象巢上象鳥會意上下皆非字也故不曰會意而曰象形鳥在巢上者此篆之本義今音先稽切古音讀如詵讀如㑷如西施亦作先施漢書曰西遷也古音在十三部　日在西方而鳥西上西卽下文東西之西下西西之本義也　故因以爲東西之西此說六書叚借之例叚借者本無其字依聲託事古本無東西之西寄託於鳥在巢上之西字爲之凡許言以爲者類此韋本訓相背而以爲皮韋烏本訓孝鳥而以爲烏呼來本訓瑞麥而以爲行來朋本古文鳳而以爲朋攩子本訓十一月昜气動萬物滋而以爲人偁後人習焉不察用其借義而廢其本義乃不知西之本訓鳥在巢韋之本訓相背朋之本訓爲鳳逐末忘本大都類是微許君言之烏能知之　凡西之屬皆从西

棲　西或从木妻蓋从木妻聲也从妻爲聲蓋製此篆之時已分別西爲東西棲爲鳥在巢而其音則皆近妻矣詩可以棲遲漢嚴發碑作衡門西遲然則雞棲于塒雞棲于桀古本必作雞西論語爲是棲棲古本亦必作西西

卤

古文卥　卤　籒文卥　按卤下曰从西省若籒文西如此則卤正从籒文卥矣

𧟡　姓也从卥圭聲　戶圭切按許書旨女部姬姜等十二字而外未有二云姓者古之神聖母感天而生故字从女是以姬姜等十二字皆从女其他繼別爲氏或以字或以官或以邑雖亦可謂之姓而其字不容列於說文黃帝姬姓而黃帝之子十二姓者除姬姞字外西祁己滕箴任苟僖儇依十字許皆不云姓是也惟矢部吳下云姓也郡也爲妄人所增而此𧟡篆解云姓也雖篆文亦屬僞羼葢必有妄人以許書無其姓爲恥而竄入之傳寫遂莫之察許果有此篆必釋其本義不徒云姓也小徐云張說梁四公子記有𧟡屬依廣韵梁四公子字作罣與𧟡各字

文二當云文一　重二

卤　西方鹹地也从卥省　省字衍此承上文卥部从卥之籒文也謂卤也　□　象鹽形　大徐本無口小徐譌作卤凡旣从某而又象其形謂之合體之象形多不成字其成字者則會意也轉寫者以其不成字而刪之致文理不可讀皆當依此補之合體象形有半成字半不成字者如卤从卥而又以口象之是也有兩不成字者如卥以弓象鳥以卤象巢是也卤郎古切五部　安定有卤縣　地理志安定郡卤縣　東方謂之㡿西方謂之卤　禹貢青州海濱廣斥謂東方也安定有卤縣謂西方也大史公曰山東食海鹽山西食鹽卤然對文則分析㪚文則不拘鹹地僅產鹽引申之春秋經大原亦曰大卤釋名地不生物曰卤

凡鹵之屬皆从鹵

䴚 鹹䴚也 䴚字各本缺淺人謂複字而刪之也今補曲禮凡祭宗廟之禮鹽曰鹹鹺鄭注大鹹曰鹺今河東云按鹹鹺古語不容刪字 从鹵𡍮省聲 昨河切十七部 河內謂之䴚 鄭言河東皆魏地 沛人言若虘 五字當作讀若沛人言⿰虘阝六字沛郡酇縣字本作⿰虘阝其土音讀在何切䴚之讀如此也⿰虘阝見邑部

鹹 銜也 以疊韵爲訓 北方味也 酸苦辛甘下不著某方之味此著之者錯見也 从鹵咸聲 胡毚切古音在七部

文三

鹽 鹵也天生曰鹵人生曰鹽 十字各本作鹹也二字今正鹽之味鹹鹽不訓爲鹹玄應書三引說文天生曰鹵人生曰鹽當在此處上冠以鹵也二字則渾言析言者備矣周禮鹽人掌鹽之政令有出鹽直用不湅治者有湅治者 从鹵監聲 余廉切古音在八部 古者夙沙初作鬻海鹽 夙大徐作宿古宿夙通用左傳有夙沙衛呂覽注曰夙沙大庭氏之末世困學紀聞引魯連子曰古善漁者宿沙瞿子又曰宿沙瞿子善煑鹽許所說葢出世本世本作篇所謂人生曰鹽也 凡鹽之屬皆从鹽

盬 河東鹽池也 地理志河東郡安邑鹽池在西南郡國志亦云安邑有鹽池左氏傳曰郇瑕氏之地沃饒而近盬服虔注云盬鹽池也土俗裂水沃麻分灌川野畦水耗竭土自成鹽卽所謂鹹鹺也而味苦號曰盬田

杜注左氏郭注穆天子傳皆曰盬者鹽池然則鹽池古者謂之盬亦曰盬田周禮因以爲盬不湅治之偁又引申之詩以爲不堅固之偁周禮苦良苦讀爲盬謂物之不佳者也袤五十一里廣七里周百十六里左傳正義後漢書注所引同惟水經注涑水篇引作長五十一里廣六里周一百一十四里爲異魏都賦注猗氏南鹽池東西六十四里南北七十里郡國志注引楊佺期洛陽記河東鹽池長七十里廣七里水經注曰今池水東西七十里南北七十里參差乖異蓋隨代有變从鹽省古聲公戶切五部

𪉟鹵也廣韵千廉切水和鹽也从鹽省此篆明明从鹵不知何以云从鹽省僉聲魚欠切七部

文三

戶護也以疊韵爲訓半門曰戶象形矦古切五部凡戶之屬皆从戶𡳾古文戶从木从木而象其形按此當是籒文加木惟古文作戶故此部文九皆从戶也

扉戶扇也釋宮曰闔謂之扉門闔門扇也然則門戶一也从戶非聲甫微切十五部

扇扉也月令乃脩闔扇注云用木曰闔用竹葦曰扇案析言如此渾言之則不拘从戶羽依韵會本从羽者如翼也式戰切十四部

房室在旁也凡堂之內中爲正室左右爲房所謂東房西房也引申之俎亦有房从戶焦氏循曰房必有戶以達於堂又必有戶以達於東夾西夾又必有戶以

達於北堂方聲符方切十部

戾輜車旁推戶也輜車者衣車也前後有蔽旁有可開之戶从戶大聲讀與釱同徒蓋切十五部

戹隘也隘者陋也陋者阸陜也陜者隘也从戶乙聲按聲字衍或於雙聲取音此从甲乙之乙取乙乙難出之意也於革切十六部

肁始開也引申爲凡始之偁凡經傳言肇始者皆肁之叚借肇行而肁廢矣釋詁毛詩傳皆曰肇始也戈部曰肇擊也从戶聿聿於語詞有始義故从聿治小切二部

扆戶牖之閒謂之扆釋宮曰牖戶之閒謂之扆凡室戶東牖西戶牖之中閒是曰扆詩禮多叚依爲之从戶衣聲於豈切十五部

扂閉也士喪禮注曰徹帷扆之事畢則下之襍記注曰既出則施其扆鬼神尚幽闇也據此二注扆爲褰舉之義與東都賦袪黼帷同疑閉當作開一說扆在開閉之閒故兼此二義从戶劫省聲口盍切按劫省聲疑當作去聲儀禮音義劉昌宗羌據反可據也玉篇亦有羌據一反

扃外閉之關也關者以木橫持門戶也曲禮入戶奉扃注曰奉扃敬也孔疏曰奉扃之說多家今謂禮有鼎扃所以關鼎今關戶之木與關鼎相似凡常奉扃之時必兩手向心而奉之今入戶雖不奉扃木其手若奉扃然以其手對戶若奉扃言恭敬也玉裁謂下文言戶開亦開戶闔亦闔知戶闔而入用兩手推戶爲奉扃若戶開而入則兩手不偏可矣戶扃葢以木橫著於戶爲之機令外可閉者鼎關字正作鼏禮古文叚扃爲之車上所以止旗者亦曰扃从戶冋聲古熒

切十一部

文十　重一

門 聞也 以疊韵爲訓聞者謂外可聞於内内可聞於外也 从二戸象形 此如鬥从二丮不必有反丮字也莫奔切十三部 凡門之屬皆从門

閶 閶闔 二字今補離騷大人賦淮南子西京賦靈光殿賦大象賦皆二云閶闔王逸高誘薛綜韋昭李善注皆曰閶闔天門也八風西方曰閶闔風 天門也从門昌聲 尺量切十部 楚人名門皆曰閶闔 皆字依韵會補

闈 宮中之門也 釋宮曰宮中之門謂之闈周禮保氏使其屬守王闈注闈宮中之巷門 从門韋聲 羽非切十五部

⿵門詹 ⿵門詹謂之樀 今釋宮檐謂之樀許所據爾雅有異本作⿵門詹 樀廟門也 木部樀戸樀也此樀義不同謂廟門也故⿵門詹从門吳語王背檐而立大夫向檐韋云檐謂之樀樀門戸韋注戸當作也國語爾雅字皆當作⿵門詹郭以屋梠釋樀非是 从門詹聲 余廉切八部

閎 巷門也 巷者里中道也然則閎猶閭也釋宮衖門謂之閎郭引左傳盟諸僖閎二云閎衖頭門 从門厷聲 戸萌切古音在六部

閨 特立之戸 釋宮曰宮中之門謂之闈其小者謂之閨 上圜下方有佀圭 从門圭 會意 圭亦聲 古攜切十六部

閤

門旁戶也釋宮曰小閨謂之閤按漢人所謂閤者皆門旁戶也皆於正門之外爲之前書注曰閨閤內中小門也公孫宏傳起客館開東閤以延賢人師古云閤者小門也東向開之避當庭門而引賓客以別於掾史官屬也亦有云南閤者如許沖云臣父故大尉南閤祭酒是也有云西閤者如晉書衛玠爲太傅西閤祭酒是也唐時不臨前殿御便殿謂之入閤謂立仗於前殿喚仗則自東西閤入也凡上書於達官曰閤下猶言執事也今人乃譌爲閣下从門合聲古沓切八部

闒樓上戶也齊風傳曰闥門內也許書無闥闒卽今闥字西京賦說神明臺曰上飛闒而仰眺西都賦說井榦樓曰排飛闥而上出此二闒皆樓上戶在高處故名之曰飛从門㬱聲徒盍切八部

閈閭也左傳爾雅釋文左傳正義薛無城賦注玉篇廣韵引皆作閭至爾雅疏乃譌爲門今正下文曰閭里門也漢書綰自同閈應注楚名里門曰閈招魂去君之恒榦王注或作恒閈閈里也楚人名里曰閈按淮左傳高其閈閎用爲凡門之偁从門干聲侯旰切十四部汝南平輿里門曰閈當許時古語猶存於汝南平輿也

閭里門也周制二十五家爲里其後則人所聚居爲里不限二十五家也里部曰里凥也里門曰閭从門呂聲力居切五部周禮五家爲比五比爲閭見大司徒職閭侶也二十五家相羣侶也侶當作旅旅衆也此引周禮言閭之古義

閻里中門也別於閭閈爲里外門也从門臽聲

余廉切八部 壛 閻或从土 闠 市外門也 薛綜西京賦注曰闤市營也闠中隔門也劉逵蜀都賦注曰闤市巷也闠市外內門也崔豹古今注曰市牆曰闤市門曰闠李善引倉頡篇曰闤市門也按諸家皆有闤字而許不錄蓋以還環包之市之營域曰環其外門曰闠 从門貴聲 胡對切十五部

闉 闉闍 二字今依詩正義補 城曲重門也 城曲各本作城內今依詩正義正鄭風曰出其闉闍傳曰闉曲城也闍城臺也正義曰釋宮云闍謂之臺闍是城上之臺謂當門臺也闍既是城之門臺則知闉是門外之城卽今之門外曲城是也故云闉曲城闍城臺按毛分言之許併言之者許意說字从門之恉也有重門故必有曲城其上爲門臺卽所謂城隅也故闉闍字皆从門而詩曰出其闉闍謂出此重門也城曲曲城意同 从門垔聲 於真切十三部 詩曰出其闉闍

闍 闉闍也从門者聲 當孤切五部

闕 門觀也 釋宮曰觀謂之闕此觀上必加門者觀有不在門上者也凡觀與臺在於平地則四方而高者曰臺不必四方者曰觀其在門上者則中央闕然左右爲觀曰兩觀周禮之象魏春秋經之兩觀左傳僖五年之觀臺也若中央不闕則跨門爲臺禮器謂之臺門左傳謂之門臺是也此云闕門觀也者謂門有兩觀者偁闕 从門欮聲 去月切十五部

閞 門欂櫨也 欂櫨柱上枅也枅屋欂櫨也閞則門柱上枅之名 从門弁聲 皮變切十四部

⿵門介 門扉也从門介聲 胡介切十五部

闔

門扉也月令乃修闔扇公羊傳齒箸乎門闔釋宮闔謂之扉从門盍聲胡臘切八部一

曰閉也下文曰閉闔門也易曰闔戶謂之坤闑門梱也木部曰梱門橜也相合爲一義釋宮

橜謂之闑古者門有二闑二闑之閒謂之中門惟君行中門臣由闑外賈公彥聘禮疏所言是也禮古文闑作槷从

門臬聲魚列切十五部閾門榍也木部曰榍者門限也相合爲一義釋宮曰柣謂之閾柣郭

千結反卽榍字也禮古文閾作戚此皆叚借字也从門或聲于逼切一部論語曰行

不履閾鄉黨篇文閾古文閾从洫从洫聲此猶大雅毛詩築城伊淢淢卽洫之古

文韓詩正作洫閬門高也文選甘泉賦注引作門高大之皃也𠂤部曰阬閬也此曰閬門高皃相合爲一

義凡許書異部合讀之例如此大雅迺立皋門皋門有伉傳曰王之郭門曰皋門伉高皃按詩伉當是阬之譌甘泉賦閌閬閬

其寥郭兮閬亦卽阬字許書無閌从門良聲來宕切十部巴郡有閬中縣

見漢地理志闢開也引申爲凡開拓之偁古多叚借辟字从門辟聲房益切十六部

闢虞書曰闢四門按此六字當在从門辟聲之下虞書當作唐書說詳禾部从門

从𠀃按此上當依匡謬正俗玉篇補古文闢三字𠀃者今之攀字引也今俗語以手開門曰攀開讀如班古文於此

會意書序東郊不闢馬本作闢張揖古今字詁云闢闢古今字舊讀闢爲開非也詳匡謬正俗自衛包徑改闢爲開而古文之

見於尚書者滅矣
𨷾闢門也魯語𨷾門與之言皆不踰閾韋注𨷾闢也从門爲聲
韋委切古音在十七部國語曰𨷾門而與之言謂公父文伯之母與季康子
闡開也从門單聲昌善切十四部易曰闡幽繫辭傳文開張
也張者施弓弦也門之開如弓之張門之閉如弓之弛从門幵聲按大徐本改爲从門从幵以幵聲之
字古不入之咍部也玉裁謂此篆幵聲古音當在十二部讀如攑帷之攑由後人讀同闓而定爲苦哀切閞古
文一者象門閉从𢀖者象手開門闓開也本義爲開門引申爲凡启導之偁心部曰忻者闓也从
門豈聲苦亥切古音在十五部閜大開也引申爲凡大之偁上林賦曰谽呀豁閜司馬彪
云谽呀大皃豁閜空虛也方言閜楁也其大者謂之閜从門可聲火下切十七部大桮亦
爲閜五字蓋後人所增閘開閉門也謂樞轉軋有聲从門甲聲
烏甲切八部閟閉門也引申爲凡閉之偁載馳閟宮傳曰閟閉也又叚爲祕字閟宮箋曰閟神也此謂
閟卽祕之叚借也示部曰祕神也从門必聲兵媚切古音在十二部春秋傳曰閟
門而與之言六字當是閟而以夫人言之誤見左傳莊公卅二年閟爲句謂孟任不從也而以夫人言
謂莊公以立爲夫人爲辭也閣所吕止扉者釋宮曰所以止扉謂之閣郭注門辟旁長橜也

引左傳高其閈閎而又云閎長杙卽門橜也按郭云門辟旁長橜者謂門開則邊旁有兩長橜使其止而不過也云卽門橜者謂左傳之閎卽他經之闑闑兩扉中之橜也是二者皆所以止扉皆謂之閎但左傳主謂中門者耳許闑訓門橜閎訓所以止扉則畫然二義許本諸釋宮今本釋宮譌爲閎陸氏音義不辯是非云本亦作閣音各郭注本無此字不知郭氏於衖門謂之閎下引左盟諸僖閎於所以止扉謂之閣下引左高其閈閎郭作注時閣絕未誤爲閎注亦絕無誤也顏師古匡謬正俗分别閎閣二字不同所引左傳作閈閣所引爾雅及注皆作閣今雅兩堂刻本譌亂不可讀左傳高其閈閣閈猶門也高其門則所以止扉亦必高蓋晉館門不容車失於狹小致子產壞垣故士文伯飾說門雖小而甚高此處無取閈閎連文陸氏音義亦誤從閎轉云讀者因爾雅或作閣因改左傳作各音與爾雅音義皆爲顛倒見其誤不可不正也閣本訓直橜所以扞格者引申之橫者可以庋物亦曰閣如內則所云天子諸侯大夫士之閣漢時天祿石渠閣皆所以閣書籍皆是也閣字之義如此故凡止而不行皆得謂之閣倘爾雅作謂之閎於所以止扉何涉乎○子產何以毀垣因門不容車也亦因門閣高也觀孫叔敖患民卑車因教閭里高其梱居半歲民悉自高其車此非閣高而車不得入之證乎故郭云左傳之閣卽門橜也○左傳閈閎杜注閎門也此必有誤杜本乃誤本郭景純顏師古所據本不誤陸之音義孔之正義皆據誤本爲之○又左傳閈字沈重云閉也此必古說蓋閈閣猶禮記之扞格也閈本不从門後人因閣亦加門耳○蔡邕月令章句於脩鍵閉云鍵門牡所以止扉亦謂之剡移鄭注亦云鍵牡閉牝按蔡謂鍵爲門牡許則云𨷲爲門牡蓋𨷲居關之下門之中漢書所謂門牡者而閣居兩旁每扉

以一長杙上貫於渦門板下拄於地故云所以止扉古謂之㦸移有關有䦧又有閣者愼於待暴也故曰高其閈閎厚其牆垣以無憂客使閣亦得稱牡而與䦧異物○䦧與閣皆閉門乃用之不比闑爲死物謂楣卽閣誤矣 从門各聲古洛切五部

閒 隙也 隙者壁際也引申之凡有兩邊有中者皆謂之隙隙謂之閒閒者門開則中爲際凡罅縫皆曰閒其爲有兩有中一也攷工記說鐘銑與銑之閒曰銑閒篆與篆鼓與鼓鉦與鉦之閒曰篆閒鼓閒鉦閒病與瘳之閒曰病閒語之小止曰言之閒閒者稍暇也故曰閒暇今人分別其音爲戸閑切或以閑代之閒者隙之可尋者也故曰閒廁曰閒迭曰閒隔曰閒諜今人分別其音爲古莧切釋詁毛傳曰閒代也釋言曰閒俔也人部曰俔閒見也厂部曰厞石閒見也今音皆去聲凡自其罅出言之曰閒 从門月 會意也門開而月入門有縫而月光可入皆其意也古閑切十四部

𨳿 古文閒 此篆各本體誤汗簡等書皆誤今攷正與古文恒同中从古文月也

閜 門傾也 此與上閒篆各字各義或合爲一非也上林賦說大木之狀阬衡閜砢索隱引郭樸云阬衡閜砢者揭孽傾敧皃也按此閜字當作閜與谺呀豁閜義不同閜砢讀惡可來可二反玉篇引賦正作閜 从門阿聲 烏可切十七部

閼 遮攎也 遮者遏也攎者㝘也古書壅遏字多作攎閼如許所說則同義異字也 从門於聲 此於雙聲取音烏割切十五部爾雅歲在卯曰單閼讀如蟬焉

𨶹 開閉門利也 今俗語云自由自便當作此字 从門繇聲 各本作繇聲許有繇無繇今正按此篆當音由唐韵乃

旨沇切未詳 一曰縷十紘也按紘字有譌紘者冠卷非其義疑當作總漢律曰綺絲數謂之絩布謂之總總者謂布縷之數八十縷爲一總卽禾部之稯禮經之升也縷者麻綫也 十縷爲一總

⿵門曷 門聲也从門曷聲乙鎋切十五部按駱駛鳴聲圖字當作闒

闀 門響也響疑當作鄉鄉者今之向字門鄉者謂門所向釋宮兩階閒謂之鄉集韵四十一漾引作謂之闀 从門鄉聲許亮切十部

闌 門遮也謂門之遮蔽也俗謂櫳檻爲闌引申爲酒闌字於遮止之義演之也 从門柬聲洛干切十四部

閑 闌也引申爲防閑古多借爲清閑字又借爲嫻習字 从門中有木會意戶閒切十四部

閉 闔門也闔下曰閉也與此爲轉注又閟下曰閉門也按左傳高其閈閎疑閈乃閉字之譌 从門才所以歫門也从門而又象撐歫門之形非才字也博計切十五部玉裁按才不成字云所以歫門依許全書之例當云才象所以歫門之形乃合而無象形之云則當是合二字會意玫王逸少書黃庭經三用閑字卽今閉也而中从午葢許書本作从門午午所以歫門舂字下曰午杵省也然則此午亦是杵省歫門用直木如杵然轉寫失真乃昧其本始矣

閡 外閉也有外閉則爲礙 从門亥聲五溉切一部

闇 閉門也借以爲幽暗字 从門音聲烏紺切七部

關 以木橫持門戶也通俗文作櫃引申之周禮注曰關畍上之門又引申之凡曰關閉曰機關曰關白曰關藏

皆是凡立乎此而交彼曰關毛詩傳曰關關和聲也又曰閒關設舝皃皆於音得義者也**从門𢇇聲**古還切十四部

𨷲　關下牡也關者橫物卽今之門櫎關下牡者謂以直木上貫關下插地是與關有牝牡之別漢書所謂牡飛牡亡者謂此也月令曰脩鍵閉愼管籥注曰鍵牡閉牝也管籥搏鍵器也然則關下牡謂之鍵亦謂之籥籥卽𨷲之叚借字析言之則鍵與𨷲有二渾言之則一物也金縢啓籥見書亦謂關閉兆書者古無鎖鑰字葢古祗用木爲不用金鐵故說文鍵下祗云鉉不云門牡**从門龠聲**以灼切二部

闐　盛皃也謂盛滿於門中之皃也詩曰振旅闐闐孟子作塡玉藻盛氣顚實叚顚爲闐也**从門眞聲**待年切十二部

闛　闛闛盛皃也謂盛滿於門中之皃也揚雄賦西馳闛闔此叚闛爲閶也大司馬注鼓聲不過閶此叚閶爲闛闛卽鼓部之鼞也鼞鼞不過閶閶卽鼓部之鼛也**从門堂聲**徒郎切十部

閹　門豎也門字今依御覽補豎猶孺也周禮注曰豎未冠者之官名凡文王世子之內豎左傳之使牛爲豎皆是司門則曰門豎故从門**宮中奄昏閉門者**昏各本作閽今正周禮注曰奄精氣閉藏者今謂之宦人他豎不必奄人此豎則奄人也故从奄一說當依小徐作閹閽閉門者一說當作宮中掩門者**从門奄聲**此當言从門奄奄亦聲英廉切八部

閽　常目昏閉門隸也周禮注曰隸給勞辱之役者周禮閽人王宮每門四人囿游亦如之注云閽人司昏晨以啓閉者刑人墨者使守門按古閽與勳音同易厲閽心馬

作熏荀以熏爲勳而易爲動漢光祿勳鄉一人胡廣曰勳猶閽也主殿宮門戶之職从門昏會意昏亦聲呼昆切十三部

闚　閃也此與窺義別窺小視也从門規聲去隓切十六部

閃　闚頭門中也禮運魚鮪不淰注云淰之言閃也从人在門中會意王在門中則重王故入王部人在門中則重門入門部失冉切古音葢在七部○舊此篆在閸篆後今移正

䦨　妄入宮亦也亦舊作掖師古注漢曰掖門在兩旁如人臂掖依許字例當作亦也漢書以闌爲䦨字之叚借成帝紀闌入尚方掖門應劭曰無符籍妄入宮曰闌又或作蘭列子宋有蘭子張湛注曰凡物不知生之主曰蘭殷敬順曰史記無符傳出入謂之闌此蘭子謂以技妄遊从門䜌聲讀若闌洛干切十四部

閸　登也登上車也凡有所上皆曰登从門二會意臣鉉等曰下言自下而登上也按从門二當作从門丄篆當作閸篇韵閸字可證直刃切十二部从此爲聲者有閔閵藺二古文下字見二部讀若軍敶之敶觀此可以知陣字之俗矣

閱　具數於門中也具者供置也數者計也計者會也筭也云於門中者以其字从門也周禮大閱注曰簡軍實也左氏春秋大閱傳曰簡車馬也引申爲閱歷又引申爲明其等曰閥積其功曰閱手部揲下曰閱持也易揲之以四謂以四四更迭數之也古叚閱爲穴詩蜉蝣堀閱傳曰堀閱容閱也閱即穴宋玉賦空穴來風莊子作空閱來風司馬彪云門戶孔空風善從之道德經塞其兌閉其門兌即閱

之省詩我躬不閱傳云閱容也言我躬不能見容如無空穴以自處也从門兌聲弋雪切十五部

闋 事已閉門也引申爲凡事已之偁詩傳民亡心闋傳曰闋息也禮記有司告以樂闋从門癸聲傾雪切十五部

闞 望也望者出亡在外望其還也望有倚門倚閭者故从門大雅闞如虓虎謂其怒視从門敢聲苦濫切八部

闊 疏也去部曰疏通也闊之本義如是不若今義訓爲廣也从門猶寬之从宀活聲苦括切十五部

閔 弔者在門也引申爲凡痛惜之辭俗作憫邶風覯閔既多豳風鬻子之閔斯傳曰閔病也从門文聲眉殞切十三部

[illegible] 古文閔按此篆篇韵不載恐不足據小徐篆作悬然則大徐上體从古文民今寫譌甚汗簡正从古文民

闖 馬出門皃引申爲突兀驚人之辭公羊傳曰開之則闖然公子陽生也何云闖出頭皃韓退之詩曰喁喁魚闖萍从馬在門中讀若郴許讀平聲今去聲丑禁切七部俗語轉若𢶍

文五十七 重六

耳 主聽者也者字今補凡語云而已者急言之曰耳在古音一部凡云如此者急言之曰爾在古音十五部如世說云聊復爾耳謂且如此而已是也二字音義絕不容相混而唐人至今譌亂至不可言於古經傳亦任意塡寫致多難讀卽如論語一經言云爾者謂如此也言謹爾率爾鏗爾者爾爾猶然也言無隱乎爾一曰長乎爾爾猶汝也言汝得

人焉爾乎言得人於此否也公羊傳二年問焉爾皆訓於此也全經惟有前言戲之耳乃而已之訓今俗刻作汝得人焉耳乎乃極爲可笑曹操曰俗語云生女耳耳是不足之詞此古說之存者也音轉讀爲仍如耳孫亦曰仍孫是也 象形 而止切一部 凡耳之屬皆从耳

耴 耳𠂹也 𠂹各本作垂今正 从耳丁下𠂹象形 丁今補陟葉切八部 春秋傳曰 按曰字衍 秦公子耴者其耳下𠂹也故㠯爲名 今按左氏傳秦無公子耴惟鄭七穆子良之子公孫輒字子耳以許訂之古本左傳當作公孫耴白虎通所謂旁其名爲之字聞名即知其字聞字即知其名也左傳云以類命爲象生而耳垂因名之耴猶生而夢神以黑規其臀因名之黑臀吳都賦魚鳥聲耴耴音牛乙切非此字

⿰耳占 小𠂹耳也从耳占聲 丁兼切七部

耽 耳大𠂹也 淮南墬形訓夸父耽耳在其北高注耽耳耳垂在肩上耽讀衣褶之褶或作攝以兩手攝其肩之耳也按許書本無瞻字耽即瞻也今本於耽篆之外沾一瞻篆誤矣 从耳冘聲 丁含切八部 詩曰士之耽兮 衛風氓文此引詩說叚借也毛傳曰耽樂也耽本不訓樂而可叚爲媅字女部曰媅者樂也

聃 耳曼也 曼者引也耳曼者耳如引之而大也如曼膚曼睩之曼史記老子列傳曰姓李氏名耳字聃史記索隱老子音義後漢書桓帝紀注文選遊天台山賦注所引皆如此今本史記作名耳字伯陽謚曰聃淺人妄改者也字伯陽見唐固國語注 从耳冄

聲他甘切七部 耼 聃或从甘甘聲 聸 垂耳也从耳詹聲
都甘切八部 南方有聸耳國 古祇作耽一變爲聸耳再變則爲儋耳矣 耽 耳箸
頰也 頰者面旁也耳箸於頰曰耽耽之言黏也黏於頰也鄁風耽耽不寐傳曰耽耽猶儆儆也憂之聯綴於心取義
於此凡云耽者謂專壹也杜林說皮傳耽光而非字義 从耳烓省聲 烓小徐作冋大徐本舊皆作烓
烓讀若冂見火部耿古杏切十一部 杜林說耿光也 古文尚書曰文王之耿光離騷注曰耿光也又
曰耿明也 从火 依韵會訂 聖省聲凡字皆ナ形又聲杜說非
也 徐鍇曰此說或後人所加 聯 連也 連者負車也負車者以人輓車人與車相屬因以爲凡相連屬之偁
周人用聯字漢人用連字古今字也周禮官聯以會官治鄭注聯讀爲連古書連作聯此以今字釋古字之例 从耳
从絲 四字今補會意力延切十四部 从耳耳連於頰故从耳 从絲絲連
不絕也 故从絲 聊 耳鳴也 楚辭曰耳聊啾而戃慌王注云聊啾耳鳴也此聊之本義故字
从耳若詩泉水傳云聊願也箋云聊且略之辭也方言曰俚聊也戰國策民無所聊此等義相近皆叚聊爲憀也憀者憀賴也
又詩傳椒聊椒也不言聊爲語詞蓋單評曰椒桒評曰椒聊楚詞亦云懷椒聊之蔎蔎爾雅曰朻者聊朻卽茦椒檓實成莍彙
从耳丣聲 丣各本譌作卯篆體亦譌今竝正洛蕭切古音在三部讀如劉 聖 通也 鄁風母氏

聖。毛傳云聖叡也。小雅或聖或不。傳云人有通聖者有不能者。周禮六德教萬民智仁聖義忠和。注云聖通而先識。洪範曰睿作聖。凡一事精通亦得謂之聖。从耳。聖从耳者，謂其耳順。風俗通曰聖者聲也。言聞聲知情。按聲聖字古相叚借。呈聲。式正切。十一部。

聰 察也。察者覈也。聰察以雙聲爲訓。从耳。悤聲。倉紅切。九部。

聽 聆也。凡目所及者云視，如視朝視事是也。凡目不能偏而耳所及者云聽，如聽天下聽事是也。从耳悳。會意。耳悳者，耳有所得也。𡈼聲。他定切。十一部。

聆 聽也。二篆轉注。匡謬正俗載俗語云聆瓦。聆者聽之知微者也。文王世子曰夢帝與我九齡。此叚聆爲齡。夢天以九齡與己也。从耳。令聲。郎丁切。古音在十二部。

職 記微也。微舊作㣲，今正。記猶識也。纖微必識是曰職。周禮太宰之職、大司徒之職，皆謂其所司。凡言司者謂其善伺也。凡言職者謂其善聽也。釋詁曰職主也。毛傳同。見詩蟋蟀、十月之交。周禮職方亦作識。从耳。戠聲。之弋切。一部。

聒 讙語也。讙者譁也。从耳。𠯑聲。古活切。十五部。

聥 張耳有所聞也。廣雅：聥，驚也。从耳。禹聲。王矩切。五部。

聲 音也。音下曰聲也。二篆爲轉注。此渾言之也。析言之則曰生於心有節於外謂之音。宮商角徵羽，聲也。絲竹金石匏土革木，音也。樂記曰知聲而不知音者，禽獸是也。从耳。殸聲。書盈切。十一部。殸，籀文磬。見石部。

聞 知聲也。往曰聽，來曰聞。大學曰心不在焉，聽而不聞。引申之爲令聞廣譽。

从耳門聲無分切十三部 䎽 古文从昏昏聲 聘 訪也汎謀曰訪按女部曰娉問也二字義略同 从耳甹聲匹正切十一部 聾 無聞也 从耳龍聲盧紅切九部 聳 生而聾曰聳方言聳聾也生而聾陳楚江淮之閒謂之聳荊揚之閒及山之東西雙聾者謂之聳又古多叚聳爲㦝方言曰聳悚也又曰聳欲也荊吳之閒曰聳自關而西秦晉之閒相勸曰聳中心不欲而由旁人之勸語亦謂之聳 从耳從省聲息拱切九部 ⿰耳宰 益梁之州謂聾爲⿰耳宰秦晉聽而不聰聞而不逹謂之⿰耳宰方言曰⿰耳宰聾也梁益之閒謂之⿰耳宰秦晉之閒聽而不聰聞而不逹謂之⿰耳宰 从耳宰聲作亥切一部 聵 聾也國語曰聾聵不可使聽韋云耳不別五聲之和曰聾生而聾曰聵 从耳貴聲五怪切十五部 ⿰耳欳 聵或从欳許書欳聲之字三而逸欳篆 ⿰耳豙 或从豙作豙應改辛省說見豕部 聉 無知意也此意內言外之意無知者其意聉者其暑也方言曰聾之甚秦晉之閒謂之⿰耳闕注曰言聉無所聞知也疑方言之正文本作謂之聉今本譌 从耳出聲讀若孽五滑切十五部 ⿰耳月 墮耳也見方言 从耳月聲魚厥切十五部 ⿰耳闕 吳楚之外凡無耳者謂之⿰耳闕方言曰吳楚之外郊凡無有耳者謂之⿰耳闕其言⿰耳闕者

若秦晉中土謂墮耳者明也言若斷耳爲盟斷耳即墮耳盟當作明字之誤也从耳

闋聲五刮切十五部

聅 軍法㠯矢毌耳也从耳矢會意恥列切十五部

司馬灋曰小辠聅之中辠刖之大辠剄之

聝 軍戰斷耳也大雅攸馘安安傳曰馘獲也不服者殺而獻其左耳曰馘魯頌在泮獻馘箋云馘所格者之左耳春秋傳曰㠯爲俘聝左傳成三年文从耳或聲古獲切古音在一部

馘 聝或从首今經傳中多从首

⿱麻耳 乘輿金耳也金耳俗本作金飾馬耳舊本作金馬耳玉篇同今依廣韵五支四紙作乘輿金耳訂正乘輿者天子之車也金耳者金飾車耳也西京賦戴翠帽倚金較薛注金較黃金以飾較也崔豹古今注曰車耳重較也史記禮書彌龍徐廣曰乘輿車金薄繆龍爲輿倚較繆者交錯之形車耳刻交錯之龍飾以金惟乘輿爲然與文虎伏軾龍首衡軛畫爲三事史記之彌即許之⿱麻耳⿱麻耳者本字彌者同音叚借字淺人不得其解乃妄改而不可通矣⿱麻耳非人耳也故其字殹焉从耳麻聲讀若

渳水一曰若月令靡艸之靡亡彼切廣韵亦忙皮切古音在十七部音轉入十六部彌字古多在十六部用故叚彌爲⿱麻耳

耹 國語曰回祿信於耹遂

闕國語今見周語耹者謂其義其音其形皆闕也韋注耹遂地名宋庠音禽後漢書楊賜傳引作黔遂黔亦今聲也而

說苑引國語作亭遂竹書帝癸三十年作聆隧災是其字从令从今不可定而許書此篆或後人所偶記訛於此者

聑 安也長笛賦曰瓠巴聑柱从二耳會意二耳之在人首帖妥之至者也凡帖妥當作此字帖其叚借字也丁帖切八部文選注引說文丁篋切

聶 駙耳私小語也口部咠下曰聶語也按二篆皆會意以口就耳則爲咠咠者已二耳在旁彼一耳居閒則爲聶史記魏其武安傳曰乃效女兒呫聶耳語韋曰呫聶附耳小語聲从三耳尼輒切八部

文三十二 重五

𦣝 顄也頁部曰顄頤也二篆爲轉注𦣝者古文頤也鄭易注曰頤中句口車輔之名也震動於下艮止於上口車動而上因輔嚼物以養人故謂之頤頤養也按鄭意謂口下爲車口上爲輔合口車輔三者爲頤左氏云輔車相依車部云輔人頰車也序卦傳曰頤者養也古名頤字真晉枚頤字仲真李頤字景真枚頤或作梅賾誤也象形此文當橫視之橫視之則口上口下口中之形俱見矣與之切一部凡𦣝之屬皆从𦣝

頤 篆文𦣝此爲篆文則知𦣝爲古文也先古文後篆文者此亦先二後上之例不如是則𦣝篆無所附也

𩠐 籒文从首𦣝本象形如籒文篆文則从首从頁而後象其形也

𦣞 廣頤也頤各本作𦣝今正許書主篆文也廣頤曰𦣞引申爲凡廣之偁周頌昊天有成命傳曰緝明也熙廣也熙乃𦣞之叚借字也熙从火其義訓燥不訓

廣也毛傳於文王曰緝熙光明也與昊天有成命傳不同而敬之傳曰光廣也然則光卽廣二傳義本同不得如鄭箋云廣爲光字之誤周內史說周易曰光遠而自他有耀者也然則光卽廣可知大戴禮積厚者流光卽流廣也釋詁緝熙光也卽周語叔向所云緝明熙廣也毛公兼取之爲傳學者宜觀其會通凡詁訓有析之至細者有通之甚寬者非好學深思心知其意不能盡其理也熙訓廣而熙乃配之叚借然則古經熙字可作配者多矣○文王毛傳曰緝熙光明也此係釋詁而必兼言明者欲與叔向之語不相違也昊天有成命傳直用叔向語者以叔向固釋此詩也敬之緝熙于光明傳曰光廣也者以緝熙既訓光明則光明於光明文理難通故此光必訓廣也然則文王敬之熙訓光昊天有成命熙訓廣未嘗不析之甚細矣

从𦣞巳聲與之切一部 戺 古文配从戶按此古文从戶疑當作从尸凡人體字多从尸不當从戶也顧命夾兩階戺某氏云堂廉曰戺廣雅云戺切也此因堂邊圻堮象人下頜之廣闊故借以爲名而讀牀史切○又按九經字樣云說文作⿸尸巳經典作戺然則今本說文異於唐時也然唐時已从戶則亦誤矣

文二　重二

手 拳也今人舒之爲手卷之爲拳其實一也故以手與拳二篆互訓 象形象指掌及掔也書九切三部 凡手之屬皆从手 𠂿 古文手 掌 手中也手有面有背背在外則面在中故曰手中左傳云有文在手者在掌也釋名云水洪出所爲澤曰掌水渟處如手掌中也詩或

王事鞅掌傳曰鞅掌失容也箋云鞅猶何也掌謂捧之也玉裁按凡周禮官名掌某者皆捧持之義从手尚聲諸兩切十部

拇將指也將指謂手中指也大射禮右巨指鉤弦注云右巨指右手大擘也又設決朱極三注云三者食指將指無名指小指短不用左傳定十四年闔廬傷將指取其一屨注云其足大指見斬遂失屨易咸初六咸其拇馬鄭薛虞皆云拇足大指也合二經而言之手以中指爲將指足以大指爲將指爲拇此手足不同偁也許謂手中指易拇荀作母从手母聲莫厚切古音在一部

指手指也手非指不爲用大指曰巨指曰巨擘次曰食指曰啑鹽指中曰將指次曰無名指次曰小指叚借爲恉心部曰恉意也从手旨聲職雉切十五部

拳手也合掌指而爲手故掌指二篆厠手拳二篆之閒卷之爲拳故檀弓曰執女手之拳然从手𢍏聲巨員切十四部

掔手掔也各本作手擥今正掔者手上臂下也肉部曰臂者手上也肘者臂節也又部曰厷者臂上也是則肘以下手以上渾言之曰臂析言之則近手處曰掔士喪禮設決麗于掔注云掔手後節中也云後節中者肘以上爲前節則肘以下爲後節後節之中以上爲臂則以下爲掔也俗作捥左傳涉佗捘衞矦之手及捥非古字也从手取聲依韵會此四字在此取見目部烏貫切十四部楊雄曰掔握也此葢楊雄倉頡訓纂一篇中語握者搤持也楊說別一義凡史漢云搤掔扼腕者皆疊字言持手游民也

攕好手皃魏風葛屨曰摻摻女手可以縫裳傳曰摻摻猶纖纖也漢人言手之好曰纖纖如古

詩云纖纖摻手傳以今喻古故曰猶其字本作攕俗改爲摻非是遵大路傳曰摻擥也是摻字自有本義孔氏正義引說文摻參此音反聲訓爲斂操喿七遙反聲訓爲奉也是唐初說文確有摻字之證自淺人摻操不分而奪摻篆亦猶冪幂冪不分而奪冪篆袀袗不分而奪袀篆也知摻之有本義則知用爲攕字之非矣

从手鑯聲 所咸切七部

詩曰攕攕女手

㩜人臂皃 考工記輪人曰望其輻欲其㩜爾而纖也注云㩜纖殺小皃也鄭司農讀爲紛容㩜參之㩜㩜謂如桑螵蛸之蛸按紛容㩜參出上林賦

从手削聲 所角切二部

周禮曰輻欲其㩜尒 大徐無尒字非也今記作爾許所見作尒尒者本字爾之必然也爾者段借字也爾行而尒廢矣

摳繑也 按系部曰繑絝紐也與摳義絕遠疑是繑字之譌矢部曰繑柔箭箝也摳之義爲矯枉

一曰摳衣 各本下有升堂二字今依韵會刪正摟篆下曰摳衣也然則此當云一曰摟衣曲禮曰摳衣趨隅摳提也衣裳也論語注云攝齊者摳衣也

从手區聲 口侯切四部

摟摳衣也 高注淮南曰摟縮也按詩言褰裳當作此篆褰訓絝非其義也亦有作騫者謂虧其下體之衣較作褰爲長

从手褰聲 按此篆與攓篆別者以从衣也當云从手衣寒省聲會意兼形聲去虔切十四部

撎舉首下手也 六字各本作舉手下手也五字今正西征賦注玉篇引說文有拜字左傳成十六年釋文引字林舉首下手皆是也凡不跪不爲拜跪而舉其首惟下其手是曰肅拜漢人曰撎周禮九拜九曰肅拜先

鄭注云肅拜但俯下手今時撎是也鄭注少儀曰肅拜拜不低頭也云但俯下手云不低頭正與舉首下手合今本說文譌而少儀注又刪不字作拜低頭乃終古昧其禮矣程氏瑤田曰言舉首者以別於䭫首頓首空首三拜皆必下其首也按此婦人之拜也婦人以肅拜當男子之空首少儀云婦人吉事雖有君賜肅拜是也以手拜當男子之稽首少儀之手拜士昏禮之拜扱地是也以稽顙當男子之頓首喪服小記之爲夫與長子稽顙是也肅拜與成十六年之肅不同肅不連拜介者不拜長揖而已不拜者不跪也肅拜則跪而舉首下手也○南宋張淏雲谷雜記引程氏攷古編云國史王貽孫傳大祖嘗問趙普拜禮何以男子跪而婦人不跪普訪禮官無有知者貽孫曰唐天后朝婦人始拜而不跪普問所出曰大和中有幽州從事張建章著渤海國記備言其事予按子程氏自偁後周天元大象二年詔內外命婦皆執笏其拜宗廟及天臺皆俯伏如男子據此詔特令於廟朝跪其他拜不跪矣豈武后時并廟朝不跪建章記之未詳耶周昌諫帝廢太子呂后見昌爲跪謝戰國策蘇秦嫂蛇行匍匐四拜自跪而謝隋志皇帝冊后后先拜後起皇帝後拜先起則唐以前婦拜皆跪伏也玉裁按婦人拜亦無不跪者肅拜跪而舉首不俯伏雖拜君賜亦然天元時令拜宗廟天臺俯伏如男子可以證常拜之跪而不必俯伏也至於天后而始不跪孫甫唐書曰武后欲尊婦人始易今拜 从手壹聲 於計切古音在十二部讀如壹

揖 攘也 攘汲古閣改作讓誤此與下文攘推也相聯爲文鄭禮注云推手曰揖凡拱其手使前曰揖凡推手小下之爲士揖推手小舉之爲天揖推手平之爲時揖也成十六年敢肅使者則若今人之長揖 从手咠聲 伊入切八

部一曰手箸匈曰揖此別一義上言揖以爲讓謂手遠於胸此言手箸於胸曰揖者箸直略切禮經有揖有厭厭一涉切推手曰揖引手曰厭推者推之遠胸引者引之箸胸如鄉飲酒主人揖先入此用推手也賓厭衆賓此用引手也謙若不敢前也今文厭皆作揖則今文禮有揖無厭許君於禮或從古文或從今文此手箸胸曰揖葢於此從今文不從古文是以統謂之揖亦推手引手隨宜而用今人謙讓亦兼有此二者周禮疏儀禮疏厭或作撎譌字不可從

攘推也推手使前也古推讓字如此作上曲禮注曰攘古讓字許云讓者相責讓也攘者推也从古也漢書禮樂志盛揖攘之容藝文志堯之克攘司馬遷傳小子何敢攘皆用古字凡退讓用此字引申之使人退讓亦用此字如攘寇攘夷狄是也从手襄聲汝羊切按當人樣切十部

拱斂手也斂當作撿與下篆相聯爲文尚書大傳曰拱則抱鼓皇侃論語疏曰拱沓手也九拜皆必拱手而至地立時敬則拱手如檀弓孔子與門人立拱論語子路拱而立玉藻臣侍於君垂拱是也行而張拱曰翔凡拱不必皆如抱鼓也推手曰揖則如抱鼓拜手則斂於抱鼓稽首頓首則以其斂於抱鼓者下之引手曰厭則又較斂於拜手凡沓手右手在內左手在外是謂尚左手男拜如是男之吉拜如是喪拜反是左手在內右手在外是謂尚右手女拜如是女之吉拜如是喪拜反是喪服記袪尺二寸注曰袪袖口也尺二寸足以容中人之併兩手也吉時拱尚左手喪時拱尚右手合內則奔喪檀弓尚左尚右之文繹之可以知拱時沓手之宜矣拱古文叚借作共鄉飲酒禮注曰共拱手也○尚書大傳注曰兩手搤之曰拱然則桑穀一暮大拱孟子拱把之桐梓皆非沓手

之拱拱之小者也趙岐云合兩手徐鍇云兩手大指頭相拄從手共聲居竦切九部

撿 拱也凡斂手宜作此字从手僉聲良冉切七部

𢷏 首至手也各本作首至地也今正首至地謂䭬首拜中之一不可該九拜拜之名生於空首故許言首至手周禮之空首他經謂之拜手鄭注曰空首拜頭至手所謂拜手也何注公羊傳曰頭至手曰拜手某氏注尚書大甲召誥曰拜手首至手也何以謂之頭至手足部曰跪者所以拜也既跪而拱手而頭俯至於手與心平是之謂頭至手荀卿子曰平衡曰拜是也頭不至於地是以周禮謂之空首空首者對䭬首頓首之頭箸地言也詳言曰拜手省言曰拜拜本專爲空首之偁引申之則䭬首頓首肅拜皆曰拜䭬首者何也拜頭至地也既跪而拱手下至於地而頭亦下至於地荀卿所謂下衡曰䭬首白虎通鄭注周禮何注公羊某氏注尚書召誥趙注孟子皆曰拜頭至地曰䭬首是也頓首者拜頭叩地也既跪而拱手下至於地而頭不徒下至地且叩觸其頟是之謂頓首荀卿所謂至地曰䭬顙也周禮之頓首即他經之䭬顙故周禮注云頓首頭叩地士喪禮檀弓䭬顙注云頭觸地叩觸一也凡言拜手䭬首言拜䭬首者先空首而後䭬首也言拜而後䭬顙者先空首而後頓首也言䭬顙而後拜者先頓首而後空首也言䭬顙而不拜者徒頓首而不空首也空首䭬首頓首三拜爲經振動吉拜凶拜奇拜褎拜肅拜爲緯振動者戰栗變動之拜有不必爲此三拜而爲此三拜者也吉拜者拜之常也當拜而拜當䭬首而䭬首是也凡䭬首未有用於凶者也凶拜者何也拜而後䭬顙䭬顙而後拜皆是也凡頓首未有不用於凶者也奇拜者一拜也一䭬首一頓首亦是也顏少之疊也褎拜者

拜不止於再也䭫首頓首不止於再者亦是也多大之詈也肅拜者婦人之拜不低頭者也總計之曰九拜凡云拜手者頭至手故其字从手作㩹

从手𠦬 𠦬見本部𠦬疾也徐鍇曰从𠦬者言進趨之疾按釋名曰拜於丈夫爲趺趺然屈折下就地也博怪切十五部

𢱭 古文㩹从二手 蓋从二手而比聲凡拜必兼用首手足三者而造字者重手故从手䭫首頓首則重頭故从首𩒨○又汗簡曰𢱭出說文是則从二古文手也但楊雄說𠬞居竦从兩手作拜豈不相混乎

𢱭 楊雄說㩹从兩手下 蓋爰禮等所說楊所作訓纂篇中字如此凡空首首至手而平衡手未嘗下於心也䭫首頓首則下矣楊蓋兼三拜而製此字也見於周禮者作㩹他經皆同子雲作

捾 搯捾也 搯乃複舉字誤移搯下耳義理與抉略同今人𠜾字當作此大徐附𠜾於刀部非也 从手官聲 烏括切十四部 一曰援也 援者引也

搯 捾也 魯語公父文伯母戒文伯之妾曰無洵涕無搯膺韋注搯叩也膺胷也按韋注即俗所謂椎心喪禮有擗拊心也則叩胷亦未爲失此正謂哀之甚如欲挑出心肝者然韋祇言其大致而已今人俗語亦云搯出文選長笛賦搯膺擗摽李善引國語及韋注而云苦洽反殊誤苦洽切當是掐字从臽聲爪刺也下引魏書程昱傳昱於魏武前忿爭聲氣忿高邊人掐之乃止是則从臽之掐於搯膺豪不相涉也韓子文搯擢胃腎亦是用搯膺字通俗文捾出曰掏爪按曰掐掏即搯也許不錄掐 从手舀聲 土刀切古音在三部

周書曰師乃搯 尚書大誓文漢大誓有今文古文之別合於伏生二十八篇者後得

之大誓今文也馬鄭所注者孔壁之大誓古文也尚書大傳師乃慆鄭云慆喜也此今文大誓也許所偁作師乃搯此古文大誓也如古文流爲雕今文作流爲烏之比詳古文尚書撰異

搯者搯兵刃㠯習擊刺也

搯各本作拔詩清人釋文引作抽今據正此釋大誓搯字之義以明與訓抽之搯不同也凡說文旣說字義而引經又釋其義者皆以明說經與說字不同如圛訓回行商書之曰圛則訓圛者升雲半有半無圣訓以土增大道唐書之朕圣讒說殄行則訓圣疾惡也蕢訓火不明周書之布重蕢席則訓纖蒻席也此亦同此例搯本訓抽而大誓之搯訓抽兵刃以習擊刺搯與抽同於六書爲叚借故必箸之

詩曰左旋右搯

左右當作ナ又搯各本作抽自陸氏作詩音義時已誤今正此引詩鄭風清人文爲抽兵刃之證也毛曰右抽者抽矢以射箋云御者習旋車車右抽刃引之證軍中有此儀武王丙午逮師逮作還者誤尚未渡孟津故抽兵刃習擊刺凡引經說字不必見本字如引突如其來如證不順忽出引龍戰于野證陰極陽生引先庚三日證庚更事也皆是此例此又引抽證抽耳若作右抽則詩曰左旋右抽六字當在周書曰師乃搯之下而今本爲不辭

𢪿擣也从手巩聲

居竦切九部按此篆已見巩部爲巩之或字此不當重出當是淺人所增刪之可也擧訓擁則當與擁篆相聯爲文增之者亂非其所矣

推排也

今六脂十五灰殊其音義古無二音二義也

从手隹聲

他回切十五部按廣韵又隹湯回二音

捘推也

謂排擠也

从手夋聲

子寸切十三部傳音義子對反

春秋傳曰捘

衛侯之手定八年左傳曰將歃涉佗捘衛侯之手及捥此謂衛侯欲先歃涉佗執其手卻之由指掌逆推及於擊也杜云血及捥非

排擠也今義列也从手非聲步皆切十五部

擠排也左傳知擠于溝壑矣杜云隊也隊今之墜字謂排而墜之也商書微子作隮引左傳亦作隮隮者擠之俗从手齊聲子計切十五部

抵擠也排而相歫也从手氐聲丁禮切十五部

摧擠也釋詁毛傳皆曰摧至也卽抵之義也自推至摧六篆同義从手崔聲昨回切十五部一曰挏也挏者攤引也一曰斯也斯者斷也今此義行而上二義廢矣詩室人交徧摧我傳曰摧沮也此折之義也

拉摧也公羊傳搚幹而殺之何曰搚折聲也按搚亦作拉此上文摧一曰折也之義从手立聲盧合切七部

挫摧也此亦上文摧一曰折也之義考工記揉牙內不挫注云挫折也詩乘馬在廄摧之秣之傳曰摧挫也箋云挫今莝字也傳箋今本譌舛今正之如是从手坐聲則臥切十七部

扶左也左俗本改作佐非左下曰手相助也从手夫聲防無切五部

𢻫古文扶从攴

𢪊扶也古詩好事相扶將將當作𢪊𢪊字之叚借也凡云將順其美當作𢪊順詩百兩將之傳曰將送也天不我將箋云將猶養也皆於𢪊義爲近玉篇曰𢪊今作將𢪊同从手爿聲七良切十部廣韻卽良切

持握也从手寺聲直之切一部

摯縣

持也縣者系也胡涓切下文云提挈也則提與挈皆謂縣而持之也今俗語云挈帶古叚借爲契挈字如爰挈我龜傳云挈開也又如絨字下云樂浪挈令从手㓞聲苦結切十五部

拑脅持也謂脅制而持之也凡脅之爲制猶膺之爲當也鬼谷子有飛鉆鉆卽拑字从手甘聲巨淹切八部

揲閱持也閱者具數也更迭數之也匹下曰四丈也从八匚八揲一匹按八揲一匹則五五數之也五五者由一五二五數之至於八五則四丈矣繫辭傳曰揲之以四以象四時謂四四數之也四四者由一四二四數之至若干四則得其餘矣凡傳云三三兩兩十十五五者皆放此閱持者旣得其數而持之故其字从手从手枼聲食折切十五部按枼聲或在八部或在十五部由古此二部相合同一世聲而彼此皆用之

摯握持也握持者摯持也周禮六贄字許書作摯又鳥部鷙鳥字皆或叚摯爲之从手執會意也脂利切十五部

操把持也把者握也操重讀之曰節操曰琴操皆去聲从手喿聲七刀切二部

攫爪持也覆手曰爪爪謂覆手持之也徐鉉等曰今俗別作掬今按本部自有掬篆掬其俗體耳其義訓兩指撮非訓爪持从手瞿聲居玉切古音在四部

捦急持衣裣也此篆古叚借作禽俗作擒作捦走獸總名曰禽者以其爲人所捦也又按此解五字當作急持也一曰持衣裣也九字乃合必轉寫有譌奪矣从手金聲巨今切七部

㩒捦或从禁禁聲

摶槫持也槫各本作

索今正入室搜曰索索持謂摸索而持之周禮環人搏諜賊釋文云搏音博又房布反劉音付射人注貍善搏者也行則止而擬度焉其發必獲釋文云搏音博劉音付士師注胥讀爲宿偦之偦偦謂司搏盜賊也釋文云搏音博劉音付小雅車攻箋獸田獵搏獸也釋文云搏音博舊音付按小司徒注之伺捕盜賊卽士師注之司搏盜賊也一用今字一用古字古捕盜字作搏而房布反又音付猶後人所謂捫搎摸搎也本部搏捕二篆皆收捕訓取也又部取下云捕也是與索持義迥別今則捕行而搏廢但訓爲搏擊又按搏擊與索取無二義凡搏擊者未有不乘其虛怯扼其要害者猶執盜賊必得其巢穴也本無二義二音至若考工記之搏埴虞書之拊搏此則拍字之叚借

從手尃聲 補各切此今音也陸氏說又房布切劉音付皆古音也五部

一曰至也 此別一義蓋搏亦爲今之附近字許則云駙者近也左傳則作傅

據 杖持也 謂倚杖而持之也杖者人所據則凡所據皆曰杖據或作据揚雄傳三摹九据晉灼曰据今據字也按何氏公羊傳注據亦皆作据是叚借拮据字

從手豦聲 居御切五部

攝 引持也 謂引進而持之也凡云攝者皆整飭之意論語攝齊史記矦生攝敝衣冠襄十四年左傳曰不書者惰也書者攝也注云能自攝整詩攝以威儀傳曰言相攝佐者以威儀也論語官事不攝注云攝猶兼也皆引持之意

從手聶聲 書涉切八部

𢪛 并持也 謂兼二物而持之也秝部曰秉持一禾兼持二禾兼者會意字𢪛者形聲字𢪛與兼音略同

從手冄聲 他含切七部

捫 捫持也 謂捫按而持之也金

部鋪下云箸門抪首也抪首者人所捫摸處也从手布聲普胡切五部

挾 俾持也 俾持謂俾夾而持之也亦部夾下曰盜竊褱物也俗謂蔽人俾夾然則俾持正謂藏匿之持如今人言懷挾也孟子挾貴挾賢挾長挾有勳勞挾故此皆本義之引申音胡頰切若詩禮之挾矢周禮之挾日音皆子協反挾日干本作帀日左傳作浹謂十日徧也禮注方持弦矢曰挾謂矢與弦成十字形也皆有其交會處言之古文禮挾皆作接然則接矢為本字挾矢為叚借字與 从手夾聲 各本作夾聲篆體亦从二人今皆正从二入以形聲中有會意也胡夾切八部

捫 撫持也 撫安也一曰揗也謂安揗而持之也大雅莫捫朕舌傳曰捫持也渾言不分析也若王猛捫蝨之類又專謂摩挲 从手門聲 莫奔切十三部 詩曰莫捫朕舌 大雅抑文

擥 撮持也 謂總撮而持之也 从手監聲 盧敢切八部

擸 理持也 謂分理而持之也 从手巤聲 良涉切八部

握 搤持也 按下文云搤一曰握也 从手屋聲 於角切三部

𡠨 古文握 淮南詮言訓臺無所鑒謂之狂生高注臺持也所鑒者玄德也持無所鑒所持者非玄德故謂之狂生合文選任彥昇哭范僕射詩注及今本淮南子可得其真矣俶真訓曰其所居神者臺簡以游大清此臺亦疑臺之誤

撣 提持也 提持猶縣持也太玄撣繫其名撣訓觸別一義 从手單聲讀若行遲驒驒 驒驒未見所出蓋卽詩之嘽嘽駱馬傳曰嘽嘽喘息之皃馬勞則喘

息徒旱切十四部

把 握也 握者搤持也孟子注曰拱合兩手也把以一手把之也 从手巴聲 搏下切古音蓋在五部

搹 把也 喪服苴絰大搹注曰搹扼也中人之扼圍九寸此言中人滿手把之其圍九寸則其徑約計三寸也喪服傳朝一溢米夕一溢米王肅劉逵皆云滿手曰溢與鄭異按此謂溢爲搹之叚借字也然搹溢字見一章數行內不應異用則知鄭說爲長 从手鬲聲 於革切十六部

𢪿 搹或从戹 𢪿今隸變作扼猶軶隸變作軛也許云扼者搹之或字而鄭注禮云搹扼也者漢時少用搹多用扼故以今字釋古字非於許有異也

挐 牽引也从手如聲 按各本篆作拏解作奴聲別有挐篆解云持也从手如聲女加切二篆形體互譌今正挐字見於經者僖元年獲莒挐三傳之經所同也其義則宋玉九辯曰枝煩挐而交橫王注柯條糾錯而崩嶷招魂稻粢穱麥挐黃粱此二王注挐糅也王逸九思殽亂今紛挐注君任伎巧競疾忠信交亂紛挐也左思吳都賦攢柯挐莖李注曰許慎注淮南子云挐亂也凡若此等皆於牽引義爲近而漢霍去病傳匈奴相紛挐此與九思紛挐同謂漢與虜相亂也而師古注乃云紛挐亂相持搏也以亂釋紛以相持搏釋挐大非語意竊意其時說文已同今本故顏從而傅會耳蓋其字本如聲讀女居切其義爲牽引廣韵九魚挐注牽引未嘗作拏說文挐訓持卽今所用攥拏字也其字奴聲讀女加切廣韵麻韵拏挐兩收淆亂其義玉篇有挐無拏挐訓爲持也乃同今本說文孫強輩所改耳

一曰巳也 小徐本有此四字

攜 提也 古多叚爲攜字 从手巂聲 戶圭

切十六部提挈也挈者縣持也攜則相竝提則有高下而互相訓者渾言之也从手是聲杜兮切十六部𢱉拈也从手耴聲丁愜切八部拈𢫮也篇韵皆云指取也从手占聲奴兼切七部攄舒也蜀都賦摛藻掞天庭魏都賦摛翰則華縱春葩太玄經幽攡萬類字作攡从手离聲丑知切古音在十七部捨釋也釋者解也按經傳多叚舍爲之从手舍聲書冶切古音在五部擪一指按也洞簫賦挹抐擫擫李注言中制也莊子外物擪其噦一作厭南都賦彈琴擫籥李注引說文按擫擫擫皆同擪从手厭聲於協切七部按下也以手抑之使下也𢪔部曰抑者按也从手安聲烏旰切十四部控引也引者開弓也引申之爲凡引遠使近之偁詩控於大邦傳曰控引也此卽左傳所謂控告也又抑磬控忌傳曰騁馬曰磬止馬曰控按騁馬曰磬者如大明傳之俔磬也極辭也止馬曰控者是亦引之使近之意也从手空聲苦貢切九部詩曰控于大邦鄘載馳文匈奴引弓曰控弦依羽獵賦注訂此引匈奴方語以證控引也漢書於匈奴或言引弓或言控弦一也一揗摩也廣雅曰揗順也廣韵曰手相安慰也今人撫循字古𦶶作揗循者行順也淮南曰引揗萬物高注引揗拔擢也讀允恭之允从手盾聲食尹切十三部廣韵詳遵切掾緣也緣者衣純也既夕禮注飾衣領袂口曰純引申

爲凡彖緣邊際之偁掾者緣其邊際而陳掾也陳掾猶經營也易卦辭曰彖謂文王緣卦以得其義然則彖者掾之叚借字與漢官有掾屬正曰掾副曰屬漢舊注東西曹掾比四百石餘掾比三百石屬比二百石此等皆翼輔其旁者也故曰掾

从手彖聲 以絹切十四部

拍 拊也 釋名曰拍搏也手搏其上也按許釋搏曰索持則古經搏訓拍者字之叚借考工記搏埴之工注曰搏之言拍也云之言者見其義本不同也

从手百聲 普百切古音在五部讀如粕

拊 揗也 揗者摩也古作拊揗今作撫循古今字也堯典曰擊石拊石拊輕擊重故分言之又臯陶謨搏拊樂器名明堂位作拊搏

从手付聲 芳武切古音在四部

掊 杷也 杷各本作把今正木部曰杷者收麥器也引申爲凡用手之偁掊者五指杷之如杷之杷物也史漢皆言掊視得鼎師古曰掊手杷土也杷音蒲巴反其字从木按今俗用之刨字也大雅曰曾是掊克傳曰掊克自伐而好勝人也以自伐釋掊以好勝人釋克未得其解定本掊作倍正義謂己兼倍於人而自矜伐似定本爲是矣然孟子書亦作掊克趙注但云不良也知詩本不作掊毛意謂掊爲倍之叚借字掊有聚意與捊音義近有深取意則不同捊也毛詩釋文二云掊克聚斂也此謂同捊也方言曰掊深也郭注云掊尅深能以深釋掊以能釋尅此亦必古說但皆非毛義方言掊訓深與許說合○六書故引唐本作捊也不若顏氏本作杷

从手咅聲 父溝切廣韵薄侯切古音在一部

今鹽官入水取鹽爲掊 百官志注引胡廣曰鹽官掊坑而得鹽

捋 取易也 按捋與寽二篆義別寽見𠬪部云五指寽

也五指寽者如用指取禾采之穀是也捋則訓取易而義不同詩薄言捋之捋采其劉傳曰捋取也此捋之本義也若董逌詩詁曰以指歷取也朱子詩集傳曰捋取其子也此於今之俗語求其義而不知今之俗語許書自有本字凡訓詁之宜審愼如此○寽下云五指捋也宋本云五指持也皆未是廣韵六術云寽持取今寽禾是是則許當本作五指持取也五指持而取之於義乃合 从手寽聲 郎括切十五部 撩 理之也 之字依玄應書卷十五補下云謂撩捋整理也今多作料量之料通俗文曰理亂謂之撩理 从手尞聲 洛蕭切二部 措 置也 置者赦也立之爲置捨之亦爲置措之義亦如是經傳多段錯爲之賈誼傳段厝爲之 从手昔聲 倉故切五部 插 刺肉也 肉各本作肉今正內者入也刺內者刺入也漢人注經多段捷字扱字爲之 从手臿聲 楚洽切八部 掄 擇也 晉語君掄賢人之後有常位於國者而立之韋注掄擇也周禮凡邦工入山林而掄材不禁鄭注掄猶擇也按鄭意掄之本訓不爲擇故曰猶 从手侖聲 盧昆切十三部 擇 柬選也 柬者分別簡之也簡者存也今小徐本作簡選乃是譌字韵會作揀乃是俗字辵部選下曰一曰選擇也 从手睪聲 丈伯切古音在五部 捉 搤也 从手足聲 側角切三部 一曰握也 上文云握者搤持也與此爲轉注 搤 捉也 婁敬傳曰搤其亢拊其背楊雄傳曰搤熊羆拕豪豬搤其咽炕其氣皆謂捉持之師古云搤與扼同依許則搤扼音雖同而義迥別也 从手

益聲於革切十六部 梴 長也 商頌松桷有梴傳曰梴長皃此許所本也字林云梴長也丑連反此又本許也自寫詩者譌从木作梃又以挻窴入說文木部而終古長誤矣此義丑連反若老子挻埴以爲器其訓和也柔也其音始然反音羶其俗字作埏見於詩老子音義甚明而今本譌舛又方言挻取也凡取物而逆謂之篡楚部或謂之挻此義音羊羶反 从手延延亦聲 小徐本作从手延聲四字式連切按當作丑延切十四部篆體右蓋从延延丑連切解當依小徐作从手延聲四字 揃 搣也 搣之訓見下揃謂搣也急就篇沐浴揃搣寡合同莊子皆媙可以休老本亦作揃搣揃搣者道家修養之法故莊云可以休老史游與沐浴寡合同類言寡合同卽音精寡慾之說也若士喪禮士虞禮之蚤揃蚤讀爲爪謂斷爪揃讀爲翦許作前謂前須也士虞禮揃或爲鬋曲禮亦作蚤鬋注云鬋鬢也釋鬋爲前理鬢髮是禮經揃字爲前若鬋之叚借而不用揃之本義顏師古注急就曰揃搣謂鬄拔眉髮也蓋去其不齊整者顏氏誤以禮經之揃釋莊史之揃搣是誤以叚借爲本義也訓詁不通其源斯誤有如此者○莊子釋文引三倉云揃猶翦也云猶翦則翦非本義三倉不妨言叚借惟說文解字不言叚借 从手前聲 卽淺切十四部 搣 𢪔也 𢪔各本作批小徐本及集韻類篇廣韻作批今正批者批之譌批者𢪔之譌也手部𢪔批二篆義別𢪔下云一曰𢪔搣頰旁也與此曰搣𢪔也相爲轉注廣韻玉篇皆曰媙者摩也然則搣頰旁者謂摩其頰旁養生家之一法故莊子曰靜默可以補病皆媙可以休老皆媙卽𢪔搣之叚借字一本作揃搣釋文引字林搣批也千米反批亦𢪔之誤若作批則𢳆之俗字訓反手擊也

尤誤○按廣韵玉篇云摩也此字本義廣韵又曰批也批卽搣之誤又曰捽也捽卽批之解也又云手拔也玉篇云莊子云揃搣拔除也是皆用師古急就篇注而誤葢訓詁之難如此从手咸聲亡列切十五部

批　捽也捽之訓在下按玄應書兩引說文批撮也撮居逆反謂撮取也又引通俗文掣挽曰批按玄應本較今本爲長但許本無撮祇用戟是亦以俗字改許書也从手此聲側氏切十五十六部此與下手上此字義別

捽　捽也从手卽聲子力切古音在十二部魏郡有揤裴矦國漢地理志作卽王子矦表作揤據此則今本地理志誤也

捽　持頭髮也金日磾傳日磾捽胡投何羅殿下孟康曰胡音互捽胡若今相僻臥輪之類也晉灼曰胡頸也捽其頸而投殿下也从手卒聲昨沒切十五部

撮　四圭也漢律厤志曰量多少者不失圭撮孟康曰六十四黍爲圭按廣韵圭下云孟子曰六十四黍爲一圭十圭爲一合孟子卽孟康經典釋文序錄有孟子注老子二卷或曰孟康也康字公休孫子筭經六粟爲一圭十圭爲一撮十撮爲一抄十抄爲一勺十勺爲一合說與孟異本艸序例曰凡散藥有云刀圭者十分方寸匕之一准如梧桐子大也一撮者四刀圭也十撮爲一勺十勺爲一合此葢醫家用四圭爲撮之說可相發明从手最聲倉括切十五部亦二指撮也大徐作一曰兩指撮也按許此別爲一義而應仲遠注漢云圭自然之形陰陽之始四圭曰撮三指撮之也不說是二義三指所撮爲四圭則四圭其少殆卽孫子所謂六粟爲圭乎二十四粟二指可撮也小徐

本作二指二疑三之誤大徐本又改爲兩耳圭者瑞玉上圜下方故應云自然之形陰陽之始易之數陰變於六故六粟曰圭

䂓撮也此蒙三指撮而言不蒙四圭也从手簪省聲居六切三部按字之同音者有三此謂三指撮也臼謂叉手也匊謂在手也

搸撮取也謂撮而取之亦蒙三指撮言也有司徹乃撫于魚腊俎俎釋三个其餘皆取之古文撫爲搸儀禮宋本嘉靖本單行疏本釋文宋本皆如是俗本作今文撫爲揲者非也凡言撮者皆謂少取禮經依古文爲是西京賦搸飛鼯亦謂撮取薛解云捎取之也文賦意徘徊而不能揥揥當是搸之誤今俗語云捎搸者當作搸从手帶聲讀若詩曰螮蝀在東謂讀若螮也都計切十五部經典釋文之舌切李善大結切

𢷾搸或从𣂔从示蓋从𣂔而示聲兩手急持人也其義有別廣韵不云二形一字

捊引堅也堅各本作取今正詩釋文作堅今本譌爲取土二字非也堅義同聚引堅者引使聚也玉篇正作引聚也大雅捄之陑陑傳曰捄虆也陑陑衆也箋云捄捊也度投也築牆者捊聚壤土盛之以虆而投諸版中此引聚之正義箋與傳互相足賓筵之仇鄭讀爲𣫭此捄鄭釋爲捊皆於其音之相近得其義也常棣原隰裒矣傳云裒聚也此重聚不重引故不言引但言聚也裒者捊之俗易君子以裒多益寡鄭荀董蜀才作捊云取也此重引故但言取也从手孚聲步侯切三部詩曰原隰捊矣六字小徐本有玉篇引亦有

抱捊或从包古音孚聲包聲同在三部後人用抱爲褱裒字

蓋古今字之不同如此

揜 自關以東取曰揜 取上俗本有謂字今依宋本方言曰掩索取也自關而東曰掩自關而西曰索或曰担按許所據方言蓋作揜李善注子虛上林賦引方言亦作揜也今廣雅揜取也字作掩 从手弇聲 衣檢切七部 一曰覆也 弇蓋也故从弇之揜爲覆凡大學揜其不善中庸誠之不可揜皆是

授 予也 予者推予也象相予之形 从手受 手付之令其受也故从手受 受亦聲 殖酉切三部

承 奉也受也 𠬞部曰奉者承也是二篆爲轉注也𠬞部曰受者相付也凡言承受承順承繼又魯頌傳曰承止也皆奉之訓也凡言或承之羞承之以劍皆相付之訓也左傳曰蔡大夫恐昭侯之又還也承此叚承爲懲也 从手卪𠬞 合三字會意署陵切六部

挋 給也 給者相足也士喪禮曰乃沐櫛挋用巾又曰浴用巾挋用浴衣注曰挋晞也清也按晞者乾之也浴用巾既以巾拭之矣而復以浴衣挋之謂抑按之使乾此乾彼溼可互相足故曰給也爾雅曰挋拭刷清也渾言之也析言之則挋與拭不同故許書㕞飾也㨢飾也爲一義挋給也又爲一義 从手臣聲 章刃切十二部 一曰約也 約者纏束也此挋之別一義也

㨢 飾也 飾各本作拭今正又部曰㕞者飾也巾部曰飾者㕞也飾拭正俗字自淺人盡改許書之飾爲拭而字例晦矣㨢與挋爲伍則非妝飾也周禮遺人以恤民之囏阨注云故書囏阨作㨢阨按此古文叚借字也 从手堇聲 居焮切十三部

抪 㨢也 今人用拂拭字當作此抪許作抪飾也拂者過擊也

非其義从手木聲普活切十五部○此篆舊次接篆之下非古也今移此

攩朋羣也此鄉黨黨與本字俗用黨者皆叚借字也鳥部朋下曰古文鳳也鳳飛羣鳥從以萬數故以爲朋攩字儒林傳唯京氏爲異黨師古曰黨讀曰儻按儻當作攩从手黨聲多朗切十部

接交也交者交脛也引申爲凡相接之偁周禮廩人接盛讀爲一扱再祭之扱从手妾聲子葉切八部

挏推引也推各本作攤今依廣韵韵會本推讀如或推或輓之推謂推之使前也从手同聲徒總切九部漢有挏馬官作馬酒見百官公卿表禮樂志應劭曰主乳馬取其乳汁挏治之味酢可飲因以名官如淳曰主乳馬以韋革爲夾兜受數斗盛馬乳挏其上肥因名曰挏馬官今梁州亦名馬酪爲馬酒顏氏家訓曰此謂撞擣挺挏之今爲酪酒亦然按挺挏字見淮南子

招手評也評各本作呼今正呼者外息也評者召也不以口而以手是手評也匏有苦葉傳曰招招號召之皃按許書召者評也號者嘑也是用手用口通得云招也从手召聲止搖切二部

撫安也从手無聲芳武切五部一曰揗也揗各本作循今正揗者摩也拊亦訓揗故撫拊或通用

𢘓古文撫从亾辵

捪撫也此蒙上訓揗之撫而言今人所用技字許土部墀下所用𢳋字皆即捪字也从手昏聲武巾切十三部一曰摹也摹者規也

揣量也量者稱其輕重也稱者銓也銓者衡也

从手耑聲此以合音爲聲初委切十四十五部按方言常絹反是此字古音也木部有椯字箠也一曰度也一曰剟也聲義皆與此篆同而讀兜果切又今人語言用故敠字上丁兼切下丁括切知輕重也亦揣之或體其音爲耑之雙聲度高曰揣方言同左傳揣高卑杜注云度高曰揣度深曰仞按國語竱本肇末竱即孟子揣其本之揣其義同也一曰捶之捶者以杖擊也揣訓箠揣訓捶其意一也

抧開也从手只聲讀若抵掌之抵抵各本作抵今正抵側手擊也抵掌者側此手擊彼手掌也諸氏切十六部

摜習也此與辵部遦音義皆同古多叚貫爲之从手貫聲古患切十四部春秋傳曰摜瀆鬼神昭二十六年左傳文今本作貫杜曰貫習也

投擿也下文云擿投也二篆爲轉注巷伯傳曰投棄也从手殳聲大徐作从殳非度侯切四部

擿搔也此義音剔詩象之揥也傳曰揥所以摘髮也釋文云揥勑帝反摘他狄反本又作擿非也擿音直戟反按以許說繩之則作擿爲是擿正音他狄反也以象骨搔首因以爲飾名之曰揥故云所以擿髮即後人玉導玉搔頭之類也廣韵十二霽曰揥者揥枝整髮釵許書無揥从手適聲讀如剔十六部一曰投也與上文投者擿也爲轉注此義音直隻切今字作擲凡古書用投擲字皆作擿許書無擲

搔刮也刮各本作括今正括者絜也非其義刮者掊杷也掊杷正搔之訓也內則疾痛苛養敬抑搔之注曰抑按搔摩也摩馬曰騷其聲同也又疒部疥搔瘍也

瘍之需手搔者謂之搔瘍俗作瘙瘍釋文正義已如此 从手蚤聲 穌遭切古音在三部

扴 刮也 此與搔義同刮小徐作揩譌大徐不誤廣韵曰扴者揩扴物也易介于石馬本作扴云觸小石聲按扴于石謂摩䃺于石也 从手介聲 古黠切十五部

摽 擊也 左傳長木之斃無不摽也杜云摽擊也柏舟傳曰摽拊心皃 从手票聲 符少切二部左釋文敷蕭普交二切 一曰挈門壯也 闗壯一物也見門部挈者提而启之也葉鈔本闗作閂

挑 撓也 下文云撓者擾也擾者煩也挑者謂撥動之左傳云挑戰是也 从手兆聲 土凋切二部 一曰摷也 摷者拘擊也小徐摷下有爭 國語曰郤至挑天 周語單襄公語韋本作佻天注云佻偷也今按佻天之功以為己力與左傳正實置之而二三子以為己力語意天同然則許意為一曰摷爭作證

抉 挑也 抉者有所入以出之也 从手夬聲 於說切十五部

撓 擾也 此與女部嬈字音義皆同 从手堯聲 奴巧切二部 一曰捄也 捄篆下曰一曰擾也是撓擾捄三字義同

擾 煩也 煩者熱頭痛也引申為煩亂之偁訓馴之字依許作㩶而古書多作擾蓋擾得訓馴猶亂得訓治徂得訓存苦得訓快皆窮則變變則通之理也周禮注曰擾猶馴也言猶者字本不訓馴 从手夒聲 而沼切古音在三部今作擾从憂俗字也

挶 戟持也 戟持者手如戟而持之也左傳褚師出公戟其手杜云抵徒手屈肘如戟形鄭注斯干如矢斯

棘云如人挾弓矢戟其肘按古者戟之制其鋒謂之援援體斜橫出故人下其肘臂下翹其捥與手似之亦謂之戟鴟鴞傳曰拮据戟挶也字本作戟俗加手旁非是謂有所操作曲其肘如戟而持之也 从手局聲 居玉切三部

据 戟挶也 鴟鴞予手拮据傳曰拮据戟挶也公羊注叚据爲據 从手居聲 九魚切五部

擖 刮也 此與扴音義略同 从手葛聲 口八切十五部 一曰撻也 撻見下文

摘 拓果樹實也 拓者拾也拾者掇也掇者拾取也果樹實者有果之樹之實也拓之謂之摘引申之凡他取亦曰摘此篆與擿音義殊 从手啻聲 他歷切又竹歷切按竹歷切是也他歷則爲擿之音矣十六部宋本竹歷今本改竹厄以同廣韵 一曰指近之也 別一義

搳 擖也 與擖篆宜聯綴 从手害聲 胡秸切十五部

摲 斬取也 各本斬取二字作暫今正斬者截也謂斷物也暫非其義禮器有摲而播也長楊賦麾城摲邑倉頡篇曰摲拍取也鄭曰摲之言芟也按芟刈艸也摲本訓芟夷禮器注謂於此少與得分以與彼是爲芟殺有所與摲殺上貴之分以亦偏於賤者謂之摲而播故廣雅本之爲說曰摲者芟也是鄭注禮之義而非摲之本義也 从手斬聲 昨甘切八部廣韵作摲斬取也山檻切

搚 摺也 公羊傳曰使公子彭生送桓公於其乘焉搚幹而殺之幹者脅骨也何曰搚者折聲也搚或作拹者或體也或作拉者叚借字也 从手劦聲 虛業切七部 一曰拉也 上文曰拉者摧也

摺敗也敗者毀也今義爲摺疊从手習聲之涉切八部揫束也束者

縛也鄉飲酒義曰西方者秋秋之爲言愁也愁讀爲揫按韋部𩏩收束也或从要作[illegible]或从秋手作揫揫卽揫然則此篆實爲

重出也从手秌聲卽由切三部詩曰百祿是揫商頌長發文今詩作遒傳

曰遒聚也摟曳聚也此當作曳也聚也各本奪上也字山有樞曰弗曳弗摟傳曰摟亦曳也此曳訓所本

也曳者臾曳也釋詁曰摟聚也此聚訓所本也趙注孟子曰摟牽也此曳義之引申也从手婁聲洛侯

切四部抎有所失也成公二年左傳石稷謂孫良夫曰子國卿也隕子辱矣許所據作抎正謂

失也戰國策被礛磻引微繳折清風而抎矣此段抎爲隕也史記東粵列傳不戰而耘利莫大焉謂閩粵不戰而失其王頭此

段耘爲抎也从手云聲于敏切十三部春秋傳曰抎子辱矣披

從旁持曰披士喪禮設披注曰披絡柳棺上貫結於戴人君旁牽之以備傾虧又執披者旁四人注曰

前後左右各二人此從旁持之義也五帝本紀黃帝披山通道徐廣曰披他本亦作陂字蓋當音詖陂者旁其邊之謂也披披

陂皆有旁其邊之意中散能知之而索隱云披音如字謂披山林艸木而行以通道也此則司馬貞不知古義之言蓋俗解訓

披爲開廣韵云披開也分也散也木部柀訓析也柀靡字如此作而淺人以披訓析改柀靡爲披靡莫有能諟正者从

手皮聲敷羈切舊音彼義切古音在十六部㨃引縱曰㨃爾雅釋文作引而縱之曰

㨉引開弓也縱緩也一曰舍也按引縱者謂𠂇遠而引之使近𠂇近而縱之使遠皆爲牽掣也不必如釋文所據爾雅曰甹夆掣曳也俗字作撦作扯聲形皆異矣 从手瘛省聲尺制切十五部俗作掣

𢫬 積也小雅車攻曰助我舉柴傳曰柴積也箋云雖不中必助中者舉積禽也柴許所據作𢫬此聲責聲古同在十六部以疊韵爲訓 从手此聲前智切詩釋文引說文士賣反出音隱 詩曰助我舉𢫬西京賦作擊𢫬薛注𢫬死禽獸將腐之名 一曰搣頰旁也一曰二字廣韵及小徐本及集韵類篇皆有之是也無此則與上文積也矛盾而積也即釋車攻又非引曰壓引壓譏說而釋之之比上文搣下云𢫬也此𢫬下云搣頰旁也是二篆爲轉注亦考老之例搣頰旁可以休老見莊子莊子亦作𣪠搣段借字

掉 搖也掉者搖之過也搖者掉之不及也許渾言之 从手卓聲徒弔切二部 春秋傳曰尾大不掉左傳昭十一年文

搖 動也 从手䍃聲余招切二部

搈 動搈也動搈漢時語廣雅曰搈動也 从手容聲余隴切九部

𢴤 當也廣雅曰𢴤當也 从手貳聲直利切曹憲引說文直二反按作直異切者誤

揂 聚也商頌百祿是遒傳曰遒聚也按傳謂此遒爲揂之叚借字 从手酋聲即由切三部

掔 固也掔之言堅也緊也謂手持之固也或叚借爲牽字如史記鄭襄公肉袒掔羊即左傳之牽羊也俗用慳吝字亦爲掔之俗 从手臤聲苦閑切十四部 讀

若詩赤舄擧擧擧擧當依豳風作几几傳曰几几約皃擧在十二部几在十五部云讀若者古合音也

捀奉也奉者承也从手夆聲敷容切九部

擧擧也从手擧此篆各本作擧二云對擧也从手與聲以諸切下文出揚𢷎二篆卽出擧篆二云對擧也居許切不特義同形聲亦皆不甚異讀許者往往疑焉今按玉篇列字次弟捀下揚上作擧丘言切擧也說文捀下揚上則作擧顯是擧篆之譌葢希馮作玉篇時所據說文未誤也說文本有擧無擧後人自譌舛耳廣韵廿二元亦曰擧擧也上林賦毛詩箋漢書音義通俗文皆有揵揵卽此擧篆也字从手擧會意邱言切十四部

揚飛擧也从手昜聲與章切十部

敭古文揚从攴漢碑用颺歷他文用敭歷皆用今文尚書般庚之優賢揚歷也

擧對擧也對擧謂以兩手擧之故其字从手與ナ手與又手也从手與聲居許切五部一曰輿也小徐有此四字按輿卽舁轉寫改之左傳使五人輿豭從己舁之叚借也舁者共擧也共者非一人之辭也擧之義亦或訓爲舁俗別作舉譌入說文音以諸切非古也

掀擧出也从手欣聲虛言切古音在十三部虛斤切春秋傳曰掀公出於淖成十六年左傳文釋文曰捧轂擧之則公軒起也徐許言反一曰掀引也胡根反○又按陸引字林云火氣也葢呂氏所見昭十八年左傳作行火所掀與今本作焮不同亦謂火氣高擧也掀之言軒也

揭高擧也見於詩者匏有苦葉傳曰揭褰裳也碩人傳曰揭揭

長也蕩傳曰揭見根皃

从手曷聲

去例切又基竭切十五部

抍 上舉也出休爲拯从手丞聲易曰拯馬壯吉

各本篆作抍解無出休爲拯四字丞聲作升聲拯馬作抍馬今皆正易明夷釋文曰丞音拯救之拯說文云舉也子夏作抍字林云抍上舉音承然則說文作拯字林作抍在呂時爲古今字陸引無上字而李注羽獵賦引有之李注謝靈運擬鄴中集詩曹植七啓潘勗九錫文傳亮修張良廟教王巾頭陁寺碑皆引說文出溺爲拯是古本確有此四字方言曰蹣抍拔也出休爲抍出火爲蹣方言之書字多經轉寫改作抍卽以今字改古字之一抍或子雲固如此作許不之錄耳用拯馬壯吉周易明夷六二爻辭其字今作拯陸氏德明作丞云拯救之拯猶艮不承其隨云承音拯救之拯左傳目於眢井而承之云承拯救之拯也葉林宗抄文淵閣宋本不誤通志堂抱經堂皆改大字爲拯殊非集韵抍承橙拯丞五形同字丞承卽取諸艮隨二卦釋文類篇丞作承今本釋文改丞爲拯遂使集韵類篇之本原泯沒矣羽獵賦丞民乎農桑李引聲類丞亦拯字此丞之證也列子使弟子竝流而承之張注承音拯引方言出溺爲承此承之證也玉篇曰承聲類云抍字然則聲類之作丞作承固難考集韵曰承者承之或體玉篇曰抍音蒸又上聲蒸古多讀平聲今則讀上聲古音在六部陸云音拯救之拯玉篇廣韵皆云蒸上聲不作反語者廣韵云無韵切也無韵切者此韵字少庱殑殑又皆難識也

撜 拯或从登

拯各本作抍今正丞聲登聲皆六部也升聲亦六部而此篆古从丞从登不从升者丞登皆有上進之意形聲中有會意經典登作升皆叚借字升之本義實於上舉無涉

振 舉救之也 之字依韵會補諸史籍所云振給振貣是其義也凡振濟當作此字俗作賑非也匡謬正俗言之詳矣 从手辰聲 章刃切十三部 一曰奮也 此義則與震略同采芑傳曰入曰振旅振鷺傳曰振振羣飛皃七月傳曰沙雞羽成而振訊之皆此義麟止殷其雷傳曰振振信厚也則此義之引申蓋未有不信厚而能奮者

扛 橫關對舉也 以木橫持門戶曰關凡大物而兩手對舉之曰扛項羽力能扛鼎謂鼎有鼏以木橫貫鼎耳而舉其兩耑也即無橫木而兩手舉之亦曰扛即兩人以橫木對舉一物亦曰扛字林捎擱舁也匡謬正俗曰音譌故謂扛爲剛有造掆字者故爲穿鑿也西京賦作舡鼎舡即舩魏大饗碑作舩鼎舩者扛之叚借字也 从手工聲 古雙切九部

扮 握也 大玄曰地則虛三以扮天之十八也扮猶并也 从手分聲讀若粉 房吻切十三部

撟 舉手也 引申之凡舉皆曰撟古多叚矯爲之陶淵明曰時矯首而遐觀王逸注楚辭曰矯舉也 从手喬聲 居少切二部 一曰撟擅也 擅專也凡矯詔當用此字

捎 自關已西凡取物之上者爲撟捎 取物之上謂取物之顛也捎之言梢也方言曰撟捎選也自關而西秦晉之閒凡取物之上謂之撟捎按今俗語云捎襟是也西京賦注曰襟者捎取之考工記捎其藪捎溝注曰捎除也其引申之義 从手肖聲 所交切二部

擁 裒也 各本作抱也今正抱者說文之或捊字也裒見衣部褎也改裒爲抱大失許例公食大夫

禮擁簠粱注二云擁抱也吳語官帥擁鐸注二云擁抱也漢書注曰南方謂抱小兒爲雍樹雍者擁之叚借字从手雝聲於隴切九部按玉篇作擁蓋古體也抱之則物必在前故上雝下手

㨎染也如染繒爲色也从手耎聲而泉反十四部周禮曰六曰㨎祭各本篆作擩解作需聲引周禮作擩祭今正古音耎聲在十四部需聲在四部其音畫然分別後人乃或淆亂其偏旁本从耎者譌而从需而音由是亂矣周禮大祝九祭六曰㨎祭士虞禮特牲饋食禮少牢饋食禮有司徹四篇經文凡用㨎字二十唐石經周禮士虞皆作擩特牲少牢有司皆作㨎參差乖異此非經字不一乃周禮士虞經淺人妄改也郭樸而沿反李音而緣反劉昌宗而玄反陸德明而泉反皆耎聲之正音也杜子春讀如虞芮之芮郭樸而悅反劉昌宗而誰反顏師古如閱反陸德明而劣反皆耎聲之音轉也古音十四十五部最相近之理也今則周禮禮經漢書子虛賦注皆誤从需玉篇擩而主切廣韵麌韵作擩切而主薛韵作㨎切如劣不知其本爲一字而五經文字云㨎如悅反字書無此字見禮經擩汝主反見周禮是則唐開成石經正用張參之說故周禮與儀禮異字不知何以就禮經中士虞與他篇又異字也張氏云周禮作擩汝主反今按周禮釋文曰而泉反一音而劣反劉又而誰反絕無汝主一反不可以證陸氏周禮之本作㨎乎士虞禮釋文曰如悅反劉而玄反又而誰反與特牲少牢有司音義皆同亦不言而主反又不可以見士虞之本作㨎乎其云字書無㨎字則其所據說文已爲俗改之本有擩無㨎而不知說文古本之有㨎無擩也禮經注曰㨎染也李奇子虛賦注曰染㨎也

揄引也漢郊祀歌曰神之揄臨壇宇師

古云揄引也史記揄長袂廣韵揄揚詭言也皆其引申之義大雅或舂或揄叚揄爲舀也 从手俞聲 羊朱切古音在四部

擊 擊擭 逗 不正也 廣韵擊㩄宛轉也今義也 从手般聲 薄官切十四部

擭 擊擭也从手蒦聲 一號切古音在五部 一曰布擭也 此卽今之布濩字也劉逵注吳都賦曰布濩遍滿皃 一曰握也 握者搤持也西京賦擭猭𤢸薛云擭謂握取之也今本握譌掘玄應不誤

拚 拊手也 拊揗也拍拊也此不但言拊言拊手者謂兩手相拍也今人謂歡拚是也漢書吳都賦皆云拚射孟康曰手搏爲拚此則謂兩人手相搏也 从手弁聲 皮變切十四部 俗作抃

擅 專也 專當作嫥嫥者壹也 从手亶聲 時戰切十四部

揆 度也 各本作葵也今依六書故所據唐本正度者法制也因以爲揆度之度今音分去入古無二也小雅天子葵之傳曰葵揆也謂叚葵爲揆也 从手癸聲 求癸切十五部

擬 度也 今所謂揣度也 从手疑聲 魚己切一部

損 減也 水部曰減者損也二篆爲轉注 从手員聲 穌本切十三部

失 縱也 縱者緩也一曰捨也在手而逸去爲失兔部曰逸失也古多叚爲逸去之逸亦叚爲淫泆之泆 从手乙聲 以甲乙之乙爲聲 式質切十二部

挩 解挩也 今人多用脫古則用挩是則古今字之異也今脫行而挩廢矣 从手兌聲 他括切十五部

撥 治也 公羊傳撥亂世反諸正何注曰

撥猶治也何言猶者何意撥之本義非治撥之所以爲治也許則直云治 从手發聲 北末切十五部

挹 抒也 大雅曰泂酌彼行潦挹彼注茲 从手邑聲 於汲切七部

抒 挹也 凡挹彼注茲曰抒斗部曰斜抒也𣄃抒扁也㪺挹也水部曰浚抒也漉浚也鞔抒井鞔也左傳難必抒矣此叚抒爲紓紓者緩也服虔本正作紓 从手予聲 神與切五部

抯 挹也 方言曰抯摣取也南楚之閒凡取物溝泥中謂之抯亦謂之摣 从手且聲讀若樝梨之樝 樝梨見木部側加切古音在五部按方言抯摣實一字也故許有抯無摣

攫 扟也 倉頡篇曰攫搏也通俗文曰手把曰攫淮南子曰鳥窮則搏獸窮則攫按眾經音義卷五卷十二引說文同而注之曰扟居逆切是其所據說文作丮轉寫譌作扟耳丮者持也 从手瞿聲 居縛切五部

扟 從上挹取也 取字各本無依玄應補通俗文云從上取曰扟 从手丮聲讀若莘 所臻切十二部

拓 拾也 有司徹篇乃摭于魚腊俎俎釋三个其餘皆取之摘下二云拓果樹實也儀禮摭古文作拓此實非一字因雙聲而異 陳宋語 方言摭取也陳宋之閒曰摭 从手石聲 之石切古音在五部

摭 拓或从庶 石聲庶聲皆古音五部

攈 拾也 魯語收攟而烝韋云攟拾也漢刑法志蕭何攈摭秦法取其宜於時者作律九章 从手麇聲 居運切十三部亦作捃

拾 掇也 史記貨殖傳曰俯有拾仰有取射有決拾毛傳曰決

所以鉤弦也拾遂也拾韝左臂郎俗所謂收拾也曲禮拾級聚足鄭曰拾讀為涉聲之誤也 从手合聲 是執切七部

掇 拾取也 周南傳曰掇拾也 从手叕聲 都括切十五部

擐 毌也 毌各本作貫今正毌穿物持之也今人慣毌而專用貫矣杜注左傳韋注國語皆曰擐貫也 从手睘聲 胡慣切十四部 春秋傳曰擐甲執兵 成二年左傳文

揯 引急也 淮南書曰大弦揯則小弦絶 从手恆聲 古恆切六部

摍 蹴引也 蹴猶迫也古多叚戚爲之蹴引者蹴迫而引取之摍古叚縮爲之毛詩傳曰鄰之嫠婦夜暴風雨室壞趨而至顏叔子納之而使執燭放乎旦而蒸盡縮屋而繼之釋文云縮又作摍同按武梁祠堂碑二云摍笮是也戰國策淖齒管齊之權縮閔王之筋縣之廟梁宿昔而死亦即摍字摍屋即左傳所謂抽屋也 从手宿聲 所六切三部

摣 相援也 从手虘聲 巨言切十四部

援 引也 大雅以爾鉤援毛傳鉤援鉤梯也所以鉤引上城者又無然畔援傳曰無是畔道無是援取 从手爰聲 雨元切十四部

擂 引也 鄭風左旋右抽傳曰左旋講兵右抽抽矢以軼竹部曰籀讀書也牆有茨傳曰讀抽也方言曰抽讀也尚書克由繹之大史公自序紬史記石室金匱之書紬即籀也籀之言抽也 从手畱聲 敕鳩切三部

抽 擂或从由 由聲也擂或一本作籀文非也

𢭆 擂或从秀 秀字古本當不出篆體偏旁作秀則可證古於偏旁不諱也

擢　引也毛傳曰楫所以擢舟也擢舟謂引舟也从手翟聲直角切古音在二部

拔　擢也从手犮聲蒲八切十五部

揠　拔也孟子宋人有閔其苗之不長而揠之者趙云揠挺拔之欲亟長也方言揠擢拂戎拔也自關而西或曰拔東齊海岱之閒曰揠从手匽聲烏黠切十四十五部

擣　手椎也以手爲椎而椎之一曰築也木部曰築擣也二篆爲轉注築者必用築非徒手也故爲別从手𠷎聲都晧切古音在三部小徐本篆作擣解云壽聲

攣　係也係者絜束也易小畜有孚攣如馬曰連也虞曰引也攣者係而引之其義近擢从手䜌聲呂員切十四部

挺　拔也左傳周道挺挺直也月令挺重囚寬也皆引申之義从手廷聲徒鼎切十一部

攓　拔取也南楚語莊子至樂篇攓蓬而取之司馬注曰攓拔也方言曰攓取也南楚曰攓又曰楚謂之攓从手寋聲九輦切十四部搴攓二通又音騫楚辭曰朝搴阰之木蘭阰各本作批今依韻會與楚辭合但說文無阰字耳句見離騷王逸曰搴取也阰山名

探　遠取之也探之言深也易曰探賾索隱从手罙聲他含切古音在七部

撢　探也周禮撢人掌撢序王意以語天下釋文曰與探同按許書則義同而各自爲字从手覃聲他紺切古音在七部

捘　摧也摧各本作推今依玉篇韻會文選注玄應梵書音義正摧者擠也周禮守祧禮經士虞特

牲少牢隋祭或作隋作隓或作挼或作綏隋當是正字挼綏當是叚借鄭云下祭曰隓隓之言猶隓下也按隋聲妥聲同在古十七部許云挼摧也摧亦有隓下之義挼篆疊韵雙聲皆當妥聲下挼莏一解則更當从妥不待言矣从手妥聲各本作委聲今正徐鉉曰俗作挼非乃因說文無妥而爲此謬說也奴禾切十六十七部一曰兩手相切摩也玄應引無摩字阮孝緒字略云煩撋猶挼莏今人多用此義而字作挪

撆飾也各本作別也不可通今正文選洞簫賦注引撆飾也飾者㕞也見巾部飾者今之拭字葢一本作㕞其義一也而字形一譌爲刷再譌遂爲別矣此攷覈者所宜知也拭與拂義略同蔡邕篆勢曰揚波振撆文選撇波而濟撇同撆又史記荊軻傳跪而蔽席孟荀傳撇席皆謂拭席皆撆之異體也从手敝聲芳滅切十五部一曰擊也此別一義韵會作擊也一曰拂也拂卽飾易其先後耳

摵搖也搖宋本作搔誤从手咸聲胡感切古音在七部鉉曰今別作撼非是

搦按也按者抑也周禮矢人橈之以眂其鴻殺之稱注曰橈搦其榦謂按下之令曲則強弱見矣玄應書曰搦猶捉也此今義非古義也古義搦同橈从手弱聲尼革切釋文女角切古音在五部

掎偏引也一本作偏引一足也見李賢司馬貞所引此依左傳注增二字耳左傳曰譬如捕鹿晉人角之諸戎掎之杜注云掎之掎其足也國語掎止晏萊韋云從後曰掎子虛賦腳麟司馬彪云腳掎也詩伐木掎矣傳曰伐木者掎其顚从手奇聲居綺切古音在十七部

揮奮也按奞部奮下曰翬也翬下

曰大飛也此云奮也揮與翬義略同玄應引此下有謂奮訊振去之也七字葢庾儼默注語从手軍聲
許歸切十三十五部摩䃺也䃺各本作研今正此以䃺與摩互訓石部研之訓䃺也手部䃺之訓摩也義各
有屬無容滑之摩䃺之功精於礦研捼下曰兩手相切摩也學記曰相觀而善之謂摩凡毛詩爾雅如琢如摩周禮刮摩字多
从手俗从石作磨不可通从手麻聲莫鄱切十七部揅摩也从手研聲
宋本奪此字今依小徐集韵類篇補易極深研幾蜀才作揅禦堅切十四部⿰扌毘反手擊也左傳
曰宋萬遇仇牧于門摑而殺之玉篇所引如是今左傳作批俗字也从手毘聲匹齊切十五部俗作批
攪亂也毛傳同从手覺聲古巧切古音在三部詩曰祇攪我心
小雅何人斯文祇各本譌作祇誤我行其野傳曰祇適也唐人凡此訓必从衣氏搑推擣也漢書而僕
又茸以蠶室師古曰茸音人勇反推也謂推致蠶室之中也如顏說則茸者搑之叚借字从手茸聲而隴
切九部撞卂擣也卂者疾也从手童聲宅江切九部捆就也
捆與因音義同今則因行而捆廢矣从手因聲於真切十二部扔捆也捆各本作因今正扔
與仍音義同老子曰爲之而莫之應則攘臂而扔之从手乃聲如乘切六部括絜也絜者
麻一耑也引申爲絜束之絜凡物圍度之曰絜賈子度長絜大是也束之亦曰絜凡經言括髮者皆謂束髮也髟部曰髺者絜

髮也然則束髮曰鬠括爲凡物總會之偁毛詩傳曰括至也其引申之義也易括囊借爲昏字也从手昏聲古𣴎切十五部

抲此複舉字之未刪者撝也从手可聲虎何切十七部周書曰盡執抲小徐本抲下有獻字葢誤衍酒誥文今尚書抲作拘字之誤也此如許所言苛之字止句也後漢書郡國志菏水譌爲苛水正同周書當盡執爲逗下云抲以歸於周謂指撝以歸於周也

撝也禮記播黍捭豚釋文云捭卜麥反注作擗又作擘皆同按卑聲辟聲皆在十六部故記作捭注作擘今注亦作捭矣擘豚謂手裂豚肉也又周禮甈人注曰薜讀如藥黃蘗之蘗破裂也按薜乃擘之叚借西京賦云剖析豪氂擘肌分理李善引周禮注作擘豈其所據與今不同歟內則曰塗皆乾擘之喪大記絞一幅不辟內則釁爲辟雞皆假辟爲擘也若孟子以仲子爲巨擘巨擘謂手大指也凡大指主開餘四指主合故謂之巨擘从手辟聲博戹切十六部今俗語謂裂之曰擘開其字如此

裂也易撝謙馬曰撝猶離也按撝謙者溥散其謙無所往而不用謙裂義之引申也曲禮爲國君削瓜者華之注曰華中裂之也華音如花撝古音如呵故知華卽撝之叚借也从手爲聲許歸切按歸必是規字之誤此字必在五支不得入八微也古音在十七部一曰手指撝也敘曰比類合誼以見指撝易撝謙注曰指撝皆謙凡指撝當作此字

裂也周禮有赤犮氏注云赤犮猶捇拔也捇拔葢漢時有此語从手赤聲呼麥切釋文采昔反古音在五部

易簭再扐而

後卦 易繫辭傳文也卦今易作掛釋文云京作卦云再扐而後布卦葢許同京也大衍之數五十其用四十有九分而爲二以象兩掛一以象三揲之以四以象四時歸奇於扐以象閏五歲再閏故再扐而後掛虞翻曰奇所掛一策扐所揲之餘不一則二不三則四取奇以歸扐扐并合掛左手之小指爲一扐則似閏月定四時成歲故歸奇於扐以象閏者也已一扐復分掛如初揲之歸奇於初扐并掛左手次小指閒爲再扐則再閏也又分扐揲之如初而掛左手第三指閒成一變則布卦之一爻謂已二扐又加一爲三并重合前二扐爲五歲故五歲再閏再扐而後掛據虞則字作掛者謂再爲分二掛一或作卦者謂於此起卦爻皆可通也凡數之餘曰扐王制祭用數之仂喪用三年之仂鄭皆以爲數之什一仂扐葢同字考工記云以其圍之阞捎其藪假阞爲之鄭以爲三分之一然則權度多少中其節謂之扐無定數也 从手力聲 盧則切一部

技 巧也 工部曰巧者技也二篆爲轉注古多段伎爲技能字人部曰伎與也 从手支聲 渠綺切十六部

摹 規也 規者有法度也以法度度之亦曰規廣韵曰摹者以手摹也楊雄傳參摹而四分之三摹九据或手在旁作摸今人謂之摸揉讀入聲實一字摹與模義略同韵會此下有謂所規倣也五字葢庾儼默注語之存者倣 从手莫聲 莫胡切五部

拙 不巧也 不能爲技巧也 从手出聲 職說切十五部

揩 縫指揩也 縫指揩者謂以鍼紩衣之人恐鍼之契其指用韋爲箍韜於指以藉之也揩之言重沓也射韝亦謂之臂揩 从手沓聲讀若眔 徒合切八部 一

曰韋韜謂如射韝韜於臂者

摶 㠯手圜之也各本作圜也語不完今依韻會所據補以手圜之者此篆之本義如禮經云摶黍曲禮云摶飯是也因而凡物之圜者曰摶如考工記摶以行石摶身而鴻相胥欲生而摶是也俗字作團古亦借爲專壹字左傳云若琴瑟之摶壹秦瑯邪臺刻石曰摶心揖志是也專壹許女部作嫥壹从手專聲度官切十四部

㧾 手推之也从手圂聲戶骨切十三十五部

捄 盛土於梩中也木部曰梠者徙土輂也或作梩大雅捄之陾陾傳曰捄虆也陾陾衆也箋云築牆者捊聚壤土盛之以虆而投諸版中孟子虆梩並言趙曰虆梩籠臿之屬可以取土者也許說專爲釋大雅而言从手求聲舉朱切古音在三部一曰捊也各本作擾今依韻會本正捊者引堅也於前義相近捊之乃後盛之詩曰捄之陾陾大雅緜文陾音而亦作陑各本作陾誤今依玉篇

拮 口手共有所作也豳風予手拮据傳曰拮据撠挶也手病口病故能免於大鳥之難韓詩曰口足爲事曰拮据韓之足卽毛之手也許蓋合毛韓爲此訓从手吉聲古屑切十二部詩曰予手拮据鴟鴞文

搰 掘也吳語夫諺曰狐埋之而狐搰之是以無成功韋注搰發也玉篇云左傳搰褚師定子之墓本亦作掘从手骨聲戶骨切十五部

掘 搰也二篆疊韵轉注按凡字書韵書謂掘亦作闕者似是而非也左傳闕地及泉闕地下冰而牀焉國語闕爲深溝通於商魯之閒韋云闕穿也凡云闕

者皆謂空之與掘義別从手屈聲衢勿切十五部掩斂也小上曰掩
釋器圜弇上謂之鼒弇上當作掩上从手奄聲衣檢切八部摡滌也滌者洒也洒先禮切
詩摡之釜鬵傳曰摡滌也今本作溉者非凡周禮禮經摡字本皆从手釋文不誤而俗本多譌从手既聲
古代切古音在十五部詩曰摡之釜鬵匪風文揟取水沮也沮玉
篇廣韵作具非也取水之具或以木或以瓦缶則製字不當从手矣沮今之渣字集韵九麻曰秨滓也亦作渣取水渣者必浚
之漉之如釃酒然然則揟與水部之湑音義皆同今所謂濾水也周禮謂伺捕盜賊爲揟亦此意淺人不得其解遂改沮爲具
非製字之意从手胥聲相居切五部武威有揟次縣見漢地理志郡國志
孟康曰揟子如反又音咨播種也種者埶也埶者種也堯典曰播時百穀从手番聲補過
切十四十七部一曰布也周禮瞽矇注曰播謂發揚其音𢿍古文播九歌𡉈芳椒兮
成堂補注𡉈古播字挃穫禾聲也周頌良耜曰穫之挃挃傳曰挃挃穫聲也从手至
聲陟栗切十二部詩曰穫之挃挃㨖刺也刺者直傷也方言曰㨖到也廣雅曰
㨖至也从手致聲陟利切十五部一曰刺之財至也財今纔字甘泉賦曰
洪臺崛其獨出兮㨖北極之嶟嶟扤動也詩正月天之扤我傳曰扤動也考工記是以大扤从

手兀聲五忽切十五部 抈 折也 晉語其爲本也固矣故不可抈也韋云抈動也按依韋注是謂此抈爲扤之叚借字也其本義則訓折舊音云抈音月又五括反 从手月聲 魚厥切十五部 摎 縛殺也 縛殺者以束縛殺之也凡縣死者曰縊亦曰雉經凡以繩帛等物殺人者曰縛殺亦曰摎亦曰絞廣韵曰摎者絞縛殺也多絞字爲長今之絞罪卽古所謂摎也引申之凡繩帛等物二股互交皆得曰摎曰絞亦曰糾喪服曰絞帶又曰殤之経不摎垂注云不絞其帶之垂者周禮雜記注皆云環経者一股纏而不糾丩部曰糾三合繩也檀弓作繆経繆卽摎之叚借故注云繆讀爲不摎垂之摎也喪服及檀弓注摎垂字今本譌爲樛木之樛遂不可通矣惟玉篇不誤 从手翏聲 居求切亦力周切三部 撻 鄉飲酒罰不敬撻其背 周禮閭胥凡事掌其比觵撻罰之事故書或言觵撻之罰事鄭云觵撻者失禮之罰觵用酒其爵以兕角爲之撻扑也按鄭但云失禮許必系之鄉飲酒者禮莫大於此惟此可登時行觵撻也 从手達聲 他達切十五部 𨔍 古文撻 从虍者言有威也 周書曰遽以記之 周當作虞此臯陶謨文壁中古文作遽也 掕 止馬也 掕馬猶勒馬也疑易拯馬壯拯乃掕之叚借 从手夌聲 里甑切六部 抨 彈也 彈大徐誤作撣今依小徐及玄應正彈者開弓也開弓者弦必反於直故凡有所糾正謂之彈廣雅曰彈拼也拼卽抨布莖切玄應曰抨彈繩墨也補耕切又普耕切江南音也按孟康漢書注曰引繩以抨彈 从手

平聲普耕切十一部

捲气埶也謂作气有勢也此與拳音同而義異小雅巧言無拳無勇毛傳曰拳力也齊語桓公問曰於子之鄉有拳勇股肱之力秀出於衆者韋注云大勇爲拳此皆叚拳爲捲蓋與古本字異齊風箋云權勇壯也權者捲之異體从手卷聲巨員切十四部按五經文字本部權字下曰从手作權者古拳握字从手之權字書韵書皆不錄惟盧令鄭箋云鬈讀當爲權權勇壯也又吳都賦覽將帥之權勇李注云毛詩無拳無勇權與拳同此兩處字今雖譌作權从木然可知其必五經文字所謂从手之字也是可以知字書韵書遺扁之古字甚多莫之能補古書之譌繆亦甚多莫之諟正也國語曰有捲勇齊語文廣韵引說文有上有字一曰捲收也此別一義卽今人所用舒卷字也論語卷而懷之叚卷字爲之廣韵書卷字亦當作捲此義音居轉切

扱收也收者捕也曲禮以箕自鄉而扱之此扱之本義也儀禮注云扱栖此插之叚借字也从手及聲楚洽切七部

摷拘擊也拘止而擊之也集韵類篇作擊也拘也非是又謂此卽鈔之別體亦非許意也以下十七篆皆言擊而取後釋擊曰扑也許書文法往往如是从手巢聲子小切廣韵作摷楚交切二部漢書命摷絕而不長叚摷爲剿也

挨擊背也列子㩧拔挨抌張注曰烏駭反推也从手矣聲於駭切一部今俗音平聲

撲挨也撲與扑檏義皆別今人溷之廣韵一屋云拂箸今義也从手菐聲蒲角切廣韵普木切一部

摮旁擊也公羊傳曰公怒以斗摮而

殺之注摮猶擊也毄擊謂旁擊頭項莊子擻以馬捶从手敫聲苦弔切二部小徐本手在左旁扚

疾擊也疾速擊之也史記天官書扚雲索隱曰劉氏音時酌反說文音丁了反許慎注淮南云扚引也按扚雲从手今本譌从木从手勺聲都了切二部抶笞擊也笞所以擊也抶之見左傳者多矣从手失聲敕栗切十二部抵側擊也戰國策抵掌而談東京賦抵璧於谷解嘲介涇陽抵穰侯按抵字今多譌作抵其音義皆殊國策夏無且以藥囊提荊軻史記薄太后以冒絮提文帝提皆抵之叚借字也从手氏聲諸氏切十六部與抵在十五部不同抰㠯車鞅擊也鞅者馬頸靼也鞅抰疊韵从手央聲於兩切十部捰衣上擊也擊集韵類篇皆作攴者小擊也从手保聲方口切三部方字類隔當作彼捭兩手擊也謂左右兩手橫開旁擊也引申之爲鬼谷子之捭闔捭之者開也闔之者閉也禮記燔黍捭豚叚捭爲擘字从手卑聲北買切十六部捶㠯杖擊也內則注曰捶擣之也引申之杖得名捶猶小擊之曰扑因而擊之之物得曰扑也擊馬者曰箠从手垂聲之壘切壘當作坐十六部搉敲擊也敲橫擿也擿卽築之欒變搉與敲疊韵又雙聲也廣雅曰揚搉都凡也別一義从手隺聲苦角切二部摬中擊也擊之而中也中玉篇作傷从手竟聲一敬切古音在十部倚兩切拂過

擊也徐鍇曰擊而過之也刀部曰刜擊也與拂義同从手弗聲敷勿切十五部𢹂擣頭也廣韵曰撞也从手堅聲讀若論語鏗尒舍琴而作讀若二字衍文也尒大徐作爾琴大徐作瑟今皆正舊抄繫傳本作琴論語先進篇釋文曰鏗苦耕反投琴聲是則陸氏論語本作舍琴而作下文二云本今作瑟者後人所增語廣韵曰撏琴聲口莖切玉篇曰撏口耕切琴聲引論語撏爾舍琴而作撏蓋摼之異體大徐摼口莖切按堅聲古音在十二部

抌罙擊也深淺字許作罙抌深疊韵字刺客列傳左手把其袖右手揕其匈揕卽抌字徐廣曰一作抗抗按抗乃抌之譌耳从手冘聲竹甚切七部讀若告言不正曰抌宋本無告字曰抌之抌未知何字之誤

毀傷擊也傷擊者擊之而傷也故其字从手毀从手毀毀亦聲小徐無毀亦字許委切十五部

擊攴也攴下曰小擊也二篆爲轉注攴訓小擊擊則兼大小言之而但云攴也者於攴下見析言之理於擊下見渾言之理互相足也攴之𨽾變爲扑手卽又也又下曰手也因之鞭箠等物皆謂之扑此經典扑字之義也咎繇謨古文戛擊今文尚書擊爲隔同音叚借从手毄聲古歷切十六部

扞忮也忮當作枝枝持字古書用枝亦用支許之字例則當作榰許之榰柱他書之榰拄也攴部敳下云止也扞義當略同忮訓很非其義周南干城傳曰干扞也左傳亦以扞城其民釋干城孫炎以自蔽扞釋爾雅扞字許盾下云所以扞身蔽目然則扞字之訓可定矣廣韵扞下

曰以手扞又衛也玉篇亦曰扞衛也字亦作捍从手干聲祭法能禦大災能捍大患則祀之魯語作扞侯旰切十四部

抗扞也既夕禮注曰抗禦也左傳曰以亢其讎注云亢猶當也亢爲抗之叚借字周禮䋄惡馬注云䋄讀爲以亢其讎之亢書亦或爲亢亢禦也禁也䋄亦亢之叚借字也引申之義爲高抗既夕注曰抗舉也从手亢聲苦浪切十部

抗或从木若既夕禮抗木橫三縮二其字固可从木矣今人用此字讀胡郎切乃抗之譌變地名餘杭者乃秦政舟渡處也

捕取也此與搏義別从手甫聲薄故切五部

刺也刺者直傷也周禮鼈人以時簎魚鼈龜蜃鄭司農云簎謂以杈刺泥中搏取之魯語里革曰鳥獸孕水蟲成獸虞於是乎禁罝羅簎魚鼈以爲夏槁韋云簎擭也擭刺魚鼈按簎本矛屬此叚借簎爲簎也許所據國語作簎與周禮同从手籍省聲士革反按周禮音義劉倉伯反徐倉格反沈槍昔反李賢馬融傳注七亦反古音在五部春秋國語曰簎魚鼈

撚執也執者捕罪人也引申爲凡持取之偁廣韵曰撚者以手撚物也从手然聲乃殄切十四部一曰厹也蹂者獸足蹂地也

挂畫也畫葉本作宣李文仲字鑑亦作宣六書故云唐本作縣玉篇亦作縣也特牲禮曰實于左袂挂于季指卒角鄭云挂袪以小指者便卒角也易數辭傳分而爲二以象兩掛一以象三孔疏曰掛其一於最小指閒皆於縣義合古本多作畫者此等皆有分別畫出之意陸德明云掛別也後人乃云縣挂俗製掛字耳許訓畫者古

義疊韵爲訓唐本訓縣非古也禮注云古文掛作卦从手圭聲古賣切十六部

拕曳也申部曰束縛捽抴爲臾又曰臾者臾曳也然則曳之義略同抴一說臾本作抴後人避諱改之南越傳抴舟而入水論語加朝服拕紳易終朝三褫之鄭本作拕毀拕爲褫也高誘注淮南遇盜拕其衣云拕奪也从手它聲託何切十七部廣韵又徒可切

捈臥引也臥引謂橫而引之也廣雅曰捈舒也从手余聲同都切五部

抴捈也厂下曰抴也與下曰束縛捽抴也抴與臾音義皆同檀弓負手臾杖釋文臾作抴俗刻誤从木非也九歌桂擢兮蘭抴王逸曰擢楫也抴船旁板也按毛詩傳云楫所以擢舟也故因謂楫爲擢擢者引也船旁板臾於水中故因謂之抴俗字作櫂作栧皆非是也从手世聲余制切十五部俗作拽

揙搏也从手扁聲婢沔切古音在十二部

撅㠯手有所杷也以各本誤从杷各本誤把今正杷本訓收麥器引申之用手捊聚亦曰杷通俗文曰手杷曰掊手把曰攫此杷與把之別也內則不涉不撅撅揭衣也撅之義與掘不同韵書淆之非也从手厥聲居月切十五部

攎拏持也拏各本作挐誤廣韵攎下云攎斂从手盧聲洛乎切五部

拏持也从手奴聲各本篆作挐解作如聲此與前文訓牽引之挐互譌也今正煩挐紛挐字當从如女居切拏攫字當从奴女加切古音同在五部而形異猶糸部有絮䋈二篆也一曰誣也方言曰嘮啐謰謱拏也郭注言諸拏也女加反

又曰拏揚州會稽之語也或謂之惹或謂之𢗊許言部曰諸
拏羞窮也方言及言部字皆从奴亦可證篆體作拏之繆
搵沒也沒者湛也謂湛浸於中也集韵引字林搵抐沒也抐奴困切从手𥁕聲烏困切十
三部又烏沒切㨃搶也廣韵曰笞打今義也从手旁聲北孟切古音在十部挌
擊也凡今用格鬥字當作此後漢陳寵傳斷獄者急於篣格酷烈之痛注引此說文周禮注曰若今時無故入人室
宅廬舍上人車船牽引人欲犯法者其時格殺之無罪公羊定四年注曰挾弓者懷格意也莊卅一年注古者方伯征伐不道
諸侯交格而戰者誅絕其國此等格字皆當从手从手各聲古覈切古音在五部拲兩手
共同械也周禮掌囚上罪梏拲而桎鄭司農云拲者兩手共一木也从手共聲此舉形聲
包會意居竦切九部周禮曰上辠梏拲而桎𣙰拲或从木
猶桎梏字掫夜戒守有所擊也一本無守字有所擊謂鼓類也襄廿五年左傳陪臣
干掫有淫者杜云干掫行夜也昭廿年傳賓將掫杜云掫行夜也周禮鎛師掌固皆云夜三鼜杜子春云謂擊鼓行夜戒守也
春秋傳所謂賓將趣趣與鼜音相近許不云擊鼓而云有所擊者凡有聲可警覺者皆是若欜亦行夜所擊者也从
手取聲子侯切四部春秋傳曰賓將掫捐棄也廾部曰棄捐也
二篆爲轉注从手肙聲與專切十四部按俗音居專切掤所以覆矢也鄭大

叔于田傳曰掤所以覆矢也左傳公徒釋甲執冰而踞冰者掤之叚借字賈逵服虔皆曰冰櫝丸蓋也杜預云或說櫝丸是箭筩其蓋可以取飲 从手朋聲筆陵切六部 詩曰抑釋掤忌

抒 指麾也麾各本作麾俗今正抒麾爲雙聲山海經曰有人方抒弓射黃蛇 从手亐聲億俱切五部亦匈于切

麾 旌旗巾車曰木路建大麾鄭云大麾不在九旗中以正色言之則黑夏后氏所建按凡旌旗皆得曰麾故許以旌旗釋麾麾叚借之字作戲淮陰侯傳項羽本紀皆曰戲下是也 所吕指麾也說从手之意凡旗之所指曰指麾飾之耳目在乎旗鼓也坶誓曰右秉白旄以麾小雅曰麾之以肱 从手靡聲許爲切古音在十七部俗作麾

捷 獵也以疊韵爲訓謂如逐禽而得之也 軍獲得也小雅一月三捷傳曰捷勝也箋云往則庶乎一月之中三有勝功春秋經齊侯來獻戎捷易晝日三接內則接以大牢鄭注皆讀爲捷勝也是古文叚借字也又按大雅征夫捷捷言樂事也又有聲傳曰業大板也捷業如鋸齒皆其引申之義 从手疌聲疾葉切八部 春秋傳曰齊人來獻戎捷莊三十一年左氏公穀皆作齊侯按作人近是不必親來

扣 牽馬也周禮田僕凡田王提馬而走諸侯晉大夫馳注曰提猶舉也晉猶抑也使人扣而舉之抑之皆止奔也馳故不扣史記伯夷叔齊扣馬而諫 从手口聲苦后切四部

掍 同也方言掍同也宋衞之閒或曰掍漢人賦多用掍字 从手昆聲古本切十三部

搜 衆意也 其意爲衆其言爲搜也魯頌泮水曰束矢其搜傳曰五十矢爲束搜衆意也此古義也與考工記注之藪略同鄭司農云藪讀爲蜂藪之藪後鄭云蜂藪者衆輻之所趨也 一曰求也 㯻下曰入家搜也 从手叜聲 所鳩切三部 詩曰束矢其搜

換 易也从手奐聲 胡玩切十四部

掖 以手持人臂也 各本臂下有投地二字今依左傳音義刪正左傳衛人伐邢二禮從國子巡城掖以赴外殺之赴當是仆之誤正義曰說文云掖持臂也謂執持其臂投之城外也釋文曰說文云以手持人臂曰掖陸孔所據皆無投地二字淺人傳合左文增之不知掖人者不必皆投地也詩衡門序曰僖公愿而無立志故作是詩以誘掖其君鄭云掖扶持也是可證矣 从手夜聲 羊益切古音在五部 一曰臂下也 此義字本作亦或借掖爲之非古也儒行逢掖之衣高后本紀見物如蒼犬據其掖俗亦作腋

摻 斂也从手參聲 各本無摻篆及解今依鄭風遵大路正義所引補詩摻執子之袪傳曰摻擥也正義引說文摻參聲斂也操喿聲奉也葢因俗二字相亂故分引之今本無摻篆亦由南朝以來摻操不別之故凡許書鼎部鼏鼎相似而失其一衣部袗袀相似而失其一水部沇池相似而有沇無池皆此類所斬切古音在七部

文二百六十六 宋作六十五今增摻文 重十九

𠦬 背呂也 呂下曰脊骨也脊兼骨肉言之呂則其骨析言之如是渾言之則統曰背呂猶俗云背脊也

象脅肋形 脅者兩膀也肋者脅骨也此四字當作象形从象脅肋也七字象形謂丨象背脊居中而直一象人要𠔁則象背左右脅肋之形也古懷切玉篇云俗作乖按俗作乖當在丫部𠦬字注中 凡𠦬之屬皆从𠦬讀若乖 此三字大徐無

𦟝 背呂也 釋名曰脊積也積續骨節脈絡上下也从𠦬从肉 兼骨肉而成字也 資昔切十六部

文二

說文解字第十二篇上

說文解字第十二篇下

金壇段玉裁注

女 婦人也男丈夫也女婦人也立文相對喪服經每以丈夫婦人連文渾言之女亦婦人析言之適人乃言婦人也左傳曰君子謂宋共姬女而不婦女待人婦義事也此可以知女道婦道之有不同者矣言女子者對男子而言子皆美偁也曰女子子者系父母而言也集韵曰吳人謂女爲娪牛居切青州呼女曰娪五故切楚人謂女曰女奴解切皆方語也象形王育說不得其居六書何等而惟王育說是象形也葢象其揜斂自守之狀尼呂切五部小徐王育說三字在从女下凡女之屬皆从女

姓 人所生也白虎通曰姓者生也人所稟天氣所以生者也吹律定姓故姓有百按詩振振公姓傳曰公姓公生也不如我同姓傳曰同姓同祖也昭四年左傳問其姓釋文云女生曰姓姓謂子也定四年蔡大夫公孫生公穀皆作公孫姓古之神聖人母感天而生子故偁天子五經異義詩齊魯韓春秋公羊說聖人皆無父感天而生左氏說聖人皆有父謹案堯典以親九族即堯母慶都感赤龍而生堯安得九族而親之禮讖云唐五廟知不感天而生玄之聞也詩言感生得無父有父則不感生此皆偏見之說也商頌曰天命玄鳥降而生商謂娀簡吞鳦子生契是聖人感生見於經之明文劉媪是漢大上皇之妻感赤龍而生高祖是非有父感神而生者也同耶且夫蒲盧之氣嫗煦桑蟲成爲己子

況乎天氣因人之精就而神之反不使子賢聖乎是則然矣又
何多怪按此鄭君調停之說許作異義時從左氏說聖人皆有
父造說文則云神聖之母感天而生不言聖人無父則與鄭說同矣　因生㠯爲姓从女生
因生以爲姓若下文神農母居姜水因以爲姓黃帝母居姬水因以爲姓舜母居姚虛因以爲姓是也感天而生者母也故姓
从女生會意其子孫復析爲衆姓如黃帝子二十五宗十二姓則皆因生以爲姓也　生亦聲　息正切十一部按古
平聲　春秋傳曰天子因生㠯賜姓　大小徐本互異由淺人不學以爲重複故
大徐本刪因生以爲姓五字小徐刪春秋傳以下十一字皆非也傳者隱八年左傳文無駭卒羽父請謚與族公問族於衆仲
對曰天子建德因生以賜姓胙之土而命之氏杜曰因其所由生以賜姓也按人各有所由生之姓其後氏別既久而姓幾湮
有德者出則天子立之令姓其正姓若大宗然如周語帝胙四岳國賜姓曰姜氏曰有呂陳胡公不淫故周賜之姓謂嬀姓命
氏曰陳飂叔安裔子董父事帝舜帝賜之姓曰董氏曰豢龍葢此三者本皆姜嬀董之子孫故予之以其姓又或特賜之姓前
無所承者如史記白虎通禹祖昌意以薏苡生賜姓姒氏殷契以玄鳥子生賜姓子氏斯皆因生以賜姓也必兼春秋傳之說
而姓之義乃完姒字不見於許書葢古祇作以古書亦有作似者　姜　神農凥姜水因
㠯爲姓　晉語司空季子曰昔少典娶于有蟜氏生黃帝炎帝黃帝以姬水成炎帝以姜水成成而異德故黃帝爲
姬炎帝爲姜韋注成謂所生長以成功也渭水篇注曰岐水又東逕姜氏城南爲姜水引帝王世紀炎帝神農氏姜姓母女登

游華陽感神而生炎帝長於姜水是其地按姜姬字葢後所製 从女羊聲 居良切十部

姬 黃帝尻姬水因水爲姓从女𦣞聲 居之切一部

姞 黃帝之後伯鯈姓也 國語晉胥臣曰黃帝之子得姓者十四人爲十二姓姞其一也詩都人士作吉南燕密須姞姓國也 后稷妃家 左傳鄭文公賤妾曰燕姞夢天使與己蘭曰余爲伯鯈余而祖也以是爲而子蘭而生穆公名之曰蘭文公卒石癸曰姞吉人也后稷之元妃也今公子蘭姞甥也天或啓之必將爲君遂立之古今人表二云姞人棄妃直以姞人爲姓名 从女吉聲 巨乙切十二部

嬴 帝少皞之姓也 按秦徐江黃郯莒皆嬴姓也嬴地理志作盈又按伯翳嬴姓其子皋陶偃姓偃嬴語之轉耳如娥皇女英世本作女瑩大戴禮作女匽亦一語之轉 从女嬴省聲 依韵會作嬴今各本作嬴省聲非也以成切十一部

姚 虞舜尻姚虛因㠯爲姓 帝王世紀云舜母名握登生舜於姚墟因姓姚氏也世本舜姓姚氏 从女兆聲 余招切二部 或爲姚嬈也 下文曰嬈者苛也 史篇㠯爲姚易也 王莽傳徵天下史篇文字孟康曰史籒所作十五篇也許三偁史篇皆說史篇者之辭易葢治也廣雅姚娧皆好也荀卿子美麗姚冶楊注引說文姚美好皃今說文無此語

嬀 虞舜尻嬀汭因㠯爲氏 氏各舊本及集韵類篇皆同毛扆季瘉改爲姓非也舜既姚姓則嬀爲舜後之氏可

知按依史記當云因以爲氏姓尋姓氏之禮姓統於上氏別於下鄭駁五經異義曰天子賜姓命氏諸侯命族族者氏之別名之篇言姓則在上言氏則在下也此由姓而氏之說也旣別爲姓者所以統繫百世不別也氏者所以別子孫之所出故世本氏則謂之氏姓姓故風俗通潛夫論皆以氏姓名篇諸書多言氏姓氏姓之見於經者春秋隱九年天王使南季來聘穀梁傳曰南氏姓也季字也南爲氏姓也三字爲句此氏姓之明文也史記陳杞世家舜爲庶人時堯妻之二女居於嬀汭其後因爲氏姓姓嬀氏五帝本紀曰自黃帝至舜禹皆同姓帝禹爲夏后而別氏姓姒氏今史記奪一姓字此氏姓之例與陳世家同契爲商姓子氏棄爲周姓姬氏此皆氏姓之明文也左傳曰陳胡公不淫故周賜之姓使祀虞帝賜之姓者賜姓曰嬀也叚令嬀不爲姓何以不賜姓姚而賜姓嬀乎凡言賜姓者先儒以爲有德者則復賜之祖姓使紹其後故后稷賜姓曰姬四岳堯賜姓曰姜董父舜賜姓曰董秦大費賜姓曰嬴皆予以祖姓也其有賜姓而本非其祖姓者如鄭氏駁異義云炎帝姓姜大皞之所賜也黃帝姓姬炎帝之所賜也是炎帝黃帝之先固自有姓而炎帝黃帝之姜姬實爲氏姓之刱始夏之姓姒商之姓子亦同然則單云姓者未嘗不爲氏姓單云氏者其後以爲姓古則然矣至於周則以三代以上之姓及氏姓爲昏姻不通之姓而近本諸氏於官氏於事氏於王父字者爲氏不爲姓古今之不同也舉舜凥嬀汭因爲氏姓以發其凡凡訓詁家曰姓某氏者皆於此起例**从女**姚之从女以握登也嬀之从女以釐降二女也**爲聲**居爲切古音在十七部

妘祝融之後姓也祝融者顓頊之子黎也國語曰其後八姓己董彭禿妘曹斟芈也妘姓鄔

鄖路偪陽是也又世本曰鄖妘姓也大戴禮云鄖人云鄖妘字从女云聲王分切十三部

[seal]籒文妘从員員籒文作鼎古音同云小徐本篆作嬶

[seal]殷諸侯爲亂昭元年左傳曰王伯之令也猶不可壹於是乎虞有三苗夏有觀扈商有姺邳周有徐奄皆謂當時作亂之諸侯也疑姓也嫌姺是國名故曰疑疑者不定之䛐也姺从女蓋以姓爲國名从女先聲所臻切古音在十三部廣韵入二十七銑春秋傳曰商有姺邳

[seal]人姓也廣韵曰㜣姓也从女然聲奴見切十四部

[seal]人姓也廣韵玉篇皆曰妞姓也从女丑聲呼到切按古音在三部讀如狃好之古音讀如朽是以尚書叚妞爲好也商書曰無有作妞鴻範文今尚書妞作好此引經說叚借也妞本訓人姓好惡自有真字而壁中古文叚妞爲好此以見古之叚借不必本無其字是爲同聲通用之肇耑矣此如朕堲讒說叚堲爲疾尚狟狟叚狟作桓布重莧席叚莧爲織蒻之義曰圛叚圛爲升雲半有半無之義皆偁經以明六書之叚借也而淺人不得其解或多異說蓋許書之湛晦久矣

[seal]人姓也从女其聲去其切一部杜林說娸醜也醜者可惡也按頁部曰䫏醜也杜說蓋以娸爲䫏頭字也○以上十一篆皆冡姓而言

[seal]少女也廣韵曰美女从女乇聲坼下切古音在五部丁故切是也

[seal]謀也以疊韵爲訓謀合二姓者也

慮難曰謀周禮媒氏注曰媒之言謀也謀合異類使和成者 从女某聲莫桮切古音在一部 妁 酌也斟酌二姓者也 斟者酌也酌者盛酒行觴也斟酌二姓者如挹彼注茲欲其調適也孟子曰不待父母之命媒妁之言 从女勺聲市勺切二部 嫁 女適人也 白虎通曰嫁者家也婦人外成以出適人爲家按自家而出謂之嫁至夫之家曰歸喪服經謂嫁於大夫曰嫁適士庶人曰適此析言之也渾言之皆可曰適皆可曰嫁 从女家聲 古訝切古音在五部 娶 取婦也 取彼之女爲我之婦也經典多叚取爲娶 从女取聲 說形聲包會意也此從小徐本七句切古音在四部 婚 婦家也 釋親曰婦之父爲婚婦之黨爲婚兄弟 禮娶婦㠯昏時婦人侌也故曰婚 禮謂禮經也士昏禮曰凡行事必用昏昕注曰用昕使者用昏壻也郊特牲曰昏禮不用樂幽陰之義也 从女昏昏亦聲 呼昆切十三部 𡟰 籀文婚如此 其會意形聲不可彊說車部之[illegible]巾部之[illegible]皆以爲聲 姻 壻家也 釋親曰壻之父爲姻婦之父母壻之父母相謂爲婚姻壻之黨爲姻兄弟周禮六行孝友睦婣任恤注云婣者親於外親引申之義也 女之所因故曰姻 因者就也 从女因因亦聲 於真切十二部 婣 籀文姻从𣶒 𣶒聲也周禮如此作 妻 婦與己齊者也 妻齊以疊韵爲訓此渾言之也

曲禮曰庶人曰妻析言之也从女从屮从又七稽切十五部又逗持事妻職也釋从又之意屮聲說从屮之故鉉等以不應既云从屮又云屮聲刪此二字㛛古文妻从肖女肖古文貴字古文貴不見於貝部恐有遺奪

婦服也亦以疊韵爲訓婦主服事人者也大戴禮本命曰女子者言如男子之教而長其義理者也故謂之婦人婦人伏於人也是故無專制之義有三從之道曲禮曰士之妃曰婦人析言之也从女持帚灑埽也說會意房九切古音在一部服古音同

妃匹也匹者四丈也禮記納幣一束束五兩兩五尋注云十箇爲束兩兩合其卷是謂五兩八尺曰尋按四丈而兩之各得二丈夫婦之片合如帛之判合矣故帛四丈曰兩曰匹人之配耦亦曰匹妃本上下通偁後人以爲貴偁耳釋詁曰妃媲也引申爲凡相耦之偁左傳曰嘉耦曰妃其字亦叚配爲之太玄作嫓其云嫓執者卽左傳之嘉耦曰妃怨耦曰仇也从女己各本下有聲字今刪此會意字以女儷己也芳非切十五部

媲妃也釋詁曰妃媲也此云媲妃也見相爲轉注从女毘聲匹計切十五部

妊孕也孕者褢子也从女壬壬亦聲如甚切七部按廣韵惟見去聲

娠女妊身動也凡从辰之字皆有動意震振是也妊而身動曰娠別詞也渾言之則妊娠不別詩大任有身生此文王傳曰身重也蓋妊而後重重而後動動而後生从女辰聲失人切十三部春秋傳曰后

緍方娠 哀元年左傳曰后緍方娠逃出自竇歸于有仍生少康焉方娠者方身動去產不遠也其字亦叚震爲之昭元年左傳邑姜方震大叔是也若生民載震載肅傳曰震動也箋云遂有身則以妊解之 一曰官婢女隸謂之娠 方言曰燕齊之閒養馬者謂之娠官婢女厮謂之娠郭注娠音振女厮婦人給使者

㛗 婦人妊娠也 娠各本作身今依廣韵十虞正廣雅曰㛗身也 从女芻聲 側鳩切古音在四部 周書曰至于㛗婦 梓材文今作屬婦許所據則壁中文也崔子玉清河王誄惠於㛗嬬亦取諸古文

嬔 生子齊均也 謂生子多而如一也玄應書曰今中國謂蕃息爲嬔息音芳萬切周成難字云嬔息也按依列篆次弟求之則此篆爲免身當云从女免生 从女免生 小徐作从女𤯓聲大徐作从女从生免聲恐皆誤以免爲聲尤非葢玄應在唐初已誤矣今正 讀若幡 依小徐本今音芳萬切以平讀去耳十四部

嫛 嫛婗也 各本婗上刪嫛字今補此二字句嫛婗合二字爲名不容分裂釋名人始生曰嬰兒或曰嫛婗嫛是也言是人也婗其啼聲也襍記曰中路嬰兒失其母焉注嬰猶鷖彌也按鷖彌卽嫛婗語同而字異耳 从女殹聲 烏雞切十五部

婗 嫛婗也从女兒聲 五雞切十六部 一曰婦人惡皃 此則專謂婗字

母 牧也 以疊韵爲訓牧者養牛人也以譬人之乳子引伸之凡能生之以啓後者皆曰母 从女象褱子形 褱袌也象兩手袌子也

一曰象乳子也【廣韵引倉頡篇云其中有兩點者象人乳形豎通者卽音無按此就隸書釋之也莫后切古音在一部】

嫗　母也【樂記煦嫗覆育萬物鄭曰以氣曰煦以體曰嫗詩毛傳柳下惠嫗不逮門之女亦以體曰嫗之意不逮門者不及入門荀卿所謂與後門者同衣卽此也凡人及鳥生子曰乳皆必以體嫗之方言伏雞曰抱郭云江東呼蓲央富反按蓲卽嫗也母之呼嫗由此高帝本紀曰有一老嫗夜哭】从女區聲【衣遇切古音在四部】

媪　母老偁也【母大徐作女非也高帝母曰劉媪文穎曰幽州及漢中皆謂老嫗爲媪孟康曰長老尊稱也左師謂太后曰媪愛燕后賢於長安君禮樂志媪神蕃釐后土富媪張晏曰媪老母偁也坤爲母故偁媪】从女𥁕聲讀若奧【按从𥁕葢與嫗同意形聲中有會意也𥁕聲而讀如奧者方俗語音之轉耳烏晧切古音當在十三部】

姁　嫗也【然則姁亦母偁也師古曰吕后名雉字娥姁】从女句聲【況羽切四部】

姐　蜀人謂母曰姐【方言也其字當蜀人所製】淮南謂之社【因類記之也社與姐音近】从女且聲讀若左【左卽今ナ字也今茲也切古音當在五部】

姑　夫母也【釋親曰婦偁夫之父曰舅稱夫之母曰姑姑舅在則曰君舅君姑沒則曰先舅先姑按聖人正名之義名有可段借通用者有不可段借通用者可段借者舅姑是也故母之晜弟爲舅夫之父亦曰舅妻之父曰外舅夫之母曰姑男子偁父之姊妹亦曰姑偁妻之母曰外姑葢白虎通云舅者舊也姑者故也舊故之者老人之偁也故其偁可

氾用之不可叚借者父母是也故同姓有父母異姓無父母夫之父母未聞偁父母也姑之夫未聞偁父也姑未聞偁母也母之兄弟未聞偁父也母之兄弟之妻未聞偁母也從母之夫未聞偁父也惟外祖父外祖母則以父之父母例之而得偁從母則以父之昆弟偁從父例之而得偁從母之子亦以從父昆弟例之而得偁凡同姓五服之外及異姓之親祇偁兄弟無偁昆弟者古人偁謂之嚴也今天下之名不正者多矣盍反諸經乎許於舅舉母之昆弟於姑舉夫母各舉男女所冣尊以發舅姑之例也姑之字叚爲語詞卷耳傳曰姑且也 从女古聲 古胡切五部

威 姑也 引伸爲有威可畏 从女戌聲 按小徐本作戌聲而復以會意釋之於非切十五部 漢律曰婦告威姑 惠氏定宇曰爾雅君姑卽威姑也古君威合音差近

妣 殁母也 殁正作歾終也曲禮曰生曰父曰母曰妻死曰考曰妣曰嬪析言之也釋親曰父曰考母曰妣渾言之也 从女比聲 卑履切十五部

妣 籀文妣省

姊 女兄也 釋親曰男子謂先生爲姊後生爲妹邶詩問我諸姑遂及伯姊傳曰父之姊妹稱姑先生曰姊 从女𠂔聲 將几切十五部

妹 女弟也 衛風東宮之妹傳曰女子後生曰妹 从女未聲 莫佩切十五部按釋名曰姊積也妹昧也字當从未白虎通曰姊者咨也妹者末也又似从末

娣 同夫之女弟也 小徐本有夫之二字而尚少同字今補同夫者女子同事一夫也釋親曰女子同出謂先生爲姒後生爲娣孫郭皆云同出謂俱嫁事一夫王度記曰諸侯娶一國則二

國往媵之公羊傳白虎通皆曰諸侯娶一國則二國往媵之以姪娣從姪者何兄之子也娣者何女弟也大雅韓奕傳曰諸侯一娶九女二國媵之諸娣衆妾也按女子謂女兄弟曰姊妹與男子同而惟媵己之妹則謂之娣葢別於在母家之偁以明同心事一君之義也禮喪服經皆言妹無言娣者今大徐本作女弟也非是小徐本又妹娣二篆互譌而娣下曰女弟也妹下曰夫之女弟也楚金以班昭女誡嫂妹之偁注之夫夫之姊呼女妐夫之妹呼女叔見鄭氏昏義注夫之妹呼女叔猶夫之弟呼叔也呼妹則名不正矣今本爾雅轉寫女叔誤爲女妹不可不正○或問俱嫁一夫謂先生爲姒古未聞以姊媵者何以有先生者也曰二國往媵容有小國容有年稍長者又問娣異名以別於妹矣何姪不爲異名乎曰姪之名以別於男子之謂猶子早爲異名矣不煩更異也曰釋親又言長婦謂稚婦爲娣婦娣婦謂長婦爲姒婦見於傳者姒爲妯娌之偁何也曰此所謂名之可以叚借通偁者也如兄弟之偁同姓異姓皆得偁之也妯娌偁長者曰姒少者曰娣與坐以夫齒之禮竝行不悖从女弟聲形聲中會意徒禮切十五部

媦 楚人謂女弟曰媦方言之不同也从女胃聲云貴切十五部春秋公羊傳曰楚王之妻媦桓二年公羊傳文

嫂 兄妻也鄭注喪服曰嫂者尊嚴之嫂猶叟也叟老人之偁也按古者重男女之別故於兄之妻尊嚴之於弟之妻卑遠之而皆不爲服男子不爲兄弟之妻服猶女子不爲夫之兄弟服也女子於夫之姊妹則相服小功者相與居室之親也从女叜聲形聲中有會意穌老切古音在三部

姪 女

子謂兄弟之子也各本作兄之女也不完今依爾雅正釋親曰女子謂晜弟之子爲姪喪服大功章曰女子子適人者爲衆昆弟姪丈夫婦人報傳曰姪者何也謂吾姑者吾謂之姪經言丈夫婦人同謂之姪則非專謂女也公羊傳曰二國往媵以姪娣從謂婦人也左傳曰姪其從姑謂丈夫也不謂之猶子者女外成別於男也今世俗男子謂兄弟之子爲姪是名之不正也　从女此从女者謂系乎姑之偁也許誤會用公羊兄之女也爲訓非是　至聲从至者謂雖適人而於母家情摯也形聲中有會意也徒結切十二部

姨　妻之女弟同出爲姨釋親曰妻之姊妹同出爲姨孫炎曰同出俱已嫁也此獨言女弟者以弟姨疊韵也釋名曰妻之姊妹曰姨姨弟也言與己妻相長弟也按長弟謂次弟也後世謂母之姊妹曰姨母　从女夷聲以脂切十五部

妿　女師也詩言告師氏毛傳師女師也古者女師教以婦德婦言婦容婦功李善引漢書音義曰婦人年五十無子者爲傅　从女加聲此說形聲　杜林說加教於女也杜說會意　讀若阿烏何切十七部按列女傳華孟姬楚昭伯嬴傳皆言保阿內則篇喪服經注皆言可者鄭云可者賤於諸母謂傅姆之屬葢可者即阿阿即娿也

娒　女師也士昏禮注曰姆婦人年五十無子出而不復嫁能以婦道教人者左傳宋大災宋伯姬卒待姆也何注公羊曰禮后夫人必有傅母所以輔正其行衞其身也選老大夫爲傅選老大夫妻爲母按母即娒也　从女每聲讀若母同今音每與母殊古音同在一部耳故許作

娒字林及禮記音義作姆也莫后切古音在一部

媾 重婚也 重婚者重疊交互爲婚姻也杜注左傳曰重婚曰媾按字从冓者謂若交積材也曹風不遂其媾毛傳曰媾厚也引伸之義也 从女冓聲 形聲中有會意古厚切四部 易曰匪寇婚媾 屯六二爻辭

姼 美女也 廣韵曰姼輕薄皃此今義也方言曰謂父妣曰母姼稱父考曰父姼音多此方俗里語也 从女多聲 尺氏切古音在十七部

𡛖 姼或从氏 氏聲在十六部合音冣近

妭 美婦也 廣韵引婦人美皃大徐作婦人美也按廣韵曰妭鬼婦引文字指歸云女妭禿無髮所居之處天不雨此謂旱魃也魃在鬼部與此各字而俗亂之 从女犮聲 蒲撥切十五部

㜎 女隸也 周禮作奚段借字也酒人女酒三十人奚三百人鄭注古者從坐男女沒入縣官爲奴其少才智者者字今增以爲奚今之侍史官婢或曰奚宦女守祧女祧每廟二人奚四人鄭曰奚女奴也 从女奚聲 胡雞切十六部

婢 女之卑者也 內則父母有婢子鄭曰所通賤人之子是婢爲賤人也而曲禮自世婦以下自偁曰婢子左傳秦穆姬言晉君朝以入則婢子夕以死是貴者以婢子自謙婢亦稱婢子與內則婢子不同也鄭注曲禮曰婢之言卑也 从女卑 會意 卑亦聲 據韵會小徐無此二字便俾切十六部

奴 奴婢皆古辠人周禮曰其奴男子入于辠隸女子入于舂稾 秋官司厲文鄭司農

云謂坐爲盜賊而爲奴者輸於罪隸舂人槀人之官也由是觀之今之爲奴婢古之罪人也故書曰予則奴戮汝論語曰箕子爲之奴春秋傳曰斐豹隸也著於丹書玄謂奴從坐而沒入縣官者男女同名按許用仲師說入罪隸者奴入舂槀者可呼婢引伸之凡水不流曰奴木之類近根者奴毛傳曰帑子也左傳鳥帑鳥尾也駑馬下乘也其字皆當作奴皆引伸之義也

从女又 男女皆在焉故从女又所以持事也會意乃都切五部

㚢 古文奴

婦官也 廣韵曰漢有鉤弋夫人居鉤弋宮漢書亦作弋玉裁按如淳曰姬音怡衆妾之總稱也引漢官姬妾數百瓚曰漢祿秩令及茂陵書姬內官也位次倢伃下瓚說淳音皆是也婦官字當作㚤漢時借姬爲之音怡如姒姓本作以春秋亦用弋爲之皆一聲之轉然也音怡而用爲衆妾之偁則又方俗語言如是

从女弋聲 與職切一部

媊 甘氏星經曰 天官書曰昔之傳天數者在齊甘公徐廣曰或曰甘公名德也本是魯人按藝文志無甘氏星經有甘德長柳占夢十一卷云楚人 太白號上公 句 妻曰女媊居南斗食厲天下祭之曰明星 天官書曰大白大臣也其號上公妻曰女媊居南斗食厲未聞論衡所引山海經度朔山二神人主閱領萬鬼鬼之惡害人者執以葦索而用飤虎殆與相類大白偁明星詩毛傳曰日且出謂明星爲启明日既入謂明星爲長庚封禪書地理志陳倉有上公明星祠蓋祀大白也此云天下祭之曰明星蓋祀女媊也或曰雖有南北斗大白諸布之廟矣則上公明星之祠蓋祀女媊

从女前聲 昨先

切十二部廣韵卽移切

媧 古之神聖女化萬物者也 媧化疊韵司馬貞三皇本紀曰三皇說者不同譙周以燧人爲皇宋均以祝融爲皇鄭康成依春秋緯注禮記云女媧三皇承伏羲者皇甫謐亦同 从女咼聲 古蛙切古音在十七部

𡠾 籀文媧从𠳋 𠳋聲亦同十七部

娀 帝高辛之妃偰母號也 偰見人部高辛氏之子堯司徒殷之先也商頌天命玄鳥降而生商傳曰春分玄鳥降湯之先祖有娀氏女簡狄配高辛氏帝帝率與之祈於郊禖而生契故本其爲天所命以玄鳥至而生焉按有娀諸家說爲國名長發鄭箋云有娀氏之國亦始廣大許氏偰母號者以其國名爲之號故長發傳曰有娀契母也是亦以爲號也 从女戎聲 息弓切九部 詩曰有娀方將

娥 帝堯之女舜妻娥皇字也 曲禮曰男子二十冠而字女子許嫁笄而字 从女我聲 五何切十七部 秦晉謂好曰姪娥 方言娥好也秦曰娥秦晉之閒凡好而輕者謂之娥漢武帝制倢伃姪娥傛華充依皆有爵位

嫄 邰國之女周棄母字也 邰舊作台誤今正邑部曰邰者炎帝之後姜姓所封周棄外家國也裴駰引韓詩章句曰姜姓原字按史記作原 从女原聲 愚袁切十四部

嬿 女字也 毛詩燕婉之求傳曰燕安婉順也韓詩作嬿婉嬿婉好皃見西京賦注 从女燕聲 于甸切十四部

妸 女字也从女可

聲讀若阿烏何切十七部嬃女字也樊噲以呂后女弟呂須爲婦須卽嬃字也周易歸妹以須鄭云須有才智之稱天文有須女按鄭意須與諝同音通用諝者有才智也从女須聲相俞切古音在四部楚詞曰詞當作辭女嬃之嬋媛屈原賦離騷篇文賈侍中說楚人謂姊爲嬃賈語蓋釋楚辭之女嬃王逸袁山松酈道元皆言女嬃屈原之姊惟鄭注周易屈原之妹名女須詩正義所引如此妹字恐姊字之譌婕女字也師古漢書注曰倢伃字或从女其音同耳从女疌聲子葉切八部嬩女字也倢伃之伃蓋亦可用此人部曰伃婦官也从女與聲讀若余以諸切五部孁女字也漢婦官十四等中有娛靈靈蓋可作孁从女霝聲郎丁切十一部嫽女字也廣韵相嫽戲也此今義也按毛詩傳及許人部曰僚好皃蓋亦可用此字方言釥嫽好也从女尞聲洛簫切二部㛅女字也十四等中无依依蓋可用此字从女衣聲讀若依於稀切十五部婤女字也从女周聲職流切三部姶女字也从女合聲烏合切七部春秋傳曰嬖人婤姶昭公七年左氏傳曰衞襄公夫人姜氏無子嬖人婤姶生孟縶一曰無聲別一義妀女字也玉篇云妲改从女己聲

居擬切一部

妵 女字也 昭廿一年左氏傳宋華妵居於公里 从女主聲 天口切四部

⿰女久 女字也 从女久聲 舉友切古音在一部小徐本作妏廣韵曰亦作妏

⿰女耳 女字也 字各本作號今依玉篇廣韵 从女耳聲 仍吏切一部

始 女之初也 釋詁曰初始也此與爲互訓初裁皆衣之始也基者牆之始也凡言之者皆分别之詞有叚殆爲始者七月毛傳云殆始也是也 从女台聲 詩止切一部按凡始事有急緩之殊不得云有二義今人乃爲之二音緩者讀去聲月令紀節物用始字十餘而蟬始鳴獨市志反其亦庸人自擾也矣

媚 說也 說今悅字也大雅毛傳曰媚愛也 从女眉聲 美祕切十五部

嫵 媚也 上林賦嫵媚孅弱李善引埤倉曰嫵媚悅也按嫵媚可分用張敞傳長安中傳京兆眉憮憮卽嫵字蘇林曰憮音嫵北方人謂眉好爲詡畜 从女無聲 文甫切五部

媄 色好也 按凡美惡字可作此周禮作媺蓋其古文 从女美聲 小徐本如是無鄙切十五部

⿰女畜 媚也 ⿰女畜有媚悅之義凡古經傳用畜字多有爲⿰女畜之叚借者蘇林曰北方人謂媚好爲詡畜又如禮記孝者畜也順於道不逆於倫是之謂畜孟子曰詩曰畜君何尤畜君者好君也呂覽曰周書曰民善之則畜也不善則讎也高注畜好也說苑尹逸對成王曰夫民善之則畜也不善則讎也又孔子曰夫通達之國皆人也以道導之則吾畜也不以道導之則吾讎也此等皆以好惡對言畜字皆取⿰女畜媚之義今則無有用⿰女畜者矣 从女畜

聲丑六切三部按當依廣韵許竹切

𡤥南楚之外謂好曰𡤥方言曰嫷美也南楚之外曰嫷郭注言婑嫷也曹植七啓形媠服兮揚幽若媠卽嫷之省心部之古文憜也張敞傳被輕媠之名皆引伸之義也从女憜省聲憜省聲卽憜省聲也徒果切十七部

姝好也邶風傳曰姝美色也衛風傳曰姝順皃齊風傳曰姝初昏之皃各隨文爲訓也从女朱聲昌朱切古音在四部

好媄也各本作美也今正與上文媄爲轉注也好本謂女子引伸爲凡美之偁凡物之好惡引伸爲人情之好惡本無二音而俗強別其音从女子會意呼晧切古音在三部

嬹說也說今之悅字李善注潘岳關中詩顏延年和謝靈運詩皆引說文興悅也謂興與嬹古同也今惟漢功臣表有甘泉侯嬹許孕反从女興聲許應切六部

嬮好也謂嬮嬮也从女厭聲於鹽切七部

⿰女殳好也此與姝音義皆同从女殳聲昌朱切古音在四部詩曰靜女其⿰女殳邶風靜女文今毛詩作姝傳云姝美色也豈許所見毛詩異與抑取諸三家與

姣好也姣謂容體壯大之好也史記長姣美人按古多借佼爲姣如月令養壯佼陳風澤陂箋佼大皆姣字也小雅白華箋云姣大之人陳風佼人字又作姣方言云自關而東河泲之閒凡好謂之姣从女交聲胡茅切二部按切非也當依廣韵古巧切

嬽好也上林賦柔嬈嬽嬽郭樸曰皆骨體耎弱長豔皃也今文選譌作嫚嫚漢書不誤史記作嬛嬛則是別本按今人所用娟字當卽

此 从女𡨄聲 委員切十四部 讀若蜀郡布名 按糸部𦃇蜀白細布也其字𦃇聲以合韵得音

娧 好也 召南舒而脫脫兮傳曰脫脫舒皃按脫蓋卽娧之叚借此謂舒徐之好也 从女兌聲 杜外切十五部

媌 目裏好也 目裏好者謂好在匡之裏也凡方言言順言聯言鑠言盰言揚皆謂目之好外見也惟媌狀目裏方言曰媌好也自關而東河濟之閒謂之媌按此謂纖細之好也 从女苗聲 莫交切二部

嫿 靜好也 靜者審也廣韵曰嫿分明好皃神女賦曰既姽嫿於幽靜魏都賦曰風俗以𩬆果爲嫿 从女畫聲 呼麥切十六部

婠 體德好也 从女官聲 一完切十四部 讀若楚郤宛 謂讀如此宛也左傳有楚郤宛

娙 長好也 體長之好也故其字从巠上文曰秦晉謂好爲娙娥漢婦官十四等有娙娥武帝邢夫人號娙娥 从女巠聲 五莖切十一部

𡢻 白好也 色白之好也通俗文服飾鮮盛謂之𡢻𡢻聲類𡢻綺也皆引伸之義也 从女贊聲 則旰切十四部

𡢾 順也 邶風傳曰孌好皃齊風傳曰婉孌少好皃義與許互相足 从女𤔔聲 力沇切十四部 詩曰婉兮𡢾兮 齊風甫田曹風候人

孌 籀文𡢾 宋本如此趙本毛本刪之因下文有孌慕也不應複出不知小篆之孌爲今戀字訓慕籀文之孌爲小篆之𡢾訓順形同義異不嫌複見也據全書之例亦可𡢾後不重出而於慕也之下益之云籀文以爲𡢾字凡言古籀

以爲某字者亦可附於某字之下如屮篆下可出屮篆云古文艸巧篆下可出丂篆云古文巧其道一也今毛詩作孌正用籀文

妴婉也从女夗聲於阮切十四部

婉順也鄭風傳曰婉然美也齊風傳曰婉好眉目也从女宛聲於阮切十四部春秋傳曰太子痤婉二襄十六年左傳文按傳云棄生佐惡而婉大子痤美而很佐卽宋元公也此所偁舛誤一時記憶不精耳按集韵類篇皆作大子佐婉蓋依傳改正而又失之不知佐非大子也

姛直項皃从女同聲他孔切廣韵徒揔切九部

嫣長皃詩毛傳頎頎長皃頎與嫣聲相近也文選嫣然一笑注引王逸云嫣笑皃然大招字作焉許書無焉字从女焉聲於建切十四部廣韵亦平聲

姌弱長皃上林賦嫵媚姌嫋郭樸曰姌嫋細弱也小顏云謂骨體按毛詩曰荏染柔意也荏染卽姌也从女冄聲而琰切七部

嫋姌也九歌嫋嫋兮秋風王曰嫋嫋秋風搖木皃按楚辭讀上聲上林賦讀入聲實無二義也从女弱聲形聲中有會意奴鳥切二部

孅兌細也兌各本作銳集韵類篇皆作兌兌者悅也漢書曰古之治天下至孅至悉也孅與纖音義皆同古通用从女韱聲息廉切七部

嫇嬰嫇也廣韵嫈下作嫈嫇玄應引字林嫈嫇心態也卽許書嫈下之小心態也九思作嫈嫇疑今本說文有舛誤从女冥聲莫經切十一部一曰嫇嫇小人皃

媱曲肩行皃

九思音案衍兮要媱舞容也廣韵曰媱美好从女䍃聲余招切二部

嬛材緊也材緊謂材質堅緻也緊者纏絲急也上林賦便嬛綽約郭樸曰便嬛輕利也从女瞏聲許緣切十四部春秋傳曰嬛嬛在疚哀十六年左傳公誄孔子文按宀部引詩煢煢在疚此引傳嬛嬛在疚正與今詩春秋煢字互易魏風又作睘睘傳曰無所依也蓋依韵當用煢聲之煢而或用嬛睘者合音通用如瓊本在十四部今入十一部也

姽閑體行姽姽也閑各本作閑今正閑者幽閑也神女賦志解泰而體閑既姽嫿於幽靜李引說文曰姽靖好皃五累切與今本異从女危聲過委切十六部

委委隨也逗辵部曰隨從也毛詩羔羊傳曰委蛇者行可從迹也君子偕老傳曰委委者行可委曲從迹也按隨其所如曰委委之則聚故曰委輸曰委積所輸之處亦稱委故曰原委从女禾聲十六十七部合音冣近故讀於詭切也詩之委蛇卽委隨皆疊韵也

婐婐㛂也三字句今本刪婐字非也婐㛂與旖施音義皆同俗作婀娜从女果聲烏果切十七部一曰果敢也小徐有此五字果敢爾雅倉頡篇皆作倮一曰女侍曰婐孟子盡心篇二女果趙曰果侍也依許說則果當女旁讀若騧一曰若委大徐本以从女果聲綴此下孟軻曰舜爲天子二女婐

㛂婐㛂也疊韵字一曰弱也从女厄聲五果切十七部按當

依廣韵奴果切

㚲小弱也从女占聲一曰女輕薄善走也讀若占一曰多技埶也齒懾切七部

𡝩𡝩妗也依玉篇補𡝩字三字句也廣韵作妗𡝩从女沾聲丑廉切七部

妗𡝩妗也疊韵字从女今聲火占切七部一曰善笑皃玉篇曰𡝩妗善笑皃按集韵俗謂舅母曰妗巨禁切舅之妻不偁母二云舅母亦里語也

𡠖竦身也竦者敬也从立束自申束也竦身取自申之意凡言夭矯者當用此字从女𦉥聲讀若詩糾糾葛屨讀如此糾字𦉥字古音正如是在三部今𡠖居夭切音之轉也

婧竦立也女有字婧者列女傳曰妾婧者齊相管仲之妾也从女青聲七正切十一部廣韵子盈切一曰有才也讀若韭菁韭菁韭華也見艸部

妌靜也从女井聲疾正切十一部

㚨婦人皃从女乏聲房法切七部

嫙好也齊風子之還兮韓詩作嫙嫙好皃从女旋聲似沿切十四部

齌材也廣雅齌好也玉篇引詩有齌季女引說文材也按毛詩作齊敬也顧氏或取諸三家詩取人材整齊之意从女齊聲祖雞切十五部玉篇引說文子奚切廣韵同

𡟤面靦也各本作面醜今正醜者可惡也與愧恥義隔面靦者詩云有靦面目是也面部靦下曰面見人也面見人如今人言

無面目相見其義彼此相成此許例也爾雅毛傳皆云靦姡也此云姡靦也是之謂轉注今人亦尚有羞姡姡之語从女昏聲古活切十五部

嬥直好皃直好直而好也嬥之言擢也詩佻佻公子魏都賦注云佻或作嬥廣韵曰嬥嬥往來皃韓詩云嬥歌巳人歌也按韓詩云三字當在嬥嬥之上其下六字乃張載注左語也此皆別義从女翟聲徒了切二部一曰嬈也下文嬈下云一曰嬥也二篆爲轉注

嫢媞也媞者諦也諦者審也从女規聲讀若癸居隨切十六部秦晉謂細嫢宋本如是方言曰嫢笙揫摻皆細也自關而西秦晉之閒謂細而有容曰嫢

媞諦也諦者審也審者悉也詩好人提提傳云提提安諦也釋訓媞媞安也孫炎曰行步之安也檀弓吉事欲其折折爾注云安舒貌按折者提之譌提者媞之叚借字也从女是聲承旨切十六部按詩爾雅皆大兮反廣韵同而注云說文又時尒切然則說文舊音在紙韵也一曰妍黠也妍者技也黠者桀黠也黠之引申之義也一曰江淮之閒謂母爲媞方俗殊語也廣韵承紙切又音啼

婺不繇也繇者隨從也不繇者不隨從也今此字無用者矣惟婺女星名婺州地名从女敄聲亡遇切古音在三部

嫺嫺雅也三字句各本刪嫺字非也依玉篇廣韵本作嫺雅相如傳雍容嫺雅雅之叚借之義爲素也嫺雅今所謂嫺習也嫺古多借閑爲之邶風棣棣毛傳曰棣棣富而閑也今本作閑習杜注左所引無習字葢古本也習則能暇故其字从閑

从女閑聲戶閑切十四部

媐 說樂也說者今之悅字按老子史記天下熙熙字皆當爲巸巸今熙熙行而巸巸廢矣熙者燥也謂暴燥也其義別 从女巸聲許其切一部

⿱臤女 美也 从女臤聲苦閑切古音在十二部

娛 樂也古多借虞爲之 从女吳聲虞俱切五部

娭 戲也戲者三軍之偏也一曰兵也嬉戲則其餘義也左傳子玉曰請與君之士戲固以戰爲戲矣上林賦娭遊往來善曰娭許其切然則今之嬉字也今嬉行而娭廢矣 从女矣聲遏在切按此音非也篇韵皆許其切一部 一曰卑賤名也廣韵曰婦人賤偁出倉頡篇按篇韵皆不言遏在切

媅 樂也衞風無與士耽傳曰耽樂也小雅和樂且湛傳曰湛樂之久也耽湛皆叚借字媅其眞字也叚借行而眞字廢矣 从女甚聲丁含切古音在七部

娓 順也順者理也尾主於順故其字从尾按此篆不見於經傳詩易用亹亹字學者每不解其何以會意形聲徐鉉等乃妄云當作娓而近者惠定宇氏從之校李氏易集解及自爲周易述皆用娓娓抑思毛鄭釋詩皆云勉勉康成注易亦言没没亹亹之古音讀如門勉没皆疊韵字然則亹亹之譌體亹爲勉之叚借古音古義於今未泯不當以無知妄說擅改宣聖大經 从女尾聲讀若媚無匪切十五部

嫡 孎也 从女啻聲都歷切十六部按俗以此爲嫡庶字而許書不尒蓋嫡庶字古祇作適適者之也所之必有一定也詩天位殷適傳曰紂居天位而殷之正適也凡今經傳作嫡者蓋皆不古

謹也謹者慎也祭義洞洞乎屬屬乎如弗勝廣雅洞洞屬屬敬也屬葢孎之省从女屬聲之欲切篇韵皆陟玉切三部讀若人不孫爲孎各本孎上有不字宋本無者是也孎當作倨人部曰倨不孫也可據孎讀如倨雙聲合音

宴婉也邶風燕婉之求傳曰宴安婉順也西京賦曰嬿婉美好之皃按古宛冤通用婉娩音義皆同从女冤聲於願切十四部

女有心媕媕也从女弇聲衣檢切七部

諟也諟者理也从女染聲而剡切七部

壹也壹下云嫥也與此爲轉注凡嫥壹字古如此作今則專行而嫥廢矣專者六寸薄也紡專也从女專聲職緣切十四部一曰女嫥嫥篇韵皆云可愛之皃

從隨也從隨卽隨從也隨從必以口从女者女子從人者也幼從父兄嫁從夫夫死從子故白虎通曰女者如也引伸之凡相似曰如凡有所往曰如皆從隨之引伸也从女从口人諸切五部

齊也謂整齊也方言嫧嬪鮮好也南楚之外通語也从女責聲側革切十六部

謹也謹者慎也按史記申屠嘉傳娕娕廉謹說者多云娕卽嫊字玉篇廣韵皆不謂一字也从女束聲讀若謹敕數數未詳錢氏大昕云數數卽娕娕小顏云持整之皃測角切三部

敏疾也从女僉聲息廉切七部一曰莊敬皃

服也堯典曰釐降二女于

嬀汭嬪于虞大雅曰摯仲女任自彼殷商來嫁于周曰嬪于京傳曰嬪婦也按婦者服也故釋嬪亦曰服也老子賓與臣同義故詩曰率土之賓莫非王臣嬪與婦同義亦其理也 从女賓聲 符真切十二部

⿱執女 至也 以雙聲疊韵釋之 从女執聲 各本作埶聲篆作⿱埶女非也今正从埶則非聲矣脂利切十五部 周書曰大命不⿱執女 周當爲商字之誤也此西伯戡黎文陸氏釋文云摯本又作⿱執女是陸氏所見尚有作⿱執女者某氏傳云至也與許說同也 讀若執同 鍇本作埶誤今正 一曰虞書雉⿱執女 此別一義謂⿱埶女卽今贄字引堯典一死贄以明之鄭康成曰贄之言至所以自致是其義相近虞書當作唐書詳禾部

⿰女沓 俛伏也 俛者低頭也伏者伺也 从女沓聲 他合切八部 一曰服意也 服各本作伏今依集韵類篇正悅服之意也

妟 安也 安者竫也今經傳無妟字 从女从日 女系日下陰統乎陽也婦從夫則安會意烏諫切十四部宴晏从以爲聲 詩曰𠀀妟父母 今毛詩無此葢周南歸寧父母之異文也毛傳曰寧安也尋詩上文言告言歸歸謂嫁也方嫁不當遽圖歸寧則此歸字作以字爲善謂可用以安父母之心草蟲未見君子憂心沖沖箋云在塗而憂憂不當君子無以寧父母故心衝衝然葛覃曷澣曷否二句箋云言常自絜清以事君子正謂能事君子則能寧父母心二箋義互相足也

嬗 緩也 今人用嬋字亦作此 从女亶聲 時戰切十四部 一曰傳也 孟子孔子曰唐虞禪夏后殷周

繼依許說凡禪位字當作嬗禪非其義也禪行而嬗廢矣嬋者蟬聯之意

嫴 保任也 急就篇疢痏保辜謕呼號師古曰保辜者各隨其輕重令毆者以日數保之限內致死則坐重辜也按保辜唐律今律皆有之辜者嫴之省嫴與保同義疊字師古以坐重辜解之誤矣春秋公羊傳注曰古者保辜鄭伯髡原爲大夫所傷以傷辜死君親無將見辜者辜內當以弒君論之辜外當以傷君論之辜皆當作嫴原許君之義實不專謂罪人保嫴謂凡事之估計豫圖耳廣雅曰嫴榷都凡也是其理也 从女辜聲 古胡切五部

媻 奢也 奢者張也趙注孟子廣雅釋詁皆曰般大也媻之从般亦取大意子虛賦媻姍勃窣借用此爲蹣跚字 从女般聲 薄波切按當依廣韵薄官切古音在十四部 一曰小妻也 小徐有此五字廣韵同小妻字史多有之見漢書枚乘傳外戚傳佞幸傳後書陽球傳漢時名之不正者

娑 舞也 陳風東門之枌曰婆娑其下市也婆娑爾雅及毛傳皆曰婆娑舞也詩音義曰婆步波反說文作媻爾雅音義但云娑素何反不爲婆字作音葢陸所據爾雅固作娑娑魯頌傳曰犧尊有沙飾也鄭志張逸曰犧讀爲沙沙鳳皇也不解鳳皇何以爲沙答曰刻畫鳳皇之象於尊其形娑娑然按今經傳娑娑字皆改作婆娑詩爾雅卽以媻娑連文恐尚非古也然古書中用婆娑字者不少存愚說以俟攷訂可耳 从女沙聲 素何切十七部 詩曰市也媻娑

姷 耦也 耕有耦者取相助也故引伸之凡相助曰耦姷之義取乎此周禮宮正以樂侑食鄭曰侑猶勸也按勸卽助左傳王享醴命晉侯宥杜云既饗又命晉侯助以束帛以助釋宥古經

多叚宥爲侑毛詩則叚右爲之傳曰右勸也从女有聲讀若祐于救切古音在一部

侑姷或从人今通用此體

姰均適也均舊作鈞今正男女併也併者竝也按篇韵皆訓姰爲狂相倫黃練二切今義今音也从女旬聲讀若旬居匀切十二部

姕婦人小物也小物謂用物之瑣屑者今人用些字取散細之意卽姕之俗體也从女此聲卽移切古音當在十六部詩曰屢舞姕姕小雅賓之初筵文屢舊作婁今正姕姕詩作傞傞傳曰傞傞不止也古此聲差聲冣近庸風玼兮玼兮或作瑳兮瑳兮

妓婦人小物也今俗用爲女伎字从女支聲讀若蚑蚑各本作跂今正虫部曰凡生之類行皆曰蚑渠綺切十六部

嬰繞也各本作頸飾也今正貝部賏頸飾也嬰與賏非一字則解不應同孫綽天台山賦方解纓絡李引說文嬰繞也纓與嬰通陸機赴洛中道作詩世網嬰我身李引說文嬰繞也唐初本可據繞者纏也一切纏繞如賏之纏頸故其字从賏越絕書嬰以白璧司馬法大夫嬰弓山海經嬰以百圭百璧謂陳之以環祭也又燕山多嬰石言石似玉有符采嬰帶也凡史言嬰城自守皆謂以城圍繞而守也凡言嬰兒則嫛婗之轉語从女賏賏貝連也頸飾各本作其連也今正又移頸飾二字於此此六字釋以賏會意之恉於盈切十一部

㛟三女爲㛟唐風綢繆曰今夕何夕見此粲者毛傳三女爲粲大夫一妻二妾㛟逗美

也周語有三女奔密康公其母曰夫獸三爲羣人三爲衆女三爲粲夫粲美之物也衆以美物歸女而何德以堪之 从女占聲大徐作奻省聲按經傳作粲叚借字陸德明曰字林作㛲漢晉字之變遷也倉案切十四部

媛美女也人所欲援也鄘風邦之媛也傳曰美女爲媛援者引也謂人所欲引爲己助者也鄭箋詩云邦人所依倚以爲援助也援媛以疊韵爲訓 从女爰聲依小徐本無爰引也三字王眷切十四部詩曰邦之媛兮君子偕老文兮今詩作也許作兮又偁玉之瑱兮可證許所據也字皆作兮

娉問也凡娉女及聘問之禮古皆用此字娉者專詞也聘者汎詞也耳部曰聘者訪也言部曰汎謀曰訪故知聘爲汎詞也若夫禮經大曰聘小曰問渾言之皆曰聘此必有所專適非汎詞也至於聘則爲妻則又造字所以从女之故而經傳槪以聘代之聘行而娉廢矣 从女甹聲匹正切十一部

娽隨從也史記平原君列傳曰公等錄錄因人成事王卲云錄錄借字說文娽娽隨從之皃也依王本多四字 从女彔聲力六切三部

妝飾也此飾篆引伸之義也宋玉賦曰體美容冶不待飾裝上林賦靚粧刻飾粧者俗字裝者叚借字 从女爿聲側羊切十部

孌慕也从女䜌聲此篆在籒文爲孌順也在小篆爲今之戀慕也凡許書複見之篆皆不得議刪廣韵卅三線曰戀慕也變戀爲古今字廣韵力眷切十四部大徐力沇切廣韵二十八獮此切訓美好

媟嬻也與下篆爲轉注媟與日部暬義似同而實異宋

人合爲一字非也方言曰媟狎也漢枚乘傳曰以故得媟黷貴幸今人以褻衣字爲之褻行而媟廢矣从女枼聲私列切十五部

嬻 媟嬻也單言之曰媟曰嬻絫言之曰媟嬻國語陳侯淫於夏氏不亦嬻姓矣乎惟明道本不誤今人以溝瀆字爲之瀆行而嬻廢矣黑部有黷握持垢也義亦與嬻別从女賣聲徒谷切三部

㜲 短面也淮南書曰聖人之思脩愚人之思叕高注叕短也方言㚇叕短也注㚇叕短小皃㜲篆蓋形聲兼會意从女叕聲丁滑切十五部

嬖 便嬖逗愛也玉篇作便僻也廣韵曰愛也卑也妾也按經傳中不外此三義从女辟聲博計切十六部

嫛 難也大東傳曰契契憂苦也毄鼓傳曰契闊勤苦也按契與嫛音近廣韵嫛音契从女毄聲苦賣切十六部

妎 妬也字林亦云疾妎也按楚語弭其百苛殄其讒慝韋注曰弭止也殄覆也明道本不誤謂解除之也今本譌作妎其讒慝文理不可通从女介聲胡蓋切十五部

妒 婦妬夫也从女石聲各本作戶聲篆亦作妒今正此如柘槖蠹等字皆以石爲聲戶非聲也當故切五部

媢 夫妬婦也大學曰媢疾以惡之鄭曰媢妬也顏氏家訓曰太史公論英布曰禍之興自愛姬生於妬媢漢書外戚傳亦云成結寵妾妬媢之誅此二媢字竝當作媚五宗世家亦云常山憲王后妬媚王充論衡云妬夫媚婦生則忿怒鬭訟按顏所舉惟英布傳是此字本義其餘皆與妬不分別尚書祇作冒从女冒聲莫報切古音在三部一曰梅

目相視也梅當作怒周語曰道路以目按杜詩用抉眼卽易之反目也許目部云眏涓目也梅目或眏目之誤所謂裂眥又按梅當作侮謂目相侮也史記目月笑之

⿰女芺巧也此與祅各字今用⿰女芺爲祅非也詩曰桃之⿰女芺⿰女芺女子笑皃木部已偁桃之枖枖矣此作⿰女芺⿰女芺葢三家詩也釋爲女子笑皃以明⿰女芺之別一義从女芺聲於喬切二部

佞巧諂高材也巧者技也諂者諛也从女仁聲小徐作仁聲大徐作从信省按今音佞乃定切故徐鉉張次立疑仁非聲攷晉語佞之見佞果喪其田詐之見詐果喪其賂古音佞與田韵則仁聲是也十二部音轉入十一部

嫈小心態也見嫇篆下从女熒省聲烏莖切十一部

嫪媢也聲類云嫪戀惜也从女翏聲郎到切古音在二部

婟嫪也爾雅鶭澤虞郭注今婟澤鳥常在澤中見人輒鳴喚不去按此二篆爲轉注从女固聲胡誤切五部

姿態也態者意也姿謂意態也从女次聲卽夷切十五部

⿰女虘驕也驕俗本作嬌小徐不誤古無嬌字凡云嬌卽驕也文選琴賦或怨⿰女虘而躊躇幽憤詩恃愛肆姐姐卽⿰女虘之省李善皆引說文⿰女虘嬌也與魏文帝箋蹇姐名昌姐亦⿰女虘字按心部怚驕也音義皆同从女虘聲子豫切五部

妨害也害者傷也从女方聲敷方切十部

妄亂也从女亡聲巫放切十部

媮巧黠也按偷盜字亦去聲

當作此婾从女俞聲託侯切四部⿱汙女 ⿱汙女卤逗疊韵字貪也貪者欲物也从女汙聲胡古切五部娋 小小侵也侵者漸進也凡用稍稍字謂出物有漸凡用娋字謂以漸侵物也方言娋姊也方俗語也从女肖聲息約切按當依篇韵所教切⿰女朵 量也廣韵作揣二云稱量从女朵聲丁果切十七部妯 動也小雅憂心且妯釋詁毛傳皆曰妯動也箋云妯之言悼也方言妯擾也人不靜曰妯按心部引詩憂心且怞从女由聲徒歷切古音在三部廣韵丑鳩切方言妯娌度六切嫌 不平於心也心部曰慊疑也嫌與慊義別从女兼聲戶兼切七部一曰疑也此謂二篆義同媘 減也減者損也按水部又曰渻少減也然則媘渻音義皆同作省者段借字也省行而媘渻廢矣許書凡云省改皆作省應以媘正之从女省聲所景切十二部婼 不順也毛詩傳曰若順也此字从若則當訓順而云不順也此猶祀从巳而訓祭無巳也从女若聲丑略切五部春秋傳有叔孫婼魯大夫也婞 很也很者不聽從也王逸離騷注同一曰見親小徐有此四字按凡親幸嬖幸當作此婞从女幸聲胡頂切十一部楚詞曰鯀婞直離騷文此證很義嫳 易使怒也廣韵嫳輕薄之皃从女敝聲讀若撆擊撆擊見手部匹滅切十五

部嫸好枝格人語也枝格見手部謂不欲人語而言他以枝格之也廣韵曰嫸偏伎一曰靳也謂靳固也左傳注曰戲而相媿曰靳从女善聲旨善切十四部娺疾悍也敏疾而勇也廣韵曰娺姡好皃从女叕聲讀若唾今丁滑切十五部許讀若唾者合音也⿰女酓含怒也一曰難知也从女酓聲五感切七部詩曰碩大且⿰女酓陳風澤陂文今詩作儼傳曰矜莊皃一作曮太平御覽引韓詩作⿰女酓⿰女酓重頤也廣雅釋詁曰⿰女酓美也葢三家詩有作⿰女酓者許偁以證字形而已不謂詩義同含怒難知二解也娿㛖娿也㛖娿雙聲字韵會作陰阿李燾本作陰娿集韵類篇同廣韵曰㛖娿不決㛖音庵从女阿聲烏何切十七部妍技也技者巧也釋名曰妍研也研精於事宜則無蚩繆也蚩癡也按此爲今用妍媸字所本方言自關而西秦晉之故都謂好曰妍一曰不省錄事也省錄謂檢點收錄也魏書劉祥言事蒙遜曰劉裕入關敢妍妍然也靳之此正謂其不曉事也从女幵聲五堅切十四部一曰難侵也讀若研一曰慧也一曰安也娃圜深目皃也洼深池也窐甑空也凡圭聲字義略相似从女圭聲於佳切十六部或曰吳楚之閒謂好娃方言娃美也吳楚衡淮之閒曰娃故吳有館娃之宮⿱陜女不媚前卻⿱陜女

⿱陜女也後漢書班昭女誡曰動靜輕脫視聽陜輸陜輸不定皃从女陜聲失冄切七部⿰女夬

鼻目閒皃謂若眉語目成然也从女夬聲於說切十五部廣韵於決切讀若

煙火炔炔火部無此字蓋卽焆焆煙皃之或體也焆音因悅切孈愚戇多態也

戇者愚也愚者戇也从女巂聲讀若隓式吹切篇韵移爾胡卦二切十六部隓篆文作𡐯十

六十七合音冣近⿰女恚不說也說者今之悅字心部曰恚者恨也⿰女恚从恚聲形聲中有會意从

女恚聲於避切十六部嫼怒皃从女黑聲呼北切一部按此字廣韵烏黠切嫼

怒也則黑非聲矣玉篇莫勒切奴也奴者怒之誤⿰女戌輕也从女戌聲王伐切十五部

嫖輕也與人部僄音義皆同漢霍去病票姚校尉票姚讀如飄搖謂輕疾也荀悅漢紀作票鷂音亦同耳古

多平聲後代乃多改爲去聲師古讀頻妙羊召二切殊失古意證以杜子美詩益可見矣从女票聲匹招

切二部⿰女垩訬疾也訬者訬擾也漢書述曰江都輕訬謂輕薄爲訬也⿰女垩與訬雙聲又女字也穆天子傳

盛姬之喪叔⿰女垩爲主从女垩聲昨禾切十七部廣韵醋伽切姎女人自偁姎

我也各本我上奪姎今補後漢書西夷傳注廣韵三十三蕩皆引女人自偁姎我姎我聯文如吳人自偁阿儂耳

从女央聲烏浪切按後漢書胡朗反廣韵烏朗切十部媁不說皃說今悅字恣

也小徐有此二字从女韋聲羽非切十五部廣韵音威婎姿婎也逗疊韵字恣也恣各本作姿今正按心部恣者縱也諸書多謂暴厲曰恣睢睢讀香季切亦平聲睢者仰目也未見縱恣之意蓋本作姿婎或用恣睢爲之也集韵類篇皆云姿婎自縱皃此許義也今用雖爲語詞有縱恣之意蓋本當作婎叚雖爲之耳雖行而婎廢矣一曰醜也與人部仳催醜面之催通用从女隹聲許惟切集韵類篇自縱義讀虎癸切十五部㚶有守也从女弦聲胡田切十二部媥輕皃从女扁聲芳連切十二部嫚侮傷也傷各本作易今正人部曰侮者傷也傷者輕也嫚與心部之慢音同義別凡嫚人當用此字从女曼聲謀患切十四部㛼疾言失次也所謂㒟言从女臿聲讀若懾丑聶切八部嬬弱也嬬之言濡也濡柔也一曰下妻也下妻猶小妻後漢書光武紀曰依託爲人下妻周易歸妹以須釋文云須荀陸作嬬陸云妾也从女需聲相俞切古音在四部娝不肖也从女否聲讀若竹皮箁箁竹箬也見竹部匹才切一部篇韵布美切嬯遟鈍也集韵懛當來切即此字也今人謂癡如是从女臺聲徒哀切一部闒嬯亦如此謂其字亦如此作也闒嬯未聞廣韵蹋跆連手唱歌也嫸下志貪頑也从女𦎧聲讀若深乃忝切

切七部篇韻式荏切 婪也从女㚇聲七感切七部 婪 貪也此與心部之惏音義皆同 从女林聲盧含切七部 杜林說卜者攩相詐譺爲婪攩譺各本作黨驗今正攩者許之黨字譺者許之驗字也 讀若潭 嬾 懈也懈者怠也集韻類篇作懈也怠也非是 从女賴聲洛旱切古音蓋在十五部俗作懶 一曰𩚪也大徐作臥也小徐作臥食今正臥部曰𩚪楚謂小嬾曰𩚪从臥食因之或奪一字或析爲二字耳 婁 空也凡中空曰婁今俗語尚如是凡一實一虛層見疊出曰婁人曰離婁窗牖曰麗廔是其意也故婁之義又爲數也此正如窗牖麗廔之多孔也而轉其音爲力住切俗乃加尸旁爲屢字古有婁無屢也毛詩婁豐年傳曰婁亟也亟者數也角弓式居婁驕箋云婁斂也此則謂爲摟之叚借也 从毋从中女按从毋毋猶从無也無者空也从中女謂離卦離中虛也皆會意也 婁空之意也婁空連讀洛侯切四部 一曰別一義 婁務逗 愚也務讀如瞀婁務即子部之瞉瞀故云愚也說詳彼注 𡝏 籀文婁从人中女臼聲 𡜏 古文婁如此按此上體當是从囧即窗牖麗廔闓明之意也 娎 娎㛍也娎當是複舉字玉篇云娎喜也廣韻云娎喜皃 从女折聲許列切八部 㛍 得志㛍㛍也篇韻皆云此義邱協切是與㥦音義皆同也 从女夾聲呼帖

切八部一曰妷息也一曰少气也篇韵皆云此義呼牒切廣韵也作皃

嬈苛也苛者小艸也引申爲瑣碎之偁玄應曰苛煩也擾也嬈亦惱也苛音何可切一曰擾也此也字補戲弄也玄應引三倉嬲乃了切弄也惱也按嬲乃嬈之俗字故許不錄嵇康與山巨源書足下若嬲之不置李善云嬲擿嬈也音義與嬈同奴了切近孫氏星衍云嬲卽嫋字艸書之譌然嵇康艸蹟作嫐玄應引三倉故有嬲字則未可輕議从女堯聲奴鳥切二部一曰嬥也上文嬥下曰嬈也二篆爲轉注亦考老之例然嬥之訓嫋卽謂苛也擾也不當此有一曰嬥也四字

嫛惡也許意蓋謂毀物爲毀謗人爲嫛一曰人皃也从女毀聲許委切十六部

姍誹也漢書姍笑三代說者謂卽訕字也从女刪省聲所晏切十四部一曰翼便也未聞

媨醜也醜者可惡也一曰老嫗也婦人之老者曰嫗不必母也从女酋聲讀若蹴七宿切三部

嫫嫫母逗母莫后切古帝妃都醜也都猶冣也民所聚曰都故凡數曰都詰極亦曰都漢書古今人表梅母黃帝妃生蒼林荀卿詩四子講德論皆作嫫姆講德論曰嫫姆倭傀善譽者不能揜其醜从女莫聲莫胡切五部按郭注方言莽音嫫母之嫫是其讀模上聲嫫母爲雙聲也師古音摹似未協

婓往來婓婓也當依廣韵作婓婓往來皃玉篇也亦作皃小雅毛傳

曰騑騑行不止之皃與斐音義皆同从女非聲芳非切十五部一曰大醜皃

孃煩擾也煩熱頭痛也擾煩也今人用擾攘字古用孃賈誼傳作搶攘莊子在宥作傖囊楚詞作恇攘俗作劻勷皆用叚借字耳今攘行而孃廢矣又按廣韵孃女良切母稱娘亦女良切少女之号唐人此二字分用畫然故耶孃字斷無有作娘者今人乃罕知之矣一曰肥大也方言䑋郭音壤盛也秦晉或曰䑋凡人言盛及其所愛偉其肥晠謂之䑋郭注云肥䑋多肉按肉部既有䑋字矣此與彼音義皆同也漢書壤子王梁代壤卽䑋孃字从女襄聲女良切十部按前後二義皆當音壤

嬒女黑色也黑部曰𪑾沃黑色也音同義近从女會聲古外切十五部詩曰嬒兮蔚兮曹風候人文今詩作薈毛傳曰薈蔚雲興皃按艸部既偁薈兮蔚兮矣此或爲三家詩或本作讀若詩曰薈兮蔚兮今有舛奪皆未可定也

媆好皃謂柔耎之好也補前文諸好所未備从女耎聲形聲中有會意而沇切十四部俗作輭按俗音奴困切又改其字作嫩於形聲無當

媕誣挐也方言挐揚州會稽之語也或謂之惹或謂之䛳注言誣䛳也又曰誣䛳與也吳越曰誣荊齊曰䛳與猶秦晉言阿與也按媕䛳同字挐上从如李仁甫本如是廣韵同从女奄聲依劒切八部

㜮過差也差忒者不相値也凡不得其當曰過差亦曰㜮今字多以濫爲之啇頌不僭不濫傳曰賞不僭刑不濫也左氏曰賞僭則懼及淫人刑濫則懼及善人其字皆可作㜮濫行而㜮廢矣从

女監聲 盧瞰切八部 論語曰小人窮斯爁矣 衞靈公篇文今作濫

嫯侮傷也 傷各本作易非是前文曰嫚侮傷也字與慢別此云嫯侮傷也字與傲別今則傲行而嫯廢矣 从女敖聲 五到切二部

婬厶逸也 厶作私非也今正厶音私姦衺也逸者失也失者縱逸也婬之字今多以淫代之淫行而婬廢矣 从女𡈼聲 余箴切七部

姘除也 按詩作之屏之其菑其翳論語曰屏四惡屏皆謂除也依許則屏蔽也姘除也義各有當經傳皆用屏屏行而姘廢矣莊子至貴國爵并焉注并棄除也是又叚并爲之 从女并聲 普耕切十一部按今屏除之義讀上聲 漢律齊民與妻婢姦曰姘 此別一義也民各本作人今正高注淮南曰齊民凡人齊於民也禮士有妾庶人不得有妾故平等之民與妻婢私合名之曰姘有罰此姘取合并之義

奸犯婬也 此字謂犯姦婬之罪非即姦字也今人用奸爲姦失之引申爲凡有所犯之偁左傳多用此字如二君有事臣奸旗鼓之類 从女干聲 形聲中有會意干犯也故字从干古寒切十四部

姅婦人汙也 謂月事及免身及傷孕皆是也廣韵曰姅傷孕也傷孕者懷子傷也 从女半聲 博幔切廣韵又音判十四部 漢律曰見姅變不得侍祠 按見姅變如今俗忌入產婦房也不可以侍祭祀內則曰夫齊則不入側室之門正此意漢律與周禮相爲表裏

娗女出病也 按病下當有容字廣雅曰娗娗

容也然則謂女出而病容娗娗然也廣韵有娗無婷唐喬知之杜甫詩皆用娉婷字娉婷皆讀平聲疑娗婷同字長好皃从女廷聲徒鼎切十一部

婥女病也廣韵曰婥約美皃此今字今義也从女卓聲奴教切二部廣韵昌約切

娷諉也言部曰諈諉絫也又曰諉絫也按絫者若今言以此累人也娷與諈音義皆同可附見於言部从女垂聲竹恚切十六部

㛴有所恨痛也悁者怨也痛者病也从女𡿺省聲形聲中有會意也㛴之从𡿺者與思之从囟同意奴晧切古音當在三部俗作惱懊惱樂府作懊憹今汝南人有所恨言大㛴舉方俗殊語爲證

媿慙也慙下曰媿也二篆爲轉注亦考老之例从女鬼聲俱位切十五部按此亦形聲中有會意

愧媿或从恥省按卽謂从心可也

奻訟也从二女訟者爭也周易睽傳曰二女同居其志不同行革傳曰二女同居其志不相得此奻从二女之意也女還切十四部

姦厶也厶下曰姦衺也二篆爲轉注引申爲凡姦宄之偁俗作奸其後竟用奸字从三女三女爲姦亦三女爲姦是以君子遠色而貴德古顏切十四部

𢙙古文姦从旱心大徐作从心旱聲

妥安也从爪女妥與安同意說文失此字偏旁用之今補釋詁曰妥安止也又曰妥安坐也此二條略同以止也坐也爲句坐者止也見土部毛詩禮經禮記皆以安坐訓妥禮記詔妥尸古者尸無

事則立有事而後坐似爾雅安坐連讀竊謂爾雅妥安坐止四字互訓士虞特牲少牢妥尸皆謂安之使之坐故士虞少牢安之而後坐特牲先坐而後安之若士相見妥而後傳言固卽時然後言易其心而後語之意不必坐而後言也今有理宜敷陳之言豈能待君命席乎故士虞少牢兼安也坐也二義士相見祇取安義毛詩傳妥安坐也以義必兼坐如肆故今也義得兼故與今若檀弓退然如不勝衣退或爲妥則二字雙聲妥與蛻脫毻聲義皆近如花妥爲花落凡物落必安止於地也知妥與安同意者安女居於室妥女近於手好女與子妃皆以男女人之大欲存焉故从之會意他果切十七部綏以爲聲

文二百三十八 小徐三作五今增妥 重十四

毋 止之詞也 詞依禮記釋文補詞者意內而言外也其意禁止其言曰毋也古通用無詩書皆用無士昏禮夙夜毋違命注曰古文毋爲無是古文禮作無今文禮作毋也漢人多用毋故小戴禮記今文尚書皆用毋史記則竟用毋爲有無字○又按詩毋教猱升木字作毋鄭箋毋禁辭 从女一 會意武扶切五部 女有姦之者一禁止之令勿姦也 各本但有从女有奸之者六字今補十字禁止之令勿姦此說从一之意毋與作同意作下云止也从亾一一有所礙之也然則毋下亦當从女一一有所礙之其義可互證曲禮釋文大禹謨正義皆引說文云其字从女内有一畫象有姦之形禁止之勿令姦古人云毋猶今人言莫也此以己意增改而失許意葢許以禁止令勿姦說从一陸孔以有姦之者說从一不知女有姦之者五字爲从一以禁止張本唐人之增改今本

之奪落皆繆而唐本可摘以正今本凡毋之屬皆从毋

毐士之無行者各本作人無行也今依顏氏五行志注所引正士之無行者故其字从士毋古多叚毋爲有無字毋卽無婁之訓空也亦从毋會意毐之本義如此非爲嫪毐造此字也从士毋會意賈侍中說按此四字當上屬讀之今人下屬讀之非也秦始皇母與嫪毐婬舊从水旁今正坐誅故世罵婬曰嫪毐此舉無行之極者爲證事詳史記但據師古五行志注云嫪毐許慎作嫪毐與今史記漢書本不同嫪當依本字讀居虯反然則許自作嫪史漢自作嫪今本史漢改同許作嫪非古也其人本姓邯鄲嫪氏之嫪嫪力周居由二切許云罵之之詈則無怪乎取其姓同音之字改爲嫪嫪之本音亦力周切也嫪者婣也今俗謂婦人所私之人爲婣嫪依許許其切今過在一切廣乃古語也讀若娭韵又音哀音之變也一部

文二

民衆萌也萌古本皆不誤毛本作氓非古謂民曰萌漢人所用不可枚數今周禮以與耡利甿許耒部引以與耡利萌愚謂鄭本亦作萌故注云變民言萌異外內也萌猶懵懵無知皃也鄭本亦斷非甿字大氐漢人萌字淺人多改爲氓如周禮音義此節摘致氓是也繼又改氓爲甿則今之周禮是也說詳漢讀攷民萌異者析言之也以萌釋民者渾言之也从古文之象仿佛古文之體少整齊之也凡許書有从古文之形者四曰革曰弟曰民曰酉說見

華下彌鄰切十二部凡民之屬皆从民𢎿古文民蓋象萌生緜廡之形

氓民也詩氓之蚩蚩傳曰氓民也方言亦曰氓民也孟子則天下之民皆悅而願爲之氓矣趙注氓者謂其民也按此則氓與民小別蓋自他歸往之民則謂之氓故字从民亡从民亡聲讀若盲武庚切古音在十部

文二　重一

丿又戾也象ナ引之形又ナ各本作右左今正戾者曲也右戾者自右而曲於左也故其字象自左方引之丿音義略同擘書家八法謂之掠房密切又匹蔑切十五部凡丿之屬皆从丿

乂芟艸也艸部曰芟刈艸也二篆爲轉注周南曰是刈是濩周頌曰奄觀銍艾艾者乂之叚借字銍者所以乂也禾部曰穫乂穀也是則芟艸穫穀總謂之乂鄭箋詩云芟末曰艾刀部有𠜴金部有鎌有鍥所以芟艸也銍則穫禾短鎌也引申之乂訓治也見諸經傳許辟部云嬖治也引唐書有能俾嬖則嬖爲正字从丿乀相交象左右去之會意也魚廢切十五部刈乂或从刀乂者必用𠜴鎌之屬也

弗撟也撟各本作橋今正撟者舉手也引申爲高舉之用撟者揉箭箝也引申爲撟拂之用今人不能辯者久矣弗之訓撟也今人撟弗皆作拂而用弗爲不其誤葢亦久矣公羊傳曰弗者不之深也固是撟義凡經傳言不者其文直言弗者其

文曲如春秋公孫敖如京師不至而復晉人納捷菑于邾弗克納弗與不之異也禮記雖有嘉肴弗食不知其旨也雖有至道弗學不知其善也弗與不不可互易从丿乀丿乀皆有矯意从韋省韋者相背也故取以會意謂或左或右皆背而矯之也分勿切十五部

乀𠂇戾也从反丿讀與弗同自左而曲於右故其字象自右方引之乀音義略同拂書家八法謂之磔分勿切十五部或問乀篆何以不次乂弗之前也曰此以丿爲部首故必从丿字列畢而後列反背之形乂弗皆系之从丿也

文四　重一

厂抴也抴者捈也捈者臥引也臥引者橫引之明也此義未聞象抴引之形依此則明也當爲衍文余制切十六部凡厂之屬皆从厂虒字从此按虒字从虎而以厂爲聲又若系从糸厂聲寫者短之乃與右戾之丿相溷曳字从申厂聲寫者亦不察皆當攷正者也

弋橜也木部橜下曰弋也二篆爲轉注爾雅曰橜謂之杙按俗用杙爲弋顧用弋爲隹射字其誤久矣杙者劉劉杙也不爲橜弋字弋象形故不从木也象折木衺銳者形者各本作著不可通今正古著與者無二字箸即者字折木之衺銳者爲橜故上體象其衺銳厂象物挂之也凡用橜者爲有所表識所謂楬櫫也故有物挂之又若舟之戕牁亦是所以系舟也故用厂爲合體之象形與職切一部

文二

乁　流也。从反厂。讀若移。移从多聲，在十七部。亦用於十六部。乁與厂古音同在十六部也。弋支切。凡乁之屬皆从乁。

也　女侌也。此篆女陰是本義，叚借爲語詞，本無可疑者。而淺人妄疑之，許在當時必有所受之，不容以少見多怪之心測之也。从乁，象形。乁亦聲。按小徐有乁聲二字，無从乁二字。依例則當云从乁，故又補三字。从乁者，流也。乁亦聲，故其字在十六十七部。余者切。玉篇余爾切。

乜　秦刻石也字。秦始皇本紀：二世元年，皇帝曰：金石刻盡始皇帝所爲也。今襲號而金石刻辭不稱始皇帝，其於久遠也，如後嗣爲之者，不稱成功盛德。顏氏家訓載開皇二年長安掘得秦鐵稱權，有鐫銘，與史記合。其於久遠也，也字正作乜，俗本譌作世。薛尚功歷代鐘鼎款識載秦權一、秦斤一，文與家訓大同，而權作乜，斤作殹，又知也、殹通用。鄭樵謂秦以殹爲也之證也。殹蓋與兮同，兮、也古通，故毛詩兮也二字，他書所稱或互易。石鼓汧殹沔沔汧，殹即汧兮。

文二　重一

氏　巴蜀名山岸脅之𠂤旁箸欲落墯者曰氏。十六字爲一句。此謂巴蜀方語也。𠂤，大徐無，小徐作堆，俗字耳。今正。𠂤，小𠂤也。箸，直略切。小𠂤之旁箸於山岸脅而狀欲落墯。

者曰氏其字亦作坻亦作阺𨸏部曰秦謂陵阪曰阺阺與氏音義皆同楊雄解嘲曰響若坻隤應劭曰天水有大坂名曰隴坻其山堆傍箸崩落作聲聞數百里故曰坻隤韋昭曰坻音若是理之是以上見文選注今本漢書作阺隤師古曰阺音氏巴蜀名山旁堆欲墮落曰氏應劭以爲天水隴氏失之矣氏音丁禮反玉裁按顏說殊非古隴阺亦作隴坻與巴蜀之氏形小異而音義皆同阺坻字同氏聲或从氏聲而丁禮切者字之誤也劉逵注吳都賦坻頽曰天水之大阪名曰隴坻因爲隴坻之曲說與應仲遠同坻韋音是阺顏音氏皆不誤致氏亦作是見夏書禹貢曰西頃因桓是來鄭注云桓是隴阪名其道般桓旋曲而上故曰桓是今其下民謂阪爲是句絕謂曲爲桓也各本誤今校訂如此據此則桓是卽隴阺亦可作隴氏昭昭然矣古經傳氏與是多通用大戴禮昆吾者衞氏也以下六氏字皆是之叚借而漢書漢碑叚氏爲是不可枚數故知姓氏之字本當作是叚借氏字爲之人第習而不察耳姓者統於上者也氏者別於下者也是者分別之詞也其字本作是漢碑尚有云姓某是者今乃專爲姓氏字而氏之本義惟許言之淺人以爲新奇之說矣

氏崩聲聞數百里象形謂氏象傍於山脅也氏之附於姓者類此乀聲乀讀若移氏篇韵皆承紙切十六部大徐承旨切非也

凡氏之屬皆从氏楊雄賦響若氏隤

氒木本也木部曰木下曰本本亦曰氒氒者言其厥然大也古多用橜弋字爲之列子曰吾處也若橜株駒株駒木棍也殷敬順曰橜說文作身按玉篇亦作身橜變也从氏丅本大於末也各本無下本二字小徐作

从氏而大於末也亦誤今正从氏下者氏猶是謂此木之下下者木本也木榦大於上體故製其字从氏下 讀若厥 居月切十五部

文二

氐 至也 氐之言抵也凡言大氐猶大都也 本也 小徐本有此二字氐為本故柢以會意國語曰天根見而水涸韋曰天根亢氐之閒 从氏下箸一 箸直略切會意也許書無低字底一曰下也而昏解云从日氐省氐者下也是許說氐為高低字也廣韵都奚切玉篇丁兮切十五部大徐丁禮切 一 逗 地也 一之用甚多故每分別解之 凡氐之屬皆从氐

⿰氐垔 臥也 按篇韵皆音卬又音致作也疑認為氐聲而易其音耳 从氐垔聲 於進切十二部

⿰氐失 觸也 廣韵陟栗切手拔物也 从氐失聲 徒結切十二部

⿵𦥑氐 闕 小徐作家本無注鍇云一本無此篆此云家本無注疑許沖之言也按廣雅釋詁云𢆯誤也曹憲乎孝反然則其字从氐學省聲形音義皆可攷篇韵音咍古音在三部

文四

戈 平頭戟也 攷工記冶氏為戈廣二寸內倍之胡三之援四之倨句外博重三鋝鄭曰戈今句孑戟也或謂之雞鳴或謂之擁頸內謂胡以內接柲者也長四寸胡六寸援八寸戈句兵也主於胡也俗謂之曼胡以此鄭司農

云援直刃也胡其孑按依先鄭戈有直刃則非平頭也宋黃氏伯思始疑鄭注近程氏瑤田玫戈刃如劍橫出而稍倨所謂援八寸也援之下近柲爲胡連上爲刃所謂胡六寸也其橫毌於柲而外出者凡四寸所謂內倍之也戈戟之金非冒於柲之首皆爲之內橫毌外出且於胡之近柲處爲三孔纏縛於柲以固之古戈戟時有存者覈之可知也說詳通藝錄按許說戈爲平頭戟从戈以一象之然則戈刃之橫出無疑也橫出故謂之援援引也凡言援者皆謂橫引之直上者不曰援也且戈戟皆句兵矛刺兵殳擊兵殳嫥於擊者也矛嫥於刺者也戟者兼刺與句者也戈者兼句與擊者也用其橫刃則爲句兵用橫刃之喙以豖人則爲擊兵擊與句相因爲用故左氏多言戈擊若晉中行獻子夢厲公以戈擊之齊王何以戈擊子之解其左肩鄭子南逐子晳擊之以戈衛齊氏用戈擊公孟公魯以背蔽之斷肱以中公孟之肩魯昭公將以戈擊僚相楚盜以戈擊昭王王孫由余以背受之中肩越靈姑浮以戈擊闔廬傷將指齊鬭公執戈將擊陳成子衛石乞孟黶敵子路以戈擊之斷纓皆言擊不言刺惟盧蒲癸以寢戈自後刺子之言刺蓋癸與王何同用戈癸逼近子之故言刺王何去子之稍遠故言擊且二人一在後一在前相爲掎角也若長狄僑如魯富父終甥椿其喉以戈殺之由長狄長三丈既獲之不能殺之故自下企上以舂其喉也自下舂其喉討長狄長不過二丈容既獲之後身橫於地而殺之椿亦擊也方言曰戈楚謂之釪凡戟而無刃秦晉之間謂之釪或謂之鏔吳楊之閒謂之戈東齊秦晉之閒謂其大者曰鏝胡其曲者謂之鉤釪鏝胡方言釪鉤鏝字皆轉寫譌俗古祇作句孑曼二云無刃者謂無直刃也二云句孑者謂其爲句兵取義於無右臂之孑也二云曼胡者取義於曲處如顧領之肥大也詳繹

鄭注本無不同所引先鄭乃不可從从弋謂柲長六尺六寸一衡之象形衡各本作橫依許全書例正弋之首一橫之而已矣先鄭云援爲直刃胡其孑非也古禾切十七部凡戈之屬皆从戈

肈上諱按許原書無篆體但言上諱後人乃補此篆說詳示部上諱者漢和帝諱也後漢書作肇李賢引伏無忌古今注曰肇之字曰始音兆許慎說文肈音大小反上諱也伏許竝漢時人而帝諱不同蓋應別有所據玉裁按古有肈無肇从戈之肈漢碑或从殳俗乃从攵作肇而淺人以竄入許書攴部中玉篇曰肇俗肈字五經文字戈部曰肈作肇訛廣韵有肈無肇伏侯作古今注時斷無从攵之肇李賢注後漢書亦斷不至誤肈肇爲二字蓋伏侯作肁與許作肈不同和帝命名之義取始肁者始開也引申爲凡始故伏云諱肁而易之之字作始實則漢人肁字不行祇用肈字訓始如詩生民傳夏小正傳可證外閒所諱者肈也故許云諱肈此則伏許不同之由章懷之所疑而今日後漢書正文作肇譌也李舟切韵云肈擊也其字从戈肁聲形音義皆合直小切許諱其字故不爲之解今經典肇字俗譌从攵不可不正攴部妄竄之肇今已芟去

戟有枝兵也兵者械也枝者木別生條也戟爲有枝之兵則非若戈之平頭而亦非直刃似木枝之衺出也戈刃之倨句平而稍後故曰外博戟則大後倨句一矩有半故可刺可句攷工記冶氏戟廣寸有半寸內三之胡四之援五之倨句中矩與刺重三鋝鄭曰戟今三鋒戟也內長四寸半胡長六寸援長七寸半三鋒者胡直中矩言正方也鄭司農云刺謂援也玄謂刺者箸柲直前如鐏者也戟胡橫貫之胡中矩則援之外句磬折與通藝錄曰內三之謂戟柄橫出柲外

者四寸有半也胡四之謂上連刃直而下垂者長六寸也援五之謂衰上之刃長七寸半也刺者謂橫出之內有鋒也倨句中矩者謂刺橫胡直正方之形也不言援之倨句言刺之倨句者戟爲句兵中矩者主於句也據二儀寶錄雙枝爲戟獨枝爲戈以爲證說與鄭注大乖異然恐程說近是方言戛戟廣雅作偃戟偃者仰也據衰上之刃名之也周禮棘門明堂位越棘大弓左傳子都拔棘以逐之棘皆訓戟棘者刺也戟有刺故名之曰棘衰者爲援則橫者爲棘爲刺也張揖注子虛賦曰雄戟胡中有鉅者鉅同歫蓋於直垂之胡之中爲橫出者是曰鉅鉅亦有鋒故方言三刃枝郭注云今戟胡胡字今增中有小孑刺者所謂雄戟也然則合援與刺與鉅鼻爲三刃枝鄭所謂三鋒戟者又不如是古制茫昧難知但曰援者斷非直刃凡左傳言公戟其手詩毛傳言拮据戟挶也許書言挶戟持也据戟挶也史言須𩓷如戟皆取衰出不取直上是則信而有徵耳方言曰戟無刃吳楊之閒謂之戈然則戟者戈之有刃者也戟亦非直刃謂之有刃者何其刃幾於直也少儀曰戈有刃者櫝戈之分別有刃無刃古矣左傳狂狡輅鄭人鄭人入於井倒戟而出之獲狂狡此用援刺鄭人不中鄭人攀柲刺而上也或以戟鉤欒樂斷肘而死則援與刺皆兼鉤刺之用矣靈輒倒戟以禦公徒而免趙盾此主於用援也許云有枝兵者援刺皆得云枝

从戈榦省 省作聲者誤今依徐鍇正从榦猶从弋謂柲長丈有六尺也从戈者其器戈之屬也紀逆切按大徐有讀若棘三字非也釋名戟格也傍有枝格也古音秦風與澤作爲韵古音在五部讀如腳

周禮戟長丈六尺 攷工記曰車戟常

戛 戟也 廣雅曰戛戟也此本西京賦立戈迤戛薛解云戈謂句孑戟也

戛長矛也與許不合康誥不率大戛釋詁戛常也此謂戛同楷皋陶謨戛擊鳴球明堂位作揩擊揚雄賦作拮隔此謂戛同扴皆六書中之叚借 从戈百 百者頭也謂戟之頭略同戈頭也會意古黠切十五部 讀若棘 按棘在一部相去甚遠疑本作讀若孑而誤○戟戛二篆與戈篆同類立文本相連惟因上諱之字例必部首以下第一字出之故使戈戟二篆相隔各本乃又移戎戣戰三篆於戟前非也今正

戎 兵也 兵者械也月令乃教於田獵以習五戎注五戎謂五兵弓矢殳矛戈戟也按周禮司兵掌五兵鄭司農云戈殳戟酋矛夷矛後鄭云此車之五兵也步卒之五兵則無夷矛而有弓矢兵之引申爲車卒步卒故戎之引申亦爲卒旅兵可相助故引申之義小雅烝也無戎傳曰戎相也又引申爲戎狄之戎又民勞傳戎大也方言戎大也宋魯陳衛之閒語又鄭詩箋云戎猶女也猶之云者以戎汝雙聲而通之也戎有讀若汝者常武之詩是也又有讀若鞣者常棣之詩是也 从戈甲 金部曰鎧者甲也甲亦兵之類故从戈甲會意 如融切九部

[篆] 古文甲字 日部早篆下及此小徐皆有此五字大徐皆刪之由古文甲小篆甲所異甚微故也漢隸書早字平頭如小篆本平頭古文乃出頭作[篆]轉寫既久惑不能別於日部及此刪去五字於甲篆則用出頭者爲小篆別取汗簡所載異體爲古文皆非也今一一正之

戣 周制侍臣執戣立於東垂兵也 見周書顧命某氏傳曰戣瞿皆戟屬鄭云戣瞿蓋今三鋒矛王肅則曰皆平器之名許不言何兵略同于雍也 从戈癸聲 渠追切十五部

𢧀 盾也 盾下曰瞂也按瞂字必淺人所改循

全書之例必當云𢧀也一篆爲轉注淺人不識𢧀爲干戈字讀侯旰切乃改爲厳厳見毛詩非常語不當以厳釋盾干戈字本作𢧀干犯也𢧀盾也俗多用干代𢧀干行而𢧀廢矣方言盾自關而東或謂之厳或謂之干關西謂之盾孔安國論語注云干盾也𢧀本讀如干淺人以其旱聲乃讀與𢧀同而不知旱𢧀𢧀等字古音皆讀同干也毛詩兔罝采芑傳云干扞也謂干爲扞之叚借干非不可去聲 从戈旱聲 玉篇廣韵皆云𢧀盾古寒切廣韵廿八翰未嘗出𢧀字是依唐韵不誤者也不知大徐侯旰切用何等唐韵耳十四部

賊 敗也 敗者毁也毁者缺也左傳周公作誓命曰毁則爲賊又叔向曰殺人不忌爲賊 从戈則聲 此云則聲貝部又云敗賊皆从貝會意據从貝會意之云是賊字爲用戈若刀毁貝會意而非形聲也說稍不同以周公誓命言則用戈毁則正合會意昨則切一部今字从戎作賊

戍 守邊也 春秋曰公子買戍衛 从人持戈 會意傷遇切按古音讀如數在三部四部衛公叔戍世本作朱古音朱讀如州

戰 鬥也 鬥各本作鬭今正鬥者兩士相對兵杖在後也左傳曰皆陳曰戰戰者聖人所愼也故引申爲戰懼 从戈單聲 之扇切十四部

戲 三軍之偏也 偏若先偏後伍偏爲前拒之偏謂軍所駐之一面也史漢項羽紀高帝紀皆曰諸侯罷戲下各就國師古曰戲軍之旌旗也音許宜反亦讀曰麾又竇田灌韓傳灌夫率壯士兩人及從奴十餘騎馳入吳軍至戲下所殺傷數十人師古曰戲大將之麾也讀與麾同又音許宜反按顏說必本舊音義似與許說小異然相去不遠度舊音義必有用許說者矣 一曰兵

也一說謂兵械之名也引申之爲戲豫爲戲謔以兵杖可玩弄也可相鬥也故相狎亦曰戲謔大雅毛傳曰戲豫逸豫也从戈䖒聲香義切古音葢在十七部讀如摩䖒从豆从虍𧆨从丂从虍虍皆謂器之飾非聲也

戜利也利者銛也一曰剔也剔當作鬄詳髟部从戈呈聲徒結切按呈聲當在十一部而大部戜金部鐵遞用爲聲則十一部十二部合音冣近之理也山海經戜國戜民國今譌作㦸

或邦也邑部曰邦者國也葢或國在周時爲古今字古文祇有或字既乃復製國字以凡人各有所守皆得謂之或各守其守不能不相疑故孔子曰或之者疑之也而封建日廣以爲凡人所守之或字未足盡之乃又加囗而爲國又加心爲惑以爲疑惑當別於或此孳乳寖多之理也既有國字則國訓邦而或但訓有漢人多以有釋或毛公之傳詩商頌也曰域有也傳大雅也曰囿所以域養禽獸也域即或攷工記梓人注或有也小雅天保箋鄭論語注皆云或之言有也高誘注淮南𪢞言或有也毛詩九有韓詩作九域緯書作九圍葢有古音如以或古音同域相爲平入从囗羽非切戈㠯守其一从三字會意于逼切廣韵分域切兩逼或切胡國非也一部一逗地也解从一之意

域或或从土既从囗从一矣又从土是爲後起之俗字

𢧵斷也斤部曰斷者截也二篆爲轉注商頌九有有截箋云九州齊壹截然大雅截彼淮浦傳云截治也从戈雀聲昨結切十五部按雀聲在二部於古音不合葢當於雙聲合韵求之

𢦟殺也殺者戮也按漢魏六朝人𢦟堪戡龕四字不甚

區別左傳王心弗堪漢五行志作王心弗𢦟勝也 从戈今聲口含切古音在七部 商書曰西伯旣𢦟黎西伯戡黎文今作戡黎許所據作𢦟黎邑部𨞲下又引西伯戡𨞲其乖異或因古文今文不同與爾雅曰堪勝也郭注引書西伯堪黎蓋訓勝則堪爲正字或叚𢦟或叚戡又或叚龕皆以同音爲之也

戕 槍也槍者歫也歫謂相抵爲害小雅曰子不戕傳曰戕殘也此戕之正義下又偁左氏例爲別一義 它國臣來弒君曰戕春秋宣十八年邾人戕鄫子于鄫左氏傳曰凡自虐其君曰弒唐石經作凡自內非自外曰戕賈注邾使大夫往殘賊之按襄卅一年左傳曰閽戕戴吳閽越俘也戴吳吳餘祭也故亦曰戕 从戈爿聲在良切十部

戮 殺也殺下曰戮也二篆爲轉注古文或从叚翏爲之又勠力字亦叚戮爲勠 从戈翏聲力六切三部

戡 刺也刺者直傷也平直皆得云刺經史多叚此爲堪勝字 从戈甚聲竹甚口含二切按竹甚古音也七部

戭 長槍也槍者歫也謂以長物相刺通俗文曰剡木傷盜曰槍按槍非古兵器戭亦非器名取槍歫之義耳今之用金曰槍者則古之矛也故戭字廁於此不與器物爲伍 从戈寅聲弋刃以淺二切按刃當作忍弋忍古音也十二部 春秋傳有檮戭高陽氏才子八愷之一也見左傳文十八年漢書作敳集韵無戭

𢦏 傷也傷者刅也此篆與烖菑音同而義相近謂受刅也 从戈才聲祖才切一部凡栽載烖之類以爲聲

戩 滅也滅者盡也盡之

義兼美惡故滅之義亦兼美惡凡盡皆得云滅亦皆得云戩也天保曰俾爾戩穀朱子曰戩盡也穀善也此注甚合古義爾雅履戩祓福也此謂槮木之福履天保之戩穀卷阿之祓祿皆得訓福履本不訓福與福連文則可訓福矣戩祓本不訓福與穀祿連文則亦可訓福矣皆於兩字摘一字以釋兩字之義毛公仍之曰戩福也而履祿也弟小也則不相襲矣古人之文貴善讀之所謂不以文害辭不以辭害志許於戩不襲爾雅毛傳斯善讀爾雅毛傳者也今之能善讀者蓋尠矣 从戈晉聲即淺切古音在十二部讀如藎 詩曰實始戩商魯頌閟宮文今詩作翦按此引詩說叚借也毛傳曰翦齊也許刀部曰歬齊斷也歬之字多叚翦爲之翦卽歬戩者歬之叚借毛云歬齊也者謂周至於大王規模氣象始大可與商國竝立故曰歬齊緜詩古公以下七章是也非翦伐之謂若不通毛傳許書之例竟謂大王滅商豈不事辭俱窒礙乎毛意謂戩卽歬許說其本義以明轉注復引詩字以明叚借兩公之例皆尋繹全書而可得不則以文害辭謂大王有翦商之志矣夫詩明言翦商而見大王之德盛後儒言有翦商之志而大王之心遂不可問嗚呼是非不知訓詁之禍也哉

𢦔 絕也絕者刀斷絲也引申爲凡斷之稱斷之亦曰𢦔與韱義相近 从从持戈二人持戈會意子廉切七部 一曰田器古文一說謂田器字之古文如此作也田器字見於全書者銛鈂鈐鑯皆田器與𢦔同音部未審爲何字之古文疑銛字近之此如銚本田器斗部作斛二云出爾雅古一字不限一體也 讀若咸一曰讀若詩攕攕女手咸韱古音皆在七部

武 楚莊

王曰莊上諱也不當用古莊壯𦔳通用謚法固取壯非取艸周書兵甲亟作莊睿圉克服莊勝敵志強莊武而不遂莊皆壯字也後人以莊代之耳此莊王必本作壯若諱莊之字曰嚴乃漢法許則從左氏古文典下云莊都說亦當作壯晉語有壯馳茲益古姓本作壯後乃盡改爲莊

夫武定功戢兵故止戈爲武宣十二年左傳文此𡁠栝楚莊王語以解武義莊王曰於文止戈爲武是倉頡所造古文也祇取定功戢兵者以合於止戈之義也文之會意已明故不言从止戈文甫切五部大雅履帝武敏傳曰武迹也此武之別一義也

戢藏兵也周頌時邁曰載戢干戈載櫜弓矢傳曰戢聚也櫜韜也聚與藏義相成聚而藏之也戢與輯音同輯者車輿也可聚諸物故毛訓戢爲聚周南傳亦云揖揖會聚也周語夫兵戢而時動動則威觀則玩玩則無震戢與觀正相對故許易毛曰藏以其字从戈故曰藏兵

从戈咠聲阻立切七部詩曰載戢干戈

𢦦闕从戈从音大徐如此小徐無从戈从音有職從此古職字古之職役皆執干戈十四字蓋後人箋記之語非許語也其義其音皆蓋闕矣攷周易朋盍簪虞翻本簪作戠云戠聚會也舊讀作撍作宗釋文云荀作撍京作宗陰宏道云張揖字詁庚撍同字按此戠當以音爲聲故與撍聲疌聲爲伍然尚書厥土赤埴古文作赤戠是戠固在古音第一部也一部內意亦从音音未必非聲蓋七部與一部合韵之理之弋切一部

𢦏賊也此與殘音義皆同故殘用以會意今則殘行而𢦏廢矣篇韵皆云傷也殘與殄通故周禮注曰雖其潘瀾𢦏餘不可褻也周易束帛𢦏𢦏子夏傳作殘殘皆殄餘之意也

从二戈會意昨干切十四部 周書曰戔戔句絕周書秦誓文也今書截截善諞言言部引之、古文尚書也此稱戔戔截截之異文今文尚書也春秋公羊傳曰惟諓諓善竫言俾君子易怠劉向九歎曰讒人諓諓孰可愬兮王逸注引書諓諓靖言漢書李尋傳曰昔秦穆公說諓諓之言任仡仡之勇諓即戔許作戔爲本字他家作諓加之言旁也 巧言也也字今補按公羊音義引賈逵外傳注曰諓諓巧言也許正用侍中說釋戔戔與上賊義少別此正如圛訓回行而引洪範曰圛釋之曰升雲半有半無也咨訓以土增大道而引堯典塱讒說釋之曰疾惡也皆是一例或本稱戔戔諞言又曰戔戔巧言也轉寫有奪文未可定耳

文二十六 重一

戉 大斧也一本奪大字非斧所以斫也 从戈乚聲王伐切十五部俗多金旁作鉞 司馬灋曰夏執元戉殷執白戚周左杖黃戉又把白髦周書坶誓作秉白旄此作把白髦者蓋司馬法之文有不同也毛詩傳曰秉把也手部曰把握也髦者旄之叚借字 凡戉之屬皆从戉

戚 戉也大雅曰干戈戚揚傳云戚斧也揚鉞也依毛傳戚小於戉揚乃得戉名左傳戚鉞秬鬯文公受之戚鉞亦分二物許則渾言之耳戚之引伸之義爲促迫而古書用戚者俗多改爲蹙試思親戚亦取切近爲言非有異義也大雅戚戚兄弟傳曰戚戚內相親也小雅戚戚靡所逞箋云戚戚縮小之

貌其義本相通而淺人於節南山必易其形與音矣戚訓促迫故又引申訓憂小明自詒伊戚傳曰戚憂也度古祇有戚後乃別製慼字从戉尗聲倉歷切古音在三部

文二

我施身自謂也不但云自謂而云施身自謂者取施與我古爲疊韵施讀施捨之施謂用己廁於衆中而自稱則爲我也施者旗貌也引申爲施捨者取義於旗流下垂也釋詁曰卬吾台予朕身甫余言我也又曰朕予躬身也又曰台朕賚畀卜陽予也或以賚畀卜予不同義愚謂有我則必及人故賚畀卜亦在施身自謂之內也口部曰吾我自稱也女部曰媄女人自稱媄我也毛詩傳曰言我也卬我也論語二句而我吾互用毛詩一句而卬我襍稱葢同一我義而語音輕重緩急不同施之於文若自其口出或說我逗頃頓也謂傾側也頃頭不正也頓下首也故引申爲頃側之意賓筵側弁之俄箋云俄傾貌人部曰俄頃也然則古文以我爲俄也古文叚借如此从戈手合二成字不能定其會意形聲者以手字不定爲何字也五可切十七部手古文垂也垂當作𠂹𠂹垂在十七部然則我以爲形聲也一曰古文殺字我从殺則非形聲會意亦難說也殺篆下載古文三有一略相似者凡我之屬皆从我𢦓古文我

義己之威義也言己者以字之从我也己中宫象人腹故謂身曰己義各本作儀今正古者威儀字作義今仁義字用之

儀者度也今威儀字用之誼者人所宜也今情誼字用之鄭司農注周禮肆師古者書儀但爲義今時所謂義爲誼是謂義爲古文威儀字誼爲古文仁義字故許各仍古訓而訓儀爲度凡儀象儀匹引申於此非威儀字也古經轉寫既久肴襍難辨據鄭許之言可以知其意威義古分言之者如北宮文子云有威而可畏謂之威有儀而可象謂之義詩言令義令色無非無義是也威義連文不分者則隨處而是但今無不作儀矣毛詩威義棣棣不可選也傳曰君子望之儼然可畏禮容俯仰各有宜耳棣棣富而閑習也不可選物有其容不可數也義之本訓謂禮容各得其宜禮容得宜則善矣故文王我將毛傳皆曰義善也引申之訓也

从我从羊 威儀出於己故从我董子曰仁者人也義者我也謂仁必及人義必由中斷制也从羊者與善美同意宜寄切古音在十七部

羛 墨翟書義从弗 墨翟書藝文志所謂墨子七十一篇也今存者五十三篇義無作羛者蓋歲久無存焉爾从弗者蓋取矯弗合宜之意

魏郡有羛陽鄉讀若錡 此以地名證羛字又箸其方音也凡古地名多依各俗方語如蓮勺呼輦酌皁水呼班水鮦陽呼紂陽大末呼闥末劇呼舌劇反鄳呼蹢躅之蹢曲逆呼去遇如是者不可枚數羛陽讀若錡同也然注家皆讀羛陽盧宜切與錡音稍不同也

今屬鄴本內黃北二十里鄉也 按此十二字乃後人箋記之語非許語也鄴內黃皆魏郡屬縣羛陽鄉本在內黃北二十里司馬紹統郡國志曰魏郡內黃有羛陽聚劉注世祖破五校處光武紀大破五校於羛陽降之李注羛陽聚屬魏郡故城在今相州堯城縣東諸本有作羛者誤也左傳晉荀盈

如齊逆女還卒於戲陽杜注內黃縣北有戲陽城按漢晉皆在內黃北魏地形志無內黃縣當是併於鄴則羛陽亦在鄴矣故知必後人箋記語也戲羛音同許宜反左氏傳有戲陽速則戲陽又爲氏姓

文二　重二

𠄌鉤逆者謂之亅鉤者曲金也司馬相如列傳猶時有銜橜之變集解引徐廣云鉤逆者謂之橜索隱引周遷輿服志云鉤逆者爲橜橜皆謂橜爲亅之叚借字也清道而行中路而馳斷無枯木朽株之難故知必謂鉤也象形象鉤自下逆上之形玉篇引說文衢月切大徐同十五部凡亅之屬皆从亅讀若橜

乚鉤識也鉤識者用鉤表識其處也褚先生補滑稽傳東方朔上書凡用三千奏牘人主從上方讀之止輒乙其處二月乃盡此非甲乙字乃正乚字也今人讀書有所鉤勒即此內則魚去乙鄭曰乙魚體中害人者名也今東海鰫魚有骨名乙在目狀如篆乙食之鯁人不可出此亦非甲乙字乃狀如篆乚也魚腸名乙耳不當別有乙也戉斧之字从乚爲聲从反亅讀若罬大徐作讀若捕鳥罬玉篇引說文居月切大徐同十五部

文二

珡禁也禁者吉凶之忌也引申爲禁止白虎通曰琴禁也以禁止淫邪正人心也此疊韵爲訓神農所作世本文也宋書樂志曰琴馬融笛賦云宓羲造世本云神農所造也瑟馬融笛賦云神農造世本云宓羲

所造也按風俗通廣雅皆同世本季長說誤山海經郭傳引世本伏羲作琴神農作瑟恐系轉寫舛錯 洞越 句 練朱五弦 洞當作迵迵者通達也越謂琴瑟底之孔迵孔者琴腹中空而爲二孔通達也越音活或作趏練朱五絃者虞書傳曰古者帝王升歌清廟之樂大琴練弦蓋練者其質朱者其色鄭注樂記清廟之瑟朱弦云練朱弦也練則聲濁五者初制琴之弦數 周時加二弦 文王武王各加一弦 象形 象其首身尾也上圓下方故象其圓 巨今切七部 凡珡之屬皆从珡 □ 古文珡从金 以金形聲字也今人所用琴字乃上从小篆下作今聲

瑟 庖犧所作弦樂也 弦樂猶磬曰石樂清廟之瑟亦練朱弦凡弦樂以絲爲之象弓弦故曰弦淇奧傳曰瑟矜莊貌旱麓箋曰瑟絜鮮貌皆因聲叚借也瑟之言肅也楚辭言秋氣蕭瑟 从珡 琴之屬故从琴 必聲 所櫛切十二部 □ 古文瑟 玩古文珡瑟二字似先造瑟字而琴从之

文二 重二

乚 匿也 匿者亡也 象迟曲隱蔽形 迟曲見辵部隱蔽見𨸏部象逃亡者自藏之狀也 凡乚之屬皆从乚 讀若隱 於謹切十三部

直 正見也 左傳曰正直爲正正曲爲直其引申之義也見之審則必能矯其枉故曰正曲爲直 从十目乚 謂以十目

視乚乚者無所逃也三字會意除力切一部今隸作直 𣅀古文直或从木如此 囧猶目也从木者木從繩則正

文二　重一

亡 逃也 逃者亡也二篆為轉注亡之本義為逃今人但謂亡為死非也引申之則謂失為亡亦謂死為亡孝子不忍死其親但疑親之出亡耳故喪篆从哭亡亦叚為有無之無雙聲相借也 从入乚 會意謂入於迟曲隱蔽之處也武方切十部 凡亡之屬皆从亡

乍 止亡䛐也 各本作止也一曰亡也六字今正作無亡義淺人離析所改耳補䛐字者如毋下云止䛐也亦本有䛐而後人刪之乍與毋同意毋者有人姦女而一止之其言曰毋乍者有人逃亡而一止之其言曰乍皆咄咄逼人之語也亡與止亡者皆必在倉猝故引申為倉猝之稱廣雅曰暫也孟子今人乍見孺子將入於井左傳桓子作謂林楚文意正同而左傳俗本改作為咋 从亡一 會意鉏駕切古音在五部 一 逗 有所礙也 礙者止也說从一之意毋字从一亦是有所礙之之意

望 出亡在外望其還也 還者復也本義引申之為令聞令望之望 从亡朢省聲 按望以朢為聲朢以望為義其為二字較然也而今多亂之巫放切十部亦平聲

無 亡也 凡所失者所未有者皆如逃亡然也此有無字之正體而俗作無無乃𣞤之隸變𣞤之訓豐也與無義正相反

然則隸變之時昧於亡爲其義𣞤爲其聲有聲無義殊爲乖繆古有叚𣞤爲𣞤者要不得云本無二字漢隸多作𣞤可證也或叚亡爲無者其義同其音則雙聲也

从亡𣞤聲 按不用莫聲而用𣞤聲者形聲中有會意凡物必自多而少而無老子所謂多藏必厚亡也武夫切五部古音武夫與莫胡二切不別故無模同音其轉語則水經注云燕人謂無爲毛楊子以曼爲無今人謂無有爲沒有皆是也

无 奇字無也 謂古文奇字如此作也今六經惟易用此字

通於元者 元俗刻作无今依宋本正禮運曰是謂合莫注引孝經說曰上通元莫正義云上通元莫者孝經緯文言人之精靈所感上通元氣寂寞引之者證莫爲虛無也正本元字作无謂虛無寂寞義或然也按此注疏今本譌誤不可讀而北宋本可據正疏正本字當是定本之誤謂鄭引上通元莫顏師古定本作无莫也依許云通於元者虛无道也則孝經緯必作元莫矣葢其義謂上通元始故其字形亦用元篆上毌於一

虛无道也 謂虛无之道上通元氣寂寞也玉篇曰无虛无也奇字之无與篆文之𣞤義乃微別許說其義非僅說其形也

王育說 天屈西北爲无 此稱王育說又无之別一義也亦說其義非說其形屈猶傾也天傾西北地不滿東南見列子及素問天傾西北者謂天體不能正圜也

匄 气也 气者雲气也用其聲叚借爲气求气與字俗以气求爲入聲以气與爲去聲匄訓气亦分二義二音西域傳气匄亡所得此气求之義也當去聲又曰我匄若馬此气與之義也當入聲要皆强爲分別耳左傳公子棄疾不强匄又子產曰世有盟誓毋或匄奪皆言气求也通俗文曰求願曰匄則是求

之曰气匄因而與之亦曰气匄也今人以物與人曰給其實當用匄字廣韵古達切其字俗作丐與丏不同廣韵曰二字同非是

亾人爲匄逯安說 此稱逯安說以說字形會意逯安亦通人之一也从亾人者人有所無必求諸人故字从亾从人古代切按廣韵古太切亦古達切十五部

文五　重一

匸 衺徯有所夾藏也 夾各本作俠今正衺者䙴也徯者待也夾者盜竊褱物也泄衺相待有所竊藏故其字从乚而上復有一覆之 从乚上有一覆之 會意 凡匸之屬皆从匸 讀若徯同 徯各本譌傒今正胡禮切十六部

區 踦區 逗疊韵 臧隱也 踦區猶危部自部之䧢陒彼言傾側不安也此言委曲包蔽也區之義內臧多品故引申爲區域爲區別古或叚丘字爲之如區蓋亦作丘蓋區宇亦作丘宇是也或叚爲句曲字如樂記區萌達卽月令之句者畢出萌者盡達也 从品在匸中 會意豈俱切古音在四部鄭注禮記嫌名曰若禹與雨丘與區之類是可證古音同邱也 品 逗 衆也 品下曰衆庶也

匿 亡也 廣韵曰藏也微也亡也陰姦也 从匸若聲 此取雙聲爲形聲也 讀若羊騶箠 此有譌奪當云讀若羊箠鏊之鏊金部曰鏊者羊箠耑鐵也說詳金部鏊讀若至至古音同質匿讀若鏊卽讀若質也古亦讀尼質切在十二部不在一部也今音乃女力切

𠥓

側匧也各本作側逃也今依玉篇逃作匧玉篇曰又作陋是知側匧卽堯典之側陋謂隱藏不出者也从

匸丙聲按丙聲不可通大徐云當是从内會意傳寫之誤玉裁按或从谷部之西聲艸部茜从西聲而讀若陸陸

與漏音相近也盧候切四部廣韵無此字一曰箕屬其器未詳匽匿也匽之言隱也周禮宮

人爲之井匽鄭司農云匽路廁也後鄭云匽豬謂霤下之池畜水而流之者按二說皆謂隱蔽之地也从匸妟

聲於蹇切十四部医臧弓弩矢器也臧各本作盛今依廣韵此器可隱藏兵器也

从匸矢會意矢亦聲小徐有此三字於計切十五部春秋國語曰兵

不解医齊語文今國語作翳叚借字韋曰翳所以蔽兵也按古翳隱翳薈字皆當於医義引申不當借華蓋字也

翳行而医廢矣匹四丈也按四丈之上當有布帛二字襍記曰納幣一束束五兩兩五尋鄭曰納幣謂昏

禮納徵也十箇爲束貴成數兩兩合其卷是謂五兩八尺曰尋五兩兩五尋謂每兩五尋則每卷二丈也合之則四十尺今謂

之匹猶匹偶之云與周禮凡嫁子娶妻入幣純帛無過五兩鄭曰五兩十端也每端二丈按二丈爲一端二端爲兩每兩爲一

匹長四丈五兩則五匹爲一束也凡古言束帛者皆此制凡言匹敵匹耦者皆於二端成兩取意凡言匹夫匹婦者於一兩成

匹取意兩而成匹判合之理也雖其半亦得云匹也馬稱匹者亦以一牝一牡離之而云匹猶人言匹夫也○按字之本義有

難定者如襍記注今謂之匹猶匹偶之云與是以匹偶爲本義而帛二兩爲引申之義也與許說迴異四丈爲匹之云三代時

經傳不見其字从八八者別也夫婦有別故謂之匹从匸亦取別嫌明微意與鄭意或當如是从匸八謂八之數隱其中會意八揲一匹說从八之意揲者閱持也閱持者更迭持之而具數也筮者揲之以四此揲之以八八尺者五而得四丈故其字从八所以揲之以八者度人之兩臂爲尋今人於布帛猶展兩臂度之也八亦聲古音八讀如必普吉切十二部

文七

匸受物之器此其器蓋正方文如此作者橫視之耳直者其底橫者其四圍右其口也廣韵曰或曰受一斗曰匸按匚部云圓規也今人皆作圜作圓方本無正字故自古叚方爲之依字匸有榘形固可叚作方也象形凡匸之屬皆从匸讀若方府良切十部

匠籒文匸

匠木工也工者巧飭也百工皆稱工稱匠獨舉木工者其字从斤也以木工之偁引申爲凡工之偁也从匸斤會意疾亮切十部斤逗所㠯作器也說从斤之意匸者榘也

匧椷臧也小徐本如是大徐無椷字木部椷下曰匧也是二篆爲轉注臧字似衍玉篇作緘也乃椷之誤若文選應璩百一詩任昉哭范僕射詩李注皆引說文篋笥也此則所據本不同自當以小徐本爲善耳戰國策乃夜發書陳篋數十从匸夾聲苦叶切八部

篋匧或从竹按廣韵曰匧藏也篋箱篋也分一字爲二

而删去械字之所繇也 匡 飯器句小徐有也字筥也謂即筥也竹部曰筥筲也筲一曰飯器容五升筲有三義而筥匡取此一義耳匡不專於盛飯故詩采卷耳以頃匡求桑以懿匡匡之引申叚借爲匡正小雅王于出征以匡王國傳曰匡正也蓋正其不正爲匡凡小不平曰匡刺革其匡刺亦曰匡也詩有頃匡謂匡之半淺半深不平者故謂之頃所謂匡刺也匡刺見攷工記注 从匚𡉚聲去王切十部

筐 匡或从竹今人亦分匡筐爲二義

匜 佀羹魁斗部曰魁羹枓也枓勺也匜之狀似羹勺亦所以挹取也柄中有道可㠯注水酒道者路也其器有勺可以盛水盛酒其柄空中可使勺中水酒自柄中流出注於盥槃及飲器也左傳奉匜沃盥杜曰匜沃盥器也此注水之匜也內則敦牟卮匜非餕莫敢用鄭曰卮匜酒漿器此注酒之匜也今大徐本無酒字小徐有之韵會刪酒而以盥器二字冠於似羹魁之上妄甚若左傳釋文引說文無酒字因經注佀言盥耳 从匚此器蓋亦正方也聲此形聲中有會意从也者取其流也移尒切按篇韵平聲古音十六十七部皆可讀

匴 渌米籔也渌者浚也浚者抒也抒者挹也籔者簍也簍者漉米籔也然則匴與簍二字一物也謂淅米訖則移於此此器內浚乾之而待炊所謂滰淅也士冠禮爵弁皮弁緇布冠各一匴注匴竹器名今之冠箱也古文匴爲篹按渌米之籔斷非可盛冠此必異物同名或別有正字俟考 从匚算聲穌管切十四部

[illegible] 小桮也木部曰桮[illegible]也二篆爲轉注而桮下見渾言之義此見析言之義兩處互相足而後義全此許

立文之例也⿷匚贛下亦可云桮也桮下亦可云大⿷匚贛也是互相足之謂也門部云大桮爲閜故小桮爲⿷匚贛矣方言曰盌械盞溫閜⿰木盧⿱歷皿桮也自關而東趙魏之閒曰械或曰盞或曰溫按械盞卽許之⿷匚贛音同字異許則械訓匧各有本義也 从匚贛聲古送切按廣韵又音感正音也八部郭注方言械讀如封緘略有輕重耳 ⿰木贛 ⿷匚贛或从木

匪 器佀竹匧 小徐祇云如篋小雅承筐是將傳曰筐篚屬所以行幣帛也按此筐與飯器之筐異名同實故毛訓之曰匪屬也小雅言匡禹貢禮記言匪應劭漢書注曰漢書作棐應劭曰棐竹器也方曰箱隋曰棐隋者方而長也他果反古盛幣帛必以匪匪篚古今字有借匪爲斐者如詩有匪君子是也有借爲分者周禮匪頒鄭司農云匪分也是也有借爲非者如詩我心匪鑒我心匪石是也有借爲彼者如左傳引詩如匪行邁謀杜曰匪彼也荀子引匪交匪舒卽詩彼交匪紓是也 从匚非聲 非尾切十五部按竹部曰篚車笭也非匪之異體故不錄於此 逸周書曰實玄黃于匪 按此句今惟見孟子滕文公篇引書其上文云綏厥士女篚厥玄黃昭我周王見休惟臣附于大邑周似必爲周書趙氏亦云從有攸以下道武王伐紂時皆尚書逸篇之文也

⿷匚倉 古器也 古器有名⿷匚倉者 从匚倉聲 七岡切十部

⿷匚攸 田器也 艸部曰莜耘田器也⿷匚攸與莜音義皆同蓋一物也 从匚攸聲 徒聊切古音在三部

⿷匚異 田器也 玉篇云大鼎也廣韵⿷匚異訓大鼎 从匚異聲 與職切一部

⿷匚呂 古器也 畢尚書沅得⿷匚呂鼎豈其器

卽匫與从匚曶聲呼骨切十五部窬甌窬器也大徐無窬字非是甌者小盆也甌窬二字爲名則非甌也玉篇云余主切器受十六斗按玉篇蓋謂卽論語與之庾之庾苞注十六斗爲庾也然禮經作十六斗爲籔今文籔作逾从匚俞聲度侯切四部廣韵無此字匱匣也匱之義引申爲竭大雅孝子不匱永錫爾類傳曰匱竭也凡物鐩藏之則有若無實若虛故匱之引申爲竭爲乏之竭水渴也乏之反其正也从匚貴聲求位切十五部俗作櫃史記石室金鐀字作鐀匵匱也木部曰櫝匱也是則匵與櫝音義皆同實一物也論語曰韞匵而藏諸又曰龜玉毀櫝中其實一字也引申之亦爲小棺从匚賣聲徒谷切三部匣匣也廣韵曰箱匣也古亦借柙爲之柙檻也从匚甲聲按此不注古文甲字則从小篆甲也胡甲切八部匯器也謂有器名匯也禹貢曰東匯澤爲彭蠡又曰北會于匯舊說匯者回也此匯之別一義依許圛莧奎之例此亦可稱禹貢而釋之曰匯回也今按匯之言圍也大澤外必有陂圍之如器之圍物古人說淮水曰淮圍也匯从淮則亦圍也尚書東匯澤爲彭蠡謂東有圍受衆水之彭蠡非謂漢水回而成澤也東爲北江謂漢水合江又東合彭蠡爲北江也从匚淮聲胡罪切十五部匛棺也木部曰棺者關也所以掩屍此云棺也二篆義同曲禮曰在牀曰屍在棺曰柩是棺柩義別虛者爲棺實者爲柩析言之也柩或可以評棺棺不可以評柩是以許於柩曰棺也於棺下不云柩也以立文不得用考老之例也从匚久聲各本有柩無匛今依玉篇

補玉篇曰匛棺也亦作柩蓋希馮在梁時所據說文如是以後
柩行匛廢遂變許書之舊而郭忠恕列匛為古文夏竦說匛為
孫強集夏疑玉篇作匛不出於希馮而出於孫強也匛蓋古文
而小篆仍之者檀弓曰有虞氏瓦棺夏后氏堲周殷人棺槨周
人牆置翣瓦棺堲周皆以土不以木易曰後世聖人易之以棺
槨後世聖人謂黃帝堯舜然則土棺始於黃帝堯舜仍之倉頡
造字从匚从久白虎通云柩久也久不復變也造字之初匛柩
斷不从木許言久聲者以形聲包會意也巨救切三部

匛或从木蓋殷人用木以後乃有此字

匶籀文从舊从舊猶从久也舊之言久也周禮用匰字

匰宗廟盛宔器也周禮司巫祭祀共匰主杜子春云匰器名主木主也許云宗廟盛宔器亦用杜說从匚單聲都寒切十四部周禮曰祭祀共匰主匰主謂主之匰鄭曰大祝取主陳之器則退也

文十九　重五今增匛則重六

曲象器曲受物之形也匚象方器受物之形側視之㔾象圜其中受物之形正視
之引申之為凡委曲之稱不直曰曲詩曰予髮曲局又曰亂我
心曲箋云心曲心之委曲也又樂章為曲謂音宛曲而成章也
周語曰士獻詩瞽獻曲韋云曲樂曲也毛詩傳曰曲合樂曰歌
徒歌曰謠韓詩曰有章曲曰歌無章曲曰謠按曲合樂者合於
樂器也行葦傳曰歌者比於琴瑟也卽曲合樂曰歌也區玉切三部凡曲之屬皆从曲或

說曲蠶薄也 曲見月令方言漢書周勃傳詳艸部薄下其物以萑葦爲之七月傳曰豫畜萑葦可以爲曲也其字俗作笛又作箔

古文曲 小徐無

甑曲也 甑者骨耑甑曲也曲當作圖今人用委曲字古用甑圖其字从骨从玉謂如骨玉之堅而柔之使橈屈也廣韵作匤匩也 从凵王聲 區玉切三部

古器也从曲㕡聲 土刀切古音在三部

文三 重一 小徐無重一

東楚名缶曰甾 太史公曰自彭城以東東海吳廣陵此東楚也缶下曰瓦器所以盛酒漿秦人鼓之以節歌象形然則缶甾皆象形矣由復象形實一物而語言不同且實一字而書法少異耳玉篇作由近之若廣韵謂甾即艸部之菑字風馬牛不相及也甾上从巛雝川此象缶之頸少殺安得云同字今隸當作甾 象形也 口大而頸少殺側詞切一部

凡甾之屬皆从甾

古文甾

斛也 斛者斛旁有庣也由之類故其字从由

古田器也 此上當有一曰二字斛下亦引爾雅斛謂之疀古田器也此別一義段斛庣疀爲銚臿也許書金部作銚臿乃其正字今之鍫也江沅說 从由疌聲 楚洽切八部

蒲器也畚屬所以盛糧 糧各本作種今正周禮挈壺氏挈畚以令糧大鄭云縣畚於稟假之處後鄭云畚所以盛糧之器故以畚表稟左傳宣二年正義引說文蒲器可以盛糧左傳釋文詩正義引

艸器所以盛種種字蓋非果爲種字則當云穀種不得但言種也何休注公羊云畚草器杜注左傳以草索爲之蒲與艸不相妨糧者穀也从由弁聲布忖切古音在十四部⿰甾并𢃇也𢃇者蒲席⿰虫宁也⿰巾盾下曰載米⿰虫宁也⿰虫宁下曰⿰巾盾也所以盛米然則四篆一物也从由并聲薄經切十一部杜林㠯爲竹筥筥𥳓也𥳓飯器楊雄㠯爲蒲器杜有倉頡訓纂一篇倉頡故一篇楊有倉頡訓纂一篇其說不同如此此與⿱曰龍斡二篆皆兼引楊杜二家說讀若軿車⿸虍由𦈢也𦈢者小口罌也从由虍聲讀若盧同洛乎切五部⿰缶⿸虍由籀文⿸虍由如此缶由一也盧篆文按盧與⿸虍由一體必當互易淺人所改也⿸虍由必古文故盧以爲聲且二字皆从由無庸用先古後篆之例故二體當互易而⿸虍由下應曰古文

文五　重三

瓦土器已燒之總名土部坏下曰一曰瓦未燒瓦謂已燒者也凡土器未燒之素皆謂之坏已燒皆謂之瓦毛詩斯干傳曰瓦紡專也此瓦中之一也古史攷曰夏時昆吾氏作瓦按有虞氏上陶瓦之不起於夏時可知也許書缶部曰古者昆吾作匋壺系之昆吾圜器韋昭云昆吾祝融之孫陸終第一子名黎爲己姓封於昆吾衞是也然則昆吾作匋謂始封之昆吾非夏桀之昆吾也廣韵引周書神農作瓦器當得其實說詳缶部凡燒瓦器之竈曰窯

象形也象卷曲之狀五寡切古音在十七部讀如阿凡瓦之屬皆从瓦

瓬周家摶埴之工也摶作搏者誤今正考工記曰搏埴之工陶瓬鄭曰搏之言拍也埴黏土也按手部搏索持也拍拊也是搏之本義不訓拍故鄭以之言通之从瓦方聲分兩切十部讀若抵破之抵抵不成字轉寫譌舛考工記注大鄭讀爲甫始之甫後鄭讀如放於此乎之放許云方聲則讀同後鄭放於此乎今公羊放作昉

甄匋也匋者作瓦器也董仲舒曰如泥之在鈞惟甄者之所爲陳留風俗傳曰舜陶甄河濱其引申之義爲察也勉也考工記叚借爲震掉字从瓦垔聲居延切按本音側鄰切十二十三部音轉乃入仙韵非一韵有異義

甍屋棟也棟者極也屋之高處也方言甑謂之甑廣雅作甍謂之甑每夢一聲之轉之蒸合韵之理棟自屋中言之故从木甍自屋表言之故从瓦爾雅方言謂之甑者屋極爲分水之脊兩水各從高霤瓦而下也釋名曰甍蒙也在上覆蒙屋也左傳子之援廟桷動於甍未詳其說从瓦夢省聲莫耕切古音在六部按惟此篆主謂屋瓦故先之

甑甗也考工記陶人爲甑實二鬴厚半寸脣寸七穿按甑所以炊烝米爲飯者其底七穿故必以箅蔽甑底而加米於上而餴之而餾之从瓦曾聲子孕切六部

䰝籒文甑从𩰫

甗甑也一穿一各本作一曰穿也小徐本在甗聲之下今正按甑空名窐見穴部不得云又名甗也陶人爲甗實二鬴厚半寸脣寸鄭司農云甗無底甑無底

卽所謂一穿菨甑七穿而小甗一穿而大一穿而大則無底矣甑下曰甗也渾言之此曰甑也一穿析言之渾言見甗亦評甑析言見甑非止一穿參差互見使文義相足此許訓詁之一例也或曰當依小徐甗聲之下作一曰甑一穿也六字山之似甗者曰甗詩陟則在甗傳曰甗小山別於大山也釋名曰甗甑也甑一孔者甗形孤出處似之也按此謂似甑體而已鬲部曰鼎大上小下若甑曰甗然則甑形大上小下山名甗者亦爾俗作巘非爾雅小山別大山曰鮮詩皇矣同字作鮮者甗之叚借文選吳都賦作巘李注古買反此因爾雅鮮或作巘又譌作巘也 从瓦鬳聲讀若言 魚蹇切十四部

瓵 甌瓿謂之瓵 爾雅釋器文史記貨殖傳糵麴鹽豉千合徐廣曰或作台器名有瓵孫叔然云瓵瓦器受斗六升合當爲瓵音貽按今史記譌舛爲正之如此所引孫叔然者爾雅注也 从瓦台聲 與之切一部

瓽 大盆也 盆者盎也甇其大者也漢書楊雄酒箴曰爲甇所䍃 从瓦尚聲 丁浪切十部

甌 小盆也 方言甇甂謂之盎自關而西或謂之盆或謂之盎其小者謂之升甌又曰甂陳魏宋楚之間謂之題自關而西謂之甂其大者謂之甌按許亦同方言謂甌爲盆而郭景純疑方言與爾雅說甂不合 从瓦區聲 烏侯切四部

瓮 罌也 罌者缶也缶者小口罌也然則瓮者罌之大口者也方言曰瓬瓮瓿甊罌也自關而西晉之舊都河汾之閒其大者謂之甀其中者謂之瓿甊自關而東趙魏之郊謂之瓮或謂之甖甖卽罌字 从瓦公聲 烏貢切九部按小徐瓨下讀若翁二字當在此

瓨 佀罌長

頸受十升史漢貨殖傳皆曰醯醬千瓨按醯醬者今之醋也別於下文之醬瓨當作斗漢書注古本有作斗者从瓦工聲讀若洪洪小徐作翁古雙切九部按篇韵皆戶江切字亦作缸

𤬪 小盂也盂者飲器也方言曰盂宋楚魏之閒或謂之盌从瓦夗聲烏管切十四部方言作盌俗作椀

瓴 罋也佀缾者罋大徐作瓮蓋非高祖本紀曰譬猶居高屋建瓴水如淳曰瓴盛水瓶也居高屋之上而幡瓴水言其向之勢易也建音蹇晉灼曰許慎云瓴罋佀瓶者也按缶部云䍃汲缾也瓴同物而非罌瓮从瓦令聲郎丁切十一部

㼸 罌謂之㼸方言廣雅罌皆作甇从瓦卑聲部迷切十六部

甂 佀小瓿大口而卑用食方言甂陳魏宋楚之閒謂之甂自關而西謂之甂淮南書曰狗彘不擇甂甌而食玉篇曰小盆大口而卑下从瓦扁聲芳連切古音在十二部

瓿 甂也玉篇瓿甊小罌也廣韵同从瓦音聲蒲口切四部

㼭 罌也廣韵罌也从瓦容聲與封切九部

甓 令適也大徐適作甓陳風中唐有甓傳曰甓令適也釋宮同郎丁都歷二反爾雅作瓴甋俗字也土部墼字解亦云令適考工記注作令甓實一物也詳墼字注从瓦辟聲扶歷切十六部詩曰中唐有甓陳風防有鵲巢文讀若檗

甃 井壁也井壁者謂用塼爲井垣也周易井九四曰井甃无咎又上六井收荀作井甃莊子曰

缺齾之涯从瓦秌聲側救切三部

甈康瓠句按當有謂之甈三字破罌也康之言空也瓠之言壺也空壺謂破罌也罌已破矣無所用之空之而已釋器曰康瓠謂之甈甈之言滯而無用也法言曰甄陶天下者其在和乎剛則甈柔則坯此引申之義也从瓦臬聲魚列切十五部廣韵五計切玉篇邱滯切

𤮊甈或从埶埶聲古與臬聲同是以臬多叚埶爲之

⿰爽瓦瑳垢瓦石也瑳俗作磋今依宋本作瑳亦叚借字耳其字當用厝厝厲石也詩曰它山之石可以爲厝用瓦石去垢曰⿰爽瓦方言注曰磢錯也磢與磢同海賦曰飛澇相磢江賦曰奔溜之所磢錯磢即⿰爽瓦从瓦爽聲初兩切十部

⿰耎瓦蹈瓦聲⿰耎瓦⿰耎瓦也大徐無⿰耎瓦⿰耎瓦也三字小徐作蹈瓦⿰耎瓦也玄應作蹈瓦聲躐躐也今按躐躐當作⿰耎瓦⿰耎瓦通俗文瓦破聲曰⿰耎瓦玉篇⿰耎瓦⿰耎瓦蹈瓦聲从瓦耎聲零帖切廣韵又良涉切八部按古音當在十四部

⿰今瓦治橐榦也治各本作冶今正治橐謂排囊排讀普拜切其字或作韛或作韝橐治者以韋囊鼓火老子之所謂橐也其所執之柄曰⿰今瓦榦猶柄也⿰今瓦或譌作瓴而廣韵以排囊柄釋之玉篇以似瓶有耳釋⿰今瓦引許者治皆譌冶而其義湛薶終古矣排囊之柄古用瓦爲之故字从瓦後乃以木爲之故集韵作檶从木从瓦今聲胡男切古音在七部他書譌作瓴

⿰卒瓦破也破上當有瓦字破下曰石碎也此曰瓦破也是二篆爲轉注而形各有所从⿰卒瓦與碎音同義異碎者䃺也⿰卒瓦則破而已不必䃺也今則碎行而⿰卒瓦廢矣从瓦卒聲穌對切十

五部

瓪 敗瓦也依小徐有瓦字今俗所謂瓦瓪是此字也今人語如辧之平聲耳玉篇廣韻皆曰瓪牝瓦也此今義非許義广部曰庌屋牝瓦也牡瓦牝瓦見九章算經及漢書說詳庌下 从瓦反聲布綰切十四部

文二十五　重二

弓 窮也補此二字以疊韵為訓之例也 㠯近窮遠者者字今補 象形居戎切古音在六部讀如肱 古者揮作弓郭景純引世本曰牟夷作矢揮作弓此等皆當出世本作篇揮黃帝臣 周禮六弓王弓弧弓㠯䠶甲革甚質夾弓庾弓㠯䠶干侯鳥獸唐弓大弓㠯授學䠶者夏官司弓矢文也說詳鄭注甚質今作椹質按故書作鞎大鄭云鞎當為椹許書無椹字葢許從鄭鄭本作甚也干今作豻 凡弓之屬皆从弓

弴 畫弓也大雅敦弓既堅傳曰敦弓畫弓也天子畫弓按荀卿子天子彫弓諸侯彤弓大夫黑弓禮也公羊傳何注曰禮天子雕弓諸侯彤弓大夫嬰弓士盧弓盧弓卽旅弓黑弓也嬰弓陸德明云見司馬法按嬰卽江賦之纓字葢朱黑相閒而嬰繞也彤弓毛傳曰朱弓也以講德習射彫弓者葢五采畫之凡經傳言彫有謂刻鏤者如玉謂之彫金謂之鏤禮記玉豆彫篹論語朽木不可彫是也有謂繪畫者如此彫弓是也彡部曰彫琢文

也古繪畫與刻畫無二字諸侯彤弓則天子當五采石鼓詩有秀弓秀卽繡五采備謂之繡或曰天子之弓但刻畫爲文也兩
京賦彫弓斯㲄薛云彫弓謂有刻畫也弴與彫語之轉敦弓者弴之叚借字詩禮又叚追爲之敦弴可讀如自不得竟讀彫也
孟子作弤亦雙聲字从弓𦎫聲都昆切十三部
弓無緣可㠯解轡紛者釋器曰弓有緣者謂之弓無緣者謂之弭孫云緣謂繫束而漆之弭謂不以繫束骨飾兩頭者也小雅象弭魚
服傳曰象弭弓反末也所以解紛者箋云弓反末彆者以象骨爲之以助御者解轡紛宜骨也按紛猶亂今詩作紒亦通紒者
今之結字許合爾雅毛詩爲說也弭可以解紛故引申之訓止凡云弭兵弭亂者是也从弓耳聲緜婢
切按古音當在一部而入紙韵在十六部者以或从兒聲也
弭或从兒兒聲也䛒葢此篆之
正體故亦作彌爾兒聲同故周禮彌災兵漢書彌亂卽䛒字也弭節亦作靡節郊特牲有由辟焉辟亦弭字
角弓也角弓謂弓之傅角者也詩曰騂騂角弓相角居角之法詳於弓人按今詩騂騂角弓釋文曰騂說文作弲
音火全反此陸氏之偶誤葢角部稱觲觲角弓陸當云說文作觲而誤云作弲也弲自謂角弓不謂弓調利雒陽
名弩曰弲此弲之別一義从弓肙聲烏玄切按陸云說文火全反十四部
木弓也易曰弦木爲弧考工記凡爲弓冬析幹凡幹柘爲上檍次之檿桑次之橘次之木瓜次之荊次之竹爲下按木
弓謂弓之不傅以角者也弓有專用木不傅角者後世聖人初造弓矢之遺法也引申之爲凡紆曲之偁弣人曰凡揉輈欲其

孫而無弧深从弓瓜聲戶吳切五部一曰往體寡來體多曰弧弓弓字今補弓人曰往體寡來體多謂之王弓之屬利射革與質注云射深者用直此又直焉於射堅宜也王弓合九而成規弧弓亦然按王弓之屬者言王弓以包弧弓也弧者直而稍紆之謂弧弓亦天子之弓王弓亦直而稍紆則王弓弧弓得互稱也

弨弓反也小雅彤弓弨兮傳曰弨弛皃按詩正義引說文有謂弛之而弓反六字蓋出庾儼默說弛者弓解也弓反者詩所云翩其反也弓反為弨之本義弛之則亦反矣从弓召聲尺招切二部詩曰彤弓弨兮彤弓文

彎弓曲也陸德明云說文音權然則與拳曲音義略同爾雅曰菼薍其萌虇陸云本或作蘿非虇說文云弓曲也按偏旁多後人所加作虇者正是古本艸初生句曲也从弓雚聲九院切十四部按古平聲

彄弓弩耑弦所凥也耑者頭也兩頭隱弦處曰彄亦引申他用詩箋云韘所以彄沓手指从弓區聲恪侯切四部

⿰弓䌛弓便利也䌛之言由也所謂自由自便也从弓䌛聲讀若燒弋招切二部

張⿰也攵弓弦也⿰也攵各本作施今正⿰也攵敷也張弛本謂弓施弦解弦引申為凡作輟之稱禮記曰張而不弛文武弗能也弛而不張文武弗為也一張一弛文武之道也从弓長聲陟良切十部

彏弓急張也廣韵曰弓弦急皃从弓矍聲許縛切五部廣韵又居縛切

弸弓彊皃

法言彌中彪外引申之義也从弓朋聲父耕切古音在六部彊弓有力也引申爲凡有力之稱又叚爲彊迫之彊从弓畺聲巨良切十部彎持弓關矢也凡兩相交曰關如以木橫持兩扉也矢桰檃於弦而鏑出弓背外是兩耑相交也孟子曰越人關弓而射之左傳將注豹則關矣皆謂引弓將滿是之謂彎或叚貫爲關从弓䜌聲烏關切十四部引開弓也開下曰張也是門可曰張弓可曰開相爲轉注也施弦於弓曰張鉤弦使滿以竟矢之長亦曰張是謂之引凡延長之偁開導之偁皆引申於此小雅楚茨大雅召旻毛傳皆曰引長也从弓丨此引而上行之丨也爲會意丨亦象矢形余忍切十二部弙滿弓有所鄉也鄉今向字漢人無用向者廣雅曰弙張也大荒南經有人方扜弓射黃蛇郭曰扜挽也音紆按此叚扜爲弙也扜與彎雙聲从弓于聲哀都切五部弘弓聲也集韵曰㢸弦弓聲也或作彋按弦彋皆即此篆也甘泉賦曰帷弸彋其拂汨兮蘇林云弸音石墮井弸爾之弸彋音宏李善曰弸彋風吹帷帳之聲也是則弓聲之義引申爲他聲經傳多叚此篆爲宏大字宏者屋深故爾雅曰宏大也从弓厶聲厶古文厷字見又部胡肱切六部⿰弓璽弛弓也弛弓者⿰弓璽之義⿰弓璽非弛字也玉篇以爲今之彌字廣韵以爲玉名皆非是从弓⿰弓璽聲斯氏切十五十六部弛弓解弦也弦字各本無今補引申爲凡解廢之稱从弓也聲施氏切十六部⿰弓虒

弛或从虒 虒聲亦在十六部 弢 弓衣也 左傳多言弢詩言韔秦風傳曰韔弓室也鄭風作鬯傳曰鬯弓弢弓也然則弢與韔與韣同物故許皆以弓衣釋之月令曰帶以弓韣少儀曰弓則以左手屈韣執拊是又名韣而可屈則以韋爲之也革部又曰鞬所以戢弓矢方言曰弓謂之鞬或謂之韇丸廣雅鞬弓藏也韇丸矢藏也合二書言之鞬韇丸乃藏弓矢所通稱也 从弓 𡴂 𡴂當作又土刀切二部 𡴂 垂飾與鼓同意 弢當作屮冃部肯下曰出其飾也厂部屵下曰岸上見也壴下曰陳樂立而上見也巂以屮象其冠禼以屮象其首然則弢鼓从屮者皆象其飾鼓从又則謂手擊之弢从又則謂手執之也此云與鼓同意乃使二篆之意可以互證

弩 弓有臂者 从弓 奴聲 奴古切五部 周禮四弩夾弩庾弩唐弩大弩 司弓矢文也弩統於弓故官但言弓

彀 張弩也 射雉賦注引作張弓彀也詩釋文正義作張弓皆非孟子趙注亦但云張弩蓋本謂弩引申移之弓耳射雉賦捧黃閒以密彀亦謂弩也孟子曰羿之教人射必志於彀學者亦必志於彀趙云彀張也張弩向的者用思專時也又曰羿不爲拙射變其彀率趙云彀率張向表率之正體望之極思用巧之時不可變也按趙注本謂用巧如朱注云弓滿也則專謂用力而非必中矣大雅敦弓既句句讀倨句之句毛傳曰天子之弓合力而成規是此弓倨多句少言句以見其倨也不得云句即彀 从弓 𣪊聲 古候切四部

彉 滿弩也 滿弩者張而滿之或作弩滿非也吾丘壽王傳曰十賊彍弩百吏不敢前師古

云引滿曰彍晉語韋注云張羅闔去壘五十步而陳周軍之前後左右彍弩注矢以誰何謂之羅闔唐開元中變府兵置彍騎十萬人彍同彉 从弓黃聲讀若郭 按陽唐無入以魚虞模之入爲入故彍讀若郭與韓詩鞹廓也同一例郭卽今廓字古無二音如鼓下云萬物郭皮甲而出是也五部古音當讀古曠切在十部

彃 䠶也 䠶者弓弩發於身而中於遠也亦謂之彃 从弓畢聲 卑吉切十二部 楚辭曰夫芎焉彃日也 屈原賦天問篇文今本無夫也二字芎作羿郭氏山海經傳云莊周云昔者十日並出艸木焦枯淮南子云堯乃令羿射十日中其九日日中烏盡死又引離騷羿焉彃日烏焉落羽又引歸藏鄭母經昔者羿善射彃十日果彃之按彃卽彈字

彈 行丸也 左傳晉靈公從臺上彈人而觀其避丸也引申爲凡抨彈糾彈之偁 从弓單聲 徒案切十四部亦平聲 弖 或說彈从弓持丸如此 各本篆形作弖今正汗簡云弖彈字也出說文又偏旁集韵皆有弖字葢古本說文从弓而象丸形與玉部朽玉字同意

發 䠶發也 詩曰壹發五豝引申爲凡作起之偁 从弓發聲 方伐切十五部

芎 帝嚳䠶官夏少康滅之 云夏少康滅之則邑部竆下云夏后時諸侯夷羿國也羽部羿下云亦古諸侯也皆卽此芎帝嚳䠶官爲諸侯自鉏遷於竆石所謂有竆后羿也滅夏后相而篡其位寒浞殺而代之浞生奡及豷少康及后杼滅之有竆由是遂亡芎與羿古葢同字而堯時䠶師彈十日者高誘云此堯時羿非有竆后羿

从弓幵聲五計切古音當在十一部論語曰羿善䠶憲問篇文按今論語作羿羿之譌也

彆弓戾也从弓敝聲方結反亦方血反又邊之入聲按此依詩采薇釋文正義所引說文補弓戾者謂弓很戾不調鄭箋詩象弭云弓反末彆者以象骨爲之意與小異

文二十七今補彆　重二

弜彊也重也重當作緟見糸部重弓者彊之意也緟疊之意也詩交韔二弓傳曰交二弓於韔中也从二弓其兩切按此音後人以意爲之也凡弜之屬皆从弜闕謂其讀若不聞也

弼輔也輔者車之輔也引申爲凡左右之偁釋詁曰弼俌也人部曰俌輔也俌輔音義皆同也詩曰交韔二弓竹閉緄縢傳云交韔交二弓於韔中也閉紲緄繩縢約也小雅騂騂角弓翩其反矣傳曰騂騂調利皃不善紲檠巧用則翩然而反也士喪禮注曰柲弓檠弛則縛之於弓裏備損傷以竹爲之詩所謂竹柲緄縢木部曰榜所以輔弓弩檠榜也然則曰檠曰榜曰柲曰閉者竹木爲之曰紲曰縢者縛之於弛弓以定其體也弓必有輔而後正人亦然故輔謂之弼从弜㐁聲徐鍇曰㐁非聲按非也㐁下曰一讀若誓弼字从此誓與弼同十五部也房密切玉篇曰今字作弼

[seal]古文弼如此从重㐁者取會意㐁舌皃也弛弓之檠如口中之舌二弓則二舌矣重㐁以見二弓也

[seal]亦古文弼攴小擊也榜之則不無扑擊

𢐀弼或如此

弗者矯也故从弗弗亦聲

文二　重三

弦　弓弦也弓弦以絲爲之張於弓因之張於琴瑟者亦曰弦俗别作絃非也弦有急意故董安于性緩佩弦以自急心部曰㥦急也　从弓象絲軫之形謂8也象古文絲而系於軫軫者系弦之處後人謂琴系弦者曰軫胡田切十二部今字作弦○按軫當作紾从車者譌也紾者轉也方言軫戾也軫乃紾之叚借字絲紾言弦戾也　凡弦之屬皆从弦

盭　盭戾也按此乖戾正字今則戾行而盭廢矣戾訓犬出戶下而身曲戾其意略近故以戾釋盭史記漢書多用盭字　从弦省从盩此會意字　盩了戾之也大徐删此五字小徐盩作盭了作引今正了戾雙聲字淮南原道訓注曰紾軫了戾也方言軫戾也注謂相了戾也王砅注素問段成式酉陽襍組皆用了戾許意山曲曰盩水曲曰厔扶風有盩厔縣取此義是盩有詘曲之意故此篆从盩非用引擊之意也今淮南注了戾道藏不誤而俗刻作引戾正與此誤同　讀若戾郎計切十五部

玅　急戾也陸機賦弦幺徽急疑當作弦妙　从弦省少聲於霄切二部按類篇曰彌笑切精微也則爲今之妙字妙或作玅是也

𢐀　不成遂急戾也不成遂者不成就也因之急戾是曰𢐀　从弦省曷聲讀若瘞於罽切十五部廣韵作綼非

文四 玉篇以弦字入弓部盭紗竭皆入幺小之幺部非許君分別立弦部之意也弦善戾故从弦無取幺小之義

系 縣也 縣各本作繫非其義今正県部曰縣者系也引申爲凡總持之偁故系與縣二篆爲轉注系者垂統於上而承於下也系與係可通用然經傳係多謂束縛故係下曰絜束也其義不同系之義引申爲世系周禮瞽矇世帝繫小史奠繫世皆謂帝繫世本之屬其字借繫爲之當作系大傳繫之以姓而弗別亦系之叚借 从糸 糸細絲也縣物者不必麤也 丿聲 丿余制切抴也虒字从之系字亦从之形聲中有會意也胡計切十六部 凡系之屬皆从系

繫 系或从毄處 从處而毄聲也毄亦在十六部故古係縛字亦多叚毄爲之

𦃟 籒文系从爪絲 此會意也覆手曰爪絲縣於掌中而下垂是系之意也

孫 子之子曰孫 爾雅釋親文也子卑於父孫更卑焉故引申之義爲孫順爲孫遁字本皆作孫經傳中作遜者皆非古也至部𡐦下解曰从至至而復孫孫遁也字作孫不作遜此許書無遜之證春秋經夫人孫于齊公羊傳曰孫猶孫也內諱奔謂之孫穀梁傳曰孫之爲言猶孫也諱奔也云猶孫者謂如孫之退然自處於卑小詩公孫碩膚箋云孫讀當如公孫于齊之孫孫之言孫遁也周公孫遁辟此成功之大美書序帝堯將孫于位亦謂遜遁此等字今皆俗改爲遜絶非古字古義惟孫順字唐書作愻見心部而俗亦以遜爲之 从系子 系於子也會意思魂切十三部

系逗續也釋孫从系之意系部曰繼者續也系猶繼也

緜 聯𢼸也聯者連也𢼸者眇也其相連者甚𢼸眇是曰緜引申爲凡聯屬之偁大雅緜緜瓜瓞傳曰緜緜不絕皃又引申爲絲絮之偁因其㜸弱而名之如系部絮下云敝緜也鄭注禮記云纊新緜也是也又引申爲薄弱之偁如淮南王安諫伐閩粵曰粵人緜力薄材不能陸戰是也 从系帛謂帛之所系也系取細絲而積細絲可以成帛是君子積小以高大之義也武延切十四部

䌛 隨從也辵部曰從隨行也隨從也䌛與隨從三篆爲轉注从系者謂引之而往也爾雅釋故曰䌛道也詩書䌛作猷段借字小雅匪大猶是經大雅遠猶辰告傳皆曰猶道也書大誥猷爾多邦猷亦道也道路及導引古同作道皆隨從之義也䌛之譌體作繇亦用爲傜役字傜役者隨從而爲之者也 从系有所系而隨從之也 䍃聲余招切按此音非也當以周切三部

由 或䌛字古䌛由通用一字也各本無此篆全書由聲之字皆無根柢今補按詩書論語及他經傳皆用此字其象形會意今不可知或當从田有路可入也韓詩橫由其畝傳曰東西曰橫南北曰由毛詩由作從

文四 重二今補由則重三

三十六部 文七百八十一宋本作七百七十九文

重八十宋本作重八十四 凡九千二百二十二字此總

舉第十二篇部及文及重文及說解字四者之都數也

說文解字第十二篇下

說文解字第十三篇上

金壇段玉裁注

糸細絲也 絲者蠶所吐也細者微也細絲曰糸糸之言蔑也蔑之言無也 象束絲之形 此謂古文也古文見下小篆作糸則有增益 凡糸之屬皆从糸讀若覛 莫狄切十六部 糸古文糸

蠶蠶衣也 衣者依也蠶所依曰蠶衣蠶不自有其衣而以其衣衣天下此聖人之所取法也 从糸从虫从芇 芇聲各本作𢆉省𢆉不得爲繭會意韵會芇省聲芇上从二十𢆉亦非也五經文字曰从虫从芇芇音綿許書艹部有芇字相當也讀若宀張參所據本是矣今據正虫者蠶也芇者僅足蔽其身也工殄反十四部 䌌古文繭从糸見 見聲也

繅繹繭爲絲也从糸巢聲 穌遭切二部俗作繰乃帛如紺色之字

繹抽絲也 抽者引也引申爲凡駱驛温尋之稱駉傳曰繹繹善走也 从糸睪聲 羊益切古音在五部

緒絲耑也 耑者艸木初生之題也因爲凡首之稱抽絲者得緒而可引引申之凡事皆有緒可纘 从糸者聲 徐呂切五部

緬𢼸絲也 𢼸各本作微今正緬之引申爲凡緜邈之稱穀梁莊三年傳曰改葬之禮緦舉下緬也 从糸面聲 弭沇切十四部

純絲也 論語麻冕禮也今也純孔安國

曰純絲也此純之本義也故其字从糸按純與醇音同醇者不澆酒也叚純爲醇字故班固曰不變曰醇不襍曰粹崔覲說易曰不襍曰純不變曰粹其意一也美絲美酒其不襍同也不襍則壹壹則大故釋詁毛傳鄭箋皆曰純大也文王純亦不已鄭周易之純粹也詩之純束讀如屯國語之稛左傳之麇皆其字也禮之純釋爲緣實卽緣之音近叚借也从糸屯聲常倫切十三部論語曰今也純儉子罕篇文

綃 生絲也韵會作生絲繒也今按言繒名則非其次依鄭君則實繒名當云生絲也一曰繒名生絲未湅之絲也已湅之繒曰練未湅之絲曰綃以生絲之繒爲衣則曰綃衣古經多作宵作繡特牲禮主婦纚笄宵衣注曰宵衣染之以黑其繒本名曰綃詩有素衣朱綃記有玄綃衣凡婦人助祭者同服也少牢禮注曰大夫妻尊亦衣綃衣而侈其袂玉藻曰君子狐青裘豹褎玄綃衣以裼之注曰綃綺屬也郊特牲繡黼丹朱中衣注曰繡讀爲綃綃繒名也引詩素衣朱綃合此數條知宵繡皆叚借字以此生絲織繒曰綃仍從絲得名也故或云繒名或云綺屬綺卽文繒也从糸肖聲相幺切二部

⿰糸皆 大絲也从糸皆聲口皆切十五部

⿰糸巟 絲曼延也曼延疊韵字曼引也延長行也⿰糸巟之言网也巾部有㡛㡛氏湅絲㡛⿰糸巟古蓋一字从糸巟聲呼光切十部按當讀如荒

紇 絲下也謂絲之下者也从糸气聲下沒切十五部春秋傳有臧孫紇

⿰糸氐 絲滓也滓者澱也因以爲凡物渣滓之稱从糸氐聲都兮切十五部按此篆與紙別氐聲

在十六部䋤繭滓絓頭也謂繅時繭絲成結有所絓礙工女蠶功畢後別理之爲用也引申爲挂礙之稱按集韵類篇皆作繭滓也一曰絓頭此古本也一曰絓頭者一名絓頭也从糸圭聲胡卦切十六部一曰以囊絮湅也別一義謂以囊盛絲縣其中於水湅之也湅各本作練今正湅絮莊子所謂洴澼絖史記所謂漂攷工記注所謂湖漂絮水部𤃬下云於水中擊絮是也

䌫絲色也謂絲之色光采灼然也考工記曰絲欲沈注云如在水中時色今人謂之漂亮从糸樂聲以灼切二部

繀箸絲於筟車也竹部曰筟筳也筳繀絲筦也筟車亦曰繀車方言曰繀車趙魏之閒謂之轣轆東齊海岱之閒謂之道軌箸絲於筳謂之繀从糸崔聲穌對切十五部

經織從絲也從絲二字依太平御覽卷八百二十六補古謂橫直爲衡從毛詩云衡從其畝是也字本不作縱後人妄以代之分別其音有慈容足容之不同韓詩作橫由其畝其說曰東西耕曰橫南北耕曰由由卽從也何必讀如轍乎織之從絲謂之經必先有經而後有緯是故三綱五常六藝謂之天地之常經大戴禮曰南北曰經東西曰緯抑許云絞縊也縊經也縊死何言經死也謂以繩直縣而死從絲之義之引申也平者立者皆得謂之從按獨言從絲者蒙上文專言帛以謂布之有從縷同也从糸巠聲九丁切十一部

織作布帛之總名也布者麻縷所成帛者絲所成作之皆謂之織許此部別布於絲自緝篆至絣篆二十六字皆言布也而有不可分者如織篆是也經與緯相成曰織古段

爲識字如詩之織文徽識也 从糸戠聲 之弋切一部

⿰糸式 樂浪挈令織 从糸从式 樂浪漢幽州郡名也挈令者漢張湯傳有廷尉挈令韋昭曰在板挈也後書應劭傳作廷尉板令史記又作絜令漢燕王旦傳又有光祿挈令挈當作栔栔刻也樂浪郡栔於板之令也其織字如此錄之者明字合於六書之法則無不可用也如錄漢令之鬲作歷

紝 機縷也 蠶曰絲麻曰縷縷者綫也綫者縷也喪服言縷若干升孟子以麻縷絲絮並言皆謂麻也然亦有麻絲並言縷者機縷是也機縷今之機頭內則曰執麻枲治絲繭織紝組紃紝合麻枲絲繭言之左傳魯賂楚以執斲執鍼織紝皆百人杜曰織紝織繒布者 从糸壬聲 如甚切七部按此字經典及玉篇廣韻皆平聲豈唐韻有上聲一切耶抑二徐誤耳

⿱任糸 紝或作⿱任糸

綜 機縷也 此亦兼布帛言之也玄應書引說文機縷也謂機縷持絲交者也下八字葢庾儼默注又引三倉綜理經也謂機縷持絲交者也屈繩制經令得開合也按今尚謂之綜引申之義爲兼綜爲錯綜太玄經曰乃綜于名 从糸宗聲 子宋切九部

綹 緯十縷爲綹 此亦兼布帛言之也故篇韻曰緯十絲曰綹文互相足也許言縷不言絲者言縷可以包絲言絲不可以包縷也 从糸咎聲讀若柳 力九切三部

緯 織衡絲也 衡各本作橫今正凡漢人用字皆作從衡許曰橫闌足也不對植者言也云織衡絲者對上文織從絲爲言故言絲以見縷經在軸緯在杼木部曰杼機之持緯者也引申爲凡交會之稱漢人左右六經之書謂

之稅緯从糸韋聲云貴切十五部繮緯也此亦兼布帛言之也緯亦稱緷者語之轉也微文二部每互轉爾雅百羽謂之緷古本反按此緷字正許書篆字之叚借玉篇云緷大束也是也从糸軍聲王問切十三部繢織餘也此亦兼布帛言之也上文機縷爲機頭此織餘爲機尾繢之言遺也故訓爲織餘織餘今亦呼爲機頭可用系物及飾物急就篇絛繢總爲一類是也顏王注未諦今則此義廢矣一曰畫也四字依韵會補今所傳小徐繫傳本此卷全闕黃氏作韵會時所見尚完知小徐本有此四字也畫者介也今謂之畍畫繢畫雙聲考工記曰設色之工畫繢鍾筐㡛又曰畫繢之事襍五采咎繇謨日月星辰山龍華蟲作繪鄭注曰繪讀曰繢讀曰猶讀爲易其字也以爲訓畫之字當作繢也繪訓五采繡故必易繪爲繢鄭司農注周禮引論語繢事後素从糸貴聲胡對切十五部統紀也淮南泰族訓曰繭之性爲絲然非得女工煮以熱湯而抽其統紀則不能成絲按此其本義也引申爲凡綱紀之稱周易乃統天鄭注云統本也公羊傳大一統也何注統始也从糸充聲他綜切九部玉篇一音桶紀別絲也別絲各本作絲別棫樸正義引紀別絲也又云紀者別理絲縷今依以正別絲者一絲必有其首別之是爲紀衆絲皆得其首是爲統統與紀義互相足也故許不析言之禮器曰衆之紀也紀散而衆亂注曰紀者絲縷之數有紀也此紀之本義也引申之爲凡經理之稱詩綱紀四方箋云以罔罟喻爲政張之爲綱理之爲紀洪範九疇四五紀斗牽牛爲星紀史記每帝爲本紀謂本其事而分別紀之也詩滔滔江

漢南國之紀毛傳曰其神足以綱紀一方箋云南國之大川紀理衆水使不壅滯从糸己聲居擬切一部

繈觕類也觕見角部各本作觕非也今正觕訓角長引申爲凡粗長之稱絲節粗長謂之繈孟康曰繈錢貫也其引申之義也又引申爲繈緥呂覽明理篇道多繈緥高注緥小兒被也繈褸格上繩也又直諫篇繈緥注繈褸格繩緥小兒褯也褸即縷格即絡繈縷爲絡以負之於背其繩謂之繈高說冣分明博物志云織縷爲之廣八寸長二尺乃謂其絡未及其繩也凡繩韌者謂之繈从糸強聲居兩切十部

纇絲節也節者竹約也引申爲凡約結之稱絲之約結不解者曰纇引申之凡人之愆尤皆曰纇左傳忿纇無期是也亦叚纇爲之昭十六年傳曰刑之頗類服虔讀類爲纇解云纇不平也从糸頪聲盧對切十五部

紿絲勞即紿即當爲則古書即則多互譌絲勞敝則爲紿紿之言怠也如人之券怠然古多叚爲詒字言部曰詒者相欺詒也从糸台聲徒亥切一部

納絲溼納納也納納溼意劉向九歎衣納納而掩露王逸注納納濡溼貌漢酷吏傳阿邑人主蘇林曰邑音人相悒納之悒按悒納當作浥納婐阿之狀於濡溼義近也古多叚納爲內字內者入也从糸內聲奴荅切古音亦在十五部

紡紡絲也紡各本作網不可通唐本作拗尤誤今定爲紡絲也三字句乃今人常語耳凡不必以他字爲訓者其例如此絲之紡猶布縷之績緝也左傳莒婦人紡焉以度而去之葢緝布縷爲繩亦用紡名也晉語執而紡於廷之槐亦謂以紡縷繩縛之也聘禮賓裼迎大夫賄用束紡

鄭曰紡紡絲爲之今之縛也縛見下文白鮮支也據此是紡絲專用作絹也 从糸方聲 妃兩切十部

絕 斷絲也 斷之則爲二是曰絕引申之凡橫越之曰絕如絕河而渡是也又絕則窮故引申爲極如言絕美絕妙是也許書𨸏部云陘山絕坎也是中斷之義也水部曰滎絕小水也是極至之義也閻氏百詩乃以絕河釋滎以釋禹貢不知禹貢熒澤自古作从火之熒後人乃譌爲滎 从刀糸 斷絲以刀也會意 卪聲 以上五字今定情雪切十五部

𢇍 古文絕象不連體絕二絲 象形也

繼 續也 虞翻注易曰繼統也 从糸𢇍 各本篆文作繼解作从糸𢇍則不可通今正此會意字从糸𢇍者謂以糸聯其絕也自傳寫譌舛併篆體改之因又刪𢇍篆矣古詣切十五部

㡭 繼或作㡭反𢇍爲㡭 大徐無篆文但有一曰反𢇍爲㡭六字不可了小徐本有反之而成字者如反巳爲㠯反人爲匕反正爲乏是也小徐本見韵會莊列皆云得水爲㡭此篆見古書者惟此而莊譌作㡭

續 連也 連者負車也聯者連也皆其義也釋詁曰繼也 从糸賣聲 似足切三部

賡 古文續从庚貝 咎繇謨乃賡載歌釋文加孟皆行二反賈氏昌朝云唐韵以爲說文誤徐鉉曰今俗作古行切按說文非誤也許謂會意字故从庚貝會意庚貝者貝更迭相聯屬也唐韵以下皆謂形聲字从貝庚聲故當皆行反也不知此字果从貝庚聲許必入之貝部或庚部矣其誤起於孔傳以續釋賡故遂不用許說抑知以今字釋古

文古人自有此例卽如許云舄誰也非以今字釋古文乎毛詩西有長庚傳曰庚續也此正謂庚與賡同義庚有續義故古文續字取以會意也仍會意爲形聲其旨亂有如此者

纘 繼也 豳風載纘武功傳曰纘繼也中庸武王纘大王王季文王之緒注曰纘繼也或叚纂爲之 从糸贊聲 作管切十四部

紹 繼也 同釋詁 从糸召聲 市沼切二部 一曰紹緊糾也 緊者纏絲急也糾者三合繩也

𢀿 古文紹从卪 今本譌依玉篇廣韵汗簡改正

繟 偏緩也 緩正作䌟韓也 毛詩檀車幝幝毛曰幝幝敝皃釋文云韓詩作繟繟蓋物敝則緩其義相通 从糸羨聲 昌善切十四部

縕 緩也 縕之言挺也挺有緩意縕與綎義別韵會誤合爲一字 从糸盈聲讀與聽同 他丁切十一部

綎 縕或从呈

縱 緩也一曰捨也 各本作舍也由俗以舍捨通用也今正捨者釋也 从糸從聲 足用切九部後人以爲從衡字者非也

紓 緩也 小雅彼交匪紓傳曰紓緩也左傳多用紓字其義皆同亦叚抒爲之 从糸予聲 傷魚切五部

繎 絲勞也 勞玉篇作縈蓋玉篇爲是與下文紓義近也或曰縈篆何以不次此曰後文繹縈等篆皆統於繩繼紆則謂絲也廣韵作絲勞皃 从糸然聲 如延切十四部

紆 詘也 詘者詰詘也今人用屈曲字古人用詰詘亦單用詘字易曰往者詘也來者信也詘謂之紆考工記連行紆行亦或叚汙爲之左傳曰盡

而不汙从糸亏聲億俱切五部一曰縈也縈者環之相積紆則曲之而已故別爲一義紆下云紆未縈繩可證

緈直也廣韵云緈婞从糸幸聲讀若陘胡頂切十一部

纖細也細者散也魏風摻摻女手韓詩作纖纖女手毛傳曰摻摻猶纖纖也尚書厥篚玄纖縞鄭注纖細也漢文紀遺詔纖七日釋服服虔注纖細布凡細謂之纖其字或作孅漢食貨志如此荀卿子纖驪列子作盜驪穆天子傳盜驪郭注爲馬細頸驪黑色也廣雅作駣騄駣者駃駣脩長之謂盜駣同聲纖駣同義也从糸韱聲息廉切七部

細散也散者眇也眇今之妙字从糸囟聲穌計切十五部

緢氂絲也氂各本作旄俗所改也氂者犛牛尾也凡羽旄古當作羽氂氂絲者犛牛尾之絲至細者也故次於纖細二篆後賈子容經跘旋之容旄如濯絲旄同緢言細如濯絲也从糸苗聲武儦切二部周書曰惟緢有稽甫刑文今本緢作貌僞孔傳云惟察其貌按許所據壁中文蓋謂惟豪釐是審也

縒參縒也參或曑字此曰參差木部曰槮差竹部曰篸差又曰參差管樂皆長短不齊皃也皆雙聲字集韵類篇皆引說文參縒也謂絲亂皃韵會於差字下引說文參差絲亂皃蓋古本有此三字从糸𢀩聲楚宜切古音在十七部

繙繙冤也三字句各本無繙字冤作冕今補正玉篇繙下曰冤也集韵引說文同蓋謂繙字爲複字而刪之不知繙冤爲疊韵古語集韵類篇皆曰繙䌙亂也是冤俗作䌙也巾部有幡帑二篆亦是疊韵小兒拭觚布

也此謂亂也仍當補亂字下文二篆皆訓亂从糸番聲附袁切十四部縮亂也釋詁曰縮亂也通俗文云物不申曰縮不申則亂故曰亂也不申者申之則直禮記古者冠縮縫孟子自反而縮皆謂直也亂者治之詩曰縮版以載爾雅毛傳皆曰繩之謂之縮之治縮曰縮猶治亂曰亂也从糸宿聲所六切三部一曰蹴也蹴者躡也躡者蹈也蹈者踶也踶者躗也凡足掌迫地不遽起曰踶是以蹴鞠謂之蹋鞠蹋而起之也論語足縮縮如有循鄭注曰舉前曳踵行也曳踵行不遽起故曰縮縮俗作蹜蹜非踵足跟也紊亂也从糸文聲亡運切十三部商書曰有條而不紊般庚上文級絲次弟也本謂絲之次弟故其字从糸引申爲凡次弟之偁階之次弟曲禮云拾級聚足連步以上是也尊卑之次弟賈生云等級分明而天子加焉故其尊不可及是也後漢書注秦法斬首多者進爵一級因謂斬首爲級从糸及聲居立切七部總聚束也謂聚而縛之也悤有散意糸以束之禮經之總束髮也禹貢之總禾束也引申之爲凡兼綜之偁从糸悤聲作孔切九部俗作揔又譌作摠⿱具糸約也革部曰直轅暈縛暈當爲暴大車之衡約之而已不必三束从糸具聲居玉切三部約纏束也束者縛也引申爲儉約从糸勺聲於略切二部繚纏也从糸尞聲盧鳥切二部纏繞也从糸廛聲直連切十四部繞纏也从

糸堯聲而沼切二部紾紾轉也紾字各本無今補此三字句與上文繙冤也一例淺人刪

之如離黃倉庚也之刪離嶲周燕也之刪嶲耳紾轉蓋古語鄭司農考工記注之抮縳卽紾轉二字也凡了戾曰紾轉亦單評

曰紾亦曰軫軳牛力反考工記老牛之角紾而昔鄭司農云紾讀爲抮轉之抮孟子兩云紾兄之臂趙注皆云戾也淮南原道

訓抮抱高注了戾也抮抱廣雅作軫軳云轉戾也方言曰軫戾也郭注相了戾也江東音善从糸㐱聲

之忍切十二部按周禮釋文二云劉徒展反許慎尚展反又徒展反此說文舊音也尚展一反卽景純所謂江東音善也徒展一

反於今語言爲近繯落也落者今之絡字古叚落不作絡謂包絡也莊子落馬首漢書虎落皆作落木落

乃物成之象故曰落成曰包落皆取成就之意也馬融傳曰繯橐四野之飛征李注引說文又引國語繯於山有牢賈逵注云

繯還也按還環古今字古用還不用環國語繯於山有牢今本譌作環山於有牢韋注曰環繞也山於誤倒環爲俗字葢非韋

氏之誤而淺人轉寫所致也知古書之貤繆不可知者多矣从糸瞏聲胡畎切十四部李賢又胡串反

辮交也玄應引作交織之也終軍傳曰解辮髮削左衽二蒼叚編爲之从糸辡聲分而合也

故从辡形聲中有會意也頻犬切十四部結締也从糸吉聲古屑切十二部古無髻字卽用

此見髟部縎結也玉篇云結不解从糸骨聲古忽切十五部締結不解

也解者判也下文曰紐結而可解也故結而不可解者曰締从糸帝聲特計切十六部縛束

也束下曰縛也與此爲轉注引申之所以縛之之物亦曰縛从糸専聲符钁切五部𦆆束也从糸崩聲補盲切古音在六部墨子曰漢志墨子七十一篇名翟爲宋大夫在孔子後禹葬會稽桐棺三寸葛以繃之今墨子節葬篇此句三見皆作緘古蒸侵二部音轉取近也鄭注禮記曰齊人謂棺束爲緘絿急也毛詩傳曰絿急也左傳杜注從之後儒好異乃以緩釋絿字義於字音不洽矣絿之言糾也从糸求聲巨鳩切三部詩曰不競不絿商頌長發文絅急引也此本義也中庸詩曰衣錦尚絅此叚借爲褧字也从糸冋聲古熒切十一部𥿝㡀絲也㡀各本作散今正㡀分離也水之衺流別曰𠂢別水曰派血理之分曰衇㡀絲曰𥿝廣韵曰未緝麻也从糸𠂢聲匹卦切十六部䌕不均也此與類雙聲其義亦相近从糸羸聲力臥切十七部給相足也足居人下人必有足而後體全故引申爲完足相足者彼不足此足之也故从合从糸合聲形聲亦會意也居立切七部綝止也葢古以綝爲禁字釋詁曰綝善也从糸林聲讀若郴丑林切七部縪止也考工記玉人曰天子圭中必注曰必讀如鹿車縪之縪謂以組約其中央爲執之以備失隊按鹿車即維車東齊海岱之閒謂之道軌廣雅曰道軌謂之鹿車鹿車下鐵陳宋淮楚之閒謂之畢所謂鹿車縪也與用組約圭中央

皆所以止者又詳革部韍下从糸畢聲卑吉切十二部終絿絲也按絿字恐誤疑下文纃字之譌取其相屬也廣韵云終極也窮也竟也其義皆當作冬冬者四時盡也故其引申之義如此俗分別冬爲四時盡終爲極也窮也竟也乃使冬失其引申之義終失其本義矣有宊而後有𠔾冬而後有終此造字之先後也其音義則先有終之古文也从糸冬聲職戎切九部𠔾古文終有𠔾而有𠔾𠔾而後有終

纃合也合者亼口也因爲凡兩合之偁衆絲之合曰纃如衣部五采相合曰襍也从糸集集當作襍會意亦形聲也讀若捷姊入切七部紈繁也繁者白致繒也紈卽繁也故从丸言其滑易也商頌毛傳曰丸丸易直也釋名曰紈渙也細澤有光渙渙然也从糸丸聲胡官切十四部紈篆舊在終篆前非也今依玉篇次此與繒爲伍玉篇必仍許也

繒帛也七篇帛下曰繒也是爲轉注春秋傳叚爲鄫字从糸曾聲疾陵切六部縡籒文繒从宰省宰省聲也不曰辛聲定爲宰省聲者辛與曾有真蒸之別宰省與曾爲之蒸之相合通轉取近者也楊雄㠯爲漢律祠宗廟丹書告也也字依韵會補縡爲祠宗廟丹書告神之帛見於漢律者字如此作楊雄言之雄甘泉賦曰上天之縡蓋卽謂郊祀丹書告神者此則从宰不省者也

緭繒也从糸胃聲云貴切十五部䋭綺絲之數也言綺以見凡繒也綺者文繒也文繒絲尚有數則餘繒可

知其若干絲為一絩未聞 漢律曰綺絲數謂之絩布謂之總 禮經布八十縷為升禾部曰布八十縷為稯漢王莽傳一月之祿十緵布二匹孟康曰緵八十縷也今按緫即稯也稯即緵也緵即升也皆謂八十縷 召南羔羊五緫傳曰緫數也 綬組謂之首 司馬紹統輿服志乘輿黃赤綬五百首諸侯王赤綬三百首相國綠綬二百四十首公侯將軍紫綬百八十首九卿中二千石二千石青綬百二十首千石六百石黑綬八十首四百石三百石二百石黃綬六十首凡先合單紡為一系四系為一扶五扶為一首五首為一文文采淳為一圭首多者系細首少者系麤 从糸兆聲 治小切二部

綺 文繒也 謂繒之有文者也文者錯畫也錯畫謂交逪其介畫繒為交逪方文謂之文綺引申之曰交疏結綺窗曰疆場綺分皆謂似綺文 从糸奇聲 祛彼切古音在十七部

縠 細縳也 縳之細者也詩玼兮玼兮其之展也蒙彼縐絺是紲袢也傳曰禮有展衣者以丹縠為衣蒙覆也絺之靡者為縐靡謂如襞辟然細之至也箋云縐絺絺之蹙蹙者是也此謂裹衣縐絺外服丹縠衣縠與縐絺正一類也今之縐紗古之縠也周禮謂之沙注謂之沙縠疏云輕者為沙縐者為縠按古祇作沙無紗字 从糸㱿聲 胡谷切三部

縳 白鮮卮也 卮各本作色今正下文云縞鮮卮也今本譌鮮色則此色誤亦同卮與支音同縞為鮮支縳為鮮支之白者聘禮束紡注者紡紡絲為之今之縳也周禮素沙注曰素沙者今之白縳也釋文皆引說文居掾反聲類以為今正絹字按據許則縳與絹各物音近而義殊二禮之鄭注自謂縳不

謂絹也縳以其質堅名之字从專絹以色如麥䅌名之字从肙李登作聲類時已失其傳矣若羽人十摶爲縳左傳縳一如瑱又皆卷縳之義非字之本義

从糸專聲 持沇切十四部

縑 幷絲繒也 謂駢絲爲之雙絲繒也呂氏春秋昔吾所亡者紡緇也今子之衣禪緇也以禪緇當紡緇子豈有不得哉任氏大椿曰禪緇卽單緇也余謂此紡卽方也竝絲曰方猶併船曰方此紡非紡之本義後漢輿服志及古今注竝云合單紡爲一系者同此方絲所謂兼絲也

从糸兼聲 形聲中有會意 古甜切七部

綈 𠂢繒也 𠂢各本作厚今正管子輕重戊篇管子對桓公魯梁之民俗爲綈公服綈旣又對桓公宜服帛去綈然則帛薄綈厚可知也史記范睢傳索隱曰葢今之絁按非也絁卽許之纚字

从糸弟聲 杜兮切十五部

練 湅繒也 湅者𤅩也𤅩者淅也淅者汏米也湅繒汏諸水中如汏米然考工記所謂湅帛也已湅之帛曰練引申爲精簡之偁如漢書練時日練章程是也

从糸柬聲 郎甸切十四部

縞 鮮卮也 各本作鮮色今正漢地理志師古注縞鮮支也司馬相如傳正同顏語多本說文彼時未誤葢支亦作卮因譌色也廣雅縶總鮮支縠絹也許謂縞卽鮮支鄭風縞衣綦巾毛曰縞衣白色男服也王逸曰縞素也任氏大椿釋繒曰孰帛曰練生帛曰縞

从糸高聲 古老切二部

纚 粗緒也 粗者疏也粗緒葢亦繒名廣韵云繒似布俗作絁玉裁按葢今之綿紬

从糸璽聲 式支切十六部

紬 大絲繒也 大絲較常絲爲大也左傳衞文公大帛之冠大帛謂大絲繒後

漢書大練亦謂大絲練也獨斷說飛軨以緹油廣八尺長拄地今繒帛通呼爲紬不必大絲也叚借爲抽字史記紬石室金匱之書徐廣音抽鄧古漢書音胄皆是也音胄謂同籒也籒者讀書也釋名曰紬抽也抽引絲端出細緒也與許說迥異

从糸由聲 直由切三部

𦅻 致繒也 致送詣也凡細膩曰致今之緻字也漢人多用致不作緻致繒曰綮未聞其證

一曰徽識信也有齒 各本識作幟俗字也今正巾部曰徽者徽識也徽識信蓋謂綮戟綮綮通用也漢匈奴傳曰綮戟十師古曰綮戟有衣之戟也以赤黑繒爲之古今注曰綮戟殳之遺象以木爲之後世滋僞無復典刑以赤油韜之亦謂之油戟亦謂之綮戟王公以下通用之以前驅按用赤黑繒故曰綮其用同徽識故曰徽識信

从糸启省聲 各本作殷聲殷不成字按木部綮下曰启省聲則此亦當云启省聲今依韵會正康禮切十五部

綫 東齊謂布帛之細者曰綫 同方言

从糸戔聲 力膺切六部

縵 繒無文也 春秋繁露庶人衣縵引申之凡無文皆曰縵左傳乘縵注車無文者也漢食貨志縵田注謂不畎者也

从糸曼聲 莫半切十四部

漢律曰賜衣者縵表白裏

繡 五采備也 考工記畫繢之事襍五采五采備謂之繡鄭氏古文尚書曰予欲觀古人之象日月星辰山龍華蟲作繢宗彝藻火粉米黼黻希繡此古天子冕服十二章希讀爲黹或作絺字之誤也按今人以鍼縷所紩者謂之繡與畫爲二事如考工記則繡亦系之畫繢同爲設色之工也畫繢與

文字又爲一事故許以觀古人之象說尊修舊文也 从糸肅聲 息救切三部

絢 詩云素以爲絢兮 逸詩見論語八佾篇馬融曰絢文貌也鄭康成禮注曰采成文曰絢注論語曰文成章曰絢許亦此篆於繡繪閒者亦謂五采成文章與鄭義略同也鄭注繪事後素云畫繪先布衆采然後以素分其閒以成其文朱子則云後素後於素也謂先以粉地爲質而後施五采據許絢在繡繪閒繡繪皆五采也蓋許用自受采之旨與 从糸旬聲 許掾切古音在十二部按唐玄度九經字樣⿰糸筍絢同字注云上說文从筍聲下經典相承隸省按⿰糸筍不見於他書疑唐氏所據未確也惟儀禮注云絢今文作約然則絢出禮古文許用禮古文故不錄禮今文玉篇約同上絢本禮注也集韵⿰糸筍同絢此本唐氏也

繪 會五采繡也 會繪疊韵今人分咎繇謨繪繡爲二事古者二事不分統謂之設色之工而已古者續訓畫繪訓繡說見續下 虞書曰山龍華蟲作繪 咎繇謨文 論語曰繪事後素 八佾篇文此皆證繪繡無二事也 从糸會聲 黃外切十五部

緀 帛文皃 帛各本作白今依韵會正韵會用小徐本也 詩曰緀兮斐兮成是貝錦 小雅巷伯文今詩緀作萋毛傳曰萋斐文章相錯也貝錦錦文也箋云錦文者如餘泉餘蚳之貝文也按爾雅餘貾黃白文餘泉白黃文 从糸妻聲 七稽切十五部

䋛 繡文如聚細米也 繡謂畫也米䋛疊韵今咎繇謨作粉米許所見壁中古文作黺䋛黹部云黺畫粉也此云

絑繡文如聚細米也皆古文尚書說也此不言虞書者經文已見於七篇矣畫粉爲衞宏說此葢亦衞說與 从糸米米亦聲 莫禮切十五部

絹 繒如麥稍色 色字今補色譌也而俗刪之耳自絹至綟廿三篆皆言繒帛之色而此色字先之聲類溷縛絹爲一字由不考其義之殊也稍者麥莖也繒色如麥莖青色也射雉賦曰麥漸漸以擢芒又曰鬩閰藹葉四月時也繒色似之曰絹漢人叚爲繯字 从糸肙聲 吉掾切十四部

綠 帛青黃色也 綠衣毛傳曰綠閒色玉藻正義曰五方閒色綠紅碧紫駵黃是也木青剋土黃東方閒色爲綠綠色青黃也火赤剋金白南方閒色爲紅紅色赤白也金白剋木青西方閒色碧碧色白青也水黑剋火赤北方閒色紫紫色黑赤也土黃剋水黑中央閒色駵黃駵黃色黃黑也 从糸彔聲 力玉切三部

縹 帛白青色也 白青各本作青白今正此金剋木之色所剋當在下也縹禮記正義謂之碧釋名曰縹猶漂漂淺青色也有碧縹有天縹有骨縹各以其色所象言之也 从糸㬥聲 敷沼切二部

䋖 帛青經縹緯 經者從絲緯者衡絲 一曰育陽染也 育陽漢南郡屬縣縣在育水北故曰育陽育與績疊韵育水水部作淯水 从糸育聲 余六切三部

絑 純赤也 純同醇厚也赤赤南方色也按市下云天子朱市諸侯赤市然則朱與赤深淺不同豳風我朱孔陽傳曰朱深纁也陽明也許云纁者淺絳絳者大赤葢純赤大赤其異者微矣鄭注禮經曰凡染絳一入謂之縓再入謂之赬三入謂之纁朱則四入與是朱爲深

纁之說也凡經傳言朱皆當作絑朱其叚借字也朱者赤心木也虞書丹朱如此丹朱見咎繇謨許所據壁中古文作丹絑蓋六經之絑僅見此処朱行而絑廢矣从糸朱聲章俱切古音在四部

纁淺絳也考工記鍾氏三入爲纁爾雅一染謂之縓再染謂之赬三染謂之纁鄭注禮曰纁裳淺絳裳也从糸熏聲許云切十三部周禮故書纁作[illegible]

絀絳也此絀之本義而廢不行矣韵會絳作縫非也古多叚絀爲黜从糸出聲丑律切十五部

絳大赤也大赤者今俗所謂大紅也上文純赤者今俗所謂朱紅也朱紅淡大紅濃大紅如日出之色朱紅如日中之色日中貴於日出故天子朱市諸侯赤市赤卽絳也从糸夅聲古巷切九部

綰惡絳也惡下各本衍也今刪此如染下云惡米也繫下云惡絮也謂絳色之惡者也从糸官聲烏版切十四部一曰綅也綅各本作絹今正网部䍁一曰綰也二篆爲轉注老考互訓之例也綅字不行多叚絹爲之周禮翨氏注置其所食之物於絹中鳥來下則掎其腳是也但他書容可同音相代淺人將此綅改作絹則似綰可訓繒如麥稍色全書之條理不可知矣讀許者不可不思讀若雞卵卵古讀如關綰音亦如是說詳卵部

縉帛赤色也南都賦引臣瓚云赤白色玉篇亦云帛赤白皆說赤白則爲下文之紅矣从糸晉聲卽刃切十二部春秋傳曰縉雲氏春秋文十八年左傳文黃帝以雲紀故爲雲師而雲名服虔曰夏官爲縉雲氏禮

有縉緣凡許云禮者謂禮經也今之所謂儀禮也十七篇無縉緣緣侯攷緣以絹切玉藻曰童子之節也緇布衣錦緣錦紳幷紐錦束髮皆朱錦也朱錦爲緣豈卽縉緣與

綪赤繒也定四年左傳分康叔以綪茷茷卽旆也杜曰綪大赤取染草名也䙚記注作蒨旆蒨卽茜也目茜染故謂之綪茜者茅蒐也韋部又曰茅蒐染韋一入曰韎然則必數入而後謂之綪今不得其詳矣茜與綪合韵而同音故茜染謂之綪也从糸青聲倉絇切古音在十一部茜在十三部以雙聲合韵

緹帛丹黃色也謂丹而黃也下文云縓帛赤黃色丹與赤不同者丹者如丹沙與赤異其分甚微故鄭注草人曰赤緹縓色也酒正五齊四曰緹齊注曰緹者成而紅赤若今下酒矣按紅赤者赤而白緹齊不純赤故謂之紅赤緹齊俗作醍見禮運从糸是聲他禮切十六部

衹緹或作衹从衣氏聲也古氏與是同用故是聲亦从氏聲此篆與衣部衹裯之衹大別其義則彼訓短衣其音則氏聲在十五部氏聲在十六部也按唐石經周易衹旣平詩衹攪我心亦衹以異左傳衹見疏也論語亦衹以異以及凡訓適之字皆从衣氏葢有所受之矣張參五經文字經典字畫之砥柱也衣部曰衹止移切適也廣韵本孫愐唐韵曰衹章移切適也玉篇衣部亦曰衹之移切適也舊字相承可據如是至集韵云衹章移切適也始从示然恐轉寫轉刊之誤耳至類篇則衹衹二文皆訓適至韵會而从示之衹訓適矣此其遞譌之原委也衹之訓適以其音同在十六部而得其義凡古語詞皆取諸字音不取字本義皆叚借之法也攷毛公我行其野傳曰衹適也鄭何人斯箋論語注曰衹

適也服虔左傳襄廿九年解云祇適也王弼注坎卦曰祇辭也顏師古竇嬰傳注曰祇適也此古字古言之存者章章也自宋以來刊版之書多不省照衣改從示者不少學者所宜訂正錢氏大昕養新錄乃云說文無祇字五經文字承玉篇之誤未免千慮一失耳祇譌祇俗又作秖唐人詩文用之讀如支今則改用只讀如質此古今推移之變也若史記韓安國傳云禔取辱耳此用祇之同音字如周易祇既平他家作禔而異其義要是同音○顏元孫干祿字書石本祇秖注云上神祇巨移反下適秖章移反是則秖字起於唐初蓋六朝俗字

縓 帛赤黃色也 赤黃者赤而黃也禮喪服注曰縓淺絳也練冠而麻衣縓緣三年練之受飾也檀弓注曰縓纁之類 一染謂之縓再染謂之赬三染謂之纁 三句爾雅釋器文考工記祇言三入不言一入再入爾雅可補記文所未備記云鍾氏染羽以朱湛丹秫三月而熾之淳而漬之三入爲纁鄭注記與爾雅同色耳染布帛者染人掌之依鄭則染人染布帛與鍾氏染羽同用朱湛丹秫也古以茜染者謂之韎謂之緹以朱及丹秫染者謂之縓赬纁赬者赤色也纁者淺絳也玉藻之韞韍即韎韐也韞即縓之叚借字也韎亦謂之縓 从糸原聲 七絹切十四部

紫 帛青赤色也 青當作黑潁容春秋釋例曰火畏於水以赤入於黑故北方閒色紫也論語皇疏玉藻正義略同此作青者蓋如禮器注所云秦二世時語民言從之至漢末猶存與許說必無誤轉寫亂之耳 从糸此聲 將此切十五部亦十六部

紅 帛赤白色也 春秋釋例曰金畏於火以白入於赤故南方閒色紅也論

語曰紅紫不以爲褻服按此今人所謂粉紅桃紅也 从糸工聲 戸公切九部 繱 帛青色也 爾雅青謂之蔥蔥卽繱也謂其色蔥蔥淺青也深青則爲藍矣市部曰大夫赤市蔥衡用玉藻文也潘岳藉田賦繱犗服於縹軛廣雅絹一名繱作繱者誤 从糸蔥聲 倉紅切九部 紺 帛深青而揚赤色也 而字依文選注補揚當作陽猶言表也釋名曰紺含也青而含赤色也按此今之天青亦謂之紅青許言陽劉言含其意一也以纁入深青而赤見於表是爲紺賈氏考工疏云纁入赤汁則爲朱不入赤汁而入黑汁則爲紺賈說非也入深青乃爲紺入黑乃爲緅矣 从糸甘聲 古暗切古音在七部 綥 帛蒼艾色也 蒼者艸色也艾者仌臺也蒼艾色謂蒼然如艾色是爲綥毛傳曰綦巾蒼艾色許所本也鄭箋則云綦綦文也綦文者文錯畫也象交文今作紋是也不純綦而紋路蒼畫爲十字相交是爲綦綦文曹風其弁伊騏傳曰騏騏文也秦風傳曰騏綦文也魯頌傳蒼騏曰騏顧命騏弁鄭注曰青黑曰騏玉藻綦組綬注曰綦文雜色也皆謂蒼文也 从糸畁聲 畁各本作畀併篆體作綥今正此用𠬞部之畁爲聲非用丌部之畀爲聲也𠬞部之畁从甾缶之甾爲聲非由鬼頭之甶也甾在古音第一部甶在古音第十五部此不可或紊者也其亦古音第一部也故綥字亦作綦經典用之徐鉉以補說文或體許本書無之渠之切一部玉篇作綨 詩曰縞衣綥巾未嫁女所服 鄭風出其東門文傳曰縞衣白色男服也綦巾蒼艾色女服也箋云縞衣綦巾所爲作者之妻服也鄭與毛異許用

毛說而以未嫁二字申毛意一曰不借綥不借亦作薄借薄音博禮喪服傳曰繩屨者繩菲也注云繩菲今時不借也急就篇作不借釋名作搏腊同耳周禮弁師注曰璂讀如薄借綦之綦不借綦若今二云艸鞻韏也士喪禮組綦注二云綦屨係也所以拘止屨也讀如馬絆綦之綦內則屨著綦注亦二云綦屨繫也按許不二云一曰屨系而舉不借綦者以俗語易曉也如今小兒鞶帶

綦 綥或从其大徐所補攷玉部有璂艸部有綦則當依大徐補也

繰 帛如紺色如紺色者如紺而別於紺也廣雅系糸諸青類葢比紺色之青更深矣禮記用爲澡治字他書用爲繅絲字或曰深繒深繒疑有譌舛繒不得言深也从糸喿聲讀若喿親小切二部按廣雅音早廣韵同

緇 帛黑色也黑者北方色也火所熏之色也考工記三入爲纁五入爲緅七入爲緇鄭注曰玄色者在緅緇之閒其六入者與从糸甾聲側持切一部按玉藻大夫佩水蒼玉而純組綬注純當爲緇古文緇字或作糸旁才又周禮媒氏純帛注純實緇字也古緇以才爲聲祭統王后蠶於北郊以供純服注純以見繒色論語今也純鄭讀爲緇鄭意今之紂字俗譌爲純耳然則許書當爲紂篆解云古文緇从糸才聲而缺者豈從今書不從故書之例與

纔 帛雀頭色也今經典緅字許無纔卽緅字也考工記三入爲纁五入爲緅七入爲緇注染纁者三入而成又再染以黑則爲緅緅今禮俗文作爵言如爵頭色也又復再染以黑乃成緇矣士冠禮爵弁服注爵弁者冕之次其色赤而微黑如爵頭然或謂之緅依鄭則爵緅纔三字一也三字雙聲巾車雀

飾注曰雀黑多赤少之色玉裁按今目驗雀頭色赤而微黑一曰𢼸黑色如紺句纔
逗淺也前一說謂黑多後一說謂微黑不同鄭注考工巾車謂黑多注士冠禮謂微黑亦不同也其實雀頭微黑
而已纔淺亦於雙聲求之猶竊之訓淺也江沅曰今用爲才字乃淺義引伸讀若讒从糸毚
聲士咸切八部緂帛騅色也騅者蒼白色也詳馬部釋言曰菼騅也王風毛傳曰菼騅也蘆
之初生者也艸部曰菼者萑之初生一曰騅帛色如菼故謂之騅色謂之緂也取其與菼同音也从糸剡
聲士敢切八部詩曰毳衣如緂王風大車文按此十字當作从糸菼省詩曰毳衣如菼說
會意之指復證之以詩如麗豐引易之例若如今本則色固緂矣何云如緂且偁詩毛氏毛固作菼何云偁毛綟
帛𦱀艸染色也𦱀各本譌戾韵會譌艾今正艸部𦱀艸可以染畱黃染成是爲綟綟與𦱀疊韵與畱
雙聲畱黃或作駵黃或作流黃皇侃作緇黃蓋卽䋷黃之色其色黎黑而黃也漢百官公卿表諸侯王金璽盭綬如淳曰盭音
戾綠盭也以綠爲質晉灼曰盭艸名也似艾可染綠因以爲綬名按綠近黃綠爲質而染黑故曰駵黃中央之閒色何承天纂
文云綟紫色非也漢制綠綟綬在紫綬之上紫綬一名緺綬其色青紫从糸戾聲按戾聲當作𦱀省會
意包形聲也郎計切十五部紑白鱻衣皃鱻各本作鮮今正許例新鮮字如此作也毛詩傳曰
絲衣祭服也紑絜鮮皃从糸不聲匹丘切古音在一部詩曰素衣其紑周頌

作絲衣絲衣乃篇名素恐譌字此謂士爵弁玄衣纁裳非白衣也本義謂白鮮引申之爲凡新衣之偁

緂 白鮮衣皃从糸炎聲 充彡切八部廣韵他甘切 謂衣采色鮮也 六字葢非許語依玉篇則白鮮衣皃四字當作衣采色鮮也五字

繻 繒采色也 此本義也左傳紀裂繻大夫以裂繻爲名此繻乃㡏之叚借巾部曰㡏繒耑裂也是也終軍傳關吏與軍繻蘇林曰繻帛邊也舊關出入皆以傳傳因裂繻頭合以爲符信也卽左氏裂繻字正當作㡏是以二傳作緰 从糸需聲 相俞切古音在四部讀若繻有衣 周易旣濟六四文葢有譌奪證之以綮篆下所偁則繻當作需衣下奪綮字

縟 緐采飾也 飾各本作色今依文選西京賦月賦景福殿賦劉越石荅盧諶詩注正緐本訓馬髦飾引申之爲緐多飾本訓厰也引申之爲文飾喪服傳曰喪成人者其文縟未成人者其文不縟注曰縟猶數也按數如數罟之數 从糸辱聲 而蜀切三部○按自縵繡二篆至此皆言文采與色之不同

纚 冠織也 冠織者爲冠而設之織成也凡繒布不須翦裁而成者謂之織成內則注曰纚韜髮者也士冠禮曰纚廣終幅長六尺注曰纚今之幘終充也纚一幅長六尺足以韜髮而結之矣禮經贊者奠纚而後設纚賓正纚乃加冠是以纚韜髮而後冠也此纚葢織成繒帛廣二尺二寸長祇六尺不待翦裁故曰冠織漢制齊三服冠獻冠幘纚正是織成者注云如方目紗按引申之网有名纚者薛綜曰纚網如箕形狹後廣前西京賦曰纚鰋鮋吳都賦曰纚鱨紗○釋名纚以韜髮者也以纚爲之因以爲之名按劉語似誤

本爲韜髮之偁纚乃以爲帛偁如劉語乃倒其先後矣 从糸麗聲 所綺切十六部亦作縰同問喪雞斯卽笄纚之叚借也 謂曰緇帛韜髮 六字各本無依集韵類篇韵會所引皆有蓋古注之存者

紘 冠卷維也 維字今依玉篇補卷經典釋文起權反玉藻縞冠玄武注曰武冠卷也古者冠與卷殊襍記注曰秦人曰委齊東曰武喪大記注曰武吉冠之卷也冠卷不得偁紘故知冠卷下有維字必爲古本矣周禮弁師注朱紘以朱組爲紘也紘一條屬兩端於武又曰紐小鼻在武上笄所貫也士冠禮注曰有笄者屈組爲紘垂爲飾無笄者纓而結其條按有笄者謂冕弁無笄者謂冠許一部冠下曰弁冕之總名也則此云冠卷維者謂冕弁之紘以一組自頭下而上屬兩耑於武者也葢笄貫於武紘實屬於笄首耳許以笄統於卷故曰冠卷維許鄭說略同戴先生說冠無笄有武冕弁有笄無武紘屬於笄說更明了○引申之凡中寬者曰紘如月令其器圜以閎讀爲紘淮南書有八紘 从糸厷聲 戸萌切古音在六部

紭 紘或从弘

紞 冕冠塞耳者 魯語王后親織玄紞韋曰紞所以縣瑱當耳者齊風充耳以素乎而充耳以青乎而充耳以黃乎而箋云素青黃謂所以縣瑱者或名爲紞織之人君五色臣則三色而已瓊華瓊瑩瓊英謂縣紞之末所謂瑱也玉裁按紞所以縣瑱瑱所以塞耳紞非塞耳者也大戴禮黈紞塞耳所以揜聽黈黃色也紞同纊薛綜東京賦注曰黈纊言以黃綿大如丸縣冠兩邊當耳不欲妄聞不急之言此薛氏緣辭生訓大戴紞字乃紞之譌形之誤也黃色之紞下垂充耳人君紞五色故或單舉玄或單舉黃以該他色自紞

讖爲紞漢初諸儒不能辨讖緯客難東京賦諸書又改作纊因起薛氏繆說而呂忱顏師古從之用黃綿塞耳禮之所無士喪禮曰瑱用白纊豈有生時以纊充耳者如淳漢書注曰以玉爲瑱以黈纊縣之如語亦欠明了古文用字斷無有呼絛繩爲纊者許書冕冠塞耳者當作冕冠所以縣塞耳者乃與鄭箋詩韋注國語合鄭韋析言之許渾言之耳引申之義爲衾紞鄭云被識也按今人語謂之當頭卽當耳之意又紞如打五鼓亦謂當鼓面有聲也 从糸冘聲 都感切七部

纓 冠系也 冠系可以系冠者也系者係也以二組系於冠卷結頤下是謂纓與紘之自下而上系於笄者不同冠用纓冕弁用紘纓以固武卽以固冠故曰冠系玉藻之記曰玄冠朱組纓天子之冠也緇布冠繢緌諸侯之冠也玄冠丹組纓諸侯之齊冠也玄冠綦組纓士之齊冠也許此冠字專謂冠不該冕弁 从糸嬰聲 於盈切十一部

紻 纓卷也 此卷亦起權反卷本訓厀曲引申爲凡曲之偁纓卷謂纓之曲繞也是爲紻 从糸央聲 於兩切十部

緌 系冠纓垂者 各本作系冠纓也韵會無也字皆非今正緌與纓無異材垂其餘則爲緌不垂則臿於纓卷閒內則冠緌纓注曰緌者纓之飾也正義曰結纓頷下以固冠結之餘者散而下垂謂之緌按玉藻曰有事然後緌檀弓曰喪冠不緌扱其餘也引申之爲旌旄之緌以旄牛尾爲之古字或作蕤或叚綏爲之 从糸委聲 儒佳切古音在十六部

緄 織成帶也 各本無成字依文選七啓注後漢南匈奴傳注補玉篇帶誤章凡不待翦裁者曰織成緄帶見後漢書蓋非三代時物也詩小戎竹柲緄縢毛傳曰緄繩也此

古義也而許不取之過矣漢碑用爲衮字 从糸昆聲 古本切十三部

紳 大帶也 巾部帶下曰紳也與此爲轉注革部鞶下云大帶也男子鞶帶婦人帶絲帶下云紳也男子鞶帶婦人帶絲皆於古大帶革帶不分別是其疏也古有革帶以系佩韍而後加之大帶則大帶之垂者也玉藻曰紳長制士三尺子游曰參分帶下紳居二焉注云紳帶之垂者也言其屈而重也許但云大帶亦是渾言不析言葢許意以革帶統於大帶以帶之垂者統於帶立言不分別也 从糸 大帶用素用練故从糸 申聲 失人切十二部

繟 帶緩也 繟之言緩也韓詩檀車繟繟毛詩作嘽嘽 从糸單聲 昌善切十四部

綬 韍維也 韍古文作市韠也韍維謂所以維韍者釋器曰璲瑞也此謂玉瑞也又曰璲綬也郭云即佩玉之組所以連繫瑞者因通謂之璲 今本字誤 古者韍佩皆系於革帶佩玉之系謂之璲俗字爲繸又謂之綬韍之系亦謂之綬爾雅渾言之許析言之言韍可以該佩也謂之綬者韍佩與革帶之閒有聯而受之者故曰綬玉藻曰天子佩白玉而玄組綬公侯佩山玄玉而朱組綬大夫佩水蒼玉而純組綬世子佩瑜玉而綦組綬士佩瓀玟而緼組綬孔子佩象環五寸而綦組綬是其制也司馬氏輿服志曰五伯迭興戰兵不息於是解去韍佩留其係璲以爲章表故詩曰鞙鞙佩璲此之謂也至秦乃以采組連結於璲光明章表轉相結受故謂之綬漢承不改夫大東所言其時未嘗去玉綬見玉藻爾雅非至秦漢乃有此名古之所謂綬者璲也秦漢之繸也秦漢之所謂綬者所以代古之韍佩也非古之綬也然則許曰綬韍維也又曰組綬屬也此古之綬也又曰繸綬維也緺綬紫青色也綸青絲綬也

此秦漢之綬也秦漢改韍佩爲綬遂改綬爲璲此名之遷移當正者也 从糸受聲 殖酉切三部

組 綬屬也 屬當作織淺人所改也組可以爲綬組非綬類也綬織猶冠織織成之幘梁謂之纚織成之綬材謂之組玉藻綬必連組曰玄組綬朱組綬是也內則曰織紝組紃周禮典絲掌組詩曰執轡如組傳曰組織組也執轡如組御衆有文章言能制衆動於近成於遠也按詩意非謂如組之柔謂如織組之經緯成文御衆縷而不亂自始至終秩然能御衆者如之也織成之後所用韍佩之系其大者也 其小者目爲冠纓 各本冠作冕今依七啓李注急就顏注正冕用紘冠用纓冕可𢍰冠冠不得𢍰冕也玉藻曰玄冠朱組纓天子之冠也縕布冠繢緌諸侯之冠也玄冠丹組纓諸侯之齊冠也玄冠綦組纓士之齊冠也緌與纓同材故諸侯言緌不言纓纓以組之細者爲之大爲組綬小爲組纓其中之用多矣典絲所供所受之組是也 从糸且聲 則古切五部

緺 綬紫青色也 各本無色今依後漢南匈奴傳太平御覽正百官公卿表曰丞相金印紫綬高帝十一年更名相國緑綬徐廣曰似紫紫綬名緺綬其色青紫何承天云緺青紫色也按紫者水剋火之閒色又因水生木而色青是爲紫青色 从糸咼聲 古蛙切古音在十七部

縌 綬維也 此綬謂漢之綬也乘輿長丈九尺九寸至四百石三百石二百石長丈五尺百石長丈二尺者是也綬維謂之縌乘輿至二千石皆長三尺二寸千石至二百石皆長三尺者是也司馬彪曰縌者古佩璲也佩綬相迎受故曰縌按當曰與綬相迎受故曰縌縌之言逆也漢之縌古之綬也漢之綬猶古

之載佩也綫篆其創於李斯輩與 **从糸逆聲** 宜戟切古音在五部 **纂 似組而赤** 漢景帝紀曰錦繡纂組害女紅者也臣瓚引此爲注按組之色不同似組而赤者則謂之纂釋詁曰纂繼也此謂纂卽纘之叚借也近人用爲撰集之偁 **从糸算聲** 作管切十四部 **紐 系也** 今本系下曰係也係者結束也 **一曰結而可解** 結者締也締者結不解也其可解者曰紐喪大記曰小斂大斂皆左衽結絞不紐正義云生時帶並爲屈紐使易抽解若死則無復解義故絞束畢結之不爲紐也 **从糸丑聲** 女久切三部

綸 糾青絲綬也 各本無糾字今依西都賦李注急就篇顏注補糾三合繩也糾青絲成綬是爲綸郭璞賦云青綸競糾正用此語緇衣注曰綸今有秩嗇夫所佩也釋艸綸似綸郭曰今有秩嗇夫所帶糾青絲綸法言五兩之綸李軌云綸糾青絲綬也今本法言改糾爲如不可通矣攷輿服志乘輿黃赤綬諸侯王赤綬諸國貴人相國皆綠綟綬公侯將軍紫綬九卿中二千石二千石青綬千石六百石黑綬四百石三百石二百石黃綬百石青紺綸一采宛轉繆織長丈二尺按繆卽糾字自黃綬以上綬之廣皆尺六寸皆計其首首多者系細首少者系粗皆必經緯織成至百石而不計其首合青絲繩辮織之有經無緯謂之宛轉繩若今人用絲繩如箸粗爲帶者也緇衣曰王言如絲其出如綸王言如綸其出如綍小雅曰之子于釣言綸之繩召南曰其釣維何維絲伊緡傳云緡綸也綸之繩猶言糾之繩矣後人用以代經論字遂使其義不傳 **从糸侖聲** 古還切古音在十三部

綎 系綬也 系當作絲廣韵曰絲綬帶綎玉篇曰

絲綎綬也按此綬蓋綬之類而已非卬綬之綬从糸廷聲他丁切十一部

縆緩也緩當作綬玉篇縆下曰縆綬也此亦綬之類也从糸亘聲胡官切十四部

[illegible]頸連也頸當作領玉篇作領連是也謂聯領於衣也衣部曰襮黼領也毛傳曰襮領也領謂之襮連領謂之㬥玉篇以為同字也从糸㬥省聲補各切古音在二部

紟衣系也聯合衣襟之帶也今人用銅鈕非古也凡結帶皆曰紟玉藻紳韠結三齊注云結約餘也結或為紟宋本如此韋注國語曰帶甲者紟鎧也紟今本譌衿荀卿非十二子曰其纓禁緩叚禁為紟也按襟交衽也俗作衿今人衿紟不別又喪禮紟單被也乃紟之別一義亦因可以固結之義引申之从糸今聲居音切七部按又巨禁切

[illegible]籀文从金玉篇古文四聲韻皆作絵

緣衣純也此以古釋今也古者曰衣純見經典今曰衣緣緣其本字純其叚借字也緣者沿其邊而飾之也深衣曰純袂緣純邊廣各寸半袂緣猶袂口也廣各寸半者表裏共三寸也既夕禮注曰飾裳在幅曰綼在下曰緆緣之義引申為因緣貪緣而俗遂分別其音矣从糸彖聲以絹切十四部

纀常削幅謂之纀爾雅釋器文也郭云削殺其幅深衣之裳也按許書之削當作消纀之言僕也僕之言附也从糸僕聲博木切三部

絝脛衣也今所謂套袴也左右各一分衣兩脛古之所謂絝亦謂之褰亦謂之襗見衣部若今之滿當袴則古謂之幝亦謂之幒見巾部此名之宜別者也从糸夸聲苦故切五部按

此字疑當同胯跨作絝今皆作袴

繑　絝紐也紐者系也脛衣上有系系於幝帶曰繑从糸

喬聲牽遙切二部緥　小兒衣也衣部曰襁緥也斯干載衣之裼傳曰裼褓也褓緥之俗字

古多云小兒被也李奇曰小兒大藉師古曰即今小兒繃古多叚借保葆字从糸保聲博抱切古音在

三部繜　薉貉中女子無絝以帛爲脛空用絮補

核名曰繜衣狀如襜褕無絝者無左右各一之絝也帛依急就篇當作布空脛古今字

核當作覈果覈之引申也帛爲脛脛褚以絮而裹之若今江東婦之卷胖胖音如滂去聲是名繜衣亦曰毋繜急就篇曰襌衣

蔽膝布毋繜蓋蔽絜繜衣襜三者相似故曰狀如襜衣部曰襜衣蔽前也又曰直裾謂之襜褕此當曰狀如襜不當有褕字

从糸尊聲子昆切十三部紴　條屬按急就篇紴縀紃三字相聯必三者爲一類也縀蓋本作

紴篆形皮叚相似而譌縀乃又譌緞說者因以屨後帖解耳未知是否从糸皮聲讀若被

或讀若水波之波博禾切十七部絛　扁緒也廣雅作編緒漢書及賈生

新書作偏諸蓋上字作編下字作諸爲是諸者謂合衆采也賈誼傳曰今民賣僮者爲之繡衣絲屨偏諸緣服虔曰偏諸如牙

條以作履緣又白縠之表薄紈之裏緁以偏諸晉灼曰以偏諸緁著衣然則偏諸之爲條明矣雜記注曰紃若今時條也毛詩

左傳正義曰王后親織玄紞即今之絛繩必用雜采線織之按紴絨蓋其闊者絛其陿者紃其圜者从糸攸

聲土刀切古音在三部

絨 采彰也彰者彣彰也為五采彣彰可以緣飾之物也一曰車馬帚一曰謂一名也帚各本作飾今正師古漢書注曰偏諸若今之織成以為要襻及褾領者也古謂之車馬帚其上為乘車及騎從之象急就篇絨注曰絨織采為之一名車馬飾卽今之織成也按二注皆用許為訓顏意偏諸卽絨也一作飾不同者後人改之耳从糸戉聲王伐切十五部

縱 絨屬急就篇條繢總為類師古曰總一作縱說文作縱按羔羊素絲五總傳曰總數也豈卽縱與从糸從省聲足容切九部

紃 圜采也采彰扁諸圜采蓋古有是名而漢語猶然圜采以采線辮之其體圜也內則織紝組紃注曰紃條也襍記紃以五采注曰紃施諸縫中若今時條也孔穎達曰似繩者為紃从糸川聲詳遵切十三部

緟 增益也增益之曰緟經傳統叚重為之非字之本如易之重卦象傳言重巽又言洊雷震習坎明兩作離兼山艮麗澤兌皆謂緟之也今則重行而緟廢矣增益之則加重故其字从重許書重文若干皆當作緟文从糸重聲直容切九部

纕 援臂也援臂者捋衣出其臂也王制適四方贏股肱注云謂擐衣出其臂脛蠡諓二云擐當作捋擐是穿著之名非出臂之義陸德明曰擐舊音患今宜音宣依字作捋字林云捋捋臂也先全反玉裁按援捋古今字捋俗又作揎鄭作擐猶許作援二聲古同耳字書韵書有从寽聲之字今以詛楚文石刻攷之其云亦應寽皇天上帝及大沈久湫之幾靈德賜亨劑楚師釋爲爰釋爲援皆可董逌云古受字非也援臂者援引也引衺而上之也是爲纕

臂襄訓解衣故其字从襄糸今則攘臂行而纕臂廢矣攘乃揖讓字 从糸襄聲 汝羊切十部廣韻攘臂平

聲 繻 維綱中繩也 綱者网之紘也又用繩維之左右皆有繩而中繩居要是曰繻思玄賦舊注云繻系也蓋引申之爲凡系之偁思玄賦曰繻幽蘭之秋華李善引通俗文曰繫幃曰繻幃者今之香囊也通俗文各本作說文今以意改 从糸巂聲讀若畫 戶圭切廣韻又胡卦切十六部 或讀若維 維疑當作絓

綱 网紘也 各本作維紘繩也今依棫樸正義正紘者冠維也引申之爲凡維系之偁孔穎達云紘者网之大繩商書曰若网在綱有條而不紊詩曰綱紀四方箋云以网罟喻之張之爲綱理之爲紀 从糸岡聲 古郎切十部 㭃 古文綱 古文四聲韵作㭃㭃一形㭃从古文糸也

縜 綱紐也 紐者結而可解也大曰系小曰紐綱之系网也必以小繩毌大繩而結於网是曰縜引申爲凡紐之偁梓人爲矦上綱與下綱出舌尋縜寸焉注云綱所以繫矦於植者也縜籠綱者按綱繩纚大故以小繩毌大繩爲紐連於矦其用與网一也 从糸員聲 爲贇切十三部大鄭曰讀如竹青皮之筠 周禮曰縜寸

綅 綫也 各本綫上有絳字今依閟宮釋文正義正以綫訓綅不言色也綅既爲絳綫則經不必言朱矣閒傳禫而綅襍記注禫既祭乃服禫服朝服綅冠鄭曰黑經白緯曰綅別一義 从糸侵省聲 子林切七部又息廉反 詩曰貝冑朱綅 魯頌閟宮文傳曰貝冑貝飾也朱綅以朱綅綴之按毛意謂以朱綫綴貝於冑耳正

義謂綴甲非也

縷 綫也此本謂布縷引申之絲亦名縷从糸婁聲力主切古音在四部

綫 縷也鄭司農周禮注曰線縷也此本謂布綫引申之絲亦偁綫从糸戔聲私箭切十四部

線 古文綫周禮縫人作線鮑人同注曰故書線作綜當爲糸旁泉讀爲絤按線作綜字之誤也絤則鄭時行此字漢功臣表不絕如綫晉灼曰綫今線縷字蓋晉時通行線字故云尒許時古線今綫晉時則爲古綫今線蓋文字古今轉移無定如此

⿰糸穴 縷一枚也一枚猶一箇也从糸穴聲乎決切十二部

縫 㠯鍼紩衣也鍼下曰所㠯縫也召南羔羊之縫傳曰縫言縫殺之大小得其宜引申之義也从糸逢聲符容切九部

緁 緶衣也下文緶下曰緁衣也與此爲轉注衣部曰𧝓者緶也喪服傳曰斬者何不緝也齊者何緝也齊卽𧝓緝卽緁叚借字也緁者緶其邊也从糸疌聲七接切八部

𦅸 緁或从習習聲與疌聲相近也

紩 縫也與上文縫爲轉注絺下曰鍼縷所紩衣也凡鍼功曰紩从糸失聲直質切十二部

緛 衣戚也戚今之蹙字也古多用戚無蹙字考工記曰不微至無以爲戚速詩鄭箋云縐絺之戚戚者今俗攺作蹙衣戚衣部所謂襞韋部所謂韏子虛賦襞積褰縐紆徐委曲鬱橈谿谷張揖注曰襞積簡齰也褰縮也縐戚也其縐中文理弗鬱迴曲有似於谿谷也按簡古字襇襉皆今字縐訓戚與鄭箋合俗本譌裁而小顏小司馬皆不得其解甚矣古書之難讀也衣戚亦曰韏衣是爲緛引申之爲凡戚之偁素問

曰大筋緛短小筋弛長緛短謂戚而短也緛以衣喻弛以弓喻 从糸耎聲 而沇切十四部

䋎 補縫也 補者完衣也古者衣縫解曰袒見衣部今俗所謂綻也以鍼補之曰䋎內則云衣裳綻裂紉鍼請補綴是也引申之不必故衣亦曰縫䋎古豔歌行曰故衣誰當補新衣誰當綻賴得賢主人覽取爲我䋎謂故衣誰則補之新衣誰則縫之賴有賢主婦見而爲補縫之也綻字古亦作䋎淺人改之 从糸旦聲 丈莧切十四部

繕 補也 周禮繕人注曰繕之言勁也善也叔于田序注云繕之言善也曲禮招搖在上急繕其怒注曰急猶堅也繕讀曰勁按許言補其本義也而中含善勁二義故鄭云之言不必如曲禮注之改讀也 从糸善聲 時戰切十四部

絬 衣堅也 各本無此三字以論語曰絬衣長短右袂冠於从糸之上今補正玉篇注曰堅也廣韵注曰堅絬皆本諸說文古本非能杜撰也自淺人不知許有引經說叚借之例則訓論語絬衣爲堅衣而不可通乃刪其本義徑引論語使絬爲褻之或體殊不思絬果褻或字則當於衣部褻篆之下出一絬篆云褻或从舌聲不得憒憒如是且上文二云補縫也下文二云綴得理也堅義正與補綴相合列字之次第可攷者如是衣堅者今蘇州人所謂勩箸也 从糸舌聲 舌以柔而存天下之至柔馳騁天下之至剛从舌非無意也私列切十五部 論語曰絬衣長短右袂 鄉黨篇文今論語絬衣作褻裘衣部曰褻私服也然則論語自訓私服而作絬者同音叚借也許偁之者說六書之叚借也如攷人姓也而偁無有作攷堋喪葬下土也而偁堋淫于家尚書叚攷爲好叚堋爲朋也

纍 綴

得理也緐者合箸也合箸得其理則有條不紊是曰纍纍樂記曰纍纍乎端如貫珠此其證也一曰大索也論語作縲字之誤注云黑索也亦誤作累如孟子係累其子弟是亦作纍如易大壯纍其角馬云大索也鄭虞作纍引申之不以罪死曰纍見楊雄反離騷注从糸畾聲畾聲卽靁省聲也力追切十五部按纍絫二字大不同纍在十五部大索也其隸變不得作累絫在十六部增也引申之延及也其俗體作累古所不用

縭㠯絲介履也介者畫也謂以絲介畫履閒爲飾也蓋卽周禮之繶約从糸离聲力知切古音在十七部

緱刀劍緱也廣韵曰刀劍頭纏絲爲緱也按謂人所把處如人之喉然从糸矦聲古侯切四部

繄戟衣也所以韜戟者猶盛弓弩矢器曰医也殹借爲語詞左傳王室之不壞繄伯舅是賴民不易物惟德繄物毛詩伊可懷也箋云伊當作繄繄猶是也从糸殹聲烏雞切十五部一曰赤黑色繒赤當依玉篇作青巾車王后安車彫面繄總注曰繄讀爲鳧鷖之鷖鷖總者青黑色以繒爲之鄭司農說也

縿旌旗之游所屬也各本失所屬二字今補㫃部曰游旌旗之流也周禮巾車注云正幅爲縿游則屬焉正義曰正幅爲縿爾雅文又覲禮正義爾雅說旌旗正幅爲縿唐後爾雅奪正幅爲縿四字邢疏不能攷補縿是旌旗之體游則屬焉故孫炎注曰爲旒於縿郭璞曰縿衆旒所箸戴先生曰游箸縿垂者也交龍鳥隼之屬皆畫於縿爾雅曰纁帛縿鄭本之曰九旗之帛皆用絳上有弧以張縿之幅見覲禮明堂位考工記下以

人維之周禮節服氏六人維王之太常爾雅維以縷是也所以太常必維之者正恐其游長曳地毛詩素絲紕之大夫旌旗之游亦維持之也游屬於縿而統於縿然㫃部游下不云旌旗之縿也則知縿下斷不云旌旗之游理合析言不得渾言矣

从糸參聲 所銜切古音在七部

徽 衺幅也 卽詩之邪幅也傳曰邪幅偪也所以自偪束也箋云邪幅如今行縢也偪束其脛自足至厀按內則謂之偪許云謂之徽未見所出蓋猶蔽厀謂之韠與釋詁曰徽善也止也大雅箋云美也自偪束之義之引申也 一曰三糾繩也 三糾謂三合而糾之也斗部曰糾三合繩易係用徽纆劉表曰三股曰徽兩股曰纆一說糾本三股三糾當爲九股 从糸微省聲 許歸切十五部

⿰糸斦 扁緒也 見條下 一曰弩要 俗作署 鉤帶 从糸斦聲 斦者籒文折字并列切十五部

紉 單繩也 單各本及集韵作繟非其義李文仲字鑑作繟今依廣韵佩觿作單太平御覽引通俗文曰合繩曰糾單展曰紉織繩曰辮大繩曰絙釋玄應引字林單繩曰紉單對合言之凡言綸言糾皆合三股二股爲之紉則單股爲之玉篇曰紉繩縷也展而續之方言曰繝剿續也楚謂之紉蓋單股必以他股連接而成離騷曰紉秋蘭以爲佩注紉索也內則紉鍼請補綴亦謂綫接於鍼曰紉 从糸刃聲 女鄰切古音在十三部

繩 索也 索下云繩也艸有莖葉可作繩索也故从宋糸繩可以縣可以束可以爲閑故釋訓曰兢兢繩繩戒也周南傳曰繩繩戒愼也 从糸蠅省聲 食陵切蠅字入黽部者謂其虫大腹如黽類也故蠅

以黽會意不以黽形聲繩爲蠅省聲故同在古音弟六部黽則古音如芒在弟十部

䋊 紆未縈繩

未縈繩謂未重疊繞之如環者紆者詘也少少詘曲之而已將縈繩先詘曲之引申爲凡紆曲之偁士喪禮陳襲事于房中西領南上不綪注云綪讀爲䋊䋊屈也江沔之閒謂縈收繩索爲䋊按許紆下一曰縈也此卽江沔之閒語也此云紆未縈繩用詘訓也凡器物曲陳之皆曰䋊

一曰急弦之聲

聲䋊䋊然也

从糸爭聲讀若旌

側莖切十一部

縈 收卷也

卷居轉切各本作拳非也今依韵會玉篇正凡舒卷字古用絭曲之卷今用气勢之捲非也收卷長繩重疊如環是爲縈於營切今俗語尚不誤詩周南葛藟縈之傳曰縈旋也

从糸熒省聲

於營切十一部

絇 纑繩絇也

纑者布縷也繩者索也絇糾合之謂以讀若鳩知之謂若纑若繩之合少爲多皆是也廣韵絇九遇切絲絇也唐會眞記崔氏書曰奉寄采絲一絇元稹詩曰棼絲不成絇正讀九遇切是唐人多用此語若屨絇禮經及禮記皆作絇周禮作句鄭云箸舃屨之頭以爲行戒句當爲絇聲之誤也玉裁按許不言屨飾但言纑繩絇許意屨絇字當從周禮作句爲正取拘止之意

从糸句聲讀若鳩

古音在四部今其俱切

縋 㠯繩有所縣也

縣者系也以繩系物垂之是爲縋縋之言垂也玄應引縣下有鎮

春秋傳曰夜縋納師

見左傳襄十九年

从糸追聲

持僞切按當持位切古音在十五部

纕 纕臂繩也

纕各本作攘今正纕者援臂也臂褏

易流以繩約之是繩謂之絭絭有叚帣爲之者史記滑稽列傳帣韝鞠䩭徐廣云帣收衣袖也又有叚卷爲之者列女傳趙津女娟攘卷操檝卷卽絭也禾部曰稛絭束也冖部曰冠絭也是引申爲凡束縛之偁 从糸弄聲 居願切十四部

緘 所㠯束匧也 所㠯二字今補匧者笥也束者縛也束之者曰緘引申之齊人謂棺束曰緘喪大記作咸 从糸咸聲 古咸切古音在七部

縢 緘也 亦所以束者也周書有金縢凡艸之藟木之虆曰縢俗作藤 从糸朕聲 徒登切六部

編 次簡也 以絲次弟竹簡而排列之曰編孔子讀易韋編三絕冊字下曰象其札一長一短中有二編之形然則駢比其簡上下用絲編二是以有得青絲編考工記者也禮之編茅爲鼏鼏周禮王后之編列髮爲之亦猶是法也 从糸扁聲 布玄切十二部

維 車蓋維也 車蓋之制詳於考工記而其維無考許以此篆專系之車蓋蓋必有所受矣引申之凡相系者曰維載維綴維是也管子曰禮義廉恥國之四維 从糸隹聲 以追切十五部

絥 車絥也 郊祀志雍五時路車各一乘駕被具西時畦時禺車各一乘禺馬四匹駕被具師古曰駕車備馬之飾皆具按駕車之飾此所謂絥也被馬之飾革部所謂鞁也 从糸伏聲 平祕切古音在一部

茯 絥或从艸

鞴 絥或从革葡聲 葡聲伏聲同在弟一部

⿰糸正 ⿰糸正綊 逗 各本少此二字今依全書通例補 乘輿馬飾也 乘輿天子車飾亦妝飾之飾⿰糸正綊字今無所攷傳玄乘輿

馬賦注今不傳　从糸正聲　諸盈切十一部　綊　⿰糸正綊也　其義已釋於上故此但云⿰糸正綊也凡緐連字不可分釋者其例如此　从糸夾聲　胡頰切八部　緐　馬髦飾也　馬髦謂馬鬣也飾亦妝飾之飾蓋集絲條下垂爲飾曰緐引申爲緐多又俗改其字作繁俗形行而本形廢引申之義行而本義廢矣至若鄭注周禮禮記之繁纓繁讀爲鞶鞶帶之鞶謂今馬大帶也此易字之例其說與許說絕殊　从糸每　各本下有聲字非也今刪每者艸盛上出故从糸每會意猶之蘇字亦以每緐會意也附袁切十四部　春秋傳曰可以稱旌緐乎　哀廿三年左傳文　䋣　緐或从㝴　以弁形聲　㝴籀文弁　見兒部　繮　馬紲也　釋名曰韁疆也繫之使不得出疆限也　从糸畺聲　居良切十部　紛　馬尾韜也　韜劒衣也引申爲凡衣之偁釋名曰紛放也防其放弛以拘之也楊子言車軨馬馻馬馻謂結束馬尾豈韜之而後結之與羽獵賦注紛旗流也尚書歒乃干傳曰施汝盾紛離騷用繽紛字皆引申叚借也　从糸分聲　撫文切十三部　紂　馬緧也　方言曰車紂自關而東周洛韓鄭汝潁而東謂之緧或謂之曲綯或謂之曲綸自關而西謂之紂　从糸肘省聲　除柳切三部　緧　馬紂也　考工記必鰌其牛後注云鰌讀爲緧關東謂紂爲緧按亦作緧商王紂古文尚書作受　从糸酋聲　七由切三部　絆　馬馽也　馬部馽下曰馬絆也與此爲轉注小雅縶之維

之傳曰縶絆維縶也周頌曰言授之縶以縶其馬箋云縶絆也按縶謂繩用此繩亦謂之縶此凡字之大例有客其冣明者也引申爲凡止之偁从糸半聲博幔切十四部䋈絆前兩足也莊子馬蹏篇連之以羈馽崔云絆前兩足也吳都賦䋈麋麖劉注同从糸須聲相主切古音在四部按向秀云馬絆音竦集韵入二腫漢令蠻夷卒有䋈疑有奪字殊下云蠻夷長有罪當殊之此應云蠻夷卒有罪當䋈之紖牛系也牛系所以系牛者也周禮封人作絼鄭司農云絼著牛鼻繩所以牽牛者今時謂之雉與古者名同後鄭云絼字當以豸爲聲按絼讀如豸豸池爾切漢人呼雉卽絼也絼變作紖而讀丈忍切仍絼雉之雙聲今人讀紖余忍切則非也少儀曰牛則執紖从糸引聲讀若矤直引切十二部縼長繩系牛也玉篇云以長繩系牛馬放之也从糸旋聲辭戀切十四部縻牛轡也轡本馬轡也大車駕牛者則曰牛轡是爲縻潘岳賦曰洪縻在手凡言羈縻勿絕謂如馬牛然也从糸麻聲靡爲切古音在十七部絼縻或从多多聲麻聲同十七部紲犬系也犬字各本無今補少儀犬則執緤牛則執紖馬則執靮注曰緤紖靮皆所以繫制之者按許以此篆次於牛系牛轡之後其爲用少儀顯然也緤本犬系引申之馬亦曰緤故上文繮下曰馬紲也若紲本謂馬則宜次於繮篆後矣从糸世聲私列切十五部春秋傳曰臣負羈紲春秋僖廿四年左傳文服

虔注曰一曰犬韁曰紲古者行則有犬按如服說則紲之本義也如杜說紲馬韁則紲引申之義也服云犬韁許云馬紲文意正同

緤 紲或从枼枼亦世聲也

纆 索也易係用徽纆劉表曰三股曰徽兩股曰纆字林曰兩合曰糾三合曰纆 从糸黑聲莫北切一部按从黑者所謂黑索拘攣罪人也今字从墨

縆 大索也通俗文大索曰縆 一曰急也淮南子曰張瑟者小弦縆大弦緩高氏注曰縆急也王逸注九歌曰縆急張弦也如月之恆傳曰恆弦也本亦作縆沈重古恆反按手部揯引急也縆與揯音義皆同 从糸恆聲古恆切六部亦作組非从亙之組也亦古鄧切

繘 綆也易井卦汔至亦未繘井羸其瓶鄭云繘綆也方言曰繘自關而東周洛韓魏之閒謂之綆或謂之絡關西謂之繘 从糸矞聲余聿切十五部

𦄾 古文从絲 𦅾 籒文繘从絲又从臼也臼者又手也

綆 汲井綆也汲者引水於井也綆者汲水索也何以盛水則有缶缶部曰罋汲缾也是也何以引缾而上則有綆春秋傳具綆缶是也 从糸叜聲古杏切古音在十部讀如岡

絠 彈彊也彈者開弓也彊者弓弩耑弦所凥也弦與弓弩於發矢時相離是名絠 从糸有聲弋宰切又古亥切一部

繳 生絲縷也生絲爲縷也凡蠶者爲絲麻者爲縷絲細縷麤故糾合之絲得偁縷 謂縷系矰矢而以隿躲也李善文賦注所引有此十字今按有此乃完當作生絲縷系矰矢而

㠯隿䠶也共十一字矢部曰矰者隿䠶矢也隹部曰隿者繁䠶飛鳥也繳者繁繳也从糸敫聲之若切古音在二部

繴 繴謂之罿罿謂之罬罬謂之罦捕鳥覆車也見釋器及网部从糸辟聲博厄切十六部

緍 釣魚繁也繁本施於鳥者而鉤魚之繩似之故曰釣魚繁召南曰其釣維何維絲伊緍傳曰緍綸也謂糾絲爲繩也从糸昏聲武巾切十三部吳人解衣相被謂之緍方言緍緜施也秦曰緍趙曰緜吳越之閒脫衣相被謂之緍緜按大雅荏染柔木言緍之絲傳曰緍被也是其爲古義古訓不始方言也

絮 敝緜也緜者聯敝也因以爲絮之偁敝者敗衣也因以爲孰之偁敝緜孰緜也是之謂絮凡絮必緜爲之古無今之木緜也以絮納袷衣閒爲袍曰褚亦曰裝褚亦作著以麻縕爲袍亦曰褚从糸如聲息據切五部

絡 絮也今人聯絡之言蓋本於此包絡字漢人多叚落爲之其實絡之引申也楊雄傳曰緜絡天地以絮喻也一曰麻未漚也陳風曰東門之池可以漚麻傳曰漚柔也箋云於池中柔麻使可緝績作衣服按未漚者曰絡猶生絲之未湅也从糸各聲盧各切五部

纊 絮也玉藻纊爲繭注曰纊今之新緜也按鄭釋纊爲新緜者以別於縕之爲新緜及舊絮也許則謂纊爲絲絮不分新故謂縕爲麻緼與鄭絕異从糸廣聲苦謗切十部春秋傳曰皆如挾纊春秋宣十二年左傳文

絖 纊或

紙 絮一箈也 箈各本譌笘今正箈下曰潎絮簀也潎下曰於水中擊絮也後漢書曰蔡倫造意用樹膚麻頭及敝布魚网以爲紙元興元年奏上之自是莫不從用焉天下咸稱蔡侯紙按造紙昉於漂絮其初絲絮爲之以箈荐而成之今用竹質木皮爲紙亦有緻密竹簾荐之是也通俗文曰方絮曰紙釋名曰紙砥也平滑如砥 从糸氏聲 諸氏切十六部

絓 治敝絮也 敝絮猶故絮也 从糸咅聲 芳武切古音在四部

繫 繫褫也一曰惡絮 一曰猶一名也繫褫讀如谿黎疊韵字音轉爲縴縭縴苦堅切廣韵十二齊一先皆曰縴縭惡絮是也釋名曰煑繭曰莫莫幕也貧者著衣可以幕絮也或謂之牽離煑熟爛牽引使離散如絮也按此與煑繭絓頭不同物編太平御覽者合而一之誤矣 从糸毄聲 大徐古詣切非古也此字之本音見周易釋文云首作毄下系者音口奚反集韵繫牽兮切引說文繫褫惡絮陸德明丁度非不言之憭然也而六朝以後舍系不用而叚繫爲系遂使繫之本義薶蕴終古至鼎臣奉敕校定此書亦徑云古詣切何淺率如是尚自謂用唐韵不知唐韵霽韵氏之繫非許書之繫褫也十六部

褫 繫褫也从糸虒聲 郎兮切十六部 一曰維也 此別一義謂褫亦訓維系

緝 績也 自緝篆至絣篆皆說麻事麻事與蠶事相似故亦从糸凡麻枲先分其莖與皮曰朩因而漚之取所漚之𣏟而𣏟之爲言微也微纖爲功析其皮如絲而撚之而剸之而續之而後爲縷是曰績亦曰緝亦絫言緝績孟子曰妻辟纑趙注曰緝績其麻曰辟按辟與擘肌分理之擘同謂始

於析麻皮爲絲也引申之用縷以縫衣亦爲緝如禮經云斬者不緝也齊者緝也是也又引申之爲積厚流光之偁大雅傳曰緝熙光明也是也 从糸咠聲 七入切七部 績 績所未緝者 各本作績所緝也今依廣韵正兩縷相接而後爲緝未撚接之前豫𣏟纖微諸縷以儲待之是爲紌令其次弟可用也引申之周禮有紌布鄭司農云列肆之稅布 从糸次聲 七四切十五部 績 緝也 豳風八月載績傳曰載績絲事畢而麻事起矣績之言積也積短爲長積少爲多故釋詁曰績繼也事也業也功也成也左傳曰遠績禹功大雅曰維禹之績傳曰績功 从糸責聲 則歷切十六部 纑 布縷也 言布縷者以別乎絲縷也績之而成縷可以爲布是曰纑禮經縷分別若干升以爲麤細五服之縷不同也趙岐曰湅麻曰纑麻部㡭下曰未湅治纑也然則湅治之乃曰纑蓋縷有不湅者若斬衰齊衰大功小功之縷皆不湅緦衰之縷則湅之若吉服之縷則無不湅者不湅者曰㡭湅者曰纑統呼曰縷 从糸盧聲 洛乎切五部 紨 布也 謂布名 一曰粗紬 謂大絲繒之粗者漢書武五子傳嚴延年女羅紨 从糸付聲 防無切五部 䋵 蜀細布也 左思蜀都賦黃潤比筒注黃潤謂筒中細布也楊雄蜀都賦曰筒中黃潤一端數金 从糸彗聲 祥歲切十五部 絺 細葛也 葛者絺綌艸也其緝績之一如麻枲其所成之布細者曰絺粗者曰綌蓋艸有不同如今之葛布有黃艸葛其粗者也 从糸希聲 丑脂切十五部 綌 粗葛也从

糸谷聲綺戟切古音在五部帢綌或从巾縐絺之細者也者字依御覽補詩曰蒙彼縐絺鄘風君子偕老文傳曰蒙覆也絺之靡者爲縐按靡謂紋細皃如水紋之靡靡也米部曰糜碎也凡言靡麗者皆取糜義謂其極細此毛說與鄭說之不同也一曰戚也戚各本作蹴蹴者躡也非其義蓋本作戚俗作蹙又改爲蹴耳今正鄭箋云縐絺絺之蹙蹙者此鄭說之異毛也戚戚者如今皺紗然上文云緛衣戚也子虛賦襞積褰縐張揖注云縐戚也从糸芻聲側救切四部絟細布也江都王傳遺帝荃葛師古曰字本作絟千全反又千劣反江南筩布之屬皆爲荃也从糸全聲此緣切十四部紵檾屬檾者枲屬也陳風曰東門之池可以漚紵細者爲絟布白而細曰紵各本作粗者爲紵今依玄應書正卷十二十五略同也周禮典枲掌布緦縷紵之麻艸之物白而細疏曰紵古亦借爲褚衣之褚从糸宁聲直呂切五部緒紵或从緒省緦十五升抽其半布也各本無抽其半三字當由不通人刪之今補緦者布名猶大功小功皆布名也經云緦麻三月者注云緦麻緦布衰裳而麻絰帶也今本注內刪下緦字則不可通矣傳曰緦者十五升抽其半有事其縷無事其布曰緦凡布幅廣二尺二寸禮經布八十縷爲升即許之布八十縷爲稯也斬衰三升三升有半齊衰四升繐衰小功之縷四升有半大功八升若九升小功十升若十一升緦布朝服之縷七升有半升數各不同而皆合二尺二寸之度

以成布十五升去半者十五升朝服之升數也去其半則爲七升有半朝服用十五升其布密緦用其半其布疏謂之緦者鄭曰治其縷細如絲也傳所謂有事其縷也繐衰用小功之縷而升數不及半緦用朝服之縷而升數祇取半皆聖人因宜適變之精意

一曰兩麻一絲布也 此說非也鄭注喪服曰或曰有絲朝服用布何衰用絲乎

从糸思聲 息茲切一部

古文緦从恖省 思各本作糸誤今正

緆細布也 布一本作麻古亦呼布爲麻也燕禮冪用綌若錫鄭注今文錫爲緆緆易也治其布使滑易也按今文其本字古文其叚借字也子虛賦被阿錫郎列子之衣阿緆許意從禮今文故錄緆字喪服錫衰傳曰錫者何也麻之有錫者也錫者十五升抽其半無事其縷有事其布曰錫按據是則緆之與緦但一事其縷一事其布爲少異耳其爲十五升之半則同也何緦下偁傳以釋之而緆下不偁傳也曰緦在五服之內故聖人特製其字錫衰不在五服內故聖人用錫之名不別製字錫衰之錫與細布之緆其實不同也蓋古者布十五升爲冣細十五升布成治之使滑易是曰緆錫衰則半十五升而治之亦名曰緆實非緆也是以傳之釋經也先之曰錫者何也麻之有錫者也有讀爲又言麻旣爲布矣而又加灰易之此言緆之本義也繼之曰錫者十五升抽其半無事其縷有事其布曰錫此釋錫衰之錫也兩言錫者意各有在許作字書釋緆本義故祇曰細麻而不必詳十五升去半之錫蓋用傳前說以包後說矣

从糸易聲 先擊切十五部

𦆉緆或从麻 先鄭曰錫麻之滑易者劉熙曰錫易也治其麻使滑易也古說謂治麻曰錫

繐 細疏布也 禮經曰繐衰裳牡麻絰既葬除之者傳曰繐衰者何以小功之縷也注云治其縷如小功而成布四升半細其縷者以恩輕也升數少者以服至尊也凡布細而疏者謂之繐今南陽有鄧繐按小功十升若十一升成布而此用小功之縷四升半成布是爲縷細而布疏其名曰繐者布本有一種細而疏者曰繐但不若繐衰之大疏而繐衰之名繐實用其意故鄭舉凡布以名之劉氏釋名說繐衰亦曰細而疏如繐也許云細疏布亦謂凡布不主繐衰與緆本爲細布名而錫衰之錫取以爲名正同故皆不引禮傳 从糸惠聲 私銳切十五部按此篆各本在前組纂二篆之閒非其次也今移此以正之

緰 緰貲 逗 布也 謂布名急就篇服瑣緰𦃇與繒連師古曰緰𦃇緆布之尤精者也𦃇貲同 从糸俞聲 度侯切四部

縗 喪服衣 喪字各本無今補凡服上曰衣下曰裳禮衰裳連言卽衣裳也以衰統負板辟領等爲言也 長六寸博四寸直心 禮喪服記曰衰長六寸博四寸注云廣袤當心也前有衰後有負板左右有辟領孝子哀戚無所不在按縗絰典多叚借衰爲之 从糸衰聲 倉回切古音在十七部

絰 喪首戴也 喪服經苴絰注曰麻在首在要皆曰絰絰之言實也明孝子有忠實之心故爲制此服焉首絰象緇布冠之缺項要絰象大帶又有絞帶象革帶按經傳首要皆言絰而首章傳首絰大搹去五分一以爲帶齊衰之絰斬衰之帶也云云然則在首爲絰在要爲帶絰特舉絰以統帶耳故許以喪首戴釋絰猶言當心之縗則負板辟領皆統其中也 从糸至聲 徒結切十

二部

緶 交枲也 謂以枲二股交辮之也交絲爲辮交枲爲緶 一曰緁衣也 上文緁下云緶衣也此云緶緁衣也是爲轉注 从糸便聲 房連切十一部

⿸戶糸 屨也 屨者足所依也方言曰絲作之者謂之屨麻作之者謂之不借或謂之屨或謂之䩕角或謂之麤或謂之屩或謂之屝屨其通語也 一曰青絲頭屨也 上義謂麻作之此義謂青絲爲頭 讀若阡陌之陌 許書無阡陌葢當作仟佰也一曰以下十三字當在从糸戶聲之下 从糸戶聲 大徐亡百切郭景純下瓦反一音畫古音在五部

⿰糸封 枲履也 枲者麻也急就篇屐屩⿱封糸麤今俗語屨之判合爲⿱封糸讀如邦 从糸封聲 博蠓切九部

緉 履㒳枚也 齊風葛屨五㒳屨必㒳而後成用也是之謂緉 一曰絞也 一曰猶一名也方言緉緛絞也關之東西或謂之緛絞通語也按緉之言㒳也緛之言雙也絞之言交也 从糸㒳㒳亦聲 各本㒳作兩篆作緉非當正力讓切十部

絜 麻一耑也 一耑猶一束也耑頭也束之必齊其首故曰耑人部係下云絜束也是知絜爲束也束之必圍之故引申之圍度曰絜束之則不楸曼故又引申爲潔淨俗作潔經典作絜 从糸㓞聲 古屑切十五部

繆 枲之十絜也 枲卽麻也十絜猶十束也亦叚爲謬誤字亦叚爲諡法之穆 一曰綢繆也 唐風綢繆束薪傳曰綢繆猶纏緜也鴟鴞鄭箋同皆謂束縛重疊 从糸翏聲 武彪切三部

綢 繆

也謂皃之十絜一曰綢繆二義皆與繆同也今人綢繆字不分用然詩都人士章用綢字曰綢直如髮毛傳以密直釋之則綢卽稠之叚借也从糸周聲直由切三部按此二篆疑有譌亂

絮絜縕也絜縕謂束縕也束縕見蒯通傳一曰敝絮也敝絮謂執縣也前說謂麻此謂絲从糸奴聲女余切五部易曰需有衣絮旣濟六四爻辭按此篆舊在繫篆之前彼上下文皆言絲絮非其類今移次於此

縕紼也玉藻纊爲繭縕爲袍注曰纊新縣也縕今之纊及故絮也纊及故絮者謂以新縣合故絮裝衣鄭說與許異衣部曰以絮曰襺以縕曰袍許絲絮不分新舊繫謂之纊以亂麻謂之縕孔安國釋論語曰縕枲著也許所本也蒯通傳束縕乞火師古曰縕亂麻从糸𥁕聲於云切十三部亦上去聲

紼亂枲也枲各本作系不可通今正亂枲者亂麻也可以裝衣可以然火可以緝之爲索故采芑毛傳曰紼繂也言用紼爲索也从糸弗聲分勿切十五部

絣氐人殊縷布也漢武都郡應劭曰故白馬氐羌華陽國志曰武都郡有氐傁殊縷布者蓋殊其縷色而相間織之絣之言駢也从糸幷聲北萌切十一部自緝篆至此篆皆說麻事也

紕氐人罽也氐人所織毛布也周書伊尹爲四方獻令正西以紕罽爲獻後漢西南夷傳冄駹夷能作氂毲氂卽紕也華陽國志同禮記用紕爲紕繆字从糸毛似糸故从糸比聲讀若禹貢玭珠卑履切十五部亦平聲玭珠見玉部注

罽

西胡毳布也西胡見玉部瑂注毳者獸細毛也用織爲布是曰罽亦叚罽爲之从糸罽聲居例切十五部

縊絞也絞各本作經庸人所改也今正交部曰絞縊也與此爲轉注絞縊必兩股辮爲之喪服傳曰喪之經不樛垂葢不成也不樛垂謂不絞也經本訓從絲爲一股縊死必兩股爲之以其直縣也故亦謂之經許解縊必不云經也左傳曰若其有罪絞縊以戮手部曰摎縛殺也从糸益聲於賜切十六部春秋傳曰夷姜縊桓十六年左傳文

綏車中靶也靶各本作把玉篇作車中靶也廣韵引說文同按靶是把非靶者轡也轡在車前而綏則系於車中御者執以授登車者故別之曰車中靶也少儀曰車則脫綏執以將命綏本系於車中故可脫郭璞注子虛賦曰綏所執以登車論語曰升車必正立執綏周生烈曰正立執綏所以爲安按引申爲凡安之偁从糸妥聲妥聲字各本無今補妥字見禮經小雅許偶遺之今已補於女部毛公曰妥安坐也綏以妥會意卽以妥形聲古音在十七部今音息遺切

彝宗廟常器也彝本常器故引申爲彝常大雅民之秉彝傳曰彝常也从糸糸綦也綦許書所無當作冪周禮幎人以疏布巾幎八尊以畫布巾幎六彝彝尊必以布覆之故从糸也廾持之之字今補廾竦手也尊下亦曰廾以奉之米器中實也酒者米之所成故从米从彑象形各本作彑聲非也今依韵會正彑者豕之頭銳而上見也爵从鬯又而象雀之形彝从糸米廾而象畫鳥獸之形其意一也故云與爵相似此與爵

相佀 相似猶同意也以脂切十五部 周禮六彝雞彝鳥彝黃彝虎彝蜼彝斝彝旨待祼將之禮 見春官司尊彝職 皆古文彝

文二百四十八 宋本八今本九 重三十一

素 白致繒也 繒之白而細者也致者今之緻字漢人作注不作緻近人改爲緻又於糸部增緻篆皆非也鄭注襍記曰素生帛也然則生帛曰素對湅繒曰練而言以其色白也故爲凡白之偁以白受采也故凡物之質曰素如設下一曰素也是也以質未有文也故曰素食曰素王伐檀毛傳曰素空也 从糸𠂹取其澤也 澤者光潤也毛潤則易下𠂹故从糸𠂹會意桑故切五部 凡素之屬皆从素

⿰素𠬞 素屬从素𠬞聲 居玉切三部

⿰素勺 白⿰素勺 逗 縞也 縞者鮮支也急就篇有白⿰素勺顏注曰謂白素之精者其光⿰素勺⿰素勺然也 从素勺聲 以灼切二部

⿰素率 素屬 素當作索索見𣎳部繩索也从素之字古亦从糸故⿰素率字或作繂或作繂采尗毛傳曰紼繂也謂麻繩也今說文譌作素屬乃不可通矣 从素 猶从糸也 率聲 所律切十五部

繛 緩也 淇澳毛傳曰綽緩也 从素卓聲 昌約切二部

綽 繛或省 今多如此作

⿰素爰 繛也 糸部曰紓緩也然則緩紓也

从素爰聲胡管切十四部大徐管作玩非𦅻緩或省今多如此作

文六　重二

絲蠶所吐也吐者寫也从二糸息茲切一部凡絲之屬皆从絲

轡馬轡也从絲車各本篆文作轡解作从絲从軎五經文字同中从軎軸耑之軎也惟廣韵六至轡下云說文作𦆯此葢陸法言孫愐所見說文如此而僅存焉以絲運車猶以扶輓車故曰𦆯與連同意祇應从車不煩从軎也今據以正誤與連同意見連輦二字下兵媚切十五部詩曰六轡如絲小雅皇皇者華文此非以證𦆯字乃以釋从絲之意也六𦆯如絲毛傳曰言調忍也如絲則是以絲運車故其字从絲車凡引經說會意之例如此

𢇁織㠯絲毌杼也織字下各本衍絹字玉篇又誤緝今刪以絲各本誤作从糸毌作貫今正杼者機之持緯者毌穿物持之也以絲貫於杼中而後織是之謂𢇁杼之往來如關機合開也从絲省丱聲丱者𠧩字也鉉等云古磺字非也古還切十四部丱古文𠧩字各本無此五字今補說詳𠧩部

文三

率捕鳥畢也畢者田网也所以捕鳥亦名率按此篆本義不行凡衛訓將衛也𨔞訓先導也皆不

用本字而用率又或用帥如縣傳云率循也北山傳云率循也其字皆當作達是也又詳帥下左傳藻率服虔曰禮有率巾卽許書之帥也 象絲网 謂幺 上下其竿柄也 上其竿之露者下其柄也畢网長柄所律切十五部 凡率之屬皆从率

文一

虫 一名蝮 爾雅釋魚蝮虫今本虫作虺 博三寸首大如擘指 釋魚文擘指大指也郭云此自一種蛇人自名爲蝮虺今蝮蛇細頸大頭焦尾色如艾綬文文閒有毛似豬鬣鼻上有鍼大者長七八尺一名反鼻非虺之類此足以明此自一種蛇按此注見斯干正義及小顏田儋傳注郭意爾雅之蝮今無此物今之蝮蛇非爾雅之蝮蛇也 象其臥形 虫篆象臥而曲尾形它篆下云虫也象冤曲垂尾形許偉切十五部 物之微細或行或飛 或飛二字依爾雅釋文補 或毛或蠃 蠃見衣部但也俗作蠃非 或介或鱗以虫爲象 按以爲象言以爲象形也从虫之字多左形右聲左皆用虫爲象形也月令春其蟲鱗夏其蟲羽中央其蟲倮虎豹之屬恆淺毛也秋其蟲毛冬其蟲介許云或飛者羽也古虫蟲不分故以蟲諧聲之字多省作虫如融赨是也鱗介以虫爲形如螭虬盒蚌是也飛者以虫爲形如蝙蝠是也毛蠃以虫爲形如蝯蜼是也 凡虫之屬皆从虫

蝮 虫也 是曰轉注考老之例也招蠠曰蝮蛇蓁蓁

从虫复聲芳目切三部玉裁按虫蝮二篆說解蓋有疑焉許它下解云虫也从虫而長象寃曲𠂹尾形虫篆下說云象其臥形然則虫乃不𠂹尾之它它乃𠂹尾之虫二篆實一字也乃解虫爲蝮援爾雅博三寸頭大如擘以實之依爾雅之形則頭廣一寸身廣三寸必四足之它乃有此形而許所云象其臥象其寃曲𠂹尾者必無足之它而非四足之它也無足爲它之常形故其臥曰虫舒之曰它而龜黽篆从它篆之上體亦未嘗非虫篆之上體也然則以蝮訓虫似非許意矣況爾雅蝮虫在釋魚陸云今作虺尋其形皃非無足之它諸書皆云至毒則卽字林所謂蝝聽之類故景純亦云今俗細頸大頭之蝮它非爾雅之蝮它許書以雖虺蜥蝘蜓蚖六篆同四足者類記蓋許意虫爲無足它虺爲四足它各不相涉爾雅古本作蝮虫乃是借虫以爲虺博三寸首大如擘者乃虺之形非虫之形許書虫篆下作它也象其臥形而無蝮虫也从虫复聲之云則文從字順矣蝮字恐古爾雅祇作復故知許不當有

螣　神它也荀卿曰螣蛇無足而飛毛詩叚借爲蟘字从虫朕聲徒登切六部

蚺　大它可食从虫冄聲人占切七部

螼　螾也釋蟲曰螼蚓蜸蚕許謂螼也蚓也蜸蚕也一物三名也蚓許作螾从虫堇聲弃忍切十三部

螾　側行者考工記卻行仄行鄭曰卻行螾衍屬仄行蟹屬與許異今觀丘蚓實卻行非側行鄭說長也丘蚓俗曰曲蟺漢巴郡有朐忍縣以此蟲得名丘朐曲一語之轉也或謂朐忍爲朐䏰讀如蠢潤二音遠失之矣从虫寅聲余忍切十二部

蚓　螾或从引

螉　螉蠑各本無此二字

今補蟲在牛馬皮者爾雅釋文引字林蟜蠑似蟒蟲在牛皮者字林本說文也郭氏爾雅注蚣蠑一作蟜蠑此謂蜇螽蝑春黍从虫翁聲烏紅切九部蟜蠑也从虫從聲予紅切九部知聲蟲也十部曰肸蠁布也釋蟲曰國貉蟲蠁廣雅曰土蛹蠁蟲从虫鄉聲許兩切十部司馬相如說从向鄉向聲同也按春秋羊舌肸字叔向說者向讀上聲蓋向者蠁之省也以肸蠁爲名字蟲也謂蟲名也按玉篇以蛁蟧釋之非也蛁自蟲名下文蛁下蛁蟟別一蟲名凡單字爲名者不得與雙字爲名者相牽混蛁蟧即蛁蟟不得以釋蛁也从虫召聲都僚切二部蟲也謂蟲名从虫斅聲祖外切十五部繭蟲也按許於繭曰蠶衣也於絲曰蠶所吐也於蠶曰任絲蟲也於䖸曰蠶化飛蟲也蛹之爲物在成繭之後化䖸之前非與蠶有二物也立文不當曰繭蟲當曰繭中蠶也乃使先後如貫珠然疑轉寫必有譌亂从虫甬聲余隴切九部蛹也見釋蟲顏氏家訓曰莊子螝二首螝即古虺字見古今字詁按字詁原文必曰古螝今虺以許書律之古字叚借也从虫鬼聲讀若潰胡罪切十五部腹中長蟲也从虫有聲戶恢切古音在一部腹中短蟲也倉公列傳診其病曰蟯瘕从虫堯聲如招切二部佀蜥易而大易各本作蜴誤今正

此字之本義也自借以爲語詞既有知其本義者尟矣常棣〻云每有良朋又〻云雖有兄弟傳〻云每雖也凡人窮極其欲曰恣睢雖卽睢也按方言守宮在澤中者東齊海岱謂之螔蝾注〻云似蜥易大而有鱗蝾字疑雖之誤 从虫唯聲 息遺切十五部

目注鳴者 者字今補注者咮字之叚借許用考工記文也梓人職〻云以注鳴者鄭〻云精列屬與許不同也上文雖下〻云似蜥易下文蜥下〻云蜥易則虺爲蜥易屬可知矣今爾雅以爲虫蝮字 詩曰 胡爲虺蜥 小雅節南山文今詩蜥作蜴蜴卽蜥字也 从虫兀聲 許偉切十五部

蜥易也 易下曰蜥易蝘蜓蝘蜓守宮也渾言之此分別蜥易蝘蜓榮螈爲三析言之也方言曰守宮秦晉西夏或謂之蠦蝘或謂之蜥易 从虫析聲 先擊切十六部蜥亦作蜴詩胡爲虺蜥今作虺蜴其音同也

蝘在壁曰蝘蜓在艸曰蜥易 析言之 从虫匽聲 於殄切十四部

蝘或从䖵

蝘蜓也从虫廷聲 徒典切古音在十一部 一曰螾蜓 一曰謂一名也

榮〻蚖 逗 它醫 榮蚖之異名也釋魚曰蠑螈蜥易也小雅節南山傳曰蜴螈也蜴當作易螈當作蚖榮〻蚖或單評蚖史記龍漦化爲玄〻蚖以入王後宮是也方言曰其在澤中者謂之易蜴 音析 南楚謂之蛇醫或謂之蠑螈東齊海岱謂之螔蝾 目注鳴者 謂與虺皆以咮鳴也 从虫元聲 愚袁切十四部

蠸蟲也 謂蟲名未詳何物釋蟲有蠸輿父守瓜 一曰

大螫也螫者蟲行毒也大螫者大行毒也讀若蜀都布名糸部曰䋓蜀細布也此謂大螫之讀若䋓从虫雚聲巨員切十四部

螟蟲食穀心者吏冥冥犯法卽生螟心各本譌葉今依開元占經正釋蟲毛傳皆曰食心曰螟食葉曰蟘食根曰蟊食節曰賊云吏冥冥犯法卽生螟正爲食心言之惟食心故从虫冥會意从虫冥冥亦聲此从宋本及小徐本莫經切十一部按鉉本於此下妄增又螟蛉三字宋本所無且螟䗅桑蟲也見下文字不作蛉

蟘蟲食苗葉者見爾雅毛傳吏乞貣則生蟘貣各本作貸今正乞貣皆求也貝部曰貣從人求物也冥螟貣蟘皆疊韵左傳曰妖由人興也人無釁焉妖不自作故螟蟘蟊蠈之害皆由吏鄭箋大田云明君以正己而去之正己可去則不正可招李巡孫炎皆謂由政所致也从虫貣貣亦聲各本篆作蟘解作从虫貸貸亦聲今正徒得切一部叚螣字爲之一部與六部合聲也詩曰去其螟蟘小雅大田文今詩作螣叚借字也

蟣蟣子也蟣蠶人蟲也子其卵也戰國策作幾瑟叚借字一曰齊謂蛭曰蟣釋魚蛭蟣注曰今江東呼水中蛭蟲入人肉者爲蟣从虫幾聲居豨切十五部

蛭蟣也此蒙上蟣字第二義釋之似後人所移原書當不在是水蛭者今之馬黃蜞是水物當與下蛟螭蚌蝓爲類蛭蟣釋魚文从虫至聲之日切十二部

蛭蝚蛭蝚逗至掌也釋蟲文郭云未詳本艸經

水蛭味鹹一名至掌是名醫謂卽水蛭也 从虫柔聲 耳由切三部 蛣 蛣蚰 逗 蝎也 釋蟲曰蝎蛣蛐也郭云水中蠹蟲按下文蝎蝤蠐也不識何以不類記 从虫吉聲 去吉切十二部 蚰 蛣蚰也 从虫出聲 區勿切十五部今爾雅作蛐 蟫 白魚也 今衣書中白蟲有粉如銀者是也一名蛃魚本艸經謂之衣魚 从虫覃聲 余箴切七部 蛵 丁蛵 逗疊韵 負勞也 釋蟲文郭曰卽蜻蛉也江東呼狐梨所未聞按許意非蜻蛉也許下文蛉下云蜻蛉也一名桑根不與此爲伍則許意不謂蜻蛉可知 从虫巠聲 戸經切十一部 蜭 毛蠹也 釋蟲文蠹者木中蟲也蜭居木中其形外有毛能食木故曰毛蠹是爲蜭蜭之言陷也 从虫臽聲 乎感切八部 蟜 蟲也 謂蟲名按上蜭下蛓同類也則蟜當亦蜭蛓之類耳 从虫喬聲 居夭切二部 蛓 毛蟲也 不曰毛蠹者不居木中但食葉艸釋蟲云螺蛅蟴郭云蛓屬也今青州人呼蛓爲蛅蟴孫叔然云八角螫蟲失之按今俗云刺手者是也食木葉體有棱角有毛有采色毛能螫人叔然說不誤也其老而成蛹則外有殼如雀卵然本艸經謂之雀甕或出成蛾放子如蠶子或卽卵育於殼中故本艸云雀甕蛅蟖房也蛅蟴音髯斯 从虫𢦏聲讀若笥 三字依爾雅釋文補千志切一部本艸作蛓音同 蛙 蠆也 史記律書北至於蛙蛙者主毒螫殺萬物也蛙而藏之九月也 从虫圭聲 烏蝸切十六部篇韵皆口圭切

蠆也 此篆與螘子之蚳迥別孟子書當是蚳鼃鼃即蠆大夫以蚳蠆爲名也 从虫氏聲 巨支切十六部

毒蟲也 左傳曰蠭蠆有毒詩曰卷髮如蠆通俗文曰蠆長尾謂之蠍蠍毒傷人曰蛆張列反或作蜇曰聲非且聲也 象形 按不曰从虫象形而但曰象形者虫篆有尾象其尾也蠍之毒在尾詩箋云蠆蠆蟲也尾末揵然似婦人髮末上曲卷然其字上本不从萬以苗象其身首之形俗作蠆非且與牡蠣字混丑芥切按字林他割反玄應書他達切皆舊音也十五部

蠆或从䖵 蠍尾有單鉤者有雙鉤者故或从䖵

蝤蠀也 詩衛風領如蝤蠐傳曰蝤蠐蝎蟲也爾雅同按下文云蝎蝤蠀也然則二者爲轉注 从虫酋聲 字秋切三部

蠀蠤也 釋蟲蝤蠐蝎郭云在木中者蟦蠐螬郭云在糞土中者也是二者似同而異宋掌禹錫蘇頌亦辯蠐螬與蝤蠐蝎不同許意謂蝤蠐蝎爲一物而蠐螬下不云蝎也蓋亦不謂一物矣 从虫齊聲 徂兮切十五部

蝤蠀也 釋蟲曰蝎桑蠹桑中蠹也按上文許云蛣蚰蝎也不類廁於此者許意蛣蚰別爲一物此蓋一類而種別者多矣 从虫曷聲 胡葛切十五部

蚚也 下云蚚強也二字爲轉注釋蟲曰強醜捋郭曰以腳自摩捋叚借爲彊弱之彊 从虫弘聲 此聲在六部而強在十部者合韵也巨良切

籀文強从䖵从彊 據此則強者古文秦刻石文用強是用古文爲小篆也然以強爲彊是六書之叚借也

強也从虫斤聲

巨衣切古音在十三部

葵中蠶也葵爾雅釋文引作桑詩曰蜎蜎者蠋烝在桑野似作桑爲長毛傳曰蜎蜎蠋皃蠋桑蟲也傳言蟲許言蠶者蜀似蠶也淮南子曰蠶與蠋相類而愛憎異也桑中蠹卽蝤蠐从虫上目象蜀頭形中勹象其身蜎蜎市玉切三部詩曰蜎蜎者蜀豳風文今左旁又加虫非也

馬蠲也馬蠲亦名馬蚿亦名馬蚈亦名馬蠸見呂覽仲夏紀淮南時則訓高注而爾雅釋蟲蛝馬蝬郭注馬蠲蚐俗呼馬蝬方言曰馬蚿大者謂之馬蚰蚰蜒同字也莊子謂之蚿多足蟲也今巫山夔州人謂之艸鞵絆亦曰百足蟲茅茨陳朽則多生之故淮南呂覽皆曰腐艸化爲蚈高注曰蚈讀如蹊徑之蹊是也其注淮南云一曰熒火乃備異說鄭注戴記腐艸爲熒曰熒飛蟲熒火也葢非古文古說从虫罒象形不云从蜀者物非蜀類又書無蜀部也益聲益聲在十六部故蠲之古音如圭韓詩吉圭爲饎毛詩作吉蠲蠲乃圭之叚借字也唐詩水搖文蠲動亦尚讀如桂音轉乃讀古懸切明堂月令曰腐艸爲蠲許所據者古文古說

齧牛蟲也今人謂齧狗蟲語亦同通俗文曰狗螕曰螕从虫毘聲邊兮切十五部

尺蠖逗疊韵字詘申蟲也詘各本作屈非今正詘者詰詘也曲也易毄辭曰尺蠖之詘以求信也信古伸字釋蟲曰蠖尺蠖注今蝍蝛方言曰蟦蝛謂之蚇蠖注又呼步屈从虫蒦聲烏郭切五部

復陶也釋蟲曰蝝蝮蜪俗字从虫

也國語曰蟲舍蚳蝝韋注蝝蝮蜪也可以食按此說蓋與下文二說畫然爲三郭注爾雅則牽合董說耳復陶未知於今何物

劉歆說蝝𧖅蠹子也此與下董說皆說春秋也宣十五年冬蝝生五行志曰劉歆以爲蝝𧖅蠹之有翼者食穀爲災按志云有翼此云子亦異董仲舒說蝝蝗子也何注公羊曰蝝即螽也始生曰蝝大曰螽五行志曰董仲舒劉向以爲蝗始生也螽即𧒂字董何說同也从虫彖聲與專切十四部

螻螻蛄也今之土狗也从虫婁聲洛侯切四部一曰螜天螻釋蟲文郭注云螻蛄也按依郭則此一曰猶一名耳但恐郭注未安方言蟦螬域謂之蛭螜或謂之天螻則非螻蛄也許書無螜字

蛄螻蛄也孟子蠅蚋姑嘬之蚋一作蜹或云蜹姑即螻蛄也从虫古聲古乎切五部

蠪蠪丁螘也按此當於蠪丁爲逗各本刪蠪字者非也讀爾雅者以丁螘爲句亦非蠪丁螘之一名耳爾雅丁作打从虫龍聲盧紅切九部

蛾羅也蛾羅見釋蟲許文於此當是螘一名蛾古書說蛾爲𧖅蠹者多矣蛾是正字蟻是或體許意此蛾是螘䖵部之䖸是蠶䖸二字有別郭注爾雅蛾羅爲蠶䖸非許意也爾雅螘字本或作蛾蓋古因二字雙聲通用要之本是一物非叚借也从虫我聲五何切十七部今音則魚綺反在十六部

螘𧖅蠹也俗作蚍蜉非是今正䖵部曰𧖅蠹大螘也析言之也渾言之則凡螘皆曰𧖅蠹爾雅蚍蜉大螘小者螘亦是析言从虫豈聲魚綺切按當魚豈切古音在十

五部廣韵入尾韵者古音也入紙韵者緣蟻字而合之也 螘子也釋蟲曰蚔螘子郭云蟻卵也周禮饋食之豆有蚳醢鄭曰蚳蛾子國語蟲舍蚳蝝韋注同从虫氏聲直尼切十五部周禮有蚳醢天官醢人文讀若祁 籒文蚳从䖵 古文蚳从辰土从土者出之土中也从辰者辰聲也古氏聲辰聲相似祇振字通用是其例

𠂤蠜也召南趯趯阜螽傳曰阜螽蠜也趯趯躍也从虫樊聲附袁切十四部

悉𧍢也唐風蟋蟀在堂傳曰蟋蟀蛬也按許書無蛬字今人叚蛩爲之从虫帥聲所律切十五部按蟋蟀皆俗字

馬蝒也與釋蟲同凡言馬者謂大馬蝒者蝒之大者也方言曰蟬其大者謂之蟧或謂之蝒馬蝒馬二字誤倒此篆不與下文蜩蟬蜈蛈諸篆爲伍不得其故恐是淺人亂之耳从虫面聲武延切十四部

蟷蠰逗不過也皆蟷螂別名从虫當聲都郎切十部

蟷蠰也从虫襄聲汝羊切十部

堂蜋也堂蜋與蟷蠰一語小異耳从虫良聲魯當切十部一名斫父斫各本作蚚今依爾雅音義正堂蜋臂有斧能斫故曰斫父郭云江東呼爲石蜋石卽斫今江東呼斫郎

蜱蛸逗堂蜋子月令仲夏之月螳螂生注云螳蜋螵蛸母也鄭志王瓚問曰爾雅莫貉螳蜋同類物也今沛魯以南謂之蟷蠰三河之域謂之螳蜋燕趙之際謂之

食厖齊濟以東謂之馬蚿然名其子則同二云螵蛸是以注云螵蛸母也按堂蜋卵附於木堅韌不可動至小暑而子羣生焉

从虫肖聲 相邀切二部按蟲字从䖵故入䖵部凡一物二字而異部者例此

蛢 𧒂蟥 逗 目翼鳴者 蟥名本作蝗今正釋蟲曰蛂蟥蛢郭云甲蟲也大如虎豆綠色今江東呼黃瓶按蛂蟥卽𧒂蟥也以翼鳴者見考工記梓人鄭注翼鳴發皇屬發皇卽蛂蟥也 从虫幷聲 薄經切十一部

𧒂 蟥蛢也 蛢字今補此轉注之例也 从虫矞聲 余律切十五部

蟥 𧒂蟥也 从虫黃聲 乎光切十部

䗐 蛄蠪 逗 強羊也 羊釋文所引及宋本如此當音陽蓋今江東人謂麥中小黑蟲爲羊子者是也鉉本作蛘李仁甫本作芈皆非是釋蟲曰蛄蠪強蛘郭云今米穀中蠹小黑蟲是也建平人呼爲蛘子蛘亡婢反郭音恐未諦方言蛄蠪謂之強羊字亦正作羊郭注廣之以江東名蠪音加建平人呼蛘子音芈姓不得改方言正文作蛘也爾雅正文恐亦本作羊 从虫施聲 式支切古音在十七部

蛅 蛅斯 逗 墨也 釋蟲云螠蛅蟴郭云蛓屬按許蛓下云毛蟲也此乃食木葉之蟲非木中之蠹其卵育自藏之㲄曰雀甕宜與蛓篆類列 从虫占聲 職廉切古音在七部

蜆 縊女也 與釋蟲同郭云小墨蟲赤頭憙自經死故曰縊女 从虫見聲 胡典切十四部

蠪 盧蠪也 按爾雅蜚蠦蠪爲一物許書蜚在䖵部蠪在虫部不言一物許實有所見也唐本艸說蜚蠊味辛辣而臭漢中人食之一名蠦蠪

从虫肥聲符非切十五部𧍪渠蝌逗一曰天社社一作杜廣韵譌作神按渠蝌卽蛣蜣雙聲之轉玉篇謂蜣蝌同字是也釋蟲曰蛣蜣蜣蜋莊子云蛣蜣之智在於轉丸陶隱居云喜入人糞中取屎丸而卻推之俗名爲推丸羅願云一前行以後兩足曳之一自後而推致焉乃坎地納丸不數日有蜣蜋自其中出玉裁謂此物前卻推丸故曰渠蝌一曰猶一名也廣雅曰天柱蜣蜋也从虫卻聲以形聲包會意其虐切五部

𧑙𧑙蠃逗疊韵蒲盧句疊韵釋蟲毛傳同細要土蠭也天地之性細要純雄無子詩曰螟蠕有子𧑙蠃負之小雅小宛曰螟蛉有子蜾蠃負之毛傳曰螟蛉桑蟲也蜾蠃蒲盧也負持也箋云蒲盧取桑蟲之子負持而去煦嫗養之以成其子喻有萬民不能治則能治者將得之中庸注曰蒲盧果蠃土蠭也蒲盧取桑蟲之子去而變化以成爲己子列子曰純雌其名大腰純雄其名穉蜂淮南曰貞蟲之動以毒螫高注貞蟲細要蜂蜾蠃之屬無牝牡之合曰貞楊子曰取蜾蠃祝曰類我類我戴先生曰古語謂隨變而成者曰蒲盧蒲盧又見大戴禮山海經小正曰雉入于淮爲蜃蜃者蒲盧也从虫𥜿聲古火切十七部蜾𧑙或从果果聲也

蠃𧑙蠃也从虫𦝠聲郎果切十七部一曰虒蝓此謂單言蠃則謂虒蝓也虒蝓見下文蝓篆下按下文蝸篆下蠃也此當云一曰蝸也而云一曰虒蝓者一物三名舉其易知者也

螟螟蠕逗疊韵桑蟲也小雅毛傳

文釋蟲同按上文云蜀桑中蠶謂蠋其中者也此桑蟲似步屈其色青細或在艸葉上土蜂取之寘木空中或書卷閒筆筒中
七日而成其子里語曰呪云象我象我詩義疏云爾　从虫霝聲　郎丁切十一部　䗩　蛺蜨
也　疊韵爲名今俗云胡蝶見莊子　从虫夾聲　兼叶切八部　蜨　蛺蜨也从
虫疌聲　徒叶切八部俗作蝶　蚩　蚩蟲也　蚩字今補此三字句謂有蟲名蚩也段借爲蚳之蚩
蚩毛傳曰蚩蚩敦厚之皃玉篇曰癡也此謂毛詩又曰笑也此謂段蚩爲欰也　从虫㞢聲　赤之切一部
螌　螌蝥　逗雙聲　毒蟲也　本艸經蟲部下品曰斑貓味辛寒有毒一名龍尾諸家云大豆葉上
取之長五六分甲上黃黑斑文烏腹尖喙按斑貓俗字也　从虫般聲　布還切十四部　蝥　螌蝥
也从虫敄聲　莫交切按古音當如木在三部俗依本艸讀耳蟲部曰蟊亦或从敄　蟠　鼠
婦也　釋蟲曰蟠鼠負負又作婦本艸經曰鼠婦一名負蟠郭璞曰甕器底蟲按此溼生蟲今蘇州人所謂鞵底蟲也
蟠音附袁切借爲蟠曲字如樂記云禮樂之極乎天而蟠乎地方言曰未陞天龍謂之蟠龍此讀如盤舟部般旋字之段借也
从虫番聲　附袁切十四部　蛜　蛜威　蛜各本作蚜今正蛜威疊韵字逗　委黍　句
委黍　逗　鼠婦也　豳風伊威在室毛傳曰伊威委黍也釋蟲同按釋蟲以蟠鼠婦與伊威委黍畫爲二
條不言一物蛜威即今之地鼈蟲與鼠婦異物本艸經曰鼠婦一名蛜蝛以其略相似耳本艸經以鼠婦與䗪蟲爲二條分下

品中品實則塵卽鼠婦蓋一物而略有異同今難細別耳許書之蟅謂螽絶非鼠婦太平御覽乃引說文曰蟠蟅鼠婦也依他書增一字不可據

从虫伊省聲 於脂切十五部

蜙 蜙蝑 逗雙聲 春黍也 詩釋文曰楊雄許愼皆云春黍陸氏所據有此三字今補周南傳曰斯螽蜙蝑也豳風傳曰螽斯蜙蝑也釋蟲曰蜤螽蜙蝑舍人曰今所謂春黍也方言曰春黍謂之蜙蝑詩斯螽卽螽斯爾雅蜤螽卽斯螽蜙蝑春黍皆雙聲蜙春蝑黍又疊韻陸璣疏曰幽州人謂之春箕蝗類也

㠯股鳴者 考工記梓人文鄭曰股鳴蜙蝑動股屬七月曰五月斯螽動股

从虫松聲 息恭切九部陸氏引許愼思弓反

蚣 蚣 蜙或省 毛詩如此作

蝑 蜙蝑也从虫胥聲 相居切五部陸氏引許愼先呂反

蟅 螽也 螽各本譌作蟲今正方言曰蟒宋魏之閒謂之蚮南楚之外謂之蟅蟒或謂之蠜郭注卽蝗也蟅音近詐蟒音莫梗反亦呼蚱蜢按卽今北人所謂蛨蚱江南人謂之蝗蟲蟅蟒蚱蜢一語之轉許書上文云蜙蝑下文曰蝗蟅亦蝗也故列字之次如此若廣雅本艸所云蟅者皆非許意

从虫庶聲 之夜切古音在五部

蝗 螽也 蟲部曰螽蝗也是爲轉注漢書五行傳曰介蟲之孽者謂小蟲有甲飛揚之類陽氣所生也於春秋爲螽今謂之蝗按螽蝗古今語也是以春秋書螽月令再言蝗蟲月令呂不韋所作

从虫皇聲 乎光切十部陸氏引說文榮庚反又爾雅釋文華孟反皆音之轉也

蜩 蟬也 豳風傳曰蜩螗也大雅如蜩如螗傳曰蜩蟬也螗蝘也小雅鳴蜩嘒嘒傳曰蜩蟬也不同者或渾言

或析言蟬之類不同也夏小正傳曰唐蜩者匽爾雅曰蜩蜋蜩螗蜩許書無螗字螗蓋蟬之大者也當依小正作唐 从虫周聲徒聊切古音在三部 詩曰五月鳴蜩七月文 蜩或从舟古周舟通用

蟬 以旁鳴者考工記梓人文鄭云旁鳴蜩蜺屬正義云蟬鳴在脅 从虫單聲市連切十四部

蜺 寒蜩也方言小而黑者謂之蜺又曰蠽謂之寒蜩寒蜩瘖蜩也不言蜺與寒蜩爲一許本爾雅爲說釋蟲曰蜺寒蜩月令七月寒蟬鳴鄭曰寒蟬寒蜩謂蜺也郭璞云寒螿也 从虫兒聲五雞切十六部或叚爲虹霓字

螇 螇鹿逗 蛁尞也尞舊作蟟許書無此字淺人增虫耳今作尞音聊釋蟲曰蜓蚞螇螰方言曰蛥蚗齊謂之螇螰楚謂之蟪蛄或謂之蛉蛄秦謂之蛥蚗自關而東謂之虭蟧或謂之蝭蟧或謂之蜓蚞西楚與秦通名也按蛥蚗卽許之蚜蚗蛥當音伊蛁蟧音如貂料卽許之蛁尞也蜓蚞音如廷木許無蚞字蝭蟧夏小正作蝭蠑字宜支遼二音今江東俗語尚如此辭章家作遮了二字是也小正七月寒蟬鳴傳曰蝭蠑也與上文五月良蜩唐蜩爲各物方言亦以蛥蚗與蟬爲各物然則許之蜺螇螰與蜩蟬蓋亦有別矣 从虫奚聲胡雞切十六部

蚗 蚜蚗逗方言作蛥蚗蛥音折蚗音于列反蛥多聲不當音折疑方言有誤當從許作蚜音伊 蛁尞也按蛁尞與蝭蟧蜓蚞螇螰皆關雙聲疊韵 从虫夬聲於悅切廣韵古穴切十五部

⿰虫丏 ⿰虫丏蚗逗各本皆作蚜蚗則與篆文不屬今依廣韵二仙所引正 蟬屬按爾雅蝒者馬

蜩方言蟬大者謂之蝒馬玉篇廣韵皆曰𧊔即蝒字然則許之𧊔蛈即爾雅之馬蜩也前文蝒篆及解顯系淺人羼入故失其次字之恉讀若周天子赧謂赧王从虫丏聲武延切十四部

蜻蛚也按楊雄李巡陸璣郭璞玉篇廣韵皆云蟋蟀一名蜻蛚但許書不與上文蟋篆爲伍蓋不以爲一物與鄭注考工記曰以注鳴者精列屬从虫列聲良薛切十五部

蜻蜻蛚也从虫青聲子盈切十一部按蜻蛚二篆當先蜻後蛚後人倒之下先蜻蛉則同此蜻如蛜蛈同蛜威之蛜螟蟘同食穀之螟也

蛉蜻蛉也戰國策曰六足四翼飛翔乎天地之閒方言曰蜻蛉謂之蝍蛉郭云江東謂之狐黎淮南人呼蠊蛜音康伊按淮南書水蠆爲蟌即蜻蛉也今人作蜻蝏蜻蜓从虫令聲郎丁切十一部一曰桑根一曰猶一名也今本作一名

蠓蔑蠓也各本蔑作蠛無此字今正蔑之言末也微也爾雅作蠛非古也釋蟲曰蠓蠛蠓孫炎曰此蟲小於蚊郭圖讚曰小蟲似蚋風舂雨磑謂其飛上下如舂則天風回旋如磨則天雨陸佃引郭語互易之非也史記蜚鴻滿野索隱引高誘曰飛鴻蠛蠓也按古鴻蒙爲疊韵故高君知鴻爲蠓也楊雄賦浮蠛蠓而撇天蠛蠓猶鴻蒙也細至於蠓則其外皆鴻蒙矣故其字从蒙从虫蒙聲莫孔切九部

蟟蟁蟟蟁字在䖵部故於此釋其義而䖵部曰蟁蟟也皆文勢之自然也一曰浮游朝生莫死者一曰猶一名也浮游各本作蜉蝣俗人所改耳蝣字許書無蜉字雖有亦非今正釋蟲曰蜉蝣渠略

曹風毛傳曰蜉蝣渠略也朝生夕死其狀詳陸璣詩疏爾雅注渠略叚借字从虫京聲离灼切五部

蜹秦晉謂之蜹楚謂之蟁蟁作蚊俗今正蟁在𧖅部故不類列於此也此爲方俗殊語以舉例也从虫芮聲而銳切十五部

蠨蟰蛸逗雙聲長股者釋蟲曰蟰蛸長踦豳風毛傳同跂當作踦其足長故謂之長踦許則顯之曰長股者也此鼅鼄之一種俗謂喜母从虫肅聲古音肅在三部今音穌彫切俗寫作蠨蛸古音消今音所交切此古今之轉變也蛸篆已見上文爲蟲蛸字故此不再出

蜻蜻蟲也有蟲名蜻也从虫青聲息正切十一部

蛶商何也釋蟲曰蛶螪何郭云未詳陸云螪失羊反字林之亦反按字林近古之亦反則字本作螪而許書當作啻何矣从虫寽聲力輟切十五部

蜡蠅胆也肉部曰胆蠅乳肉中也蜡胆音義皆通周禮蜡氏掌除骴蜡氏秋官職也鄭曰蜡骨肉臭腐蠅蟲所蜡也蜡讀如狙司之狙按狙司卽覰伺也蠅蟲所蜡卽蠅乳肉中之說乳者生子也蠅生子爲蛆蛆者俗字胆者正字蜡者古字已成爲蛆乳生之曰胆曰蜡齊民要術作涺魚法勿令蠅胆其意同也釋蟲蠢醜螸蠢千據反卽蜡字之異者也廣韵音誤而字不誤今爾雅各本誤郭云螸者剖母背而生今大蠅有如是者蠶蛹變而爲蛾亦是裂殼而出蜡字禮記郊特牲借爲八蜡字尋八蜡本當作昔昔老也息老物也故字林作䄍李仁甫說文作蜡年終祭名斯爲巨謬本艸以蜡爲水母之名从虫昔聲此當依廣韵七慮切

五部自大徐鉏駕切遂有改其義曰年終祭名者矣葢唐韵祇有蜡祭音義不可以釋此猶繫古詣切不可以釋繫𦃇也

動也動者作也蠢之動曰蝡从虫耎聲而沇切十四部

徐行也凡生之類行皆曰蚑依李善洞簫琴二賦注補徐字及凡生以下八字凡蟲行曰蚑周書曰蚑行喘息小弁曰鹿斯之奔維足伎伎伎本亦作跂毛傳曰舒皃箋云伎伎然舒者嘒嘒其羣也按其字當作蚑蚑毛傳鄭箋正與徐行說合也漢書跂跂脈脈善緣壁其字亦當作蚑跂凡生之類者或行或飛或毛或蠃或介或鱗皆是也从虫支聲巨支切十六部

蟲行也凡蟲行曰蠉上蚑爲徐行則蠉爲疾行也羽部曰翾小飛也从虫睘聲香沇切十四部

蟲申行也各本作曳行以讀若騁定之則伸行爲是今正許本無伸字祇作申故譌爲曳也从虫屮聲讀若騁屮讀若徹屮聲而讀騁者以雙聲爲用也依說文在十一部今讀丑善切

⿱冬䖵醜螽⿱冬䖵俗本作𧕴今依宋本李燾本集韵正釋蟲曰𧕴醜螽音義曰𧕴蟲施乾作⿱冬䖵施所據與許合垂腴也腴者腹下肥也⿱冬䖵之類皆垂其腴矣从虫欲聲余足切三部篇韵皆羊朱切

蠅醜⿰虫扇釋蟲文字祇作扇搖翼也也字依宋本補从虫扇聲式戰切十四部

它蟬所解皮也从虫兌聲兌聲各本作稅省聲淺人改耳今正輸芮切十五部

螫也蠚螫蓋本一字若聲赦聲同部也或讀呼

各切山東行此音或讀式亦切關西行此音見釋玄應書今人乃以此篆切呼各下篆切式亦分而二之从虫若省聲呼各切五部

螫蟲行毒也周頌曰自求辛螫古亦叚奭爲之史記有如兩宮螫將軍漢書作奭將軍是也或二云蜇音知列切亦作蜇从虫赦聲施隻切古音在五部

蝁螫也俗本作䖹屬今依宋本及集韵正長部曰䖹蠚也蝁與此爲轉注詳長部下从虫亞聲烏各切五部

蛘騷蛘也騷各本作搔今正疥字下曰騷也今亦作搔搔刮也非其意唐人所引作瘙瘙見号韵乃俗字許所無依義當作騷騷擾也毛云動也騷痒者擾動於肌膚閒也玄應引禮記蛘不敢搔俗多用痒癢養字葢非也蛘从虫者往往有蟲潛於膚故疥字亦或作蛘作蚧从虫羊聲余兩切十部

蝕敗創也敗者毀也創者傷也毀壞之傷有蟲食之故字从虫春秋經曰鼷鼠食郊牛角又曰日有食之字或作蝕从虫人食食亦聲乘力切一部按可云飾省聲

蛟龍屬無角曰蛟各本作龍之屬也四字今依韵會正龍者蟲鱗之長蛟其屬無角則屬而別也郭氏山海經傳曰似蛇四腳細頸頸有白嬰大者數圍卵生子如一二斛瓮能吞人按蛟或作鮫然鮫者魚名其字不相代也从虫交聲依韵會本四字在池此古肴切二部魚滿三千六百蛟來爲之長能率魚而飛韵會有而字置笱水中即蛟去率者先導也曲竹捕魚曰笱

螭若龍而黃

南都賦曰僤䕫龍怖蛟螭李注引說文蛟螭若龍而黃按李注蛟字誤衍左思蜀都賦或藏蛟螭劉注云蛟螭水神也一曰雌龍一曰龍子似亦謂蛟螭爲一物然上林賦蛟龍赤螭文穎曰龍子爲螭張揖曰赤螭雌龍也皆劉說所本張左之賦皆不謂蛟螭一物也許謂离爲山神螭爲若龍而黃與諸家說異司馬相如曰赤螭揚雄解嘲曰翠虯絳螭之將登乎天不謂其色黃矣

北方謂之地螻 呂氏春秋曰黃帝之時天先見大螻大螾史記封禪書黃帝得土德黃龍地螾見地螻之說其本此與非螻蛄也 从虫离聲 丑知切古音在十七部 或云無角曰螭 六字疑後人所增非許書本有葢既改虯下爲有角則注此爲無角

龍無角者 各本作龍子有角者今依韻會所據正然韻會尚誤多子字李善注甘泉賦引說文虯龍無角者他家所引作有角皆誤也王逸注離騷天問兩言有角曰龍無角曰虯高誘注淮南同張揖上林賦注後漢書馮衍傳注玉篇廣韻皆曰無角曰虯絕無龍子有角之說惟廣雅云有角曰竜卽虯字無角曰䖴卽螭字其說乖異恐轉寫之譌不爲典要 从虫丩聲 渠幽切三部

它屬也 它者虫也象冤曲垂尾形蜦卽其屬也 黑色潛於神淵之中能與雲致雨 依甘泉江賦二注訂淮南書曰犧牛粹毛宜於廟牲其於以致雨不若黑蜧高云黑蜧神蛇潛於神淵能與雲雨 从虫侖聲讀若戾艸 戾各本譌戾今正戾見艸部侖聲而讀戾者雙聲也十三部與十五部音轉最近也力計切大徐力屯切

蜦或从戾 淮南

書如此作

蠊 海蟲也長寸而白可食 按自蠊至蝓八篆爲一類皆介蟲也其外有殼蠊其小者也長寸而白謂其殼可食謂其中肉也本艸所謂蜮蜼似蛤而長扁蜮與蠊音同玉篇曰蠊小蚌可食从虫兼聲讀若嗛 按嗛戸監切則當依玉篇胡緘切古音當在七部大徐廣韵力鹽切

蜃 大蛤 依韵會有此二字羅氏願曰月令九月雀入大水爲蛤十月雉入大水爲蜃蜃比雀所化爲大故稱大蛤也按鄭注禮記曰大蛤曰蜃韋注國語曰小曰蛤大曰蜃高注呂覽曰蜃蛤也高渾言之鄭韋析言之蜃與蚌雖屬而別郭注爾雅云蚌即蜃蜃之用詳於周禮左傳玉部曰珧蜃甲也所以飾物珕蜃屬天子佩刀玉琫珧珌士珕琫珧珌 雉入水所匕 五字依廣韵所據各本作雉入海化爲蜃按自夏小正九月雀入于海爲蛤十月玄雉入于淮爲蜃故國語趙簡子所說正同而呂氏月令皆言入大水鄭於季秋則曰大水海也於孟冬則曰大水淮也皆本小正爲說知許斷不作雉入海矣从虫辰聲 時忍切十三部玉篇作蜃入䖵部

螷 蜃屬 屬而有大小之別也有三 目下皆生於海 三者生於海別於生淮者也厲千歲雀所匕 千當作十雀十歲則爲老矣月令所云爵入大水爲蛤也高誘注時則訓連上賓字讀云賓雀者老雀也棲人堂宇之閒如賓客者秦人謂之牡厲 本艸經蟲魚上品有牡蠣海蛤者百歲燕所匕也 本艸經蟲魚部上品有海蛤陶隱居云以細如巨勝潤澤光淨者好圖經云久爛者爲海蛤未爛有文理者爲

文蛤也此又其一也魁蛤一名復絫老服翼所匕也服翼蝙蝠也詳爾雅

方言釋魚魁陸注曰本艸云魁狀如海蛤圓而厚外有理縱橫卽今之蚶也按宋人謂之瓦屋子今浙人食之亦名瓦隴子以

其紋理名之此其一也以上三十二字今本有譌奪依爾雅音義正从虫合聲古沓切八部螷

陛也陛各本作蜌今爾雅同韵會作陛卽蜌語之轉也當依玉部作玭玭蚌之有聲者也釋魚曰蜌螷許無蜌字故

先螷而以陛釋之郭云今江東呼蚌長而狹者爲螷陶隱居注本艸之蟶蛢也蟶音亭蛢蒲幸切卽螷字周禮鼈人醢人皆有

螷鄭司農云螷蛤也杜子春云螷蜯也蜯卽蚌字蚌蛤有異故二家說不同許用杜說也故下文受之以蚌脩爲

螷圓爲蠇毛詩傳曰脩長也長者謂之螷圓者謂之蠇从虫庳聲蒲猛切十一部按庳

聲而讀入十一部者支清之合音也蚌蜃屬蜃當作螷釋魚曰蚌含漿鄭注鼈人云貍物亦謂鱴刀含漿之

屬按珠出於蚌玉部曰玭蚌之有聲者从虫丰聲步項切九部蠇蚌屬佀螊

微大螊卽上文長寸而白者據本艸經牡蠣條注則此物有絕大者不得云似螊微大也且蛤下作厲云秦謂之牡

厲似蛤屬有厲蚌屬有蠇其字不必同不煩以本艸牽合也許所聞或與後人不盡合讀書不貴盡信出海中

今民食之从虫萬聲讀若賴力制切十五部蝸蝸此複舉篆文之

未删者也當依韵會删蠃也蠃者今人所用螺字釋魚曰蚹蠃螔蝓鄭注周禮醢人蠃螔蝓許上文蠃下亦云一

曰蠃螔蝓此物亦名蝸故周禮儀禮蠃醢內則作蝸醢二字疊
韵相轉注薛綜東京賦注曰蝸者螺也崔豹曰蝸陵螺蝸本咼
聲故蝸牛或作瓜牛徐仙民以力戈切蝸似未得也力戈乃蠃
字反語耳今人謂水中可食者爲螺陸生不可食者曰蝸牛想
周漢無此分別蠃古多叚蠡爲之 从虫咼聲 古華切十七部舊音當如過此篆舊在蠃蚌二篆閒今按
蠃即螔蝓前文蠃篆下言之故移使相聯 蝓 虒蝓也 虒蝓讀移與二音今生牆壁閒溼處無殼有兩角無
足延延行地上俗評延游即虒蝓古語也本艸經作蜒蚰云一名
陵螺後人又出蝸牛一條據本經則蜒蝓即蝸牛合之釋蟲及
鄭注周禮許造說文皆不云蠃與螔蝓爲二蓋螺之無殼者古
亦評螺有殼者正評螔蝓不似今人語言分別評也陸佃寇宗
奭分別之說似非古言古義 从虫俞聲 羊朱切古音在四部 蜎 肙也 肙各本作蜎仍復篆
文不可通攷肉部肙下云小蟲也今據正韵會引說文井中蟲
也恐是據爾雅注改肙蜎蓋古今字釋蟲蜎蠉蠉本訓蟲行段
作肙字耳郭云井中小蛣蟩赤蟲一名孑孓廣雅曰孑孓蜎也
周禮剌兵欲無蜎注云蜎掉也謂若井中蟲蜎蜎詩毛傳曰蜎
蜎蠋皃蜀桑蟲也其引申之義也今水缸中多生此物俗謂之水蛆其變爲蟁 从虫肙聲 形聲中有會意
狂兗切十四部 蟺 夗蟺也 夗轉臥也引申爲凡宛曲之稱夗蟺疊韵蓋謂凡蟲之冤曲之狀篇韵皆云蟺
蟺蚯蚓也雖蚓有此名而非許意上文蜎舍曲之物也故承之以蟺 从虫亶聲 常演切十四部 蚴
蚴蟉也 三字句疊韵也司馬相如大人賦驂赤螭青虯之蚴蟉蜿蜒謂宛轉之皃也按篇韵皆曰龍皃依賦文爲

訓耳非許有龍皃二字也从虫幽聲於虯切亦上聲三部漢書作蚴

⿱幽虫蟉也从虫翏聲力幽切亦上聲三部

臧也臧者善也善必自隱故別無藏字凡蟲之伏爲蟄周南曰螽斯羽蟄蟄兮傳曰和集也其引申之義也从虫執聲直立切七部

青蚨逗水蟲可還錢其事見鬼谷子淮南萬畢術搜神記陳藏器本艸拾遺未知今尚有此物否鬼谷子曰若蚨母之從其子也出無閒入無朕獨往獨來莫之能止此謂青蚨之還錢與萬畢搜神所說正合也而陶隱居以蛭蟷在穴中釋之此由誤認蚨爲蛈遂以爾雅王蛈蝪爲注酉陽雜俎亦云青蚨鬼谷子謂之蚨母郢書燕說博學者尤難免矣从虫夫聲房無切五部

⿰虫匊鼀逗詹諸句黽部曰鼀䵶詹諸也其鳴詹諸其皮鼀鼀其行䵶䵶此則又名⿰虫匊鼀釋魚作鼀䵶醜蟾諸鼀䵶醜卽⿰虫匊鼀一語之轉曰脰鳴者攷工記梓人文脰項也鄭曰脰鳴鼃黽屬按鼃黽與⿰虫匊鼀別而屬也故下文受之以蝦蟆从虫匊聲居六切三部篇韵渠竹切

蝦蟆也蝦蟆見於本艸經背有黑點身小能跳接百蟲解作呷呷聲擧動極急蟾蜍身大背黑無點多痱磊不能跳不解作聲行動遲緩絕然二物陳藏器蘇頌皆能詳言之許於此但云蝦蟆不云⿰虫匊鼀也亦謂其似同而異从虫叚聲乎加切古音在五部古或借爲霞字與魚鰕字从魚別

蝦蟆也从虫莫聲莫遐切古音在五部

觜蠵二字各本無今補此以疊韵爲名角部觜下曰一曰觜蠵

也未言何物此蒙其文釋之曰大蠵大蠵也蠵之取大者爾雅十蠵二曰靈蠵注曰涪陵郡出大蠵甲可以卜緣中又又今之鈘字謂其邊可為鈘也似瑇瑁俗評為靈又今大觜蠵蠵也一名靈蠵能鳴吳都賦曰摸瑇瑁捫觜蠵按觜蠵與瑇瑁二物也吕胃鳴者攷工記梓人文鄭本作胃鳴二云榮原屬賈馬作胃賈二云靈蠵也按許得古學於賈侍中故亦作胃用賈說矣从虫巂聲戶圭切十六部觜蠵卽移切蠵司馬相如說蠵从夐从夐聲也夐在十四部合韵蓋凡將篇中所載異體螹螹離也三字句螹史記文選同漢書作漸上林賦說水族曰鮫龍赤螭魟鰽螹離司馬彪曰螹離魚名也張揖曰其形狀未聞按許以此次於蠵螹二篆閒必介蟲之類周人或以漸離為名取於物為假也斬蠵字或作螹胡非也从虫斬聲慈染切八部玉篇才廉切蟹蟹有二敖八足敖俗作螯作螯廣韵曰螯蟹大腳也螯蟹屬然則俗作螯尤誤也敖出游也故其大腳曰敖今本大戴禮作螯非旁行攷工記梓人仄行郎旁行也鄭亦云蟹屬非它鮮之宄無所庇庇者蔭也解者今之鱓字鱓者魚名見魚部魚之似蛇者也常演切又作䱇今大戴禮作䱇或誤䱜荀子作蟺許書古本多作鮮蓋漢人多叚貉國鮮魚之字為之本無正字也玄應曰鱓又作鱔鮮二形同勸學篇曰蟹二螯八足非蛇䱇之宄而無所寄者用心躁也从虫解聲胡買切十六部廣韵曰蟹說文作蠏知古如此作蠏蠏或从魚蛫蠏也廣雅蛹蟹蛫也其雄曰蜋䲒其雌曰博帶

蜮 短弧也弧各本作狐今正毛公班固張揖陸璣杜預范甯皆曰短弧今惟五行志左傳釋文作弧不誤矣小雅爲鬼爲蜮傳曰蜮短弧也左傳釋文曰短弧又作狐按此因其以氣射害人故謂之短弧作狐非也其氣爲矢則其體爲弧 侶鼈三足洪範傳陸璣疏皆云爾 㠯气䠶害人陸疏云人在岸上影見水中投人影則殺之師古曰短弧即射工也亦呼水弩陸氏佃羅氏願皆曰口中有橫物如角弩聞人聲以气爲矢用水勢以射人隨所箸發創中影亦病也 从虫或聲于逼切一部 从虫危聲過委切十六部按以上四篆皆互物也

蟈 蜮又从國國聲亦或聲也周禮蜮氏鄭司農云蜮讀爲蟈蟈蝦蟆也月令曰螻蟈鳴故曰掌去鼃黽鼃黽蝦蟆屬周禮經注本如此今本經作蟈氏注曰蟈當爲蜮此譌謬倒易不可通之本後鄭依司農易字故注曰蟈今御所食蛙也字从虫國聲蜮乃短弧與所以申明先鄭易字之恉也許不從先鄭說者也故謂蟈即蜮字之異者蜮氏去蟈即去短弧也葢周禮故書作蜮亦或作蟈先鄭從或本許則謂蟈與蜮無二義也

𧊜 侶蜥易長一丈當同鼉下云長丈許 水潛吞人即浮出日南也劉注吳都賦曰異物志云鰐魚長二丈餘有四足似鼉喙長三尺甚利齒虎及大鹿渡水鰐擊之皆中斷生子則出在沙上乳卵卵如鴨子亦有黃白可食其頭琢去齒旬日閒更生廣州有之按據劉注則不必日南郡乃有其物也 从虫屰聲吾各切五部俗作[illegible]鰐鱷

蛧 蛧蜽逗疊韵 山川之精物也精物者易所謂

精氣爲物也主謂精氣結成之物鬼部曰彪老精物也或作物精非是精氣爲物謂精靈之聚者游魂爲變謂飄颻者皆鬼神之情狀也國語木石之怪曰夔蝄蜽水之怪曰龍罔象韋注蝄蜽山精好斆人聲而迷惑人也杜注左氏罔兩曰水神蓋因上文蝄訓山神故訓罔兩爲水神猶韋因國語水怪爲龍罔象故謂蝄蜽爲山精也許兼言山川爲長矣又賈注國語曰罔兩罔象言有夔龍之形而無實體許云精物殆亦與賈說異淮南王說謂劉安蝄蜽狀如三歲小兒赤黑色赤目長耳美髮玄應書引赤目下有赤爪二字从虫网聲文兩切十部按蝄蜽周禮作方良左傳作罔兩孔子世家作罔閬俗作魍魎國語曰木石之怪夔蝄蜽魯語文許意夔別爲一物如龍一足

蜽 蝄蜽也从虫兩聲按兩聲之字疑古祇从兩後人改之良奬切十部

蝯 善援以疊韵爲訓援者引也釋獸曰猱蝯善援許意以蝯善攀援故偁蝯夔則蝯之屬而已故不言夔

禺屬甶部曰禺母猴屬蝯卽其屬屬而別也郭氏山海經傳曰蝯似獮猴而大臂腳長便捷色有黑有黃其鳴聲哀柳子厚言猴性躁而蝯性緩二者迥異从虫爰聲雨元切十四部干祿字書曰猿俗猨通蝯正

蠗 禺屬亦與母猴屬而別也按爾雅釋獸自麋鹿至䴥泄目爲寓屬此[illegible]下篇釋嘼言之嘼者人所養也寓屬者皆寄在於野不爲人養者而淺者謂卽說文所謂禺屬何其謬哉猱蝯玃父可謂寓屬豈其他亦可謂禺屬乎上林賦蛭蜩蠗蝚棲息乎其閒郭璞云蠗蝚似獮猴而黃蠗猱

二物郭併言之非也惟史記作蠗漢書譌作玃司馬貞曰西山經皋塗之山有獸名蠗是此字攷其所說之狀非蝯猴類其字今譌作玃依郭注則當作玃未可取爲證也从虫翟聲直角切二部司馬貞曰字林音狄

蜼如母猴猶言禺屬也禺者母猴屬許書多言母猴母猴獼猴沐猴一聲之轉周禮蜼彝鄭曰蜼禺屬卬鼻長尾[illegible]獸文也卬者望欲有所庶及也張揖注上林曰蜼似母猴卬鼻而長尾郭注爾雅山海經皆曰似獼猴尾長數尺有岐鼻露向上雨卽自縣樹以尾塞鼻从虫隹聲余季切十五部按山海經注曰音遺又音誄注爾雅曰零陵南康人呼餘建平人呼相贈遺之遺又音余救切皆土俗輕重不同耳左思吳都賦劉注引異物志說狖與郭說蜼同狖余幼切正因蜼有余救一切而別製字耳異物志譙允南所作

蚼北方有蚼犬食人海內北經蜪犬如犬青食人從首始郭注蜪音陶或作蚼音鉤按作蚼爲是正許所本也周書渠搜以鼩犬能飛食虎豹鼩同蚼借鼩鼩字爲之耳大戴禮作渠搜貢虛犬虛亦音之轉也今本周書作鼩犬依文選王融曲水詩序正从虫句聲古厚切四部

蛩蛩蛩獸也四字句子虛上林賦皆有蛩蛩張揖曰蛩蛩青獸狀如馬按史記作邛邛一曰秦謂蟬蛻曰蛩方俗殊語也蛩之言空也从虫巩聲渠容切九部

蟨鼠也當作蟨鼠也三字句鼠名此蓋用呂氏春秋蟨鼠前兔後之說一曰西方有獸前足短與蛩蛩巨虛比其名曰

蟨 釋地曰西方有比肩獸焉與邛邛岠虛比爲邛邛岠虛齧甘艸卽有難邛邛岠虛負而走其名謂之蟨按司馬相如賦曰蹵蛩蛩轔距虛張揖曰蛩蛩狀如馬距虛似贏而小說苑亦云二獸而郭璞云距虛卽邛邛變文互言之引穆天子傳邛邛距虛日前五百里邛距雙聲似郭說長 从虫厥聲 居月切十五部

蝙 蝙蝠 逗 服翼也 服翼二字舊在蝠篆下今依全書通例移此蝙蝠服翼釋蟲文方言曰蝙蝠自關而東謂之服翼或謂之飛鼠或謂之老鼠或謂之僊鼠自關而西秦隴之閒謂之蝙蝠北燕謂之蟙蠌音職墨 从虫扁聲 布懸切古音在十二部

蝠 蝙蝠也 从虫畐聲 方六切古音在一部

蠻 南蠻 職方氏八蠻爾雅九夷八狄七戎六蠻謂之四海王制云南方曰蠻詩角弓如蠻如髦傳曰蠻南蠻也采芑蠢爾荊蠻傳曰荊蠻荊州之蠻也 它種 从虫 說从虫之所由以其蛇種也蛇者虫也蠻與閩皆人也而字从虫故居部末如貉之居豸末狄之居犬末羌之居羊末焉 䜌聲 莫還切十四部詩傳曰緜蠻小鳥皃韓詩曰文皃

閩 東南越 釋名曰越夷蠻之國也度越禮義無所拘也職方氏七閩鄭司農曰南方曰蠻後鄭曰閩蠻之別也引國語閩芈蠻矣 它種 从虫門聲 武巾切古音在十三部月令注段爲蟁字

虹 螮蝀也 釋天曰螮蝀謂之雩螮蝀虹也毛傳同 狀似虫 虫各本作蟲今正虫者它也虹似它故字从虫 从虫工聲 戶工切九部 明堂月令曰虹始見 季春文

籀文

虹从申（會意申部曰昌籀文申）申電也（電者陰陽激燿也虹似之取以會意）螮

蝀（逗雙聲）虹也（與虹篆轉注）从虫帶聲（都計切十五部今詩作蝃爾雅作螮）蝀

螮蝀也从虫東聲（多貢切廣韵平上二聲九部）蠥衣服歌䚻艸

木之怪謂之祅禽獸蟲蝗之怪謂之蠥（怪者異也地反物爲祅漢五行志曰凡艸物之類謂之妖妖猶夭胎言尚微蟲豸之類謂之孽孽則牙孽矣及六畜謂之旤言其著也及人謂之痾痾病皃言寖深也甚則異物生謂之眚自外來謂之祥祥猶禎也氣相傷謂之沴沴猶臨莅不和意也許所說較異葢所傳有不同矣禽獸蟲蝗之字皆得从虫故蠥从虫諸書多用孽俗作孼）从虫辥聲（魚列切十五部）

文一百五十三　重十五（宋本如此手斧季增蚌於蟄篆後云古文蟄改十五爲十六非也）

說文解字第十三篇上

說文解字第十三篇下

金壇段玉裁注

蟲之總名也　蟲下曰有足謂之蟲無足謂之豸析言之耳渾言之則無足亦蟲也虫下曰或行或飛或毛或蠃或介或鱗皆以虫爲象故蟲皆从虫而虫可讀爲蟲蟲之總名偁蚰凡經傳言昆蟲卽蚰蟲也日部曰昆同也夏小正昆小蟲傳曰昆者衆也猶魂魂也魂魂者動也小蟲動也月令昆蟲未蟄鄭曰昆明也許意與小正傳同　从二虫　二虫爲蚰三虫爲蟲蚰之言昆也蟲之言衆也古魂切十三部　凡蚰之屬皆从蚰　讀若昆

蠶　任絲蟲也　任俗譌作吐今正任與蠶以疊韵爲訓也言惟此物能任此事美之也絲下曰蠶所吐也　从蚰朁聲　昨含切古音在七部讀如簪

䖸　蠶七飛䖸　七各本作化今正七者變也蠶吐絲則成蛹於繭中蛹復化而爲䖸按此䖸與虫部之蛾羅主謂螘者截然不同而郭氏釋爾雅蛾羅爲蠶蛾非許意也　从蚰我聲　五何切十七部

蛾　或从虫

蚤　齧人跳蟲也　齧噬也跳躍也虱但齧人蚤則加之善躍故著之惡之甚也　从蚰叉聲　子皓切古音在三部　叉古爪字　按此四字妄人所沾不言古文而言古某字許無此例且叉手足甲也爪丮也未嘗謂叉爲爪之古文直由俗謂爪爲手足甲乃謂叉爲其古字徑注之於此不可不刪去

蚤　或从

虫經傳多叚爲早字

蝨齧人蟲古或叚幾瑟作蟣蝨蟣者蝨子也从䖵卂聲所櫛切十二部

螽蝗也蝗下曰螽也是爲轉注按爾雅有阜螽草螽蜤螽蟿螽土螽皆所謂螽醜也蜤螽詩作斯螽亦云螽斯毛許皆訓以蚣蝑皆螽類而非螽也惟春秋所書者爲螽从䖵夂聲職戎切九部夂古文終字見糸部

𧑄螽或从虫眾聲公羊經如此作

⿸辰䖵蟲也蟲上補⿸辰䖵字三字一句蟲名也从䖵辰省聲知衍切十四部

蠽小蟬蜩也謂蟬之小者也釋蟲曰蠽茅蜩郭云江東呼爲茅蠽似蟬而小青色方言曰蟬其小者謂之麥蚻郭云如蟬而小青色今關西呼麥蠽按茅麥雙聲蠽札蚻同字郭云蠽音癰癤之癤从䖵截聲子列切亦音札十五部按其字从䖵故與虫部蟬蜩等異處

蠿蠿蟊逗作网鼄蟊也黽部曰鼅鼄鼄蟊也一物三名釋蟲曰次蟗鼅鼄鼅鼄鼄蝥按次蟗卽許之蠿蟊鼄蝥卽許之鼄蟊也次古音同漆故與蠿音近蟗縛牟切故與蟊音近爾雅字譌蟗而釋文云或作蝵郭音秋蓋誤甚矣或曰蟗从出聲卽郭注之蝥字集韻之蛑字爾雅之次蟗卽許之蠿字是說近之然陸氏音義未能言之也作网鼄蟊謂卽今能作罔之蛛蝥也从䖵𢇍聲側八切十五部𢇍古文絕字文各本奪今補見糸部

蟊蠿蟊也从䖵矛聲此字與蟲部食艸根者絕異莫交切古音謀在三部

⿱宀䖵蟲蟲也蟲上補⿱宀䖵字三字句蟲名也廣韻云螻蛄

从䖵寍聲奴丁切十一部 螬 蠀螬也蠀字見虫部 从䖵曹聲財牢切古音在三部 𧒂 螻蛄也螻蛄見虫部一名蠹 从䖵𦍒聲胡葛切十五部 蜱 蜱蛸也三字句蛸字見虫部 从䖵卑聲匹標切按爾雅釋文音俾又婢貽反在十六部與蛸雙聲非疊韵也 蜱 蜱或从虫 蠭 飛蟲螫人者左傳蠭蠆有毒按釋蟲言土蠭木蠭無單言蠭者許書則蠣蠃下云細腰土蠭也卽爾雅之土蠭然則此單言蠭卽爾雅之木蠭也本艸經露蜂房亦謂木上大黃蠭窠也其房大者如甕小者如桶云露蠭正對土蠭在地中言之許謂土蠭爲細要純雄其飛蟲螫人者則謂大黃蠭竝非細要純雄無子者內則檀弓謂之范俗作蜂其子可食故內則庶羞雀鷃蜩范 从䖵逢聲敷容切九部 𧓖 古文省 蠠 蠭甘飴也飴者米蘗煎也蠭作食甘如之凡蠭皆有蠠方言蠭大而蜜者謂之壺蠭郭云今黑蠭穿竹木作孔亦有有蜜者是則蠭飴名蠠不主謂今之蜜蠭也叚借爲蠠沒字釋詁曰蠠沒勉也亦作𧓍沒韓詩作蜜勿毛詩作僶俛 一曰螟子螟見虫部食穀心者其子曰蠠 从虫鼏聲鼏鼎葢也冥入聲非橫關鼎耳之鼏音局也彌必切按其音平則在十一部如冥入則在十二部如密 蜜 蠠或从宓宓聲今通用此體 𧒅 𧒅蟓也三字句蟓字見虫部 从䖵巨聲強魚切五部 蟁 齧人飛蟲齧人而又善飛者 从䖵民聲

無分切十三部此字民聲則當十二部疑古本祇有𧍪而蟁乃後人所製也

𧍪 蟁或从昏 昏从氏省氏者下也俗沾一曰民聲而𧍪篆上亦沾民蟁篆矣 以昏時出也 說會意之言而形聲在其中

蚊 俗蟁从虫从文 虫部曰秦晉謂之蜹楚謂之蚊

蝱 齧人飛蟲 人當作牛楚語譬如牛馬處暑之既至䖟䗩之既多而不能掉其尾韋云大曰䖟小曰䗩說苑曰蠹蝝仆柱梁蚊蝱走牛羊史記搏牛之蝱不可以破蟣蝨淮南書曰蟁䖟不食駒犢今人尚謂齧牛者爲牛蝱本艸經有木䖟蜚䖟 从䖵亡聲 武庚切古音在十部讀如茫

蠹 木中蟲 在木中食木者也今俗謂之蛀音注左傳曰公聚朽蠹 从䖵橐聲 當故切五部

⿱木䖵 蠹或从木象蟲在木中形譚長說 此上形聲此會意

蠡 蟲齧木中也 此非蟲名乃謂蟲之食木曰蠡也朱子注孟子曰蠡者齧木蟲則誤矣蠡之言劙也如刀之劙物蠡叚借之用極多或借爲蠃蚌字或借爲瓢蠡字楚辭覽芷圃之蠡蠡又借爲禾黍離離字孟子曰以追蠡趙注曰追鐘鈕也鈕擘齧處深矣蠡蠡欲絕之皃此又以蠡同離同劙方言曰劙解也又曰蠡分也皆其義也不知叚借之恉乃云鐘鈕如蟲齧而欲絕是株守許書之辭而未能通許書之意矣 从䖵彖聲 彖見彑部讀若弛非通貫切之彖也此久誤今正篆文併說解盧啓切十六部

⿱彖木 古文 此按古文與篆不別疑古文从豕

⿱求䖵 多足蟲也 周禮赤犮氏凡隙屋除其貍蟲鄭曰貍蟲䗪肌求之

屬按蜃見本艸經一名地鼈今俗所謂地鼈蟲也似鼠婦肌求本或作蛷多足之蟲今俗所謂蓑衣蟲也通俗文曰務求謂之蚑蛷廣雅曰蛷螋蛷也玄應曰關西呼𧊆溲為蚑蛷蚑蛷卽鄭所謂肌蛷也陶隱居陳藏器作蠷螋音劬蘇 从䖵求聲 巨鳩切三部 [seal] 蛷或从虫 [seal] 蚍蠹也 蟲部蚍蠹大螘也此不言大螘者義見於上一字全書之例如是也蚍蜉大螘釋蟲文郭云俗呼為馬蚍蜉按馬之言大也 从䖵橐聲 縛牟切三部 [seal] 蠹或从虫从孚 孚聲古音孚讀如浮 [seal] 蟲食也 𧕬之言吮也吮欶也鳥曰嗉寓鼠曰嗛昆蟲曰𧕬 从䖵雋聲 子兗切十三部 [seal] 蟲動也 此與蝡義同以轉注之法言之可云蝡也引申為凡動之偁詩蠢爾荊蠻毛傳曰蠢動也鄉飲酒義曰東方者春春之為言蠢也產萬物者也注云蠢動生之皃亦叚春為之考工記張皮矦而棲鵠則春以功注云春讀為蠢蠢作也出也蠢與心部惷意訓亂義異 从䖵春聲 形聲中有會意尺尹切十三部 [seal] 古文蠢从𢦏 𢦏之言才也始也 周書曰我有𢦏于西 大誥曰有大艱于西土西土人亦不靜越茲蠢𢦏為壁中古文真本其辭不同者葢許檃栝其辭如此也 ○ [seal] 飛螘从䖵尉聲 爾雅螱飛螘釋文曰說文字林从䖵今據補於貴切十五部

文二十五 今增螱則二十六 重十三

有足謂之蟲無足謂之豸 有舉渾言以包析言者有舉析言以包渾言者此蟲豸析言以包渾言也蟲者蝡動之總名前文旣詳之矣故祇引爾雅釋蟲之文豸者獸長脊行豸豸然欲有所伺殺形也本謂有足之蟲因凡蟲無足者其行但見長脊豸豸然故得叚借豸名今人俗語云蟲豸詩溫隆蟲蟲毛傳曰蟲蟲而熱也按蟲蟲蓋融融之叚借韓詩作烔許所不取 从三虫 人三爲衆虫三爲蟲蟲猶衆也直弓切九部 凡蟲之屬皆从蟲

蟲食艸根者 艸當作苗小雅去其螟螣及其蟊賊釋蟲食苗根蟊毛傳食根曰蟊螟蟘已見虫部蟘是介屬螟蟘是蠃屬 从蟲象形 謂上體象此蟲繚繞於苗榦之形與䖵部[illegible]蟊字从䖵矛聲不同也今人則盡叚蟊爲之矣莫浮切三部 吏抵冒取民財則生 抵當作牴觸也冒者冡而前也吏不卹其民彊禦而取民財則生此抵冒亦見董仲舒傳冒古音茂以疊韵爲訓

蟊或从敄 敄聲也此則與虫部盤蝥同字

古文蟊从虫从牟 牟聲竹邑相張君碑蝥賊不起凡漢人言侵牟皆蟊之叚借

蠶蠹 逗雙聲蠹見䖵部 大蟲也 爾雅文 从蟲比聲 房脂切十五部

蠶或从虫比聲 方言作蚍蜉

蟁也 蟁之一名 从蟲㒳聲 當依篇韵从二武巾切十三部按此蚊之一名耳不當仍讀蚊當依篇韵良刃切

臭蟲負蠜也 按臭蟲下有奪字當云臭蟲蟲也

一曰負蠜也畫然二說如虫部蝝下之竝載二說也春秋莊二十九年秋有蜚左氏傳曰爲災也公羊傳曰紀異也穀梁傳曰一有一亡曰有漢五行志劉歆以爲負蠜也性不食穀食穀爲災按子駿葢演左氏說也劉向以爲蜚色青近青眚非中國所有南越盛暑男女同川澤淫風所生爲蟲臭惡是時嚴公取齊淫女爲夫人既入淫於兩叔故蜚至按子政葢演穀梁之說而何休范甯皆從之也許列臭蟲於先而負蠜次之許意子政說長也負蠜與蠜畫然二物釋蟲曰阜螽蠜也毛傳同許同此一物也釋蟲曰草螽今爾雅作蟲譌負蠜也毛傳則云草蟲常羊也常羊即負蠜鄭箋云艸蟲鳴則阜螽躍而從之是以謂之負蠜也劉子駿及許之負蠜即艸蟲也即常羊也左氏之所以釋蜚也至於臭蟲生南越而有於中國子政之說則然亦如有蜮有鸜鵒來巢皆本非所有公穀之所以釋蜚也釋蟲曰蜚蠦蜰郭云臭蟲負盤也攷本艸經蜚蠊注家云辛辣而臭漢中人食之一名盧蜰一名負盤郭注亦謂此而許虫部蜰下但言盧蜰不言蜚也似許不以盧蜰與臭蟲爲一物本艸之蜚蠊非必淫气所生劉向所以說經者又未必蜚蠊也故所云盧蜰者葢本艸之蜚蠊此云臭蟲者未必爲本艸之蜚蠊也盤蠜二字尤不當牽混

从蟲非聲房未切十五部

蜚 蜚或从虫今春秋三經皆如此作古書多段爲飛字

蠱 腹中蟲也中蟲皆讀去聲廣韵集韵皆曰蟲直衆切蟲食物也亦作蚛腹中蟲者謂腹內中蟲食之毒也自外而入故曰中自內而蝕故曰蟲此與虫部腹中長蟲腹中短蟲讀異周禮庶氏掌除毒蠱注云毒蠱蟲物而病害人者賊律曰敢蠱人及教令者棄市左氏正義曰以毒藥藥人令人不自知今律謂之蠱玄應屢引說文蠱腹中

蠱也謂行蠱毒也下五字蓋默注語顧野王輿地志曰主人行食飲中殺人人不覺也字從箸蟲於飲食器中會意

春秋傳曰皿蟲爲蠱晦淫之所生也 晦淫俗本作淫溺誤今依宋本正春秋傳者昭元年左氏傳文醫和視晉侯疾曰是爲近女室疾句如蠱非鬼非食惑以喪志天有六氣淫生六疾陰淫寒疾陽淫熱疾風淫末疾雨淫腹疾晦淫惑疾明淫心疾女陽物而晦時淫則生內熱惑蠱之疾於文皿蟲爲蠱穀之飛亦爲蠱在周易女惑男風落山謂之蠱皆同物也和言如蠱者蠱以鬼物飲食害人女色非有鬼物飲食也而能惑害人故曰如蠱人受女毒一如中蠱毒然故設辭謂之蠱容張平子賦謂之妖蠱謂之蠱媚皆如蠱之說也言於文皿蟲爲蠱者造字者謂蟲在皿中而飢人即以人爲皿而蝕其中康謂之蠱米亦皿也女惑男風落山男亦皿也山亦皿也故云皆同物也此皆蠱之引申之義

梟磔死之鬼亦爲蠱 梟磔各本作臬桀史記封禪書索隱引樂彥云左傳皿蟲爲蠱梟磔死之鬼亦爲蠱梟當作県斷首倒縣磔辜也殺人而申張之也強死之鬼其䰟魄能馮依於人以爲淫厲是亦以人爲皿而害之也此亦引申之義序卦傳曰蠱者事也伏曼容注曰蠱惑亂也萬事從惑而起故以蠱爲事引大傳乃命五史以書五帝之蠱事

从蟲从皿 會意公戶切亦去聲五部聲類弋者切音冶

皿物之用也 物上當有蠱字皿所以盛飲食行蠱者也此說从皿之意

文六 重四

風 八風也東方曰明庶風東南曰清明風南方曰景風西南曰涼風西方曰閶闔風西北曰不周風北方曰廣莫風東北曰融風 樂記八風從律而不姦鄭曰八風從律應節至也左氏傳夫舞所以節八音而行八風服注八卦之風也乾音石其風不周坎音革其風廣莫艮音匏其風融震音竹其風明庶巽音木其風清明離音絲其風景坤音土其風涼兌音金其風閶闔易通卦驗曰立春調風至春分明庶風至立夏清明風至夏至景風至立秋涼風至秋分閶闔風至立冬不周風至冬至廣莫風至白虎通調風作條風條者生也明庶者迎衆也清明者芒也景者大也言陽氣長養也涼寒也陰氣行也閶闔者咸收藏也不周者不交也言陰陽未合化也廣莫者大莫也開陽氣也按調風條風融風一也八卦八節八方一也通卦驗始於調風許終於融風者許依易八卦之次終於艮也艮者萬物之所以成終而成始也風之用大矣故凡無形而致者皆曰風詩序曰風風也教也風以動之教以化之劉熙曰風氾也放也 从虫凡聲 凡古音扶音切風古音孚音切在七部今音方戎切 風動蟲生故蟲八日而七 依韻會此十字在从虫凡聲之下此說从虫之意也大戴禮淮南書皆曰二九十八八主風風主蟲故蟲八日化也謂風之大數盡於八故蟲八日而化故風之字从虫 凡風之屬皆从風 凬 古文風 颵 北風謂之颵 爾雅南風謂之凱風

東風謂之谷風北風謂之涼風西風謂之泰風毛傳於詩凱風谷風皆用爲訓桑柔之大風則不言何風而箋以西風釋之若邶詩北風其涼本無涼風字故毛但曰寒涼之風而已不用爾雅也陸氏爾雅音義曰涼本或作飆許所據爾雅同或作本

从風京聲各本作涼省聲俗人所改涼𩗬𩗬皆京聲今正呂張切十部

小風也也玉篇作兒廣韵之颵即此字也

从風朮聲翾聿切十五部

扶搖風也司馬注莊子云上行風謂之扶搖釋天曰扶搖謂之猋郭云暴風從下上按爾雅月令用古字陸云字林作飈不言說文此等舉一以包二耳

从風猋聲甫遙切古音在三部

古文飆各本作飈或从包今正班固西都賦颮颮紛紛李善李賢注皆引颮古飈字

回風也回者般旋而起之風莊子所謂羊角司馬云風曲上行若羊角也釋天云迴風爲飄匪風毛傳同按何人斯傳曰飄風暴起之風依文爲義故不云回風

从風票聲撫招切二部

風聲也各本作翔風也今依文選風賦注正廣韵同九歌曰風颯颯兮木蕭蕭風賦曰有風颯然而至翔風非字意也

从風立聲穌合切七部

高風也呂氏春秋有始覽曰西方曰飂風

从風翏聲力求切三部

疾風也廣雅作颾廣韵曰颾爲颮之俗然則作颾者又颮之省也按古有颮字亦訓疾風楚飢切見楚辭及吳都賦

从風忽忽亦聲呼骨切十五部

大風也从風胃聲王勿切十五部玉篇于貴切

䫻 大風也从風曰聲曰各本作日月之日非聲也今併篆體正于筆切十五部

颺 風所飛揚也揚者飛舉也从風昜聲與章切十部

颲 颲颲二字各本無今補疊韵字也逗風雨暴疾也从風利聲讀若栗力質切十三部

颲 颲颲也各本作烈風也今正詩二之日栗烈說文仌部作凓冽今本冽譌瀨陸氏音義不偁仌部而曰說文作颲颲蓋由疊韵音同而誤也然可以證古本之颲颲綵聯矣廣韵五質颲下曰颲颲暴風十七薛颲下曰風雨暴至亦可爲證从風𠛱聲讀若烈良薛切十五部按凡烈風當作此字其譌也爲別風

文十三　重二

它 虫也从虫而長象冤曲𠂹尾形𠂹各本作垂今正𠂹者艸木華葉𠂹也引申爲凡物下𠂹之偁垂者遠邊非其義冤曲者其體垂尾者其末㠯象其臥形故詘尾而短它象其下冤曲而下垂尾故長詘尾謂之虫垂尾謂之它它與𠂹古音同也詩維虺維蛇女子之祥吳語爲虺弗摧爲蛇將若何虺皆虫之叚借皆謂或臥或垂尾耳臥者較易制曳尾而行者難制故曰爲虺弗摧爲蛇將若何也託何切十七部今人蛇與它異義異音蛇食遮切上古艸尻患它故相問無它乎上古者謂神農以前也相問無它猶

後人之不恙無恙也語言轉移則以無別故當之而其字或叚借爲之又俗作他經典多作它猶言彼也許言此以說叚借之例羔羊傳曰委蛇行可從迹也亦引申之義也

凡它之屬皆从它 蛇 **它或从虫** 它篆本以虫篆引長之而已乃又加虫左旁是俗字也

文一　重一

龜 **舊也** 此以疊韵爲訓門聞戶護之例龜古音姬亦音鳩舊古音臼亦音忌舊本鵂舊字叚借爲故舊即久字也劉向曰著之言耆龜之言久龜千歲而靈著百年而神以其長久故能辨吉凶白虎通語略同龜之大者曰鼇敖與久音相近

外骨內肉者也 外骨考工記梓人文鄭云龜屬

从它龜頭與它頭同 此如龜頭與它頭同魚尾與燕尾同兔頭與㲋頭同㲋足與兔足能足與鹿足同虎足與人足同兕頭與禽离頭同皆其物形相似故製字同之也比說从它之意也

天地之性廣肩無雄龜鼇之類㠯它爲雄 列子曰純雌其名大署純雄其名穉蜂張注大署龜鼇之類也穉小也許注蠵蠃亦偁列子按以它爲雄則其子皆它子也故字从它此从它之又一說也

龜 **象足甲尾之形** 从它者象它頭而已左象足右象背甲曳者象尾居追切古音在一部讀如基音轉讀如鳩

凡龜之屬皆从龜

龜 **古文龜** 象形而不从它

龜 **龜名** 當作龜龜也二字句

从龜夂聲徒冬切九部 夂古文終字見糸部

⿰冄龜 龜甲邊也 公羊傳曰龜青純何注純緣也謂緣甲⿰冄頁也千歲之龜青⿰冄頁明乎吉凶也樂記史記樂書皆曰青黑緣者天子之寶龜也按⿰冄頁者⿰糹⿰冄頁之省⿰冄龜之叚借字劉淵林注蜀都賦引譙周異物志曰涪陵多大龜其甲可以卜其緣中叉今叙字似瑇瑁名曰靈叉郭注爾雅亦用其語而今本多譌字緣者甲之邊也甲文象木戴孚甲之象故介蟲外骨謂之甲 从龜冄聲汝閻切七部 天子巨⿰冄龜尺有二寸 此以下出三正記見白虎通天子下當有龜字巨當作距漢志元龜距冄長尺二寸冄叚借字也孟康曰冄龜甲緣也距至也度背兩邊緣尺二寸也按兩邊相距尺二寸故知元龜尺二寸謂其廣不謂其脩也魯頌毛傳曰元龜龜尺二寸 諸矦尺大夫八寸士六寸 皆謂兩邊相距

文三 重一

黽 鼃黽也 周禮蟈氏掌去鼃黽鄭司農云蟈蝦蟇也月令曰螻蟈鳴鼃黽蝦蟇屬書或爲掌去蝦蟇玄謂蟈今御所食蛙也齊魯之閒謂鼃爲蟈黽耿黽也蟈與耿黽尤怒鳴爲聒人耳故去之按蛙卽鼃字依大鄭說則鼃黽二字爲一物依後鄭說則鼃卽蟈爲一物黽乃耿黽爲一物依許黽下曰鼃黽也似同大鄭說然有當辯者許果合二字爲一物則黽篆下當云鼃黽蝦蟆也鼃篆下云鼃黽也乃合全書之例而蝦蟆篆居虫部此則單舉鼃篆釋曰蝦蟆黽篆下則曰鼃黽也是許

意鼃黽爲一物鼃爲一物凡兩字爲名一字與他物同者不可與他物牽混知鼃黽非鼃也許之鼃黽卽鄭之耿黽鼃古音圭

與耿雙聲故得爲一字桼評曰鼃黽耿黽單評曰黽爾雅鼁䵶蟾蠩在水者黽是則詹諸之類而以在水中爲別也許鄭之單

言鼃卽本艸所謂鼃一名長股陶云俗名土鴨南人名蛤子善鳴者寇宗奭曰其色青腹細後腳長善躍大其聲曰蛙小其聲

曰蛤此鼃與鼃黽之別皆在水中而善鳴故周禮設官去之黽之叚借爲黽勉 从它象形 謂从它象其頭

下象其大腹也莫杏切古音在十部讀如芒 黽頭與它頭同 言頭而繁爲腹可知矣黽本無尾故

風俗通辯蝦蟇掉尾蕭蕭乃夏馬之字誤 凡黽之屬皆从黽 𪓕 籒文黽

古文祇象其頭腹籒文又象其長足善跳 鼃 蝦蟆屬 屬各本作也今依韵會九佳所據小徐本正廣韵同

蝦蟆見虫部蝦蟆與詹諸小別鼃則與蝦蟆大別而其形相似故言屬而別見漢書武帝紀元鼎五年鼃蝦蟆鬭是可知其別

矣鼃者周禮所謂蟈今南人所謂水雞亦曰田雞鼃蛤皆其鳴聲也故宋人詩多云吠蛤亦云蛙聲閣閣 从黽圭

聲 烏媧切古音十六部按當音乖字亦作䵷作蛙 鼀 圥鼀 逗疊韵 詹諸也 虫部曰𧒂鼀詹

諸也一物四名曰𧒂鼀曰圥鼀曰詹諸曰鼁䵶許主名詹諸而詳釋之 其鳴詹諸 蝦蟆能作呷呷聲蟾

蜍不能作聲詹諸象其謇吃之音此言所以名詹諸也其字俗作蟾蠩又作蟾蜍 其皮鼀鼀 鼀鼀猶蹙

蹙也其身大背黑多痱磊此言所以名𧒂鼀圥鼀也𧒂之義蓋取於拳局 其行圥圥 圥圥舉足不能前之

皃蟾蜍不能跳躍菌圥上椎鈍非銳物也故以狀其行此言所以名圥鼀也 从黽圥 會意 圥亦聲 七宿切三部 䵷 鼀或从酋 酋聲圥聲同在三部 鼀 䵶鼀逗詹諸也 詩曰得此䵶鼀 邶風新臺文今詩作戚施毛傳曰戚施不能仰者釋言曰戚施面柔也 言其行䵶鼀 此五字當在詩曰之上小徐自糸至卵部今皆不傳不可攷矣䵶鼀猶施施也王風毛傳曰施施難進之意此言所以名䵶鼀也 从黽爾聲 式支切古音在十六部十七部之閒 鼈 甲蟲也 考工記注外骨龜屬內骨鼈屬按鼈骨較龜稍內耳實介屬也故周易鼈蟹蠃蚌龜爲一屬 从黽敝聲 并列切十五部 黿 大鼈也 今目驗黿與鼈同形而但分大小之別 从黽元聲 愚袁切十四部 鼉 水蟲佀蜥易長丈所 所字依太平御覽補丈所猶丈許也大雅靈臺傳曰鼉魚屬馬部驒下曰青驪白鱗文如鼉魚許依毛謂之鼉魚也 皮可爲鼓 四字本在魚部鱓下由古多用鱓爲鼉而淺人注之也今移此詩鼉鼓逢逢史記樹靈鼉之鼓 从黽單聲 徒何切古在十四部唐干切 𪚧 水蟲也薉貉之民食之 蓋猶中國之食鼃謂之水雞也 从黽奚聲 胡雞切十六部 䵹 鼃屬頭有兩角 以頭有二角別於鼃也蓋亦可食 出遼東从黽句聲 其俱切古音在四部讀如鉤篇韵皆作鼅按吳都賦有鼅鼊劉注鼅鼊龜屬也

如蝳瑁此與單名䵷者各物

蠅 營營青蠅小雅青蠅文傳曰營營往來皃蟲之大腹者从黽虫虫猶蟲也此蟲大腹故其字从黽虫會意謂腹大如黽之蟲也其音則在六部余陵切故繩爲蠅省聲非許之精詣則必仞爲形聲字遂使古音不可攷矣

鼅 鼅鼄逗雙聲鼄蟊也各本奪鼄字今補鼄蟊曡韵䖵部曰蠿蟊作网鼄蟊也此曰鼅鼄鼄蟊也以見一物三名如[illegible]下鼀下鼁下皆曰詹諸也之例方言鼅鼄鼄蟊也自關而西秦晉之閒謂之鼄蟊自關而東趙魏之郊謂之鼅鼄或謂之蠾蝓蠾蝓者侏儒語之轉也北燕朝鮮洌水之閒謂之蝳蜍按蠿蟊即爾雅之次蟗蟗音浮斷非从出也鼅鼄同爾雅鼄蟊即爾雅之鼄蝥郭曰今江東呼蝃蝥蝃音掇晉時江東評蝃蝥蝃即鼄蝥促言之耳蝃或作蛁本艸亦作蛁章悅反蝥音謀又音無从黽亦蟲之大腹者也故从黽智省聲陟离切十六部

䵹 或从虫

鼄 鼅鼄也从黽朱聲陟輸切四部

蛛 鼄或从虫

鼂 匽鼂也讀若朝陟遙切二部楊雄說匽鼂蟲名蓋見楊雄倉頡訓纂廣韵亦引倉頡篇云蟲名按爲何蟲許亦不憭也夏小正言匽之興不得援以證匽鼂杜林以爲朝旦非是此以爲乃說叚借之例杜林用鼂爲朝旦字葢見杜林倉頡故攷屈原賦甲之鼂吾以行王逸曰鼂旦也左傳衛大夫史朝風俗通作史鼂之後爲鼂姓漢書鼂姓又作晁是古叚鼂爲朝本無不合許云非是未審他處亦未見此例也若木部構下杜林以爲椽桷字斗部斡下杜

林以爲輅車輪斡亦未辯其非是矣葢叚借之學昧其爲借字非眞字而眞字存不明其爲借字直指爲眞字而眞字借字之義皆廢矣伯山葢謂鼂夕爲眞字故辯以防之也

从黽从日 葢亦蟲之大腹者故从黽其从日之意不能詳也

鼂 古文从昆 古文各本作篆文今依玉篇正凡先古籀後篆者皆由文勢不得不尒此非其比也廣韵古本亦必先鼂後鼂注曰古文今本二大字轉寫譌舛集韵類篇依大徐而誤昆見日部讀若窈古文从黽昆聲

文十三　　重五

卵 凡物無乳者卵生 乙部曰人及鳥生子曰乳獸曰產此云凡物無乳者卵生按此乳字與乙部乳字義少異此乳謂乳汁也惟人及四足之獸有之故其子胎生羽蟲鱗蟲介蟲及一切昆蟲皆無乳汁其子卵生故曰凡物無乳者卵生然則何以言人及鳥生曰乳獸曰產也此乳猶抱也嫗也方言北燕朝鮮洌水之閒謂伏雞曰抱爵子及雞雛皆謂之鷇其卵伏而未孚始化謂之涅鄭注樂記曰以體曰嫗惟鳥於卵伏之抱之既孚而或生哺之有似人之抱哺其子凡獸之恩勤遜於是故以鳥之將子與人並言乳實乳汁之義之引申許泥乙爲鳥故訓乳曰人及鳥也子部曰穀乳也此乳汁之乳字及孺皆曰乳子也此乳哺之乳此云無乳者卵生亦指謂乳汁也 象形 此象上黽象形言之卵未生則腹大卵陰陽所合天地之襍也故象其分合之形 盧管切十四部糸部綰下云讀若雞卵葢古卵讀如管也 凡

卵之屬皆从卵 卝古文卵 各本無今依五經文字九經字樣補五經文字曰卝古患反見詩風字林不見又古猛反見周禮說文以爲古卵字九經字樣曰說文作卝隸變作卵是唐本說文有此無疑但張引說文古文卵刪去文字未安張之意當云卝卵上說文下隸變乃上字誤舉其重文之古文非是然正可以證唐時說文之有卝汗簡以卝爲古文卵字與凬爲古文風𪚦爲古文龜皆據本書郭氏所見說文尚完好也卵之古音讀如管引申之內則濡魚卵醬鄭曰卵讀爲鯤鯤魚子也或作擱韋注國語亦云鯤魚子也內則之魚子言其未生者魯語之魚子言其已生者其意一也又引申之爲詩總角卝兮之卝毛傳曰卝幼穉也此謂出腹未久故仍得此偁如魚之未生已生皆得曰鯤也又引申之周禮有卝人鄭曰卝之言礦也金玉未成器曰卝此謂金玉錫石之樸韞於地中而精神見於外如卵之在腹中也凡漢注云之言者皆謂其轉注段借之用以礦釋卝未嘗曰卝古文礦亦未嘗曰卝讀爲礦也自其雙聲以得其義而已卝固讀如管讀如關也自劉昌宗徐仙民讀侯猛虢猛反謂卽礦字遂失注意而後有妄人敢於說文礦篆後益之曰卝古文礦周禮有卝人則不得不敢於卵篆後徑刪卝古文卵是猶改蘭臺桼書以合其私其誣經誣許率天下而昧於六書不當膺析言破律亂名改作之誅哉𢍏从卝聲關从𢍏聲許說形聲井井有條如是

毈 卵不孚也 爪部曰孚者卵卽孚也从爪子不孚者卵坼不成樂記曰卵生者不殈鄭曰殈裂也今齊人語有云殈者按殈卽毈也呂氏春秋雞卵多毈管子五行篇羽卵者不段叚段爲之 从卵段聲 徒玩切十四部按段當讀如鍛

文二 重一 二字今補

二 地之數也 易曰天一地二 惟初大始道立於一 有一而後有二 元气初分 輕清昜爲天 重濁会爲地

从耦一 耦各本作偶 誤 今正 偶者 桐人也 凡云偶爾用之 耦者 二人竝耕之偁 故凡奇耦字用之 古書或不拘 許必從其朔也 大徐本無一字 非 耦一者 兩其一也 兩畫當均長 今人上短下長便是古文上字 三篆亦三畫均長 而至切 十五部

凡二之屬皆从二

弍 古文二

亟 敏疾也 攴部曰 敏者 疾也 疾者 本無其字 依聲託事之字也 後人以捷當之 今人亟分入聲去聲 入之訓急也 去之訓數也 古無是分別 數亦急也 非有二義 詩亟其乘屋 箋云亟急也 詩多叚棘爲亟 如棘人欒欒傳曰棘急也 我是用棘 非棘其欲 皆同 禮記作匪革其猶 革亦亟之叚借字也 釋言曰悈急也 亦作愅 皆亟字之異者耳

从人口又二 二天地也 徐鍇曰 乘天之時 因地之利 口謀之 手執之 時不可失 疾也 玉裁謂天地之道 恆久而不已 手病口病 夙夜匪懈 君子自強不息 人道之所以與天地參也 故从人从二 紀力切 又去吏切 一部

恆 常也 常當作長 古長久字祗作長 淺人稍稍分別 乃或借下帬之常爲之 故至集韵乃有一曰久也之訓 而篇韵皆無之 此俗字之不可不正者也 時之長與尺寸之長 非有二義

从心舟在二之閒上下 上下猶往復也 心㠯舟施恆也 謂往復遙遠 而心以舟運旋 歷久不變 恆之意也 宙下曰 舟車所極復也 此說會意之恉 胡登

切六部俗本心上增一字非

𠄨 古文恆从月 此篆轉寫譌舛既云从月則左當作月不當作夕也若汗簡則左作舟而右亦同此不可曉又按門部之古文閒作閖葢古文月字略似外字古文恆直是二中月耳

詩曰如月之恆 小雅天保文此說从月之意非謂毛詩作𠄨也傳曰恆弦也按詩之恆本亦作緪謂張弦也月上弦而就盈於是有恆久之義故古文从月

亘 求亘也 亘各本作回今正以回釋亘以雙聲爲訓也回者轉也亘字經典不見易屯卦磐桓磐亦作般盤亦作槃義當作般桓義當作亘般者辟也亘者回也馬融云槃桓旋也是二字皆叚借也凡舟之旋曰般旗之指麾曰旋車之運曰轉瓠柄曰斡皆其意也 从二从回 會意 須緣切按古音讀如桓十四部 回古文回 見口部 象亘回之形 亘回雙聲猶回轉也 上下所求物也 上下謂二所求在上則轉而上所求在下則轉而下此說从回从二之意

竺 㫗也 㫗各本作厚今正許意厚薄字當作㫗㫗山陵之㫗乃作厚不容一之爾雅毛傳皆曰篤厚也今經典絕少作竺者惟釋詁尚存其舊叚借之字行而真字廢矣篤馬行鈍遲也聲同而義略相近故叚借之字專行焉 从二 加厚之意 竹聲 冬毒切三部

凡 冣括而言也 冣各本作最最者犯而取也非其義今正冣者積也才句切括者絜也絜者束也絜者麻一耑束之成一耑也冣括者總聚而絜束之也意內言外曰䛐其意冣括其言凡也春秋繁露曰號凡而略名目而詳目者徧辨其事也凡者獨舉其大也享鬼神者號一曰祭祭之散名春曰祠夏曰礿秋

曰嘗冬曰丞獵禽獸者號一曰田田之散名春苗秋蒐冬狩按周禮多言凡六典凡也治典教典禮典政典刑典事典目也鄭注言冣目者謂其總數也若其他言凡祭祀凡賓客凡禮事凡邦之弔事言師掌官成以治凡亦皆聚括之謂舉其凡則若网在綱杜預之說春秋曰傳之義例總歸諸凡凡之言氾也包舉氾濫一切之稱也

从二 二耦也 耦各本作偶今正一二者天地之大數也故从二

从乁 乁古文及字 見又部及逮也从及者取括束之意浮芝切古音在七部讀扶音切按篆體右像古文及之半而左引筆下垂內从一非从二也與說解不相應夫許既列之二部明言从二不宜乖異如是葢轉寫既久譌奪之由有深思者許以先篆後古籀爲經例先古籀後篆爲變例變例之興起於部首部首爲二則从二之凡當先列从一之凡當後之攷定其文當作乁冣括而言也从二二耦也从乁乁古文及此下又云尸篆文乁李斯省改古文漢人行之故許立文必如是妄人不知一移一奪乃使倉頡所造千古放佚許君凡例委於艸莽矣○江沅曰右旁作乁乃古文及之省也厂乃二之形而以上筆引長配右也當云从古文及省則得之矣

文六　重二 按凡有古文有小篆則當重三

土 地之吐生萬物者也 吐土疊韵釋名曰土吐也吐萬物也 二象地之上地之中 上各本作下誤今依韵會正地之上謂平土面者也土二一橫當齊長土字則上十下一上橫直之長相等而下橫可隨意今俗以下長爲土字下短爲士字絕無理 丨物出形也 此所謂引而上

行讀若囟也合二字象形爲會意它魯切廣韵引文字指歸曰無點按文字指歸蓋以無點者它魯切有點者徒古切田地主也釋氏書國土必讀如杜是也五部**凡土之屬皆从土**

墬 **元气初分輕清昜爲天重濁侌爲地**元者始也陰陽大論曰黃帝問於岐伯曰地之爲下否乎岐伯曰地爲人之下大虛之中者也黃帝曰馮乎岐伯曰大氣舉之也按地之重濁而包舉乎輕清之氣中是以不墜**萬物所陳列也**陳各本作陳今正攴部曰陳者列也凡本無其字依聲託事者如萬蟲終古叚借爲千萬雖唐人必用万字不可從也若本有其字如叚陳國爲陳列在他書可而許書不可地與陳以雙聲爲訓**从土**地以土生物故从土**也聲**坤道成女玄牝之門爲天地根故其字从也或云从土乙力其可笑有如此者徒四切古音在十七部漢書或叚爲第但也之第

墜 **籒文地从𨸏土彖聲**從小徐本惟彖字小徐作彖非其聲也今正作彖从𨸏言其高者也从土言其平者也彖見彑部蠡㒸隊墜皆以爲聲在古音十六部地字古音本防於十六十七兩部也若大徐作从隊𨸏部隊音徒玩切其繆愈難糾矣漢人多用隊墜字者傳寫皆誤少一畫

坤 **地也易之卦也**象傳曰地勢坤君子以厚德載物說卦傳曰坤順也按伏羲取天地之德爲卦名曰乾坤**从土申**會意苦昆切十三部**土位在申也**此說从申之意也說卦傳曰坤也者地也萬物皆致養焉故曰致役乎坤坤正在申位自倉頡造字已然後儒乃臆造乾南坤北爲伏羲先天之學說卦傳所定之位爲

文王後天之學甚矣人之好怪也或問伏羲畫八卦即有乾坤震巽等名與不曰有之伏羲三奇謂之乾三耦謂之坤而未有乾字坤字傳至於倉頡乃後有其字坤巽特造之乾震坎離艮兌以音義相同之字爲之故文字之始作也有義而後有音有音而後有形音必先乎形名之曰乾坤者伏羲也字之者倉頡也畫卦者造字之先聲也是以不得云三三即坤字

垓 兼晐八極地也晐各本作垓今正晐俗作該曰部晐下曰兼晐也此用其義釋垓以曡韵爲訓也凡四方所至謂之四極八到所至謂之八極淮南書曰八紘之外乃有八極非此義也兼備八極之地謂之垓从土亥聲古哀切一部國語曰天子居九垓之田鄭語曰王者居九晐之田收經入以食兆民韋云九晐九州之極數也又楚語天子之田九晐以食兆民韋云九晐九州之內有晐數也食兆民民耕而食其中也天子曰兆民按晐者垓字之異也韋云有垓數者即風俗通千生萬萬生億億生兆兆生經經生垓

墺 四方之土可定居者也各本作四方土可居也少三字今依李善西都賦注正禹貢四墺既宅今作隩隩者衛包改也僞孔傳曰四方之土可居玉篇土部引夏書四墺既宅廣韵三十七号墺字注曰四墺四方土文選西都賦天地之隩區李注引此說文知班賦本从土唐以後人乃改之如今本尚書釋文之作隩耳周語宅爲九隩注云隩內也其字从𨸏从土奧聲於六切三部按音轉多讀於報切[古文]古文墺蓋壁中禹貢如是與

堣 堣夷逗在冀州暘谷暘各本作陽今正日部曰暘日出也引虞書曰

暘谷則此當作暘可知也山部嵎下曰首嵎山在遼西一曰嵎銕嵎谷也嵎銕嵎三字皆與此異嵎當作禺蓋堣夷暘谷者孔氏古文如是禺銕嵎谷者今文尚書如是今堯典作宅嵎夷曰暘谷依古文而堣譌嵎恐衞包所改耳玉篇唐韵皆作堣可證堯典音義曰尚書考靈曜及史記作禺銕尚書正義卷二曰夏矦等書古文宅堣夷堣作嵎者譌爲宅嵎鐵嵎鐵卽禺銕之異字凡緯書皆用今文故知許土部所偁爲古文山部爲今文尚書如昧谷爲古文柳穀爲今文正同詳見古文尚書撰異堣夷暘谷許明云在冀州山部曰首嵎山在遼西一曰禺銕嵎谷一曰猶一名非有二物遼西正在冀州然則堯典之堣夷非禹貢青州之嵎夷司馬貞注禹貢云今文尚書及帝命驗並作禺鐵在遼西此謂堯典也陸氏引馬云嵎海隅也夷萊夷也馬釋堯典始以禹貢釋之而僞孔傳大意從之羲和測日不必遠至海外也僞孔云日出於谷而天下明故稱暘谷似以此暘谷與日初出東方湯谷合而一之其謬不亦甚乎 立春日句日值之而出日正當堣夷而出乃許所聞尚書古義如此从土禺聲噳俱切五部尚書曰宅堣夷許之例不云尚書此當云唐書改之者作虞書其說見禾部

坶朝歌南七十里地周書曰武王與紂戰于坶野此書序文也今書序紂作受坶作牧詩大明矢于牧野正義引鄭書序注云牧野紂南郊地名禮記及詩作坶野古字耳此鄭所見詩禮記作坶書序作牧也許所據序則作坶蓋所傳有不同坶作⿰土每者字之增改也每亦母聲也从土母聲莫六切三部徐邈曰牧一音茂

坡阪也

𨸏部曰坡者曰阪此二篆轉注也又曰陂阪也是坡陂二字音義皆同也坡謂其陂陀毛詩隰則有泮傳曰泮坡也此釋叚借之法謂泮卽坡之雙聲叚借也鄭不從其說而易之曰讀爲畔**从土皮聲**滂禾切十七部

坪　地平也舊鈔小徐本作平土廣韵平地名今義也**从土平平亦聲**小徐無平亦二字皮命切十一部亦平聲

均　平徧也平者語平舒也引申爲凡平舒之偁徧者帀也平徧者平而帀也言無所不平也小雅節南山傳曰均平也古多叚旬爲均亦叚鈞爲均**从土勻**勻者帀也故以會意**勻亦聲**小徐無勻亦二字居勻切十二部

壤　柔土也大雅陶復陶穴毛傳陶其土而復之陶其壤而穴之九章筭術今有穿地積一萬尺問爲堅壤各幾何荅曰爲堅七千五百尺爲壤一萬二千五百尺穿地四爲壤五爲堅三爲墟四劉徽注壤謂息土堅謂築土周禮辨十有二壤之名物而知其種以教稼穡樹蓺注壤亦土也以萬物自生言則言土土猶吐也以人所耕而樹蓺言則言壤壤和緩之皃某氏注尚書曰無塊曰壤周禮草人墳壤用麋勃壤用狐鄭云墳壤潤解勃壤粉解釋名曰壤瀼也肥濡意也按言物性之自然壤異乎堅土言人功則凡土皆得而壤之壤與柔弱雙聲穀梁曰有食之傳曰吐者外壤食者內壤闕然不見其壤有食之者也麋信云齊魯之閒謂鑿地出土鼠作穴出土皆曰壤按蟲鼠所出字亦作塲作𡑞音失羊反見方言亦取柔意今俗語謂弱曰壤漢書壤子王梁代壤謂肥䏂也**从土襄聲**如兩切十部

塙　堅不可拔也堅者剛土也拔者擢也不可拔者不可擢而起之也易文言曰確乎其不可拔

潛龍也虞翻曰確剛皃也鄭曰堅高之皃按今易皆作確攷釋文曰說文云高至穀辭夫乾寉然示人易矣釋文曰說文云高至皆不言說文作寉是則陸所據易二皆作寉而今本俗誤也許意寉訓高至塙訓堅不可拔文言字作寉而義从塙穀辭乃義如其字

从土高聲 苦角切古音在二部今俗字作確乃确字之變耳

墽 磽也 石部曰磽者磬石也磬者堅也墽之義同磽則兼謂土石堅鞕耳其字亦作墝何注公羊云墝埆不生五穀曰不毛

从土敫聲 口交切二部

壚 黑剛土也 各本無黑字依韵會則小徐有尚書正義所引同今補釋名曰土黑曰壚壚然解散也周禮草人埴壚用豕鄭云埴壚黏疏者以黏釋埴以疏釋壚黑部曰齊謂黑爲驢古文作旅許於驢得其義云黑而剛則疏之義亦見矣

从土盧聲 洛乎切五部

垶 赤剛土也 草人凡糞種騂剛用牛故書騂爲挈杜子春挈讀爲騂謂地色赤而土剛強也按馬部無騂字子春易字作解必塙然易爲垶字而許用其說入說文也然則相承作騂又譌作騂者乃大繆耳

从土觲省聲 息營切十一部

埴 黏土也 禹貢厥土赤埴墳周禮草人埴壚攷工記摶埴之工孔傳鄭注皆曰埴黏土也釋名土黃而細密曰埴埴職也黏昵如脂之職也按禹貢埴字鄭本作戠而讀爲熾熾赤皃也見禹貢音義及蜀都賦丹沙赩熾李注又太平御覽三十七引東晉會稽謝沈古文尚書注徐州土赤戠墳戠音志又禹貢正義曰戠埴音義同埴爲黏土故土黏曰戠蓋孔本本亦作戠惟孔釋戠爲黏土鄭易戠爲熾釋爲赤皃見經文赤戠連讀爲異耳據釋文則韋昭所注漢地理志亦作戠而今漢書作埴

晉書成公綏天地賦云海岱赤埴華梁青黎何超音義埴尺志反此又戠之加土旁者也戠埴䵶埴皆埴之異字从土直聲常職切一部按廣韵常職昌志二切今江浙俗語皆用昌志一切坴土凷坴坴也坴坴大凷之皃从土圥聲力竹切三部讀若逮大徐本逮作逐誤也坴讀如逮與龜讀七宿切意同一曰坴梁地始皇本紀三十三年發諸嘗逋亡人贅壻賈人略取陸梁地爲桂林象郡南海以適遣戍字作陸按坴梁葢其地多土凷而土性強梁也堚土也土蓋凷之誤集韵凷字亦作韋類篇韋亦苦會切墣也葢自坴至塯併重文六篆皆言凷此土也二字淺人所改从土軍聲戶昆切十三部雒陽有大韋里雒作洛非今正說詳水部洛下大韋雒陽里名此舉爲韋篆之證也漢王子侯表土軍侯鄆客師古曰土軍西河之縣說者以爲洛陽土軍里非也按土軍里乃大韋里之誤依此注疑大本作土土韋里或有作土軍里者故誤漢書者或偶用之

墣凷也吳語曰涓人疇枕王以墣淮南書曰土之勝水也非以一墣塞江从土菐聲匹角切古音在三部圤墣或从卜卜聲亦在三部

凵墣也是曰轉注喪服傳曰寢苫枕凷从土凵凵屈象形小徐本如是屈者無尾也凷之形略方而體似無尾者故从土而象其形苦對切十五部塊俗凷字依爾雅釋文

堛凷也芳逼釋言凷堛也郭引枕王以堛堛卽墣之異文禮運蕢桴注曰蕢讀爲凷聲之誤也凷堛也从土畐聲

切一部

㙡 穜也 撞者埶也㙡者以禾穜入土也廣雅曰稯種也卽㙡穜字之異體也 从土㚇聲 子紅切九部 一曰內其中 引申之義謂以此入彼中皆得曰㙡也大鑿中木謂之鏓杵臼謂之舂亦此意

塍 稻田中畦埒也 集韻類篇宋本作稻中畦也今本及文選注作稻田畦也韵會作稻中畦埒也今合訂之如此畦五十畞之介也埒者庳垣亦所以爲畍稻田中作介畫以蓄水取義於此謂之塍必言稻中者禾黍不必爲此惟稻必蓄水以養之周禮稻人以遂均水以列舍水鄭曰遂田首受水小溝也列田之畦埒也開遂舍水於列中按列讀如遮迾之迾非人所行之畛陌也許鄭說正同今四川謂之田繩子江浙謂之田緪緪亦繩也西都賦溝塍刻鏤 从土朕聲 食陵切六部

坺 坺土也 坺字各本無今補厽下曰絫坺土爲牆壁凡初出於田爲坺土稍治之乃爲凷 一臿土謂之坺 一下各本有曰字今依玄應書卷二十廣韵十三末正木部曰梠臿也鍫臿詳見木金二部一臿所起之土謂之坺今人云坺頭是也耒部曰耕廣五寸爲伐二伐爲耦與考工記二耜爲耦一耦之伐廣尺深尺謂之畎稍不同鄭云畎土曰伐伐卽坺依考工記二耜之土爲伐許云一枱之土爲伐卽此云一臿土謂之坺也惟臿與枱不同物耳 从土犮聲 本在壓皃下今移此蒲撥切十五部 詩曰武王載坺 商頌長發文今詩作旆傳曰旆旗也按毛詩當本作坺傳曰坺旗也訓坺爲旗者謂坺卽旆之同音叚借也此如小宛訓題爲視謂題卽眂之叚借斯干訓革爲翼謂革爲翱之叚借若此之類不可枚數淺學者少見多怪

乃改坺爲旆以合旟訓蓋亦久矣許之引此詩則偁經說叚借之例如引無有作政說政卽好引朕堲讒說說堲卽疾

一曰塺皃坺之言蓬勃也

㘱 匋竈窗也匋各本作陶今正缶部曰匋者瓦器竈也穴部曰窗者通空也燒瓦器之竈上必通孔謂之㘱者其火熒然而出也士喪禮爲垼於西牆下東鄉注云垼塊竈旣夕記云垼用塊注云塊塩也蓋士喪之竈土甴爲之以煑沐浴者之潘水不似人家廚竈必令適爲之且僅通孔可煑而已故謂之㘱不謂之竈也㘱禮經作垼古文禮作役 从土役省聲營隻切十六部

基 牆始也㠯部曰阯者基也此蒙基而釋之牆始者本義也引申之爲凡始之偁釋詁周語毛詩傳皆曰基始也禮經古文借基爲期年字 从土其聲居之切一部

垣 牆也此云垣者牆也渾言之牆下曰垣蔽也析言之垣蔽者牆又爲垣之蔽也垣自其大言之牆自其高言之 从土亘聲雨元切十四部

䞶 籒文垣从𩫏

圪 牆高皃也大雅皇矣曰崇墉言言傳曰言言高大也又曰崇墉仡仡傳曰仡仡猶言言也依說文本作圪圪 詩曰崇墉圪圪 从土气聲魚迄切十五部

堵 垣也儒行曰儒有一畝之宮環堵之室注云宮謂牆垣也堵面一堵也面一堵者謂面各一堵也依鄭說堵與垣別大氏散文則通對文則別也 五版爲堵詩毛傳曰一丈爲板五板爲堵此五經異義所謂古周禮古春秋說也異義今戴禮及韓詩說八尺爲板五板爲堵五堵爲雉板廣二尺積高五板爲一丈五堵爲雉雉長二十丈

何休注公羊取韓詩說古周禮及古春秋左氏傳說一丈爲板板廣二尺五板爲堵一堵之牆長丈高丈三堵爲雉一雉之牆長三丈高一丈以度長者用其長以度高者用其高也諸說不同鄭辨之云左氏傳鄭莊公弟段居京城祭仲曰都城過百雉國之害也先王之制大都不過三國之一中五之一小九之一今京不度非制也古之雉制書傳各不得其詳今以左氏說鄭伯之城方五里積千五百步也大都三國之一則五百步也五百步爲百雉則知雉五步五步於度長三丈則雉長三丈也雉之度於是定可知矣玉裁按鄭駁異義取古周禮春秋說一丈爲板計之適合未嘗自立說六尺爲板也迨箋詩則主用古說參以公羊傳五板而堵五堵而雉而定爲板長六尺鄭意公羊五板而堵者高一丈也五堵而雉者廣三丈也何注公羊取韓詩說八尺爲板五板而堵爲四十尺五堵而雉爲二百尺說各乖異似古周禮春秋毛詩說爲善高一丈廣三丈爲雉不必板定六尺也許君異義未詳其於古今孰從此云五板爲堵古今說所同也葢言板廣二尺五板積高一丈爲堵而已其長幾尺爲板幾堵爲雉皆於古今說未敢定 从土者聲 當古切五部 籒文从𩫖

壁 垣也 釋名壁辟也辟禦風寒也按壁自其直立言之 从土辟聲 比激切十六部

匔垣也 匔各本作周今正匔帀也周密也義異匔垣謂垣之圜帀者也西都賦曰繚以周牆四百餘里西京賦曰繚亘緜聯薛注繚亘猶繞了也按魏都賦亦曰繚亘開圍今本皆譌作繚垣非也繚亘雙聲字 从土尞聲 力沼切二部玉篇平去二聲

壁閒隙也 隙者壁際也壁際者壁之釁也亦曰堨此古義也今

義堨也讀同壅遏後人所用俗字也从土曷聲讀若謁此古音也十五部大徐魚列切廣韵烏曷切

埒 庳垣也庳者中伏舍也引申之爲卑也按廣韵引孟康云等庳垣也似孟氏所據爲長等者齊等也卑垣延長而齊等若一是之謂埒引申之爲涯際之偁如淮南道有形埒是也爲回環之偁如爾雅水潦所還埒丘又馬埒是也又爲相等之偁如史記富埒天子之類是也孟康語葢出漢書音義今宜依以補等字从土寽聲力輟切十五部

堪 地突也突者犬從穴中暫出也因以爲坳突之偁俗乃製凹凸字地之突出者曰堪淮南書曰堪輿行雄以起雌許注曰堪天道輿地道也見文選注甘泉賦屬堪輿以壁壘張晏曰堪輿天地總名也按張說未安堪言地高處無不勝任也所謂雄也輿言地下處無不居納也所謂雌也引申之凡勝任皆曰堪古段戡𢦏爲之从土甚聲口含切古音在七部

堀 突也突爲犬從穴中暫出因謂穴中可居曰突亦曰堀俗字作窟古書中堀字多譌掘如秦國策窮巷堀門齊策堀穴窮巷今皆譌爲掘鄒陽書伏死堀穴尚不誤也曹風蜉蝣堀閱此葢自來古本如是毛云堀閱容閱也箋云堀地解閱謂其始生時也唐以後本盡改爲掘字遂謂許所據爲異本矣陸璣云蜉蝣陰雨時從地中出郭樸云生糞土中然則未嘗掘地也堀閱容閱皆聯緜字也箋則云堀於地中解閱而出矣風賦堀堁揚塵謂突起之堁从土屈聲各本篆作堀解作屈省聲而別有𡑞篆綴於部末解云兔𡑞也从土屈聲此化一字爲二字兔堀非有異義也篆从屈隸省作屈此其常也豈有篆文一省一不省分別其義者今正此篆之形而刪彼篆苦

骨切十五部詩曰蜉游堀閱曹風蜉蝣文堀閱容閱也容閱如孟子之容悅

堂殿也殿者擊聲也叚借爲宮殿字者釋宮室曰殿有殿鄂也殿鄂卽禮記注之沂鄂沂說文作垠作圻釋名釋形體亦曰臀殿也高厚有殿鄂也古音㞐聲斤聲𠂤聲互通合音作幾作幾是以禮記彫幾謂有沂鄂堂之所以偁殿者正謂前有陛四緣皆高起沂鄂㬎然故名之殿許以殿釋堂者以今釋古也古曰堂漢以後曰殿古上下皆偁堂漢上下皆偁殿至唐以後人臣無有偁殿者矣初學記謂殿之名起於始皇紀曰作前殿葉大慶攷古質疑博引說苑諸書以證古有殿名要其所引皆漢人所作書也卽六韜亦豈眞周人書哉从土尚聲徒郎切十部

坣古文堂如此蓋从尚省

𩫖籀文堂从尚京省聲从尚不省則異乎古文邑部鄗地名从籀文堂也篆文以爲从土尚則聲在其中故省其京省

塾門堂孰也門字孰字今補正攷工記門堂三之二室三之一鄭曰門堂門側之堂也釋宮曰門側之堂謂之塾孫炎郭樸皆曰夾門堂也堂無塾門堂乃有塾刪去門字於制不可通矣孰經典皆作塾以孰加土猶以孰加火耳謂之孰者白虎通云所以必有塾何欲以飾門因取其名明臣下當見於君必孰思其事是知其字古作孰而已後乃加之土也謂之垛者何也朵者木下垂門堂伸出於門之前後略取其意後代有朵殿今俗謂門兩邊伸出小牆曰垛頭其遺語也孰之制於正堂之脩廣得三之二其室於正堂之脩廣得三之一北向堂者爲孰得堂脩廣三之一南向者亦爲孰亦得堂脩廣三之一故曰門堂三之二也室三之一者北向南向兩孰

之中共一室室得堂脩廣亦三之一與門之脩廣等顧命曰先路在左塾之前次路在右塾之前此謂北面之孰也士虞禮匕俎在西塾之西絲衣自堂徂基毛傳云基門塾之基此皆謂南面之孰也士冠禮筮與席所卦者具饌於西塾此南面之塾也擯者玄端負東塾此北面之塾也尚書大傳曰上老平明坐於右塾庶老坐於左塾餘子畢出然後歸夕亦如之蓋謂北面之塾也食貨志春將出民里胥平旦坐於右塾鄰長坐於左塾蓋謂南面之塾也凡孰之可攷者如此孰字依白虎通及崔豹古今注則正作孰俗作塾皆可近儒或曰當作壔壔之音義皆與孰迴隔若後漢書劉縯傳畫伯升像於塾旦起射之東觀記廥漢書並作壔此乃所傳之異不得云壔卽塾字也畫伯升於門牆之山頭而射之故曰畫於塾山頭者俗語牆之最高處也據李賢引字林曰塾門側堂也是知漢後多用塾字此說文字林之分古今也

从土朵聲 丁果切 十七部

坫 屏也 陳氏禮書曰坫之別凡有四記曰反坫出尊論語曰邦君爲兩君之好有反坫此反爵之坫也記曰崇坫康圭此奠玉之坫也記又曰士於坫一此庋食之坫也士冠禮爵弁皮弁緇布冠名一匴執以待於西坫南大射將射工遷於下東坫之東南士喪禮牀第夷衾饌於西坫南旣夕禮設棜於東堂下南順齊於坫此堂隅之坫也爾雅曰垝謂之坫郭云坫端也在堂隅按端本作耑耑高皃也以土爲之高可屏蔽故許云屏也其字俗作店崔豹曰店置也所以置貨鬻物也

从土占聲 都念切 七部

塗 涂也 涂塗泥埿皆古今字水部涂字下遺涂泥一解則木部曰杇所以涂也此部六言涂金部曰錯金涂也皆不得其轉注矣詩雨雪載涂毛傳曰涂凍釋也小正凍塗傳曰凍下而澤上多

也詩角弓傳曰塗者泥也通俗文曰泥塗謂之淲湏泥塗必兼水土爲之故字兼从水土淺人又入之水部非也从土涴聲當作从土水尨聲力踵切按此音非也玉篇曰說文木貢切九部

垷涂也以下五涂字皆涂泥引申之義也涂泥可以附物者也故引伸之用以附物亦曰涂詩角弓曰如塗塗附傳曰塗泥也附箸也按上塗謂泥下塗附連讀謂箸鄭箋則謂以塗塗木桴涂附謂之垷廣雅垷抹也即垷字之異也从土見聲胡典切十四部

墐涂也內則曰塗之以謹塗注曰謹當爲墐聲之誤也墐塗塗有穰草也按合和黍穰而塗之謂之墐塗取乾則易擊也从土堇聲渠吝切十三部按禮記音義音斤

墍卬涂也卬各本作仰今正卬涂舉首而涂之鄚人施廣領大袖以仰塗是也周書梓材曰既勤垣墉惟其塗墍茨按以艸蓋屋曰茨塗墍茨者涂其茨之下也故必卬涂標有梅傳墍取也假樂傳墍息也皆叚借字从土旣聲其冀切按當云其既切十五部

堊白涂也以白物涂白之也周禮曰其祧則守祧幽堊之注云幽讀爲黝黝黑也堊白也爾雅曰地謂之黝牆謂之堊郭云黑飾地白飾牆也釋名曰堊亞也亞次也先泥之次以白灰飾之也按謂涂白爲堊因謂白土爲堊古用蜃灰周禮共白盛之蜃注云謂飾牆使白之蜃也今東萊用蛤謂之叉灰云从土亞聲烏各切五部

墀涂地也巾部曰㡟墀地以巾撋之也凡涂地爲墀今因謂地爲墀矣从土犀聲直尼切十五部禮天子赤墀蓋出禮緯含文嘉之文爾雅地謂之黝然則惟天子以赤飾堂上而

已故漢未央殿青瑣丹墀後宮則玄墀而彤庭也漢典職儀曰以丹漆地故稱丹墀張載注魏都曰丹墀以丹與蔣離合用塗地也按蔣疑是將字

甓令適也瓦部甓下曰令甓也按令甓卽令適也甓適墼三字同韵釋宮曰瓴甋謂之甓郭云瓴甋也陳風中唐有甓傳曰甓令適也字作令適零嫡二音加瓦者俗字也瓴甋亦皆俗字甎古祇作專如斯干傳曰瓦紡專也寸部專下曰一曰紡專也皆可證陸德明云字林作塼此許呂各因時作字書之例許意在存古呂意在宜今也韋注吳語曰員曰囷方曰鹿然則鹿專者言其方正也亦曰墼

一曰未燒者者各本作也今依玉篇正韵會作未燒磚也燒謂入於匋匋瓦器竈也上文一義謂已燒之專曰墼此一義謂和水土入模範中而成者曰墼別於甾而未經匋竈也喪服柱楣注屋下累墼爲之此必未燒者也杭甾則未墼者也厽部垒下曰墼也葢亦謂未燒者今俗語謂未燒者曰土墼

从土殸聲古歷切十六部

𡊄埽除也𡊄字曲禮作糞少儀作拚又皆作𢷎糞卽華部之𦍚字與𡊄音同義略同拚其叚借字也少儀曰汛埽曰埽席前曰拚此析言之也許以埽除釋𡊄以𡊄釋埽渾言之也弟子職既拚盥漱謂埽席前也汛拚正席謂廣𡊄內外不止席前也小雅伐木箋亦以灑𢷎釋洒埽

从土弁聲讀若糞方問切古音在十四部

埽𡊄也𡊄各本譌棄今正此二篆爲轉注也

从土帚會意帚亦聲也穌老切古音在三部

在存也存恤問也釋詁徂在存也在存察也按虞夏書在訓察謂在與伺音同卽存問之義也在之義古訓爲存問今義但訓爲存亾之存

从土才聲昨代

切一部
坐止也止下基也引申爲住止凡言坐落坐罪是也引申爲席地而坐小雅不遑啓處傳曰啓跪
處居也古謂跪爲啓謂坐爲凥爲處凥俗作居引申謂凡止箸爲坐从畱省从土會意徂臥切十七部
土所止也此與畱同意釋从土之意从土不必土猶畱从田不必田皆謂所止也故曰
同意𡋯古文坐今古文行而小篆廢矣止必非一人故从二人左傳鍼莊子爲坐凡坐獄訟必兩造也
坁箸也韵會作箸止也箸直略切者字之叚借也行之既久乃不可變矣凡言者者別事𧥢也有所箸之𧥢
也故凡言箸皆者引申之義左傳昭廿九年物乃坁伏鬱湮不育杜注坁止也此坁字見於經者而開成石經譌作坻其義迴
異楚金所見左傳故未誤尋其所由蓋唐初已有誤坻者故釋文曰坁音旨又音丁禮反後一音則已譌爲坻凡字切丁禮者
皆氐聲也今版本釋文及左傳及廣韵四紙皆作坻坻行而坁廢矣从土氏聲諸氏切十六部與十五部
之坻異義塡𡫳也𡫳各本作塞塞隔也非其義也𡫳下云窒也窒下云𡫳也窴亦𡫳也塡與窴音義同𡫳之
則堅固其義引申爲久大雅倉兄塡兮傳曰塡久也常棣烝也無戎傳曰烝塡也東山烝在桑野傳曰烝窴也而爾雅釋詁則
曰塵久也是塡窴塵三字音同故鄭箋東山云古者聲塡窴塵同也塵爲叚借字蓋古經有作塵者今新陳字作陳非古也而
古音之存者也詩詞內作鎮亦是此字从土眞聲植鄰切今待秊切十部坦安也論語
曰君子坦蕩蕩按魯讀爲坦湯湯此如陳風子之湯兮傳曰湯蕩也謂湯爲蕩之叚借字也司馬相如賦叚壇爲坦从

土㠯聲他但切十四部 坒 地相次坒也依小徐及玉篇廣韵作次坒大徐作次比衞大夫貞子名坒句有誤北宮貞子名喜不名坒又衞有褚師比諡聲子不諡貞子 从土比聲毗至切十五部 堤 滯也滯者氷也按此篆與坘篆音義皆同國語曰戾久將底底箸滯淫左傳曰勿使有所壅閉湫底杜云底滯也釋詁底底皆訓止也底字與坘堤字音雖別而義略同俗用堤爲隄則非 从土是聲丁禮切按本在紙韵讀如氐後乃轉入薺韵十六部 壎 樂器也㠯土作句 六空空本作孔今正詩伯氏吹壎毛傳土曰壎周禮小師掌教鼓塤大鄭云塤六孔後鄭云塤燒土爲之大如鴈卵爾雅曰大塤謂之嘂白虎通曰樂記云壎坎音也在十一月 从土熏聲況袁切古音在十三部白虎通曰壎之爲言勳 封 爵諸侯之土也謂爵命諸侯以是土也詩毛傳之子嫁子也之事祭事也莊子之人也卽是人也然則之土言是土也其義之士故其字从之土引申爲凡畛域之偁大司徒注曰封起土界也封人注曰聚土曰封謂壝埒及小封疆也冢人注曰王公曰丘諸臣曰封又引申爲大也又引申爲緘固之偁 从之土从寸合三字會意府容切九部 寸逗 守其制度也此說从寸之意凡法度曰寸尊字寺字下皆曰有法度 公侯百里伯七十里子男五十里此用孟子及王制之說所謂制度也 𡊨 籒文封从丰土从土丰聲也 〔篆〕

古文封省無寸也从㞢土則與㞢部讀若皇者同字猶豕亥古文同作亓也艸木妄生字之在土上之之本義也爵諸侯之土字从之土之之引申叚借義也

壐 王者之印也印者執政所持信也王者所執則曰璽按周禮貨賄用璽節注云璽節者今之印章也左傳季武子璽書追而與公冶皆非謂王者蓋古者尊卑通偁至秦漢而後爲至尊之偁故始皇本紀乃爲璽書賜公子扶蘇中車府令趙高行符璽事蔡邕獨斷曰皇帝六璽皆玉螭虎紐許此語舉漢制也 㠯主土以上八字依玉篇所引此說从土之意也 从土爾聲斯氏切十五十六部

璽 籒文从玉蓋周人已刻玉爲之曰籒从玉則知从土者古文也

墨 書墨也聿下曰所以書也楚謂之聿吳謂之不律燕謂之弗秦謂之筆此云墨書墨也蓋筆墨自古有之不始於蒙恬也箸於竹帛謂之書竹木以桼帛必以墨用帛亦必不起於秦漢也周人用璽書印章必施於帛而不可施於竹木然則古不專用竹木信矣引申之爲晉於是始墨肉食者無墨爲貪以敗官爲墨 从土黑小徐曰會意大徐有黑亦聲三字莫北切一部

垸 㠯桼䵒灰丸而髤也䵒各本作和今正丸大徐無今依小徐桼者木汁可以髤物也丸者圜也傾側而轉者髤者髤桼也說詳桼部灰者燒骨爲灰也玄應梵書音義曰通俗文曰燒骨以桼曰垸倉頡訓詁曰垸以桼和之今中國言垸江南言䰍䰍音端垸胡灌切玉裁按許䰍下云桼垸周禮巾車杜子春云軟讀爲垸桼之桼輪人注鄭云丸桼之蓋以桼合和燒骨之灰摶而丸之以髤擦物丸與垸疊韵爲訓丸而髤之旣乾

如沙㨗不光潤乃摩之鄭所云𠀤漆之乾乃以石摩平之也旣摩乃復桼之許於䩉下所云桼垸已復桼之也如此數四乃後𣪍丹䑋今時桼工亦略同此垸或叚浣爲之如角人注骨入桼浣者受之以量也或叚睆爲之如檀弓華而睆孫炎云睆桼也叔然乃指其㝡後光潤者而言 从土完聲 胡玩切十四部 一曰補垣也 此依小徐本月令曰脩宮室坏垣牆補城郭左傳曰繕完葺牆以待賓客

型 鑄器之灋也 以木爲之曰模以竹曰笵以土曰型引申之爲典型叚借荆字爲之俗作刑非是詩毛傳屢云刑法也又或叚形爲之左傳引詩形民之力而無醉飽之心謂程量其力之所能爲而不過也 从土荆聲 戸經切十一部

㙤 㙤的也 各本無此二字今補木部臬下曰䠶㙤的也此與爲轉注亦有單言㙤者的明也亦有單言的者 䠶臬也 周禮司裘注曰以虎狠豹麋之皮飾侯側又方制之以爲㙤謂之鵠箸於侯中㙤卽㙤之叚借字也詩小雅以勺爲的呂氏春秋曰射而不中反修于招高云于招㙤埶也按于當作干埶同臬戰國策以其類爲招春秋後語作以其頸爲招文選詠懷詩注引作以其頸爲的招卽的字 从土𦎫聲讀若準 之允切十三部

塒 雞棲於垣爲塒 釋宮鑿垣而棲爲塒王風傳同按許意與古異連雞棲於庳垣不必鑿穴也 从土時聲 市之切一部

城 㠯盛民也 言盛者如桼稷之在器中也 从土成 左傳曰聖王先成民而後致力於神 成亦聲 氏征切十一部

𩫨 籒文城从𩫏

墉 城垣也

皇矣以伐崇墉傳曰墉城也崧高以作爾庸傳曰庸城也庸墉古今字也城者言其中之盛受墉者言其外之牆垣具也毛統言之許析言之也周易曰乘其墉又曰公用射隼於高墉之上从土庸聲余封切九部𩫖古文墉五篇曰𩫏度也民所度尻也字音古博切此云古文墉者葢古讀如庸秦以後讀如郭如豕亥同不字訓順訓𩫏同變字之比

堞城上女垣也女之言小也自部陴下曰城上俾倪女牆也㙶與陴異字而同義左傳堙之環城傳於堞杜曰堞女牆也古之城以土不若今人以專也土之上閒加以專牆爲之射孔以伺非常曰俾倪曰陴亦曰㙶左傳盧蒲嫳攻崔氏崔氏堞其宮而守之弗克此謂於宮牆之上又加俾倪也从土枼聲按从枼者如葉之薄於城也亦有會意焉今字作堞徒叶切八部

坎陷也陷者高下也高下者高而入於下也因謂阱謂坎井部曰阱者大陷也穴部曰窞坎中更有坎也易曰坎陷也習坎重險也毛詩傳曰坎坎擊鼓聲按此謂坎坎爲𡕚𡕚之叚借字也从土欠聲苦感切八部

墊下也謂地之下也皐陶謨曰下民昏墊因以爲凡下之偁方言曰凡柱而下曰埕屋而下曰墊馬部云騺馬腹墊也漢後用爲褺江縣字从土執聲都念切七部春秋傳曰墊隘左傳文成六年襄九年廿五年凡三見

坻小渚也爾雅曰小州曰渚小渚曰沚小沚曰坻毛詩周南秦傳曰水中可居者曰州渚小州也坻小渚也小渚曰沚今按毛傳不應坻沚同訓若二云坻小沚也小渚曰沚則於爾雅合許水部渚下引爾雅小州曰渚沚下云小渚也皆與爾雅毛傳同則

此小渚亦當作小沚明矣坻者水中可居之冣小者也从土氐聲直尼切十五部與十六部之坻迥別

詩曰宛在水中坻秦風蒹葭文

汷 坻或从水从夊夊聲

⿰氵耆 坻或从水耆耆聲

㙓 下入也此與下溼曰隰義略同吳都賦曰墦㙓鱗接李注曰墦㙓枝柯相重疊皃也按太沖之墦㙓卽許書之屆昰楚立除立二切从土㬎聲敕立切按當依廣韵直立切七部

垎 水乾也乾音干玉篇廣韵皆作土乾也為長謂土中之水乾而無潤也王逸九思泳凍兮垎澤自注垎竭也寒而水澤竭成冰按水澤竭所謂乾也今楚辭作洛澤廣韵集韵十九鐸皆引冬泳兮洛澤誤甚从土各聲胡格切古音在五部讀如貉一曰堅也按乾與堅義相成水乾則土必堅齊民要術曰溼耕堅垎數年不佳謂耕溼田則土堅垎不佳也學記曰發然後禁則扞格而不勝注曰格讀如凍垎之垎扞格堅不可入之皃正義云言格是堅彊譬如地之凍則堅彊難入故云如凍垎之垎但今人謂地堅為垎也正義本注是凍垎陸德明本是凍洛陸非孔是管子沙土之次曰五塥塥蓋謂堅垎

垐 㠯土增大道上增益也此與茨同意以艸次於屋上曰茨以土次於道上曰垐从土次聲疾資切古音在十二部

堲 古文垐見於經者曰夏后氏堲周注云火熟曰堲引弟子職右手折堲是鄭與許異也从土卽古次卽同在十五部而次古讀如漆故卽聲後改為次聲而唐書叚堲為疾也今音疾資切

虞書曰龍朕

堲讒說殄行堯典文虞當作唐說在禾部堲疾惡也此釋經以說叚借謂堲即疾之叚借如蒖蔍爲竹蔑之叚借作䜈爲好之叚借也古音讀如疾廣韵子栗將七二切是也徐仙民讀在力反乃失古義矣

增益也益者饒也會下曰曾益也是可叚曾爲之从土曾聲作滕切六部

埤增也詩北門曰政事一埤益我傳曰埤厚也此與會部𩊠衣部裨音義皆同凡从曾之字皆取加高之意會部曰會者益也是其意也凡从卑之字皆取自卑加高之意所謂天道虧盈益謙君子捊多益寡也凡形聲中有會意者例此从土卑聲符支切十六部

坿益也呂氏春秋七月紀坿牆垣高注坿讀如符坿猶培也十月紀坿城郭高注坿益也令高固也按今多用附訓益附乃附婁讀步口切非益義也今附行而坿廢矣从土付聲符遇切古音在四部

塞隔也𨸏部隔下云塞也是爲轉注俗用爲窒䆘字而塞之義䆘之形俱廢矣廣韵曰邊塞也明堂位四塞世告至注云四塞謂夷服鎮服蕃服在四方爲蔽塞者按鄭注所謂天子守在四夷也戰國策齊有長城巨防足以爲塞呂氏春秋天下有九塞所謂守在四竟也邶風鄘風傳曰塞瘞也塞充實也皆謂塞爲寒之叚借字也从土䆘聲大徐作从土从䆘先代切一部按此切音蓋因俗通用此字故以此切別於穌則切也舊音本無不同

圣汝頴之閒謂致力於地曰圣此方俗殊語也致力必以手故其字从又土會意从又土讀若兔鹿窟按許有窋無窟此當作𡑿苦骨切十五部

塇 堅土也堅者剛也堅土周禮所謂彊㯺鄭云彊堅者是也按㯺一作塇管子纑土之次曰五塇五塇之狀芬焉若糠以肥說與鄭異 讀若冀冀在一部而用爲聲者取雙聲 从土自聲其冀切按當曰几利切十五部

埱 气出土也气之出土滃然故埱與歊音義皆略同引申爲凡气出之偁或叚借椒爲埱周頌曰有飶其香有椒其馨傳曰飶芬香也椒猶飶也按椒沈作俶尺叔反沈說耆矣若作埱尤合飶與埱皆謂香气突出觸鼻非謂椒聊也 一曰始也俶下云一曰始也此與音義皆同 从土叔聲昌六切三部

埵 堅土也玉篇云确也 讀若朵 从土垂聲丁果切十七部

埐 地也未詳 从土侵省聲各本作𡨋聲無此字今正籀文寑亦省作𡨋也子林切七部

埾 積土也捋下曰引堅也引申爲凡聚之偁各書多借爲聚字白虎通琮之爲言堅也象萬物之宗堅也今乃譌爲聖 从土聚省聲舉形聲包會意也才句切古音在四部

𡓪 保也保集韻類篇作堡俗字也檀弓公叔禺人遇負杖入保者息月令四鄙入保注皆云都邑小城曰保許云保謂之𡓪 一曰高土也一曰二字今本無依小徐集韻類篇補此別一義 讀若毒許時音讀如此 从土𩫖聲今都皓切古音在三部

培 培敦逗 土田山川也左傳祝鮀曰分魯土田倍敦釋文曰倍本亦作陪許所見作培爲是矣杜云倍增也敦厚也左氏但言土田而魯頌曰錫之山川土

田附庸大雅曰告于文人錫山土田毛傳曰諸侯有大功德賜之名山土田附庸魯頌箋云策命伯禽使爲君於東加賜之以山川土田及附庸令專統之王制曰名山大川不以封諸侯附庸則不得專臣也按封建所加厚曰培敦許合詩以釋左也引申爲凡裨補之偁 从土咅聲 蒲回切按古音在一部

埩 治也 治土曰埩廣韵曰埩魯城北門池也公羊傳作爭許水部作淨 从土爭聲 疾郢切十一部廣韵側莖切其埩門字士耕切

墇 擁也 擁者裹也裹許之抱字謂圍抱以擁水也疑當作邕邕俗作雝廣韵墇壅也壅又雍之俗此與障音同義小異祭法魯語鯀鄣洪水當作此墇字韋昭曰防也 从土章聲 之亮切十部廣韵亦平聲

⿰土則 遏遮也 未聞 从土則聲 初力切一部

垠 地垠咢也 咢字各本無今補玄應書卷八引圻地圻咢也文選七發注引圻地圻堮也堮者後人增土咢則許書本然淺人以咢爲怪因或改或刪耳按古者邊畍謂之垠咢周禮典瑞射人禮記郊特牲少儀哀公問五注皆云圻鄂圻或作沂張平子西京賦作垠鍔注引許氏淮南子注曰垠鍔端厓也甘泉賦李注曰鄂垠鄂也按垠亦作圻或作沂者叚借字淮南書亦作埜玉篇曰古文也咢作鄂作鍔者皆叚借字或作壥作堮者異體也咢者譁訟也叚借之毛詩鄂不韡韡鄂蓋本作咢毛傳曰咢猶咢咢然言外發也箋云承華者曰咢不當作柎柎咢足也毛意本謂花瓣外出者鄭箋則以詩上句爲華不謂蒂故謂咢爲下系於蒂而上承華瓣者毛云咢咢猶今人云齾齾毛鄭皆謂其四出之狀長笛賦注字林始有从阜之鄂垠咢字之別體也俗乃混殽故作鄂不作鄂物之邊畍有齊

平者有高起者有捷業如鋸齒者故統謂之曰垠咢有單言垠單言咢者如甘泉賦旣云以鄂又曰無垠是也故許以地垠咢
釋垠廣韵曰圻圻堮又岸也正本說文 从土艮聲 語斤切十三部廣韵又語巾切 一曰岸
也 岸者水厓陵而高者也亦曰垠 圻 垠或从斤 斤聲也古斤聲與幾聲合韵取近故周禮故書
畿爲近田部曰以遠近言之則言畿也鄭曰畿猶限也是王畿可作王圻王圻亦可作王垠也 墠 野土也
野者郊外也野土者於野治地除艸鄭風東門之壇壇卽墠字傳曰除地町町者町町平意左傳楚公子圍逆女於鄭鄭人請
墠聽命楚人曰若野賜之是委君況於草莽也可見墠必在野也鄭子產草舍不爲壇壇卽墠字可見墠必除草也周書爲三
壇同墠此壇高墠下之證也祭法王立七廟二祧一壇一墠注曰封土曰壇除地曰墠此壇墠之別也築土曰封除地曰禪凡
言封禪亦是壇墠而已經典多用壇爲墠古音略同也 从土單聲 常衍切十四部 垑 恃也
廣韵曰垑恃土地也疑所見是完本恃土地者自多其土地故字从多土玉篇垑治土地名恐有錯誤矣釋詁曰恀恃也謂自
多之意一說爾雅蓋本作垑故許同之 从土多聲 尺氏切古音在十七部 壘 軍壁
也 萬二千五百人爲軍行軍所駐爲垣曰軍壁壘壁之言絫也壘與垒字音義皆別周禮量人營軍之壘舍鄭云軍壁曰
壘晉語趙鞅使尹鐸隳壘晉陽壘培韋曰壘墼曰培 从土靁省聲 各本作畾聲無此字今正力委切按
力委誤也當依廣韵力軌切十五部 垝 毀垣也 當曰垝垣毀垣也衞風氓曰乘彼垝垣傳曰垝毀也下文

云毀缺也从土危聲過委切十六部詩曰乘彼垝垣陒垝或从𨸏圮毀也廣韵岸毀又覆也从土己聲符鄙切古音在一部虞書曰虞當作唐說在禾部方命圮族堯典文⿰酉非圮或从手配省非聲大徐作从手从非配省聲未知孰是此葢即屵部之㞕㞕字其音義皆略同也垔塞也按此字古書多作堙作陻真字乃廢矣左傳井堙木刊服注周語墮高堙庳韋注皆同此从土亜聲於真切古音在十三部商書曰大徐尚書曰小徐書目皆誤鯀垔洪水周書鴻範文左傳與許例云商書陻垔或从𨸏𡋦古文垔如此上从古文西塹阬也江沅曰阬閬也閬門高大之皃門之高大阬之深廣相似也故𨸏部阬閬也卽緐傳之阬高貌古毛詩葢作皐門有阬耳塹則與阬之深廣同義玉裁按江說是也左氏傳注塹溝塹也廣韵曰遶城水也史記李斯列傳陗塹之勢異塹乃漸之叚借謂斗直者與陂陀者之勢不同也从土斬聲依韵會如此七豔切八部一曰大也大下疑奪一字今無攷㙐秦謂阬爲㙐秦謂阬塹曰埂二字音略同此與釋詁阬𡓦陻溓虛也同義若廣韵曰吳人謂堤封爲埂今江東語謂畦埒爲埂此又別一方語非許所謂从土㬹聲讀若井汲綆古杏切古音在十部壙塹穴也謂塹地爲穴也墓穴也周禮方相氏及墓入壙以戈

墼四隅鄭曰壙穿地中也 从土廣聲 苦謗切十部 一曰大也 孟子曰水之就下獸之走壙

塏 高燥也 燥者乾也左傳請更諸爽塏者杜曰爽明也塏燥也 从土豈聲 苦亥切十五部

毀 缺也 缺者器破也因為凡破之偁 从土毀省聲 許委切十六部

毀 古文毀从壬

壓 壞也 此與厂部厭義絕不同而學者多不能辨廣韵壓下云鎮也降也笮也乃皆厭之訓也 一曰壓補也 从土厭聲 烏狎切七部

壞 敗也 敗者毀也 从土褱聲 下怪切十五部按毀壞字皆謂自毀自壞而人毀之人壞之其義同也不必有二音

䙡 籀文壞从攴

𡒟 古文壞省 褱省聲也

坷 坎坷也 坎坷雙聲謂不平也 从土可聲 康我切十七部 梁國寧陵有坷亭 郡國志梁國寧陵故屬陳留

墥 墥也 與缶部之罅音義皆同 从土虖聲 呼訝切古音在五部

𨻶 墥或从𠂤

坼 裂也 裂者繒餘也因以為凡隙之偁 从土㡿聲 丑格切古音在五部讀如託 詩曰不坼不疈 大雅生民文今詩作副許作疈者所據用籀文也毛傳曰不坼不副言易也

坱 塵埃也 塵者鹿行土也引申為土飛揚之偁埃者塵埃廣大之皃也賈誼賦曰大鈞播物兮坱圠無垠王逸楚辭注曰坱霧昧皃 从土央聲 於亮切十部 按文選烏黨

切篇韵皆同

塺 塵也 楚辭愈忞氛霧其如塺王逸曰塺塵也按塺之言蒙也 从土麻聲 亡果切十七部廣韵去聲

塿 塵土也 从土婁聲 洛侯切四部俗書附婁作培塿

坋 塵也 凡爲細末糁物若被物者皆曰坋如左氏芥其雞賈逵云季氏擣芥爲末播其雞翼可以坌郈氏雞五行志棄灰於道者黥孟康云商鞅以棄灰於道必坋人坋人必鬥故設黥刑以絕其源貨殖傳胃脯晉灼云㷟羊胃以末椒薑坋之皆是也其音則後漢東夷傳注引說文蒲頓反爲長今俗語如蓬去聲按坋之言被也 从土分聲 房吻切十三部 一曰坋大防也 周南傳曰墳大防也許釋墳爲墓然則汝墳乃叚借字也此義音當平聲

𡍮 塵也 塵玉篇作塺𡍮之言沸也 从土非聲 房未切十五部

埃 塵也 莊子曰野馬也塵埃也生物之以息相吹也𠔱言之曰塵埃 从土矣聲 烏開切一部

⿱殹土 塵埃也 埃當从玉篇作⿱殹土⿱殹土之言翳也 从土殹聲 烏雞切十五部

垽 澱也 水部曰澱滓垽也是二篆爲轉注二字義同音亦同部 从土沂聲 魚僅切十三部

垢 濁也 濁水部曰水名也而濁穢字用之 从土后聲 古厚切四部

⿰土壹 天陰塵起也 依玉篇補起字較完 詩曰⿰土壹⿰土壹其陰 邶風終風文今詩⿰土壹作曀毛傳曰如常陰曀曀然許所據作⿰土壹其訓曰天陰塵蓋雨部所云天气下地不應曰霿霿晦也 从土壹聲 於計切十二部

坏 丘一成者

也一各本作再今正水經注曰河水又東逕成皐大伾山下爾雅山一成謂之伾許慎呂忱等並以爲丘一成也孔安國以爲再成曰伾據此是俗以孔傳改易許書今本非善長所見也一曰瓦未燒今俗謂土坏古語也瓦者土器已燒之總名然則坏者凡土器未燒之總名也此與墼字異義同但墼專謂塼耳國語趙簡子使尹鐸墮晉陽壘培尹鐸增之韋注壘壁曰培此培字正坏之叚借月令坏垣牆坏城郭注曰坏益也是又叚坏爲培也从土不聲芳桮切古音在一部

垤螘封也螘封者其土似封畛之高故謂之封周禮注聚土曰封此亦其意也詩毛傳曰垤螘冢也按垤之言突也从土至聲徒結切十二部詩曰雚鳴于垤豳風東山文雚各本作鸛今依雚部所引詩更正

坥益州部謂螾場曰坥郡國志自漢中至犍爲屬國郡國十二益州刺史部也螾丘蚓也場失羊切俗作塲古作壤穀梁傳吐者外壤食者內壤徐邈麋信皆作場音傷是也螾場謂其外吐之土方言曰梁宋之閒蚍蜉犁鼠之場謂之坻螾場謂之坥郭云其糞曰坥按醫書謂之蚓樓今土面虛起者是也許云益部與梁宋之閒不合疑方言宋當作益从土且聲七余切五部又七豫切

埍徒隸所凥也徒隸賤者偁一曰女牢陛牢所以拘罪者也其拘女者曰埍一曰亭部葢謂鄉亭之繫也韓詩宜犴宜獄云鄉亭之繫曰犴朝廷曰獄从土肙聲古泫切十四部

[illegible]因突出也从土[illegible]聲胡八切十五部

陻幽

薶也 艸部曰薶者瘞也二篆爲轉注幽者隱也隱而薶之也絫言之則曰瘞薶 从土夾聲 於罽切十五部疑古音當在八部合韵也

堋 喪葬下土也 謂葬時下棺於壙中也是名曰堋 从土朋聲 方鄧切六部 春秋傳曰朝而堋 昭十二年左傳文葬鄭簡公事也 禮謂之封 禮謂禮經所謂儀禮十七篇也旣夕禮乃窆主人哭踊無算注云窆下棺也今文窆爲封按許於禮經有從今文者有從古文者此云禮謂之封則從今文也小戴記一書於禮經多從今文故此字皆作封無作窆者檀弓縣棺而封鄭云封當爲窆鄭以封於義不親切故欲依禮古文及周官易其字也 周官謂之窆 周官者漢志所謂周官經漢人謂之周禮也遂人及窆陳役鄭司農云窆謂下棺時禮記謂之封春秋謂之堋皆葬下棺也聲相似鄉師注略同蒸侵東三韵相爲通轉故三字音相近大鄭云聲相似是也語言之小異耳此皆謂下棺或以不封不樹亦改讀爲窆則誤矣窆見穴部 虞書曰堋淫于家亦如是 大徐無亦如是三字遂致不可通上偁春秋傳禮周官說轉注也堋封窆異字同義也惟封略近叚借此偁臯陶謨說叚借也謂叚堋爲朋其義本不同而形亦如是作也堋淫于家卽朋淫于家故孔安國以今文字讀之定爲朋字朋淫卽羣居終日言不及義恆舞于宮酣歌于室徇于貨色也不知此偁乃或以楚王戊私姦服舍釋之夫下棺之地非持服之舍也其說書之乖剌何如哉故不知有偁經說叚借之例不可與讀說文

塋 墓地 地各本作也今正玉篇及文選李注引皆作地漢書音義如淳曰塋

匇田也詩蘞蔓于域毛傳域塋也按塋之言營也營者帀居也經營其地而葬之故其字从營 从土營省

會意亦聲此從小徐也余傾切十一部 墓 丘墓也 墓字今補丘謂之虛故曰丘墓亦曰虛墓檀弓曰虛墓之閒未施哀於民而民哀是也周禮有冢人有墓大夫鄭曰冢封土爲丘壠象冢而爲之墓冢塋之地孝子所思慕之處然則丘自其高言墓自其平言渾言之則曰丘墓也墓之言規模也方言凡葬而無墳謂之墓所以墓謂之墲注引漢劉向傳初陵之墲今漢書作初陵之橅 从土莫聲 莫故切五部

墳 墓也 此渾言之也析言之則墓爲平處墳爲高處故檀弓孔子曰古者墓而不墳邯鄲淳孝女曹娥碑曰丘墓起墳鄭注禮記曰墓謂兆域今之封塋也土之高者曰墳此其別也方言曰冢秦晉之閒謂之墳或謂之培或謂之堬或謂之埰或謂之埌或謂之壠自關而東謂之丘小者謂之塿大者謂之丘此又別國方言之不同也墳之義多引申叚借用之如厥土黑墳公羊置之地地墳此引申之用也如遵彼汝墳借墳爲坋周禮墳衍借墳爲濆也 从土賁聲 符分切十三部

壠 丘壠也 高者曰丘壠周禮注曰冢封土爲丘壠也曲禮適墓不登壟注曰爲其不敬壟冢也墓塋域是則壠非謂墓畞也郭注方言曰有畞埒似耕壠以名之此恐方語而非經義也壟畞之解取高起之義引申之耳 从土龍聲 力踵切九部

垗 畔也 畔者田畍也畍者竟也垗畔雙聲 爲四畤畍祭其中 畤各本譌時集韻類篇又譌時今正四畤謂四面有埒也周禮小宗伯兆五帝於四郊鄭曰兆爲壇之塋域然則四面爲垠埒

也引申爲孝經之宅兆樂記之綴兆垗古叚肇爲之尚書大傳兆十有二州鄭云兆域也爲塋域以祭十二州之分星也而古文堯典作肇大雅以歸肇祀鄭云肇郊之神位也是讀爲兆也商頌肇域彼四海箋云肇當作兆畍祭其中畍當作介介畫也

从土兆聲兆者分也形聲中有會意也治小切二部周禮曰垗五帝於四郊今周禮作兆許作垗者蓋故書今書之不同也○此篆本在𡉦篆後今移此乃條理秩然

壇祭壇場也祭法注封土曰壇除地曰墠楚語屏攝之位壇場之所韋注屏攝爲祭祀之位也除地曰場漢孝文帝紀其廣增諸祀壇場珪幣師古曰築土爲壇除地爲場按墠即場也爲場而後壇之壇之前又必除地爲場以爲祭神道故壇場必連言之宋本作祭場也無壇字非是若祭法壇與墠則異地場有不壇者壇則無不場也从土亶聲徒干切十四部

場祭神道也也廣韵作處玉篇引國語屏攝之位曰壇今譌場壇之所除地曰場一曰山田不耕者田部云暘不生也場與暘義相近方言曰坻場也李善曰浮壤之名也音傷按不耕則浮壤起矣是即蚍蜉犂鼠螾場之字也一曰治穀田也豳風七月曰九月築場圃傳曰春夏爲圃秋冬爲場箋云場圃同地也周禮場人注曰場築地爲墠季秋除圃中爲之故許云治穀之田曰場从土昜聲直良切十部

圯東楚謂橋大史公曰彭城以東東海吳廣陵此東楚也史漢張良嘗閒從容步游下邳圯上服虔曰汜音頤楚人謂橋爲汜按字當作圯史漢叚汜爲之故服子慎讀如頤也或云姚察見史記本有从

土旁者應劭曰汜水之上謂窮瀆無水之上也則應說从水作汜爲合與从土訓橋異詳水部汜下　从土巳聲與之切一部

垂　遠邊也　𨑒部曰邊者行垂崖也垂者遠邊也崖者高邊也邊本謂行於垂崖因之垂崖有遠邊高邊之偁厓有山邊之偁矣逍遥游翼若垂天之雲崔云垂猶邊也其大如天一面雲也漢書千金之子坐不垂堂謂坐不於堂之邊也垂本謂遠邊引申之凡邊皆曰垂俗書邊垂字作陲乃由用垂爲𠂹不得不用陲爲垂矣𨸏部曰陲危也則無邊義　从土𠂹聲　是爲切古音在十七部

圭　瑞玉也　瑞者以玉爲信也　上圜下方　圭之制上不正圜以對下方言之故曰上圜上圜下方法天地也故應劭曰圭自然之形陰陽之始也以圭爲陰陽之始故六十四黍爲圭四圭爲撮十圭爲一合量於此起焉方言曰鼃始也多不得其解愚謂鼃從圭聲與圭同音鼃始也卽圭始也　公執桓圭九寸　桓玉部作瓛此不改者依周禮文也鄭曰雙植謂之桓桓圭以宮室之象爲瑑飾　侯執信圭伯執躳圭皆七寸　鄭曰信當爲身身圭躳圭皆象以人形爲瑑飾九寸七寸謂其長也　子執穀璧男執蒲璧皆五寸　二玉以穀以蒲爲瑑飾五寸謂其徑也　㠯封諸侯　詳周禮大宗伯典瑞玉人天子以封諸侯諸侯守之以主其土田山川故字从重土　从重土　重土者土其土也古畦切十六部　楚爵有執圭　此說楚制之乖異也其事㪚見各書若國策之景翠莊辛淮南之荊佽非子發說苑之鄂君子晳呂覽之能得

五員者皆楚執圭者也高注淮南曰楚爵功臣賜以圭謂之執圭比附庸之君 珪 古文圭从玉 古文从玉謂頒玉以命諸侯守此土田培敦也小篆重土而省玉蓋李斯之失與今經典中圭珪錯見○圭珪移於部末者許例當如此也

文一百三十一 今去塯 重二十六

垚 土高皃 依韵會所據本與廣韵合 从三土 會意吾聊切二部 凡垚之屬皆从垚

堯 高也 堯本謂高陶唐氏以爲號白虎通曰堯猶嶢嶢也嶢嶢至高之皃按焦嶢山高皃見山部堯之言至高也舜山海經作俊俊之言至大也皆生時臣民所偁之號非謚也 从垚在兀上高遠也 會意兀者高而上平也高而上平之上又增益之以垚是其高且遠可知也吾聊切二部

[illegible] 古文堯 此从二土而二人在其下小徐本汗簡古文四聲韵尚不誤汲古閣乃大誤

文二 重一

堇 黏土也 內則塗之以謹塗鄭曰謹當爲墐聲之誤也墐塗塗有穰草也按鄭注墐當爲堇轉寫者誤加土耳玉篇引禮堇涂是希馮時不誤也鄭謂土帶穰曰堇許說不尒蓋土性黏者與埴異字同義也 从黃省从土 从黃者黃土多黏也會意巨斤切十三部按徐仙民篇韵皆居隱切 凡堇之屬皆从

堇𡏳古文堇 古文从黄不省 𡎼亦古文 此篆各本皆譌今依難字古文所用形聲更正

艱 土難治也 引申之凡難理皆曰艱按許書無墾字疑古艱卽今墾字豤亦艮聲也 从堇艮聲 古閑切古音在十三部 囏籒文艱从喜 必有喜悅之心而後不畏其艱而後無不治也故从喜此字見周禮

文二 重三

里 尻也 鄭風無踰我里傳曰里居也二十五家爲里周禮載師廛里鄭云廛里者若今云邑居矣里居也縣師郊里鄭云郊里郊所居也遺人鄉里鄭云鄉里鄉所居也遂人曰五家爲鄰五鄰爲里穀梁傳曰古者三百步爲里毛詩亦借里爲悝悝病也 从田从土 有田有土而可居矣良止切一部 一曰士聲也 一說以推十合一之士爲形聲 凡里之屬皆从里

釐 家福也 家福者家居獲祐也易曰積善之家必有餘慶漢孝文帝紀詔曰今吾聞祠官祝釐皆歸福於朕躬如淳曰釐福也也賈誼傳受釐宣室是也如說最合應劭注釐爲祭餘肉失之師古直謂釐爲禧之叚借字禧與釐雖同在古音第一部然義各有當釐字从里里者家居也故許釋爲家福與禧訓禮吉不同春秋三經僖公史記作釐公叚借字耳有叚釐爲氂者經解云差若豪氂或作釐是也有叚釐爲賚者大雅釐爾女士傳曰釐予也釐爾圭瓚傳曰釐賜也有叚釐爲理者堯典允釐百工是也 从里孷聲

聲里之切一部 野 郊外也邑部曰距國百里曰郊冂部曰邑外謂之郊郊外謂之野野外謂之林林外謂之冂詩召南邶風傳皆曰郊外曰野鄭風傳曰野四郊之外也論語質勝文則野包咸曰野如野人言鄙略也 从里予聲羊者切古音在五部 埜 古文野从里省从林亦作埜

文三 重一

田 敶也各本作陳今正敶者列也田與敶古皆音陳故以疊韵爲訓取其敶列之整齊謂之田凡言田田者卽陳陳相因也陳陳當作敶敶陳敬仲之後爲田氏田卽陳字叚田爲陳也 樹穀曰田穜菜曰圃樹果曰園見□部 象形各本作象四今依韵會正今人謂爲从□从十非許意也此象甫田之形毛公曰甫田謂天下田也待年切古音如陳十二部 □十逗千百之制也此說象形之恉謂□與十合之所以象阡陌之一縱一橫也各本作阡陌𨸏部無此二字今正周禮遂人曰凡治野夫閒有遂遂上有徑十夫有溝溝上有畛百夫有洫洫上有涂千夫有澮澮上有道萬夫有川川上有路以達于畿百夫之涂謂之爲百千夫之道謂之爲千言千百以包徑畛路也南畝則阡縱遂橫溝縱洫橫澮縱川橫遂徑畛涂道路縱橫同之東畝則阡橫遂縱溝橫洫縱澮橫川縱徑畛涂道路之橫縱同之故十與□皆象其縱橫也阡陌則俗字也 凡田之屬皆从田

町 田踐處曰町玉裁按此踐字疑淺人所增廣韵青韵注曰田處迥韵注曰田堘堘者俗塍字田處者謂人所

田之處淺人以二字古與乃因下文町疃爲禽獸踐處妄增之左傳町原防杜曰原防不得方正如井田別爲小頃町賈逵曰原防之地九夫爲町三町而當一井急就篇頃町畛畝顏注平地爲町一曰町治田處也西京賦編町成篁薛注町謂畝畝也釋名州國篇曰鄭町也其地多平町町然也論衡町町若荊軻之廬詩毛傳曰墠除地町町者皆謂平坦於踐義不相涉

从田丁聲他頂切十一部廣韵有平聲

𤳅 城下田也所謂附郭之田也張晏云城旁地也一曰𤳅郤地郤當作隙古隙郤字相叚借曲禮郤地卽隙地也地各本譌作也今正河渠書溝洫志皆云故盡河堧棄地韋昭曰河堧謂緣河邊地食貨志趙過試以離宮卒田其宮堧地師古曰堧餘地史記五宗世家臨江王侵廟堧垣爲宮史記鼂錯列傳漢書申屠嘉傳鼂錯傳皆云錯鑿大上皇廟堧垣古者廟有垣垣外有堧堧之竟復有垣以闌之是爲堧垣臨江王鼂錯皆侵毀堧垣者也堧者河外宮廟外沿邊隙地也其字作堧同

从田耎聲而緣切十四部又乃臥切按此字从需者譌玉篇云𤳅正𤳘俗堧正壖俗是也

疇 耕治之田也耕者犂也犂其田而治之其田曰疇有謂麻田曰疇者劉向說苑蔡邕月令章句韋昭國語注如淳漢書注同此別爲一說非許義也有謂疇爲畛埒小畔際者劉逵蜀都注張載魏都注之說亦非許義許謂耕治之田爲疇耕治必有耦且必非一耦故賈逵注國語曰一井爲疇杜預注左傳曰並畔爲疇並畔則二井也引申之高注國策韋注漢書疇類也王逸注楚辭二人爲匹四人爲疇張晏注漢書疇等也如淳曰家業世世相傳爲疇孜國語人與人相疇家與家相疇戰國策曰夫物各

有疇漢書曰疇人子弟疇其爵邑王粲賦顯敞寡疇曹植賦命疇嘯侶蓋自唐以前無不用从田之疇絕無用从人之儔訓類者此古今之變不可不知也楊倞注荀卿乃云疇當爲儔矣

从田𠃬象耕田溝詰詘也依韵會本訂耕田溝謂畎也不必正直故云詰詘直由切三部隸作疇

𠃬 疇或省口部𠷎以𠃬爲聲老部𠅘以𠃬爲聲也

疁 燒穜也篇韵皆云田不耕火種也謂焚其艸木而下種蓋治山田之法爲然史記曰楚越之地或火耕杜甫夔府詩燒畬度地偏 从田翏聲力求切三部 漢律曰疁田茠艸二者皆農事茠或薅字見蓐部

畬 二歲治田也二各本作三今正周易音義云畬馬曰田三歲說文云二歲治田此許作二之證攷釋地曰一歲曰菑二歲曰新田三歲曰畬小雅周頌毛傳同馬融孫炎郭樸皆同鄭注禮記坊記許造說文虞翻注易无妄皆云二歲曰畬許全書多宗毛公而意有未安者則不從此其一也菑艸部云反耕田也反耕者初耕反艸一歲爲然二歲則用力漸舒矣畬之言舒也三歲則爲新田 从田余聲以諸切五部 易曰不菑畬田田汲古以爲衍而空一字宋本皆有之葢凶字之誤許所據與坊記所引同也周易无妄六二爻辭

⿰田柔 龢田也考工記車人爲耒堅地欲直庛柔地欲句庛地官草人墳壤用豕鄭曰墳壤潤解也曰柔地曰潤解皆龢田之謂對剛土而言 从田柔會意柔亦聲耳由切三部 鄭有⿰田柔地名也鄭語史伯對桓公曰若克二邑鄔蔽補丹依⿰田柔歷華君之土也韋注言克

䣕郗則此八邑皆可得也

畸 𣧑田也 𣧑各本作殘今正殘者賊也𣧑者禽獸所食餘也因之凡餘謂之𣧑今則殘行而𣧑廢矣殘田者餘田不整齊者也凡奇零字皆應於畸引申用之今則奇行而畸廢矣 从田奇聲 居宜切古音在十七部

𤰲 𣧑薉田也 薉字依集韵類篇韵會所據補𣧑而目蕪之田也是曰𤰲 从田差聲 昨何切十七部 詩曰天方薦𤰲 小雅節南山文毛詩作瘥傳云薦重瘥病許此所引葢或三家詩也

畮 六尺爲步步百爲畮 司馬法如是王制曰方一里者爲田九百畮謂方里而井 秦田二百四十步爲畮 秦孝公之制也商鞅開阡陌封疆則鄧展曰古百步爲畮漢時二百四十步爲畮按漢因秦制也 从田每聲 莫后切古音在一部

畝 畮或从十久 十者阡陌之制久聲也每久古音皆在一部今惟周禮作畮五經文字曰經典相承作畝干祿字書曰畒通畝正

甸 天子五百里內田 禹貢五百里甸服周語曰先王之制邦內甸服韋注云邦內謂天子畿內千里之地商頌曰邦畿千里惟民所止王制曰千里之內曰甸京邑在其中央故夏書曰五百里甸服則古今同矣甸王田也服服其職業也自商以前邦畿內爲甸服武王克殷周公致大平因禹所弼除甸內更制天下爲九服千里之內謂之王畿王畿之外曰侯服侯服之外曰甸服祭謀父諫穆王稱先王之制猶以王畿爲甸服者甸古名世俗所習也故周襄王謂晉文公曰昔我先王之有天下也規方千里以爲甸服是也周禮亦以蠻服爲要服足

以相況也按周制王畿千里不在九服而亦未嘗不從古曰甸服也若小司徒九夫爲井四井爲邑四邑爲丘四丘爲甸鄭云甸之言乘也讀如維禹敶之之敶別一義毛詩維禹甸之傳曰甸治也**从勹田**各本作从田包省小徐作包省聲今正勹裹也布交切甸之外九服重重勹之故从勹田堂練切十二部

畿　天子千里地卽天子五百里內田也五百里自其一面言千里自其四面言爲方百里者百也商頌邦畿千里傳曰畿疆也大司馬九畿注曰畿猶限也**㠯逮近言之則言畿**逮字依小徐本逮者及也九畿注曰故書畿爲近鄭司農云近當言畿按故書作近猶他書段圻作畿耳許言以逮近言之則曰畿者謂畿冣近天子故稱畿畿與近合音冣切古惟王畿偁畿甸服外無偁畿者至周而侯甸男采衞蠻夷鎮藩皆曰畿直以其遞相傳近轉移段借名之非古也故許以近釋畿畿之言垠也故亦作圻邶風薄送我畿傳曰畿門內也謂門限也小雅如畿如式傳曰畿期也禮記丹漆雕畿注曰畿圻堮也古幾畿通用**从田幾省聲**形聲中包會意巨衣切十五部

畦　田五十晦曰畦離騷畦留夷與揭車王逸注五十畝曰畦蜀都賦劉注曰楚辭倚沼畦瀛王逸曰瀛澤中也班固以爲畦田五十畝也此蓋班固釋畦留夷之語今俗本文選逸之按孟子曰圭田五十畝然則畦从圭田會意兼形聲與又用爲畦畛史記千畦薑韭韋昭曰畦猶壟也**从田圭聲**戶圭切十六部

畹　田三十晦曰畹大徐本三作二誤魏都賦下畹高堂張注云班固曰畹三十畝也此蓋孟堅離騷章句滋蘭九畹之解也王注乃云十二畝曰

畹或曰田之長爲畹恐非是 从田宛聲 於阮切十四部

畔 田界也 田界者田之竟處也左傳子產曰行無越思如農之有畔其過鮮矣一夫百畝則畔爲百畝之界也引申爲凡界之偁或叚泮爲之坻詩曰隰則有泮傳曰泮坡也坡卽陂箋云泮讀爲畔畔涯也經典多借爲叛字論語佛肸以中牟畔大雅無然畔援傳曰無是畔道無是援取 从田半聲 薄半切十四部

界 竟也 竟俗本作境今正樂曲盡爲竟引申爲凡邊竟之偁界之言介也介者畫也畫者介也象田四界聿所以畫之介界古今字爾雅曰疆界垂也按垂遠邊也 从田介聲 形聲中有會意古拜切十五部此篆上田下介小徐舊本五經文字篇韵漢碑可據

𤰶 竟也 竟俗本作境今正 一曰百也 百今之陌字 趙魏謂百爲𤰶 方語也 从田亢聲 古郎切十部按此古郎今譌古郎因諱朗改爲郎也鼎臣時未嘗諱朗字

畷 兩百閒道也 百者百夫洫上之涂也兩百夫之閒而有洫洫上有涂兩千夫之閒而有澮澮上有道所謂阡也洫橫則澮縱涂橫則道縱故道在中縱而左右各十涂皆橫是謂兩陌閒道是之謂畷郊特牲饗農及郵表畷注云郵表畷謂田畯所以督約百姓於井閒之處引詩爲下國畷郵按畷之言綴也衆涂所綴也於此爲田畯督約百姓之處若街彈室者然曰郵表畷 百廣六尺 百字各本無今補所以知必有百者鄭注周禮云徑容牛馬畛容大車涂容乘車一軌道容二軌路容三軌軌者徹也攷工記曰徹廣六尺涂容一軌是陌容六尺也道容二軌是阡容丈二尺也許祇言陌之廣使徑畛道

路之廣皆可意知 从田叕聲 陟劣切十五部

畛 井田閒百也 井田閒者謂十夫閒也兩十夫之閒猶井閒也徑畛涂道路皆可謂之陌阡故曰井田閒陌遂人曰十夫有溝溝上有畛周頌曰徂隰徂畛毛傳曰畛埸也按埸者彊埸也信南山彊埸有瓜是也古祇作易左傳曰封畛土略謂彊界 从田㐱聲 之忍切十二部

畤 天地五帝所基止祭地也 止依韻會正下基也以基止釋畤以疊韻爲訓也所基止祭地謂祭天地五帝者立基止於此而祭之之地也畤不見於經秦人因周制坒五帝於四郊依附爲之坒字音譌遂製畤字耳考封禪書秦襄公居西垂作西畤祠白帝其後文公都汧作鄜畤郊祭白帝其後德公居雍宣公作密畤於渭南祭青帝靈公作吳陽上畤祭黃帝作下畤祭炎帝獻公作畦畤櫟陽祀白帝漢高祖立黑帝祠命曰北畤按密上下二畤及鄜畤及北畤謂之雍五畤祭青黃赤白黑五帝之地也先言天地者秦時謂五帝卽天地故曰唯雍四畤上帝爲尊秦之郊見卽祭畤也 从田寺聲 周市切一部 右扶風雝有五畤 地理志右扶風雍下曰有五畤按雍祇有四畤密畤吳陽上畤下畤北畤也史記雍五畤漢志右扶風有五畤蓋兼鄜縣之鄜畤祀白帝而言鄜雖屬左馮翊而馮翊扶風故皆內史地故得統偁之史記於高祖未立北畤前曰雍四畤蓋亦謂密上下鄜四畤是以四畤上親郊見而西畤畦畤上不親往別白言之也 好畤鄜畤皆黃帝時築 築各本作祭今依韵會訂封禪書曰自未作鄜畤也而雍旁故有吳陽武畤雍東有好畤自古以雍州積高神明之隩故立畤

郊上帝葢黃帝時嘗用事雖晚周亦郊焉其語不經見縉紳者不道按史公作吳陽武時而許作鄜時與史漢不合傳聞之異

也或云秦文公立秦文公立鄜時史漢皆云尒而舉爲疑辭且若好時亦文公立者皆傳聞之異

也

略 經略土地也昭七年左傳芋尹無宇曰天子經略諸侯正封古之制也杜注經營天下

略有四海故曰經略正封封疆有定分也禹貢曰嵎夷既略凡經界曰略左傳曰吾將略地又曰略基阯引申之規取其地亦

曰略地凡舉其要而用功少皆曰略略者對詳而言从田各聲离約切古音在五部

當 田相值也値者持也田與田相持也引申之凡相持相抵皆曰當報下曰當辠人也是其一耑也流俗妄分平去二音所

謂無事自擾从田尚聲都郎切十部

畯 農夫也釋言曰畯農夫也孫炎云農夫田

官也詩七月田畯至喜傳曰畯田大夫也周禮籥章以樂田畯注鄭司農云田畯古之先教田者按田畯教田之官亦謂之田

月令命田舍東郊鄭曰田謂田畯主農之官也亦謂之農郊特牲大蜡饗農鄭曰農田畯也田畯教田之時則親而尊之詩三

言田畯至喜是也死而爲神則祭之周禮之樂田畯大蜡饗農是也从田夋聲子峻切十三部

甿 田民也甿爲田民農爲耕人其義一也民部曰氓民也此从田故曰田民也唐人諱民故氓之蚩蚩周禮以下劑

致甿石經皆改爲甿古祇作萌故許引周禮以與耡利萌葢古本如是鄭云變民言萌異外內也萌猶懵懵無知皃从

田亡聲武庚切古音在十部

⿰田粦 轢田也轢車所踐也子虛賦掩兔轔鹿字从車上林賦車徒

之所閵轢又叚閵爲之足部曰蹸轢也義相近从田粦聲良刃切十二部

畱止也稽下曰稽留止也从田丣聲田所止也猶坐从土也力求切三部

畜田畜也田畜謂力田之蓄積也貨殖列傳曰富人爭奢侈而任氏獨折節爲儉力田畜田畜人爭取賤賈任氏獨取貴善非田畜所出弗衣食艸部曰蓄積也畜與蓄義略同畜从田其源也蓄从艸其委也俗用畜爲六畜字古叚爲好字如說苑尹逸對成王曰民善之則畜也不善則讎也晏子對景公曰畜君何尤畜君者好君也謂畜卽好之同音叚借也淮南王曰玄田爲畜王大徐作子此如引楚莊王止戈爲武說會意也玄田猶昀昀原隰也丑六切亦許六切三部

畜魯郊禮畜从田从茲茲益也魯郊禮已見鳥部此許據魯郊禮文證古文从茲乃合於田畜之解也艸部曰茲艸木多益也从艸絲省聲古文本从茲小篆乃省其半而淮南王乃認爲玄字矣此小篆省改之失也今本上从茲則與茲益之云不貫矣故正之如此

疃禽獸所踐處也踐者履也獸足蹂地曰厹其所蹂之處曰疃本不專謂鹿詩則言鹿而已詩曰町疃鹿場豳風東山文毛傳曰町疃鹿迹也謂鹿迹所在也楚辭九思鹿蹊兮䵶䵶與疃葢一字疃亦作暖郡國志廣陵郡東陽劉昭云縣多麋引博物志十百爲羣掘食艸根其處成泥名曰麋暖民人隨此暖種稻不耕而穫其收百倍今後漢書譌爲畯埤雅引此又譌暖然因埤雅可以校正也从田童聲土短切十四部此音之轉也古音葢在九部

畼不生也今之

暢葢卽此字之隸變詩文茵暢轂傳曰暢轂長轂也月令命之曰暢月注曰暢充也葢皆義之相反而相生者也从田昜聲丑亮切十部

文二十九　重三

畕比田也比密也二人爲从反从爲比比田者兩田密近也从二田會意凡畕之屬皆从畕闕闕大徐本無非也此謂其音讀闕也大徐居良切小徐玉篇同以畺之音皮傅之而已竊謂田與田相乘所謂陳陳相因也讀如陳列之陳

畺界也七月萬壽無疆傳曰疆竟也田部曰界竟也然則畺界義同竟境正俗字信南山我疆我理傳曰疆畫經界也理分地理也緜曰乃疆乃理江漢曰于疆于理其義皆同經界出於人爲地理必因地防二者必相因而至不知地防則水不行从畕三其介畫也介各本作界今正介畫也畫介也二字義同居良切十部

疆畺或从土彊聲今則疆行而畺廢矣惟周禮有畺

文二　重一

黃地之色也玄者幽遠也則爲天之色可知易曰夫玄黃者天地之雜也天玄而地黃从田土色黃故从田炗聲乎光切十部炗古文光見火部凡黃之屬皆从

黃𤾋 古文黃

䵎 赤黃色也赤黃者赤色微而黃也色字依類篇補一曰輕傷人䵎姁也傷各本作易今正侮者傷也傷者輕也此謂輕侮人者其狀䵎姁也後漢書曹大家女誡視聽陝輸注云陝輸不定皃葢即䵎姁也語同字異耳从黃夾聲許兼切八部

䵍 黑黃色也黑黃各本作黃黑疑當作黑黃黑色之微而黃也詩我馬玄黃傳曰玄馬病則黃正此意若黃黑則土克水之色謂之驪黃从黃耑聲他耑切十四部

䵋 青黃色也青色微而黃也从黃有聲呼辠切古音在一部

黇 白黃色也白色之微而黃也从黃占聲他兼切七部

黊 鮮明黃色也依篇韻補色字上文皆非正黃色惟此為鮮明正黃耳艸部蘳以為聲从黃圭聲戶圭切廣韵胡瓦切十六部

文六　重一

男 丈夫也夫下曰周制八寸為尺十尺為丈人長一丈故曰丈夫白虎通曰男任也任功業也古男與任同音故公侯伯子男王莽男作任从田力言男子力於田也會意農力於田自王公以下無非力於田者那含切古音在七部凡男之屬皆从男

甥 母之兄弟為舅釋親曰母之晜弟為舅毛傳同按周人謂兄為晜也舅之言舊也猶姑之言故也父之昆弟稱

父母之昆弟不得偁父故偁舅凡同姓可偁父凡異姓不可偁父故舅之也今俗人言舅父者非也母之父母曷爲曰外。王父外王母與父之父母偁王父王母故母之父母得偁王父王母而外以別之也父之昆弟偁從父故母之姊妹偁從母也舍是則異姓無有偁父母者也異姓可偁舅故婦偁夫之父曰舅男子偁妻之父曰外舅母之從父昆弟曰從舅又偁父之舅曰大舅見後漢書大者今太字

妻之父爲外舅 男子於妻父亦言舅對妻之舅吾父爲偁也母之昆弟不曰外舅者妻黨之別於母黨也 从男臼聲 其九切三部

甥 謂我舅者吾謂之甥 釋親文此泛釋甥義也若母之昆弟爲吾舅則謂吾爲甥矣若妻之父爲吾外舅則亦謂吾爲甥矣釋親妻黨章曰姑之子爲甥舅之子爲甥妻之晜弟爲甥姊妹之夫爲甥注謂平等相甥非也姑之子吾父母之子吾母姪之吾父得甥之妻之昆弟吾父母得甥之姊妹之夫吾父母壻之而甥之是四者皆舅吾父者也舅者耆舊之偁甥者後生之偁故異姓尊卑異等者以此相偁爾雅類列於此亦以見舅之子妻之昆弟偁吾父皆曰舅不似後世俗呼也其立文如此者從其便也自來不得其解則謂平等相甥吾姊妹之夫吾父旣甥之矣吾又呼之爲甥此豈正名之義乎姑之子爲外兄弟舅之子爲內兄弟妻之昆弟爲婚兄弟姊妹之夫爲姻兄弟旣正其名矣又安得淆之乎外孫亦偁彌甥姊妹之孫離孫也亦偁從孫甥皆見左傳釋名妻之昆弟曰外甥一條最爲無理 从男生聲 所更切十一部

文三

𠠲筋也筋下曰肉之力也二篆爲轉注筋者其體力者其用也非有二物引申之凡精神所勝任皆曰力象人筋之形象其條理也人之理曰力故木之理曰朸地之理曰阞水之理曰泐林直切一部治
功曰力周禮司勳文能禦大災國語祭法文引以釋治功曰力也凡力之
屬皆从力勳能成王功也司勳曰王功曰勳鄭云輔成王業若周公从
力熏聲許云切十三部勛古文勳从員員聲也周禮故書勳作勛鄭司農云勛讀
爲勳勳功也按此先鄭以今字釋古文也故書勛字學者不識故先鄭云此即小篆之勳功以勞定
國也司勳曰國功曰功鄭曰保全國家若伊尹許則舉祭法文以釋之也詩以奏膚公傳曰膚大也公功也此謂叚
公爲功也从力工聲古紅切九部助左也左今之佐字左下曰手相左助也二篆爲轉注
右下曰手口相助也易傳曰右者助也按左右皆爲助左者以ナ助又右者以手助口疑此解當云左右也傳寫奪右字商頌
曰實左右商王傳云左右助也从力且聲牀倨切五部𦇌助也从力非
力去其非也慮聲良倨切五部勑勞也此當云勞勑也淺人刪一字耳此勞依今法讀
去聲孟子放勳曰勞之來之詩序曰萬民離散不安其居宣王能勞來還定安集之來皆勑之省俗作倈从力來
聲洛代切一部俗誤用爲敕字劼慎也慎者謹也廣韵曰用力也又固也勤也从力吉

聲巨乙切十二部按篇韵皆恪八切巨乙非也周書曰劼毖殷獻臣酒誥文按此篆

解小徐本譌舛不可讀務趣也趣者疾走也務者言其促疾於事也从力敄聲亡遇

切古音在三部勥迫也迫者近也按所謂實偪處此也勥與彊義別彊者有力勥者以力相迫也凡云勉勥

者當用此字今則用強彊而勥廢矣从力強聲巨良切按此音非也當依廣韵玉篇其兩切十部

𠡑古文从彊按以虫部𧒒籒文強訂之古當作籒勱勉力也勉者勥也亦作

邁左傳引夏書皐陶邁種德邁勉也从力萬聲莫話切按古音當在十四部周書曰用

勱相我邦家立政文今書邦作國讀與厲同厲亦萬聲也漢時如此讀勉

勥也勥舊作彊非其義也凡言勉者皆相迫之意自勉者自迫也勉人者迫人也毛詩黽勉韓詩作密勿爾雅作蠠

沒大雅毛傳曰亹亹勉也周易鄭注亹亹猶沒沒也从力免聲亡辨切古音當在十三部劭勉

也釋詁同漢成帝詔曰先帝劭農蘇林曰劭音翹精異之意也晉灼曰劭勸勉也按卩部卲高也卲與劭相似轉寫容

有互譌者如應仲遠之名當是卲字此蘇林所說當亦是卲農爾雅方言皆曰釗勉也釗當是劭之叚借字从力

召聲讀若舜樂韶爾雅釋文云或上遙反用許讀也今皆寔照切二部勖勉也

釋詁同邶風以勗寡人傳曰勗勉也方言釗薄勉也秦晉曰釗或曰薄南楚之外曰薄努自關而東周鄭之閒曰勔釗齊魯曰

勖按勖古讀如茂與懋音義皆同故般庚懋建大命予其懋簡相爾今文尚書懋皆作勖見隸釋石經殘碑心部曰懋勉也从力冒聲許玉切三部按許玉非也古音同茂俗寫此字形尤譌舛不通周書曰勖哉夫子坶誓文

勸勉也廣韵曰獎勉也按勉之而悅從亦曰勸从力雚聲去願切十四部

𠢸彊力也彊力各本作勥力非今依玉篇廣韵正俗語𠢸彊彊讀去聲从力厥聲瞿月切十五部

勍彊也春秋傳曰勍敵之人彊者弓有力也引申爲凡有力之偁春秋傳者僖二十二年左傳文杜亦曰勍強也按勍與人部之倞字音義皆同而勍獨見左氏从力京聲渠京切古音讀如彊在十部

勁彊也廣韵勁健也从力巠聲吉正切十一部○按以上三篆移其舊次

勝任也任者保也保者當也凡能舉之能克之皆曰勝本無二義二音而俗強分平去从力朕聲識蒸切六部亦去聲

勶發也發者䠶發也引申爲凡發去之偁勶與徹義別徹者通也勶謂除去若禮之有司徹客徹重席詩之徹我牆屋其字皆當作勶不訓通也或作撤乃勶之俗也从力徹會意謂以力通之也徹亦聲丑列切十五部

勠勠力并力也勠力二字依後漢劉虞傳注引補文賦注引賈逵國語解詁曰勠力并力也許所本也并者相從也併者竝也并併古通用矣左傳國語或云勠力同心或云勠力一心皆謂數人共致力僞尚書傳訓云陳力斯失之古書多有誤作戮者从力翏

聲黏康大幽反呂靜韵集讀同廖后書音義引說文力周反按文賦匪子力之所勠與流求爲韵此相傳古音也今音力竹切字林音遼 繇緩也繇蓋今之傜字言傜役緩也與勠爲反對之詞 从力象聲余兩切十部 作也作者起也 从力重聲徒揔切九部 古文動从辵 推也推依今音他回切勖者以物𥗊𥗊自高下推下也古用兵下𥗊石李陵傳作壘石晁錯傳具藺石如淳注曰城上雷石周禮注亦作雷唐書李光弼傳擂石車又作擂其實用勖爲正字也故許書之字可用而不用者多矣子虛賦曰𥗊石相擊硍硍磕磕亦當作勖 从力畾省聲舊作畾聲今依小徐正盧對切十五部 弱也弱者橈也 从力少會意力輟切十五部 勮也勮各本从刀作劇今訂从力文選北征賦注引說文劇甚也恐是許書本作勮用力甚也後因以爲凡甚之詞又譌其字从刀耳以俟明者定之 从力熒省焱火燒冂用力者勞焱舊作熒今正此析熒字而釋之燒冂謂燒屋也斯時用力者㝡勞矣或改冂作門者誤魯刀切二部 古文如此如此大徐作从悉篆體作𢥞今依玉篇汗簡古文四聲韵所據正汗簡與玉篇中雖小異下皆从力竊謂古文乃从熒不省未可知也 務也務者趣也用力尤甚者 从力豦聲其據切五部音轉爲渠力切字譌从刀作劇 尤勮也勮大徐作極小徐作勮今正勊又勮之尤者也勊者以力制勝之謂故其事爲尤勞許書勊與

克義不同克者肩也肩者任也以春秋所書言之如辛巳雨不克葬戊午日下昃乃克葬如晉人納捷菑于邾弗克納此克之義也如鄭伯克段于鄢傳曰得儁曰克此勊之義也勊之字譌而从刀作剋猶勮之譌而从刀也經典有克無勊百家之書克勊不分而勊乃廢矣从力克聲苦得切一部

勩勞也毛詩傳同按凡物久用而勞敝曰勩明楊慎荅中官問謂牙牌摩損當用鎹字今按非也當用勩字今人謂物消磨曰勩是也蘇州謂衣久箸曰勩箸从力貰聲余制切十五部詩曰莫知我勩小雅雨無正文

勦勞也从力巢聲子小切又楚交切二部春秋傳曰安用勦民昭九年左傳叔孫昭子曰詩云經始勿亟庶民子來焉用速成其以勦民也許槩括其辭按刀部剿字亦作勦禮記毋勦說與此从力字絕不同俗多淆之

券勞也輈人終日馳騁左不楗書楗或作券鄭云券今倦字也據此則漢時已倦行券廢矣从力𢍏聲今皆作倦蓋由與契券从刀相似而避之也渠眷切十四部

勤勞也慰其勤亦曰勤从力堇聲巨巾切按巾當作斤十三部

加語相譜加也譜各本作增今正譜者益也義不與此同譜下曰加也誣下曰加也此云語相譜加也知譜誣加三字同義矣誣人曰譜亦曰加故加从力論語曰我不欲人之加諸我也吾亦欲無加諸人馬融曰加陵也袁宏曰加不得理之謂也劉知幾史通曰承其誣妄重以加諸韓愈爭臣論曰吾聞君子不欲加諸人而惡訐以爲直者皆得加字本義引申之凡據其上曰加故加巢曰架巢从力

口謂有力之口也會意古牙切十七部 𠢕 健也 健者伉也此豪傑眞字自叚豪爲之而勢廢矣豪豕鬣如筆管者 从力敖聲讀若豪 五牢切按當乎刀切二部 勇 气也 气雲气也引申爲人充體之气之偁力者筋也勇者气也气之所至力亦至焉心之所至气乃至焉故古文勇从心左傳曰共用之謂勇 从力甬聲 余隴切九部 㦷 勇或从戈用 恿 古文勇从心 孟子曰志氣之帥也

勃 排也 排者擠也今俗語謂以力旋轉曰勃當用此字論語色孛如也許所引乃本字本義謂孛盛气也今論語叚借勃字殊失其恉 从力孛聲 蒲沒切十五部 勡 劫也 以力脅止人而取其物也賈誼傳曰盜者白晝大都之中剽吏而奪之金貨殖傳曰攻剽椎埋按此篆諸書多从刀而許刀部剽下曰一曰剽劫人也是在許時固从力从刀竝行二形不必有是非矣 从力㶾聲 匹妙切二部

劫 人欲去吕力脅止曰劫 脅猶迫也俗作愶古無其字用脅而已以力止人之去曰劫不専謂盜而盜禦人於國門之外亦劫也太史公曰劫人作姦 或曰吕力去曰劫 用力而逃也 从力去 依韵會補此二字二義皆力去也此篆从力而俗作刦从刀葢刀與力相溷之處固多矣居怯切八部

飭 致臤也 臤者堅也致者送詣也致之於堅是之謂飭攷工記曰審曲面勢以飭五材謂五材皆必堅緻也又曰飭力以長地材謂整頓其人力也凡人物皆得云飭飭人而筋骸束矣飭物而器用精良矣

其字形與飭相似故古書多有互譌者飾在外飭在內其義不同𥨊謂許書工下云巧飾也當作巧也飭也飭卽記所謂飭五材辨民器謂之百工不徒修飾其外而已凡經傳子史之譌皆可以意正之飭與敕義略相近敕誡也 从人力食聲讀若敕 恥力切一部

劾 灋有辠也 法者謂以法施之廣韻曰劾推窮罪人也 从力亥聲 按此字俗作刻从刃恐从刀則混於刀部之刻也胡槩切一部亦入海韵代韵

募 廣求之也 依光武紀注增之字 从力莫聲 莫故切五部

文四十 重六

劦 同力也 同力者龢也龢調也 从三力 會意胡頰切按此字本音戾力制切十五部淺人妄謂與協勰恊同音而不知三字皆以劦會意非以形聲也惟不以劦為聲故三字皆在八部而劦聲之荔珕則皆力制切在十五部 山海經曰雞號之山其風若劦 北山經曰母逢之山北望雞號之山其風如颸郭傳颸急風皃也音戾或云飄風也按郭本與許所據不同郭江賦用颸字許意葢謂其風如并力而起也 凡劦之屬皆从劦

恊 同心之龢也 同心一如同力故从劦心會意 从劦心 胡頰切八部

勰 同思之龢也 同思一如同力 从劦思 胡頰切八部

協 同眾之龢也 各本作眾之和同非是今正同眾之和一如同力 从劦

十 十衆也胡頰切八部

叶 古文協从口十 字見周禮太史協事注曰故書協作叶杜子春云叶協也書亦或爲協或爲汁大行人協辭命注故書作汁辭命鄭司農云汁當爲叶書或爲叶按十口所同亦同衆之意

旪 叶或从曰 口曰一也

文四 舊譌一　重二 舊譌五

二十三部　文七百 宋本六百九十九　重一百

二十四 宋本四作三　凡八千三百九十八字 以上

總第十三篇部數文數說解字數之都數也

說文解字第十三篇下

西元二〇二四年三月一日重製一版

說文解字段注 冊三（清段玉裁撰）

平裝四冊基本定價參仟參佰元正
（郵運匯費另加）

發行人 張敏君
發行處 中華書局
臺北市內湖區舊宗路二段一八一巷八號五樓（5FL., No. 8, Lane 181, JIOU-TZUNG Rd., Sec 2, NEI HU, TAIPEI, 11494, TAIWAN）
客服電話：886-8797-8396
公司傳真：886-8797-8909
匯款帳戶：華南商業銀行西湖分行
179100026931
印刷：維中科技有限公司
海瑞印刷品有限公司

No. N0040-3

國家圖書館出版品預行編目(CIP)資料

說文解字段注/(清)段玉裁撰. -- 重製一版. -- 臺北市 :
中華書局, 2024.03
冊 ; 公分
ISBN 978-626-7349-09-0(全套 : 平裝)

1.CST: 說文解字 2.CST: 注釋

802.223 113001479